dinheiro**fácil**

dinheirofácil
Jens LAPIDUS

Tradução de
André Telles

1ª edição

EDITORA RECORD
RIO DE JANEIRO • SÃO PAULO
2013

CIP-BRASIL. CATALOGAÇÃO NA PUBLICAÇÃO
SINDICATO NACIONAL DOS EDITORES DE LIVROS, RJ

Lapidus, Jens, 1974-
L317d   Dinheiro fácil / Jens Lapidus; tradução de André Telles. –
Rio de Janeiro: Record, 2013.

Tradução de: *Snabba cash*
ISBN 978-85-01-09038-6

1. Romance sueco. I. Telles, André, 1956-. II. Título.

12-0739   CDD: 839.73
                                    CDU: 821.113.6-3

Título original:
Snabba cash

Copyright © Jens Lapidus, 2006
Publicado mediante acordo com Salomonsson Agency.

Texto revisado segundo o novo Acordo Ortográfico da Língua Portuguesa.

Todos os direitos reservados. Proibida a reprodução, no todo ou em parte, através de quaisquer meios. Os direitos morais do autor foram assegurados.

Editoração eletrônica: Abreu's System

Revisão de tradução do sueco: Rafael Maranhão

Direitos exclusivos de publicação em língua portuguesa somente para o Brasil adquiridos pela
EDITORA RECORD LTDA.
Rua Argentina, 171 - Rio de Janeiro, RJ - 20921-380 - Tel.: 2585-2000, que se reserva a propriedade literária desta tradução.

Impresso no Brasil

ISBN 978-85-01-09038-6

Seja um leitor preferencial Record.
Cadastre-se e receba informações sobre nossos lançamentos e nossas promoções.

Atendimento e venda direta ao leitor:
mdireto@record.com.br ou (21) 2585-2002

Olhei para ele e balancei a cabeça.
— Dia duro.
Ele deu de ombros.
— O meu também — respondeu.
E pegou a estrada.

Dennis Lehane

A coisa funcionava. Os resultados estavam ali. Tudo entrava nos eixos. Ele chegou lá — fabricava pó.

James Ellroy

Prólogo

Molestavam-na viva porque ela se negava a morrer. Talvez fosse por isso que gostavam ainda mais dela, porque continuava ali, sentia-se alguém.

Mas uma coisa não compreendiam, e lhes custaria a vida: ela estava viva de verdade; ela pensava, estava presente. Preparava a ruína deles.

Um dos fones de ouvido caía o tempo todo. O suor o impedia de ficar no lugar. Ela o enfiou atravessado, torcendo para ele finalmente parar quieto, encontrar seu lugar, para que pudesse finalmente escutar sua música.

Seu minúsculo iPod chacoalhava no bolso. Ela rezava para que ele não caísse. Ela o adorava e não queria nem imaginá-lo espatifado nas pedras da trilha.

Meteu a mão no bolso para se certificar de que era bem fundo. Não havia risco, o iPod estava seguro ali.

Presenteara-se com ele em seu aniversário e baixara tudo que é música possível. Havia ficado seduzida por seu design minimalista em metal verde cromado. Porém, agora, ele significava outra coisa para ela, algo completamente diferente. Ele lhe dava serenidade. Sempre que o pegava, lembrava-se de seus momentos de solidão. Aqueles instantes em que o mundo não vinha perturbá-la. Em que ela não pertencia senão a si mesma.

Madonna detonando nos ouvidos. Era sua maneira de esquecer: correr escutando música e sentir as tensões se diluírem. Além disso, queimar umas gordurinhas era naturalmente um ótimo efeito colateral.

Deixava-se levar pelo ritmo. Corria quase no compasso. Erguia o braço esquerdo para consultar seu tempo intermediário. Tentava sempre bater seu recorde. Memorizava o tempo realizado para anotá-lo mais tarde, com a obsessão de um corredor profissional. O circuito perfazia cerca de 7 quilômetros. Seu melhor tempo era de 33 minutos. Durante os seis meses do inverno, contentava-se em treinar indoor, na academia, com os aparelhos de musculação, a esteira, os *steppers*. No verão, continuava a fazer exercícios, mas substituía os aparelhos por pistas e trilhas pedregosas.

Aproximava-se da ponte Lilla Sjötullsbron, em pleno centro do bairro de Djurgården. Um frescor subia da água. Eram oito da noite, e a tarde primaveril fazia sua transição para o crepúsculo. Ao longo da trilha, os postes de iluminação ainda não estavam acesos. Às suas costas, o sol cintilava seus últimos raios, mas deixara de aquecer. Ela perseguia sua própria sombra longilínea esparramada à sua frente, pensando que dali a pouco não a veria mais. Dentro de poucos minutos, quando os postes começassem a iluminar a trilha, sua sombra mudaria de direção ao ritmo das luzes sob as quais passaria.

Folhas graciosas desabrochavam nas árvores. De ambos os lados da trilha, o capim se misturava às anêmonas brancas com pétalas ainda fechadas. Ao longo do canal, erigiam-se velhos juncos secos que tinham sobrevivido ao inverno. À esquerda, suntuosas mansões: a embaixada turca com suas janelas gradeadas. A embaixada chinesa, mais acima na colina, contornada por uma cerca alta de arame farpado, câmeras de vigilância e placas de advertência. Perto do clube de remo, situava-se um pequeno castelo, circundado apenas por uma cerca de madeira amarela. Cinquenta metros adiante, uma mansão comprida, cujas dependências e garagem pareciam aflorar diretamente da montanha.

Aqui e ali, ao longo de todo o trajeto, alinhavam-se casas particulares austeras e ao abrigo dos olhares. Passando defronte, ela tentava sempre vislumbrar aquelas vastas mansões dissimuladas atrás de arbustos e cercas. Perguntava-se por que as pessoas procuravam parecer tão modestas; nem todo mundo morava em Djurgården.

Ultrapassou duas garotas que caminhavam num passo firme. Ostentavam aquele estilo peculiar aos moradores de Östermalm que praticavam marcha atlética no Kungliga Djurgården: um agasalho acolchoado sobre um suéter de mangas compridas, jogging e o indispensável boné escondendo metade do rosto. Seu agasalho, por outro lado, era mais austero. Um anoraque preto Nike Clima-Fit e leggings justas. Roupas que respiravam. Um pouco batido, mas funcional.

As recordações do fim de semana de três semanas atrás ainda lhe vinham à mente. Tentou afastá-las e pensar na música, na regularidade da corrida.

Se concentrasse seus pensamentos na metade do percurso que contornava o canal e nos gansos selvagens que seria obrigada a enfrentar, talvez conseguisse esquecer.

Madonna cantava nos fones de ouvido.

Bosta de cavalo se espalhava pela trilha.

Eles achavam que podiam manipulá-la a seu bel-prazer. Mas era ela quem os manipulava. Essa maneira de pensar a protegia. Determinava pessoalmente o que fazia, o que sentia. À luz do dia, eram homens ricos e poderosos, daqueles que se deram bem. Seus nomes estavam estampados na primeira página dos suplementos de economia, nas notas sobre a Bolsa e no topo da lista do imposto sobre fortunas. Na realidade, não passavam de um monte de irremediáveis e patéticos perdedores. Homens a quem faltava alguma coisa. Que obviamente precisavam dela.

Seu plano era simples e claro. Jogar o jogo, e um dia parar com tudo e delatá-los. Se não quisessem que ela os delatasse, era só pagar. Ela tinha preparado tudo, reunira informações meses a fio. Havia arrancado confissões, escondido gravadores embaixo da cama e até filmado alguns deles. Tinha a impressão de ser um verdadeiro agente do FBI, exceto por uma coisa: o medo.

O que estava em jogo era importante. Ela conhecia as regras: se desse errado, pararia com tudo. Mas chegaria lá. Tinha planejado pular do barco aos 23 anos. Zarpar de Estocolmo, para algo mais legal, algo melhor.

Duas adolescentes, cabeça erguida, atravessaram, cavalgando a ponte perto do restaurante de Djurgårdsbrunn. Ainda sem saber como funcionava o mundo real. Como ela era quando fugira de casa. Emendou-se: este ainda era para ela também um objetivo. Andar de cabeça erguida. Chegaria lá.

Um homem com seu cão estava nas imediações da ponte. Falava num celular, seguindo-a com o olhar. Estava acostumada. Desde o início da puberdade, fora notada pelos homens e, depois que seus seios cresceram, em torno dos 15 anos, não desgrudavam mais os olhos dela. Ficava arrepiada, de excitação e nojo ao mesmo tempo.

O homem era bem forte. Usava jaqueta de couro, jeans e boné. Tinha algo estranho na maneira como se portava. Não a devorava com os olhos. Ao contrário, parecia sereno, concentrado, absorto na conversa. Como se falasse dela no celular.

Chegou ao fim da pista. O resto do trajeto, até a última ponte, a Lilla Sjötullsbron, era asfaltado, mas cheio de depressões. Ela se perguntou se não deveria optar pela grama pisoteada. Apesar da presença dos gansos selvagens, seus inimigos.

Mal distinguia a ponte à sua frente. Por que os postes continuavam apagados? Não eram acesos automaticamente ao anoitecer? Não aquela noite, aparentemente.

Uma van estava estacionada em frente à ponte.

Ninguém nos arredores.

Vinte metros adiante, uma mansão luxuosa dominava o Lago Salgado. Ela conhecia o dono, que a construíra sem autorização no local de um estábulo. Um homem poderoso.

Antes de atravessar a ponte, percebeu que a van estava parada estranhamente perto da trilha, a apenas 2 metros dela.

As portas da van se abriram bruscamente. Dois homens saíram. Ela não teve tempo de compreender o que acontecia. Um terceiro homem surgiu às suas costas. De onde vinha tão subitamente? Seria o cara do cachorro que a observara? Jogaram-se sobre ela. Enfiaram algo em sua boca. Tentou gritar, arranhar, bater. Depois, quando recuperava o fôlego, sentiu que desmaiava. O pano que imprensavam contra seu rosto havia sido embebido em alguma coisa. Ela se debateu, tentou se desvencilhar. Não havia nada a fazer. Eles eram muito grandes. Muito rápidos. Muito fortes.

Os homens arrastaram-na até o carro.

Seu último pensamento foi que se arrependia de ter vindo a Estocolmo. Cidade de merda.

* * *

```
Objeto: B 4537-04
Fita magnética 1237 A 0,0 - B 9,2
Cópia
```

No processo B 4537-04, a promotoria contra Jorge Salinas Barrio, delito 1, interrogatório do réu, Jorge Salinas Barrio.

Juiz: Pode dar sua versão dos fatos?
Réu: Não há muito a dizer. Na verdade, não sou eu que utiliza o depósito. Meu nome no contrato de locação é apenas para quebrar um galho para um colega. Vocês

sabem, às vezes somos obrigados a ajudar as pessoas. Já me aconteceu de guardar uns bagulhos lá, mas eu era proprietário apenas no papel. O depósito não me pertence. Pronto, é mais ou menos tudo que tenho a dizer.

Juiz: Se é tudo, é sua vez, senhor promotor, de fazer as perguntas.

Promotor: Quando o senhor diz depósito, está falando do depósito no Shurgard Self-Storage, no centro comercial de Kungens Kurva?

Réu: Isso mesmo.

Promotor: E diz que não era o senhor que o usava?

Réu: Isso mesmo. O contrato está no meu nome, mas fiz isso para quebrar o galho de um colega que não pode alugar o espaço, essas coisas. Ele tem muitas contas em aberto. Eu não fazia ideia da merda estocada lá dentro.

Promotor: Então, a quem pertence o depósito?

Réu: Sabe como é, não posso dizer.

Promotor: Me permito então citar a página 24 do interrogatório do inquérito preliminar. Trata-se de seu interrogatório de 4 de abril deste ano, Jorge Salinas Barrio. Vou ler para o senhor o quarto parágrafo. O senhor diz, cito: "O depósito é de um homem chamado Mrado, acho. Ele trabalha para gente da alta, se é que me entende. Fui eu que assinei o contrato, mas na verdade o depósito é dele." Não foram estas as suas palavras?

Réu: Não, não. Isso é falso. Deve ser um mal-entendido. Nunca disse uma coisa dessas.

Promotor: Mas está registrado no processo. Nele, também está escrito que o senhor leu a transcrição do interrogatório e aprovou. Se o compreenderam mal, por que não falou?

Réu: Ora... Eu estava com medo. Não é fácil explicar as coisas com clareza durante um interrogatório. Foi um mal-entendido. Os policiais estavam me pressionando. Não sabia mais o que fazer. Certamente, eu disse isso para poder me safar. Não conheço ninguém chamado Mrado. Juro.

Promotor: Estranho. Mrado declarou que conhece o senhor. E o senhor acaba de dizer que não sabia que havia tanta merda no depósito. O que entende por "merda"?

Réu: Drogas. A única coisa que já guardei lá foi cerca de 10 gramas de cocaína para uso pessoal. Consumi ao longo dos anos. Fora isso, uso o depósito para guardar móveis ou roupas, pois estou sempre de mudança. O resto não era meu, e eu não sabia que estava lá.

Promotor: A quem, então, pertence a droga?

Réu: Não posso falar. O senhor sabe, posso sofrer represálias. Acho que foi o cara de quem compro a droga que colocou a cocaína lá. Ele tem a chave do depósito. A balança, em compensação, é minha. Utilizo para pesar minhas próprias doses. Para consumo pessoal. Mas não vendo nada. Tenho um emprego, não preciso traficar.

Promotor: Em que trabalha?

Réu: Dirijo caminhões. Em geral, nos finais de semana, ganho bem. Sem carteira assinada, claro.

Promotor: Se o compreendo bem, o senhor está dizendo que o depósito não pertence a um tal de Mrado, mas a um outro. E essa outra pessoa seria seu fornecedor? Mas como 3 quilos de cocaína puderam aparecer lá? Isso representa muito dinheiro. O senhor sabe quanto isso vale na rua?

Réu: Não tenho muita certeza, já que não vendo. Mas deve valer muito, 1 milhão de coroas talvez. O cara de quem compro a droga deixa a encomenda pessoalmente no depósito depois que entrego o dinheiro. Dessa maneira, evitamos o contato direto. Nunca somos vistos juntos. Julgamos este um bom método. Mas agora parece que ele me sacaneou. Enfiou toda essa merda lá para me colocar no buraco.

Promotor: Vamos retomar do início. O senhor então afirma que o depósito não pertence a esse Mrado. Tampouco ao senhor. E também não pertence ao seu fornecedor, mas que ele o usa às vezes para as transações de vocês. E agora o senhor acha que é ele que estoca toda essa cocaína lá. Acha mesmo que vamos acreditar nisso, Jorge? Por que seu fornecedor estocaria 3 quilos de cocaína num lugar aonde o senhor tem acesso? Além disso, o senhor muda constantemente de versão e nunca dá nomes. O senhor não é digno de crédito!

Réu: Vamos, não é tão complicado, eu não expliquei muito bem, eis tudo. A verdade é que uso só um pouquinho o depósito. Meu fornecedor quase nunca usa. Não sei a quem pertence toda essa cocaína. Mas é bem provável que seja o bagulho do meu fornecedor.

Promotor: De quem são os sacolés?

Réu: Sem dúvida, do meu fornecedor.

Promotor: O nome dele.

Réu: Não posso dizer.

Promotor: Por que insiste em dizer que o depósito não pertence ao senhor e que a droga que estava lá não é sua? Tudo aponta para isso.

Réu: Eu nunca tive recursos para comprar tanta droga. Aliás, não vendo, já disse. O que mais posso dizer? O bagulho não é meu, ponto final.

Promotor: A segunda testemunha nesse caso mencionou outro nome. A droga não pertenceria a um colega de Mrado chamado Radovan? Radovan Kranjic?

Réu: Não, acho que não. Não faço ideia de quem seja.

Promotor: Ao contrário, penso que sabe muito bem. Durante seu interrogatório, o senhor declarou que conhecia o chefe de Mrado. Não era de Radovan que falava?

Réu: Nunca falei desse Mrado, isso não é verdade. Como eu poderia saber do que está falando? Hein? Pode me dizer?

Promotor: Sou eu que faço as perguntas aqui, não o senhor. Quem é Radovan?

Réu: Acabei de dizer que não sei.

Promotor: Tente...

Réu: Mas, PORRA, eu não sei. Deu para entender?

Promotor: Aparentemente, acabo de tocar num ponto sensível. Não tenho mais perguntas. Obrigado. O senhor advogado agora pode fazer suas perguntas.

* * *

No processo B 4537-04, promotor contra Jorge Salinas Barrio, delito 1. Segue-se um interrogatório da testemunha Mrado Slovovic referente à descoberta de entorpecentes num depósito no centro comercial de Kungens Kurva. A testemunha prestou juramento e foi informada da importância do juramento. O promotor está com a palavra:

Promotor: Por ocasião do inquérito preliminar referente ao processo no qual é acusado Jorge Salinas Barrio, o senhor foi designado como locatário de um depósito em Shurgard Self-Storage, no centro comercial de Kungens Kurva, em Skärholmen. Qual é a natureza de suas relações com Jorge?
Testemunha: Conheço Jorge, mas não alugo nenhum depósito. Eu e Jorge nos conhecemos há muito tempo. Também estive na droga, mas parei há alguns anos. Às vezes, esbarro com Jorge na cidade. A última vez foi no Solna Centrum. Ele me contou que agora fazia suas transações num depósito que tinha na outra ponta da cidade. Ele me disse que estava fazendo a maior grana e que vendia muita cocaína.
Promotor: Ele disse que não conhece o senhor.
Testemunha: Mentira. Tudo bem, não somos amigos, mas a gente se conhece.
Promotor: Ah. O senhor lembra da última vez em que se encontraram? Pode nos contar com maiores detalhes o que ele disse?
Testemunha: Foi na primavera. Em abril, acho. Eu tinha ido a Solna para encontrar uns velhos amigos. Em geral, não passo por lá. Ao voltar para casa, fiz um desvio

pelo centro da cidade para apostar nos cavalos. Lá, na casa de apostas, me deparei com Jorge. Ele estava trincado, quase não o reconheci. O senhor sabe, quando a gente era amigo, ele já estava péssimo e com a cara enfiada na merda.

Promotor: E o que foi que ele disse?

Testemunha: Que as coisas estavam correndo bem para ele. Perguntei o que andava fazendo. Ele me disse que fazia bons negócios com pó. Como eu tinha parado com tudo isso, não quis ouvir mais. Mas ele continuou com suas fanfarronices. Disse que estocava tudo num depósito na zona sul da cidade. Em Skärholmen, se bem me lembro. Então pedi que parasse de me contar suas tramoias. Ele se zangou. Falou para eu ir me foder, ou algo do gênero.

Promotor: Ele ficou com raiva?

Testemunha: Ficou com raiva quando viu que o que ele dizia enchia o meu saco. Talvez tenha sido por isso que inventou essa história, como se eu tivesse alguma coisa a ver com esse depósito.

Promotor: Ele acrescentou alguma coisa com relação a esse depósito?

Testemunha: Não, apenas disse que guardava o pó lá. E que era em Skärholmen.

Promotor: Ok, obrigado. Não tenho mais perguntas. Obrigado por ter comparecido.

PRIMEIRA PARTE

I

Jorge Salinas Barrios aprendera rápido as regras do jogo. *Numero uno*: fechar a boca. Para ser preciso, essa regra implicava cinco princípios. Jamais contradizer. Nunca dirigir um olhar. Ficar quieto no lugar. Nunca vacilar. Enfim, levar no cu sem chiar — sem se cagar. No sentido literal.

A vida entediava Jorge. A vida cagou para Jorge. A vida era dura. Mas Jorge era mais forte — e isto, eles iam ver.

A cadeia tinha absorvido sua energia. Seu riso. Adeus à vida de rapper, olá, vida de perdedor. Mas ele era o único a conhecer o fim, seu grande plano, sua saída magistral. Jorge não era do tipo que desiste. Iria sair, dar no pé, se escafeder daquele buraco de merda. Tinha um plano. Um puta plano.

Adios, perdedores.

Fazia um ano, três meses e nove dias que ele estava na cadeia. Quer dizer, 15 bons meses à toa atrás de um muro de concreto de 7 metros de altura. A mais longa temporada de Jorge na prisão. Antes disso, só pegara penas curtas. Três meses por furto, quatro por posse de droga, excesso de velocidade e dirigir bêbado. Dessa vez, era diferente: tinha tempo suficiente para construir uma vida ali dentro.

Österåker era o que se chamava de uma prisão de classe II, um estabelecimento carcerário de segundo grau. Os detentos: principalmente traficantes ou consumidores de drogas. Rigorosamente vigiados do interior e do exterior. Nada nem ninguém podia entrar, a não ser quem estivesse devidamente autorizado. Cães farejavam todas as visitas. Detectores de metal varriam todos os bolsos. Os guardas vigiavam o ambiente geral. Nem os caras da pesada arriscavam alguma coisa. Ali só era permitida a entrada das mães, dos filhos e dos advogados.

Apesar de tudo, eles não conseguiam. O estabelecimento tinha sido, durante um tempo, *clean* — na época do ex-diretor. Agora, sacolés cheios de maconha eram atirados por cima do muro com estilingues. Pais recebiam desenhos de suas filhas feitos com LSD. O pó era escondido em tetos falsos, em áreas comuns, onde os cães não pudessem farejar, ou então era enterrado no gramado do pátio. Dessa forma, tinham que ou punir todos ou ninguém.

Muitos fumavam diariamente. Depois engoliam 15 litros de água para não dançar nos exames de urina. Outros injetavam heroína. Ficavam deitados em seus quartos e fingiam estar doentes durante dois dias até que o mijo não traísse mais nada.

As pessoas permaneciam longas temporadas em Österåker. Formavam-se grupos. Os guardas faziam de tudo para dispersar as gangues: os Original Gangsters (OG), os Hells Angels, os Bandidos, os Iugoslavos, a Fraternidade Wolfpack, os Fittja Boys. *You name it.*

A maioria dos guardas tinha medo. Desistiam do confronto e aceitavam as cédulas de mil que lhes passavam na fila da cantina, no campo de futebol, na oficina. A direção do presídio tentava manter o controle, dispersar, despachar para outros lugares. Mas o que isso mudaria? As gangues proliferavam em todas as prisões. As fronteiras eram claras: raça, bairro, tipo de crime. A quadrilha dos racistas não passava de um Davi entre os Golias. Os pesos-pesados eram os Hells Angels, os Bandidos, os Iugoslavos e os OG. Ligados ao exterior por meio da gangue. Sempre às voltas com golpes vultosos. Sua divisa: se encher de grana, não recuar diante de nenhum crime e, por conseguinte, trabalhar em grupo.

As mesmas gangues comandavam a cidade fora dos muros. Os celulares minúsculos tornavam a coisa tão fácil quanto mudar de canal num controle remoto. A sociedade também faria um bom negócio capitulando.

Jorge evitava as gangues. Porém, aos poucos, fez até amigos. Ele dava um jeito. Descobria interesses comuns. Deu certo com os chilenos. Deu certo com os caras de Sollentuna. A maioria dos contatos na prisão deu certo.

Ele circulava com um antigo latino de Märsta: Rolando. O cara tinha chegado em 1984. Vinha de Santiago. Sabia mais sobre coca que um gaúcho sobre bosta de cavalo — sem ser completamente viciado. Restavam-lhe ainda dois anos a cumprir por ter traficado pasta de cocaína em embalagens de xampu. Era um possível parceiro. Na época, quando morava em Sollentuna, Jorge ouvira falar dele. Golpe de sorte: aquele Rolando tinha contatos com os caras dos OG. Um bom plano para os privilégios. Os privilégios, os artigos de luxo: celulares, baseados, pó se houvesse grana, revistas pornô, bebidas. Toneladas de cigarros.

Jorge era atraído pelas gangues. Mas não ignorava o perigo: você se liga a elas. Você se entrega. Confia nelas e são *elas* que te traem.

Não esquecia como tinha dançado. Os Iugoslavos o delataram. Abriram o bico durante o processo. Ele estava engaiolado por causa de Radovan — veado filho da puta.

Encontravam-se quase sempre no refeitório para conversar. Ele, Rolando e os outros latinos. Não usavam o espanhol. Isso poderia despertar a desconfiança dos outros membros da gangue. Tudo azul: você pode jogar conversa fora com seus compatriotas se tiver vontade; mas não de maneira que *eles* não compreendam.

Aquele dia: cerca de duas semanas antes da execução de seu plano. Agir com frieza. Impossível ter sucesso numa fuga sozinho, entretanto, nem Rolando sabia de coisa alguma. Jorge devia antes se certificar de que ele estava limpo. Colocá-lo à prova. Verificar se sua amizade era efetivamente sólida.

Rolando: aquele cara tinha escolhido o caminho mais duro. Para se tornar membro dos OG, não bastava importar cocaína. Também era preciso ser capaz de foder com todos os caras cuja cabeça não pertencia ao seu patrão. Rolando realizara sua tarefa: as tatuagens circundando as cicatrizes em seus punhos cerrados falavam a língua deles, agressiva e sem rodeios.

Rolando pegou uma colherada de arroz. Falou com a comida na boca:

— Sabe, a pasta tem certas vantagens em relação ao pó. É uma espécie de produto intermediário, inacabado. A gente sobe na hierarquia. Não é mais obrigado a negociar na rua. Não tenho razão? Você faz negócio com gente chique. Com caras que não têm a polícia no rabo a cada passo que dão. Além do mais, é muito mais fácil de transportar. Sem poeira. Dá para esconder com facilidade.

Embora Jorge, em sua trajetória, já tivesse ouvido falar em algum lugar de todas as ideias razoavelmente inovadoras que Rolando lhe confiava, a cadeia era a melhor escola. Jorge estava ligado. Aprendia. Escutava. Já sabia muito antes da prisão. Após 15 meses em Österåker, conhecia o negócio nos menores detalhes.

J-boy ficava todo orgulhoso. Sabia o esquema de importação de cocaína colombiana via Londres. Onde comprá-la, a que preço, que intermediários utilizar, onde vender a droga. Como batizá-la sem que os viciados se notassem, como fazer suas misturas sem que a clientela do bairro chique de Stureplan captasse o que quer que fosse. Como embalá-la. A quem dar propina, quem evitar, com quem fazer amizade. Por exemplo: Radovan. Filho da puta.

O refeitório era perfeito para as conversas privadas. Suficientemente barulhento para que ninguém pudesse ouvir direito o que diziam. Esforçavam-se para não parecer conspirar. Sem subterfúgios. Afinal, estavam conversando em público.

Jorge tentava orientar a conversa para a direção que queria. Seria suicídio não conhecer o ponto de vista de Rolando.

— Já falamos mil vezes disso. Sei que você está no meio. Mas pretendo me manter afastado das drogas por um tempo. Quando sair daqui, sumo deste país gelado cheio de nazistas. E não está nos meus planos virar a porra de um viciado.

— Tem razão. Não devemos consumir. Só vender. É a ordem do dia.

Com cuidado, passou a testar Rolando.

— Você tem contatos. Tem costas quentes lá fora, não tem? Ninguém te enche o saco por aqui. Você pode fugir hoje se quiser e se virar do lado de fora.

— Fugir? Não está nos meus planos por enquanto. A propósito, ouviu as últimas? Sabe aquele cara dos OG, Jonas Nordbåge? Dançou.

Jorge aproveitou a deixa.

— Sei quem é. O ex de Hannah Graaf. Foi ele que fugiu do presídio de Gotemburgo, não foi?

— Exatamente. No dia do julgamento. Sete anos e meio por dois assaltos violentos. O cara, um autêntico profissional do transporte de valores.

— Mas fez uma tremenda merda dessa vez.

— De qualquer forma, é um rei: quebrou uma vidraça e se atirou do oitavo andar, 17 metros. Agarrado a cinco lençóis rasgados. Impressionante, não acha?

— Sinistro, mas impressionante.

Vá em frente, Jorge-boy, prossiga. Dirija a conversa, decifre esse Rolando. Faça-o dizer o que ele acha de você e das fugas. Seja sutil.

— Como ele dançou?

— Tenho respeito por ele, mas fez merda. Ele enxugava os bares de Gotemburgo, vivia bêbado. Procurava uma nova Hannah, peituda. Sentia-se invencível. Descoloriu os cabelos e passou a usar óculos escuros. Tipo, parecia estar pedindo para dançar, sei lá.

Jorge balançou a cabeça: idiota de não pressionar mais. Jogaria mais astutamente.

— Ele não tinha nada a perder. Provavelmente pensava, porra, mesmo que me peguem, não vou ficar muito tempo na cadeia. Não vão me dar mais de sete anos e meio.

— Mas ele quase chegou lá. Foi detido em Helsingborg.

— Ele queria dar no pé?

— Aparentemente. Tinha reservado um quarto de hotel sob um nome falso. Quando os policiais o pegaram, estava com um passaporte falso. Aquilo poderia ter funcionado. Primeiro, fugiria para a Dinamarca, depois, para mais longe. Ele certamente tinha grana guardada em algum lugar. Mas alguém abriu o bico. Contou aos policiais onde ele estava. Alguém deve tê-lo visto num bar.

— Um cara que sabia que ele queria sumir do mapa? Um OG?

— Desculpe, Jorge, não posso falar.

— E você? Ajudaria um OG a fugir?

— E Pamela Anderson, dorme de barriga para cima?

Na mosca. Insista, Jorge-boy. Teste-o.

Jorge conhecia a regra: os amigos dentro da prisão não são como os amigos na vida. As leis são outras. Uma hierarquia estruturada pela força. O tempo passado atrás das grades conta. O número de temporadas na cadeia conta. Os cigarros contam, a erva conta um pouco mais. Os serviços prestados tecem relações. O seu crime conta: estupradores e pedófilos, status zero. Toxicômanos e alcoólatras, bem embaixo. Agressões e assalto, um pouco acima. Grandes ladrões e chefões do tráfico, no topo. Os contatos têm uma importância capital. Rolando, pelas regras da vida exterior: um amigo. Pelas regras da cadeia: um cara que joga na primeira divisão.

Jorge deu um gole na cerveja.

— Uma coisa é dar uma mãozinha a alguém que já está do lado de fora. Mas você ajudaria alguém a fugir?

— Isso depende. Do risco e tudo o mais. Não ajudaria qualquer um. Um OG pode sempre contar comigo. Porra, *amigo*, eu te ajudaria também. Vê se entende. Eu nunca fecharia a boca por um merda de skinhead ou wolfpack. E eles sabem disso. Eles também não me ajudariam.

Jackpot.

Três segundos de silêncio.

Rolando fez uma coisa que Jorge nunca vira antes. Colocou seu talher sobre o prato. Lentamente.

Depois, um sorriso apareceu em seu rosto e ele perguntou:

— Ei, Jorge, o que você anda maquinando?

Jorge não soube o que responder. Simplesmente retribuiu o sorriso. Torcendo para Rolando ser um amigo de verdade, daqueles que não traem.

Ao mesmo tempo, sabia: na cadeia, os amigos obedecem a uma outra lei.

2

Quatro caras sentados numa sala de estar, prontos para a balada.

JW com seus cabelos alisados com gel. Estava cansado de saber que um monte de ignorantes desprezava seu penteado, boi lambeu, eles diziam. Com seus olhares raivosos. Mas por que se preocupar com aquela laia de comunistas que não fazia a menor ideia de como era a vida?

O cara a seu lado também usava gel. O terceiro indivíduo exibia um estilo mais curto, com todos os fios cuidadosamente organizados. O cabelo era partido ao meio com uma risca engenhosamente esculpida, reta como uma régua. Visual universitário clássico. O último tinha cabelo louro na altura dos ombros, e seus cachos se emaranhavam numa desordem encantadora.

Eram todos bonitos, pele clara, traços precisos, coluna reta, andar seguro. Sabiam que eram os tais. Experts. Que sabem se vestir, como agir, como se comportar. Como chamar a atenção. Seduzir as gatas. Aproveitar o lado bom da vida — 24 horas por dia.

A batida eletrônica reverberando na sala: o ritmo certo, eram os reis da balada, não tinha como não ser um sucesso.

A grande noite, ruminou JW. Todo mundo em forma.

Como sempre, faziam uma boquinha na casa de Putte, o sujeito da risca no cabelo. O apartamento, um dois-quartos simpático de 52 metros quadrados na Artillerigatan: um presente de seus pais pelo seu vigésimo aniversário, dois anos antes. JW conhecia a família. O pai: homem de negócios das altas-rodas de Stenbeck que esmagava quem estivesse embaixo dele. A mãe: rica herdeira — a família possuía casas em quase toda Estocolmo e 500 hectares de plantações no Sörmland. Uma família respeitável.

Tinham terminado de comer. Sobre o banco da cozinha, só restavam embalagens de isopor. Comida em domicílio do Texas Steakhouse, na Humlegårdsgatan. O *tex-mex* de luxo com carne de primeira.

Agora, modorravam no sofá.

JW se virou para o cara de cabelo cacheado, que atendia pelo apelido de Nippe, e lhe perguntou:

— Não está na hora?

Nippe, que, na realidade, chamava-se Niklas, olhou para JW.

Ele respondeu com sua voz aguda de bad boy:

— A mesa está reservada para meia-noite, sem pressa.

— Tudo bem, nesse caso temos tempo de tomar outro uísque com Coca-Cola.

— E quando é que vamos cheirar um pouco de coca?

— Rá, rá! Muito engraçado! Sossegue o facho, Nippe, a gente estica umas carreiras quando chegar lá, assim curtimos mais.

O sacolé com os 4 gramas parecia queimar no bolso interno do paletó de JW. A cada fim de semana, um dos caras, alternadamente, comprava para todos. A mercadoria vinha de um turco, que por sua vez se abastecia com um gângster iugoslavo. JW não sabia quem era o chefão, mas suspeitava, talvez o famoso Radovan *himself*.

JW disse:

— Galera, esta noite, extrapolei. Estou com 4 gramas. Com um mínimo de meio grama para cada um de nós, temos o suficiente para convidar as gatas.

Fredrik, o outro cara com cabelos engomados, bebericou seu drinque.

— Faz ideia de quanto esse turco embolsa com a gente e o pessoal todo?

— Morrer de fome, ele não morre.

Nippe sorriu. Fingiu contar as cédulas.

JW lançou:

— Quanto será a margem dele? Duzentos por grama? Cento e cinquenta?

A conversa prosseguiu com outros assuntos, mais banais. JW sabia o que esperar. Amigos comuns. As vadias. Moët & Chandon. Como sempre. Poderiam muito bem ter falado de outras coisas, não eram caipiras, não:

eram vencedores, tinham uma boa conversa. Mas seus interesses não se dispersavam mais que o necessário.

No fim, acabaram falando de projetos.

— Vejam bem, não é preciso mais dinheiro que isso para criar uma sociedade anônima — disse Fredrik. — Cem mil coroas bastam, é o capital mínimo, acho. Se tivermos uma boa ideia, podemos arriscar. Tentar algumas pequenas transações, registrar um nome de empresa hype, constituir uma diretoria e escolher um presidente. Mas, em primeiro lugar, comprar umas coisas sem imposto e o escambau. Não é genial?

Na sua cabeça, JW fez uma rápida análise de Fredrik. Aquele cara não se interessava como os outros, o que era de certa maneira prático: não queria nem saber de onde surgira JW, nem qualquer coisa sobre ele. A maior parte do tempo, falava de si mesmo, de produtos, grifes ou barcos.

JW esvaziou seu uísque com Coca-Cola, depois se serviu um gim-tônica.

— Super. Quem vai nos arranjar as 100 mil coroas?

Nippe o interrompeu:

— A gente sempre acha em algum lugar, é ou não é? Eu gosto muito da ideia.

Silêncio de JW. Pensou onde poderia arranjar 100 mil coroas, e já tinha a resposta. Em lugar nenhum. Não deixou transparecer nada. Jogou o jogo. Zombou.

Nippe mudou o disco. Putte pôs os pés sobre a mesinha de centro e acendeu um Marlboro Light. Fredrik, que acabara de comprar um Patek Philippe, brincou com a pulseira e declarou em voz alta, dirigindo-se a si mesmo:

— *You never actually own a Patek Phillipe, you merely look after it for the next generation.*

No aparelho de som: Magnus Uggla, volume máximo. Todo mundo concordava. Uggla era o rei. Detonava tudo e todos. "Eles dizem que eu não estou nem aí para nada, mas não estou nem aí para eles." A atitude certa. Por que se preocupar com a opinião de um monte de babacas?

JW adorava aqueles aperitivos. Os temas da conversa. O ambiente. Aqueles caras tinham classe. Bonitões. Sempre bem-vestidos.

Camisas Paul Smith e Dior, uma outra sob medida num alfaiate da Jermyn Street em Londres. Uma francesa, APC, de colarinho americano e punhos duplos. Dois caras usavam jeans Acne. O terceiro, um Gucci: com os bolsos de trás pespontados. Outro vestia uma calça preta de veludo. Paletós elegantes. A coleção primavera de Balenciaga, duas carreiras de botões, marrons, bem curta, o modelo estreito com dois bolsos de um lado. Um sob medida de um alfaiate da Saville Row em Londres; pespontados pronunciados na bainha da gola, e um forro vermelho. Lã em Super 150, o que se fabricava de melhor no mercado. O trunfo de um belo paletó: a maciez do forro, para que não se desgaste. O forro daquele paletó era mais macio, mais flexível, e tinha um corte melhor do que qualquer artigo das butiques suecas.

Apenas um deles não usava paletó. JW perguntou-se por quê.

Para terminar, os sapatos: Tod's, Marc Jacobs, mocassim Gucci com a famosa fivela dourada, tênis Prada, com o logo vermelho na sola, no salto. Originalmente, o logo do veleiro Prada para a Copa do Mundo.

Nos cintos de couro, pretos, elegantes: Hugo Boss, Gucci, Louis Vuitton, Corneliani.

JW calculou o valor total: 72 mil e 300 coroas. Sem incluir os relógios, os anéis, as abotoaduras. Nada mau.

Sobre a mesa, Jack Daniels, vodca sabor baunilha, um pouco de gim, meia garrafa de tônica Schweppes, Coca-Cola e uma jarra quase cheia de suco de maçã — alguém havia pensado em preparar um Apple Martini, mas só bebera um copo.

Todos no mesmo compasso: não iriam se embriagar ali. Tomariam todas no bar. Uma mesa os esperava no Kharma. Com garotas.

Aquele ambiente, aquele calor, aquela unidade. Uma galera interessante. A noite de Estocolmo, seu terreno de caça.

Escaneou a sala com o olhar. Pé-direito com mais de 3 metros de altura. Uma grossa camada de gesso. Duas poltronas e um sofá cinza, um tapete nem um pouco vagabundo: quatrocentos mil pequenos nós urdidos por um guri acorrentado em algum lugar. Algumas *Slitz*, *Café*, revistas de barcos e esportes automotivos espalhadas sobre o sofá. Três estantes baixas vindas das Galerias Nórdicas se alinhavam ao longo das paredes. Uma estava cheia de discos, fitas de vídeo e filmes em DVDs. Na outra, o aparelho de som, um Pioneer — pequeno, mas com quatro minicaixas instaladas nos cantos da sala, um som maneiro.

A última prateleira estava cheia de livros, revistas e fichários. Entre os livros, o almanaque da nobreza, as obras completas de Strindberg e anuários de escola. Os Strindberg só podiam ser um presente dos pais de Putte.

A TV era imensa, tela plana, e custava os olhos da cara.

Todos mantiveram os sapatos nos pés, respeitando a regra. Linha divisória das águas nesse mundo íntimo e constatação geral: há três tipos de cara.

Aquele que entra sem tirar os sapatos, adotando a atitude correta — o que é pior do que passear todo elegante e de meias? Aquele do tipo inseguro, que observa o que os outros fazem, ruminando que talvez fique de sapatos, se os demais assim se comportarem. Cagão, covarde. Por fim, o terceiro tipo, aquele que acha que devemos sempre tirá-los, e que passeia sem ruído com suas meias todas suadas. Este só liga para si mesmo.

JW detestava as pessoas que andavam de meias. Pior, de meias furadas. Para ele, a solução era simples: uma bala na nuca. Os artelhos nus lhe davam asco. Que coisa mais sueca. Típica. Um autêntico sinal de mediocridade. Síntese das regras do mundo das meias: manter os sapatos, nunca usar meias de lã e prestar atenção para que nunca haja espaço entre a calça e as meias. A cor, preta, ou talvez meias bem chamativas: para contrastar com um estilo mais sóbrio.

Por segurança, JW usava meias três-quartos. Pretas. Burlington, sempre. Seu lema: se todas as suas meias são iguais, elas são mais fáceis de emparelhar depois de lavadas.

O programa para a noite era simples. O bar era sempre uma boa opção. Eles cumpriam facilmente os requisitos para conseguir uma mesa: bastava consumir 6 mil coroas.

Depois, era só curtir. Beber, cheirar, beber, dar em cima das garotas, talvez dançar um pouquinho, jogar conversa fora, paquerar, desabotoar um pouco mais a camisa, pedir champanhe, ficar mais atrevido, cheirar de novo. Trepar.

JW não conseguia mudar de assunto. Voltava sempre ao mesmo. As perguntas germinavam em sua cabeça. Quanto devia ganhar o traficante turco? Será que ralava da manhã à noite? O quanto era perigoso? De quem ele comprava? Qual era a margem dele? Como ele recrutava seus clientes? Disse:

— Então, quanto ele faz por mês, na opinião de vocês?

Fredrik, espantado:

— Ele quem?

— O turco. De quem compramos o pó. É um Gekko ou o quê?

Era um costume dos rapazes se referir a *Wall Street: poder e cobiça*. JW já assistira ao filme mais de dez vezes. Saboreava cada segundo de simplicidade com avidez.

Nippe resmungou:

— Porra, não é possível que você fale o tempo todo de grana! Qual a utilidade disso? Está claro que ele não é pobre, mas parece o quê? Já viu as roupas? Uma jaqueta de couro caidona de Roco-Baroco ou algo do gênero. Uma corrente de ouro grossa de cigano pendurada na frente, uma calça larga comprada numa loja de departamentos, uma camisa malcortada. Um verdadeiro mendigo, vá por mim.

JW caiu na gargalhada.

Mudaram de assunto.

Dois minutos mais tarde, o celular de Putte tocou. Enquanto falava, com o aparelho grudado no ouvido, abria um sorriso largo para os caras. JW não entendia o que ele dizia.

Putte desligou.

— Pessoal, tenho uma surpresinha para a gente hoje à noite. Eles só estão procurando uma vaga para estacionar.

JW não fazia ideia do que ele falava. Os outros zombaram.

Cinco minutos se passaram.

Bateram à porta.

Putte foi abrir. Os outros permaneceram na sala de estar.

Nippe abaixou a música.

Uma garota alta de casaco e um fortão de jaqueta jeans entraram no apartamento.

Putte exultava:

— *Voilá.* Para animar a noite.

A garota se dirigiu ao aparelho de som com um andar de manequim. Num passo confiante e firme, quase deslizando, sobre saltos agulha tão altos quanto a torre de Kaknäs. Não tinha mais de 20 anos. Cabelos castanhos espetados como flechas. JW se perguntou: uma peruca?

Ela mudou o disco. Aumentou o som.

Kylie Minogue: "You'll never get to heaven if you're scared of gettin' high."

A garota tirou o casaco. Embaixo, usava apenas um sutiã preto, uma calcinha fio dental e ligas.

Começou a dançar no ritmo da música. Excitante. Provocante.

Fazia-se de ingênua. Sorria para os caras como se distribuísse bombons. Requebrava-se, enfiava a língua por entre os lábios, descansando um pé na mesinha de centro. Curvou-se para a frente e olhou JW nos olhos. Ele pigarreou. Gritou:

— Melhorou muito, Putte! Ela é muito mais gostosa que aquela que veio antes do verão.

A stripper se movia ao ritmo da música. Acariciava-se entre as pernas. Os caras berraram. Aproximou-se de Putte, beijou-o na bochecha, lambeu-lhe a orelha. Ele tentou lhe dar uma palmada na bunda. Ela recuou dançando, as mãos nas nádegas. Avançava e mordia o lábio inferior, no ritmo. Abriu o sutiã e se lançou para o brucutu que permanecia sem se mexer, recostado numa das paredes. A música continuava. Ela fez movimentos cada vez mais rápidos. Contorcia-se. Seus seios estavam empinados. Os caras a observavam, como se estivessem em transe.

Ela agarrou o fio dental. Desceu-o, subiu-o. Colocou mais uma vez o pé sobre a mesinha. Jogou-se para a frente.

JW estava de pau duro.

O show continuou por mais cinco minutos.

Cada vez melhor.

No fim, Nippe deixou escapar, brincando:

— Não vi nada tão bonito desde a minha crisma.

Na entrada, Putte se encarregou dos honorários. JW se perguntou quanto aquilo custava.

A stripper e seu gorila foram embora, enquanto eles se serviram de um último drinque e colocaram de novo o CD de Uggla. Trocaram impressões.

JW quis ir para a cidade.

— Vamos, pessoal. Vamos a pé, né?

Putte berrou:

— Ficou maluco? Vamos pegar um táxi!

Era hora de se mexer.

Putte chamou um táxi.

JW se perguntou se ia ter capital para curtir a noite inteira com os caras. Uggla bradava nos alto-falantes:

Quando a gente chega, ninguém consegue segurar,
A gente pega, mata e esfola.

3

A academia de ginástica: um ninho de sérvios. Entupidos de anabolizantes. Um bando de leões de chácara. E, o *must dos musts*: a presença ameaçadora de Radovan na área.

Mrado frequentava o Fitness Club fazia quatro anos.

Gostava do lugar, embora o equipamento estivesse um pouco deteriorado. Equipamento Nordic Gym — marca antiga. Paredes não muito limpas. Decoração kitsch de sala de ginástica. Dois vasos com terra falsa e plantas de plástico. Foda-se. Os halteres e a clientela, eis o que contava. Eurosport direto numa TV presa à parede em frente a duas bicicletas ergométricas. Techno o tempo todo nos alto-falantes. Arnold Schwarzenegger em pôsteres de 1992, Ove Rytter em 1994 nos campeonatos mundiais de fisiculturismo. Dois pôsteres de Christel Hansson, a moça com barriga tanquinho e peitos de silicone. Sexy? Não fazia o tipo de Mrado.

Caras fortões. Mas não os piores viciados em competição — estes não eram seu objetivo.

Caras que se preocupavam com seus corpos, suas cinturas e sua massa muscular, mas que, ao mesmo tempo, sabiam que havia coisas mais importantes na vida que a musculação. O trabalho. A honra. Bons investimentos. E, prioridade das prioridades: Mr. R.

Radovan detinha 33 por cento da academia. Um negócio lucrativo. Aberta 24 horas por dia o ano inteiro. Até na noite de Ano-Novo. Mrado já vira gente malhando em frente aos espelhos em plena noite do dia 31. Queimar uns quilinhos a mais, enquanto o resto do país bebia espumante diante de fogos de artifício. Mrado nunca comparecia a esse tipo de festejos. Tinha que cuidar do seu negócio. Seus horários: 21h30-23h. A essa hora, a sala ficava perfeita.

Além disso, o lugar tinha várias funções. Base de recrutamento. Poço de informações. Campo de treinamento. Mrado ficava de olho em seu rebanho.

Nos vestiários, imediatamente após a prática — um dos melhores momentos do dia para Mrado. O corpo ainda quente, os cabelos molhados. O vapor das duchas. O cheiro de xampu e desodorante. A dor nos músculos.

Relaxamento.

Vestiu sua camisa. Deixou-a desabotoada. O pescoço de Mrado era mais largo que o maior tamanho de colarinho de camisa. Um exemplo perfeito de pescoço de touro.

A série do dia: dorsais, quadríceps femorais e bíceps. O aparelho para as costas. Lentas trações com o grande dorsal. O principal era não puxar com os braços. Em seguida, abdominais. Um exercício para a parte inferior das costas. Depois, as coxas. Trezentos e cinquenta quilos na barra. Sobre as costas, empurrando para cima. Alguns diziam que o ângulo entre a panturrilha e o pé não devia mudar. Para Mrado, isso era papo de iniciante — uma vez retesada a perna, aquele que sabe o que faz empurra um pouco mais com os pés. Transmissão máxima. Concentração. A ponto de se cagar todo.

Para terminar: os bíceps. O músculo dos músculos. Mrado só levantava halteres.

Amanhã, a nuca, os tríceps e a parte posterior das coxas. Diariamente, abdominais. Estes nunca eram demais.

A caderneta na qual registrava as sessões ficava na recepção. Objetivo declarado de Mrado: passar de 120 para 130 quilos de músculos antes de fevereiro. Em seguida, mudar de estratégia. Jejuar. Queimar gordura. No verão, só músculos. Nada senão músculos, nenhuma gordura sob a pele. O corpo perfeito.

Malhava também em outro lugar, num clube de luta, o Pancrease Gym. Uma ou duas vezes por semana. Sentia-se culpado. Deveria ir lá com mais frequência. Era importante construir uma musculatura, sim. Mas a força tinha que servir para alguma coisa. A ferramenta de trabalho de Mrado: a intimidação. Sua envergadura já era um trunfo. Mas o que lhe permitia ir ainda mais longe era o que aprendia no Pancrease: quebrar ossos.

Estava acostumado a ficar uns vinte minutos nos vestiários impregnando-se daquela solidariedade especial que reina entre os homens numa academia de ginástica. Eles se esbarram, dirigem-se sinais cúmplices com a cabeça, trocam frases sobre o cronograma de treinamento do dia. Viram amigos. Aqui, mais que isso: homens de Radovan reunidos.

Assuntos de conversa típicos desses caras: a nova BMW série 5. Um tiroteio em Söder no fim de semana. Os últimos métodos para definir os tríceps.

Dois caras comiam atum direto das latas de 500 gramas. Um terceiro bebericava uma bebida proteica de cor cinza. Outro comia uma PowerBar. O objetivo era assimilar tantas proteínas quanto possível imediatamente depois da malhação. Revigorar as células musculares destruídas para fazê-las crescer mais.

Um rosto desconhecido entre o pessoal, um novato.

Mrado era grande. O recém-chegado: gigantesco.

Ignorava a regra de praxe: vir algumas vezes, manter distância. Sentir o ambiente. Mostrar humildade. Mostrar respeito. O gigante sentara-se bem no meio dos caras. Parecia ser da galera. Pelo menos, estava de bico calado, por enquanto.

Mrado calçou as meias. Esperou. Deixava-as sempre para o fim. Queria ficar com os pés bem secos.

— Tenho um trabalhinho para esse fim de semana, se interessar a alguém.

— Do que se trata? — perguntou Patrik.

Sueco. Ex-skinhead que tinha deixado os comparsas um ano antes para trabalhar com Mrado. Suas tatuagens nacionalistas eram muito loucas. Difícil discernir umas das outras. Uma grande mancha verde.

— Nada do outro mundo. Só preciso de uma forcinha. Como sempre.

— Mas, porra, como quer que a gente trabalhe para você se não diz do que se trata?

— Calma, Patrik. Você ainda vai se cagar de novo se começar a ficar nervoso. Acabei de dizer que será como sempre.

— Ok, Mrado. Era só para saber. *Sorry*. Do que estamos falando?

— Preciso de ajuda para faturar um pouco na cidade, vocês conhecem meus lugares.

Ratko, compatriota, amigo e braço direito de Mrado, franziu o cenho.

— Faturar? Mais que o normal? Eles não pagam a cada fim de semana o que te devem?

— A maioria, sim. Mas não todos. Sabe como é... E talvez haja novos bares que possamos explorar.

Mahmud, um dos raros árabes do clube, passava gel no cabelo.

— Sinto muito, Mrado, preciso treinar. Uma série extra toda noite.

Mrado respondeu:

— Você está exagerando. Sabe o que Ratko costuma dizer. Tem duas coisas que podem arranhar teu cu: ser obrigado a dar o rabo na cadeia porque você é um anão e se cagar nas calças após ter exagerado na musculação.

Ratko riu.

— O trabalho vai tomar a noite toda?

— Acho que pode levar um tempo. Você vem, Ratko? Você, Patrik? Mais alguém? Só preciso que cubram minha retaguarda. Vocês sabem, para eu não aparecer sozinho.

Mais ninguém se ofereceu.

O desconhecido gigantesco abriu a boca:

— Com seu corpinho de vespa, você precisaria de um exército inteiro.

Silêncio nos vestiários.

Duas possibilidades. O gigante se achava engraçado, tentava se integrar ao grupo. Ou então era uma provocação. Procurava o confronto.

Mrado olhou reto na sua frente. Sem se mexer. Ouviu-se o barulho da música no andar de cima, na sala de musculação. Mrado: o homem capaz de esmigalhar um clube inteiro de fisiculturistas.

— Você é um rapaz forte. Admito. Mas não se empolgue muito.

— E por quê? É proibido fazer piada aqui, por acaso?

— Não se empolgue muito.

Ratko tentou abrandar o fogo.

— Ei, pega leve. Claro que é permitido fazer piadas, mas...

O gigante o interrompeu:

— Vai tomar no cu! Faço piada quando e onde quero!

Silêncio sepulcral nos vestiários.

Mesmo pensamento em todas as cabeças: o forasteiro optou pela roleta-russa.

Mesma pergunta em todos os crânios: quer sair daqui caminhando?

Mrado se levantou. Vestiu seu agasalho.

— Meu velho, é melhor você fazer logo o que veio fazer aqui.

Mrado deixou o vestiário.

Semblante aliviado. Tranquilo. Ponderado.

Doze minutos depois. Em cima, na sala de musculação. O gigante diante do espelho. Um haltere de 45 quilos em cada mão. Balançava ligeiramente ao ritmo de seus movimentos. As veias iguais a minhocas ao longo dos antebraços. Os bíceps do tamanho de bolas de futebol. Arnold Schwarzenegger — vá para o chuveiro.

O sujeito levantou os halteres. Rosnou. Gemeu.

Contou. Seis, sete...

Eram onze e meia da noite. Hora em que a sala estava normalmente vazia.

Mrado, na recepção, anotava a sessão em sua caderneta.

... oito, nove, dez...

Patrik subia os degraus. Falava com Mrado. Disse-lhe:

— Te ligo na sexta sobre o trabalho. Mas estou a fim. Pode ser?

— Valeu, Patrik. Conto com você. Voltamos a nos falar por telefone.

... 11, 12. Pausa. Um minuto. Sem deixar os músculos se contraírem.

Mrado se aproximou do gigante. Instalou-se ao seu lado. Encarou-o. De braços cruzados.

O gigante o ignorou. Recomeçou a contar. Gemeu.

Um, dois, três...

Mrado pegou um haltere de 25 quilos. Levantou-o duas vezes no compasso do gigante. Pesado para seus bíceps ainda cansados do exercício.

...quatro, cinco.

Deixou cair o haltere sobre o pé do gigante.

Ele gritou como um porco escorchado. Deixou os halteres escaparem. Agarrou o pé. Pulou numa perna só. Lágrimas nos olhos.

Mrado pensou: imbecil. Em vez disso, deveria ter dado um passo atrás e se posto em guarda.

Mrado desferiu um tremendo pontapé na outra perna do cara. Cento e cinquenta quilos desmoronaram no chão. Mrado em cima dele. Mais rápido do que se poderia esperar. Deu as costas para a janela. Sacou seu revólver. Smith & Wesson Sigma .38. Pequeno, mas Mrado o achava prático porque podia escondê-lo no casaco.

Quem estava do lado de fora não podia ver o que estava acontecendo. Sacar uma arma de fogo — não fazia o gênero de Mrado. Ainda mais numa sala de musculação.

O cano enfiado na boca do gigante.

Mrado engatilhou.

— Escute bem, querido. Eu me chamo Mrado Slovovic. Esta é a nossa academia. Nunca mais ponha os pés aqui. Se quiser conservá-los, está entendido?

O gigante, tão passado quanto uma estrela de reality show três meses após o fim da série, compreendeu que tinha feito merda.

Talvez de maneira definitiva.

Talvez fosse o fim.

Mrado se levantou. Apontou a arma para baixo. Mirou no gigante. De costas para a janela. Indispensável. O gigante ainda no chão. Mrado pisou no seu pé dolorido — os 120 quilos de Mrado sobre artelhos que acabaram de ser quebrados.

O gigante gemeu. Não ousou se esquivar.

Mrado observou: era uma lágrima o que via no canto de seu olho?

Disse:

— Fora, belezoca, é hora de carregar seu esqueleto para casa.

Cai o pano.

4

As noites eram infindáveis.

Confinado numa cela das oito da noite às sete da manhã, tinha tempo de sobra para refletir. Um ano, três meses e, agora, 16 dias atrás das grades. Impossível fugir, diziam. Bobagem.

Jorge não conseguia ficar parado. Ansiava por um cigarro. Dormia mal. Ia ao banheiro sem parar. Os guardas ficavam loucos de tanto ter que abrir a porta para ele.

Passava suas noites intermináveis remoendo pensamentos que lhe evocavam lembranças trágicas.

Revia Paola, sua irmã. Tudo corria bem para ela na universidade. Tinha escolhido outra vida. O *estilo sueco* e a segurança. Ele a adorava. Ruminava as palavras que lhe diria quando estivesse livre, quando a visse de verdade, não mais uma fotografia em cima da cama.

Pensou em sua mãe.

Recusou-se a pensar em Rodriguez.

Pensou em diversos planos. Pensou no Plano. Em primeiro lugar, malhar mais que todo mundo.

Diariamente, dava vinte voltas pelo perímetro do presídio, ou seja, 8 quilômetros. Dia sim, dia não: sessão na sala de ginástica. Prioridade absoluta para as pernas. A parte anterior e posterior das coxas, as panturrilhas. Exercitar-se nos aparelhos. Conscienciosamente. Depois, alongar cuidadosamente. Os outros achavam que ele tinha ficado maluco. Sua meta: 400 metros em menos de cinquenta segundos, 3 quilômetros em menos de 11 minutos. Iria conseguir, agora que tinha passado a fumar menos.

O terreno era bem-conservado. A grama, bem-cortada. Os arbustos, baixos. Sem árvores altas. Risco óbvio. Passagens em torno do prédio. Bom para exercitar os joelhos durante a corrida. Faixas largas de grama. Duas traves de futebol. Uma pequena quadra de basquete. Uns bancos para fazer musculação ao ar livre. À primeira vista, um simpático campus universitário. A única coisa que destruía a ilusão: um muro de 7 metros.

A corrida. O barato de Jorge. Seu corpo era tão atlético quanto o de um guerrilheiro, sem músculos exagerados, sem gordura inútil. Veias bem visíveis nos antebraços. No liceu, uma enfermeira lhe dissera uma vez que ele era o sonho de qualquer hemocentro. Jorge, adolescente babaca que era, lhe respondera que com seu visual de vaca gorda ela podia sonhar na puta que pariu. Daquela vez, nada de atestado médico.

Seu cabelo era liso, castanho-escuro e penteado para trás. Olhos: castanho-claros. Apesar das temporadas na cadeia, uma espécie de inocência no olhar. Quando era moda, tinha sido uma vantagem para traficar pó.

Durante a semana, trabalhavam nas oficinas. Só eram autorizados a sair duas vezes por dia: uma hora durante o almoço, e das cinco às sete horas, para o jantar. Depois: tranca na porta, e *basta*. Apenas quatro muros. No fim de semana, podiam sair por mais tempo. Os outros batiam bola. Levantavam pesos. Treinavam com as gangues. Fumavam, misturavam-se e apertavam baseados quando os guardas se distraíam. Jorge, não, Jorge treinava.

Começara a fazer cursos por correspondência na Komvux, a instituição de ensino para adultos. A direção do presídio via aquilo com bons olhos. Isso lhe dava um motivo plausível para desfrutar de alguns momentos a sós. Diariamente, das cinco da tarde até a hora do jantar, ele ficava no fundo da cela, lendo, de porta aberta. Uma encenação que funcionava. Os guardas balançavam a cabeça, benevolentes. *Putos.*

A cela era pequena: 6 metros quadrados pintados de bege, uma janela de 50 centímetros quadrados. Três barras horizontais de aço pintadas de branco com um intervalo de 22 centímetros impediam toda e qualquer evasão. Ainda que Ioan Ursut, o rei, tivesse conseguido. Ele ficou três meses sem comer, depois se besuntou com manteiga. Jorge se perguntava que parte do corpo, a cabeça ou os ombros, tinha sido a mais difícil de passar.

O mobiliário era espartano. Uma cama com um fino colchão de borracha, uma escrivaninha com duas estantes em cima e uma cadeira com encosto em X combinando, um armário e um canto para deixar o chapéu. Nenhum esconderijo possível. Uma ripa de madeira para prender pôsteres contornava a parede. Nada podia ser colado diretamente na parede — o risco de esconderem drogas ou outra coisa qualquer atrás era muito grande. Jorge pendurara ali a foto de sua irmã e um pôster. Um clássico em preto e branco: Che com sua barba hirsuta e de boina.

Os guardas revistavam a cela pelo menos duas vezes por semana. Procuravam drogas, bebida ou grandes objetos de metal. O mesmo que nadar contra a corrente. O lugar estava abarrotado de maconha, bebidas destiladas do mercado negro e comprimidos de Subutex.

A atmosfera o deixava claustrofóbico. Às vezes, entretanto, flutuava numa nuvem — a ideia da evasão era como uma megaviagem. Nesse intervalo, comportava-se como um viciado escroto que se esconde para se picar nos banheiros. Evitava todo contato. Perigoso, inútil. Qualquer suspeita que pairasse sobre seu plano poderia fazer tudo ir para o brejo — havia traidores que lambiam as botas dos guardas.

Pensou em sua infância. Nos professores de Sollentuna, todos racistas por trás de sua máscara de pessoas corretas. Nas assistentes sociais lésbicas, nos professores covardes e nos policiais arrogantes: todas as condições para um garoto da periferia escolher o mundo do crime. Eles não sabiam nada da Vida, porra. A justiça submetida às leis das gangues. Mas Jorge nunca se queixara. Ainda mais agora. Em breve, estaria novamente do lado de fora.

Ele refletia sobre o tráfico de cocaína. Reunia cartões de visita. Analisava. Combinava as ideias. Observava Rolando e outros.

Tinha sonhos bizarros. Dormia mal. Tentava ler. Masturbava-se. Eminem, The Latin Kings e Santana no ouvido. O exercício físico como uma obsessão. Masturbava-se de novo.

As horas passavam como dias.

Jorge estudava o terreno. Organizava-se. Memorizava. Vacilava entre a impaciência alegre e a ansiedade. Mais do que nunca, levava-se a sério. Nunca havia concentrado daquela forma seus pensamentos numa única coisa. Tinha que funcionar.

Jorge não conhecia ninguém do lado de fora que estivesse disposto a assumir grandes riscos. Consequência: era obrigado a agir por conta própria. Mas não completamente.

Rolando não fizera mais referência a sua conversa sobre as fugas no refeitório. Aparentemente, era um sujeito confiável. Se tivesse dedurado, todo o Österåker já estaria a par. Mas tinha que testá-lo novamente. Para ver se podia realmente lhe revelar parte de seu plano. De toda forma, precisaria da ajuda dele.

Primeiro problema de fato: ele precisava falar com determinadas pessoas e preparar o equipamento. Precisava passar algumas horas fora do presídio. Österåker não concedia mais licenças comuns. Em contrapartida, os prisioneiros podiam se beneficiar de licenças vigiadas se tivessem motivos particulares. Jorge fizera seu pedido dois meses antes. Tivera que preencher o formulário 426a. Alegara "estudar e ver a família" como finalidade. Aquilo parecia não impor nenhum problema. Além do mais, era verdade.

Eles apreciavam seus estudos. Viam-no com bons olhos porque ele não fazia parte de nenhuma gangue. Era considerado bom elemento. Nada depunha contra ele. Não se drogava. Não se metia em brigas. Obediente, sem ser uma bicha.

Haviam lhe concedido um dia, 21 de agosto, para seus estudos e para se encontrar com a família. Estaria inclusive autorizado a fazer compras e visitar amigos. O primeiro dia fora dos muros desde o início de seu encarceramento. Seria um dia agitado. Fantástico. Se quisesse que seu plano funcionasse, teria que trabalhar dobrado. Estava fora de questão apodrecer em Österåker o resto de seus dias.

O único porém: nessas licenças vigiadas, tinha-se sempre a companhia de três guardas.

Chegou então o dia D. Doze horas de histeria engenhosamente administrada.

Às nove da manhã, Jorge e os guardas embarcaram na van do presídio para irem a Estocolmo. Rumo à biblioteca municipal.

Jorge contou piadas.

Riram.

O ambiente era ótimo dentro do micro-ônibus.

Um bom começo de dia.

Cinquenta minutos depois, entravam na cidade.

Odengatan.

Desembarcaram.

Subiram os degraus que levavam até a entrada da biblioteca municipal.

No interior: uma cúpula. Jorge mirou o teto. Os guardas estranharam. Um fanático por arquitetura ou o quê?

Pediu para ver Riitta Lundberg. A superbibliotecária. Já falara com ela ao telefone, desfiando sua lenga-lenga: que estava na prisão e fazia cursos por correspondência na Komvux. Que precisava de boas notas nos exames para poder começar uma vida nova após sua saída. Teatro puro. Estava escrevendo um trabalho sobre a história de Österåker e seus arredores, o passado desse monumento histórico.

Riitta apareceu. Correspondia ao quadro que Jorge pintara dela: comunista acadêmica num suéter de tricô. Um colar que parecia um cone envernizado. Uma caricatura ambulante de bibliotecária.

Os guardas separaram-se sob a cúpula. Sentaram-se perto das saídas. Observaram-no de longe.

Jorge assumiu sua voz de veludo. Disfarçou seu linguajar da periferia:

— Bom dia, Riitta Lundberg? Sou Jorge. Nos falamos ao telefone.

— Sim, perfeitamente. Então é o senhor que está escrevendo um trabalho sobre a história de Österåker?

— Isso mesmo. Acho que é uma região muito interessante, habitada há milhares de anos.

Jorge tinha se informado. Havia brochuras na prisão. Era permitido pegar determinados livros na biblioteca de lá. Tinha a impressão de ser um titereiro manipulando seus cordões com agilidade.

Torcia para os guardas não ouvirem nada.

Ela engoliu a história. Após seu telefonema, já preparara o que ele precisava. Alguns livros sobre o casarão. Mas, em primeiro lugar, mapas e fotos aéreas.

Riitta, querida.

Os guardas certificaram-se de que as janelas da sala de leitura eram suficientemente afastadas do solo. Depois, sentaram no salão, perto da saída.

Tudo estava calmo. Eles não sacavam *nada*.

Três horas de esgrima intelectual com os mapas e as fotos. Não estava acostumado a ler aquele tipo de documento. Mas fizera o dever de casa. Nas últimas semanas, estudara os mapas nos anuários e atlas da biblioteca do presídio a fim de se familiarizar com seu sistema. Arrependeu-se de ter matado as aulas de geografia na escola.

Espalhou todos os documentos à sua frente. Pediu uma régua. Procedeu mapa por mapa. Vista aérea por vista aérea. Escolheu os mapas que indicavam melhor o terreno e suas passagens. Selecionou as fotos mais detalhadas. Procurou as trilhas e clareiras mais próximas, os atalhos mais visíveis. Estudou os postos de guarda que conhecia, sua localização e a distância que os separava. Verificou o acesso às autoestradas. Os diferentes trajetos possíveis. Familiarizou-se com os acidentes que marcavam o solo arenoso, a altitude, a floresta. Viu que o solo era firme. Mediu. Dividiu. Refletiu. Marcou. Ponderou.

Qual daqueles caminhos o levaria com mais segurança para fora?

O interior: dois prédios principais com um andar que abrigavam as celas dos prisioneiros e uma casa de dois andares com as oficinas onde trabalhavam os detentos, e o refeitório. Além disso, havia uma enfermaria, o prédio dos guardas com vários andares, seu refeitório, e os locutórios. Entre estes últimos e o resto, havia um muro.

O exterior do presídio: uma área de cerca de 30 metros estava desmatada, à exceção de alguns arvoredos, moitas e mudas de árvores recém-plantadas. Depois, a floresta se estendia por vários quilômetros. Atravessada por trilhas estreitas.

Fechou os olhos. Absorveu as imagens. Voltou a estudar as fotografias e os mapas. Consultou todos os documentos. Tentou distinguir com clareza as linhas, analisando a altitude, as trilhas e os cursos d'água. Observou as gradações. Cada mapa tinha uma legenda diferente. A escala era aqui de 1 milímetro para 50 metros; ali, 1 centímetro para 300 metros etc.

Jorge: mais minucioso que ele próprio se julgara. Destrinchou os arredores.

No fim, detectara três lugares possíveis por onde escapar e outros três onde estacionar um carro. Fotocopiou um mapa. Marcou os lugares nele. Atribuiu-lhes números. Lugar A, B e C. Lugar um, dois e três. Memorizou-os.

Verificou tudo duas vezes.

Saiu.

Os guardas estavam de saco cheio. Jorge pediu desculpas. Não podia irritá-los naquele dia. Pareciam aliviados quando finalmente terminou.

A escala seguinte era a mais importante do dia: Sergio, primo de Jorge. Seu irmão de armas na época de Sollentuna. O centro nevrálgico do plano.

Jorge e os guardas entraram no McDonald's ao lado da biblioteca municipal. O aroma dos hambúrgueres despertou lembranças.

Foram recebidos por um largo sorriso.

— *Primo!* Que prazer revê-lo.

Sergio vestia um jogging preto. Uma rede nos cabelos como uma porra de cozinheiro. Cumprimentou Jorge batendo seu punho contra o dele. A saudação clássica da área. Precisava evitar que o primo bancasse o gângster na frente dos guardas.

Sentaram-se. Conversaram. Tudo em espanhol. Sergio convidou todos os quatro para comer um hambúrguer. Ah, meu Deus. Os guardas se instalaram numa mesa contígua. Comeram como porcos.

O McDonald's parecia mais moderno que da última vez em que Jorge estivera lá. Um mobiliário reluzente de novo. Cadeiras em madeira clara. As fotografias dos hambúrgueres parecendo mais sexy. As operadoras de caixa também. Mais salada e verde — segundo Jorge: comida de coelho. Apesar de tudo, era o símbolo da liberdade. Tudo bem, cheirava a malva, mas o McDonald's era uma coisa especial para J-boy. Seu restaurante predileto. Um ponto de encontro. A alimentação básica de todos os caras da periferia. Em breve, poderia voltar quando bem quisesse.

Sentiu-se estressado. Tinha que ir direto ao ponto.

Em poucas palavras, explicou a Sergio seu plano de fuga:

— Num mapa, três lugares diferentes parecem apropriados. O carro deve estar num dos lugares que marquei com um número. Num dos lugares indicados com uma letra, você vai fazer como eu vou dizer. Ainda não sei qual deles é o melhor. Preciso pensar um pouco. Vou te mandar uma carta anotada, na terceira linha de baixo pra cima, a letra e o número em questão. Uma cópia do mapa, com minhas instruções anotadas, está numa folha dobrada na página 45 de um livro chamado *Legal Philosophies*. O autor se chama Harris. Na biblioteca municipal, aqui do lado. Entendeu? — perguntou Jorge.

Sergio não era o homem mais inteligente do mundo, mas pescava aquele tipo de coisa. Jorge ficaria em dívida com ele para sempre, embora fosse montar o plano todo sozinho. Sergio faria o que pudesse para ajudá-lo.

Jorge lhe pediu notícias da irmã. O cheiro do McDonald's misturado à lembrança de Paola. Momentos recheados de nostalgia diante de uma comida de merda.

O restante da conversa foi apenas teatro, falaram da família, de velhos colegas de Sollis e de garotas. Uma comédia para os belos olhos dos guardas.

Agora, tinha que pegar a estrada.

Jorge deu quatro beijos em Sergio quando eles se despediram, trocando saudações em espanhol.

Já eram quatro da tarde. Ele e os guardas tinham que estar de volta às sete.

Etapa seguinte: comprar tênis. Antes, havia consultado catálogos. Informara-se. Telefonara para as lojas. Fizera pesquisas. Gel, Air, Torsion, e todas as filigranas de tênis supermodernos. Muita merda pseudotecnológica. O jeito era decifrar aquele blá-blá-blá. Comprar realmente um bom equipamento. As duas qualidades que ele procurava: tênis apropriados para corrida — importante —; tênis que tivessem o melhor sistema de amortecimento do mercado — primordial. Os guardas achavam o máximo passear pelas lojas de esportes. Jorge sabia aonde ir. À Stadium, na Kungsgatan, onde havia maior variedade.

Entraram na van e se dirigiram a um estacionamento na Norrlandsgatan. Jorge perguntou se podia dirigir durante o curto trajeto. Os guardas recusaram.

Saíram do veículo. Para comprar um tíquete, um dos guardas foi obrigado a trocar 20 coroas com um cara que acabava de estacionar.

Saíram na rua.

As sensações. A cidade. Kungsgatan. A pulsação. O calor de agosto. Jorge se lembrou da vez em que percorrera lentamente a Kungsgatan numa BMW 530i, o carrão típico dos barões da droga. Foi dois dias antes de ir em cana. Claro, o carro lhe fora emprestado por um colega, mas valeu. Estilo. A vida de verdade. Dinheiro. Mulheres. Reputação.

Agora: *Jorge was back in town*.

O que aprendera desde então? Pelo menos uma coisa era certa: o próximo golpe que desse seria bem-preparado. Subitamente, compreendeu o que o distinguia de tantos outros. Sentia-se o maior, o mais esperto, o mais confiante. E todo mundo à sua volta achava a mesma coisa. A diferença era que Jorge percebia intimamente que talvez não fosse este o caso — e nisso residia sua grande força. Eis por que, doravante, pensaria em tudo sempre duas vezes. Planejar tudo, preparar tudo — alcançar o impossível.

Continuou a sonhar.

Olhou à sua volta. Os guardas o vigiavam.

As pessoas se agitavam na rua. Ao ritmo da liberdade. Paquerava. Quentes, as *chicas*. Quase esquecera: as garotas eram muito mais bonitas no verão que no inverno. Eram, porém, as mesmas garotas. Um verdadeiro enigma.

Em breve, Jorge estaria de volta. Estudaria a Kungsgatan. Teria todos os rabos que quisesse. Pegaria todas as vagabundas, poderia finalmente ser Jorge de novo.

Joder, sentia uma vontade louca de fugir. Conseguira aquela licença. Isso já era o delírio total. Sozinho na companhia de três guardas na Kungsgatan. Que sorte! Só precisava atacar. Estava bem-treinado. Era forte. Um bad boy. A cidade não tinha nenhum segredo para ele. Não, o risco era muito grande. Os guardas estavam simpáticos hoje, mas conheciam seu ofício. Estavam de sobreaviso. Não tiravam os olhos dele. À espreita. Podiam se zangar por uma ninharia. Tinham todos os direitos. Podiam interromper o passeio a qualquer momento. Impedi-lo de realizar seu verdadeiro plano.

Não estava preparado. Não podia fugir agora. O risco de se dar mal era muito grande.

A vendedora era gostosa. Jorge estava com tesão. Mas comprar os tênis era mais importante que a azaração. Tinham o modelo que ele queria. Já sabia. Asics 2080 Duomax com gel na sola. Principal qualidade: um amortecimento de primeira. Apesar de tudo, deu umas voltinhas antes pela loja, que era grande.

Aos 13 anos, ele e seus colegas tinham roubado umas coisas ali quando saíram de Sollentuna. De novo sua nostalgia da adolescência. Primeiro no McDonald's, agora na loja de esportes. Puta merda, o que estava acontecendo?

Visitou igualmente o segundo andar, para fazer tipo. Além dos tênis, comprou uma calça de jogging e uma camiseta de basquete.

Eram cinco da tarde. Não tinha pressa. Apenas uma última coisa a fazer. Ia visitar um amigo, um ex-agente penitenciário, Walter Bjurfalk, que havia pedido demissão um ano antes. Os guardas acharam isso simpático. Não demonstraram surpresa por Jorge querer encontrar o ex-guarda. Alguns membros da equipe penitenciária faziam amizade com os presos, só isso. Os guardas não faziam a mínima ideia da verdadeira razão pela qual Walter pendurara as chuteiras.

Marcaram um encontro no Galway's, na Kungsgatan. Um local totalmente viking. Decorado em verde no estilo típico de um pub irlandês. Os painéis pendurados: Highgate & Walsall Brewing Co. Ltd. Procuravam ser criativos: *In God we trust, all the rest: cash or plastic.* Um cheiro de cerveja. Um ambiente agradável.

Os guardas sentaram-se algumas mesas adiante e pediram um café para cada um. Jorge pediu uma garrafa de água mineral pouco gasosa. A cerveja era proibida durante as licenças vigiadas. Walter pediu uma Guinness. O barman levou dez minutos para encher o copo.

Conversaram um pouco. Sobre a minirrebelião ocorrida no último verão em Österåker. Sobre o que acontecera com os envolvidos. Sobre aqueles que haviam recebido uma pena extra. Finalmente, depois de conversarem meia hora, Jorge abaixou a voz e fez a pergunta pela qual viera:

— Walter, estou com um problema sério e gostaria de conversar com você.

Walter ergueu a cabeça, com a curiosidade no olhar.

— Vá em frente.

— Vou picar a mula. Porra, ainda tenho três anos pra mofar na cadeia! Tenho uma ideia que pode funcionar. Conto com você, Walter. Você sempre foi um bom carcereiro. Sei por que pediu demissão. Todo mundo sabe. Você era legal com a gente. Você nos ajudou. Estaria disposto a me ajudar agora? Com remuneração, naturalmente.

Jorge confiava 99 por cento em Walter. O um por cento restante: Walter podia fazer jogo duplo. Nesse caso, ele estava fodido.

Walter começou:

— É difícil fugir de Österåker. Nesses últimos dez anos, só três caras conseguiram. Todos os três foram presos nos 12 meses seguintes à fuga. É isso o mais difícil: permanecer escondido depois. Veja o que aconteceu com Tony Olsson e os outros. O melhor pra você é que o seu plano esteja bem-amarrado. Senão, você se fode. Eles tinham se escondido embaixo de uma ponte em Sorunda, quando a Força de Segurança Nacional os prendeu. Não tiveram nenhuma chance. Por outro lado, eram uns demônios, violentos, eles que se fodessem. Agora não estou mais no ramo, se é que posso dizer assim, não sei se posso ajudar. Mas por uma graninha podemos tentar. Do que precisa? Nunca fui dedo-duro, você sabe.

Jorge tomara sua decisão. Apostaria em Walter.

— Tenho que saber algumas coisas. Pago 5 mil se me fizer esse favor.

— Como acabei de falar, posso tentar.

Sensação estranha. Estar sentado num pub — a apenas poucos metros dos guardas — discutindo um plano de fuga com um ex-agente penitenciário. Esforços para controlar a expressão do rosto. Fazer de maneira que eles não reparem em sua tensão. Jorge pôs as mãos nos joelhos, sob a mesa. As pernas cruzadas. Brincou com o guardanapo. Rasgou-o em tiras. Tentou se concentrar.

— Duas perguntas. *Primo*, gostaria de conhecer a rotina dos guardas quando eles vigiam a gente no pátio. *Secundo*, preciso saber quanto tempo eles levariam antes de perseguir alguém que pulasse por cima de um dos muros, provavelmente um daqueles em volta do prédio D do lado sul.

Walter tomou um gole de cerveja. Seu lábio superior ficou cheio de espuma.

Pôs-se a falar do que fizera naquele verão. Conversa desinteressante. Jorge o encarou: Walter pensava, refletia e falava ao mesmo tempo, para não despertar a atenção dos guardas.

Jorge olhou de relance na direção deles. Os guardas conversavam tranquilamente. Relaxados.

Beleza.

Acalmou-se.

Walter sabia muita coisa. Explicou-lhe tudo o que sabia. Informação quente. Útil. Por exemplo: a localização dos guardas, o dispositivo em caso de evasão, os códigos de comunicação, as formalidades. Os horários de revezamento da guarda, o método de revista corporal, o sistema de alarme. Os planos de intervenção A e B: A se referia à tentativa de fuga de um único prisioneiro, B, à tentativa de fuga de vários. Riscaram um traço sobre o C, os procedimentos em caso de rebelião. O conhecimento de Walter valia ouro.

Jorge ficou eternamente grato. Prometeu lhe enviar as 5 mil coroas dali a algumas semanas.

Os guardas fizeram um sinal a Jorge.

Era hora de voltar.

Bom, disse a si mesmo, já estou mais fora do que dentro.

5

No bairro chique de Estocolmo, ninguém desconfiava disto: Johan Westlund, mais conhecido como JW, o cara na crista da onda, não passava de um cidadão médio, um perdedor, um triste sueco médio. Nada além de um blefe, um mentiroso, que fazia um jogo duplo arriscado — o luxo e a vida perdulária com seus colegas duas ou três noites por semana, o resto do tempo sendo obrigado a contar cada centavo para conseguir pagar as contas.

Por trás da máscara, JW não passava de um pé de chinelo.

Almoçava macarrão com molho de tomate cinco vezes por semana, nunca ia ao cinema, dava calote no metrô, roubava papel higiênico nos banheiros da universidade, surrupiava comida no supermercado e meias Burlington no NK, cortava o próprio cabelo, comprava roupas de grife em butiques de saldos e se esgueirava sorrateiramente na academia quando a moça da recepção se distraía. Sublocava um quarto na casa de uma tal Sra. Reuterskiöld — Putte, Fredrik, Nippe e os outros caras sabiam disso. Sua residência: o único elemento de sua vida real que não podia esconder. De certa forma, os caras haviam recebido bem aquilo.

JW desenvolvera toda uma estratégia para economizar. Só usava lentes de contato se fosse obrigado, e conservava suas lentes com duração para um mês por muito mais tempo que o aconselhado, até os olhos arderem. Levava sempre sua própria sacola quando fazia compras, preparava pessoalmente cereais para o café da manhã, comprava comida de marcas baratas, colocava vodca alemã vagabunda em garrafas de Absolut — e, por milagre, ninguém se dava conta.

Quando ninguém via, JW vivia uma vida de merda. *Big Time.*

O lado financeiro era barra-pesada. Vivia do dinheiro do Estado: das ajudas de custo e de sua bolsa de estudante. Mas, com seu estilo de vida, isso não bastava. Eram seus biscates que o salvavam: o táxi pirata.

De toda forma, tinha dificuldade para fechar as contas. Com os caras, gastava com facilidade 2 mil coroas numa noite. Que ele ganhava, se tivesse sorte, numa noite boa com o táxi. Era bom motorista: jovem, sueco e fisionomia simpática. Todo mundo confiava em JW.

Mas se tornar realmente um deles, era esta a verdadeira dificuldade. Lia *Fredrik & Charlotte*, aprendia o jargão, a etiqueta, as regras e os códigos não escritos. Escutava suas conversas, o timbre de voz nasalado, tentava escamotear seu sotaque do norte. Aprendia a usar a palavra "sinistro" na hora certa, tentava se lembrar das roupas que convinha apreciar, das estações de esqui da moda, dos points das férias de verão na Suécia. Estes se contavam na ponta dos dedos: Torekov, Falsterbo, Smådalarö etc. Sabia que devia gastar com classe: um Rolex, usar Tod's, um terno Prada, sacar uma pasta Gucci de crocodilo no meio da aula na universidade. Estava impaciente para dar o passo seguinte, comprar uma BMW conversível para poder ostentar os três elementos básicos: gel no cabelo, pele bronzeada, BMW.

JW controlava bem seu jogo, ele funcionava. A alta sociedade o assimilava. Era alguém. Achavam-no engraçado, bonito e generoso. Em todo caso, sabia que outros eram céticos. Havia falhas em sua história, não conheciam seus pais, nunca tinham ouvido falar da escola que ele frequentara. Suas mentiras nem sempre se sustentavam. Às vezes, eles se perguntavam se tinha realmente passado as férias de inverno em Saint-Moritz. Ninguém que se encontrava lá naquela época se lembrava dele. Morara efetivamente em Paris, pertinho do Marais? Seu francês não era muito convincente. Percebiam claramente, sem conseguir explicar, que alguma coisa não se encaixava. JW percebia todas as dificuldades que tinha para se disfarçar, adaptar, parecer totalmente autêntico. Para ser aceito.

E tudo isso por quê? Ele mesmo não tinha resposta para essa pergunta. Não porque não refletisse — compreendia muito bem que estava em busca de reconhecimento, que era uma maneira de adquirir um certo status social. Mas não compreendia por que escolhera justamente esta, que podia levar direto à humilhação. Se um dia viessem a descobrir suas manobras, poderia ter que deixar a cidade. Às vezes, ruminava que era justamente por isso que continuava, para testar os limites, numa lógica masoquista. Para ser obrigado a enfrentar a vergonha se a verdade um dia viesse à tona. No fundo, estava se lixando para Estocolmo. Suas raízes estavam longe dali. Com exceção da atenção que lhe davam, das festas, das garotas, da vida de glamour e do dinheiro, na verdade não gostava de nada. Coisas superficiais. Dane-se a cidade. Porém, naquele momento, era na capital que tudo acontecia.

JW tinha uma história verdadeira. Vinha de Robertsfors, no norte de Umeå, e se mudara para Estocolmo quando entrou no ensino médio. Sozinho, pegara o trem para o sul, armado apenas com duas mochilas e um pedaço de papel, no qual estava assinalado o endereço de um primo de seu pai. Ficou lá três dias, depois se instalou na casa da Sra. Reuterskiöld. E se lançou naquela sociedade que frequentava agora. Mudou de estilo, de roupas e de penteado. Começou a circular com a alta-roda, no Östra Real. Sua mãe e seu pai se preocuparam no início, mas não puderam fazer nada diante de sua determinação. Terminaram por aceitar sua decisão — se ele estava contente, estavam contentes também.

JW raramente pensava nos pais. No restante do tempo, era como se sequer existissem. Seu velho era chefe de equipe numa serraria, exatamente o oposto do que JW planejava para si mesmo. Sua mãe trabalhava numa agência de empregos. Estava orgulhosa de ter um filho na universidade.

Em contrapartida, não lhe saía da cabeça a tragédia que assombrava sua família. Uma tragédia insólita e não resolvida. Um acontecimento do qual todos em Robertsfors estavam a par e do qual ninguém falava nunca.

Camilla, a irmã de JW, desaparecera quatro anos antes, e ninguém sabia o que acontecera. Passaram-se semanas até que alguém notasse seu desaparecimento. Nenhum vestígio em seu apartamento em Estocolmo. Nenhum indício em suas últimas conversas com os pais. Ninguém sabia de nada. Talvez não passasse de um equívoco. Talvez ela tivesse escondido tudo para sair do país. Talvez tivesse se tornado uma estrela de Bollywood e estivesse aproveitando a vida. JW não aguentava mais o ambiente que reinava em casa depois de seu desaparecimento. Seu pai, Bengt, havia se afundado no alcoolismo, apiedara-se de sua sorte, antes de finalmente se calar completamente.

Sua mãe, Margareta, tentava manter o moral elevado. Cogitara a hipótese de um acidente, acreditava que poderia esquecer tudo se empregando no braço regional da Anistia Internacional. Trabalhava mais ainda, fazia terapia e contava seus pesadelos, cujo único efeito era torná-los mais frequentes, uma vez que o idiota do terapeuta fazia com que ela se lembrasse deles duas vezes por semana. Mas JW sabia e estava convicto: nunca, mas nunca, Camilla teria partido daquele jeito, sem dar sinal de vida durante quatro anos. Definitivamente, desaparecera. No fundo, era o que todo mundo achava.

Essa história o atormentava. O culpado continuava livre, leve e solto, sem ter pago pelo que fizera.

O ambiente em sua casa o sufocava, o que o levou a se mudar. Uma maneira também de seguir os rastros da irmã. Camilla, três anos mais velha que ele, também saiu da cidade aos 17 anos. Almejava algo mais que viver no reino da falsa felicidade. Sua mãe sempre dissera que, crianças, Camilla e JW tinham brigado muito, mais que os outros. Não se entendiam. Mas, dois anos após sua partida para a cidade, estabelecera-se uma relação entre os dois. Ele começara a receber mensagens pelo celular, às vezes breves telefonemas, de quando em quando um e-mail. Haviam conseguido encontrar um terreno de entendimento, compreender que visavam aos mesmos objetivos. Hoje, JW sabia: tinham o mesmo caráter. Em seus sonhos, JW via a irmã como a rainha do Stureplan. Aquela que, por sua beleza estonteante, era notada em todas as festas. Majestosa. Conhecida. Que chegara aonde ele queria chegar.

* * *

A transação do táxi pirata era simples. Abdulkarim Haij, um árabe que ele tinha conhecido num bar um ano antes, emprestava-lhe um carro. O tanque estava cheio quando o pegava e ele o enchia antes de devolvê-lo. Os outros motoristas da cidade não reclamavam — sabiam que ele dirigia para o árabe. O preço era negociado no início de cada corrida. JW anotava tudo num bloquinho: a hora exata em que pegava um freguês, aonde ia, quanto dinheiro recebia. Abdulkarim ficava com quarenta por cento.

De tempos em tempos, o árabe o punha à prova. Tipo: um de seus amigos se fazia passar por um passageiro e pegava o carro de JW. Depois, Abdulkarim comparava o montante que seu passageiro de controle tivera de pagar com a cifra marcada em seu bloquinho. JW era honesto. Não queria perder o emprego de jeito nenhum. Era sua salvação, o único jeito de marcar pontos no grupo dos caras.

Para o táxi, JW estabelecera uma única regra. Não se aproximava de Stureplan. O risco de ser desmascarado no próprio terreno era muito grande.

JW tinha uma noite de táxi pela frente. Foi pegar o carro na casa de Abdulkarim em Huddinge, um Ford Escort modelo 1994, que, um dia, fora branco como giz. O interior era catastrófico, não tinha aparelho de CD e o forro dos assentos estava destruído nas bainhas. JW esboçou um sorriso ao ver os três aromatizadores em forma de pinheiro que Abdul pendurara no retrovisor para deixar o carro mais acolhedor.

Seguiu o caminho de seu apartamento. Uma tarde amena de agosto — perfeita para corridas de táxis. Como sempre, teve dificuldade para encontrar uma vaga no estacionamento do Östermalm. Os quatro por quatro dos ricos abusavam dos espaços. Ao passar por um reluzente Porsche último modelo, um Cayman S, ficou com água na boca. O casamento do 911 com um Boxster — a encarnação da estética. Finalmente, encontrou uma vaga para estacionar, o Ford não era o maior carro do mundo.

Subiu até o seu quarto no apartamento da Sra. Reuterskiöld. Eram nove da noite. Fora de questão pegar no volante antes das 12 badaladas da meia-noite. Abriu suas apostilas. Tinha prova dali a quatro dias.

O apartamento ficava perto do parque de Tessin. O bairro de Nedre Gärdet era conveniente, o Övre Gärdet era muito caro — ainda sentia dor de barriga de pensar. Um conjugado de 20 metros quadrados, com uma entrada separada, um pequeno banheiro e uma grande janela que dava para o parque. Silencioso e calmo, como o senhorio exigia. O único porém era ter que ser superdiscreto quando conseguia levar uma garota para casa.

Uma cama de 1,2 metro, uma poltrona vermelha e uma escrivaninha de fórmica na qual colocara seu laptop, isso era tudo o que havia no quarto. Havia afanado o laptop de um estudante descuidado na universidade. Brincadeira de criança. Bastava esperar o dono ir ao banheiro. A maioria levava seus laptops, mas alguns assumiam o risco de deixá-los de bobeira. JW não perdera a oportunidade, enfiara-o em sua bolsa a tiracolo e se esquivara.

Seu velho abajur, o mesmo desde sua tenra infância, destacava-se sobre sua escrivaninha, cheio de manchas deixadas pelos adesivos de ursinho. Vergonha total. A ser imperiosamente apagado quando trepava em casa.

Roupas espalhadas no chão e na cama. Um cartaz na parede: Schumacher de macacão de Fórmula 1, espocando uma garrafa de champanhe no pódio.

Um conjugado sem luxos. Na verdade, dava um jeito de ir com as garotas para a casa delas.

Estudar para a faculdade não o sobrecarregava. Preferia redigir dissertações originais, em vez de plagiá-las da internet, participar ativamente das aulas quando estava preparado, e tentava sempre fazer os deveres. Empenhava-se ao máximo.

Abriu as apostilas. O exame mais difícil era o de finanças. Precisava de mais tempo.

Refletia, somava, subtraía, batia na calculadora. Seus pensamentos divagaram para a conversa que havia tido na véspera com os caras. Quanto o turco ganhava na verdade, graças ao negócio da coca? Quanto fazia por mês? Quais eram suas margens? Colocar na balança riscos e eventuais lucros. Devia haver um jeito de calcular tudo isso.

JW elaborou mentalmente a lista de seus principais objetivos. Um, não trazer à tona sua vida dupla. Dois, comprar um carro. Três, tomar banho de ouro. Enfim, descobrir o que havia acontecido com Camilla. Encontrar um elemento que o ajudasse a superar essa história — se fosse possível.

Principles of Corporate Finance — percorreu sete páginas. Qual a diferença entre um financiamento por capitalização e um financiamento por empréstimo? Como mudar o valor de uma empresa? Ações preferenciais, valor beta, taxas de rendimento, obrigações do tesouro etc. Fez anotações, destacou as passagens com ajuda de um marcador amarelo fosforescente, quase dormiu sobre as páginas repletas de gráficos e equações.

No meio de um cochilo, deixou o marcador cair. O barulho o despertou.
Não faz nenhum sentido continuar assim.
Era hora de ganhar sua grana.

Direção Medborgarplatsen, Södermalm, onze e quinze. Percorreu a Sibyllegatan até a Strandvägen, passando pelo parque de Berselii. Zona perigosa, demasiado próxima do bairro dos caras.

Os pensamentos se entrechocavam na cabeça de JW. O que ele sabia de fato a respeito da vida que sua irmã levara em Estocolmo? As mensagens de celular, as conversas por telefone e os e-mails que recebia eram geralmente muito superficiais. Durante seu tempo livre, Camilla trabalhava no café Ogo, na Odengatan. Além disso, matriculara-se na Komvux, onde fazia cursos de sueco, inglês e matemática. Tinha um namorado. JW sequer sabia seu nome. Sabia apenas uma coisa bem interessante: o cara dirigia uma Ferrari amarela. Na casa da família dele em Robertsfors, havia uma foto mostrando Camilla no carro, radiante, agitando a mão através do vidro arriado do passageiro. Nunca se via o rosto do cara. Quem era?

JW passou em frente ao Ministério das Relações Exteriores na praça Gustav-Adolf. Muita gente na cidade. Todos de volta das férias querendo recuperar tudo o que haviam perdido bronzeando-se no campo ou em seus veleiros. Ao chegar a Slussen, atravessou o túnel na direção de Medborgarplatsen.

Estacionou em frente ao hotel Scandic e saiu do carro para esperar em frente ao Snaps. Um bom lugar para encontrar pessoas querendo voltar ou ir para a cidade.

Três garotas saíram cambaleando do bar. Oportunidade imperdível. Botou a cabeça para fora e fez a pose do irresistível JW, dizendo:

— Olá, garotas. Precisando de um táxi?

Uma delas, uma loura, deu uma olhada astuta para as outras. Captaram imediatamente o que ele lhes sugeria e fizeram sim com a cabeça. A loura disse:

— Será um prazer. Quanto você cobra para ir ao Stureplan?

Puta merda, na mosca. Vamos lá, use de sua lábia, sorria. Respondeu:

— Lá, o trânsito é infernal. Não quero ser inconveniente, mas não gostariam que eu as levasse até o Norrmalmstorg?

Ataque de charme. Acrescentou com sotaque de rapper:

— *Preço especial, pelos seus belos olhos.*

Risinhos abafados. A loura respondeu:

— Tudo bem, mas só porque você é bonitinho. E vai nos fazer um preço camarada.

— Negócio fechado, 150 coroas.

JW pegou a estrada de Norrmalmstorg. As garotas não paravam de tagarelar. Queriam ir ao Kharma. A noite tinha sido sinistra na casa de uma tal Caroline. Ótima comida, ambiente demais, bebidas maneiras. Estavam muuuuito bêbadas. JW se desligou. Não podia se interessar por outra coisa senão pelo táxi aquela noite. Sorriu, fez uma cara misteriosa.

As garotas continuavam a resenha. E se desse em cima delas? Foi percorrido por arrepios, seria muito fácil tirar um sarro. Mas havia um grande problema: não eram o tipo de garotas com quem ele queria sair. Suecas caretas.

Pouco antes de descerem, perguntou-lhes:

— Garotas, posso fazer uma pergunta?

Elas acharam que era uma azaração.

— Já esbarraram com uma garota chamada Camilla Westlund? Alta, bonita, do norte. Há uns quatro anos mais ou menos.

O grupo tagarela pareceu refletir seriamente.

— Não sou muito boa para nomes, mas acho que nenhuma de nós conhece Camilla Westlund — respondeu uma delas.

JW pensou: talvez elas fossem muito jovens, talvez não frequentassem as mesmas festas na época.

Elas desceram no ponto de ônibus de Norrmalmstorg. Ele deu o número de seu celular.

— Liguem quando quiserem se precisarem de um táxi.

Corrida seguinte.

Parou em frente ao Kungsträgården, o parque central de Estocolmo. Não conseguia deter o fluxo de pensamentos que o invadia. Pela primeira vez, fizera uma pergunta a alguém sobre Camilla. E por que não, afinal? Quem sabe alguém não se lembrava dela?

Sete minutos mais tarde, o passageiro seguinte entrou no Ford.

A noite estava calma. Tudo corria bem, os notívagos voltavam para casa bem-humorados. JW a seu dispor.

Mais tarde. A noite já fora um sucesso, 2 mil coroas por enquanto. JW fez rapidamente a conta de cabeça. Mil e duzentos no bolso.

Esperava em frente ao Kvarnen na Tjärhovsgatan. Uma legião de jovens e fãs de Hammarby. A fila estava enorme, e mais organizada que a do Kharma. Pessoas mais caretas que no Kharma. Menos chique. Alguma coisa acabava de acontecer, não estavam deixando entrar mais ninguém. Dois camburões da polícia estavam estacionados ao lado. As sirenes espalhavam sua luz azul pelos muros. JW decidiu sair fora para evitar uma inspeção.

Dirigiu-se até seu Ford, quando viu uma silhueta familiar se aproximar dele, o passo enérgico, vestindo um terno bem-cortado e uma calça larga. Testa alta, cabelos curtos e crespos. Sem discernir direito o rosto, JW soube imediatamente quem era — Abdulkarim. Tendo, atrás de si, seu grande amigo, seu brucutu, Fahdi.

JW olhou na direção deles, esperando que não fosse ter problemas.

Abdulkarim o cumprimentou, abriu a porta e sentou no banco do passageiro. O gorila se dobrou em dois para sentar atrás.

JW se esgueirou até o volante.

— Legal te ver. Veio por alguma coisa especial?

— Não, não. Calma, camarada. Leve a gente ao Spy.

O Spy Bar. No Stureplan. Como reagir?

JW arrancou com o carro. Hesitou antes de responder. Tomou uma decisão — nem pensar em irritar o árabe.

— Tudo bem, Spy Bar, então.

— Algum problema?

— De forma alguma. Sem problema. É um prazer, Abdul.

— Não me chame de Abdul. Isso quer dizer escravo em árabe.

— Ok, patrão.

— Sei que você não quer ir ao Stureplan, JW. Sei que não quer ser visto por lá. Que tem amigos chiques por lá. Está com vergonha, camarada. Isso não é certo.

Aquele árabe veado estava por dentro. Como? Nenhuma surpresa, talvez Abdulkarim saísse muito. Sem dúvida, tinha visto JW e seus colegas circulando pelo Stureplan e entendera por que ele nunca aceitava levar passageiros para lá. O resto era matemática básica.

Precisava amenizar o estrago.

— Não faça tempestade em copo d'água, Abdulkarim. Vamos, não é o fim do mundo. O táxi me permite ganhar um dinheirinho extra. Para farrear, essas coisas. É óbvio que a gente não sai espalhando isso por aí.

O árabe sacudiu a cabeça. Riu. Ele ditava a conversa. Gostava de falar.

Depois, veio o negócio. A oferta.

— *Hey, man*, está na cara que você quer grana. Tenho uma proposta a fazer. Presta atenção, pode te interessar.

JW fez um gesto de aprovação. Perguntou-se o que viria em seguida. Abdulkarim cultivava o hábito escroto de falar sem parar.

— Além dos táxis, tenho outros negócios. Vendo pó. Sei que você já comprou comigo. O turco que arranja o bagulho pra você e seus amigos é meu intermediário, Gürhan. Mas Gürhan não funciona mais. É um judeu idiota. Está tentando me sacanear. Tira uma margem maior vendendo mais caro que o combinado. Trapaceia com as receitas. O pior é que se abastece com outro. Esse paquiderme se acha esperto. Quer colocar uns contra os outros. Me dá ultimatos. Me diz: "Se não me fizer por 400 paus o grama, não quero." Já deu no saco. E é aí que você entra em cena, JW.

JW escutava sem compreender.

— Desculpa, mas não saquei.

— Eu te pergunto se quer traficar no lugar de Gürhan. Você tem a manha com os táxis. Frequenta os lugares certos. Pode crer, eu sei. Lugares onde é preciso estar com o nariz cheio de pó, o focinho branco como o de um cordeiro. Você é o cara de que eu preciso.

— Por que falou em cordeiro?

— Esquece. Quer o trabalho ou não?

— Merda, Abdul. Preciso pensar. Na verdade, pensei nisso estes últimos dias. Eu me perguntava justamente quanto dinheiro o turco fazia.

— Não me chame de Abdul. Você tem uns dias para refletir. Mas lembre, você pode virar o próprio Tio Patinhas. Se encher de dinheiro. Você quer entrar no barco, eu sinto. Me liga antes de sexta.

JW se concentrou no itinerário. Percorreram a Birger Jarlsgatan. Sentia o estômago embrulhado. Não parava de virar a cabeça para verificar se os caras não estavam nas paradas. Afundou cada vez mais no assento.

Abdulkarim conversava em árabe com o armário atrás. Ria. JW riu sem saber por quê. Abdul também riu por sua vez, depois continuou a falar em árabe com Fahdi. Aproximavam-se de seu destino.

Stureplan. Filas intermináveis em frente às boates e bares: Kharma, Laroy, a Companhia de Sture, Clara's, Kitchen, East, The Lab, entre outros. Mais gente que nas ruas durante o dia. Uma verdadeira mina de ouro para os motoristas de táxi clandestinos.

JW parou o carro. Abdulkarim abriu a porta.

— É sua vez de jogar. Antes de sexta.

JW assentiu com a cabeça.

Depois arrancou cantando pneu.

Como última corrida da noite, JW pegou um homem de meia-idade, que resmungava alguma coisa como Kärrtorp. JW propôs a ele um preço de 300 coroas pelo percurso.

Dirigiu em silêncio. Precisava refletir. O homem cochilava.

A Nynäsvägen era mal-iluminada. Poucos carros do lado de fora, exceto alguns táxis. JW sentiu-se invadido pela angústia em face da decisão que teria que tomar.

Por um lado: uma oportunidade fantástica, uma porta escancarada, uma verdadeira solução. Impossível conseguir margens maiores do que a propiciada pela cocaína. Quais seriam os preços? Comprar um grama por 500, revender por 1.000? Especulação. Seus camaradas consumiam facilmente 4 gramas por noite. Podia vender aproximadamente 20 gramas por noite. Por baixo. Multiplicou. Lucro de uma noite: 10 mil. Um conto de fadas!

Por outro lado: arquiperigoso, gravemente ilegal, nojento. Um passo em falso e iria tudo por água abaixo. Será que era realmente sua praia? Usar de vez em quando é uma coisa. Vender é outra. Fazer parte da indústria da droga, enriquecer com o dinheiro de pessoas que perdiam tudo o que tinham, que caíam na sarjeta da escala social e arruinavam sua vida. Não parecia uma coisa muito certa.

Por outro lado: ninguém destruía sua vida por causa da coca. Só pessoas da alta-roda eram usuárias. Os caras, por exemplo, cheiravam porque pegava bem e para fugirem de uma vida triste. Trabalhavam, eram ricos e oriundos de famílias respeitáveis. Não tinha por que se preocupar com eles. Não havia risco de que eles terminassem sem teto. Nem por que ficar com a consciência pesada.

Por outro lado: Abdulkarim e seus comparsas não eram exatamente as pessoas mais meigas da cidade. O gorila no banco de trás, por exemplo, parecia ter 300 metros de largura — Fahdi era risco de vida. O que aconteceria se JW não pudesse pagar, se se metesse em problemas? Se se atrapalhasse com a venda? Se tivesse a mercadoria roubada? Talvez fosse perigoso demais.

Por outro lado: a grana. Uma maneira segura de faturar. E simples. À *la* Gekko: "*I don't throw darts, I bet on sure things.*" Nesse setor, o lucro era garantido. Era do que JW precisava — fora de questão virar um daqueles trágicos suecos de classe média. Era o fim das roupas de liquidaçãc, o fim dos penteados feitos em casa e da sublocação. Não seria mais obrigado a economizar o tempo todo. O sonho de uma vida normal podia finalmente se tornar realidade. Um carro, um apartamento, uma fortuna, esse sonho estava ao alcance da mão. Poderia ser um deles, participar de seus projetos.

Ser um deles.

Traficante de coca milionário ou um perdedor.

Crime versus segurança.

Que caminho escolher?

6

Sábado à noite em Estocolmo: filas de espera, cartões de crédito, minissaias. Adolescentes de 17 anos bêbados. Jovens de 25 anos bêbados. Caras de 43 anos bêbados. Todo mundo bêbado.

Os leões de chácara de roupas de couro repetindo numa voz monocórdia: não vai ser possível, não vai ser possível, não vai ser possível. Alguns ainda não tinham sacado — isso aqui não é para o seu bico, fica aí fora, não se mete onde não foi chamado.

Ao longo da calçada da Kungsgatan, os suecos padrão andavam como em uma caravana. Os yuppies se exibiam ao longo da Birger Jarlsgatan. Uma noite comum.

Mrado, Patrik e Ratko em pé de guerra. Antes de começar, iam beber uma cerveja no Sturehof. Programa desta noite: o bairro de Södermalm.

A chapelaria era uma mina de ouro. Os números: você obriga todo mundo a tirar na entrada todo tipo de casaco ou similar. Vinte coroas por cabeça. Um extra para bolsas. Quatrocentas pessoas passam em média. Total: pelo menos 8 mil coroas, noventa por cento caixa dois. Que liquidez. Impossível o Papai Estado controlar essas receitas. Uma bela gata tocava o negócio, única despesa.

A divisão era a seguinte: os Iugoslavos recebiam um montante fixo, 3 mil por noite nos fins de semana. Nada durante a semana. Os bares e proprietários das chapelarias cuidavam da divisão do resto. Ninguém perdia: um bom negócio para todo mundo.

Estratégia do dia: Mrado e Ratko se manteriam à distância. Patrik, na linha de frente, se encarregaria das negociações.

Convinha agir corretamente. Fracassar naquela transação significaria uma perda irreparável para Mrado. A competição entre os subalternos de Radovan havia endurecido. A concorrência em torno de Mrado não arrefecia: Radovan tinha vários subordinados: Goran, Nenad, Stefanovic. Na época de Jokso, era tudo diferente; eles formavam uma equipe: os sérvios unidos.

Três categorias de chapelarias em Estocolmo: os controlados por Radovan, os controlados por terceiros, por exemplo, pelos Hells Angels ou pelo rei dos bares, Göran Boman, e finalmente os que desejavam permanecer independentes. Estes estavam errados. Jogavam um jogo perigoso.

Começaram pelo Tivoli, na Hornsgatan. Local controlado por Radovan. Patrik fez menção de se dirigir à moça da chapelaria. Mrado assentiu. Conhecia-a fazia um tempão. Pôs a mão no ombro de Patrik:

— Vou cuidar disso. Eu conheço ela.

Tudo corria bem. Ela estava no número 162. A noite estava apenas começando. Ele deu uma olhada na caixa. Sem problema. Nada fora do comum.

Foram embora. O lugar do outro lado da rua, o Marie Laveau, era controlado por Göran Boman. Sua hora chegaria um dia, mas isso podia esperar.

Tomaram o caminho de Slussen. A noite estava amena. Ratko contava como pensava trabalhar a parte superior do corpo. Ingerir proteína sem gordura: atum e frango. Importar anfetaminas russas. Fazer duas sessões por dia. Detalhava suas ideias sobre o treinamento.

Mrado olhou-o de esguelha. Ratko era teimoso, mas teria que passar muitas horas na sala de ginástica até poder jogar no mesmo time de Mrado.

Patrik lhes contou que só tomara sorvete duas vezes no ano anterior. A única coisa inútil que consumia era cerveja.

Mrado se deixou arrastar pelos seus pensamentos. Os caras não viam as coisas essenciais. Pensou na filha, Lovisa, que morava na casa de sua ex,

Annika. Mrado podia ficar com ela entre a noite de quarta e a de quinta, duas vezes por mês. Não era o suficiente, mas de toda forma eram os dias mais belos do mês. Seu ritmo de vida como cobrador-de-dívidas-traficante-capanga lhe convinha perfeitamente. O dia inteiro livre para uma visita a Skansen, um teatro infantil, assistir aos últimos filmes da Disney. Comiam pizzas, punham vídeos e liam livros infantis sérvios. Mrado podia, sem mentir, dizer aos colegas: sou um bom pai. Mas isso não bastava para que o autorizassem a ver a filha com mais frequência. O serviço social, Annika, a sociedade, todos, ninguém acreditava que um homem sérvio fosse capaz de cuidar de uma criança. Filhos da puta.

Era melhor desistir. Ver Lovisa mais vezes. Parar de jogar duro.

Subiram a Götgatan vistoriando todos os bares. A maioria já estava sob controle, mas havia sempre algumas exceções que tentavam escapar ao sistema. Patrik fazia um bom trabalho. Entrava. Mrado e Ratko ficavam retraídos, mas bem visíveis. De braços cruzados. Patrik pedia para falar com o responsável pelas chapelarias. Explicava as vantagens. Patrik, jeans apertado, camiseta, capote militar verde e fino, a cabeça raspada cheia de cicatrizes. Tatuagens até a nuca.

Assustador.

— Garantimos ao senhor que não vai ter nenhum problema com as gangues. Afinal, não deseja que volta e meia roubem do senhor o montante arrecadado na chapelaria. Nosso seguro cobre esse tipo de incidente. A gente pode ajudar a ter mais clientes que paguem. Temos um caminhão de ideias pra aumentar a produtividade de sua chapelaria.

Blá-blá-blá.

A maioria saca a jogada. Alguns já tinham sido visitados antes. Nenhum problema. Ninguém tinha vontade de ter os Iugoslavos nas costas. Alguns recusavam. Patrik não fazia muita cena, contentava-se em comunicar educadamente que voltaria outro dia. Eles sentiam-se encurralados — ou aceitavam ou procuravam a proteção de outro.

Percorreram a Götgatan na direção da Medborgarplatsen. Era uma hora da madrugada. Um bom número de bares começava a fechar. Embaixo, na Medborgarplatsen, o Snaps, o 5ante4, o Kvarnen, o Gröne Jägeren, o Mondo, o Göta Källare, e os mais afastados, o Metro e o Öst 100, mantinham-se abertos.

O Snaps pertencia a Göran Boman. O Gröne Jägaren, aos HA.

Entraram no Mondo, no Medborgarhusset. Uma boate para adolescentes. Muita gente. Patrik fez seu jogo duro. As pessoas captaram a mensagem. Queriam fechar negócio.

A maioria dos bares incluía as despesas da chapelaria em seu próprio balanço. Mrado gostava do jeito de trabalhar do ex-skinhead. Cooperavam havia um ano, e Patrik conseguira reprimir seu lado impulsivo e encontrar o estilo certo: calmo, equilibrado, inspirador de respeito.

Foram embora em torno de uma e quinze. Os táxis piratas abundavam na Medborgarplatsen.

Próxima escala: uma das maiores boates de Söder, a Kvarnen. Um ex-ponto de encontro de alcóolatras e um ninho de torcedores do Hammerby. Carregaram Kennedy em triunfo pela porta, quando o clube conquistou o título nacional, em 2001. A sala antiga abrigara um restaurante. Pé-direito bem alto. Colunas, mesas de madeira, paredes típicas do estilo do fim de século XIX. A decoração da nova sala obedecia ao estilo água: aquário e gotas azuis estilizadas nas paredes. Na adega, haviam optado pelo estilo fogo: as paredes pintadas de laranja, sem mesas grandes. Apenas cadeiras de bar e mesinhas fixadas nas paredes, onde era possível descansar o copo de cerveja.

A fila ainda assim alcançava a Götgatan. Trinta e cinco metros. Pacatamente organizada. Gente moderna com o visual superestudado, na última moda. Os alternativos envoltos em seus lenços palestinos e com botas militares. Os reis do pop, os cabelos desalinhados e tingidos de preto. Os torcedores do Hammerby, cafonérrimos.

O Kvarnen atraía uma multidão.

Mrado, Patrik e Ratko passaram na frente de todos. As pessoas dirigiram a eles um olhar atravessado. Nenhuma reclamação, porém. Aceitavam, obrigados a constatar a força superior.

O segurança obstruiu a entrada.

— Não tem nada para você aqui.

O bom e velho bairro democrático de Söder. Seu babaca. Patrik permaneceu calmo. Só estava ali para levar um papo sobre a chapelaria. O leão de chácara continuava sem entender. Não permitiu que entrassem. Mrado perguntou quem era aquele veado. Encarou-o. Patrik fez uma nova tentativa. Explicou que não tinham a intenção de se instalar, queriam apenas falar de negócios relativos à chapelaria. O leão de chácara virou a cabeça. Viu Mrado. Pareceu compreender. Deixou-os passar.

As chapelarias eram supervisionados pelos próprios seguranças. Incomum. Grandes problemas à vista.

Três brutamontes estavam plantados na frente. Camisas coladas e crachás de segurança bem visíveis através do vidro. Censuravam as pessoas com arrogância. A agressividade do Söder. Intransigentes quanto ao pagamento, ainda que muitas pessoas usassem roupas finas. Aqueles caras trabalhavam para a SWEA-Security — uma empresa sueca para caras suecos na acepção crua do termo. Imbecis.

O primeiro sujeito sacou imediatamente com quem lidava. Talvez tivesse ouvido a discussão em seu fone.

— Olá, olá. Sejam bem-vindos ao Kvarnen. Infelizmente, não estamos interessados em sua oferta, mas, por favor, entrem e tomem alguma coisa.

Patrik, que ainda não engolira a provocação na porta, foi tomado por um acesso de fúria.

— É você o responsável pela chapelaria esta noite? Não quer que a gente entre pra conversar um minuto? Tenho uma proposta a fazer.

Mrado e Ratko permaneceram nos bastidores. Mrado, sob alta tensão, tentava não perder uma palavra.

O segurança replicou:

— Sou o responsável aqui. Mas estou sem tempo agora. Ou vocês entram ou vocês saem. Sinto muito.

— A gente não foi tratado com respeito lá fora. Quero falar com você agora. Sacou? Seus dois caras podem muito bem se virar sozinhos dez minutos.

Olhares. Os outros dois seguranças se puseram em alerta. Viam claramente que o clima ficava tenso. O chefe disse:

— Sinto muito. Talvez eu não tenha sido claro. Seus serviços não nos interessam. Nós mesmos administramos nossos negócios. Não quero ser mal-educado, mas o senhor deveria compreender que nos viramos muito bem desse jeito. Sem vocês.

O corpo de Patrik berrava: vou quebrar a cara desse veado.

Seus punhos estavam fechados, a tez pálida, as tatuagens em fogo.

Mrado avançou, colocou a mão no ombro de Patrik. Calma. Voltou-se para o chefe.

— Ok, vamos entrar. Vamos procurar um lugar e te esperar. Venha quando tiver um tempinho.

A tensão ao máximo.

Mrado arrastou Patrik com ele. Ratko os seguiu.

A tensão diminuiu.

Os leões de chácara tinham vencido.

Mrado pediu uma cerveja. Sentaram em volta de uma mesa.

A música sacudia o ex-restaurante.

Patrik se debruçou para Mrado.

— Que porra foi essa? A gente não pode tolerar uma coisa desse tipo. Por que não me deixou agir?

— Calma, Patrik. Sei o que está sentindo. Vamos falar com ele, mas não na frente da clientela. Ou na frente dos outros seguranças. Isso causaria problemas. Escute bem. Vamos ficar aqui, sossegados. Ele talvez venha falar com a gente. Talvez não. Mas não desistimos, esperamos, e quando esse puto for ao banheiro, voltar pra casa ou outra coisa qualquer... aí é que vamos imprensá-lo. Vamos explicar a ele como é que a coisa funciona.

Patrik se acalmou imediatamente. Parecia satisfeito. Ratko estalou os dedos.

Instalaram-se. Mrado bebeu cerveja. Estudou as garotas. Inspecionou o lugar ao mesmo tempo que observava discretamente os seguranças. Estava sentado numa mesa de onde tinha uma boa visão dos vestiários. Mas também não precisava ficar olhando obsessivamente para lá. Baixar a bola.

Ratko voltou a falar de malhação. Comentaram sobre as diferentes substâncias dopantes. Mrado lhes contou diversos segredos sobre Radovan, ainda que soubesse não dever fazê-lo. Patrik contou que atirara com uma Magnum no fim de semana anterior: o recuo, a pressão, o impacto.

Patrik fez uma pergunta íntima a Mrado:

— Quantas pessoas você já apagou?

Mrado, com cara de enterro:

— Eu estava na Iugoslávia em 1995. Tire suas conclusões.

— Tudo bem, mas estou perguntando na Suécia.

— Não comento esse tipo de coisa. Faço o que é preciso para o bem dos negócios. Só isso. Quer saber de uma coisa, Patrik? O que conta é a lealdade com R e o *business*. Às vezes, a gente é obrigado a fazer o que tem que ser feito. Não podemos ficar parados e lamentar o que fizemos. Não tenho orgulho de todos os meus atos.

Patrik insistiu.

— Por exemplo?

— Meta uma coisa na cabeça. A gente faz mais do que o que a gente conta. Às vezes, você é obrigado a fazer coisas feias. O que deseja saber sobre isso? Por exemplo, fui obrigado a cuidar de casos de infidelidade, amigos ou mulheres, putas, que tinham feito merda. Não posso dizer que incluiria esse tipo de coisa no meu currículo.

Patrik se calou. Tinha entendido. Há coisas de que simplesmente não falamos.

Mudaram de assunto.

Passou-se uma hora.

O ambiente de festa no salão ficava cada vez mais eufórico.

O segurança não saía do lugar. Duas e quinze. O bar fechava às quatro. Esperaram. Os baladeiros já estavam de porre. Mrado bebeu um copo de água mineral. Patrik pediu sua sexta cerveja. Começava a ficar completamente bêbado. Ratko bebeu café. Patrik voltou a pensar na cena da entrada. Exaltou-se. Aqueles veados escrotos dos seguranças iam ver. Aqueles veados escrotos dos seguranças iam virar uns bebês chorões. Rastejar no chão. Suplicar. Gemer. É. Ia ficar complicado para o lado deles.

Mrado o acalmou, observando a chapelaria. Os seguranças estavam se lixando para eles. Eram completamente idiotas? Não viam com quem se metiam?

Mais uma hora se passou.

Esperavam. Continuavam a conversar.

Num certo momento, o segurança da entrada deixou seu posto.

Patrik esvaziou seu copo. Levantou-se. Mrado viu que ele estava bem, que não estava muito bêbado. Mrado se levantou também, ficou de pé ao lado de Patrik e o encarou.

Patrik tinha os olhos encarquilhados. Seu hálito fedia. Se alguém acendesse um isqueiro na frente de sua boca, o bar teria uma explosão maior que a de um posto de gasolina.

Mrado pegou seu rosto entre as mãos. O barulho na sala era infernal. Berrou:

— Tudo bem?

Patrik fez que sim com a cabeça. Apontou na direção do banheiro. Aparentemente, queria mijar depois de todas aquelas cervejas.

Dirigiu-se para lá.

Mrado voltou ao seu lugar. Ratko observou-o, depois esticou o pescoço por cima da mesa. Perguntou:

— Aonde ele vai?

Um pensamento atravessou a mente de Mrado: porra, como é que ele não tinha sacado? O segurança provavelmente havia ido ao banheiro e Patrik o alcançara — sem Mrado nem Ratko.

Mrado se levantou de novo. Fez sinal para Ratko segui-lo.

— Vem! Rápido!

Atravessaram o recinto quase correndo.

Abriram a porta que levava ao banheiro.

Ladrilhado branco e grandes pias de metal. Uma das paredes era coberta por um espelho. Cinco mictórios na parede oposta. Mais as cabines ao fundo. O banheiro tinha vazamentos. Mijo no chão.

Contato.

O segurança da entrada estava de pé diante de um dos mictórios. Três caras conversavam perto das pias. Veados: todos com a camisa aberta sobre uma camiseta. Mais ao fundo, dois rapazolas esperavam na fila diante das cabines.

Patrik se aproximou do sujeito.

O segurança se voltou. Continuava com o pau na mão.

Patrik ficou a 40 centímetros dele.

— Lembra de mim? Você me sacaneou. Você recusou tudo o que ofereci. Achava que ia se safar assim?

O segurança se deu conta da situação. Resmungou alguma coisa inaudível. Tentou acalmar Patrik. O cara não tinha nascido ontem. Dirigiu sua mão livre para seu pequeno microfone.

Patrik deu um passo à frente, difícil dizer se percebera que Mrado e Ratko tinham-no seguido até o banheiro.

Desferiu um soco na cara do leão de chácara. O sangue parecia ainda mais vermelho em contraste com o ladrilho branco da parede. O segurança berrou por socorro, tentou afastar Patrik. Era forte. Mas Patrik estava furioso. Os veados perto das pias começaram a urrar. Os caras em frente às cabines se jogaram em cima deles para apartar. Mrado os impediu. Imprensou-os contra a parede. Uns frangotes. Ratko bloqueou a saída. Patrik agarrou o cabelo curto do segurança e bateu sua cabeça contra o mictório. Dentes voaram. De novo. Outros dentes voaram. O nariz, esmagado. O mictório parecia um balde de açougueiro. Patrik estraçalhou mais uma vez a cabeça do segurança. Um barulho oco. Largou o cabelo. O segurança desmoronou no chão. Inconsciente. O rosto irreconhecível. Os veados perto das pias choramingavam. Os meninos diante das cabines gritavam.

Dois colegas do segurança empurraram Ratko. Patrik deixou um fora de ação. Ratko se retirou. Mrado agarrou o joelho do segundo segurança. Com firmeza. Aplicou-lhe uma chave. O cara caiu como uma marionete que tivesse os cordões cortados. Mrado segurou o pé do cara. Rodou. Patrik, fora de si, berrou e praguejou. Com uma voz tranquila, Mrado pronunciou:

— Saia daqui agora, Patrik.

O ex-nazista saiu do recinto. Mrado esperou. Viu Ratko e Patrik em frente à porta. Depois, rodou o pé um pouco mais. O segurança ensanguentado sob o mictório estremeceu. O segurança prisioneiro de Mrado mugiu. Um brucutu continuava de pé. Hesitava. Parecia calcular suas chances. Dois seguranças no chão. Nocauteados. Ele sozinho, ainda no ringue, contra um gigante. E outros dois caras na porta. Onde estavam os reforços?

Tumulto na porta.

Silêncio no banheiro.

Mrado disse:

— Caras, vocês cometeram um erro hoje à noite. Vocês provocaram as pessoas erradas. Vão receber visitas. E, se posso dar a vocês um conselho: não façam escândalo sobre o que aconteceu aqui. Acho que vocês entendem por quê.

Mrado largou o segurança e saiu do banheiro. Os três seguranças ficaram para trás. Como imbecis.

Mrado, Ratko e Patrik abriram caminho através da multidão. Em frente ao Kvarnen, as sirenes das viaturas iluminavam a noite. Pularam dentro de um táxi. Patrik tinha sangue no capote e na camiseta. Merda.

Havia policiais espalhados por toda parte.

7

A hora se aproximava.

Jorge esperava no refeitório. Silencioso. Concentrado. Indiferente ao retinir dos pratos, aos caras comendo de boca aberta, ao falatório à sua volta. Era o dia D.

Rolando se dirigiu a ele quando ele se levantou:

— Vem com a gente fumar um baseado?

Rolando era irônico. O único por dentro.

Jorge respondeu:

— Não grite, o guarda ali pode ouvir a gente.

Rolando riu.

— Ele não entende nada. Vem de Mölnbo.

Jorge pôs a mão no ombro de Rolando.

— Vou sentir sua falta, *hombre*.

Rolando olhou sério para ele.

— Porra, Jorge, desejo boa sorte. Não quer contar ao velho gângster Rolando como pretende fazer? Quem gostaria de passar o resto de seus dias atrás das grades?

— *Loco*, não posso contar. Você vai ver com seus próprios olhos na hora certa. Olhe, e observe bem. Faça apenas o que pedi a você.

Jorge se levantou. Era sincero. Sentiria falta de Rolando, dele e de seu discurso de merda sobre a pasta de coca, suas divagações sobre a cumplicidade dos OG e os ataques aos carros-fortes.

Testara Rolando várias vezes revelando-lhe detalhes para ver se ele era capaz de manter o bico fechado. Por exemplo, que malhava intensamente para preparar uma fuga. Se Rolando dedurasse, ele poderia dizer que não passava de uma piada. Mas nada, Rolando não espalhava. Nada vazara. Dava para contar com aquele latino. Jorge tomara uma decisão: Rolando desempenharia um papel central na realização de seu plano. Era hoje o dia do grande salto.

Mas tudo dependia de Sergio, seu primo, que ele havia encontrado durante sua licença: será que tinha providenciado tudo de que precisaria do lado de fora? Trinta metros em torno da prisão: todas as árvores cortadas — difícil fazer uma coisa que demandava tanto tempo sem ser percebido. Se aquilo funcionasse hoje, Jorge lhe seria eternamente grato.

Sabia o suficiente para conseguir executar o plano. Conhecia a rotina dos guardas. Sabia de onde Sergio viria. Onde o carro estaria parado. Lembrava-se das trilhas que teria que percorrer. As diversas encruzilhadas. Sabia que era capaz de correr 400 metros em menos de cinquenta segundos, e os 3 quilômetros em menos de 11 minutos. Sabia que enganaria todos. Jorge controlava a situação. Jorge estava por cima. Escolhera um caminho sem violência e sem grandes riscos para Sergio. Um gênio, porra.

Depois do almoço, eles tinham uma hora de descanso. Estava tudo pronto. O momento chegara. O plano era simples e genial. Jorge incrivelmente calmo. Se desse merda, paciência.

Jorge voltou à sua cela. Fechou a porta. Arrancou o pôster de Che Guevara. Desparafusou a ripa da parede usando apenas as unhas. Ela cedeu facilmente. Tinha feito isso várias vezes anteriormente.

Apareceu então uma corda, enrolada como um comprido e fino verme no espaço que ele escavara no cimento. O único lugar que os guardas não controlavam durante a revista das celas. Um espaço estreito, mas comprido. Perfeito para uma corda.

Eles se julgavam espertos por terem colocado aquela ripa. Jorge — o fugitivo dançarino de salsa — era mais esperto que eles. Francamente: até sua irmã teria orgulho dele. Pouco importava que tivesse diploma de nível superior, ela gostava de coisas bem-feitas.

A corda: produzida com tiras de lençóis retorcidas e amarradas. Ritual, uma vez por semana, na hora de levar os lençóis para a lavanderia: recortar uma faixa de mais ou menos 1 centímetro de largura. Era um colombiano que cuidava dos lençóis na lavanderia. A combinação: o sujeito fazia vista grossa em troca de um maço de cigarros por semana.

A corda resistiria. Ele a testara.

Saiu.

Exterior ensolarado. Ameno. Fim do verão sueco.

O pátio estava apinhado. Os guardas jogavam futebol com os presos. Rolando jogava contra os guardas. Perfeito.

Jorge consultou seu relógio.

Trinta segundos.

Rolando olhou de relance em sua direção. Dez segundos depois, fez o sinal combinado para ele. Rolando se projetou para a frente e se atirou sobre um guarda. Rolando correu em direção a um guarda e deslizou num carrinho criminoso, à la vieira. O guarda desmoronou, grunhindo como um porco. Retorcia-se de dor. Estava dada a largada.

Jorge correu até um muro. Posicionou-se.

Esperou.

Viu então, exatamente como planejara, a ponta de uma escada de alumínio aparecendo por cima do muro, do outro lado.

Sergio, o salvador, havia seguido as instruções. Aproximara-se o máximo possível do presídio e estacionara o carro no bosque, onde o espaço sem árvores era menor. Correra os últimos metros e apoiara a escada no muro externo, exatamente onde haviam estipulado. No lugar certo. Na hora certa. Quase no segundo. Magnífico.

Jorge pegou a corda que guardara enrolada na calça. Prendeu no gancho de cesta de basquete que ele pagara para ser arrancado. Ele e Rolando lhe deram forma uma hora antes.

Posicionou-se exatamente sob a ponta da escada. Olhou para cima. Ele é quem preparara tudo aquilo.

O gancho era pesado. Sopesou-o. Aquele momento era o único que não tinha podido praticar. Precisava a todo custo prender a corda na escada e, assim, puxá-la por cima do muro, para o seu lado.

Lançou a corda, que formou um arco vazio no ar e caiu sobre a crista abaulada do muro. Não alcançou o topo da escada. Puxou a corda para a esquerda, esperando encontrar alguma coisa que prendesse o gancho. Não sentia nenhuma resistência. Merda. Puxou de novo. Nenhuma reentrância. O gancho caiu de volta na parte interna dos muros. Puta merda. Precipitou-se para recolhê-lo e se posicionou. A escada continuava lá, a ponta bem visível. O caminho que levava à liberdade. Dessa vez precisava mirar bem. Lançou mais uma vez a corda. Vamos, agora! Um barulho de metal. Acertara o alvo? Puxou a corda. Agora. Uma resistência. O gancho agarrara efetivamente em alguma coisa — a escada. Puxou lentamente. Funcionava. Puxou mais forte. A escada rangeu. Já se via metade dela. Puxou com toda a força. Embora fosse de alumínio, era bem pesada. Finalmente, despencou no solo do lado de dentro. De repente, gritos às suas costas. Voltou-se. Viu o guarda se levantar, procurar seu walkie-talkie. Jorge reagiu prontamente. Encostou a escada no muro. Uma olhadela por cima do ombro. O guarda correu em sua direção. Jorge subiu tão rápido quanto pôde. Suas mãos trabalharam rápido. Ele não era pesado. Seus braços eram fortes. Quando alcançou o topo, olhou para baixo, atrás dele — vários guardas em plena ação. Deu um pontapé na escada. Ela caiu na grama. Escorregou pela parte externa do muro, permaneceu pendurado um curto instante, depois se soltou. Queda de 5 metros. Aterrissagem no cimento. Apesar dos Asics 2080 Duomax, com gel amortecedor na sola, seu pé se chocou violentamente com o solo. *Mierda.*

Deu um sprint. Seus 67 quilos eram uma dádiva hoje. Adrenalina total. O início do bosque lhe sorriu.

A imagem do mapa na cabeça. Seu pé doía. Agora o objetivo número dois. Sentiu o suor nas costas. Ouviu a própria respiração. Como uma foca. Porra, que forma física é essa? Relaxe. Abaixe os ombros. Encontre seu ritmo. Pense na respiração.

Lembre-se: você nunca esteve melhor. De todos os prisioneiros, você é quem tem a melhor condição física. Você é o mais esperto. *For real.* Foda-se o pé fodido.

Mais rápido.

Através das árvores. Pela trilha.

A princípio, Sergio deveria ter sumido do mapa havia algum tempo.

As costas encharcadas de suor. Em plena carreira, pensava no seu suor. No cheiro do seu corpo: acre, forte, estressado.

Continue na trilha.

Não desanime.

Lá está o carro. Sergio o estacionara exatamente no lugar planejado. Objetivo número dois. Oh, admirável mundo novo. Jorge ouviu sirenes ao longe. Pulou dentro do carro. A chave estava na ignição. Arrancou feito um louco.

Deus existia.

Ao fundo, o uivo das sirenes era cada vez mais forte.

8

Via-se a fila desde a Sturecompagniet. JW caminhava com os caras, subiam juntos a Sturegatan. Estavam de porre, excitados, delírio total. JW percebia isso no seu corpo — sentia-se a ponto de explodir.

Mais cedo, haviam jantado no Nox. Com a refeição, pediram vinho fino. Fazia duas semanas que não saíam. Os caras não escondiam suas vontades reprimidas: Putte queria dar beijo de língua, Fredrik, dançar, Nippe, dar em cima das garotas. JW estava a mil, queria testar seu novo ofício e marcar seu terreno de caça.

Tinha 30 gramas de pó adiantados pelo árabe, embalados em dez sacolés Red Line: 3 gramas em cada sacolé. Naquele momento, estava com 6 gramas no bolso. Escondera o restante atrás de uma calefação no hall do elevador do prédio da Sra. Reuterskiöld.

Os caras avançavam sem pressa. JW dava uns chutinhos à direita e à esquerda. Pensou na trilha sonora de *Homens de preto*.

A fila não era uma fila — era um formigueiro de corpos humanos. As pessoas berravam, agitavam os braços, se esbarravam, empurravam, cuspiam, choramingavam, paqueravam. Os seguranças tentavam manter a ordem, dividindo a massa em várias filas. Uma para quem possuía o cartão do Kharma. Uma para os detentores do cartão VIP do Kharma. Outra para os VIP-VIPs. Os demais, nem valia a pena tentar. Lotação esgotada. Aquela noite, só para os *habitués*. Não entenderam? LOTAÇÃO ESGOTADA!

Jovens jogadores de futebol procuravam drogas. Garotões da Bolsa de Valores sacavam notas amassadas de 500 coroas. As garotas ofereciam boquetes. Os seguranças permaneciam de mármore. No ar, pairava uma palavra que ninguém ousava exprimir, mas que todos os que não conseguiam transpor a cordinha de veludo sentiam cruelmente: *humilhação*.

Os caras só precisaram de cinco minutos para abrir caminho até os seguranças. Houve na fila quem tivesse captado a mensagem e os deixasse passar. Outros ainda acreditavam que a justiça existia neste mundo e tentaram detê-los. Fechando-lhes a passagem com os cotovelos.

Nippe fez um sinal com a cabeça para um dos seguranças.

Aquele ar de autoconfiança infalível, que JW se esforçava ardorosamente para imitar, teve o efeito esperado. Passaram na frente de todo mundo. Os outros que engolissem a humilhação. Aquela sensação era ainda mais prazerosa que sexo.

No caixa, foram recebidos por um cara alto e louro com os traços bemdelineados, Carl. O indivíduo personificava o jet-set multiplicado por mil. Daí seu apelido: Jet-set Carl. Era o dono da boate, junto com um amigo. O Kharma: point incontornável das noites frenéticas.

Nippe estendeu os braços.

— Olá, Carl. Dá pra notar que os negócios vão de vento em popa. Incrível, toda essa gente.

— É, estamos satisfeitos. Esta noite, Af Drangler é o DJ, as pessoas adoram. Vocês têm uma mesa?

— Claro, como sempre.

— Ótimo. Conversamos mais tarde. Aproveitem.

Jet-set Carl desapareceu no interior.

Por um instante, Nippe perdeu um pouco de sua segurança. Boquiaberto, não conseguia acreditar que acabavam de ignorá-lo. JW pensou: vamos, estamos dentro, foda-se.

A garota atrás do caixa reconheceu Nippe. Fez sinal para eles passarem. O bar não estava nem com metade da lotação.

Nippe e JW se entreolharam, admirados. Caíram na risada quando ouviram os gritos dos seguranças na porta.

— Lotado, só é permitida a entrada de sócios.

Uma hora depois, Nippe se ajoelhou em frente à tábua do vaso sanitário e se debruçou para a frente. Lenços de papel cobriam o chão.

Apesar da proibição, Putte acendeu um Marlboro Light e cantarolou a melodia do techno que tocava na pista de dança.

— Por que eles gostam desse tipo de música por aqui? Por que não uma coisa mais melódica, R'n'B ou hip-hop? E por que não o bom e velho pop? Mas não, por princípio, só colocam essa porra de techno europeu mainstream chato e careta. É kitsch.

Às vezes, JW ficava um pouco de saco cheio da atitude arrogante de Putte. O cara tinha mais de 8 mil músicas no seu disco rígido em casa e sempre reclamava do gosto dos outros.

JW disse:

— Por que está reclamando? A noite está um barato.

Nippe pôs um espelho na tampa da privada. Havia vestígios de sujeira em cima, manchas marrons deixadas pelos cigarros que as pessoas fumavam às escondidas e deixavam ali enquanto faziam outra coisa. Preparar carreiras — como os caras estão fazendo nesse momento —, dar um telefonema, mijar, ser chupado. Quando JW entrefechava os olhos, tinha a impressão de que a tampa estava coberta de passas.

Tirou um sacolé do bolso e despejou cautelosamente cerca de um terço de seu conteúdo sobre o espelho em três montinhos separados.

Nippe pareceu surpreso.

— Foi você que comprou esta semana também?

— *Yes*. Mas com outro cara.

— Beleza. Ele está cobrando mais barato que o turco?

JW mentiu:

— Não é muito mais barato, mas mais simpático. Esse turco aí é muito esnobe pro meu gosto. Trouxe uma boa quantidade esta noite. Se tiverem alguém que queira comprar, é só me dizer. — Sorriu. — Principalmente, garotas.

Nippe fez três carreiras de pó.

— É afrodisíaco. Só de ver essas três carreiras fico de pau duro. Porra, acho que vou bater meu recorde esta noite. Três garotas pelo menos.

JW o fitava.

— Se conseguir, você é incrível. Eu já tinha achado sinistro você ter sido chupado por duas garotas na mesma noite.

— É, mas esta noite estou no meu auge. Sinto isso no corpo inteiro. Depois desse pequeno tratamento mágico sobre o espelho, na minha melhor forma. Pelo menos três garotas vão provar do meu pau.

— Você é foda. Vem com elas pro banheiro?

Putte jogou o cigarro na latrina. Uma passa a mais.

— *Yes*, meu velho. Pro banheiro das gatas. E, como o calor começou, podemos também ir pro parque de Humlan.

JW queria ser como ele, como Nippe, o grande príncipe do *blow job* em Stureplan. Com a autoconfiança supertrabalhada que ele exibia em toda parte. Em qualquer contexto, ele brilhava sempre. Às vezes, porém, JW se perguntava se Nippe acreditava naquilo completamente, se estava de fato convicto de que era um deus para as garotas, ou se desempenhava tão bem seu papel que terminava por acreditar nele mesmo. De toda forma, o resultado era o mesmo: Nippe impressionava, Nippe era aquele de quem todos falavam. Um modelo para JW. Apesar de tudo, não gostaria de estar em seu lugar — o cara era muito burro.

Nippe sacou uma cédula de 100 de sua carteira. Fez um canudo, debruçou-se para a frente e cheirou uma carreira sobre o espelho.

JW e Putte seguiram seu exemplo.

O pó teve um efeito imediato. Dinamite branca.

A vida brilhava.

Ao chegar à pista de dança, perdeu de vista os caras. A música berrava nos alto-falantes. A voz quente de Bob Sinclar cantava "Love Generation". A máquina de fumaça assobiava num canto. A luz estroboscópica piscava. O mundo se tornava um clipe. Primeiro plano: as gatas de primeira linha. Segundo plano: a gata levanta os braços acima da cabeça. Terceiro plano: o rosto de JW se enfia no decote da mesma gata.

O Kharma era um mero trepódromo — para as pessoas *in*.

JW se exaltou, excitou-se, com a impressão de estar com o tanque cheio de gasolina aditivada. Tinha vontade de dançar, de dar uns amassos, de pular em cima de tudo o que se mexia, de se masturbar. Mas, acima de tudo: — tinha vontade de explodir. O pau tão duro que um gato seria capaz de afiar ali suas garras.

Suas pernas se agitavam dez vezes mais intensamente que de costume.

A sensação de ser o melhor, o mais sedutor, o mais inteligente. O cara. Eles iam ver.

Outra garota se aproximou dele. Ele a beijou no rosto e gritou em seus ouvidos:

— Oi, JW! Tudo bem? Curtiu a festa semana passada?

JW recuou a cabeça alguns centímetros para analisar a matéria-prima.

— Sophie, você está muito gata. A galera está toda aí?

— Veio todo mundo, menos Louise, que está na Dinamarca. Venha até nossa mesa dar um alô.

Ela o pegou pela mão e o arrastou.

Ele varreu a mesa com o olhar. Quatro garotas incrivelmente sexy se refestelavam em seus assentos, usando tops que revelavam mais pele do que escondiam. O cor-de-rosa, o roxo e o azul-turquesa predominavam. Os decotes estufados pelos sutiãs *push-up* ou de silicone, as bundas desenhadas nos jeans ou nas minissaias.

Mostre-se, JW, porra, concentre-se.

Nippe já ocupara seu lugar na mesa e abraçava uma das garotas. Seduzia, ria, olhava-a no fundo dos olhos. Era qual número da lista? Porra, impossível que ele já tivesse conquistado uma.

JW desabou numa cadeira. Sobre a mesa, reinavam uma garrafa de vodca num balde de gelo, garrafas de 250 mililitros de tônica Schweppes, de Ginger Ale, de Soda e de vodca russa. Uma regra básica confirmada: destilado ou bolhas. Nunca cerveja.

A música tornava difícil qualquer conversa. Sophie lhe trouxe uma vodca com soda. JW provou a bebida, depois pegou um cubo de gelo e enfiou na boca. Concentrado, chupou-o. Sophie o observava, bebericando seu drinque.

Ruminou consigo os conselhos de Abdulkarim. Comece por distribuir de graça. Seja simpático, faça amigos, amigos que gostem de pó. Amigos com grana ou amigos de amigos com grana. Faça de modo que as pessoas não consumam em excesso dentro das boates — isso não é seguro, você se arrisca a ser pego. Melhor é esticar depois na casa das pessoas. Organize esses encontros. Venda às patricinhas durante essas esticadas. Convide-as para ir à sua casa. Não venda quantidades grandes demais no início — não vá criar um mercado de pulgas.

Nippe se debruçou para a frente e começou a falar com Sophie. JW não ouvia o que eles diziam. Saboreava a embriaguez, abriu outro botão da camisa e deu uns goles em seu drinque. Seus pensamentos lhe pareceram tão afiados quanto uma lâmina de barbear.

JW tinha ideias bem peculiares. Não andaria com muita quantidade: se fosse pego, queria poder dizer que era para consumo pessoal. O restante, guardava em diversos lugares bem-escolhidos. Uma vez tudo vendido — podia dar um pulo em casa e pegar mais. Era tranquilo, o Stureplan não ficava longe do parque de Tessin. Mais importante ainda: usar de sua lábia com os amigos para que eles não se perguntassem por que seria sempre ele que os abasteceria no futuro.

Sophie se debruçou um pouco para ele e lhe deu uma mordidinha na orelha. Ele estremeceu.

Ela foi direto ao assunto:

— Nippe disse que você tem um brilho. Não quer dar um pouquinho para a gente provar?

Intimamente, JW agradeceu a Nippe. Era uma abertura. Jogue a carta certa agora, não crie caso.

Respondeu:

— Claro, ainda tenho um pouco. Leve sua amiga Anna, vamos ao Humlan.

Deram-se a mão novamente e abriram passagem no meio da multidão. Passando diante dos caras marrentos, das mulheres cheias de silicone, dos caras da máfia iugoslava e dos homens de negócios.

A euromusic continuava a martelar seu techno.

Dirigiram-se à saída. Uma multidão diante dos caixas da entrada. Jet-set Carl estava no mesmo lugar e controlava a entrada de dinheiro. Mas sua verdadeira tarefa, a mais importante: beijar, apresentar, falar, rir, flertar. Jet-set Carl tinha olho. Jet-set Carl tinha estilo. O dinheiro corria a rodo. Um bom contato para o futuro.

Avançou. Plantou-se diante de Jet-set Carl, Sophie à esquerda, sua colega à direita, e lhe estendeu a mão. Jet-set Carl franziu uma sobrancelha.

— E você, você é...?

JW estava preparado. Respondeu:

— Amigo de Nippe Creutz, lembra...

Jet-set Carl fez como se o reconhecesse. Ainda que não fosse verdade. Era um mestre na arte de inspirar nas pessoas a impressão de serem acolhidas calorosamente, embora não se lembrasse em absoluto delas ou não fizesse a mínima ideia de quem fossem. Alguns chamavam isso de hipocrisia. JW chamava de *tino comercial.*

JW sacou algumas frases feitas que pontuou com risos. Carl estudou as garotas ao lado de JW — estava certo. Explicava que estavam apenas dando um pulinho do lado de fora e que voltariam em breve. Carl balançou a cabeça. JW ainda engatou algumas piadas. Estavam no mesmo comprimento de onda, boas vibrações. Jet-set Carl pareceu satisfeito.

JW pensou consigo mesmo: bom trabalho, JW.

Saíram. Eram duas da madruga. A fila serpenteava, histérica, numa grande balbúrdia. Avisou a um segurança que voltariam dentro de poucos minutos. O Humlan se esparramava à sua frente, sempre verdejante, mas a folhagem começava a branquear. A gritaria da multidão na fila reverberava até ali, porém com menos intensidade. As garotas estavam a mil. Sentaram num banco, contaram algumas velhas piadas. O tempo estava ameno. O suor sob as camisas começava a secar. JW discorria, emendando elogios, dez numa escala de dez no barômetro da sedução. Assumiu o papel do confidente, do cara que compreendia as mulheres.

— Porra, vocês estão irresistíveis esta noite. Viram algum cara interessante? Estão paquerando o Nippe, não estão? Se quiser, posso arranjar um encontro com ele, Sophie.

Etc. etc. Sophie estava superbonita. Ele estava a fim dela.

Ele as conhecia, sem, porém, conhecê-las de verdade. Pertenciam à galera do internato de Lundsberg. Uma escola famosa pela divisa *saber, tradição, fraternidade.* Tinham todos os mesmos nomes dos pais e dos avós. JW estava por dentro graças aos caras. Sabia falar o jargão, conhecia a etiqueta. Podia sempre tentar a sorte.

Anna fez um trejeito.

— Você não tem uma coisa que a gente deveria provar?

JW disse:

— Claro, quase tinha esquecido.

Não queria forçar as coisas, metera na cabeça que era melhor esperar que elas pedissem.

Sacou um estojo contendo um espelho, o modelo dobrável. O sacolé só esperava para ser puxado do bolso interno de seu paletó. Despejou um montinho de pó no espelhinho, depois o dividiu em três carreiras com a ajuda de uma lâmina. Mostrou às garotas o canudinho de cheirar de aço inoxidável. Em seguida, deu uma panorâmica antes de lhes estender o canudo.

— Por favor. Sirvam-se.

Quinze minutos depois, as garotas voltaram à boate. O segurança se lembrava delas, garotas como Sophie ou Anna entravam e saíam sem o menor problema. A multidão se abria à sua frente como o mar Vermelho diante de Moisés.

JW permaneceu no parque. Queria cheirar uma carreira sozinho.

Tudo caminhava nos trilhos. As garotas pareciam contentes. Elas: exuberantes, cheias de energia e espontaneidade. Um bom começo. Seu primeiro passo no mundo do pó. Pó de ouro.

Aquilo só poderia melhorar.

O céu estava acinzentado.

A passarela de vidro que ligava a Biblioteca Real a seu anexo pareceu se iluminar por um breve instante. JW gostava de estudar lá quando não tinha vontade de ficar em casa. Tinha visto Sophie várias vezes. Aprendera a reconhecer o estalido de seus sapatos quando ela caminhava por entre as estantes, identificara suas colegas, sabia os caras que ela cumprimentava. E após um certo tempo ela se dera conta de que ele conhecia efetivamente alguns rapazes e garotas de sua galera. O mundo era menor do que ele imaginava.

Pegou novamente o estojo e o canudo.

Foi então que a viu.

O motor roncou como uma central nuclear de porte médio quando ela correu na frente dele pela Sturegatan, uma flecha na noite de Estocolmo.

A Ferrari amarela.

Primeiro pensamento: aparentemente, um modelo igual ao das fotos de Camilla.

Segundo pensamento: pouco provável que houvesse mais de um carro como aquele em Estocolmo.

Foi invadido pelas lembranças da irmã.

Ele precisava saber.

De quem era aquele carro?

* * *

TRIBUNAL SUPERIOR DE ESTOCOLMO

JULGAMENTO

As partes
A corte Promotor Markus Sjöberg
Ministério Público de Estocolmo

Acusação

1. Joakim Berggren, 740816-0939
    Vapengatan, 5
    126 52 HÄGERSTEN

2. Daniel Lappalainen, 801205-2175
    Lundagatan, 55
    117 27 ESTOCOLMO

Réus
1. Patrik Sjöquist, 760417-0351
    Rosenlundsgatan, 28
    118 53 ESTOCOLMO

2. Mrado Slovovic, 670203-9115
    Katarina Bangata, 37
    116 39 ESTOCOLMO

Defensor Público
Dr. Martin Thomasson
CP 5467
121 31 ESTOCOLMO

— — — — — — — — —

MOTIVO DA ACUSAÇÃO   **ÂMBITO JURÍDICO**
Lesões corporais   Capítulo 3 §6 do código penal

PENA INCORRIDA
Prisão, três anos

Queixas desconsideradas
Acusação nº 2 (Mrado Slovovic, concernente a lesões
corporais)

— — — — — — — — —

Detalhes do julgamento

Acusação nº 1 (Patrik Sjöquist; lesões corporais)
Argumentação

O promotor referiu-se a um relatório médico referente
às lesões sofridas por Joakim Berggren, o que constitui
uma prova escrita dos fatos. O relatório detalha, entre
outras coisas, uma fratura no nariz, uma dupla fratura
no maxilar, uma fratura na maçã do rosto, arranhões em
cinco lugares do corpo, vários hematomas e edemas nas
faces e na testa, um edema no olho direito, cortes e
edemas nos lábios, quatro dentes quebrados, bem como
um sangramento na testa, um traumatismo craniano e uma
concussão grave.

O promotor referiu-se igualmente aos depoimentos de
Joakim Berggren, vítima, e Peter Hållen, responsável pela segurança no restaurante Kvarnen, e Christer
Thräff, cliente da discoteca citada no momento dos fatos em questão, testemunhas oculares.

A vítima Joakim Berggren relatou, entre outras coisas, os seguintes fatos: segundo ele, os três indivíduos Patrik Sjöquist, Mrado Slovovic e Ratko Markewitsch entraram na discoteca Kvarnen por volta da 01.20, no dia 23 de agosto do ano em curso. Pelo sistema de comunicação interna, o porteiro, Jimmy Andersson, avisou a Berggren que os três homens comportavam-se de maneira ameaçadora insistindo em falar com o responsável pela chapelaria. Jimmy Andersson preferiu autorizar a entrada deles. Berggren identificou os três homens como membros da "máfia das chapelarias", uma organização que age em Estocolmo e cobra propina dos restaurantes e proprietários de boates a fim de lhes extorquir parte da cifra de negócios gerada por suas atividades no âmbito dos vestiários. Respondeu-lhes portanto que o Kvarnen não estava interessado e, não obstante, convidou-os a entrar na discoteca. Os três homens comportaram-se de maneira agressiva. Patrik Sjöquist disse, entre outras coisas, que eles não deixariam o lugar sem ter falado com alguém responsável pela chapelaria. Dois minutos mais tarde, os homens entraram no bar sem ter conseguido falar com a pessoa encarregada. Berggren continuou a trabalhar na chapelaria e na entrada. Por volta das 03.00, foi ao banheiro para urinar. Patrik Sjöquist seguiu-o. Pouco depois, os outros dois homens entraram também. Berggren estava em frente ao mictório. Patrik Sjöquist avançou e lhe desferiu um soco no nariz. Ele acha que o nariz quebrou nesse momento. Em seguida, Patrik Sjöquist agarrou seus cabelos para esmagar sua cabeça no mictório. Patrik Sjöquist bateu com a cabeça de Berggren pelo menos três vezes contra a beirada do mictório. Ele lembra que Patrik Sjöquist berrou "Veado filho da puta" e "isso é o que merece gente como você". Em seguida, Berggren perdeu a consciência.

Após ter tomado ciência das acusações, Patrik Sjöquist, o réu, respondeu o seguinte: ele foi ameaçado por Joakim Berggren, que lhe disse que "ia acabar com ele se voltasse a pisar no Kvarnen". Berggren disse essa frase porque Patrik Sjöquist recusara-se a tirar o paletó. O réu acha que foi por isso que Joakim Berggren imaginou que ele fazia parte de uma pretensa "máfia da chapelaria". Mais tarde, ele foi ao banheiro para urinar. Lá, Joakim Berggren golpeou-o no peito. Ele tentou se defender, o que terminou em pancadaria. Ele não se lembra exatamente do que aconteceu depois, mas afirma ter recebido vários socos no rosto e por sua vez não ter golpeado Joakim Berggren senão por três vezes no máximo, no rosto. Em legítima defesa. Não acredita ter batido com a cabeça de Joakim Berggren no mictório. Nunca faria uma coisa dessas. Depois, duas outras pessoas entraram bruscamente no banheiro. Sjöquist não sabia que eram seguranças do local. Um deles começou a brigar com Mrado Slovovic. Sjöquist diz não saber por quê. Estava bêbado no momento dos fatos.

Veredicto

O agente de segurança Peter Hållen contou, entre outras coisas, ter visto, no momento de entrar no banheiro, Patrik Sjöquist segurar Joakim Berggren pela nuca. Viu igualmente Mrado Slovovic "empurrar" no chão Daniel Lappalainen, outro agente de segurança, e agarrar-se à sua perna. O cliente da discoteca Christer Thräff afirma ter ouvido Patrik Sjöquist gritar que Joakim Berggren "ia sofrer até entender" enquanto Patrik Sjöquist espancava Joakim Berggren. As declarações da testemunha parecem absolutamente críveis. O Tribunal julga as declarações de Joakim Berggren igualmente críveis. Por exemplo, ele descreveu em detalhe as palavras emitidas por Patrik Sjöquist. Suas declarações são confirmadas pelos relatórios do médico e pelos depoimentos de Peter Hållen e Christer Thräff.

Patrik Sjöquist não tem, segundo os relatórios, nem contusões nem atestado médico. A testemunha Christer

Thräff contou que Patrik Sjöquist atacara Joakim Berggren sem razão aparente. Considerando essas circunstâncias, o Tribunal duvida da sinceridade das declarações de Patrik Sjöquist.

Em resumo, o Tribunal estima que Patrik Sjöquist atacou efetivamente Joakim Berggren, como descreveu o promotor. Patrik Sjöquist não agiu em legítima defesa. Seus golpes eram particularmente violentos e brutais, pois dirigidos à cabeça, o que acarretou sérios ferimentos. O objeto da acusação está confirmado, o réu cumprirá uma pena ainda a ser pronunciada. O crime será qualificado como lesões corporais graves.

A ficha criminal de Patrik Sjöquist contém sete ocorrências. A última condenação, quatro meses em regime fechado por lesões corporais, foi pronunciada pelo Tribunal de Nacka. As outras ocorrências na ficha concernem, entre outras coisas, a uma segunda condenação por lesões corporais, bem como condenações por ameaças de morte, incitação ao ódio racial, porte ilegal de armas de fogo, consumo de entorpecentes e violações de trânsito. Segundo os serviços penitenciários de Estocolmo, Patrik Sjöquist goza de certa estabilidade. Trabalha como operário de obras e dedica grande parte de seu tempo livre ao "body building". Seu salário anual monta a aproximadamente 200 mil coroas. Patrik Sjöquist aceitou de bom grado realizar tarefas de interesse social.

Considerando a violência do crime cometido, o réu é condenado a três anos de prisão em regime fechado.

Acusação nº 2 (Mrado Slovovic; lesões corporais) Argumentação

O promotor referiu-se a duas declarações: os depoimentos da vítima Daniel Lappalainen, segurança, e de Peter Hållen, igualmente agente de segurança.

Daniel Lappalainen, entre outras coisas, declarou o seguinte: não sabe se usava o crachá de segurança no momento dos fatos. Percebera que alguma coisa "estava acontecendo" no banheiro masculino. Quando abriu a porta, viu Joakim Berggren estendido no chão. As paredes e o rosto de Joakim Berggren estavam manchados de sangue. Várias pessoas encontravam-se no banheiro. Um homem passou na frente dele e saiu precipitadamente. Outro homem, Mrado Slovovic, agarrou-o pela perna para imprensá-lo no chão. Em seguida, Mrado Slovovic aplicou-lhe uma chave na perna, causando-lhe uma dor insuportável. Ele achou que Mrado Slovovic estava quebrando sua perna. Em seguida, Mrado lhe disse que "o Kvarnen receberia visitas em breve" e que "Joakim Berggren tinha mexido com as pessoas erradas". Depois, Mrado Slovovic e Patrik Sjöquist deixaram o local.

O depoimento do agente de segurança Peter Hållen já se acha citado acima (Acusação nº 1).

Após ter se confrontado com as acusações, o réu Mrado Slovovic explicou o seguinte: o agente de segurança Joakim Berggren foi muito mal-educado com seu amigo Patrik Sjöquist mais cedo naquela noite. Quando Mrado Slovovic foi ao banheiro masculino, constatou uma grande agitação em torno de Joakim Berggren e Patrik Sjöquist, que tinham chegado às vias de fato. Ele se preparava para intervir, quando dois homens entraram no recinto. Mrado Slovovic não percebeu que eram seguranças do local. Um dos dois homens, Daniel Lappalainen, deve ter achado que Mrado Slovovic estava envolvido na disputa, pois tentou derrubá-lo no chão. Mrado Slovovic ficou com medo, embora conseguisse escapar da gravata de Daniel Lappalainen. É possível que ele tenha quebrado a perna de Daniel Lappalainen no intuito de se desvencilhar, mas esta não foi em absoluto sua intenção. Daniel Lappalainen não usava crachá identificando-o como segurança, e Mrado Slovovic não viu que ele era segurança.

Veredicto

Daniel Lappalainen e Mrado Slovovic dão duas versões diferentes dos fatos, contradizendo-se a respeito do autor da agressão e também quanto à questão de saber se Mrado Slovovic quebrou a perna de Daniel Lappalainen em situação de legítima defesa. As duas pessoas deram uma versão crível dos fatos. A versão de Daniel Lappalainen é confirmada pelo depoimento do agente de segurança Peter Hållen, que diz ter visto Mrado Slovovic atirar no chão Daniel Lappalainen. A versão de Mrado Slovovic é confirmada por Patrik Sjöquist, que sugeriu ter sido o segurança que atacara Mrado Slovovic.

Segundo a lei sueca, o veredicto tomará como base as explicações do réu se estas não forem refutadas pelo querelante. No caso presente, as duas declarações se chocam, e as duas versões são confirmadas por diferentes pessoas. Está estabelecido que não existe relatório médico provando que Daniel Lappalainen foi efetivamente ferido na perna. Em contrapartida, é incontestável que reinava uma grande agitação nos toaletes do Kvarnen. Nessa situação tumultuosa, é difícil determinar quem tomou a iniciativa de fazer uso da violência. O inquérito prova que Mrado Slovovic entrou no banheiro depois de Patrik Sjöquist e que assim pode ter interpretado a situação diversamente. Mesmo se Mrado Slovovic feriu Daniel Lappalainen na perna da maneira como o acusam, ele pode ter agido em defesa legítima putativa, isto é, julgando estar exposto a um perigo imediato. Tampouco ficou demonstrado que Daniel Lappalainen usava seu crachá identificando-o como segurança. A declaração de Mrado Slovovic, que afirma ignorar que Daniel Lappalainen era um segurança, é portanto julgada verossímil. Em resumo, o Tribunal estima que o querelante não está em condições de provar a agressão em questão. A acusação será portanto desconsiderada.

PARA RECORRER, ver as explicações em anexo (DV 400)
O recurso de apelação deve ser encaminhado à Corte de Svea no mais tardar dentro de três semanas a contar deste dia.

Em nome do Tribunal
Tor Hjalmarsson

9

Mrado sentia-se como um pinguim em Skansen naquele bairro calmo e burguês. Não se encaixava ali. Muito restrito. Afetado demais. Baixo-astral. As pessoas olhavam para ele. Felizmente, Radovan o convidava apenas raramente.

Sem lugar para estacionar, corria o risco de não chegar na hora. Circulava. Observava. Talvez houvesse alguém se dirigindo ao seu carro para sair. Entrava em ruas que não conhecia. Sem método. Sem lógica. Sem sucesso.

Preocupava-se com outra coisa.

Não havia vaga para seu Mercedes SL 500. Finalmente estacionou próximo a uma faixa de pedestres. Multa na certa — azar, o carro era alugado. As multas iriam para a agência.

Mrado subiu o acesso que levava à casa de Radovan.

Um casarão espaçoso de um andar, de pelo menos 350 metros quadrados. Os muros brancos, o telhado plano revestido de lajotas pretas. Os caixilhos das janelas e as portas em madeira escura. O jardim havia sido bem-cuidado durante o verão. Fúcsias, plantas perenes, azaleias. Naquele momento, o jardim exibia as inevitáveis cores douradas do outono. Uma cerca de 1,5 metro de altura fechava o terreno. Ao longo da parte interna da cerca cresciam potentilas. Visto do lado de fora, parecia tranquilo, tedioso e amigável. Mrado sabia que, dentro, o terreno estava sob alta vigilância.

— *Dobra došao*, entre, Mrado.

Stefanovic, faz-tudo de Rado, abriu a porta. Fez Mrado entrar e o acompanhou pela casa.

Radovan estava sentado numa poltrona de couro na biblioteca. Nos trinques, como sempre. Um blazer azul-escuro. Uma calça Manchester clara. Bem-penteado. As rugas e cicatrizes em seu rosto forçavam o respeito.

Papel de parede escuro, as paredes contornadas por estantes de diferentes tamanhos. Presos acima das estantes: mapas emoldurados, quadros, ícones. A Europa e os Bálcãs. O belo Danúbio azul. A batalha de Kosovo Polje. A República Federal da Iugoslávia. Os heróis da história. Um retrato de Karageorges. São Sava. Mas, principalmente, mapas da Sérvia e Montenegro.

Stefanovic se retirou.

Radovan disse em sérvio:

— Obrigado por ter vindo.

— Eu que agradeço. Não temos muitas oportunidades de nos ver.

Mrado permaneceu de pé.

— Sente-se, meu Deus. É verdade. Não temos mesmo muitas oportunidades de nos ver. Mas sem dúvida é melhor assim. Além disso, a gente se fala regularmente ao telefone.

— Claro. Ao seu dispor.

— Mrado, chega de conversa fiada. Você me conhece, prefiro ir direto ao assunto. Nada pessoal. Você sabe muito bem o que penso do que aconteceu no Kvarnen.

— Imagino.

— Puta que o pariu! Isso não pode acontecer desse jeito. Mas confio em você e você faz merda. A situação está descontrolada. Será que percebe o que fez? Isso pode levar a uma guerra.

— Mil desculpas, Rado. Avaliei mal a situação. Assumo total responsabilidade pelo que aconteceu.

Na cabeça de Mrado: a culpa era toda de Patrik. Mas nem pensar dizer isso em voz alta. Quando alguém é responsável por uma operação, é, e ponto final.

Radovan emendou:

— Merda, claro que você assume. Qualquer outra coisa seria loucura. Você conhece nossa posição. Esse nazista aí, que você emprega, foi condenado por lesões corporais. Não tem o direito de dar telefonemas nem escrever um bilhete. Nenhuma informação sai ou entra. Sabe lá o que ele vai falar sobre a gente. Não podemos confiar em todo mundo. Espero, por você, que ele não abra o bico. Espero por todos nós.

— Não acho que tenhamos com o que nos preocupar.

— Você trabalhou muito bem durante todos esses anos. E agora isso. Por que não deteve esse nazista amador? Os policiais vão quebrar ele igual quebramos um ovo. Além disso, os Hells Angels, os Bandidos, Boman ou algum outro podem a qualquer momento perder as estribeiras. Já existe tensão entre as gangues nessa cidade. Não vale a pena piorar as coisas.

Mrado, em geral Iron Man. Mas R era o tipo de homem cuja presença bastava para que até mesmo caras da máfia iugoslava abaixassem a voz e evitassem erguer os olhos. Mrado se preocupou. Radovan estava realmente zangado. Um único pensamento: não estrague em hipótese alguma sua relação de confiança com Radovan. Repetindo: não estrague em hipótese alguma sua relação de confiança com Radovan.

Por outro lado, Mrado fazia a maior parte do trabalho. Supervisionava o negócio das chapelarias e o recolhimento da grana, entre outras coisas. Lembrou-se da época, sob o reinado de Dragan Joksovic, em que ele e Rado haviam sido parceiros da mesma patente. Colegas no monopólio mundial de Jokso. E eis que Radovan ousava lhe dizer "que ele trabalhou muito bem durante todos esses anos". Conversa fiada, tinha sido Rado que trabalhara bem sob Jokso. Era de vomitar. Radovan brincava de deus.

E mais: a parte de Mrado nos negócios era agora bem pífia. Rado lhe dava missões de idiota. Mas, sobretudo, sua participação nos lucros era muito pequena. Como se eles não tivessem um passado em comum. Como se R tivesse sido sempre o homem no posto mais alto da hierarquia.

Mas agora, naquele instante, precisava se dobrar e se colocar a seus pés. Encontrar ideias construtivas. Propor soluções. Melhorar sutilmente o clima.

— Escuta Rado, Patrik é um bom sujeito. Juro. Mesmo que tenha um lado um pouco explosivo e se deixe provocar com facilidade, não trai. É direito. Conhece as regras. Não me preocupo por ele.

— É uma boa notícia. Mas ainda assim podemos nos foder. Patrik é um babaca, esse cara precisa de um mapa rodoviário para encontrar o banheiro. Vários desdobramentos são possíveis: em primeiro lugar, os policiais obrigam esse nazista a nos delatar. Nesse caso, vão instaurar uma porra de investigação de merda, com policiais em todos os bares onde temos interesses. Talvez sejamos obrigados a nos retirar de alguns bares. Outro desdobramento possível é os HA, Göran Boman ou um outro qualquer ficar puto da vida porque temos uma estratégia agressiva demais no front das chapelarias. A situação atual já está bastante delicada desse jeito, você sabe muito bem, Mrado. A última batida policial nos custou quatro homens. Sem contar o que aconteceu com você. Sei o que é a guerra. Porra, sou a encarnação da guerra. Você conhece a lei do equilíbrio: depois de Jokso, não vai haver rei. Cá entre nós, Mrado, isso é bobagem. Mas não é hora de mexer nesse formigueiro.

— É uma boa análise da situação, Rado. Como sempre. Me permite acrescentar duas ou três ideias? Está a fim de escutar?

— Com prazer. Entre outras coisas, é por isso que nos encontramos. Que ideias são essas?

— Patrik conhece as regras, nosso códice. Os alcaguetes, a gente mata. Poucos dias atrás, ele presenciou o que aconteceu com um cara que não se comportou bem lá na academia. Não era um peso-leve, pode ter certeza. Nazi-Patrik captou a mensagem. Se um dia ele der com a língua nos dentes, não terá tempo sequer de dar um pulo nos mictórios sem vigilância da cadeia antes de ser trucidado. Acredite em mim, conheço um monte de gente que terminou muito mal em Tidaholm. Mas ele não vai dedurar.

Mrado havia refletido. Estava blindado de ideias. Vista aérea. Vista ampla. Perspectiva de futuro. Projetos. Objetivos expansionistas. Radovan queria ser o rei. Tinha potencial para isso. Ao mesmo tempo, Mrado queria sua fatia no negócio das chapelarias.

— Não podemos desistir do negócio das chapelarias. Começamos a apostar nisso o ano passado, embolsamos uns 300 mil por mês no inverno e quase 150 mil no verão. Aproximadamente vinte boates. Quanto mais lugares a gente conseguir controlar, mais as pessoas se acostumam a pagar as despesas. Nessa cidade, cinquenta por cento dos bares poderiam cobrar pra guardar as roupas. Mas o que fazer com essa grana? As chapelarias são perfeitas. Operamos exclusivamente em espécie. A Receita não tem um pingo de chance, nunca vão poder calcular o que a gente ganha. Todos os salários são pagos com caixa dois. Os próprios bares não declaram um centavo de tudo isso.

Radovan sorriu. Esse panorama lhe agradava. Entrefechou os olhos, depois pegou uma folha de papel e uma caneta. Uma minicalculadora. Já conhecia os números. Já conhecia as vantagens. Sabia também que era preciso lavar o dinheiro em espécie. Mas Mrado sabia que Radovan gostava de ouvir o que já sabia.

— Realmente, estamos arrebentando, Mrado. Concordo, existem problemas com a lavagem do dinheiro. Temos que arranjar mais laranjas. O Clara's e o Diamond não conseguem engolir as somas geradas pelo negócio. A gente precisa de mais empresas. É um problema de luxo, de toda forma. Isso mostra que os negócios estão prosperando.

Mrado respondeu:

— Locadoras de DVDs, na minha opinião. O fisco não consegue controlar o número de filmes efetivamente alugados. Podemos inflar as receitas o quanto quisermos. Posso cuidar do assunto. Já fiz isso antes. Se um dia der errado e a fiscalização der as caras, damos a cabeça de alguém, usamos um laranja.

— Ótimo. Pegamos quem?

— Alguém que ainda não tenha aberto falência. Alguém que não seja completamente débil, mas que tampouco tenha muita coisa a perder. Vou providenciar. Em compensação, um laranja não vai proteger a gente se tivermos uma acusação de lavagem de dinheiro nas costas. No caso de dançarmos por dívidas exorbitantes à Receita ou qualquer coisa do gênero, é ele que vai à falência. Mas, considerando que você provavelmente não quer ver seu nome manchado por falências suspeitas, pelas quais poderia ser proibido de exercer uma atividade comercial, é perfeito.

— É você o especialista. Comece a partir de amanhã.

Stefanovic bateu à porta. Trouxe chá e torradas. Radovan levantou da poltrona. Molhou as fatias de pão no chá. Como um sueco escroto. Comeu-as ruidosamente. Depois, falaram a respeito da filha de Radovan. Ia começar no colégio. Escola particular, escola no centro da cidade, escola no bairro chique — qual a melhor alternativa? Mrado contou suas próprias mazelas. Que via Lovisa muito raramente. A relação difícil com a ex-mulher. Estilo-Rado: perguntou se podia fazer alguma coisa por Mrado. Este último pensou: pelo contrário. Se o serviço social souber que você está no esquema, meu direito de visita vai pra cucuia.

Dois tapetes cobriam o chão. Radovan decorara o aposento num estilo clássico. Os livros nas prateleiras estavam lá apenas para fazer bonito. Havia obras de referência e atlas. Obras de escritores sérvios, dos quais Mrado não conhecia nem os nomes: Jovan Jovanović, Sima Milutinović-Sarajlija, Marko Kraljewitsch. Somente um deles era famoso — Ivo Andrić, prêmio Nobel.

Mrado pensou no professor que lhe havia feito ler Ivo Andrić. Um ano mais tarde, liderava os motins em Södertälje.

Radovan pousou a xícara à sua frente.

— O negócio dos cigarros vai de vento em popa. Goran está mergulhado nisso. Mas não podemos apostar nesse segmento a longo prazo. Todo mundo é contra o cigarro nos dias de hoje. A proibição de fumar nos bares é uma catástrofe, as novas imagens que eles mostram dos pulmões pretos significam um puta prejuízo para os nossos negócios, e os controles infinitos na alfândega das fronteiras da União Europeia começam a me dar nos nervos.

— Tem razão, mas a gente precisa manter contato com os motoristas de caminhão. Seria difícil reconstruir uma rede igual. Os países bálticos logo vão se abrir completamente e se integrar à União Europeia. Lá, a heroína é oito vezes mais barata. Ainda que os preços não demorem a subir, precisamos estar preparados. Os motoristas que trazem cigarros atualmente vão poder começar a transportar H.

Continuaram a conversa. Passaram em revista todas as atividades e os diversos projetos de Radovan: o tráfico de cigarros e álcool, o recolhimento da grana, o pó, os caça-níqueis Jack Vegas, os bordéis nos apartamentos, as garotas de programa.

Bem como os elementos mais ou menos legais, o bar Clara's e a boate The Diamond. Laranjas.

No fim, chegaram aos canais pelos quais faziam passar o dinheiro em espécie, ao dinheiro vivo recolhido e também à grana que ia ser submetida ao imposto para manter as aparências junto ao fisco. Os bares não eram suficientes para isso. Radovan tinha que parecer um cidadão respeitável que cumpre a lei.

Conclusão: precisavam absolutamente de duas locadoras de DVDs.

O tempo todo, Mrado reprimira a questão de sua parte nos lucros das chapelarias.

Terminou por levar sua xícara de chá aos lábios e tentou beber uma gota, embora ela estivesse visivelmente vazia. Esperava ter enternecido Radovan o suficiente.

— Rado, eu gostaria que a gente falasse também das finanças com relação ao negócio das chapelarias.

Radovan ergueu os olhos das folhas cheias de números esparramadas à sua frente.

— O que quer dizer com isso?

— É verdade que fiz uma certa cagada com Patrik. Mas assumo. Fora isso, faço um bom trabalho. Acabamos de ver os números. Os negócios estão bombando. Qual é a minha parte em tudo isso?

Silêncio.

Mrado fez nova tentativa:

— Ouviu o que eu disse?

Um muro de cimento.

— Mrado, me deixa explicar uma coisa pra você. Você não tem que colocar condições. Pouco importa que suas ideias sejam geniais, serão sempre minhas. Pouco importa os lucros que você obtém, é o meu dinheiro que é administrado. Podemos ter uma conversa sobre sua fatia no bolo quando eu julgar por bem. Não vamos estragar esta bela noite com isso. Vou esquecer o que você acabou de me pedir, ok?

Mrado ficou mudo. Como pudera se iludir tão fatalmente? Puta que o pariu, por que tinha lambido as botas daquele veado para pedir sua parte? Outro pensamento se impôs: um dia, seria outro que daria as cartas.

Oito da noite. Passaram à sala de jantar. A esposa de Radovan havia retornado. Conversou meia hora com Radovan e Mrado. Era bem magra. A sérvia mais bonita que já vira.

Ela jantou na cozinha com a filha.

O ambiente voltou a se normalizar.

Abriram uma garrafa de borgonha 1994. Radovan o provou.

— Acho que você já sabe, Jorge Salinas Barrio fugiu.

— Ratko me contou. Acho que tinha uma matéria no *Expressen* semana passada. Eles não diziam muita coisa, mas aparentemente ele deu o fora pulando por cima do muro. Nada mau!

— Mau para nós, que estamos do lado de fora. A gente abandonou ele durante o processo. Ele está inteirado de um monte de coisa a respeito do nosso tráfico de coca e pode nos causar sérios problemas. Ele nos odeia, se entendi bem, e sua vida não deve estar cor-de-rosa neste momento. Clandestino, sem amigos. É bem possível que ele entre numa de fazer besteira. Pra ser franco, não tenho muita certeza do que ele sabe de fato. E você?

— Também não. Mas aonde você quer chegar. O que devemos fazer?

— Nada, por enquanto. Mas, se ele tentar alguma coisa, vamos ter que reagir. Ensinar quem está no comando. Agir com mão forte. Concorda, Mrado, não é assim que tratamos quem nos incomoda?

Mrado fitou sua taça de vinho. Esta última pergunta seria uma alusão ao que iria lhe acontecer se continuasse a impor condições? Pouco importa: tinha que aplicar uma boa surra naquele Jorge. O latino era um perigo para os Iugoslavos.

Mas Mrado tinha outras prioridades. Fazer o negócio das chapelarias progredir após o papelão no Kvarnen, encontrar um laranja para montar uma empresa de lavagem de dinheiro, lutar pela filha. O latino poderia esperar.

Além disso, estava fora de questão infringir a ordem de Radovan na situação atual. O ambiente já estava podre demais assim.

Resolveu esperar que lhe pedissem para procurar aquele Jorge infernal antes de passar à ação.

E precisava refletir sobre aquele ambiente podre.

10

Jorge, *the Man*, o rei da bandidagem, enganava todos aqueles corruptos. Poderiam procurá-lo o quanto quisessem. Nem em sonho conseguiriam encontrar Jorge-boy.

Estava do lado de fora. Estava livre. Era o mais forte da cidade. O mais inteligente.

Os comentários que eles deviam estar fazendo naquele momento... O homem que corria mais rápido que Ben Johnson. O homem que enrabava os guardas. O homem que tinha fugido de Österåker com a ajuda de uns míseros lençóis e um gancho fabricado a partir de uma cesta de basquete. *Slam dunk.*

Obrigado pelo rango, camaradas, e fui.

O homem. O mito. A lenda.

E eles não faziam a menor ideia de onde ele poderia estar.

Seu plano de fuga fora minuciosamente arquitetado. Seu plano atual: permanecer vivo e ao mesmo tempo livre. Arranjar uma grana. Dar o fora daquele país. Em outras palavras: não era um grande plano.

São Sergio colocara a escada no lugar certo, dera o fora rápido e já deixara metade da floresta para trás ao volante de um segundo carro antes mesmo que Jorge atravessasse a terra de ninguém entre os muros e as árvores. Sergio havia estacionado o outro veículo exatamente onde devia.

A fantasia de todo fugitivo. Um latino valente.

Jorge pisara a 110 quilômetros pela estradinha. Um rali como nas florestas de Värmland. Os guardas não tinham sacado nada, não o tinham visto entrar no carro, acharam que ele tinha continuado a pé. Como ele previra. Havia três bifurcações ao longo do caminho. Até perceberem que ele fugira de carro, precisariam de pelo menos uma hora para reconstituir o trajeto que havia feito. Pegar a autoestrada. Passar por Åkersberga. Pegar a saída. Embrenhar-se na floresta onde os mirtilos cresciam por toda parte. Tinha sido lá que se encontrara com Sergio. Ele tinha roubado o carro para Jorge três dias antes da fuga. Abandonaram-no na floresta. Um galão de gasolina no porta-malas. Em seguida, sumiram do mapa. Para que ficar contemplando as chamas?

Os últimos vestígios de sua fuga desapareceram no vazio.

Difícil os policiais chegarem até lá.

Havia entrado no apartamento por volta das três da madrugada. Tinham passado a noite inteira no carro esperando o caminho ficar livre — para os vizinhos não perceberem a chegada de Jorge. Comeram falafel, tomaram Coca-Cola e café enquanto escutavam a rádio Power Hit e conversavam para não dormir. Jorge recuperara a calma após o efeito da adrenalina.

Nos dias seguintes, Jorge conseguiu se alojar num apartamento vazio, que pertencia à tia de Sergio. A velha tinha se mudado sete semanas antes para a casa de repouso de Norrviken.

A combinação: Jorge tinha que sair de lá em menos de dez dias. Não poderia pôr um pé do lado de fora. *Low -profile*. Depois, poderia fazer o que bem entendesse, mas iria pagar a Sergio por tudo — prometido, jurado.

Jorge era grato. Sergio era seu anjo da guarda. Já havia feito mais que qualquer outra pessoa. Sacrificara-se. Tinha assumido riscos. Jogara pesado. Como de praxe entre membros de uma família, mas ninguém ainda fizera nada parecido por Jorge.

Não pretendia ficar mais de uma semana.

Confinado no apartamento. Difícil — no entanto, agora estava livre. Mas dessa vez numa nova gaiola. Apenas alguns metros quadrados a mais que a cela de Österåker. Precisava se preparar para sua nova vida clandestina.

Jorge deixou a barba crescer. Cortou o cabelo e depois o tingiu de preto.

Pediu a Sergio que comprasse bobes de cabelos para fazer um permanente: Thio Balance Permanente, 500 mililitros. Leu atentamente as instruções. Instalou-se dentro da banheira, molhou os cabelos no chuveiro e enrolou em seguida cuidadosamente as mechas sobre os bobes roxos. Ainda bem que não havia ninguém por perto. Sentia-se um veado.

Testou um novo procedimento e tentou disfarçar a voz o melhor que pôde.

Jorge sabia: as pessoas reconhecem você instintivamente pela sua maneira de se mexer, de caminhar, de falar, de passar a mão nos cabelos e de sorrir. Pelos seus tiques inconscientes e pelo uso de determinadas expressões. A única boa ação realizada por Rodriguez, segundo Jorge: o velho filmara ele e Paola numa fita de vídeo quando eram pequenos. Duas pessoas completamente diferentes: um menino e uma menina, um desajeitado, a outra graciosa, um anguloso, a outra redonda. Mas, apesar de tudo, suas maneiras de se movimentar eram praticamente idênticas. Jorge se lembrava. Os gestos eram mais perigosos que o visual.

Trabalhe isso, Jorge-boy — rápido, porra!

Não suportava aquele apartamento. Tinha vontade de sair. Pegou o espelho na entrada e o prendeu na parede da sala de estar. No primeiro dia, andou de um lado para o outro das dez da manhã às sete da noite, os cabelos em pirâmide estilo Marge Simpson, e tentou adotar uma nova forma de andar. Ensaiou cacoetes. Uma voz nova.

Após 12 horas, tinha um novo penteado: cabelos crespos. Não tão crespos quanto ele havia imaginado, embora tivesse ficado com os bobes o dobro do tempo aconselhado na orientação da embalagem.

Lambuzou-se com um autobronzeador, Piz Buin, o mais eficaz. De acordo com as recomendações impressas no tubo, tinha que deixar o creme penetrar na pele por três dias. Torcia para dar certo.

Resultado final: tinha o aspecto de um mestiço, *el mestizo macanudo*. Uma cirurgia de lábios e nariz, e nem sua mãe o reconheceria mais.

Magnífico.

As persianas estavam arriadas. O recinto, o tempo todo mergulhado numa luz acinzentada.

O apartamento era pequeno. Sala, quarto e cozinha. No quarto, uma cama simples, sem lençóis. Jorge imaginou que a casa de repouso já deveria ter, mas aparentemente eles haviam esvaziado tudo quando vieram pegar a tia de Sergio. Na sala de estar, um sofá, uma TV, um tapete e uma mesa de centro em madeira escura. Um lustre de vidro amarelo pendia do teto. As prateleiras tomadas por fotos de família, cartões-postais do Chile e livros. A maioria em espanhol. Surpreendeu-se a se perguntar se ela tinha marido e filhos. Olhou os cartões-postais. Leu alguns. Após um momento, ficou cheio daquilo. Os tênis Asics não estiveram à altura de suas promessas. Seu pé continuava dolorido. Talvez tivesse torcido o tornozelo.

No meio do dia, tocou nos vizinhos do andar de baixo, de cima e da frente. Escondeu-se no hall do elevador para o caso de eles abrirem. Ninguém em casa. Podia ver TV sossegado.

Em todo caso, pôs o som baixo. Não tinha TV a cabo. Ligava de tempos em tempos para ouvir o noticiário. Nada sobre ele. Via as séries, os filmes da manhã e os programas de vendas. Começava a se angustiar.

Continuava a trabalhar em seus trejeitos. Precisava determinar um ritmo. Equilibrar os braços. Deixar a perna direita descrever um pequeno movimento para fora a cada passo. *Nigga with attitude*. Um andar cheio de estilo. Movimentos fluidos. Não exagerar, agir o mais naturalmente possível. Tinha a impressão de ter se locomovido daquele jeito a vida inteira. Tinha aquilo no sangue. Era inato.

Lia os tabloides que Sergio lhe trazia. Não escreviam muita coisa sobre sua fuga. Apenas uma curta notícia no *Expressen* no dia seguinte à escapada e uma notinha no *Aftonbladet*.

Segundo o *Expressen*:

Quinta-feira ao meio-dia, um homem condenado por tráfico de drogas escapou do Centro Penitenciário de Österåker em circunstâncias espetaculares. Um guarda declarou aos repórteres do Expressen *que o fugitivo, Jorge Salinas Barrio, nunca causara problemas e ninguém percebeu que planejava uma fuga. Segundo uma fonte do centro penitenciário, Jorge Salinas Barrio se beneficiou de ajuda externa para transpor o muro. Em seguida, correu em direção à floresta, onde provavelmente pegou um carro que lá o esperava. A mesma fonte indica que o fugitivo se exercitara correndo todos os dias "como um capeta". A direção do presídio reconheceu sua responsabilidade nos fatos, enfatizando igualmente seu alívio pela ausência de vítimas durante a fuga.*

Após a onda de fugas no ano de 2004, quando, entre outros, Tony Olsson, condenado pelo assassinato de um policial em Malexander, conseguiu fugir duas vezes no mesmo ano, a segurança e a vigilância dos centros penitenciários tinham sido reforçadas. Em reação aos fatos da véspera, os serviços penitenciários anunciaram a possibilidade de um novo inquérito visando à melhoria do nível atual da segurança nas prisões.

Jorge riu. Então haviam achado seu treinamento um exagero? O que achavam de seus estudos na biblioteca municipal? Fariam ideia do que ele preparava por lá?

Dois dias após a fuga, mais nada nos jornais da noite. Estava decepcionado. Ao mesmo tempo, porém, ótimo — quanto menos atenção chamasse, melhor.

Sentia falta de suas sessões de corrida. Detestava o silêncio. Tinha medo de perder seu condicionamento físico e seus músculos.

As horas rastejavam com a lentidão de uma moto com limitador de velocidade. Tentava fazer planos. Masturbava-se. Olhava através das persianas. Sentia-se nervoso. Ensaiava incessantemente o papel do novo Jorge. Esticava o ouvido para ouvir barulhos suspeitos na rua ou no vão da escada. Sonhava com seu sucesso no estrangeiro.

A tristeza: dez vezes pior que na cadeia.

Dormia mal. Acordava várias vezes. Escutava. Levantava as persianas. Colava a vista no olho mágico.

Caminhava pelo apartamento. Olhava-se no espelho. O que iria ser dele?

O dilema de Jorge: a única coisa que sabia fazer era o tráfico de coca. Mas como poderia pôr um pé no negócio sem revelar sua identidade? Era Jorge que respeitavam. Não o nome-que-ele-ia-usar. Impossível se impor sozinho no setor. Precisava de ajuda.

Precisava de um número na Previdência Social e um endereço para poder assumir uma nova identidade. Além disso, tinha a intenção de usar o metrô sem pagar. Se fosse interpelado, teria que dar o número da Previdência e endereço aos fiscais.

Também teria que frequentar clínicas de bronzeamento artificial para evitar ter que passar sempre o creme bronzeador. E encontrar lentes num castanho mais escuro do que as que usava normalmente. Precisava de outras roupas sem ser aquele sobretudo puído que Sergio lhe emprestara. Um celular. Entrar em contato com certas pessoas. Mas acima de tudo: Jorge precisava de dinheiro.

Sentia saudades de Paola. Sua vontade era ligar para ela, mas sabia que não era uma boa ideia. Melhor esperar um pouco mais.

Ao fim de cinco dias, começou a ficar paranoico. Imaginava que todo carro que parava embaixo na rua estava cheio de agentes. Sergio chegou à noite e discutiram a situação. Os policiais ainda não haviam aparecido na casa dele. Tranquilo. Ainda assim, Jorge estava nervoso. Queria sair dali.

No dia seguinte, Sergio veio pegá-lo às seis da manhã. Jorge estava um bagaço. Não dormira um único minuto. Passou a noite agachado no apartamento, com um lenço na mão, recolhendo todos os fios de cabelo e vestígios.

Pegaram o carro para ir a Kallhäll. Jorge pediu a Sergio que fizesse alguns desvios para despistar eventuais perseguidores.

Sergio balançou a cabeça: "Tá muito nervoso."

O esconderijo seguinte de Jorge: um quarto na casa do melhor amigo de Eddie, o irmão de Sergio. A vantagem: se um dia os policiais estivessem no seu encalço, perderiam definitivamente seu rastro ali. O inconveniente: o círculo dos que sabiam onde ele estava se ampliava.

Na verdade, era perfeito se esconder na casa de gente que não o conhecia. Eddie, porém, não era idiota. Caiu na risada ao se ver diante de Jorge. *El negrito*. Jorge foi apresentado à mulher de Eddie e aos seus dois filhos. Ela não sabia nada de sua história. Não era o ideal, mas dava para o gasto.

Durante vários dias de confinamento, Jorge não deixou a cama. Escutou os gritos das crianças, estudou a estrutura do teto, pensou em sua mãe, nas dificuldades que devia ter encontrado ao chegar à Suécia, já grávida dele. Fugindo da ditadura. Sozinha com suas recordações. Ele tinha vergonha de saber tão pouco. Fizera-lhe pouquíssimas perguntas.

Quarto pequeno. O de um dos filhos. Lego espalhado pelo chão. Nas paredes, pôsteres do DJ Mendez e personagens da trilogia de *O Senhor dos Anéis*. Cortinas floridas nas janelas.

Lia quadrinhos. Teria preferido jogar o Xbox de Eddie, mas não ousava ir aos outros cômodos do apartamento. Teria preferido voltar para o esconderijo da véspera, mas, ao mesmo tempo, sabia que estava mais seguro ali. Queria reencontrar sua verdadeira liberdade. Sair.

Alguns dias depois, Eddie bateu à porta às duas da tarde. Naquele horário, deveria estar no trabalho. Jorge sacou no ato: más notícias. Eddie suava em bicas. Nem havia tirado os sapatos. Atrás dele, as crianças choravam.

— Você precisa dar o fora, Jorge. Estão interrogando Sergio.

— Desde quando? Como sabe?

— Os policiais telefonaram para ele hoje de manhã, intimando a se apresentar na delegacia antes de uma hora. Ele me ligou imediatamente, dizendo para eu avisar imediatamente, mas que ele não podia telefonar.

— Perfeito. Fui eu quem disse a ele para agir assim. Nada de telefonemas. Eles podem ter grampeado a gente e muitas coisas mais. Não foi seguido?

Eddie: não é o latino mais esperto do planeta. Mas não nasceu ontem. Ele sabia muito bem que precisava estar sempre alerta.

Jorge se vestiu. Além do sobretudo, Sergio lhe emprestara um paletó. Seus pertences se contavam nos dedos de uma das mãos: um tubo de autobronzeador Piz Buin, os bobes, uma escova de dentes, duas cuecas e um par de meias. Tudo arranjado por Sergio, bem como as 5 mil coroas que ele lhe emprestara.

Enfiou as coisas numa sacola de supermercado. Beijou Eddie na face. Fez um sinal com a mão para as crianças que berravam. Agradeceu ao mais velho pelo empréstimo do quarto. Esperava que Eddie não tivesse dito seu nome e identidade para sua mulher.

Dez dias na clandestinidade. Será que já estava fodido?

Anotou algumas palavras em espanhol num pedaço de papel destinado a Sergio. Em código, como combinado. Entregou-o a Eddie.

Atravessou o apartamento. Tinha a impressão de ouvir as sirenes dos carros da polícia se aproximando.

Abriu a porta que dava para a rua.

Olhou em volta. Nenhum carro à vista. Tudo calmo. Um latino paranoico em fuga.

O que fazer agora, cacete?

O tempo esfriava. Nove de setembro. Jorge perambulou pela cidade o dia inteiro. Centro: Drottninggatan, Gamla Brogatan, praça Hötorget, Kungsgatan. Stureplan. Almoçou no McDonald's. Percorreu as vitrines das lojas. Ensaiou olhar para umas garotas.

Não conseguia relaxar. Tensão máxima. Ininterrupta. Obsessão ou medida de segurança, pouco importava, lançava olhares inquisidores para todos os lados, como se cada pessoa fosse um policial à paisana.

Pronto, Jorge apavorado: *El Jorgelito* — um bostinha medroso. Vontade de ligar para a irmã. De falar com a mãe. Chegou a pensar em voltar para trás das grades.

Não podia continuar daquele jeito, precisava se recuperar. Parar de pensar o tempo todo na mãe e na irmã. O que havia com ele, puta merda? A família acima de tudo, regra básica. Mas, quando não se tinha família de verdade, e se era obrigado a se virar sozinho, era preciso obedecer a outras leis. Concentrava-se no essencial.

Não tinha nenhum lugar para dormir aonde quer que fosse, não tinha amigo com quem contar.

Cinco mil pratas no bolso. Poderia recorrer a algum de seus velhos conhecidos do mundo do pó ou tentar invadir algum lugar para dormir. Mas o risco era grande, aqueles caras o delatariam num piscar de olhos.

Poderia alugar um quarto num albergue da juventude. Provavelmente muito caro. Além disso, iriam com certeza pedir documentos.

Poderia fazer contato com sua mãe ou sua irmã, mas elas certamente estavam sendo vigiadas pelos policiais; inútil lhes causar aborrecimentos.

Porra.

Durante os dias que passou na cama no quarto do garoto, uma ideia se cristalizara na sua cabeça: alojar-se num abrigo de sem-teto. Isso resolveria o problema do teto em sua cabeça, mas não o da grana. Havia igualmente outra ideia, mais brilhante. Perigosa. Insolente e idiota. Tentava reprimi-la, pois ela envolvia Radovan.

Jorge perguntou a alguns sem-teto do Plattan onde poderia dormir. Aconselharam-no dois lugares: a missão municipal de Nattugglan no Slussen e o KarismaCare no Fridhemsplan.

Embrenhou-se na estação de metrô de Hötorget. Eram oito da noite. As roletas não eram mais como as de antes, mudaram enquanto ele estava na cadeia. Mais difícil dar calote. Grandes divisórias de acrílico que se abriam deslizando ao se passar um cartão por uma fenda. Não queria gastar seu dinheiro. Não queria ir a pé até o Slussen. Cálculo de riscos. As catracas eram muito altas, não conseguiria pular por cima. Olhou na direção do agente de segurança que estava lendo um jornaleco e parecia ignorar seu trabalho. Observou as pessoas. Não era muita gente. Andou de um lado para o outro, olhou à direita e à esquerda, analisou a situação. Finalmente: um grupo de adolescentes se aproximou das catracas. Misturou-se a eles. Caminhou no meio do grupo. Perto de um cara de uns 20 anos. A catraca começou a bipar quando registrou que Jorge se esgueirara no rastro de um outro. O vigilante não estava nem aí.

Desceu no Slussen. Checou o endereço num mapa do bairro na estação. Estava morto. Sonhava com uma cama.

Às nove horas, chegou ao centro de Nattugglan, na Högbersgatan. Tocou a campainha. Fizeram-no entrar.

O ambiente era simpático. A recepção ficava logo na entrada. Mais adiante, ao fundo, uma mesa e algumas cadeiras, uma pia e um forno ao longo de uma parede. Num canto, a TV. As pessoas jogavam cartas, comiam, assistiam à TV, conversavam. Ninguém prestava atenção nele. Ele não reconhecia ninguém. Ninguém parecia reconhecê-lo. Ótimo.

A mulher na recepção lembrava a bibliotecária da biblioteca municipal. O mesmo estilo, as mesmas roupas bege.

— Boa noite, em que posso ajudá-lo? — perguntou ela, levantando os olhos das palavras cruzadas.

Jorge respondeu:

— Estou com certa dificuldade pra encontrar um abrigo nos últimos tempos. Me disseram que este lugar era bom.

Dirigiu-se a ela num tom de voz suplicante e açucarado. Não precisou nem fingir. Estava realmente exaurido. A mulher pareceu captar. Tudo quanto era assistente-social-curador-psicólogo era sempre compreensivo. Jorge sabia como amaciá-los.

— Ainda temos algumas vagas, pode servir. Faz muito tempo que o senhor não tem um lugar para ficar?

Conversar. Ser simpático. Dizer algo plausível.

— Nem tanto tempo assim, umas duas semanas. Não lembro direito. Minha namorada me botou pra fora.

— Deve ser difícil. Mas o senhor pode ficar aqui pelo menos por algumas noites. Daqui até lá, talvez você se entenda com sua namorada. Tudo de que preciso para o senhor dormir aqui é seu nome e a carteira de identidade.

Merda.

— A senhora precisa realmente de uma carteira de identidade? Por quê?

Pensou: bom, tenho um número da Previdência. E se eu lhe desse?

— Sei que muitos aqui prefeririam não dar esse tipo de informação, mas esse serviço não é gratuito. Remetemos uma fatura de 200 coroas por noite diretamente para o seu responsável no serviço social, se tiver um, e por isso infelizmente preciso de seus dados.

Débil mental. Ele não podia em hipótese alguma lhe dar um número falso da Previdência. Aquilo nunca iria funcionar.

— Impossível. Posso pagar em espécie.

— Sinto muito, mas há dois anos não aceitamos mais pagamento em espécie. Pode entrar em contato com o serviço social?

Tomar no cu!

Jorge desistiu. Agradeceu e saiu.

Arrependeu-se de ter ido. Restava torcer para não ter despertado suspeitas.

Perguntou-se se alguém o havia reconhecido e examinou seu reflexo no vidro de uma loja. Cabelos pretos. Crespos. A barba cada vez maior. A pele mais escura do que antes. Isso deveria bastar.

O termômetro indicava 14 graus.

Onde passar a noite?

Pensou no outro plano — sua ideia para a grana. Ousaria?

Desafiar Radovan.

11

JW contou de novo as cédulas. Exatamente 22 mil coroas, mesmo com os quatro fins de semana consecutivos de orgia no Paris Hilton e a compra de um terno Canali.

Sopesou as 44 notas de 500 amarradas num elástico. No início, guardava num par de meias bem no fundo do armário. A coca rendia uma fortuna. Fazia um mês que estava dentro. Já conseguira pagar suas dívidas com Abdulkarim e, de lambuja, passar no seu exame de finanças.

Abdulkarim o cobria de elogios, propusera-lhe trabalhar com o pó em tempo integral. Elogios que o emocionavam. Que lhe davam confiança e o faziam sonhar. Mas JW havia declinado a oferta. Queria combinar tudo: a festa, o tráfico, os estudos.

Os caras tinham terminado por aceitar que ele providenciasse a droga. Eram da alta-roda. Não faziam nenhuma objeção a serem servidos em vez de ter que sujar as próprias mãos. O único a reagir era Nippe, que lhe dissera, brincando:

— Por acaso está na miséria? É o que parece. Você não para de nos afogar no brilho. Pode falar comigo, pode sempre pedir um empréstimo para o meu velho.

JW não reagira. Pensou: daqui a pouco poderei comprar o velho de Nippe, e nunca mais precisar dele.

JW se olhou no espelho. Duas cápsulas de gel Dax misturadas aos restos do gel aplicado nos dias anteriores, e, pronto, um penteado irresistível. No passado, ele mesmo cortava seu cabelo. Agora que dispunha de mais recursos, talvez passasse a frequentar os mesmos salões que os caras: Sachajuan, Tony & Guy, Le Gang des Cheveux. Uma ideia sedutora.

Todas as suas roupas estavam acabadas: o jeans Gucci, a camisa Paul Smith e os Tod's com suas famosas solas granuladas. Daí a satisfação especial que sentiu ao vestir o terno Canali. Nenhum vinco, estrutura fina, a sensação de renascer. Até o cheiro era novo.

Um metro e oitenta e dois no espelho, branco, o rosto fino. Os pulsos finos. A boca fina. Tudo fino. Dedos de pianista. O queixo quadrado. JW mudou de pose: sou um cara atraente, mas talvez devesse fazer um pouco de musculação. Matricular-me no SATS — *here I come.*

Sábado. Iria com Nippe a um chalé em Sörmland que pertencia aos pais de um de seus amigos, Gustaf. JW encontrara esse sujeito várias vezes no Laroy. Primeiro para jantar, depois para a balada. Passaria a noite lá. Cereja do bolo, Sophie e Anna também iriam. Bem como algumas pessoas que ele não conhecia. O melhor: Jet-set Carl estaria no programa.

Com um pouco de sorte, talvez se desse bem com Sophie. Com um pouco mais de sorte, talvez causasse boa impressão a Jet-set Carl. E Jet-set Carl era definitivamente uma abertura para os canais do pó.

Eram três da tarde. JW sentia-se cansado, mesmo não tendo saído na véspera. Saboreou o farfalhar das cédulas, esfregando-as umas nas outras. Esperando que Nippe anunciasse sua chegada na casa com o som da buzina.

A curva das vendas subia rapidamente. No fim de semana seguinte àquele em que oferecera uma carreira a Sophie e Anna no Humla, tinha lançado a primeira ofensiva. No início da noite, distribuíra outros brindes. Mas não mais no Humlan — muito banal. Muito pobre.

Haviam esticado na casa de Putte, como sempre. Todo o bando: JW, Putte, Nippe e Fredrik. Também estavam Sophie, Anna e duas outras garotas de Lundberg. Os caras aceitaram a transação: deixar JW levar o pó e rachar a despesa. Dessa vez, as garotas quiseram contribuir. JW, loquaz, bancou o generoso, ofereceu a cada um uma carreira grátis. As duas novatas, Charlotte e Lollo, nunca tinham experimentado. O ambiente esquentou, em todos os sentidos. Estavam empolgados e excitados — cheios até a borda. Todo mundo adorava JW, taí um cara que sabia fazer uma festa. Após três horas, procuravam uns táxis para se dirigirem ao Stureplan. JW levou 4 gramas. Entraram no Kitchen. O programa de sempre: dançar, encher a cara, azarar. Nippe conseguiu ser chupado por duas garotas. Meia hora depois, uma das duas novatas, Lollo, abordou JW, fascinada, para externar seu contentamento. Perguntou-lhe se tinha mais, assegurando-lhe de que, naturalmente, pagaria. JW fez uma cara triste. Disse que ela não precisaria pagar, mas que tinha prometido guardar o resto para outro colega. Ela não desistiu:

— Por favor, preciso só de umas carreirinhas. Pago bem.

Ele cedeu:

— Ok, vou ver o que posso fazer.

Pensou: é o papai dela que cospe a grana. Negócio fechado por 1.200 coroas o grama. Uma margem de 2.400 coroas. Genial, comparado às corridas com o táxi — ralar uma noite inteira no Ford rendia o mesmo que uma conversa encantadora no Kitchen, ao mesmo tempo que paquerava uma gata. Nada mau.

Mesma coisa no fim de semana seguinte. Apenas uma mudança de clientela. A festa num outro apartamento, a esticada em outro lugar, o fim de noite numa casa diferente. Havia ganhado 7 mil coroas distribuindo 5 gramas grátis ao todo.

Na semana seguinte, tinha um encontro com Sophie num café nas galerias do Stureplan. Falaram de boates da moda, de roupas transadas, de conhecidos comuns. Falaram até de coisas sérias. O que pretendiam fazer quando concluíssem os estudos. Sophie estava matriculada em economia, mas queria tentar entrar na escola de comércio no terceiro ano, trabalhar duro, se disciplinar. Em seguida, iria a Londres para ganhar dinheiro. JW queria arriscar na Bolsa, era bom em matemática. Ela fez perguntas íntimas a ele, sobre sua história, seus pais. JW se esquivou, disse que haviam passado a maior parte de sua infância no estrangeiro, que agora moravam numa fazenda em Dalécarlie e que ela decerto não os conhecia. Ela lhe perguntou por que eles não moravam em algum lugar em Sörmland ou mais perto da cidade. JW mudou de assunto. Estava acostumado a isso, tinha coisas armazenadas para dizer. Falaram então da família dela. Isso sempre funcionava. Sophie desistiu das perguntas e lhe contou sua história.

Vinha do campo, de uma fazenda. No curso preparatório, tinha ido primeiro para uma escola pública. Não deu certo. Seus colegas de classe não a tratavam bem. Era vista como esnobe, recusavam-se a jogar na mesma equipe que ela nos esportes e achavam que poderiam roubá-la. Era quase ingênuo, mas JW a compreendia plenamente. Depois do ensino fundamental, mudara de escola. Para o internato de Lundsberg, onde encontrara seus semelhantes. Adorava aquela escola.

JW não desgrudava os olhos dela. Era seu melhor argumento de venda, supersexy. Além disso, parecia um doce de pessoa. Uma garota direita. Seu objetivo era claro: ia trabalhá-la, nos dois sentidos.

No fim de semana seguinte, JW foi com Sophie e sua turma de amigas a uma festa. Lollo adorava cheirar, berrou-lhe no ouvido: "Assim, tenho uma vida sexual intensa." Sophie adorava cheirar. Anna, idem. Charlotte, idem. Todo mundo ali adorava JW. Oito mil no bolso.

No último fim de semana, sexta-feira à noite, encontraram-se primeiro na casa de Nippe, depois foram ao Kharma, onde tinham uma mesa reservada, antes de terminar a noite na casa de Lollo. O sábado começou com um jantar na casa de Putte, continuou em torno de uma mesa de *habitués* no Cafèt e terminou de novo na casa de Lollo, com um monte de gente nova.

Um dia recorde. Faturou exatamente 11 mil.

Durante a semana, tentava estudar. Tinha a impressão de ser outro homem. A venda do pó fazia milagres em sua conta, em sua autoconfiança e em seu guarda-roupa. Mas nem isso tudo era capaz de acalmá-lo. A Ferrari amarela o atormentava noite e dia. Foi na noite em que o árabe lhe propusera entrar no negócio do pó que ele fizera a primeira pergunta sobre Camilla. Esperava que alguém se lembrasse de alguma coisa, mas, no fundo, não julgava que aquilo desse frutos. Agora, no entanto, a imagem da Ferrari descendo a toda velocidade a Sturegatan estava gravada para sempre em sua retina. Queria saber mais.

Primeiro, havia ligado para a polícia. Infelizmente, impossível lembrar o número da placa do carro, mas isso não era grave — o registro de veículos era uma magnífica instituição da sociedade. Graças a ela, qualquer um podia identificar o dono de um carro emplacado na Suécia. Caso se tratasse de uma marca um pouco insólita, era possível ter a informação mesmo sem o número da placa. Segundo o funcionário da prefeitura, havia duas Ferrari em Estocolmo no momento do desaparecimento de Camilla. Uma pertencia ao milionário da nova economia, Peter Holbeck, o outro a uma agência de leasing, a Dolphin Finans S.A. A agência era especializada em carros esporte e iates.

JW se informou primeiro sobre Peter Holbeck. O sujeito fizera fortuna como consultor da web. Depois de bolha, JW achava essa explicação um pouco absurda — porra, como as pessoas podiam engolir que um consultor ganhasse 5 milhões fabricando sites que qualquer adolescente com um mínimo de interesse em informática podia fazer? Mas Peter Holbeck, empresário e pseudovisionário, não se deixara desconcertar. Vendera a tempo. Sua empresa tinha 150 funcionários. Seis meses depois da venda, a companhia fechou as portas. Cento e vinte desempregados. Peter Holbeck ganhara 360 milhões de euros. Agora, praticava esqui três meses por ano e vadiava com os filhos na Tailândia ou outros locais ensolarados da Terra.

O que intrigava JW: o que fazia aquele milionário da nova economia na primavera em que Camilla desaparecera?

Apostou num procedimento simples: ligar para Holbeck. Três dias depois, conseguiu encontrá-lo. Afinal, uma primeira pista. Quando atendeu, Holbeck ofegava, como se tivesse corrido, e disse:

— Peter falando.

— Bom dia, meu nome é Johan. — Eram raros os momentos em que JW se apresentava com seu verdadeiro nome. — Eu tenho algumas perguntas a fazer, espero que não esteja atrapalhando.

— O senhor é jornalista? Não gosto de entrevistas.

— Não, não sou jornalista. Se refere a um assunto particular.

Holbeck pareceu surpreso.

— Continue.

— Estou procurando uma mulher. Camilla Westlund. Ela desapareceu há cerca de quatro anos. Ninguém conhece seu paradeiro atual. Mas, antes de desaparecer, ela foi vista várias vezes numa Ferrari amarela. O senhor era o dono de um carro desse tipo naquela época. Pensei que pudesse saber alguma coisa. Teria emprestado seu carro a alguém?

— O senhor é da polícia ou jornalista?

— Não sou jornalista, repito. Nem da polícia. É um assunto particular.

— Tanto faz. Não faço a menor ideia de quem seja essa pessoa. Está insinuando alguma coisa?

— Sinto muito, pode parecer estranho. Queria apenas perguntar se sabia alguma coisa.

— *Whatever*. Eu estava nas Rochosas no meio do ano. Esquiando. O resto do tempo, me encontrava em Österlen ou na Flórida. Com meus filhos. O carro ficou na garagem em Estocolmo.

JW compreendera: não valia a pena prosseguir. Holbeck fora bem claro. Pôs fim à conversa.

No dia seguinte, digitou o nome de Holbeck no Google e navegou horas na rede. Finalmente, parou nos arquivos do *Aftonbladet*. Várias matérias se referiam às férias luxuosas do milionário. Ele não mentira: possuía de fato uma casa em Österlen e outra na Flórida, e praticara esqui nos Estados Unidos no ano do desaparecimento de Camilla. Tudo indicava que não estava envolvido.

Faltava a outra Ferrari.

JW fez pesquisas na empresa de leasing, a Dolphin Finans S.A. O nome era suspeito. Fez contato com a Câmara do Comércio. O funcionário no outro lado da linha foi bastante solícito e informou que a firma abrira falência um ano antes. Toda a propriedade, os automóveis e os barcos tinham sido adquiridos por uma empresa alemã. JW jogou a toalha. Era quase um alívio, podia então desistir da Ferrari. Será mesmo?

Na rua, um carro buzinou. JW olhou para fora e viu Nippe em seu novo Golf, presente dos pais pelos seus 21 anos.

Pegaram a estrada federal E 404 na direção sul — onde os esperavam um jantar, uma festa, programas para a noite.

No rádio, um clássico de Petter. JW não era fã de hip-hop, mas não pôde se impedir de cantarolar a letra: "O vento virou."

Aquilo falava dele. *Big time.* Sua hora chegara, fim da vida dupla, seria finalmente como eles, de verdade, mais rico que eles. Não dariam nem para o começo.

Jogavam conversa fora. JW escutava. Nippe falava de Lollo, que estava dando em cima dele. Jet-set Carl se comportara de maneira superarrogante no fim de semana anterior — aquele se achava! E mais: roupa maneira, meu velho! Depois, Nippe contou o último episódio de uma série de TV. Sacal.

— Na verdade, não acho que eu vá optar pelas finanças. Estou pensando em fazer marketing.

JW medianamente interessado.

— Ah!

— O marketing é o que conta, a gestão das marcas passa na frente de tudo. Você pode vender qualquer produto, não interessa nem o custo nem o preço. Bastam um bom marketing e uma boa gestão das marcas. Existe um puta potencial nisso tudo.

— É, mas no fim acaba sendo sua atividade principal que determina seu balanço e que gera efetivamente capital e assegura seu financiamento. Se o seu marketing custa caro demais e você nunca tem lucros, você morre.

— Óbvio, mas grana, a gente ganha de qualquer maneira. Por exemplo, Gucci e Louis Vuitton. As roupas, as butiques em Estocolmo, as coleções de moda, tudo isso é apenas um pretexto. Na realidade, são os acessórios de grife que trazem a grana. Óculos escuros, perfumes, cintos, bolsas. Merda fabricada na China, supérfluos. De grife, ora bolas.

Segundo JW, Nippe não era o cara mais esperto do mundo e aparentemente descobrira um novo fetiche.

Continuaram a conversa.

JW estava a mil. Esperava triplicar sua cifra de negócios num mês. Fez a conta de cabeça, multiplicou, fez projetos. Estruturou. Examinou as curvas de venda, o crescimento. Dinheiro fácil. A curva do lucro se desenhava diante de seus olhos.

Chegaram uma hora mais tarde. Nippe contou que os pais de Gustaf moravam num antigo domínio senhorial. Os pais — bons amigos de Sua Majestade, o rei.

Foram recebidos por Gustaf. JW constatou novamente: aquele cara era a encarnação do mauricinho. Vestia um paletó de tweed, calça branca, gravata vermelha, camisa xadrez de abotoadura dupla e mocassins Marc Jacobs. Seus cabelos eram repuxados para trás — o penteado do dia.

O prédio principal tinha pelo menos 2 mil metros quadrados. Dois imensos lustres pendiam entre as colunas no hall de entrada, paisagens nevadas decoravam as paredes. Uma escada em caracol levava ao primeiro andar. Gustaf lhes apresentou Gunn, "a tia da casa", como ele disse.

— É que ela fica de olho em mim quando meu pai e minha mãe estão viajando.

JW respondeu:

— Vai precisar dela hoje à noite.

Gunn riu. JW se fez de desentendido. Nippe cacarejou. Gustaf caiu na gargalhada.

Excelentes vibrações. Bom sinal. Gustaf parecia dentro.

Nippe e JW seguiram Gunn até um quarto de visitas numa das salas.

JW cutucou o envelope em seu bolso. Catorze gramas, nunca se sabe.

O jantar estava previsto para as sete e meia, o que permitia uma partida de tênis. Sophie e JW jogaram uma dupla contra Nippe e Anna: 7-5, 6-4, 4-6, 7-5. Um clima ótimo entre os ganhadores. Nippe não jogava bem, atirou a raquete na quadra. Anna manteve a calma. JW nunca jogara tênis durante sua infância, mas, por instinto, saía-se até bem — parecia não ter feito outra coisa na vida.

Tomaram uma ducha. JW tirou um cochilo no quarto. Nippe foi dar uma volta.

Todos vestiram seus smokings. JW tinha comprado um Cerruti usado que dizia ter custado 12 mil, mas na realidade tinha pagado 2.500. Nippe perguntou se JW trouxera a mercadoria.

— Parece que podemos contar com você nesses momentos.

JW não soube se era um comentário bom ou ruim. Teria ido rápido demais?

Caiu na risada.

— Sim, tenho um pouco comigo. Quer esticar uma carreira?

Dividiram 30 miligramas, o suficiente para uma viagem ligeira.

A coca teve um efeito imediato.

Impossível resistir à viagem.

Desceram até o salão para o aperitivo. JW tinha a impressão de ser o homem mais inteligente do mundo.

Os outros 14 convidados os esperavam, cada um com uma taça de champanhe na mão. JW passou em revista todo o grupo.

Os caras: JW, Fredrik, Nippe, Jet-set Carl, Gustaf e outros três sujeitos.

As garotas: Sophie, Anna, Lollo e outras cinco gatas que JW nunca tinha visto. Todas maravilhosas. Garotas com bons genes. Papai rico, mamãe bonita, ou vice-versa. Sabiam se maquiar. Usar batom, aplicar a melhor sombra nas pálpebras, ter uma pele perfeita. E, principalmente, como se lambuzar de autobronzeador para parecer sempre estar voltando das férias. Vestiam-se corretamente, escondendo o que era menos bonito: uma barriga um pouco flácida, um quadril um pouco largo, seios pequenos demais, bunda reta. E enfatizando seus trunfos: belos seios, lábios grossos, pernas compridas. Garotas esportivas, magras. Claro que todas tinham um cartão da academia SATS.

Gustaf selecionava rigorosamente seus convidados. JW sentia-se honrado por ter sido convidado, embora só tivesse estado com o anfitrião da noite em três ocasiões.

Todo mundo bebia, falava, fazia alguma coisa. JW teve que se obrigar a ficar tranquilo, estava a mil, tinha vontade de contar as piadas mais incríveis do mundo com toda a sua verve. Nippe lhe dirigiu uma piscadela. Você e eu, JW, doidões de pó.

Sentaram-se à mesa.

JW ficou entre Anna, que virara uma freguesa regular, e uma garota chamada Carro. Tranquilo, as duas garotas tinham papo.

A entrada já estava na mesa. Uma comida do outro mundo. JW percebeu imediatamente. Pãezinhos torrados guarnecidos com caviar sueco, iogurte cremoso e cebolas vermelhas finamente fatiadas. A ideia básica talvez não fosse tão original, mas era a grande saladeira de cristal no meio da mesa que fazia a diferença — 5 quilos de caviar, no mínimo. Pura gula. JW colocou pelo menos 400 paus no seu prato.

Gunn chegou com o prato principal, filé de carne de caça com um molho de cogumelos e batata gratinada. JW adorava carne de caça. Beberam Bordeaux. Anna falou da adega de seus pais. De sobremesa, sorvete de amora e framboesa. JW jurou que em dez anos teria uma Gunn para ele. Aquela mulher era um inacreditável milagre gastronômico.

A temperatura subia no ritmo das garrafas que Gunn trazia. Após a sobremesa, Gustaf deu a volta na mesa enchendo as tacinhas com uma vodca Grey Goose glacial. Estava cada vez mais quente.

As garotas flertavam com Jet-set Carl e Nippe. Sempre Nippe.

JW estava de olho em Sophie.

Foi solenemente ignorado.

A sala não era uma sala. A palavra certa era provavelmente salão. Ou um restaurante. Enorme, um pé-direito altíssimo, mobília pomposa. Dois lustres com penduricalhos e velas de verdade no teto. Papel de parede com um largo friso bicolor. Quadros contemporâneos nas paredes, alguns certamente valiosos.

JW tinha ido ao Museu de Arte Moderna na semana anterior. Não era efetivamente um amante das artes, mas Sophie tinha dito que adorava as combinações de cores chamativas e que era a razão pela qual ela preferia a arte moderna. Nos dias que precederam aquela noite, JW se informara para saber o que havia no museu, queria causar boa impressão. Sem sequer se dar conta, forjara espontaneamente uma imagem de alguns artistas. Talvez um daqueles quadros fosse um Kandinsky. Aquele troço enorme em tons escuros que parecia papel de parede: talvez um Mark Rothko.

A mesa esperava, posta com bom gosto e requinte. Uma toalha em tecido, guardanapos verdes calandrados e porta-guardanapos redondos de prata. Pires para as garrafas de vinho. Talheres de prata reluzentes e taças de cristal, tudo como deve ser.

JW vibrava com tudo isso.

Continuavam a conversa. Os caras adoravam se escutar falando. Jet-set Carl se exibia. Nippe contava piadas ruins e Fredrik falava de negócios. Como sempre.

Anna descreveu sua última viagem a Saint-Moritz. Entre cada frase, retocava o batom. Ela e uma amiga haviam conhecido uma equipe de polo que descia todos os anos ao sul para jogar partidas num lago gelado nos Alpes.

Trabalhavam em bancos em Londres, o polo era apenas um pequeno hobby para eles. JW a imitou e contou sua viagem a Chamonix no ano anterior. Inventou o essencial da história, embelezou e exagerou. A única vez em que estivera realmente nos Alpes fora para uma temporada esportiva cinco anos antes, com outros 15 caras de Umeå e de Robertsfors que tinham dormido e peidado, amontoados uns em cima dos outros num ônibus durante 27 horas.

Anna era bonitinha e simpática. Mas chata. Não tinha fogo. JW escutava suas histórias, ria de suas piadas e fazia perguntas. Fazia de tudo para se mostrar interessado. Ela continuava a falar, parecia gostar de sua companhia. Ele só pensava em Sophie.

O jantar seguiu seu curso natural. Estavam todos animados, mas ainda comportados. Gunn ia e vinha. Todo mundo parecia à espera do clique.

Fredrik pronunciou um discurso no qual agradeceu a Gustaf pela noite maravilhosa.

Levantaram-se e encaminharam-se para uma espécie de bar. Sofás amplos com várias almofadas ao longo das duas paredes. Uma mesinha diante de cada sofá. Sobre as mesas, Gunn havia instalado velas Ittala de quatro cores diferentes. Num canto do aposento ficava um balcão do século XVIII de lambris. Numa vitrine atrás do balcão: copos de martíni, Highball, taças de champanhe, tulipas de cerveja e taças de vinho. Um número incalculável de garrafas de bebidas se alinhava nas prateleiras.

Gustaf ficou atrás do balcão. Berrou que era o barman da noite e que todos se apressassem a fazer seus pedidos. Alguém colocou música. Beyoncé. Um bom beat.

Bebericavam. Apple Martini, gim-tônica, cerveja. O pai de Gustaf tinha uma coqueteleira de verdade. Prepararam daiquiri de morango e piña colada.

JW tomou uma cerveja. Observava os amigos.

Nippe estava dando em cima de Carro, Jet-set conversava com Gustaf atrás do balcão, o restante dos convidados ocupara os sofás. A música tocava baixo.

JW ouviu o retinir de pratos na cozinha de Gunn.

Havia uma coisa que não batia.

O barulho dos pratos perturbava. A ideia de que ouvissem o barulho o perturbava.

Percebeu o que faltava. Não havia histeria no bar, ninguém dançava, ninguém ria, ninguém berrava. Resultado lógico: sem uma atmosfera legal, festa caída.

Foi para trás do balcão e se aproximou de Gustaf. Escutou por um momento o que Jet-set Carl dizia antes de interrompê-los, desculpando-se. Perguntou a Gustaf se tinha um minuto, se podiam trocar uma palavrinha.

Voltaram à sala de jantar, onde a mesa fora tirada. Gunn era eficiente. JW pegou uma cadeira e fez sinal para Gustaf sentar.

— Gustaf, foi superlegal ter me convidado para vir aqui. Que jantar do caralho!

JW conhecia a regra linguística básica: palavrão, só para elogiar. Começou a vender seu peixe:

— Tenho uma ideia ótima. Acontece que eu trouxe alguns gramas de pó. Sabe o que isso provoca etc. etc. E se a gente esticasse umas carreiras? Pode crer, a festa vai virar uma loucura completa.

— Sabe que você tem razão, velho? Está com pó? Porra, beleza. É exatamente do que precisamos. Quanto é?

A pergunta predileta de JW. Desnecessário dizer que queria ser pago. Gustaf queria proporcionar uma festa infernal aos amigos. À sua custa. Quem não gostaria? JW podia apresentar os trunfos que tinha para isso.

— Normalmente, não vendo, mas agora me sobrou muito. Quanto quer? Seis gramas? Posso fazer por 1.200 o grama. Isso dá pra noite inteira. As meninas vão ficar malucas, sabe como é.

Gustaf aceitou na hora. Não tinha o suficiente em espécie com ele, mas prometeu pagar na semana seguinte. Sem problemas para JW.

Gustaf se instalou novamente atrás do balcão. Trombeteou:

— Quem quiser cheirar que se apresente, caralho!

JW lhe passara também dois canudos e dois espelhos.

Todo mundo, à exceção de dois caras, esticou uma carreira, cerca de 20 miligramas cada uma.

A festa explodiu.

A música passou para o volume máximo. Três garotas subiram nas mesinhas, dançaram, rebolaram. Fredrik mugia a letra de "Call on Me", de Eric Prydz. Sophie se balançava para trás e para a frente. Nippe dava um beijo de língua em Carro num dos sofás. Gustaf arrancava a camisa e pulava no ritmo da música sobre outro sofá, Jet-set Carl se esbaldava. Lançou-se numa coreografia clichê — sua mão chicoteava o ar acompanhando a melodia de uma música.

Enfim, um ambiente de festa. Os alicerces da orgia estavam lá. Os dois caras que haviam recusado da primeira vez acabaram cheirando também.

A cocaína teve o efeito esperado. Todo mundo gritava, tremia, exercitava seus músculos excitados. A música ao fundo. Uma festa alucinante. Prepararam megadrinques. Berraram as letras das músicas, riram à toa, dançaram, pularam no lugar como coelhos Duracell. Quentes como brasa. Bonitos como deuses. Ricos como Creso. Jet-set. As palavras emblemáticas em todos os corpos: energia, inteligência, ereção. A festa de Gustaf estava foda. *Rock on.*

Cinco horas mais tarde, tinham consumido toda a cocaína. JW continuava planando. Dera em cima de Sophie a noite inteira. Ela o mandara pastar. Ele sentia-se traído.

Foi Anna que veio para ele. Disse-lhe que o achava supersimpático, agradeceu-lhe pela conversa agradável durante o jantar e começou a dançar com ele. Cada vez mais perto. Metade dos convidados tinha ido para a cama. Os outros se refestelavam nos sofás, falavam ou se beijavam.

JW subiu para o quarto de Anna.

Eram cinco e meia. O pau de JW estava mais duro que uma barra de ferro.

Trancaram a porta e sentaram-se na cama.

Anna falou um pouquinho. Olharam-se. Beijaram-se. Aqueceram-se. JW enfiou as mãos sob sua blusa e acariciou os seios dela. Ela abriu sua braguilha, puxou seu pau, se inclinou e começou a chupá-lo. Lambuzou seu pau de batom. Ele gemeu. Tentou se segurar, realmente não queria ejacular ainda. Recuou, levantou-se para despi-la. Lambeu seus seios. Ela agarrou novamente seu pau e o introduziu em sua vagina.

Treparam, ofegantes.

Estava indo rápido demais.

Tirou o pau, gozou na mão.

Limpou-se nos lençóis.

Permaneceram deitados um ao lado do outro, relaxaram um pouco.

Anna falou muito. Quis analisar a noite.

JW estava sem vontade de falar. O pó: melhor que Viagra. No fim de 15 minutos, estava com tesão novamente.

Pularam as preliminares — treparam direto.

Terminado em dois minutos. Vergonha.

Sentiu-se vazio.

Dormiu mal.

12

Na organização de Radovan, as chapelarias, manter os outros na linha e a coleta do dinheiro eram responsabilidade de Mrado. Às vezes, ele ajudava a pôr nos trilhos os traficantes e rufiões que se achavam Dragan Joksovic, ou então cuidava dos policiais que julgavam poder brincar com o chefe. Na maior parte dos casos, para esse tipo de trabalho recorria a Ratko ou a outro cara da academia.

Fora isso, Mrado também fazia negócios por conta própria. Comprava madeira da Tailândia. Teca. Ébano. Balsa. Que revendia para marceneiros famosos, designers de interiores e corretores de imóveis. Isso funcionava bem. Uma receita limpa era fundamental.

Suas dores de cabeça: a condenação de Patrik. O ex-skinhead provavelmente não delataria ninguém, mas havia sempre um risco. E se, por azar, aquele nazista tivesse um ataque por nada. Pior, que idiotice Mrado ter pedido uma fatia maior do bolo quando Rado estava de mau humor. Uma crise de confiança prestes a eclodir entre ele e Radovan? E mais: era preciso que Mrado encontrasse esse merda do Jorge. Além disso, recebera ordens para cuidar do projeto Nova, operação reunindo a polícia e o Ministério Público com o objetivo de combater o crime organizado na cidade. Enfim, Mrado precisava ver Lovisa, senão explodiria. Como se não bastasse, a filha da puta da Annika lhe pusera um processo nas costas. Ele se preparava para brigar pela filha, com a sensação de ter toda a sociedade contra ele. Puta merda, também tinha o direito de ter uma relação normal com sua filha!

Tinha problemas de insônia. Não eram suas mazelas ou os incontáveis problemas que o preocupavam que o despertavam no meio da noite, mas seus pensamentos em Lovisa e o sonho de outra vida. O risco de nunca mais vê-la de novo. O que faria se abandonasse sua atividade atual? Talvez houvesse outra alternativa, outros interesses. Não, na verdade não, Mrado era assim. Aquela cidade precisava de gente como ele. O menor de seus problemas nesse momento era encontrar um laranja para as locadoras. Começou por aí.

* * *

Tocou no assunto com os caras da academia. Ninguém queria se meter numa história daquelas, não com receio de perder dinheiro, pelo menos não por causa do fisco, mas de abrir falência. Aqueles caras sonhavam com o *big business*. No fim das contas, todo mundo devia trabalhar na legalidade. Conclusão: não encher inutilmente com safadezas sua ficha judiciária.

Mrado não queria complicar aquela história de laranja. Mas, ao mesmo tempo, se aquilo não desse certo, outro deveria pagar o pato.

Ele podia sempre chamar um de seus colegas: Goran, Nenad ou Stefanovic. Todos súditos do rei iugoslavo, mesma patente de Mrado na hierarquia. Caras de confiança. Mas também concorrentes na luta pelos favores de Rado.

Ligou para Goran.

O cara supervisionava a importação de cigarros e bebidas. Um cortesão. Um puxa-saco. Quando Rado ficava puto com ele, Goran corria atrás dele e abanava o rabo. Como um vira-lata. A seu favor, apesar de tudo: o cara se virava muito bem com sua mercadoria. E faturava alto, 17 milhões por ano.

O tráfico de cigarros e bebidas: uma logística complicada, um esforço administrativo, um sistema de transporte e frete sofisticado. Uma multinacional sediada no mundo do crime de Estocolmo. Havia a bebida ruim e a bebida boa. Da Rússia, dos países bálticos, da Polônia e da Alemanha, via Finlândia. Embalagem substituída, registro do país de origem apagado. Goran dominava o setor. Tinha bons contatos com a associação sueca dos motoristas de caminhões de carga. Controlava os motoristas. Conhecia a base. Molhava a mão das pessoas certas. Fazia seu caminhão atravessar as autoestradas. Falsificava placas, inventava encomendas verossímeis, escolhia destinatários e expedidores. Contratava os durões. Caras que gostavam de dinheiro fácil. Limpo. Os que não corriam riscos. Que trabalhavam o tempo todo sem declarar um centavo.

Era desses que Mrado precisava. Com um temperamento diferente do dos caras da academia. Mais velhos. Sem prestígio. Mais alcoólatras. Sem ambição. Veteranos, ora bolas.

Mrado na linha com Goran. Tentou se convencer de que gostava do cara. Em sérvio:

— Goran, meu amigo. Sou eu.

— Puxa, Mrado. Desde quando a gente é amigo?

Goran: insolente com todo mundo, exceto com *il padre*, MR. Mrado engoliu a saliva. Aceitou o desaforo — sua missão era mais importante.

— Temos o mesmo patrão. Somos do mesmo país. Enchemos a cara juntos. E não somos amigos? A gente é mais que amigo.

— Que uma coisa fique clara, não somos amigos e não somos da mesma família. Sou um homem de negócios. Nunca entendi direito o que você faz. Espancar aqueles pobres-diabos nos vestiários? Os mesmos de quem você rouba agasalhos?

— Do que está falando?

— No último fim de semana me roubaram o casaco no Café Ópera. Aqueles veados babacas da chapelaria não sacaram nada. Alguém apontou para a minha beca dizendo que tinha perdido o número.

— Acontece.

— Será que acontece também nos vestiários que você controla?

— Não faço ideia.

— Deveria verificar.

— Goran, quase nunca peço um favor a você. Nem agora faço isso, aliás. Pago bem, logo, não se trata de favor.

— Chega de mistério. Sei perfeitamente que essa conversa pode nos levar a uma coisa boa, eu sinto. Mas a pergunta é: a quê? Você começou bonito. Me chamando de seu amigo.

Fosse outro, Mrado teria desligado na cara. Teria corrido à casa do indivíduo em questão e o retalhado. Sem se esquecer de lhe cortar um a um os dedos com um alicate, por exemplo.

— Nervoso como sempre, o nosso Goran. Preciso de um cara confiável. Se me passar um bom contato, pode ficar com cinco por cento do que eu ganhar em tudo isso.

— Isso dá quanto por mês?

— Bom, ainda não posso dizer exatamente, mas se trata de uma grande tacada de Radovan. Vou montar dois empreendimentos para ele. Digamos, pelo menos 5 paus por mês, ou mais. Limpo.

— Cinco paus por um nome? Por mês? Está curtindo com a minha cara?

— De forma alguma. Só que esse negócio é superimportante pra mim. Estou disposto a aumentar a oferta.

— Porra. Vamos lá, desembuche. O que tenho a perder? Do que precisa exatamente?

Mrado explicou sem esmiuçar muito.

Goran disse:

— Conheço um cara. Christer Lindberg. Mando uma mensagem com o número do celular dele. Está bom pra você?

— Claro. Obrigado. Ligo durante a semana pra dizer se deu certo. Até que você é bom.

— "Bom?" Escute, "bom" é meu nome do meio. Nunca se esqueça disso. Mrado desligou. Perguntou-se quem tinha sacaneado o outro.

13

O outono se aproximava. Jorge tinha conseguido passar 14 das últimas 25 noites em abrigos. Dera 3 mil coroas a um sem-teto nas galerias de Sollentuna para que lhe emprestasse seus papéis por um mês. Os albergues debitavam na conta da assistente social do sem-teto. O cara perdia sua pensão — preferia o dinheiro vivo para comprar heroína ou anfetaminas.

Jorge não compreendia por que só havia praticamente suecos nos abrigos, pois sabia que os "verdadeiros" pobres eram imigrantes. Onde estava o orgulho deles?

A vida nos abrigos era calma. Comida boa no café da manhã e no jantar, incluídos na diária. Jorge ficava em frente à TV. Lia os jornais. Nenhuma linha sobre sua fuga.

Falava pouco com os outros.

Tentava fazer flexões, abdominais ou pular corda, quando não havia ninguém nos arredores. Impossível correr, o pé continuava lesionado desde que pulara o muro.

Aquilo não funcionaria por muito tempo. Não podia colocar os bobes sem que as pessoas ficassem intrigadas. Não podia passar autobronzeador sem que o olhassem atravessado. E havia sempre o risco de um sem-teto o reconhecer. E mais: ao fim de 14 dias, os abrigos debitavam 500 coroas por noite, em vez de 200. Não existia justiça. A conta do sem-teto seria naturalmente esvaziada, o que certamente despertaria suspeitas na assistente social.

Não conseguira quitar sua dívida nem com Sergio, seu primo, nem com Walter, seu contato entre os guardas. Vergonha.

Merda total.

Pensamentos ruins. Medo. Moral lá embaixo.

Imobilizado. Fora de forma. O corpo exaurido.

Não tinha sido para isso que fugira.

Tinha que descolar uma grana.

Um mês do lado de fora. Nada mau na realidade. Melhor que muitos outros. Mas tampouco um sucesso retumbante. O que esperava? Que um cirurgião plástico, um passaporte e um embrulho cheio de dinheiro fossem cair do céu? Encontrar 1 quilo de pó embaixo do travesseiro no abrigo Nattugglan? Que sua irmã telefonasse para dizer que havia comprado uma passagem de trem para Barcelona e que pegara emprestado o passaporte de seu namorado por um momento? Rá-rá!

Sergio tinha ocorrido muitos riscos. Jorge não tivera contato com ele desde o dia em que deixara o apartamento de Eddie. Não ousava lhe telefonar. Sua consciência pesada o atormentava. Tinha que restituir seu dinheiro. Mas como?

Porra, COMO?

Não acreditava que os policiais tivessem lançado uma operação de busca de alta prioridade atrás dele. A seu ver, não passava de um reles traficante de merda. Os gângsteres que atacavam carros-fortes, os estupradores e outros bandidos perigosos eram amplamente mais visados que ele. Sua sorte: não fizera uso de violência para fugir. Mas a vida clandestina não era fácil. A grana resolveria tudo.

Radovan assombrava sua mente. Seu último trunfo.

Não tinha vontade de jogá-lo. Ruminara essa ideia durante várias noites nos abrigos. Revirando-se na cama. Suando. O que lhe evocava as noites anteriores à sua fuga. Mas pior, de certa forma. Antes, ou a coisa daria certo ou não daria em nada. Agora, ou daria merda ou daria muita merda. Apesar de tudo, conservava um fio de esperança. Talvez a coisa desse certo.

Seu plano: Jorge havia trabalhado na organização de Radovan. Sabia coisas que eles preferiam manter em segredo. Porém, o mais importante: eles não sabiam o que Jorge sabia de fato. Poderia amedrontá-los. Foi na cadeia que aprendeu a regra: fechar a boca significava um favor em troca. Os Iugoslavos bem que podiam lhe dar uma graninha.

Difícil fazer contato com Radovan. Ninguém podia ou queria dar o número de seu telefone.

Impossível abordar o chefão iugoslavo.

O escravo de Radovan, o traidor que o delatara durante o processo, Mrado, também servia. Jorge começou a procurá-lo.

Um velho traficante de Märsta terminou por lhe passar o número do celular de Mrado. Não era Radovan, porém a pessoa mais próxima dele que Jorge podia contatar.

Ligou de uma cabine telefônica na estação de metrô de Östermalmstorg. Seus dedos tremiam ao discar o número.

Reconheceu imediatamente a voz dele. Soturna. Lenta. Brutal.

Quase se cagou nas calças. Recobrou-se:

— Mrado. É Jorge. Jorge Salinas Barrio.

Momento de silêncio. Mrado pigarreou.

— Jorge. Que prazer ouvir sua voz. Como está a vida do lado de fora?

— Não quero ouvir seu discurso de merda. Você me entregou há dois anos. Sua falação escrota na frente do juiz me mandou pro buraco. Mesmo assim, estou disposto a passar uma borracha em tudo isso.

— Porra, você não perde tempo. O que quer?

Jorge não se deixou provocar.

— Você sabe muito bem o que eu quero, Mrado. Sempre dei tudo por você e Rado. Mas vocês me chutaram como lixo. Me devem um favor.

— Naturalmente! — disse Mrado num tom sarcástico. — Quer dizer que agora temos que nos desdobrar pra agradar você!

— Se quer gozar da minha cara, tudo bem. Nesse caso, vou direto ao assunto. Você sabe que conheço muito bem os negócios de Radovan. Peguei seis anos por causa de vocês, caralho.

— Calma, Jorge. Se nos criar problemas, estará de volta antes do que imagina. Mas por que não entramos num acordo? Boa ideia. Você tinha pensado em quê?

— É simples. Radovan me arranja um passaporte e 100 mil coroas em espécie. Dou o fora deste país e nunca mais ouvirão falar de mim.

— Vou levar seu pedido a Radovan. Mas não acho que ele vai se empolgar muito. Chantagem não é com ele. Pelo menos, quando ele é o alvo principal. Como posso encontrar você?

— Acha que sou idiota ou o quê? Ligo daqui a dez dias pra esse número. Se ele não concordar com a minha proposta, ferro com ele.

— Ainda bem que Radovan não está ouvindo isso. Me ligue daqui a duas semanas. Não se compra um bom passaporte no mercado assim tão fácil.

— Não, dez dias. Vocês podem muito bem encomendar um passaporte na Tailândia ou sei lá onde. E preste atenção, mais uma coisa: se, apesar disso tudo, acontecer comigo alguma desgraça do tipo que você está imaginando, vou direto à polícia e conto tudo o que sei.

— Mensagem recebida. Daqui a duas semanas, então.

Mrado desligou. Arrogante escroto, aquele iugoslavo. Mas Jorge tinha que se controlar, apesar de tudo. Só lhe restava aceitar o novo prazo. Duas semanas. Em todo caso, tinha sido melhor do que esperava — o dinheiro estava ao alcance da mão. Seria o retorno de Jorge?

Permaneceu um momento sem se mexer. Passageiros do metrô passaram à sua frente.

Jorge-boy — o homem mais solitário do mundo.

Solo y abandonado.

Jorge arquitetara um plano. Naquele momento, os suecos deixavam suas casas de campo para retornar à cidade. Um novo mercado imobiliário para ele. Aquilo talvez resolvesse pelo menos um de seus problemas.

No que se referia à grana, estava nas últimas. Tinha apenas mil coroas sobrando das 5 mil que Sergio lhe dera. Ao todo, 3 mil paus para os abrigos dos sem-teto, 65 coroas por cada sessão de bronzeamento artificial. Um pouco de junkie food ao meio-dia. Uma calça nova, luvas, duas camisetas, um suéter de lã, cuecas, meias e um agasalho de inverno usado: 450 paus. Era do que precisava para um outono frio.

Passou pela última vez na clínica de bronzeamento artificial. Sua pele já estava escura. Havia aperfeiçoado sua nova aparência. Tinha encontrado o jeito certo de andar. Agora, era hora de sumir do mapa. Esperar a resposta de Radovan.

Pegou o metrô até a Universidade Real de Tecnologia. Não fazia a menor ideia de para onde estava indo. Apenas uma direção: o norte. Um lugar abandonado. Perdeu o ônibus direto para Norrtälje. Em seu lugar, pegou o 620, que também ia para Norrtälje, mas fazendo um desvio.

Tirou um cochilo.

O ônibus passou em frente a Åkersberga. Vários caipiras a bordo. Uma velha com dois bassês não parava de encará-lo.

* * *

Em Wira bruk, um ponto que lhe pareceu adequado, desceu do ônibus. A sacola plástica com suas roupas estava enrolada no pulso. Deu voltas até desenrolá-la.

Não era seu ambiente. Jorge nunca tinha estado no campo, a não ser uma vez na vida, durante uma excursão escolar. Tinha 13 anos na época. Antes do fim do dia, fora mandado de volta para casa. Era proibido atear fogo na floresta.

À direita, uma igreja de pedra. Um campanário de madeira acinzentada separado da nave. Algumas lápides na grama em volta do prédio. À esquerda, mais nada. A floresta. Uma estrada continuava em linha reta, outra embicava à esquerda. Ao longe, plantações. Ceifadas.

O céu estava nublado.

Começou a andar.

Foi até o cruzamento, deu uma olhada ao longo da estradinha que virava à esquerda. Algumas casas com carros estacionados em frente. Aproximou-se. Viu uma placa: Wira bruk — fazenda tradicional. Encaminhou-se para o estacionamento. Nove carros ao todo. A ideia de roubar um lhe passou pela cabeça, mas desistiu. Continuou sua caminhada em direção às casas.

À sua esquerda, um riacho gorgolejava. Pitoresco. Uma pontezinha. Árvores frondosas. Uma trilha. Um quiosque vermelho aparentemente fechado para o outono. Adiante, viu três casas maiores em torno de um campo de futebol sem grama. Placas nas fachadas. Uma velha escola. Uma velha sala comunal. Um velho restaurante. Um casal de meia-idade subia os degraus da escola. Jorge cometera um erro crasso. Não havia casas de veraneio ali. Era a porra de um museu.

Voltou novamente à estrada principal.

Caminhou durante 15 minutos. Nenhuma casa no horizonte.

Mais 15 minutos.

Avistou casas sobre uma colina entre as árvores.

Aproximou-se.

A primeira parecia habitada. Um Volvo V70 estava parado em frente.

Dirigiu-se à seguinte. Em volta, apenas árvores.

Jorge não estava seguro de ter tomado a decisão certa. Ir para aquele buraco perdido. Uma constatação muito simples relativa a ele: nunca tinha sido escoteiro, geólogo ou campeão de rastreamento. Raramente estivera exposto a um mundo sem cimento e sem McDonald's.

A casa se situava a uma distância de cerca de 300 metros. Fora da vista da primeira casa. Nenhum carro estacionado. Um casarão. Duas varandas. Pintada de vermelho. Os cantos de branco. Os caixilhos das janelas de verde. A tinta começava a descascar. A varanda de baixo mal era visível atrás das pequenas árvores e dos arbustos silvestres. Jorge enveredou pela trilha em direção a casa. O cascalho rangia sob seus pés. A porta da entrada dava para o jardim, portanto, para os fundos. Perfeito. Bateu na porta. Nenhuma resposta. Gritou "Alguém em casa?". Ninguém apareceu. Voltou à estrada. Nenhuma residência, ninguém. Voltou até a casa. Tentou descobrir algum alarme. Nada. Calçou suas luvas e quebrou uma janela. Enfiou prudentemente uma das mãos através do vidro quebrado. Não queria se cortar. Girou a maçaneta. Sem contratempos. Abriu a janela. Apoiou-se no parapeito. Pulou para dentro.

Prestou atenção. Nenhum alarme. Gritou de novo. Sem resposta.

Estava limpo.

Depois de dois dias sem sair, sentiu-se em casa.

Instalara-se num quarto cuja janela era encoberta pela vegetação. Evitava as demais janelas. Vasculhara os cômodos em busca de alguma comida. Havia encontrado arroz, macarrão, latas de conservas, latas de cerveja, arenques. Caviar velho. Não era sua comida preferida, mas dava para o gasto.

Durante o dia, fazia flexões e pulava corda num pé só. Outros exercícios: abdominais, exercícios para a coluna, alongamento. Queria manter a forma. Recuperar o que perdera nos abrigos de sem-teto.

Nervosismo. Ouvidos sempre alertas. Temendo a chegada de um carro. Um barulho no cascalho. Vozes do lado de fora. Pegou uma latinha de cerveja vazia e a pousou sobre a maçaneta da porta de entrada — se alguém abrisse, ela cairia no chão, fazendo barulho suficiente para acordá-lo.

Estava calmo. Silencioso. Sossegado. Um saco.

Dentro de dez dias, telefonaria para Mrado.

Não conseguiu dormir à noite. Seus pensamentos o impediram. O que fazer se Radovan se negasse a cooperar? Como sobreviver sem dinheiro? Em todo caso, talvez devesse entrar em contato com alguém do setor do pó, arranjar alguns gramas. Revender. Voltar aos velhos hábitos.

O que tinha acontecido com Sergio? Com Eddie? Com sua irmã? Com sua mãe? Precisava falar com eles. Para mostrar que se preocupava.

Pensou na Sångvägen. Em seu primeiro par de chuteiras. No campo perto da Frihetsvägen. Na quadra de esportes da escola de Tureberg. No porão de sua casa. No primeiro baseado.

Porra, estava louco para fumar um.

Levantou-se. Olhou pela janela. O sol começava a despontar acima dos picos. A névoa se evaporava. A paisagem idílica do bom sueco. Paradoxo total: ele, Jorge, filho do cimento, provava do mundo dos suecos e saboreava aquela sensação. Estava bonito do lado de fora.

Nesse momento, estava se lixando para a possibilidade de alguém vê-lo.

14

JW não demorou a chamar atenção. Após a noite na fazenda de Lövhälla, os rumores se espalharam, o assunto se estendeu por semanas. A doideira total de Nippe, o *groove* tão cool de Jet-set Carl, as tiradas geniais de Lollo, Nippe mais sensual que nunca. Os rumores exageravam a doideira, a dança, os escândalos e as viagens, para lucro de JW.

As semanas seguintes foram lucrativas. Abdulkarim o adorava. Fazia planos mirabolantes para o futuro, tinha visões — a cidade lhes pertenceria. JW não sabia se devia levar Abdul a sério ou se ele estava sendo irônico. O árabe falava pelos cotovelos.

JW abandonou o táxi pirata e deu o lugar a outro. Antes perguntou a Abdulkarim se ele concordava. Nenhum problema da parte do árabe.

JW tinha um novo olhar sobre si mesmo: era o homem do sucesso, o homem do pó, o homem das garotas — em duas semanas, levara três garotas para casa. Um recorde para ele. Uma espécie de miniNippe.

Durante o dia, dedicou-se de corpo e alma às compras. Comprou dois novos pares de calçados: sapatos Gucci com fivelas douradas e botas Helmut Lang para o inverno. Um terno Acne, com um pespontado bem visível em torno da gola. Era hype, talvez até exageradamente in. Talvez um estilo incorreto, não tão sóbrio. Adquiriu várias camisas com abotoaduras: Stenströms, Hugo Boss, Pal Zileri. Jeans, calças, cintos, outras camisas e outras abotoaduras. Sua melhor aquisição foi um casaco de caxemira Dior, para o inverno. Pagou 12 mil coroas por ele. Era caro — tudo bem, mas temos que estar dispostos a gastar quando queremos alcançar o topo. Pendurou-o em frente à sua cama para que fosse a primeira coisa que visse ao despertar. Um casaco de classe.

JW desfrutava cada minuto. Não poupava um tostão.

A Ferrari o atormentava: no ano em que Camilla desaparecera, havia dois carros na Suécia correspondendo a essa descrição. Não deveria ser impossível encontrar alguém metido naquilo tudo, alguém que tivesse conhecido Camilla ou, ao menos, soubesse mais que a polícia. Peter Holbeck, dono de um dos carros, não utilizara o seu. Era pouco provável que Camilla tivesse alguma coisa com ele, o sujeito quase nunca estava na Suécia. Restava a agência de leasing Dolphin Finans S.A. A agência abrira falência um ano antes — em circunstâncias suspeitas.

JW pesquisou no site da Câmara do Comércio. No início, a firma se chamava Leasingfinans S.A. Seis anos mais tarde, tornara-se Financement Urgent Stockholm S.A. E, de novo, um ano mais tarde, havia sido mais uma vez rebatizada como Dolphin Finans S.A. Três mudanças de nome em menos de três anos. Uma única pessoa ocupara o cargo de direção durante todo esse tempo, um certo Lennart Nilsson, nascido em 14 de maio de 1954. JW procurou seu registro civil.

Lennart Nilsson estava morto.

JW conseguiu consultar sua ficha judiciária.

Uma informação curiosa na descrição: Lennart Nilsson era um toxicômano conhecido da polícia que tinha sucumbido a uma cirrose. Como de praxe, foram encontradas algumas irregularidades, o homem era provavelmente um testa de ferro.

JW estava num impasse. A Ferrari era propriedade de uma locadora de carros que abrira falência e cujo único representante físico estava morto. O que fazer?

Viu apenas uma solução: entrar em contato diretamente com o síndico da massa falida. Ligou, foi atendido por uma secretária, pediu para falar com o advogado. Muito difícil, segundo a secretária, sempre que JW ligava ela lhe dizia: "Poderia ligar um pouco mais tarde? Infelizmente, ele está em reunião neste momento." JW deixou seu número, esperando que o advogado retornasse a ligação. Julgava isso suficiente. Mas o cara nunca telefonava. JW não desistiu. Após uma semana, conseguiu finalmente encontrá-lo.

A conversa foi uma grande decepção para JW. O advogado-síndico não disse nada diferente do que havia lido no relatório. A agência não tinha contabilidade nem empregados, e balanços anuais bem modestos. O auditor estava no estrangeiro no momento e não se sabia quem detinha as ações.

Logo, todos os rastros que levavam à Ferrari desembocavam numa falência que cheirava a contravenção. Era cristalino que tudo era suspeito, mas JW tentou esquecer o carro por uns dias. De toda forma, não poderia fazer muita coisa.

Tentou esquecer.

Impossível. Não tirava da cabeça. Sua irmã desaparecera, e ele precisava saber mais.

Quatro anos antes, um policial tinha explicado à família de JW quais eram suas chances.

— Sinto muito, mas em geral, quando a pessoa procurada não é encontrada depois de uma semana, é porque está morta. Em noventa por cento dos casos.

O policial acrescentara:

— Quase sempre, as pessoas não foram vítimas de atos criminosos: são acidentes, como afogamento, um ataque cardíaco, um tombo. De maneira geral, nós encontramos o corpo. Quando não o encontramos, isso pode sugerir que outras circunstâncias causaram a morte.

A lembrança das conversas com a polícia deu novas ideias a JW. Sabia que o último sinal de vida de Camilla era 21 de abril do ano de seu desaparecimento. Ela tinha ligado para uma colega, Susanne Pettersson, a única amiga que a polícia conseguiu descobrir em Estocolmo, a qual havia declarado não saber de nada. Teria assistido a algumas aulas com Camilla na Komvux, só isso. Talvez fosse por isso que não se preocupara antes.

Para JW, era impossível que a política tivesse investigado com todo o cuidado necessário, eles provavelmente tinham visto as fotos de Camilla na Ferrari, mas o carro não era mencionado nos relatórios que a família de JW recebera. Eles poderiam ter desprezado outros indícios.

JW se agarrava à minúscula esperança que restava — uma pessoa desaparecida em cada dez não estava morta.

Camilla ainda podia estar viva.

Precisava saber mais, devia isso à irmã. Uma semana após saber da morte do diretor da Dolphin Finans S.A., ligou para Susanne Pettersson. Conversaram um pouco. Ela não tinha terminado o curso na Komvux. Trabalhava agora como vendedora na H&M, na galeria de Kista. Quando ele lhe propôs um encontro, ela perguntou se um telefonema não bastava. Era evidente que não desejava voltar a falar sobre a história de Camilla.

JW foi assim mesmo a Kista. Perambulou pelos corredores iluminados até encontrar a loja da H&M, onde pediu para falar com Susanne. Viu-se diante dela.

Seu cabelo era descolorido, mas o castanho original era visível na raiz. Vestia um jeans justo enfiado num par de botas altas e uma camiseta rosa na qual estavam escritas duas palavras na altura do peito: *Cleveland Indians*. Toda a sua atitude gritava: não quero falar. De braços cruzados, o olhar fixo em algum lugar na parede acima de JW.

JW tentou imprensá-la delicadamente:

— Que disciplinas vocês faziam juntas?

— Eu fazia quase todas. Matemática, sueco, inglês, educação cívica, história, francês. Mas lá nunca foi a minha praia. Eu queria ser advogada.

— Ainda pode ser, não?

— Não, agora tenho dois filhos.

A voz de JW traía sua alegria.

— Mas que ótimo. Que idade?

— Eles têm 1 e 3 anos, não é nada ótimo, meu namorado me abandonou cinco meses antes do nascimento do último. Ficarei nesta loja até a celulite acabar de me inchar.

— Sinto muito. Não diga isso. Tudo pode acontecer.

— Claro.

— Sério, juro. Você poderia me falar um pouco mais sobre Camilla?

— Mas por quê? A polícia já me perguntou tudo isso quatro anos atrás. Não sei de absolutamente nada.

— Só por curiosidade. Mal conheci minha irmã. Eu me perguntava que disciplinas vocês fizeram juntas, só isso.

— Eu realmente daria uma boa advogada, sei argumentar, se precisar, mas Pierre estragou tudo. E aqui estou. Sabe quanto ganha uma vendedora de loja?

JW pensou: essa garota nunca poderia ser uma advogada. Não consegue se concentrar numa coisa só.

— Não se lembra das aulas que frequentava com Camilla?

— Me deixe pensar. Acho que a gente fazia juntas sueco e inglês. Tínhamos o costume de fazer nossos deveres juntas, recapitular para as provas. Ela tinha boas notas, embora a gente matasse aula à beça. Eu tinha notas horríveis. Nunca entendi como ela fazia. Enfim, não a conhecia muito bem.

— Conhece mais alguém com quem ela se dava?

Susanne se calou por alguns segundos.

— Não exatamente.

JW a encarou.

— Por favor, Susanne. Estou preocupado com minha irmã. Não tenho direito de saber o que aconteceu com ela? Não tenho direito de fazer todas essas perguntas a você? Só quero saber um pouco mais sobre a vida de Camilla. Por favor.

Susanne se voltou, olhou na direção dos caixas vazios como se precisasse ajudar um freguês invisível. Constrangida, sem dúvida alguma.

— Não acho que ela tivesse amigos na Komvux. Camilla se isolava muito. Mas pergunte ao professor de sueco, Jan Brunéus. Talvez ele possa dizer mais.

— Ótimo. Sabe se ele continua na Komvux?

— Não faço ideia. Alguns conseguiram, outros não. Eu não terminei. Nunca mais pus os pés lá e não pretendo voltar a pôr. Não sei nada sobre Jan. Porém, muitas vendedoras ganharam muito dinheiro. Tiraram a sorte grande em um reality show, esse tipo de coisa. Camilla talvez tivesse seguido esse caminho.

Depois, disse que tinha que voltar ao trabalho. JW captou a mensagem, voltou para casa. Ruminou o último comentário de Susanne: reality show e Camilla — qual era a relação?

Acabou resolvendo se concentrar em seus estudos e no tráfico de pó, não tinha tempo para brincar de detetive. A pista Susanne Pettersson não levava a lugar algum. A garota com certeza já teria aberto o bico se soubesse de alguma coisa.

* * *

JW estava estudando para a faculdade quando recebeu uma ligação de Abdulkarim no celular. O árabe lhe propunha um encontro — naquele mesmo dia, se possível. Combinaram almoçar no Hotel Anglais, na Sturegatan.

JW continuou sua leitura. Seus estudos não deviam sofrer com seu estilo de vida. Fizera uma promessa: você pode cheirar, traficar, ganhar milhões e ser feliz — mas nunca descuidar da faculdade. Via isso nos caras. Havia dois tipos de gente que vivia à custa dos pais. A certeza de nunca precisar se preocupar com dinheiro deixava uns moles, preguiçosos, idiotas, gaguejantes. Não estavam nem aí para os estudos, perdiam as provas, zombavam dos que tinham ambições. Queriam se estabelecer por contra própria, fingiam ser empresários, visionários. Mas, pouco importava, no fim, acabavam conseguindo alguma coisa. Os outros ficavam paralisados de angústia só de pensar que nunca precisariam levantar o dedinho para receberem sua ração. Queriam dar duro, tinham que dar duro para construir sua própria carreira, para merecer a fortuna que herdariam um dia. Faziam direito em uma universidade londrina. Ficavam até uma hora da madrugada debruçados sobre suas dissertações, preparavam-se minuciosamente para as palestras, testes, provas orais. Trabalhavam paralelamente, se tivessem tempo, em escritórios de advogados, em bancos ou com o pai. Investiam — e chegavam lá com seus próprios recursos.

Em todo caso, JW não era um merda. Decerto, poderia viver do tráfico de pó por alguns anos, mas queria de toda forma ter uma carta na manga — trabalhar direito, não esquecer a faculdade.

Fechou as apostilas, tirou a roupa e foi para o chuveiro.

Como sempre, manteve o bocal do chuveiro nas mãos, o jato d'água dirigido para a parede enquanto tentava acertar a temperatura. Por que era tão difícil encontrar o equilíbrio no ajuste do misturador? Quente demais. Um nanomilímetro para a esquerda — frio demais.

Primeiro, lavou as pernas. Os pelos claros apontaram para baixo sob o jato d'água. Empurrou a torneira na direção da parede, deixou a água escorrer sobre seus cabelos, cabeça e torso. Então aumentou um pouco a temperatura.

Tentou esquecer Camilla. Em vez disso, pensou em Sophie. Que gafe teria cometido? Durante a festa na fazenda Lövhälla, achou que iria conquistá-la. Mas, em vez disso, pegara Anna, sua melhor amiga. Anna era bonita, mas não tinha aquela coisa a mais. Será que havia vacilado trepando com Anna? Os rumores relativos à festa tiveram tanta repercussão que a revista *Se & Hör* quase comentara o evento. Sophie talvez tivesse descoberto. Estaria zangada?

Sophie aos olhos de JW: uma gata, o corpo de uma modelo de maiô, sexy como uma coelhinha da Playboy, simpática como uma apresentadora de televisão. Além disso, tinha cabeça. Brilhava com seu raciocínio sempre que abria a boca. Enriquecia suas tiradas com uma centelha nos olhos. Mas isso não era tudo — era legal, ainda que o tivesse ignorado como uma garota qualquer de Lundsberg. Ele lhe dava a nota máxima: dez. Precisava encontrá-la mais vezes, mas sem os caras, sozinho.

JW aumentou a temperatura, a água ainda mais quente. Ficou na dúvida se mijava, mas desistiu. Não fazia seu estilo.

Talvez não estivesse jogando direito o jogo. Talvez devesse ignorar Sophie. Não assediá-la. Não se mostrar tão feliz ao vê-la. Falar menos com ela, paquerar um pouco mais suas colegas. Tinha aperfeiçoado seu papel na frente dos caras, mas com Sophie não queria jogar, queria simplesmente tê-la nos braços, quando ela estivesse ali. Beijá-la, abraçá-la etc. Como permanecer frio? Chegou a pegar garotinhas de boate. A gastar sua lábia. A ir para a cama com elas. Trepar. Gabar-se disso na frente dos caras. Mas uma história séria era uma coisa mais tortuosa. Um jogo mais difícil.

Temperou a água, mais quente ainda. Fazia sempre assim. Começava com uma temperatura meticulosamente equilibrada, agradável no início, mas que logo parecia morna. Mais quente. No fim, a água estava quase fervendo. O espelho ficava embaçado, o banheiro virava uma sauna.

Hora do almoço com Abdulkarim. JW saiu do chuveiro e fez sua toalete. Passou desodorante Clinique Happy e hidratante Biotherm no rosto. Última coisa, o gel no cabelo — aquela gordura lubrificante grudava terrivelmente nos dedos. Mirou-se no espelho e pensou: nada mau.

Saiu do banheiro. Vestiu-se. Vestiu seu casaco de caxemira — o classudo. Colocou no bolso seu novo mp3, um Sony minúsculo, e pôs os fones de ouvido. Não prendiam direito e caíam com facilidade. Depois escolheu uma música do Coldplay e se encaminhou à Sturegatan. Era um dia ensolarado. Já eram três e vinte.

O salão do Hotel Anglais estava quase vazio. Em frente a uma mesa, duas garçonetes dobravam guardanapos para o jantar. Um cara de jeans e camiseta alinhava garrafas de bebida atrás do balcão. Caixas de som camufladas tocavam Sly and the Family Stone. Só havia dois clientes. Aparentemente, Abdulkarim ainda não havia chegado.

Uma das garotas-que-dobravam-guardanapos foi até ele.

Ele saudou:

— Bom dia.

Ela respondeu:

— Baberiba.*

Muito engraçado.

JW sentou-se diante de uma janela, longe dos outros clientes, e pediu um café. Olhou pela janela, que ia do teto ao chão. A Sturegatan. O parque Humlegård ficava bem em frente. Lembrou-se do dia em que oferecera uma carreira a Sophie e a Anna. A porta que tinha aberto a rede. Apenas cinco semanas atrás. Nesse ínterim, conhecera mais gente do que em sua vida inteira. Cartéis de colegas controlados pela cocaína.

Pouca gente passeava na rua por volta das três da tarde de um dia útil. Alguns corretores de imóveis estressados de terno azul-escuro percorriam a calçada, apressados. Duas mães, com um carrinho de bebê numa das mãos e o celular na outra, desfilavam na direção do parque. Uma estava grávida. JW pensou em Susanne Pettersson. Ele também teria sido antipático se estivesse na mesma situação. Uma senhora puxando um pug pela coleira passou em frente à janela. JW se ajeitou no encosto da cadeira e pegou o celular. Enviou uma mensagem a Nippe pensando no programa da noite: "Q tal drinque no Plaza?"

— *Salaam Aleikum.* Como vão os estudos?

A voz clara de Abdulkarim, quase sem sotaque. JW ergueu os olhos da tela do celular.

Abdul estava de pé ao lado da mesa. Pelo menos a mesma quantidade de gel nos cabelos que JW, mas outro corte. Um penteado na moda. Abdulkarim usava terno, o colarinho da camisa sobre o paletó. Como se fosse do mercado financeiro ou um advogado que ganhasse honestamente a vida. Era a calça que o traía. A que ele estava vestindo era duas vezes mais larga que as calças da moda, com duas pregas na altura da cintura. O mundo das calças havia mudado depois de 1996, mas Abdulkarim perdera o trem.

---

* "*Bom dia, Baberiba* é um programa de TV sueco que parodia celebridades. (*N. do T.*)

A única coisa que prestava em seu estilo era um bonito lenço de seda que aflorava do bolso do peito. Abdulkarim andava rápido, sempre com uma sombra de barba por fazer e olhos escuros e faiscantes.

JW respondeu:

— Os estudos vão bem.

— Não é meio frescura essa coisa de estudar? Quando é que você vai entender, meu velho, que existem caminhos mais rápidos para o sucesso? Eu achava que você já tinha sacado.

JW caiu na risada. Abdulkarim sentou-se numa cadeira. Agitou os braços para chamar a atenção de uma garçonete. O genuíno Abdul. Sempre gestos largos, a insolência não sueca.

Abdulkarim pediu um picadinho de filé marinado ao gergelim e talharim. Chique. O que lhe deu tempo de pedir o número do telefone da garçonete, exigir que mudassem o disco e interrogá-la para saber se o filé estava bem macio. Esta última observação o fez rir durante cinco minutos.

JW pediu uma sopa de peixe ao alho e óleo.

— Ótimo nos encontrarmos aqui. Eu já estava cheio de ouvir sua voz no telefone.

— Tem razão. A gente precisava mesmo comemorar. Os negócios vão de vento em popa, Abdulkarim. Se você pudesse me arranjar mais, sabe como é, não seria mau.

— De vento em popa pra você. Trocou como eu pedi? — apontou para o celular de JW.

— *No*, ainda não. Desculpe. Vou comprar um novo semana que vem. O último Sony Ericsson. Já viu um? Tem uma câmera integrada que equivale a uma digital normal. Top de linha.

— Top de linha — Abdulkarim o imitou. — Conheço sua história. Pare de falar "top de linha" como se você tivesse morado a vida inteira em Östermalm. E quero que compre um celular novo até o fim do dia. Porra, pra que marcar bobeira! Você e eu temos um empreendimento lucrativo. Seria uma pena jogar tudo fora por causa de um celular de merda, sacou?

O árabe podia parecer idiota às vezes, mas JW sabia que o cara era um verdadeiro profissional. Prudente, nunca pronunciava as palavras polícia, policiais, risco, cocaína, pó ou heroína em público. Sabia que os garçons de um restaurante ou os clientes podiam escutar suas conversas melhor do que qualquer velho com aparelho auditivo no volume máximo. Sabia que a polícia grampeava os celulares com conta. As regras de Abdulkarim eram claras. Usar sempre cartões telefônicos, substituir o cartão todas as semanas, trocar de celular a cada duas semanas, se possível.

— Bom, tenho outros dois caras, além de você, que vendem. Os negócios vão bem. Não tão bem como pra você, mas aceitável. As contas, essas coisas, a gente pode acertar por telefone. Os preços estão em baixa. Os fornecedores do meu chefe não são cem por cento confiáveis. Acho que tem pelo menos dois atravessadores entre nós e o atacadista.

— Por que não vai direto ao atacadista?

— Por um lado, os negócios não são completamente meus, afinal, trabalho pro chefe e não tenho a porra da autonomia. E achava que você estava por dentro. Por outro lado, acho que o atacadista fica na Inglaterra. Acesso difícil. Complicado negociar. Mas não estamos aqui pra falar do preço de compra. Pelo contrário. O que quero dizer é que precisamos de outro vendedor. No subúrbio. Alguém que abasteça e conheça o mercado de lá. Alguém que possa estocar o bagulho pra revendedores. Alguém que conheça o setor e os canais certos, se é que me entende. Os preços estão em queda. A mercadoria se torna cada vez mais popular nos subúrbios de Estocolmo. No início do ano passado, era aproximadamente vinte por cento no subúrbio, oitenta por cento na cidade. No fim do ano passado, era cinquenta, cinquenta. Sacou, meu velho? O subúrbio desperta. Os usuários não são mais apenas as pessoas da cidade, seus amigos da alta-roda e os mauricinhos nas boates. É todo mundo. O sueco de classe média, o yuppie, o adolescente. Virou uma espécie de artigo popular. Como Ikea ou H&M. Estamos falando de expansão. Estamos falando de preço de compra em queda. Sem grandes margens. Está me acompanhando, pupilo?

JW adorava o falatório do árabe. Ele falava um sueco melhor do que se poderia crer, como um verdadeiro homem de negócios — *business* sério. Mas uma coisa não batia: aparentemente, o árabe temia seu chefe. JW se perguntou por quê.

— Isso parece interessante. Interessantíssimo. Mas, veja, o subúrbio não é a minha praia. Não posso vender por lá. Não conheço ninguém. Não sou o homem de que você precisa.

— Sei que isso é o que você quer que todo mundo acredite. Por mim, tudo bem, você tem seu mercado e trabalha direito. Mas presta atenção.

Abdulkarim debruçou sobre a mesa. JW captou a mensagem, afastou seu prato, cruzou os braços e projetou igualmente o torso. Abdul olhou-o nos olhos e abaixou a voz:

— Tem um cara, um chileno, ou algo assim, que acabou de fugir da cadeia. Lembro dele, faz anos, um reles traficantezinho. Mas agora dizem que o cara conhece a zona norte tão bem quanto você conhece o banheiro do Kharma. Durante sua temporada no presídio, ele aprendeu mais ainda. A cadeia é uma escola melhor que Botkyrka e Tensta juntas. Conheço alguns amigos dele em Österåker. Dizem que é mais esperto que o próprio capeta. Há cinco ou seis semanas, ele conseguiu executar uma fuga espetacular. Tipo, escalou o muro e desapareceu na floresta. Um muro de 7 metros, saca? Os guardas ficaram plantados no lugar, olhando pra ele como um ponto de interrogação. É dos bons. Mas agora é principalmente um cara pressionado. Tenho certeza de que ainda não deixou o país. É dele que precisamos. E o principal, ele vai trabalhar baratinho, porque vou ajudar.

— O que espera que eu diga? Na verdade, não acho nada bom. Não entendo por que pretende embarcar numa história com um cara que vai atrair a polícia como o cocô as moscas.

— No início, não serei eu que negociarei com ele. Mas você. Quero que o encontre. Paparique. Dê dinheiro. Cuide dele. Mais tarde ele vai nos ajudar no nosso negócio no subúrbio. Mas não o amedronte, lembre que ele é um fugitivo. É o segredo. Sacou, meu velho? Como ele é um clandestino, vai depender de nós, nós é que daremos a ele seu ganha-pão, um esconderijo seguro e a promessa de não delatar à polícia.

JW não gostou do que havia acabado de ouvir. Mas ao mesmo tempo começara a tomar gosto pelos negócios do árabe, queria ir mais longe. Tivera dúvidas no início, mas agora estava tudo ok. A ideia do chileno fugitivo talvez não fosse tão ruim assim.

— Por que não? Vamos tentar. Como é que posso encontrar esse chileno?

Abdulkarim caiu na risada. Elogiou JW. Louvou Alá. JW pensou: estaria virando carola, por acaso?

O árabe se esticou ainda mais para passar a JW as informações necessárias. O pouco que sabia. O nome do fugitivo: Jorge Salinas Barrio. O cara vinha de Sollentuna, uma família composta de mãe, padrasto e irmã. O melhor conselho de Abdulkarim: ir até Sollentuna e falar com as pessoas certas. Isso provavelmente vai colocá-lo na pista, *inch Allah*, mas não se esqueça de dizer que não é da polícia.

Depois, para terminar, enfiou um envelope no bolso do casaco de JW. Apalpando, JW sentiu as cédulas. Ergueu os olhos para Abdul, que abriu todos os dedos:

— Tem um punhado assim lá dentro e um pedaço de papel com seis nomes. É a melhor ajuda que posso oferecer a você.

JW pegou o papel. Todos os nomes, menos um, tinham sonoridade espanhola. O dinheiro serviria, para utilizar os termos do árabe, "para molhar a mão de todos os colegas de Sollis que tivessem alguma informação sobre *el clandestino*".

JW terminou sua sopa. Abdulkarim pagou a conta.

Saíram. Estava ameno do lado de fora.

JW se pôs a refletir. Poderia faturar alto. Um verdadeiro pequeno negócio.

Ia começar a procurar aquele chileno.

Voltou para casa. Teve dificuldade para se concentrar em suas apostilas. Seus pensamentos estavam longe. Deitou-se na cama e tentou ler o último número da *Café*.

Seu celular tocou. JW lembrou que deixara de cumprir sua promessa a Abdulkarim de comprar um novo.

A voz de Jet-set Carl na outra ponta da linha.

Porra, que novidade era aquela? O que ele queria?

Após ter cumprimentado, Carl disse:

— JW, muito legal você ter ido à fazenda Lövhälla. Você foi supercompetente.

— Beleza. Precisamos repetir isso um dia desses.

— Claro. Você realmente incendiou o ambiente. Acho que todo mundo vibrou.

— Legal. Tenho canais pra conseguir o brilho.

— Sabe que cheguei a quebrar um sofá de tanto pular em cima?

JW analisou o tom — sem problemas, podia rir.

Carl riu.

— Era de grife. Svenskt Tenn.

— Está brincando? E Gunn, o que ela disse?

Mais risos. Gunn, paciência.

Falaram do jantar de arromba, dos planos mulherengos de Nippe, das 15 mil coroas que Jet-set pagara pelo sofá e do fato de Gunn ter se admirado de todo mundo estar com o nariz escorrendo no dia seguinte à festa.

Na cabeça de JW, repetia-se durante toda a conversa uma única pergunta: por que Jet-set Carl está me ligando?

A explicação veio em seguida:

— No próximo fim de semana, é meu aniversário e vou dar uma festa da pesada na minha casa sexta à noite. Pode levar um pouco?

JW tinha o hábito das perífrases e das metáforas. Apesar de tudo — precisou de um segundo antes de compreender.

— Quer dizer, um brilho? Claro. Quanto precisa?

— Cento e cinquenta gramas.

JW quase teve um infarto.

Jesus.

Tentou permanecer calmo.

— É bastante, mas acho que posso providenciar. Só preciso ver primeiro se tenho condições, pela quantidade.

— Não quero ser chato, mas tenho que saber o mais rápido possível. Ligo de novo daqui a uma hora. Se não souber daqui até lá, vou perguntar a outra pessoa. Qual é o seu preço?

JW fez rapidamente a conta. Vertiginoso — nunca tivera tamanha quantidade. Talvez pudesse abaixar o preço de compra para 500. Para Carl podia pedir pelo menos mil. Em seu bolso: pelo menos 75 paus.

Jesus Christ Superstar.

— Vou fazer o possível, Carl. Te ligo assim que souber alguma coisa.

Jet-set Carl agradeceu. Parecia de bom humor.

Desligaram.

JW estava sentado na cama — com o pau mais duro de toda a Europa setentrional.

* * *

Dagens Nyheter
Outubro

Importante operação policial noturna
Ontem à noite, a polícia de Estocolmo iniciou uma grande operação contra o crime organizado. O objetivo é

prender pelo menos um terço dos 150 indivíduos já identificados pelas autoridades — e dissuadir os jovens de passar para o lado do crime.

A operação, batizada de Código Nova, já deveria ter sido iniciada seis meses atrás. Em virtude de outras investigações que mobilizavam importantes recursos, as ações planejadas tiveram que ser adiadas.

A primeira intervenção do Nova, portanto, aconteceu ontem à noite. Cerca de cem agentes da polícia criminal, da brigada de entorpecentes, do grupo de intervenções especiais e outras unidades tomaram de assalto várias regiões do centro de Estocolmo e subúrbios. Os resultados de tal ação ainda não são conhecidos, a polícia criminal tem se recusado a responder a nossas perguntas. Através do projeto Nova, a direção da polícia criminal espera lutar contra uma rede de criminosos mais ou menos organizada e que fomenta diversos atos de violência, cobranças de propina, extorsão, tráfico de drogas, prostituição e contrabando de cigarros. No relatório do projeto constatamos que o número de crimes violentos vem aumentando na região de Estocolmo e que os criminosos tendem cada vez mais a usar armas.

A estratégia é combater em primeiro lugar os cabeças da rede. Antes da intervenção, 150 criminosos conhecidos da polícia foram escolhidos como alvos prioritários. O objetivo é impedir, "mediante o uso da força ou por meios legais", que pelo menos 50 deles "cometam crimes". Nenhuma das pessoas em questão encontra-se atualmente sob custódia ou é acusada de um crime que possa levar a uma pena de mais de dois anos de reclusão.

A polícia espera atingir esse objetivo num prazo de dois anos.

15

Ia encontrar Radovan. No rádio do carro, música sérvia: Zdravko Colic. Mrado estava furioso — Jorge, aquele merdinha, tinha ousado. Ameaçar Radovan. Indiretamente, ameaçar Mrado. Tentar chantageá-lo. Bancar o esperto. Brincar com fogo.

Jorge sabia muitas coisas sobre o tráfico de cocaína. Conhecia os estoques, as rotas de importação, os métodos de contrabando, os traficantes, os compradores, as reservas nos laboratórios, os diversos procedimentos de diluição. Mas, o principal: o merdinha conhecia os que seguravam os cordões. MR corria um sério risco de dançar. Quando, na verdade — *Gospodin Bog* —, era aquele merdinha que deveria estar fodido.

Filho da puta. Mrado encontraria Jorge, o imobilizaria com *silver tape*, faria picadinho dele. Encheria o rabo dele de comida. Faria ele cagar nas calças. Encheria o rabo dele de novo. Faria ele se cagar de novo.

Mrado ligara imediatamente para Radovan depois do telefonema daquele idiota. A voz de Radovan estava mais calma que a de Mrado. No entanto Mrado sentiu vibrações sob a superfície: Rado estava ainda mais puto que ele.

Jorge, prepare-se para a vingança dos Iugoslavos.

Único aspecto positivo da provocação do latino: o incidente canalizara a irritação de Radovan para outra coisa. Na última conversa entre eles, o ambiente tinha se degradado completamente. Radovan tinha ido longe demais.

Vinte minutos depois: ei-lo, no Näsbypark. O bairro das mansões. Aquele paraíso pomposo e escroto com suas casas quadradas. Saiu do carro e acendeu um cigarro. Segurou-o entre o polegar e o indicador — à maneira eslava. Inspirou profundamente. Precisava se acalmar antes de encontrar o chefão. Tossiu secamente. Pensou nos quadros de Radovan. O preço da coleção? Naquele nível, sem preço.

Apagou o cigarro. Enveredou pelo caminhozinho de acesso a casa. Tocou.

Stefanovic abriu a porta. Sem uma palavra, acompanhou Mrado até a biblioteca. Radovan estava sentado na mesma poltrona da última vez. O couro em volta dos braços estava roto e esbranquiçado. Numa mesinha, reinava uma garrafa de uísque, um Lagavulin 16 anos.

— Sente, Mrado. Agradeço a rapidez. Poderíamos ter resolvido isso por telefone, mas eu queria olhar nos seus olhos para ter certeza de que você não está com muita raiva. Você precisa se acalmar. Temos que manter a calma. E resolver esse problema passo a passo. Não é uma catástrofe, não é a primeira vez que acontece. Com a única diferença de que ele sabe efetivamente alguma coisa. Me conte o que ele falou. Desde o início, com todos os detalhes. Vamos.

Mrado contou. Tentou ser sucinto sem esquecer o essencial — a arrogância do imigrante.

— Jorge Salinas Barrio é um fugitivo. Você sabe disso melhor do que eu, uma vez que foi você mesmo que me falou. Segundo minhas fontes, esse cara é um herói em Österåker. E até os pesos-pesados de Kumla e Hall admiram seu estilo e sua sofisticação. Ele sumiu como a bicha do David Copperfield. Eu tinha que ter cuidado dele antes. Puta merda.

— David Copperfield, boa comparação. Mas não diga que deveria ter acabado com ele naquele momento. Não sabemos o que teria acontecido nesse caso. Continue.

Mrado resumiu a conversa que teve com Jorge. Que Jorge lhe parecera estressado, que aquele merdinha tinha certamente ligado de uma cabine telefônica, que exigia um passaporte e 100 paus, que tinha mencionado que jogaria um monte de merda no ventilador se fosse vítima de um acidente.

Radovan escutou sem dizer nada. Encheu seu copo de Lagavulin. Deu um gole.

— Ele sabe muita coisa sobre a gente. Mas não o *suficiente* para que eu me transforme em sua marionete. Para ele, é a chance de ser ajudado. Eu poderia oferecer a ele um novo passaporte, claro. Um pacote de dinheiro. Uma vida nova sob os coqueiros. O único problema é que ele me entendeu mal. Ninguém manda em mim. Além disso, quem nos garante que ele se contentará com isso? Lembra daqueles croatas filhos da puta? Noventa por cento da cota não era suficiente para eles, queriam tudo. Com esse cara, é igual. Se eu der uma nova identidade, ele vai vir correndo no dia seguinte me pedir dinheiro. Ou passagens de avião pra se mandar pro estrangeiro. Ou qualquer coisa, porra: a metade do império de Radovan.

Mrado riu: o rei dos gângsteres, que fala de si mesmo na terceira pessoa. Mrado relaxou. Melhor ambiente que da última vez. O uísque o aquecia por dentro. Relaxava seus ombros. Acariciava-lhe as entranhas.

— O que ele sabe, ou melhor, o que ele talvez saiba, é o seu cacife. Não tenho muita certeza se ele possui informações suficientes pra nos prejudicar, mas é um fator de risco. O nosso cacife é que podemos fazer com que volte pra cadeia num estalar de dedos. O inconveniente desse trunfo é que ele pode perder a esperança caso a gente coloque ele vai atrás das grades. Se não tiver outra coisa na vida a não ser a musculação em Kumla, ele nos entregar. Garanto a você.

— Desculpe, Radovan. Mas por que simplesmente não acabar com ele?

— Não faz o meu estilo. Muito perigoso. Você ouviu o que ele disse. A coisa vai vazar. Não sabemos com quem ele falou. Jorge Salinas Barrio não é um imbecil. E se o matarmos e ele tiver dado um jeito de divulgar a informação? Provavelmente, ele contou tudo a alguém que vai abrir o bico se ele acabar mal. E, sabe como é, o cara pode inventar tudo, qualquer coisa. Trancar anotações num armário automático. Se um dia ele morre, alguém vem e joga moedas de 10 coroas dentro, abrem... e descobre todas as anotações que ele deixou ali, com uma descrição detalhada de todas as nossas atividades. Ou então escreve um e-mail que vai ser enviado à polícia numa determinada data se ele não cancelar. Você entende o que quero dizer: não podemos apagá-lo. Ele é muito esperto. Mas tem outro jeito. O método clássico, você sabe, Mrado. Descubra onde ele está, não importa como. Ligue pra ele. Explique que Radovan não se impressionou com aquela chantagem idiota. Depois, quando tiver certeza de que ele entendeu de onde vem a mensagem, acabe com ele. Já apunhalou alguém na barriga?

— Já, com uma baioneta, em Srebrenica, em 1995.

— Então sabe que o sangue esguicha. E derruba até os mais durões. Tem tantos órgãos a remexer, tantos estragos a fazer. É o método a ser aplicado com Jorge: ache ele imediatamente, quanto mais rápido, melhor. Como se fosse uma punhalada.

— Saquei. Carta branca?

— Sim e não. Ele não pode morrer. Nada de faca, era apenas uma imagem. Soco-inglês com luva de pelica, pra continuar nas metáforas.

Radovan riu da própria piada.

— Entendo. Faz alguma ideia de onde ele pode estar?

— Não concretamente. Mas ele vem do bairro de Sollentuna. Pergunte a Ratko ou ao irmão dele, eles são de lá. Mais uma coisa: não arrebente muito esse escroto, ele não pode ir pro hospital. Nesse caso, ele voltaria pra prisão com todos os riscos que isso acarreta. Atrás das grades, sem esperanças, ele encheria o saco de todo mundo. Delataria a gente.

— Confie em mim. Não vou quebrar a perna do filho da puta. Mas ele vai se arrepender de não ter ficado quietinho na barriga da puta da mãe dele.

A exacerbação de Mrado — Radovan sorriu. Rodopiou o uísque no copo. Deu um gole. Jogou-se para trás no encosto da poltrona. Mrado furioso. Vontade de sair. Para longe de Radovan. Para a academia. Conversar com os caras. Farejar uma pista. Resolver o enigma. Espancar Jorge.

Falaram de outra coisa: cavalos e automóveis. Nada de negócios. Nenhuma palavra sobre as reivindicações de Mrado com relação às chapelarias. Após 15 minutos, Radovan se desculpou.

— Tenho uns probleminhas pra resolver. E, Mrado, pense no fiasco de Kvarnen. Quero Jorge o mais rápido possível.

Mrado entrou na sala de musculação. Dirigiu-se aos caras na recepção. Interrompeu a conversa sobre anabolizantes de última geração. Fez perguntas. Eles conheciam alguém engaiolado em Osteråker? Conheciam alguém que tivesse sido guarda em Osteråker? Sabiam alguma coisa sobre a fuga ocorrida seis semanas atrás?

Um deles respondeu:

— Você parece interessado. Está se precavendo? Medo de ser engaiolado em breve? — Riu da própria piada.

Mrado benevolente.

Não se envergonhava de ter mordido a isca. Brincou também.

— Melhor estar preparado, concorda?

O cara se debruçou para a frente, por cima do balcão:

— O sujeito que escapou é fora de série. Fala sério, o cara que pula um muro daqueles só pode ser Serguei Bubka. Sete metros, Mrado, como passar por cima de um troço desses sem vara? Seria o Homem-Aranha, por acaso?

— Conhece alguém lá?

— Não, ninguém. Sou um cara direito, você sabe. Também não conheço guarda nenhum. Puxe conversa com Mahmud, quem sabe, os árabes são todos meio criminosos. Metade da família está na cadeia, juro. Olha lá embaixo, nos chuveiros, acho que ele acabou de sair do treino da manhã.

Mrado desceu a escada. Entrou nos vestiários. Mahmud não estava lá. Uns outros caras estavam mudando de roupa. Mrado os cumprimentou. Subiu de novo. Inspecionou a sala à direita. O eurotechno sibilava. Nada de Mahmud. Deu uma olhada na sala à esquerda. Viu Mahmud ajoelhado num tapete de borracha vermelha. Alongava as costas. Parecia uma bailarina bizarra fazendo pose.

Mrado ajoelhou ao seu lado.

— Salve, anão. Malhando? Fez o quê?

Mahmud não levantou a cabeça. Continuou a se alongar.

— Sabe onde você enfia o seu anão? A prática foi boa. Malhei a parte inferior das costas e os ombros. Está funcionando, os dois músculos se afastaram o suficiente um do outro. E como você está?

— Bem. Preciso de uma mãozinha. Pode ser?

— Claro. Mahmud não tem medo de ninguém, você sabe.

— Ótimo. Conhece alguém em Österåker?

— Conheço. Meu cunhado está lá. Minha irmã vai muito lá. Eles se veem num quarto separado, pra visitas íntimas.

Mahmud mudou de posição. Levantou-se. Os braços entre as pernas. Fez a lombar. Suas vértebras estalaram.

— Quando ela vai visitar seu cunhado novamente?

— Não sei. Quer que eu pergunte?

— Me quebraria um galho. Pode ligar pra ela quando terminar aqui? Preciso dessa informação o mais rápido possível.

Mahmud assentiu. Calaram-se. O árabe se alongou por mais alguns minutos. Mrado esperou. Conversou com outros dois caras na sala. Desceram até os vestiários. Mahmud ligou para a irmã. Falou em árabe. Ela iria na terça.

Encontraram-se num bistrô na Söder. Superbarato, supergorduroso, kebabs e falafels no pão pita por 20 coroas. Mrado pediu três. Observou o local. Nas paredes, fotos da mesquita al-Aqsa em Jerusalém e textos em árabe. Verdadeiros, ou só para atrair a freguesia? Pouco importava, contanto que os kebabs fossem bons a ponto de desmanchar na boca.

A irmã de Mahmud segundo Mrado: uma arabezinha vulgar. Roupas exageradamente justas. Uma saia exageradamente curta. Maquiagem exagerada. Excesso de acessórios Vuitton falsos. Excesso de gíria. Abaixe o som, querida.

Era maleável. *Nemas problemas.* Passou-lhe as perguntas a serem feitas: Jorge circulara com determinados presos antes de sua fuga? Com um guarda? Como havia conseguido pular o muro? Tinha feito parte de uma gangue? Alguém sabia quem o ajudara do lado de fora? Quem eram seus amigos na cadeia?

Ela anotou e lhe prometeu decorar antes de sua ida ao presídio. Pediu 2 mil em dinheiro vivo pelo serviço.

Mrado conhecia os caras como Jorge, nunca fechavam o bico. Gabavam-se, contavam prosa, falavam em público.

Tinha certeza disso. Se conseguisse seu contato dentro de Osteråker, encontraria rapidamente o latino.

A temporada de caça estava aberta.

16

Sonhos em espanhol. "Jorgelito, não saio daqui até você dormir. Jorgelito, espere, vou só pegar o livro de contos de fadas. Jorgelito, já te disse que você é o meu príncipe? Paola é minha princesa. Vocês são minha própria família real, os dois."

Jorge acordou.

Amanhecera do lado de fora. Estava abafado no quarto. Fim dos belos sonhos. Jorge estava deitado num colchão que instalara no chão. Menos risco de ser percebido do exterior. Dupla medida de segurança — os altos arbustos na janela obstruíam a vista.

Estava havia seis dias no chalé. Estava extenuado. Estava prestes a ligar para o iugoslavo. Pensou em Rodriguez. Um dia, Jorge-boy voltaria. Quebraria a cara dele. Faria com que rastejasse no chão. Lambesse os pés de sua mãe. Chorasse. Suplicasse. Gemesse.

Talvez tenha sido um imbecil. Imprudente. Na véspera, por exemplo, seu estoque de comida havia se esgotado. Ele saíra pela trilha. Andara até dar num caminho mais largo. Continuara. Um lago. Pessoas puxando um barco da água. Idílio dourado outonal. Aproximadamente, uma hora e meia de caminhada. Um mercado. Entrara.

Nunca tinha se sentido tão moreno quanto lá, naquela loja da suecada nacional ariana. O mouro, um contraste incrível. Ninguém dissera nada. Ninguém prestara atenção nele. Mas Jorge, *el negrito*, pensou que ia ser linchado, mergulhado na parafina e misturado aos cereais.

Comprara macarrão, batata frita, pão, salame, ovos, manteiga e cerveja. Tintura para os cabelos e produtos de limpeza. Pagou em dinheiro. Sem falar com a caixa. Apenas um sinal com a cabeça. Achou que todo mundo olhava para ele. Odiavam-no. Planejavam entregá-lo à polícia.

Assim que deixou a loja, sentiu-se um idiota completo. Tentou caminhar pela floresta para voltar. Impossível. Deu em jardins particulares. E teve medo de que houvesse gente em casa. Que desconfiassem. Fizessem um escândalo. Denunciassem o negro à polícia. Voltara para a estrada principal. Esperando que ninguém tivesse reparado nele, o fugitivo.

Jorge cozinhou dois ovos. Passou manteiga em cinco fatias de pão. Guarneceu com salame. Bebeu água. Uma montanha de pratos e talheres se amontoava na pia. Por que se dar ao trabalho de lavar a louça? O verdadeiro dono da casa se preocuparia com aquilo.

Sentou-se à mesa da cozinha. Devorou os sanduíches. Passou a ponta dos dedos no tampo da mesa, que parecia uma velharia. Perguntou-se se os proprietários eram pobres ou se tinham intencionalmente escolhido uma mesa velha para o seu chalé.

Subitamente: um barulho na frente da casa. Jorge em alerta máximo.

Uma voz.

Abaixou-se.

Deslizou da cadeira para o chão.

Deitou-se de bruços.

Rastejou até a janela. Se alguém pretendesse entrar, ele estava fodido. Se fossem os policiais — estava mais que fodido.

Puta que o pariu, amaldiçoou sua falta de preparativos. Não arrumara nada. Suas roupas, a tintura, a comida, os produtos de toalete — tudo espalhado no quarto onde ele dormia à noite. Fodido. Se por acaso fosse obrigado a fugir naquele instante, não poderia levar absolutamente nada.

Tentou olhar pela janela. Não viu ninguém do lado de fora. Apenas o jardim tranquilo, cercado por roseiras silvestres bem-podadas e dois bordos. As vozes soaram de novo. Aparentemente, vinham do caminhozinho de acesso a casa. Deslizou na ponta dos pés até outra janela. Na entrada. As largas tábuas de madeira estalaram sob seu peso. Merda. Não se atreveu a olhar pela janela. Eles poderiam vê-lo do exterior. Escutou primeiro. Mais uma voz, um pouco mais próxima agora, porém não diretamente em frente à casa. Pelo menos duas pessoas conversando. Policiais, ou uma pessoa qualquer?

Escutou novamente. Uma das vozes tinha um ligeiro sotaque estrangeiro.

Deu uma olhada cautelosa para fora. Nenhum carro à vista. Ninguém no horizonte. Acompanhava com o olhar a estradinha que passava em frente à casa, em direção a um silo vermelho no fundo do jardim. Lá! Três pessoas se aproximaram da casa.

Jorge refletiu depressa. Pesou custo e benefício. Estava bem no chalé. Aquecido, ao abrigo dos olhares, longe da cidade e dos policiais que o procuravam. Poderia ocupar a casa até o dinheiro acabar. Do outro lado, as pessoas que chegavam pelo caminho do silo. Não podia ter cem por cento de certeza de quem eram.

Talvez os donos da casa. Talvez apenas curiosos. Que queriam olhar pelas janelas. Que veriam então a montanha de louça, o colchão no chão, o caos.

Talvez os policiais.

O risco era muito grande. Era melhor recolher suas coisas e dar no pé antes que eles chegassem. Havia outros chalés. Outras camas quentes.

Jorge enfiou suas coisas em dois sacos plásticos, a comida num, as roupas e os produtos de toalete no outro. Avançou até a porta da entrada, duas janelinhas na parte superior. Olhou para fora. Não viu ninguém. Abriu a porta. Dirigiu-se rapidamente para a esquerda. Não pegou a trilha de cascalho que levava até a estradinha. Em vez disso, esgueirou-se por um buraco nos arbustos. Os espinhos penetraram na sua pele.

Teve a impressão de ouvir mais nitidamente as vozes.

Puta merda.

Começou a correr sem se virar.

17

JW em plena ascensão. A oferta de Jet-set Carl: uma abertura dourada. Abdulkarim supercontente. Não parava de falar de seus planos de expansão.

— Me traga esse Jorge — lembrava ele a JW — e vamos ser os donos da cidade.

JW não se esforçava muito para encontrar o chileno. Colocou algumas iscas aqui e ali, almoçou com algumas pessoas de Sollentuna e lhes ofereceu uma recompensa por toda informação que o ajudasse a entrar em contato com o fugitivo — cedo ou tarde, teria uma pista.

Hoje, tinha outra coisa programada.

Alguns dias antes, JW telefonara para Jan Brunéus, o professor da Komvux. Ele confirmou que se lembrava de Camilla, mas se recusava com firmeza a falar sobre ela. Quando JW insistiu, ele desligou na sua cara.

JW não teve forças para reagir nesse momento. Desistiu de ligar de novo. Tentou esquecer toda aquela história.

Mas hoje era o dia D. Não podia agir de outra forma.

Vestiu seu jeans, sua camisa e seu casaco.

Dirigiu-se depois ao liceu de Sveaplan, atrás do centro comercial Wennergren, onde também se situava a Komvux. Queria encontrar Jan Brunéus em carne e osso.

A Valhallavägen estava mais ruidosa do que de costume, fosse por causa do tráfego intenso de caminhões, fosse por causa de suas dores de cabeça. Provavelmente por ambas as razões.

Quando chegou ao fim da Sveagägen, avistou o prédio.

Eram onze e meia. Intervalo do meio-dia. JW desconfiava que a secretaria estaria fechada para o almoço. Não queria esperar o fim do intervalo, ignorou avisos e placas e foi procurar alguém. Uma mulher carregando uma mochila Kånken, aparentemente de saída, indicou-lhe o caminho: passar pela entrada principal, subir os degraus, depois à direita.

JW atravessou o mar de estudantes que vinha da direção oposta. A maioria, pessoas de sua idade que iam comer. Classe média frouxa — eles então não percebiam que existiam caminhos mais curtos para a verdadeira vida?

Chegou à secretaria.

No mesmo instante, uma mulher vestindo uma saia plissada e uma blusa antiquada deixava o escritório exibindo uma cara enérgica que gritava: estamos fechados.

Típico.

Ele começou:

— Bom dia, desculpe, poderia lhe fazer uma perguntinha antes do almoço?

JW se tornara o mestre absoluto dos bons modos — mais educado, impossível. Tinha frequentado uma boa escola.

A dama se deixou enternecer e pediu que entrasse. Ele se postou atrás de um balcão.

— Preciso falar com um de seus docentes, Jan Brunéus. Ele está em aula? Sabe em que sala?

A mulher fez um muxoxo, pareceu embaraçada. JW não apreciava seu estilo. Aquele ar seco que tinham certas pessoas — em vez de se comunicarem francamente, elas se contentavam em fazer careta a vida inteira.

Ela pegou um cronograma. Seu dedo percorreu as diversas colunas. Finalmente, disse:

— Há uma aula hoje que termina dentro de dez minutos, ao meio-dia. Sala 422. Fica no primeiro andar.

JW lhe agradeceu educadamente. Por uma razão que lhe escapava, desejava manter boas relações com aquela mulher. Sentia intimamente que ela poderia lhe ser útil no futuro.

Subiu as escadas correndo. Encontrou o corredor certo.

Sala 422. A porta estava fechada, mais cinco minutos antes do intervalo do meio-dia.

Esperou. Grudou o ouvido na porta, ouviu uma voz cantante, sem poder dizer se era Jan Brunéus que falava.

JW observava o corredor. Paredes bege. Janelas grandes. Simples luminárias de louça no teto, pichações perto dos canos da calefação. A impressão de estar num jardim de infância. Achava que na Komvux a atmosfera seria diferente. Mais madura.

A porta da sala se abriu.

Um homem moreno vestindo uma camisa vistosa e um jeans bem folgado saiu. Uns vinte alunos o seguiram.

JW olhou dentro da sala. Algumas garotas atrás dos bancos estavam recolhendo suas canetas e cadernos.

Um professor apagava um texto no quadro. De costas para JW.

Devia ser Jan Brunéus.

O professor vestia um terno Manchester marrom com punhos de couro. Embaixo do paletó, um suéter de malha com gola em V. A barba de três dias não permitia avaliar sua idade, mas devia estar na casa dos 40. A armação de seus óculos tinha aros azuis, talvez da grife Silhouette. Causava boa impressão.

Foi até o quadro.

Jan Brunéus se voltou, considerou JW de cima a baixo.

JW pensou: terá notado a semelhança com Camilla?

Jan Brunéus perguntou:

— Posso ajudá-lo?

— Meu nome é Johan Westlund. Falamos ao telefone há alguns dias, talvez se lembre. Eu gostaria de falar sobre minha irmã, Camilla Westlund, se não for um incômodo.

Brunéus sentou-se à mesa. Não disse nada. Apenas suspirou.

Bancava o quê, agora? O amigo?

As últimas garotas deixaram a sala.

Jan se levantou e fechou a porta atrás delas.

Voltou à sua mesa.

JW permaneceu imóvel. Sem comentários.

— Peço realmente desculpas pelo meu comportamento. Fiquei abalado quando pensei de novo nela. Essa história toda do desaparecimento é uma tragédia. Eu não tinha a intenção de bater o telefone na sua cara.

JW o escutou sem responder.

— Lembro muito bem de Camilla. Era uma das minhas alunas preferidas. Era aplicada e se interessava por tudo. Era assídua. As melhores notas de todos os meus cursos.

JW pensou: os professores prestam atenção em coisas insignificantes como a assiduidade de uma estudante.

— Que aulas ela fazia com o senhor?

— Sueco, inglês e, se bem me lembro, sociologia. Embora cerca de duzentos rostos desfilem todos os dias na minha frente, não esqueci de Camilla. Vocês se parecem muito.

144

— Quase todo mundo diz isso. Poderia me falar mais sobre ela? Sei que ela andava com uma garota chamada Susanne Pettersson. Tinha outros amigos?

— Susanne Pettersson. Desta não me lembro. Mas não acho que Camilla tivesse muitos amigos, o que por sinal é curioso. Eu a achava bastante acessível e simpática. Muito bonita também.

Estranho. Susanne Pettersson tinha dito que Camilla e ela matavam muita aula. Agora, Jan Brunéus afirmava que Camilla era assídua. E, além disso, que era simpática. Será que um professor dizia coisas assim corriqueiramente?

Conversaram ainda por dois minutos. Jan Brunéus emitiu algumas generalidades.

— A Komvux é uma instituição útil à sociedade. O sistema escolar sueco não convém a todo mundo. Damos uma segunda chance a essas pessoas.

JW só queria uma coisa: sumir. Para longe de Jan Brunéus.

O professor lhe estendeu a mão.

— Toda essa história é muito triste. Cumprimente seus pais de minha parte. Diga a eles que Camilla poderia ter chegado longe.

Jan Brunéus pegou uma pasta de couro já gasta e desapareceu no corredor.

JW retornou à secretaria. Verificou os horários de funcionamento. Fechado pelo resto do dia. Deveria ter imaginado isso.

Ao chegar em casa, consultou a lista telefônica. Município de Estocolmo, administração de educação. Ligou para a central telefônica e pediu para falar com alguém que pudesse responder a perguntas genéricas referentes a fichas e dossiês públicos. Puseram-no em contato com o responsável pela gestão das notas para a universidade. Conversaram durante uns 15 minutos. Pronto. JW obteve as respostas que procurava.

Tinha que voltar à secretaria. Bisbilhotar um pouco os boletins nos arquivos da escola. Alguma coisa não encaixava na história de Jan Brunéus.

18

Mrado trabalhou por conta própria dois dias e meio esperando a visita da irmã de Mahmud a Osteråker. Conseguiu fotos 3x4 de Jorge. Ligou para seus dois contatos na polícia, Jonas e Rolf, prometendo 5 mil coroas àquele que conseguisse informação quente sobre o maldito do Jorge. Informou-se sobre a família do latino no cartório. Nenhuma pista. Voltou-se para Nenad, supervisor de cocaína e outras drogas para Radovan. Nenad sequer se lembrava de Jorge, somente do processo. Mrado tomou o café da manhã com Ratko e seu irmão Slobodan, vulgo Bobban. Eles o orientaram sobre o mapa da criminalidade, na zona noroeste de Estocolmo. Com que viciados deveria falar, em que bares deveria interrogar o pessoal, que traficantes conheciam o círculo de Jorge. Foi duas vezes a Sollentuna e a Märsta para falar com alguns latinos e pessoas do meio do pó. Bobban lhe fazia companhia. Uma ajuda eficaz.

A maior parte já conhecia o fugitivo, os que ainda não estavam inteirados foram estimulados a estudar cuidadosamente as fotos 3x4. Um herói. Uma lenda. Todos procuravam brindar em homenagem ao herói. Elogiá-lo. Parabenizá-lo. Mas ninguém o vira.

A mãe de Jorge vivia com um novo companheiro. Ele também tinha uma irmã, Paola. A mãe morava na periferia de Estocolmo, a mana, em Hägersten. Procurou fotografias da irmã e da mãe. No Google, obteve dois resultados para o nome da irmã. Ela escrevera um artigo para o jornal *Gaudemus*, da união estudantil da universidade de Estocolmo, e participara do Salão do Livro. Uma moça aplicada. Que tentava visivelmente subir na escala social, saindo lá de baixo. Será que ele devia se aproximar da universidade?

Ligou para o Departamento de Letras. A irmã dele estava no curso C, independentemente do que isso quisesse dizer.

Mrado foi até a faculdade. Estacionou o carro atrás dos prédios azuis. O Mercedes reinava no estacionamento; os outros carros, ridículos.

A universidade para Mrado: um país estrangeiro. A população: moluscos, indolentes, que preferiam tagarelar em vez de agir, serpentes de óculos. Veados. Mas, para seu grande espanto, havia uma legião de garotas bonitas.

Consultou as placas. Achou o prédio do Departamento de Letras. Entrou no elevador. Perguntou a uma velha com quem esbarrou no corredor quem era o responsável pelos estudantes do curso C. Ela lhe deu o nome de uma assistente. Ele consultou outras placas. O escritório da assistente ficava no fim do mesmo corredor. Na porta, outra placa: "Adoro meu trabalho... durante o intervalo do meio-dia e do lanche." Mrado bateu. Foi perguntar a uma mulher na sala ao lado. A assistente estava em reunião na sala C119. Descer, descer de novo. Os corredores não eram bem-conservados. Os canos e o sistema de ventilação eram visíveis no teto. Algumas paredes pareciam nunca ter sido pintadas. Lascas de madeira num canto. Consultou as placas. Achou a sala. Bateu à porta. Um cara de blazer, descabelado, abriu. Mrado pediu para falar com a assistente do Departamento de Letras. O sujeito lhe respondeu que estavam em reunião. Mrado lançou um olhar intimidante, ao mesmo tempo, esticou o pé para bloquear a porta. O cavalheiro-descabelado permaneceu plantado no lugar. Quinze segundos depois, desviou o olhar. Foi chamar a assistente. Uma jovem — 25 anos no máximo. Mrado a imaginara mais velha. Ela quis saber do que se tratava. Ele inventou uma história maluca, tipo uma garota ficara de lhe devolver uns livros mas não aparecera. A senhora assistente não teria o número de telefone, não saberia que aulas ela tinha hoje? Ela quis saber por que ele estava tão apressado. Mrado inventou outra história maluca, tipo tinha uma viagem marcada e precisava dos livros. Era superurgente. A dondoca assistente: a boa-fé em pessoa, amabilíssima. Subiram até o seu gabinete. Ela folheou seus documentos e lhe deu o número do telefone de Paola, bem como seu horário. Disse que Mrado estava com sorte.

— Paola está em aula neste momento, na sala D327.

Finalmente, um pouco de sorte.

Era difícil acreditar que ela se deixasse enganar por um armário de gelo iugoslavo de 2m de altura.

Direção sala D327. Consultou novamente as placas. Achou a sala.

Repetiu-se a cena com a assistente. Um cara abriu. Mrado pediu a ele que fosse chamar Paola.

Mrado fechou a porta da sala atrás dela. Paola percebeu imediatamente que alguma coisa estava errada. Abaixou a cabeça. Deu um passo para trás, desviou o olhar. Mrado entreviu seus olhos. Se o embaraço tinha um rosto, era o dela.

Ela não correspondia em absoluto à imagem que Mrado fazia de uma estudante de letras. Usava uma blusa azul-clara com uma gola grande. Um jeans azul-escuro colante. Um estilo pessoal. Cabelos pretos, presos num rabo de cavalo. Um visual inocente. Uma labareda acendeu dentro de Mrado.

Fez-lhe sinal para segui-lo até o banheiro. Dirigiram-se até lá. Paola tensa, crispada. Mrado concentrado. Entraram no banheiro. Mrado fechou a porta.

Siglas e pichações por toda parte. Principalmente em caneta Bic ou tinta. Mrado boquiaberto. Os estudantes na faculdade faziam então esse tipo de coisa?

Ordenou a Paola que se sentasse sobre a tampa de uma privada. Ela tinha as faces em fogo.

— Calma. Não quero machucar você, mas aconselho a não gritar. Não gosto de bater em garotas, não faz o meu gênero. Só preciso de algumas informações.

Paola falava um sueco perfeito. Sem o menor sotaque.

— É Jorge, hein? É Jorge? — À beira das lágrimas.

— *You got it, babe.* Trata-se do seu maninho. Sabe onde ele está?

— Não. Não faço a menor ideia. Não sei. Não temos notícias dele. Mamãe também não. Apenas lemos as reportagens nos jornais.

— Faça um esforço. Ele te adora, imagino. Claro que ele deu notícias. Onde ele está?

Ela fungou.

— Estou dizendo que não sei. Não sei mesmo. Ele sequer me ligou.

Mrado insistiu:

— Não minta. Você parece uma menina inteligente. Posso transformar a sua vida num inferno. Posso oferecer uma vida boa pro seu irmão. Basta me dizer onde ele está.

Ela continuou a negar obstinadamente.

— Preste bem atenção, criança. Vamos parar com esse circo. Os banheiros estão num estado lamentável, não acha? Com as paredes cobertas de siglas e pichações. Você está prestes a abandonar tudo isso. Quer se dedicar. Chegar a algum lugar na vida. Seu irmão também pode levar uma vida boa.

Ela o fitou, insistentemente, olhos nos olhos. Viu seu reflexo em suas grandes e faiscantes pupilas. Parara de chorar. O delineador desenhava riscas ao longo de suas faces.

— Juro que não sei.

Mrado analisou. Muitas pessoas são capazes de mentir. De enganar. De ludibriar qualquer um. De resistir aos policiais, aos promotores, aos advogados durante incontáveis interrogatórios. E mesmo a indivíduos como Mrado. Talvez fossem donas de uma elevada autoconfiança. Talvez tivessem um extraordinário talento para representar. Outras tentavam mentir, e isso logo se via. O olhar que foge para a esquerda, sinal infalível de que estão inventando. Ficam vermelhos. Suam. Entram em contradição. Esquecem detalhes. Ou, ao contrário, tentam permanecer calmos. Fingem ter a situação sob controle. Falam lentamente. Mas isso é visível. Eles são superconfiantes. Super-relaxados. Não se mexem muito, são quase estáticos. Convictos do que dizem.

Ele conhecia todos. Paola não fazia parte de nenhum desses tipos. Mrado tinha trabalhado tempo suficiente no setor da proteção e da chantagem. Extorquira muito dinheiro. Forçara as pessoas a lhe dizer onde haviam escondido a caixa com as receitas do dia, quanta coca tinham vendido, onde deviam supostamente entregar a bebida que haviam destilado ilegalmente, quantos clientes tinham conseguido. Engatilhara sua arma contra um bom número de cabeças, bocas e paus. Exigira respostas. Avaliara as respostas. Fizera com que expelissem as verdadeiras respostas. Era um especialista em matéria de respostas.

Mrado observou as mãos da garota. O rosto, não. Ele sabia: as pessoas conseguem dominar a expressão, mas não o corpo. As mãos traem a verdade.

Paola não mentia.

Não sabia mesmo onde estava aquele palerma do Jorge.

Merda.

Saiu do banheiro. Paola sentada na privada. Paralisada.

Correu de volta ao estacionamento. Pulou dentro do carro. Bateu a porta. Arrancou cantando pneu, a caminho do encontro seguinte, com a irmã de Mahmud.

Mrado sentiu a chegada do estresse. Identificou-a imediatamente pela janela do bistrô, tomava um refrigerante. O bistrô árabe botava gente pelo ladrão. Duas mulheres de véu com pelo menos 140 guris haviam invadido a parte de trás. As outras mesas eram ocupadas por alguns suecos que desfrutavam do multiculturalismo de seu país. A irmã de Mahmud lhe estendeu a mão. O que significava: passe para cá os meus 2 mil. A última vez, ela bancou a garotinha bem-educada. Mas agora havia realmente um distúrbio de comportamento.

Mrado suspirou. Um pensamento que surpreendeu a si mesmo lhe passou pela cabeça: vários pés de chinelo achavam que podiam jogar duro. Ele observara isso inúmeras vezes. Alcoólatras suecos desempregados, leões de chácara sem a menor formação e alguns suburbanos metidos se tomavam por Deus. O que lucravam com isso? Será que isso lhes permitia esquecer que eram da ralé? Aquela fulana era evidentemente uma perdedora. Por que insistia em tentar?

Sentou-se.

— Minha flor, quanto à grana, calma. Você a terá daqui a pouco. Me diga o que ele contou.

Antes que ela tivesse tido tempo de abrir a boca, ele pressentiu a resposta.

— O meu cara não sabe de nada.

— Como assim? Ele então não conhecia Jorge?

— Não, enfim, não tinha contato, sei lá.

Ele começou a ficar irritado. Aquela garota não era capaz de falar feito gente, caralho! Alguém deveria denunciá-la ao serviço social.

— Faça um esforço. Claro que ele sabia quem era Jorge. Reflita. O que ele disse?

— O que quer saber? Acha que não lembro? Acabei de chegar de lá. Estou dizendo, não havia contato entre eles.

— Quer ou não quer sua grana? Ele sabia quem era o latino?

— Sabia. Ele disse, a fugitiva mais foda que ela já ouviu falar.

— A fuga, você quis dizer. Ele viu a fuga?

— Merda, qual é a sua? Meu cara não estar com ele. Não está em motivação.

— Minha filha, se quiser a grana, vai ter que falar de maneira compreensível.

Mrado estava perdendo a paciência. Recuou sua cadeira. O que ele queria dizer: faça um esforço ou dou no pé.

— Ele está em outro serviço, sei lá. Não em motivação. Ele está em outro lugar. Sacou?

Mrado sacou. Moral: zero. A irmã de Mahmud: uma aposta perdida. Em Österåker, havia diferentes serviços. Um para os prisioneiros que queriam refazer a vida, parar com as drogas. Aprender as regras da sociedade. Programa pedagógico, oficinas, psicologia barata e terapias idiotas. Jorge evidentemente estivera naquele serviço chamado de motivação. Então dizia a verdade: o veado do seu namorado babaca não sabia porra nenhuma.

19

Ele se instalou num outro chalé. Permaneceu lá por dois dias. Depois, preparou-se para mudar de novo de lugar. Precisava se mexer.

Caminhou durante mais de três horas. Precisava se afastar da zona onde estivera alojado — a cumplicidade entre os vizinhos era seu pior inimigo. Seu visual moreno, um perigo. Uma família é assaltada e de repente todos os indivíduos de cabelos escuros desconhecidos na região se tornam suspeitos. Um milagre ninguém ter parado ainda na beira da estrada para lhe perguntar quem era e o que fazia ali.

Soprava um vento frio. Meados de outubro não eram um momento propício. Mas *el gringo Jorge* previra tudo. Seu suéter de tricô e seu agasalho mantinham-no bem aquecido.

Deixou a estrada principal. Numa placa leu Dyvik, 3 quilômetros. Uma estrada mais estreita. Sem casas. Árvores a perder de vista. Foi evoluindo lentamente. Fome. Cansaço. Recusou-se a perder a esperança. J-boy: sempre disposto a dar a volta por cima. A sair da merda. A ir em frente. Para o sucesso. Radovan cederia à sua exigência. Iria lhe arranjar um passaporte. Grana. Possibilidades. Ele se mandaria para a Dinamarca. Talvez investisse um montante em pó... Traficante. Ganhar fortunas. Ir para mais longe. Talvez para a Espanha. Talvez para a Itália. Compraria uma identidade verdadeira. Começaria de novo do zero. Bancaria o grande traficante utilizando uns vagabundos que conhecia em Svedala. Formaria uma equipe com seus velhos colegas. Seria o sol que iluminaria a todos, exceto Radovan. Aquela bichinha da Iugoslávia viria rastejar aos pés de Jorge para ter o direito de participar de suas transações.

Um fim de caminho. Chegou a uma clareira. Avistou casas. À esquerda, um galpão e dois velhos tratores parados em frente. Um pouco adiante, cavalos. Mau sinal. Alguém morava ali. Continuou adiante. Chegou a outra casa.

Uma cozinha pequena, uma sala e dois quartos, uma cama de casal num deles, uma de solteiro no outro. Fazia frio. Ligou a calefação. Manteve-se de casaco.

Desembalou a comida. A geladeira e o freezer estavam desligados, o que sugeria que a casa estaria desocupada no inverno, bom sinal. Fritou dois ovos. Cortou grossas fatias de pão. Colocou os ovos em cima. Depois, deu uma olhada na despensa. Quase vazia: uma caixa de bombons Aladdin, duas latas de tomates e feijões-brancos. Inútil.

Foi até a sala. Abriu as portas de um armário elegantemente pintado com flores vermelhas e azuis num canto do aposento — cheio de garrafas de bebidas. A sorte grande. O melhor estoque de bebida da cidade.

Estava se lixando para a segurança. Jorge-boy passaria uma noite infernal.

Não tinha refrigerante. Gelo. Nada de frutas ou sucos para misturar. Coisa de maricas. Homens de verdade dispensavam. Jorge organizou uma degustação de uísque particular. Colocou cinco copos na mesa da sala. Despejou cinco uísques diferentes. Escolheu as marcas pelos nomes mais estranhos: Laphroaig, Aberlour, Isle of Jura, Mortlach, Strathisla.

Comeu um bombom estragado. Ligou o aparelho de som Sharp gigante. O display com suas luzes e motivos amarelos começou a piscar ao ritmo da música. Como nos anos 1990.

O Mortlach era o melhor. Serviu-se outro copo. Cantou as músicas que tocavam no rádio. Tentou alcançar as oitavas de Mariah Carey.

Serviu água num copo e mais uísque ainda num outro. Não estava desistindo de beber puro, sério — mas porra. Engoliu o coquetel.

A casa estremeceu. Arquitetura de merda. As quinas tortas. As janelas enviesadas. Deu uma risada — Jorge, o novo arquiteto urbano das casas de campo. Estava bêbado.

Alegria. Ao mesmo tempo, o pobre Jorgelito tão sozinho.

Saciado. Ao mesmo tempo, precisava ficar atento.

Sentou-se no chão para manter o equilíbrio.

De repente, lembrou-se de um acontecimento no qual deixara de pensar fazia tempo. Atravessou-lhe a mente sem motivo algum. Como uma bolada na cabeça. O dia em que sua mãe e ele tinham ido fazer compras. Ele devia ter 6 ou 7 anos. Paola já havia voltado para casa e os esperava. Preparava a comida. Tudo menos arroz — não sobrara o suficiente, e por isso Jorge e a mãe haviam sido obrigados a ir às compras. Rodriguez se recusava a ajudar, e Jorge não tinha coragem de ir sozinho. O rosto da mãe. Eram visíveis as bolsas escuras em torno dos olhos e as rugas nas faces, o que fazia com que tivesse sempre a impressão de que ela ruminava alguma coisa sem conseguir encontrar a solução. Ele lhe perguntara: "Está cansada, mamãe?" Ela colocara o saco de arroz no calçamento. Erguera-o e abraçara-o. Acariciara seus cabelos, dizendo: "Não, Jorgelito, se conseguirmos dormir bem esta noite estarei novinha amanhã. Vai dar tudo certo."

Jorge estendeu a mão para alcançar a garrafa. Outra dose do Mortlhac.

A sala rodava diante de seus olhos.

Pôs-se novamente de pé.

Perdeu o equilíbrio.

Desmoronou no chão.

Três dias depois, Jorge tinha um sério problema. Fazia 24 horas que não tinha mais nada para comer e só lhe restavam 100 coroas. Não tinha energia para seus abdominais. Não tinha forças para ir procurar um novo abrigo. Impossível, infelizmente, viver só de uísque e água.

Precisava fazer compras.

Precisava de dinheiro. A pergunta: Radovan aceitaria sua proposta? Em caso negativo, sua penúria viraria um grande problema.

Precisava falar com alguém — visitar um velho amigo, alguém de sua família. Contato humano.

Já teria chegado ao fim da linha?

Única opção: voltar à cidade. Comer. Arranjar dinheiro enquanto não falasse com os Iugoslavos. Não havia outra solução.

Jorge observou os atlas jogados na prateleira. A escala era grande demais. Estudou as últimas páginas do guia telefônico local — e descobriu que caminho tomar para retornar à toca uma vez terminada sua missão na cidade. Procurou a aldeia de Dyvik no mapa.

Cogitou roubar um carro.

20

Era sem dúvida alguma a orgia das orgias — a festança mais falada do ano.

JW entrou no clima com vários dias de antecedência. Classe, hype, luxo. Mas, acima de tudo: a porra do jet-set.

Carl Malmer, vulgo Jet-set Carl, ou ainda Príncipe de Stureplan, ia comemorar seu 25º aniversário e receber sua corte nos 150 metros quadrados de seu quatro-quartos. O apartamento ficava na Skeppargatan, o terraço da cobertura tinha sido reservado meses antes.

As gatas mais lindas estavam convidadas, a prole das melhores famílias, os mauricinhos mais célebres do pedaço.

JW chegou acompanhado de Fredrik e Nippe. Tinham tomado o aperitivo na casa de Fredrik. Eram onze e meia da noite. Os cabides na entrada vergavam sob o peso dos casacos, e estava lá um negro enorme sem crachá de segurança mas com um visual que não deixava dúvidas: casaco de couro preto, camisa polo, jeans pretos. Fredrik zombou:

— Desde quando uma festa particular tem leão de chácara?

O brucutu verificou seus nomes numa lista e assentiu.

Tiraram seus sobretudos e entraram.

Calor, aroma de perfumes, barulho de festa e cheiro de dinheiro de tirar o fôlego, como na entrada das melhores boates do Stureplan. Abriram passagem através de um grupo de garotas menores de idade que pareciam ter acabado de chegar, retocando sua maquiagem diante de um espelho imenso. Nippe começou a salivar — não conseguiu resistir a paquerar uma delas. Fredrik perguntou onde estava Carl. Alguém apontou para a cozinha. Arrastaram Nippe com eles.

A cozinha tinha pelo menos 50 metros quadrados. Uma mesa transformada em balcão de bar ocupava o centro do recinto. Dois caras com bandanas chacoalhavam drinques. Estava todo mundo espremido. A música nas caixas de som: The Sounds. Em meio a tudo isso, Jet-set Carl em pessoa, trajando um smoking branco e com seu sorriso cintilante.

— Olá, pessoal!

Carl lhes desejou boas-vindas e os beijou. Apresentou-lhes duas garotas ao seu lado. Superputas de luxo. Fredrik puxou conversa. Nippe caprichou em seu papel de irresistível. JW olhou em volta com cara de tédio. Precisava salvar as aparências, sobretudo não mostrar a que ponto estava impressionado.

Carl certamente fazia uma grana incrível com suas festas e boates, devia render mais que a cocaína. A cozinha era novinha. Boffi, design italiano, para quem pode. As bancadas em Corian, com maçanetas de porta longilíneas e discretas. Um fogão de aço cromado Gaggenau — quatro bocas a gás e um forno integrado. A batedeira e a torneira cromadas pendiam como o pescoço de um cisne acima da pia. A geladeira e o freezer, à maneira americana, eram de aço inoxidável, com puxadores abaulados e grandes. À esquerda do freezer, ficava uma geladeira de bebidas com uma porta transparente, lotada de garrafas. Se você quisesse mostrar que era adulto, aquela cozinha era mais eloquente do que ter filhos.

Na multidão, a boa mistura de VIPs categorias A, B e C. JW passou em revista todos os que conhecia: Bingo Rimér, a princesa Madeleire e seu acompanhante, Peter Siepen, Fredrik af Klercker, Mini Andén, Robinson-Emma, Runar Søgaard, Daniel Nyhlén, Felipe Bernardo, Mikael Persbrandt, Ernst Billgren, E-Type, Sofi Fahrman, Jean-Pierre Barda, Marie Serneholt, Michael Storåkers.

No meio, percebeu Leif Pagrotsky.

Nippe foi tragado pela massa, saiu para dar uma volta, azarar as gatas. Fredrik acendeu um cigarro.

Jet-set Carl se voltou para JW.

— Obrigado por ter vindo. Primeira vez, não?

— Sim, seu apartamento é sensacional.

— Obrigado. Também acho.

— Quantos convidados tem hoje à noite?

— Muitos, reservei também o terraço da cobertura. Umas 150 pessoas. O bicho vai pegar lá em cima. Você precisa subir pra ver, é lá que está a comida. Planejamos outras coisas para o terraço mais tarde.

— E os vizinhos?

— Reservei quartos no Grand Hotel para as famílias de frente e de baixo. Eles ficaram contentíssimos.

— Você me espanta, quem não ficaria? E tudo certo?

— Claro. Legal você ter conseguido arranjar esse volume. Está lá no quarto.

— Viu Sophie por aí?

— Dá uma olhada no terraço.

JW lhe agradeceu e se esgueirou através da multidão. Boas vibrações. O início de uma relação de amizade com Carl.

Saiu na entrada, fez um aceno com a cabeça para o segurança e subiu a escada.

O terraço parecia uma floresta de cogumelos de metal, aquecedores a gás para aquecer o ar já frio de outubro. Carl não corria nenhum risco — uma lona ocupava um terço do terraço. Mas não chovia naquela noite. Os cogumelos de gás espalhavam calor, e moças com penduricalhos e bustiês cintilavam. JW espreitou os arredores à procura de Sophie. Uma multidão incrível. O último hit de Robyn saía de enormes caixas de som.

No meio da massa, umas dez garotas tentavam criar um clima. Talvez fosse muito cedo, dentro de uma hora o terraço explodiria. As pessoas só precisavam beber um pouquinho mais e esticar uma carreirinha.

A comida estava bem-apresentada. Pequenas porções arranjadas sobre colherinhas: uma torradinha com foie gras, crème fraîche de caviar e cebolas vermelhas, purê de batatas com um toque de caviar russo. Bastava pegar uma colher, engolir o que havia em cima, jogá-la num balde ao lado da mesa e pegar outra em seguida. Mais à frente, alinhavam-se pratos nos quais era possível prender sua taça de vinho. O bufê consistia num escalope de frango, tabule e molho chili agridoce. O pessoal do serviço era supereficiente, substituindo rapidamente as colheres de aperitivo, esvaziando o balde e enchendo as taças de vinho.

Um clima autenticamente nova-iorquino no coração da noite de Estocolmo.

Por toda parte, havia cartazes de propaganda do Kharma. Uma coisa Jet-set Carl não era: burro — sua empresa lhe permitia deduzir toda aquela festa.

Sophie estava na outra ponta do terraço, na entrada da lona. JW abriu passagem até lá. Ela estava conversando com um cara alto de blazer risca de giz e jeans apertado. Uma imagem hype estava pintada nas costas do blazer. Barba por fazer. JW o reconheceu. Era um conhecido publicitário que tinha permanentemente um sorriso idiota nos lábios. Classificado pela revista *Elle* como o 63º numa lista dos mais sexy da Suécia do ano anterior, um fodedor patético. Um verdadeiro asno.

Posicionou-se ao lado dos dois, na esperança de que o apresentassem. Sophie o ignorou solenemente, continuando a tagarelar com o asno hype. JW mergulhou as mãos nos bolsos, tentou assumir seu ar entediado, deixou cair seu maxilar inferior.

Ela não ligou a mínima.

Ele desistiu, pediu arrego. Aceitou a derrota e tornou a descer para o apartamento.

Uma única palavra martelando na cabeça: merda.

Alguma coisa não se encaixava no comportamento de Sophie. JW ficou preocupado: será que ela o desvendara? As verdadeiras origens sempre vinham à tona. Um cara de Robertsfors não pode sair com a garota mais legal de Stureplan.

Pensamento: por que ele se derretia tanto por Sophie? Seria ela uma reencarnação de Camilla? Uma doidivanas com massa cinzenta. Alguma coisa acontecera com sua irmã. Mas ele tentava afastar essa ideia. E agia exatamente como ela. Instalava-se na cidade, saía, torrava dinheiro. Apaixonava-se por garotas que se pareciam com ela. Driblava a vida como ela. Camilla tinha levado uma vida dupla, com certeza para enganar os pais, mas também para enganar JW. Isso era uma evidência para ele depois que a vira nas fotografias naquela Ferrari, quando ela nunca havia tocado no assunto. Só uma vez lhe fizera uma confidência: "Ganho mais grana em dois meses do que mamãe em um ano." Por quê? E como era possível que ela só tivesse uma única amiga na Komvux, Susanne? JW se lembrava de que Camilla era a garota mais sociável de Robertsfors.

Dor de cabeça. Voltou a pensar no que soubera por intermédio de Jan Brunéus três dias antes.

Tudo aquilo era confuso.

Precisava saber mais.

O salão do apartamento estava mais apinhado que uma plataforma de metrô atrasado numa manhã de segunda-feira. Num canto, um estroboscópio piscava. Seus spots móveis de diferentes cores tingiam o chão da pista de dança e um canhão a laser projetava imagens numa parede. Uma máquina de fumaça estava instalada no chão, caixas de som gigantescas nos quatro cantos da sala faziam o chão tremer. Em duas telas de plasma montadas sobre as caixas, viam-se instalações de vídeo de Ernst Billgren que cintilavam.

JW teve mais uma vez a confirmação: os milionários dão as melhores festas.

Estava incendiando a pista com uma famosa siliconada de uns 20 anos, quando percebeu uma porta fechada. Um segundo segurança se mantinha em frente a ela. Mais velho, mais discreto, mais elegante que o da entrada com seus cabelos alisados para trás. A única coisa que traía sua ocupação era, para variar, o traje. Uma polo preta, um jeans escuro e uma fina jaqueta de couro. JW o reconheceu, tratava-se do chefe da maior empresa de seguranças de Stureplan, Tom Schultzenberg.

Pensou: é ali que deve rolar.

O segurança checou seu nome numa lista. JW entrou.

Viu-se no quarto de Jet-set Carl, transformado em café libanês — superprivê. Haviam retirado a cama, no lugar havia narguilés no chão, cheios de fumo de aroma frutado. Tecidos violeta e vermelhos cobriam as paredes. Um tapete grosso, várias almofadas bordadas e pufes tornavam o lugar acolhedor e suave. Apesar disso tudo, o ambiente fervia: alegria, intensidade, sexo. JW sacou na hora. No meio do quarto, uma mesa de vidro. No meio da mesa: um monte de pó.

Irado.

Seis pessoas estavam sentadas em almofadas em volta da mesa. Duas delas justamente cheirando uma carreira. Outras duas preparavam uma para si. Todas as pessoas no quarto cheiravam, passavam as costas da mão no nariz para tirar o pó residual, fungavam e filosofavam sobre a beleza da existência.

JW contemplou sua obra, sua carga. Uma sala para os VIPs onde não existia mais limites. Que generosidade, que classe!

Deixou-se cair numa almofada cor de pêssego. Pegou uma gilete e começou a preparar uma carreira. Uma garota em frente a ele o paquerava sem cerimônia, simplesmente o devorava com os olhos. JW retribuiu o sorriso, cheirou o pó. O canudo era de cristal.

Quatro horas mais tarde. JW suando demais para se sentir à vontade. Dançara, paquerara, tentara dar um amasso na garota do quarto de coca na frente de Sophie. Ela o ignorara. Ao todo, não haviam se falado senão 17 minutos. Todo o seu estoque de comentários elogiosos havia se esgotado. Pensando: se eu não atacar esta noite, já era. A conversa com Jet-set Carl, e com seus amigos Fredrik, e Nippe, cheirar com eles, cheirar com a vadia siliconada. O papo com famosos e filhos de milionários. Ele se vendera.

A mensagem de JW era simples: sou um hype autêntico e sou seu vendedor de coca. Comprem o *meu* pó.

Ele não a vira chegar. De repente, Sophie estava ali, pegou-o pela mão, olhou-o nos olhos. Dessa vez, não queria falar, queria outra coisa. Dava para sentir.

JW estava bêbado. Já não conseguia distinguir entre lascívia, cocaína e amor. Abriram caminho em meio aos convidados. Eram quatro horas, e a festa atingira o clímax. Continuava bombando, mas tão cheia quanto antes. JW encontrou seu casaco no chão da entrada, o de Sophie continuava pendurado. Chamaram o elevador. Deram uma risadinha, ambos. JW apertou a mão de Sophie. Nenhum outro contato corporal por enquanto. Uma dúvida veio preocupar o espírito entusiasmado de JW. Era aquilo mesmo? De verdade?

No elevador, Sophie perguntou:

— E agora?

JW olhou para ela. Sorriu. Arriscou tudo.

— E se fôssemos tomar uma xícara de chá na sua casa?

Ela sorriu. JW estava cada vez mais nervoso, tentou não deixar transparecer.

Quando saíram à rua, ouviram a música reverberando lá em cima.

JW disse:

— Estranho ninguém reclamar. Será que Carl mandou todo o bairro pro Grand Hotel?

Sophie com o sorriso da Mona Lisa:

— Pode ser que eles gostem de música...

Começaram a andar. JW não sabia para onde. Pensou: será que ela está brincando comigo? Será que é uma piada? Ela havia feito uma curva de 180 graus — primeiro, ignorara-o como uma reles cerveja light, para em seguida levá-lo para a casa dela.

Após alguns minutos, parou. Pareceu refletir. O coração de JW deu algumas batidas suplementares.

— Sim, claro que podemos ir tomar uma xícara de chá lá em casa.

A felicidade estaria batendo à sua porta?

Percorreram a Linnégatan, passaram em frente a uma loja de conveniência. Umas dez pessoas que eles tinham visto na festa de Carl se entupiam de salsichas do lado de dentro. JW não teve coragem de ir cumprimentá-las, não queria se distrair.

Sophie e ele não falavam nada, o que era incomum para os dois. Caminhavam pura e simplesmente, lado a lado, rumo ao apartamento de Sophie.

Chegaram em frente ao prédio na Grev Turegatan, onde ela ocupava um pequeno conjugado de 35 metros quadrados. Foi diretamente à cozinha. JW não entendia. Ela teria ido mesmo preparar um chá? Ele tinha vontade de acariciá-la, beijá-la e abraçá-la, de estar deitado ao lado dela e conversar a noite inteira. Ao mesmo tempo, queria fazer amor com ela mais que tudo.

A onda do pó estava passando. Teve uma ideia. Foi ao banheiro e deixou a água correr na torneira, criando dessa forma um ruído de fundo. Tirou o pau e começou a se masturbar. A ideia lhe viera do filme *Quem vai ficar com Mary?*. Imaginou Sophie nua. Só conseguiu depois de dois minutos. Essa medida de segurança o aliviou — se viesse a transar com Sophie, resistiria mais tempo.

Destrancou a porta e saiu.

Sophie estava de pé ao lado da cama. Uma das alcinhas do seu top descera até o ombro. Era um sinal?

Ela olhava para ele nos olhos como se dissesse: o que está esperando?

Deu dois passos à frente, parou a 40 centímetros de seu rosto. Esperou uma reação de sua parte. Merda, era muito covarde. Mesmo agora, com todas aquelas vibrações que ela lhe enviava, não ousava dar o primeiro passo. Estava muito ansioso. Indócil. Não queria ser ridículo, tinha medo de pôr tudo a perder. De eliminar suas chances para o futuro. Sophie se aproximou alguns centímetros. As pontas de seus narizes se chocaram levemente. Ele torceu para ela não adivinhar o que se passava dentro dele — seu coração a 230 batidas por minuto.

Ela o beijou. Finalmente.

Ele voava. Planava. A embriaguez da felicidade.

JW a enlaçou com os braços. Retribuiu o beijo. Ela tinha o melhor gosto do mundo: fumaça, álcool e seu cheiro. Deixaram-se cair na cama. Ele tirou seu top com precaução. Enfiou as mãos sob seu sutiã. Ela lambeu-lhe a nuca.

JW passou a mão em suas coxas. Por cima da calça. Começou a beijá-la no pescoço, nos seios e na barriga. Desabotoou seu jeans colante, despiu-a. Beijou-a no vão das coxas. Ela gemeu. JW sentiu uma terrível vontade de enfiar seu pau, mas ao mesmo tempo queria esperar. Sophie começou a tirar a calcinha por conta própria. Franco e direto — o estilo de Sophie. Continuou a beijá-la em volta do sexo, acariciando seu seio esquerdo com uma das mãos. Beliscou delicadamente seus mamilos.

Perguntou:

— Posso provar?

Sophie gemeu. Lambeu-a delicadamente em volta. Em seguida, enfiou a língua no interior e a movimentou. Primeiro em círculo, depois de cima para baixo. Mal conseguia acreditar. Ele lhe dava prazer! Fazia Sophie gemer!

Sophie o puxou para si, derrubou-o de barriga para cima. Tirou sua camisa. Tirou sua calça. Pegou seu pau na boca. Chupou-o com movimentos rápidos. Ele deu uma olhada para o seu baixo-ventre e gravou essa imagem no disco rígido de sua memória — ele e Sophie.

JW se levantou. Tinha medo de gozar cedo demais. Ela pegava novamente seu pau. Estendeu uma das mãos até a mesa de cabeceira. Procurou alguma coisa. Ele teve vontade de entrar nela, não entendeu o que ela planejava. Ela se voltou, abriu a embalagem de um preservativo.

JW ficou preocupado — detestava camisinha.

— Precisamos realmente disso?

— Está brincando, espero. Claro que precisamos.

Ele se arrependeu de ter objetado a alguma coisa. Precisava tentar. Ela desenrolou a camisinha sobre seu pênis e se preparou para introduzi-lo. Antes que conseguisse enfiá-lo, ele brochou. Tentou rir. Ela lhe dirigiu um olhar interrogativo. JW suspirou. Alongou a coluna.

Sophie perguntou:

— Você e a camisinha não são uma boa combinação, hein?

— Porra, Sophie. Estou muito contente.

Quase disse que era o dia mais belo da sua vida, mas se conteve a tempo, já falara muito. Inútil se abrir mais, ainda que ela estivesse sublime.

— Não sei o que houve. E olha que costuma funcionar superbem com camisinha.

O preservativo pendia de seu órgão flácido. Ela o retirou. Começou a beijar seu pau. Nova ereção. Ela puxou o prepúcio e lambeu sua glande. Beijou-o nos testículos. Pegou outro na mesma gaveta. JW tentou relaxar. Ele mesmo pegou o preservativo. Colocou-o sobre seu pênis. Deitou-se de barriga para cima. Ela subiu em cima dele. Pegou seu pau para guiá-lo até o lugar certo.

Um cheiro de látex.

Brochou.

Ela disse:

— Não faz mal. Isso pode acontecer com qualquer um.

JW pensou na lista das mentiras mais comuns que lera no *Dagens Nyheter* dois anos antes.

21

Mrado estava numa mesa no subsolo abobadado da adega do café Piasto-wka, na Tegnérgatan. Pedira um assado Belwederski com chucrute e uma Okocim, cerveja polonesa. Adorava aquele lugar. As paredes de tijolos e madeira escura. Uma bandeira estampando a águia imperial estava presa numa das paredes. Uma propaganda de cerveja pendurada no teto. As gar-çonetes, todas sem exceção, eram mulheres íntegras, de cabelos grisalhos e idade mediana.

Tirou uma caneta e uma caderneta da bolsa.

À sua volta: um alvoroço infernal. Era fim de semana. Alguém comemo-rava 30 anos — várias mesas tinham sido emendadas umas nas outras para formar uma única. Os convidados pediram cerveja e aclamaram o cantor que descera do piso superior.

Uma bicha de cabelo comprido, a guitarra presa em volta do corpo numa faixa preta, desceu os degraus. Cantou com uma voz doce: "Sou um sedutor vindo do espaço." O grupo dos festeiros mugiu sua alegria.

Mrado se desligou. Estava cansado, na noite da véspera tinha dormido pior do que numa trincheira na Bósnia.

Tentou refletir. Estruturar. Analisar. Encontrar pistas. Diante dele, na mesa: a caderneta. Anotou separadamente várias perguntas na coluna da esquerda da folha. O que Jorge havia feito? Aonde tinha ido? Quem podia saber onde ele estava? À direita, marcou as respostas que lhe ocorriam. O latino pedira um passaporte, a ligação vinha de uma cabine telefônica na Suécia. Conclusão: Jorge não deixara o país.

Jorge tivera que arquitetar grande parte de seu plano sozinho. Era então um fugitivo que não podia contar com muitos aliados. Não se escondia na casa da irmã, provavelmente tampouco na da mãe. Se o latino continuava no bairro de Sollentuna, ficava o tempo todo confinado numa casa. Tam-bém não devia ter muito dinheiro guardado. Pelo que Mrado se lembrava — quando ele tinha ido em cana um ano e meio atrás —, aquele merdinha estava tão seco quanto o Saara. E o fato de tentar extorquir dinheiro de Rado confirmava isso.

Em resumo: Jorge se escondia em algum lugar, em algum buraco, na Suécia, provavelmente na região de Estocolmo. Sozinho.

No meio da folha: espaço para outras perguntas. Quem tinha sido a última pessoa a ter visto Jorge? Para onde ele havia ido logo depois da fuga? Mrado sublinhou duas palavras cruciais: esconderijo atual. Sua busca não o levara a lugar algum por enquanto. Descobrir o lugar onde se escondia aquele merdinha era tão simples quanto fazer um quebra-cabeça do céu com peças uniformemente azuis.

Podia esperar a ligação de Jorge para amedrontá-lo. Ameaçar partir para cima da irmã ou da mãe. Mas não era isso que Radovan tinha ordenado. As ordens consistiam em lhe quebrar a cara e fazê-lo compreender quem mandava. Um porém: Jorge cortara os laços com sua família. As ameaças não surtiriam efeito.

Mrado esvaziou seu copo. Pediu a conta. Pagou. Deixou uma gorjeta. Quando subiu a escada, sentiu o celular vibrar no bolso. Não reconheceu o número. Leu a mensagem: "Ligue para este número às oito da noite. Rolf." Seu policial corrupto. Aquele maricas usava o celular do filho ou da filha para falar com Mrado. Mas isso queria dizer: boa notícia. Talvez Rolf tivesse alguma informação.

Eram oito horas. Mrado estava em seu carro em frente ao clube de luta Pancrease na Odengatan. Ligou para Rolf. Tomou cuidado para não mencionar seu nome, o de Rolf ou outros detalhes. A conversa foi breve, como de costume.

— Oi, sou eu.

— Tudo nos conformes?

— Tudo, e você?

— Indo, enfim, um dia duro, essas coisas. De campana, encolhido no assento do motorista. Vou dar um jeito na lombar.

— Você deveria praticar mais esporte. Saia, faça um pouco de caminhada e cinquenta abdominais todas as noites, verá como melhora. O que tem pra mim?

— Verifiquei o troço. No comissariado de Norrort, interrogaram um cara há um mês. Sergio Salinas Morena, um chato de Sollentuna. É primo do cara que você procura. Não deu em nada, mas aparentemente suspeitaram de seu envolvimento.

— Ótimo, obrigado. Vou ver por esse lado. Só isso?

— Só. Até mais.

Mrado deu partida. Dirigiu até o cruzamento da Sveavägen com a Odengatan. Virou em direção à Norrtull. Nada de malhar essa noite. Ligou para Ratko — precisava de seus contatos em Sollentuna. Ratko estava na casa da namorada, em Solna. Não parecia muito animado para uma caçada. Apesar de tudo: aceitou o encontro na Råsundavägen. Aliás, o que Ratko podia fazer? A regra era a mesma para todos: quando Mrado pede um favor, você responde presente.

Pegaram a autoestrada para Sollentuna. Ratko não conhecia ninguém chamado Sergio Salinas Morena. Ligou para Bobban, que reconheceu esse nome. Supunha que o cara continuava a morar no bairro. Não sabia de mais nada.

A estrada estava mal-iluminada. Ratko fez várias ligações para velhos conhecidos de Märsta e Sollentuna a fim de saber mais sobre Sergio. Mrado, curiosamente incapaz de se concentrar cem por cento, não teve forças para escutar o que Ratko dizia ao telefone. Estava cansado. Pensou em Lovisa. Aproximava-se o dia da audiência no tribunal. Annika queria inclusive impedi-lo de ver sua filha a cada dois fins de semana. Puta merda.

Voaram pela autoestrada. Mrado não contava mais seus excessos de velocidade. Havia um episódio que permanecera particularmente gravado em sua memória: o nascimento de Lovisa. Uma cesariana. De urgência. Ele estava em Solvalla com vários amigos. Uma ligação de Annika só porque as contrações tinham começado, sem que ela tivesse perdido água. Ela tinha ligado para o hospital. Haviam lhe dito: não precisa se preocupar enquanto as contrações não estiverem regulares. Mrado ficara em Solvalla. Por que voltar se ainda não havia chegado o momento?

No caminho de volta, ligara para casa. Ninguém atendera. Preocupação. Ela havia partido para o hospital sem avisá-lo? Na mesa da cozinha, um pedaço de papel com poucas palavras: "Fui pra Huddinge. Era urgente." Mrado correu até o carro. Arrancou furioso. Voou a 170 até o hospital de Huddinge. Fez as curvas como um louco. O maior pânico de sua vida. Subiu os degraus do hospital correndo. Quando chegou suando, Lovisa já nascera. O ritmo cardíaco dela baixara — não tinha como esperar. Antes de ficar inconsciente pela anestesia, Annika ouvira o cirurgião dizer ao restante da equipe que tinham cinco minutos para agir. Da urgência a uma cesárea de vida ou morte. Mrado chegara tarde demais para assistir ao nascimento da filha: iria se arrepender pelo resto da vida. Mas as duas horas que se seguiram ao acontecimento faziam parte de suas mais belas recordações — com Lovisa num quarto ao lado, 3,3 quilos contra seu peito. Ela aninhara a cabeça sob seu queixo. Tocara seu pescoço com sua boca minúscula. Parecera se acalmar. Annika continuava sob anestesia após a operação. Mrado sozinho com Lovisa — era assim que as coisas deveriam ser. Assim que as coisas talvez viessem a ser se ele jogasse a toalha. Se desistisse de toda aquela merda.

Ratko lhe deu uma cotovelada.

— Ei, está me ouvindo?

Na mosca. Sergio Salinas Morena. Morava na Allevägen, em Rotebro.

Mrado pisou fundo. Passaram em frente à saída de Sollentuna. Continuaram na autoestrada para o norte. Embicaram à esquerda na Stäketvägen.

Seu pulso acelerou. O suspense aumentou. Mrado de bom humor.

Salinas Moreno residia no quarto andar. Eles observaram as janelas. Luzes em seis das nove janelas do andar. Três apartamentos por andar. Pelo menos uma janela por apartamento estava iluminada. Bem provável que houvesse alguém em casa. O prédio estava caindo aos pedaços. Começava a anoitecer, mas ainda assim se viam algumas pichações feias. A tinta nas paredes descascava.

Ratko se posicionou embaixo, na entrada. Mrado subiu. Tocou, cobrindo o olho mágico com o dedo.

Uma voz de mulher gritou algumas palavras em espanhol no interior do apartamento.

Mais nada. Mrado tocou de novo.

Um cara abriu. Mrado o analisou. Uns 25 anos. Camiseta preta com uma inscrição em maiúsculas góticas, *El Vatos Locos*. Jeans desbotado. Cabelos escuros. Fisionomia arrogante. Achava que estava em Los Angeles, aquele sujeito?

Sergio deu um olhar interrogador. Não disse nada. Franziu o cenho. Pergunta implícita: quem é você?

Mrado estudou o apartamento por cima dos ombros de Sergio. Um corredor com três portas, o barulho de uma TV num dos cômodos. A mulher que ele ouvira através da porta não estava visível. Ou seja: feia e decrépita. Um tapete de plástico liso cobria o chão. Alguns cartazes nas paredes. Vários tênis alinhados e espalhados na entrada.

— Você é o Sergio? Posso entrar?

— Ei, quem é você?

As pessoas não têm mais respeito nos dias de hoje.

— A gente vai conversar aí dentro. Posso entrar?

Nem pensar em repetir a pergunta de novo.

Sergio não saiu do lugar. Observou-o com os olhos arregalados.

Nenhum dos dois desviou o olhar. O cara certamente desconfiava que Mrado não era da polícia. Se dava conta de que lidava com um dos caras mais temidos da bandidagem de Estocolmo? Nada garantia isso.

Finalmente: Sergio deu de ombros.

— O que quer?

— Sergio é você?

O cara deu um passo atrás. Deixou Mrado entrar. O apartamento cheirava a cebola frita.

— Sou. E você, quem é?

Que sujeito teimoso. Não vá começar a me encher o saco.

— Vamos colocar desse jeito: você não precisa saber quem eu sou. Você se chama Sergio, e eu não preciso saber mais. Quero apenas a resposta para uma única pergunta, depois dou o fora. Onde está Jorge?

A mão esquerda do cara fez um movimento involuntário. Os músculos de sua nuca se contraíram.

O cara sabia alguma coisa.

— De que Jorge você está falando?

— Não se faça de mais idiota do que você já é. Você sabe onde ele está. E vai me dizer, por bem ou por mal.

— Não sei do que está falando.

— O que não entendeu exatamente?

— *Pendejo*, acha que pode aparecer na minha casa e vomitar em mim sua merda?

Mrado silencioso. Encarou-o. O cara estava louco, talvez o rei da rua — um zero à esquerda no mundo real. Então não compreendia?

Sergio se pôs a berrar palavras em espanhol. Uma mulher veio da sala de televisão, vestindo um jogging e um suéter preto. Sergio ficou puto da vida. Mrado permaneceu imóvel. Sergio ergueu os braços. Pôs-se em posição de combate, os punhos cerrados. A garota foi até Sergio. Ele disse alguma coisa em espanhol. Pareceu tentar acalmá-lo. Lançou um olhar interrogador na direção de Mrado.

Sergio gritou:

— Venha se tiver coragem, seu croata veado!

Mrado deu um grande passo à frente. Sergio golpeou com o braço direito. O braço estremeceu um milionésimo de segundo antes. O suficiente para Mrado, que deteve o golpe e imobilizou o braço de Sergio. Agarrou a mão do cara e a empurrou para cima, o punho num ângulo anormal. Obrigou Sergio a recuar. Sergio berrou de dor. Tentou bater com a outra mão. Encontrou o ombro de Mrado. Perdeu o equilíbrio. Caiu. A fulana gritou. Mrado em cima dele. Continuou a empurrar seu pulso para cima.

— Escute, Sergio. Diga à sua namoradinha que cale a boca.

A garota continuou a choramingar. Mrado se levantou, agarrou-a pelo braço. Sentou-a no chão. De costas para a parede, ela tentou se levantar. Sergio, ainda no chão, chutava as pernas de Mrado. Uma dor do caralho. Erro deles — irritar Mrado quando ele já estava puto. A fulana pulou em cima dele. Ele lhe deu um tabefe. Ela caiu de novo. Bateu o rosto na parede como uma bola de tênis numa parede de madeira. Não mexeu mais. O cara começou a se levantar. Puta que o pariu! Mrado mirou na barriga. O cara se dobrou ao meio, a boca escancarada. Estava sem ar. A garota, de volta a si, chorava. Mrado tirou uma fita adesiva do bolso. Gostaria de ter evitado tudo aquilo. Depois, pegou a mão esquerda de Sergio, beliscou-a com força entre o polegar e o indicador. Devia estar doendo muito. Colocou seu braço nas costas. Prendeu-o ao outro braço com a fita adesiva. Sergio esperneou ferozmente. Mrado o imobilizou tranquilamente, como no treino em Pancrease — num piscar de olhos. Amarrou suas pernas.

Sergio berrou:

— Veado filho da puta!

Mrado o ignorou. Trabalhou com eficiência. Imobilizou a garota. Arrastou-a para outro cômodo. Merda, a situação havia se tornado mais perigosa, mais fora do controle do que o planejado. Ligou para Ratko pelo celular, pediu-lhe que subisse.

Debruçou sobre Sergio:

— Tudo isso é completamente inútil.

— *Pendejo.*

— Você parece ter um vocabulário bem limitado. Não conhece outros palavrões?

Sergio se calou.

— É simples. Só precisa me dizer onde Jorge está. Não vamos entregar ele para a polícia.

Nenhuma resposta.

— Você não sabe com quem está lidando. Não saio daqui até você desembuchar. Não dê uma de valentão. Por que tornar as coisas tão difíceis? Por que simplesmente não me conta o que eu quero ouvir?

Ratko entrou no apartamento. Fechou a porta à chave. Dirigiu um olhar descontente para o corredor. Os sapatos e roupas misturados. Os dois cartazes arrancados. Um banquinho derrubado. Um latino imobilizado louco de raiva deitado no chão.

Mrado deu uma bofetada em Sergio. Efeito imediato: a face do cara vermelha como um pimentão. Mas ele continuava calado. Mrado o esbofeteou novamente. Disse a ele que falasse. O latino não reagiu.

Brincaram de bom iugoslavo e mau iugoslavo. Mrado lhe desferiu ainda três ou quatro bofetadas. Berrou, intimou-o a falar. Ratko disse que não tinham a intenção de machucar Jorge, que soltariam Sergio, que lhe dariam dinheiro se ele lhes dissesse onde estava seu primo.

Nenhuma resposta.

Mrado pegou a mão de Sergio na sua — como um pé de bebê na palma da mão do papai.

Sergio se retesou. Ficou tenso.

Mrado quebrou seu dedo mínimo.

Sergio berrou. Perdeu toda compostura. Sua atitude mudou.

Fungou. Chorou.

Quase sem ar:

— Não sei onde ele está. Não faço a mínima ideia. Juro.

Mrado balançou a cabeça. Agarrou o anular de Sergio. Começou a empurrá-lo para trás.

Longe.

O osso começou a ceder.

Sergio abriu o bico. As palavras jorraram de sua boca. Entregou quase tudo.

— Tudo bem, tudo bem, seus veados. Ajudei um pouco. Quando ele saiu. Ele ficou na casa da minha tia. Por cinco dias. Depois, ele pirou. Meteu na cabeça que tinha policiais à paisana vigiando da rua num carro blindado. Perdeu a cabeça, sei lá. Me pediu que levasse ele pra outro lugar. Emprestei dinheiro. Não sei pra onde foi. Ele me traiu. Tinha prometido me pagar, e uma contrapartida também, pela ajuda. Estou sem um puto. Ele vale menos que um saco de merda.

— Ok. Você se lembra de onde deixou ele, certo?

— Lembro, cacete. Ele deve ter acampado na casa de um cara chamado Eddie. Depois a polícia me intimou num interrogatório. Então ele saiu fora. Juro pelo túmulo do meu pai que não sei pra onde foi. Juro.

Mrado encarou Sergio — ele não estava mentindo.

— Ótimo. Você e eu vamos agora ligar pra esse Eddie. Você vai dizer a ele que precisa saber de qualquer jeito o paradeiro de Jorge. Faça como se tudo estivesse normal. Diga a ele que prometeu ajudar Jorge, passar umas coisas pra ele. E está vendo o meu amigo ali? — Mrado apontou para Ratko —, ele sabe espanhol. Não tente me enrolar.

Sergio pegou seu celular. Mrado se apoderou da mão de Sergio. Avisou ao latino:

— Uma palavra do que aconteceu e pode esquecer a sua mão esquerda.

Ninguém atendeu no primeiro número discado por Sergio. Mrado verificou na memória do celular. Havia três números: Eddie celular, Eddie casa, Eddie trabalho. Sergio tentou Eddie casa. Alguém atendeu. Ele falou em espanhol. Mrado tentou entender. Ao mesmo tempo que torcia para que sua mentira não fosse descoberta — Ratko entendia espanhol mais ou menos tão bem quanto Sergio o sérvio. Mas pescou uma palavrinha aqui e outra ali. A conversa estava no caminho certo. Sergio anotou no verso de um envelope alguma coisa que Eddie dizia. Ratko transpirava. Estaria nervoso? A garota finalmente se calara. Os vizinhos estavam sossegados. O tempo parecia ter parado.

Sergio desligou. Seu rosto estava lívido.

— Ele disse que Jorge desapareceu de seu apartamento no mesmo dia em que fui intimado a depor. Ignora pra onde ele foi. Só uma coisa: ele planejava dormir nos parques ou abrigos pros sem-teto, e depois arranjar dinheiro.

— Como posso ter certeza de que não está mentindo?

Sergio deu de ombros. A arrogância voltara.

— Se é um seguro que você quer, melhor ir à Trygg-Hansa, meu velho.

Mrado agarrou o anular de Sergio.

Quebrou-o.

— Não fala comigo desse jeito. Fala uma coisa que eu possa acreditar, senão vou quebrar a mão inteira.

Sergio berrou. Zurrou. Chorou.

Acalmou-se ao cabo de alguns minutos. Tinha o semblante apático. Falou com uma voz baixa, aos arrancos.

— Jorge deixou um bilhete num pedaço de papel. Em código. Eu e Jorge inventamos o sistema. Faz alguns meses. Eddie leu pra mim. Se quiser, pode ir à casa dele pra verificar. Caso não esteja acreditando. Mas não me machuque mais. Por favor.

Mrado assentiu. Sergio lhe mostrou as letras que anotara no dorso do envelope: *Pq vgpiq fqpfg kt. Fxgtoq gp nc ecnng. Sxg Fkqu og caxfg.* Uma sequência de letras incompreensível. Uma espécie de criptografia. Sergio explicou-lhe. Era simples. "Na verdade, é preciso dar dois passos atrás no alfabeto para chegar à letra certa. Isso dá: *"No tengo donde ir. Duermo en la calle. Que Dios me ayude."* Mrado lhe pediu que traduzisse. Sergio olhou na direção de Ratko.

Mrado disse:

— Ele não entende absolutamente nada.

O latino traduziu:

— "Não tenho aonde ir. Durmo na rua. Que Deus me ajude."

No carro no caminho de volta: silêncio entre Mrado e Ratko. Mrado retalhara a fita adesiva para que Sergio pudesse se libertar sozinho decorridos alguns minutos. Mrado perguntou:

— Achou desnecessário?

Ratko, num tom irritado:

— Tem arroz na China?

— Não se preocupe. Ele não vai dizer nada. Arriscaria a própria cabeça.

— De qualquer forma, não valia a pena. Os vizinhos podem ter ouvido tudo.

— Estão acostumados ao barulho.

— Não desse jeito. O merdinha choramingou mais que uma puta bósnia.

— Pode me fazer um favor, Ratko?

— O quê?

— Nunca mais me questione.

Mrado foi em frente. Em Solna, deixou Ratko na casa da namoradinha. Mrado pensou: parabéns, você tem uma vida.

Uma nova informação útil — o fugitivo latino tinha evaporado na natureza. Planejara dormir ao ar livre ou num abrigo para sem-teto. Mas agora, o frio chegara para ficar. Era preciso ser completamente maluco para dormir do lado de fora naquele período do ano. O mais provável era que ele tivesse se instalado num abrigo de sem-teto.

Mrado ligou para informações. Conseguiu os números de telefone e o endereço de três albergues para sem-teto em Estocolmo: o Nattuglan e o Kvällskatten. O terceiro, KarismaCare, ficava perto de Fridhempsplan.

Decidiu ir ao KarismaCare.

Tocou. Entrou. Uma pequena recepção. Um grande painel de avisos em frente ao balcão da recepção com um anúncio da revista *Situation Stockholm*: uma oferta de emprego de vendedor. Os cursos na universidade popular: mais baratos para os sem-teto. Cartazes detalhando informações sobre auxílios sociais. Fotografias tiradas na cozinha do Exército de Salvação. Aulas de ioga em Mälarhöjden.

Uma mulher magra de cabelos escuros estava atrás do balcão da recepção. Vestia uma blusa e um casaquinho.

— Em que posso ajudar?

— Eu gostaria de saber se alguém chamado Jorge Salinas Barrio dormiu aqui alguma vez nas últimas quatro semanas — disse Mrado com uma voz neutra.

— Sinto muito, não posso dar essa informação. Temos ordens rigorosas para não divulgar nada.

Só lhe restava uma coisa a fazer. Voltou para o carro. Preparou-se para dormir. Reclinou o assento para trás o máximo possível. Queria falar com todos os sem-teto, mesmo com os madrugadores, no dia seguinte, quando deixassem o abrigo.

Dormiu melhor do que em casa. Sonhou que passeava por uma praia e que o proibiam de entrar num albergue que ficava atrás de um pórtico na orla de um pequeno bosque. Tentou então jogar areia na direção dos homens que via em cima do pórtico. Que riram. Absurdo como um sonho.

Despertou. Eram seis horas. Foi comprar um café e um sanduíche no 7-Eleven. Lutou para não dormir novamente. Escutou o rádio. O noticiário das sete: manifestações contra a presença dos Estados Unidos no Oriente Médio. E daí? Os iraquianos provavelmente eram mais massacrados por seus próprios governantes que pelos americanos. Os europeus não entendiam nada, como sempre. Os sérvios, em contrapartida, estavam por dentro. Em todo caso, qualquer crítica contra os americanos era bem-vinda. As bombas dos filhos da puta tinham destruído a Iugoslávia.

Na rua: nada. Mrado quase dormiu de novo.

Às sete e dez: o primeiro sem-teto saiu do albergue. Mrado abriu a porta do carro e o chamou. O cara de barba grisalha por fazer, vestindo várias camadas de agasalhos e um par de velhas botas de neve, pareceu desconfiar a princípio. Mrado recorreu à sua voz simpática. Mostrou fotos de Jorge. Explicou que ele certamente mudara a cor dos cabelos ou outra coisa em sua aparência. Explicou que o latino tinha morado no abrigo em algum momento nas últimas quatro semanas. Explicou que lhe daria mil coroas se ele tivesse informações úteis a fornecer. O sem-teto estava por fora. Pareceu fazer um esforço, principalmente ao ouvir as palavras "mil coroas".

Mrado esperou. Dez minutos mais tarde. Outros dois sem-teto saíram. Ele fez o mesmo teatro. Não reconheceram Jorge.

Ele não desistiu. Abordou uma dúzia de pessoas. Oito e meia. O KarismaCare ia fechar dentro de meia hora. Ninguém sabia nada, e o pior é que nem pareciam mentir.

Finalmente, um homem de meia-idade saiu do albergue. Os dentes estragados. Por outro lado, uma aparência bem-cuidada. Fez seu show: explicou, mostrou, bancou o bonzinho. Ofereceu as mil coroas. Via que o homem refletia. Sabia alguma coisa.

— Conheço esse cara.

Mrado puxou duas notas de 500 do bolso. Esfregou-as uma contra a outra.

O homem prosseguiu, cobiçando as notas.

— Vi esse pilantra pelo menos três vezes no KarismaCare. Aliás, ele me impressionou na hora, cara, porque deitava no chão pra fazer abdominais como um maluco. Depois tomava duchas e se lambuzava de creme. Creme marrom. Cara estranho, sei lá.

— Estava mais bronzeado do que na foto?

— Sabe como é, os negros querem ser brancos, como aquele cara, Michael Jackson. Os brancos querem ser negros, caramba. Esse pobre-diabo, na sua foto, aí, era tão moreno que dava pra suspeitar. Na verdade, ele tem os cabelos mais crespos, aliás, mais barba também. Uma vez, tentei falar com ele. Não era um grande conversador, francamente. Mas conhecia outros abrigos na cidade, talvez encontre ele em algum.

— Como sabe disso?

— Como sei? Ele não parava de reclamar, o palerma. Dizia que o trivial era melhor em outros lugares, em Nattuglan, por exemplo. Metido. Não devemos reclamar quando eles nos dão um lugar pra descansar o esqueleto, o café da manhã e o jantar por menos de 200 paus. Um bando de reclamões. Os caras não sabem ter gratidão.

Mrado agradeceu ao sujeito. Estava realmente satisfeito. Passou-lhe as duas notas de 500. Disse a ele que espalhasse o boato: quem soubesse alguma coisa sobre aquele cara bronzeado de cabelo crespo e transmitisse a informação a Mrado seria recompensado na hora.

22

A coisa que Jorge mais queria: comer.

McDonald's, shopping center de Sollentuna: McTasty, cheeseburger, fritas grandes e o ketchup nos saquinhos brancos. Jorge se fartou. Ao mesmo tempo, o espectro do medo — estava duro, a dois dias do telefonema para Mrado. As palavras PRECISO DE GRANA rodavam sem parar na sua cabeça.

Havia deixado seu refúgio para ir à cidade. Após ter surrupiado uma garrafa de uísque do bar. Dormiu no ônibus. Porra, aquilo era um esconderijo perfeito — um dos mais seguros da cidade. Uma trégua de ouro. Tinha ido diretamente a Sollentuna. Não ousara fazer contato com Sergio ou Eddie. A polícia devia estar de olho neles. Em vez disso, ligara para velhos companheiros, Vadim e Ashur. Vendera pó com eles uma época.

Não deveria ter feito aquilo, mas não se segurara — sua necessidade de contato humano era grande.

Haviam-no recebido como um rei. J-boy: a lenda da fuga. O mito do mercado do pó. O latino top de linha. Deram-lhe dinheiro para que fosse à lanchonete. Tinham lembrado os bons e velhos tempos, os colegas da rua, as garotas de Sollentuna.

O máximo.

Vadim e Ashur: amigos internacionais. Vadim deixara a Rússia e emigrara para a Suécia em 1992. Ashur: um sírio da Turquia.

Na opinião de Jorge, Vadim poderia ter ido longe na vida. Aquele cara era esperto, malandro, tinha uma família cheia da grana — que possuía lojas de informática em todos os shoppings ao longo da linha do trem que ia para Märsta. Julgara que vendendo um pouco de coca se tornaria o rei da rua. Ok, até que ele se saiu bem, só passara breves temporadas atrás das grades, não era como Jorge. Mas com o que se parecia agora? Tão degradado quanto o último dos alcoólatras suecos. Trágico. Vadim deveria largar a bebida.

Ashur sempre com a mesma e enorme cruz de prata em volta do pescoço. Cuidava da pele. Trabalhava como cabeleireiro. No bairro, pegava muitas garotas. De dia, fazia suas mechas, à noite, amava-as. Deslumbrava as gatas com seu blá-blá-blá sobre corte e lavagem.

Jorge estava seguro. Sua aparência tinha mudado radicalmente. No início, Vadim sequer o reconhecera.

Terminados os cheeseburgers, foram à residência de Vadim. Ele morava numa casa com terraço na Malmvägen: guimbas, canudos, canecas de cerveja e papel de seda cobriam o chão. Isqueiros, embalagens de pizza, garrafas de aguardente vazias e colheres queimadas na mesa da sala. Existiria um vício no qual Vadim não caíra?

Abriram a garrafa de uísque. Beberam misturado com água morna como verdadeiros conhecedores. E cerveja. Depois disso, fumaram um enorme baseado. Colocaram Beenie Man no volume máximo. Jorge adorou a pequena reunião. Aquilo é que era a liberdade.

Foram ficando cada vez mais doidões. *Stoned.* Vadim lançava ideias sobre métodos de fazer dinheiro: virar cafetão, montar um site e vender maconha pelo correio, salpicar com pó os sanduíches dos estudantes para torná-los dependentes desde a mais tenra idade. Trocar seus bombons pela pasta de coca. Jorge não perdia nada. Exaltava-se. Queria fazer grana. Fazer grana.

Vadim assumiu de repente um ar conspirador, tirou uma caixa de palitos do bolso. Desenrolou um sacolé feito em casa. Depositou 2 gramas de pó num espelho.

— Jorge, é pra comemorar sua volta à cidade — disse Vadim, fazendo três carreiras.

Que orgia!

E Jorge que nem em sonho pensara em desfrutar de um brilho aquela noite.

Os canudos não eram grande coisa — cada um tinha um canudo que Vadim roubara de embalagens Tetra Pack.

Inalação rápida. No início, irritação nas narinas. Um segundo mais tarde: formigamentos no corpo inteiro, que se transformaram em ebriedade. O megafeeling. O mundo em tecnicolor. *Jorge the man. The return of Jorge.* O mundo estava a seus pés.

Ashur falou de mulher. Tinha um encontro no Mingel Room Bar, no shopping center de Sollentuna, com duas garotas de quem ele cortava regularmente os cabelos. Duas belas garotas. Berrou:

— Cara, vocês precisavam ver a bunda de uma delas. Sósia da Beyoncé. Um mulherão. Eu daria qualquer corte grátis se ela deixasse um de nós provar de sua mercadoria esta noite.

Claro que iam pegar umas garotas. Claro que iam para a balada.

Jorge ficou imaginando a sósia da Beyoncé.

Encheram os copos. Mais uísque. E, cada um, outra carreira.

A cocaína batia no compasso do ritmo da música.

Desceram. Entraram no carro de Ashur.

O Mingel Room Bar: o Kharma de Sollentuna. Quer dizer, não exatamente. Jorgelito na frente. Cheio de pó, uísque e cerveja. Não sentia o ar frio. Sentia apenas seu corpo. Sentia apenas o ambiente festivo se intensificar gradativamente. Deram uma olhada na fila de espera. Não mais que vinte pessoas, que esperavam mansamente. Examinaram as garotas que saíam da estação de metrô e se aproximavam da fila. Ashur zombou delas:

— A Suécia, pelo amor de Deus. Neste país, as mulheres não sabem andar com graça. Só os caras sabem. Se vissem como é no meu país, elas deslizam como gatos.

Jorge observou. Ashur tinha razão — as garotas andavam igual aos caras. Tudo reto, como se tivessem um objetivo preciso. Sem meneios, sem requebros, sem nenhuma sensualidade no movimento. Estava pouco se lixando.

Mas, se a garota com o rabo da Beyoncé estivesse por lá, ele pretendia se esbaldar.

Vadim disse que conhecia os seguranças. Dirigiu-se à entrada. Trocaram algumas frases em russo. Limpeza.

Jorge, Vadim e Ashur estavam prestes a se esgueirar para dentro quando o segurança lhes fez sinal para parar. Ignorou o olhar interrogador de Vadim, os olhos cravados na rua. A fila se imobilizou de repente. As conversas cessaram. As pessoas se voltaram.

Sirenes.

Um carro de polícia estacionado no meio-fio.

Mierda.

Dois policiais saíram. Dirigiram-se para a fila.

O cérebro ligado de pó de Jorge analisou a situação com a velocidade do raio: o que eles queriam? Melhor dar no pé ou confiar em seu novo visual? Uma coisa era certa: correr levantaria suspeitas e eles iriam em seu encalço. Ficou petrificado. Como pudera ser tão idiota de sair?

Vadim fechou os olhos. Seus lábios pareciam mexer, mas não emitiam som algum.

Jorge ficou mais tenso que um professor estagiário em sua primeira aula. Não mexeu um milímetro. Não pensou em nada. Fez como Vadim — fechou os olhos.

Observou a fila. Os policiais tinham uma lanterna.

Começaram a iluminar todos os rostos. No fundo, as garotas riam.

Os caras no meio da fila bancaram os engraçadinhos. Um deles disse ao policial com a lanterna:

— O senhor não pode entrar sem seu cartão de sócio.

O policial replicou:

— Tudo bem, aqui, ó.

Gesto de puta.

Eles avançaram até o fim da fila. As pessoas perguntaram por que estavam ali. Os policiais resmungaram alguma coisa incompreensível.

Iluminaram o rosto de Ashur. Ele tentou um sorriso. Apontou com o dedo para o policial que segurava a lanterna.

— Olá, tenho um salão de cabeleireiro no centro. Tenho certeza de que umas luzes cairiam bem em você.

O policial gostou da piada.

Continuaram a avançar.

Iluminaram o rosto de Vadim. Um tempão. Seus traços devastados atraíram a atenção dos policiais.

— Olá, Vadim — saudou o da lanterna. — Tudo bem?

— Tudo certo. Como uma central nuclear.

— Tudo em ordem?

— Claro. Como sempre.

— É, como sempre. — Ironia de cana.

Jorge olhou reto à sua frente. Tinha a impressão de estar no meio de uma densa neblina. Impossível se concentrar. O tempo parara.

PORRA, o que é que eu faço?

Paralisado.

Aproximaram-se dele. Iluminaram seu rosto. Ele tentou relaxar. Sorrir com serenidade.

23

JW tinha medo do dia seguinte. Sentia-se uma batata cozida com um capacete de chumbo na cabeça. Acordara às oito e meia. Deixara o apartamento de Sophie e havia se arrastado até sua casa. Sentara no chão em frente à sua cama. Depois, ficou enjoado durante uns vinte minutos. Bebera quatro copos d'água, numa tentativa desesperada de evitar a ressaca. Em seguida, foi vomitar no banheiro, o que o fez sentir-se bem melhor. Voltou a pegar no sono.

Novamente acordado, após somente duas horas de sono, estava tão mal quanto merecia. Não conseguia pregar o olho de novo. O remorso irrompia por ondas. Tinha ficado esquisito com Sophie. Aquela garota, que constrangimento. Por outro lado, realizara a maior entrega de coca de sua carreira. A noite, portanto, fora de toda forma um sucesso incrível.

Jurou que dali em diante só iria cheirar. Beber, nunca mais.

Jurou se recuperar de seu papelão com S.

Ficou na cama sem conseguir dormir. Não teve forças para se levantar.

Jurou pela milésima vez: de agora em diante, só pó.

*** *

JW acordou minutos depois. Percebeu por que não conseguia dormir. Tinha dois compromissos aquele dia. De um lado, verificar se a história de Jan Brunéus era verdadeira. De outro, encontrar aquele Jorge-boy. Negligenciara esse assunto. Os planos de expansão elaborados por Abdulkarim necessitavam de ação.

Matou aula na universidade aquela manhã. Em vez disso, voltou à Komvux. Subiu os degraus até a recepção. A secretária o reconheceu e o cumprimentou afavelmente. Usava a mesma saia plissada do outro dia.

JW disse:

— Eu tenho uma pergunta um pouco incomum para fazer.

A mulher sorriu. JW fizera um bom trabalho no quesito simpatia durante sua última visita.

— Eu gostaria de consultar os boletins de uma pessoa que esteve aqui há quatro anos, Camilla Westlund.

A mulher continuou a sorrir, mas fez uma pequena careta enquanto estreitava os olhos. Debruçou a cabeça, lançou um olhar de viés para JW. Tradução: não acha que está exagerando um pouco?

— Sinto muito, não podemos divulgá-los.

JW tinha se informado junto à secretaria de educação da cidade de Estocolmo. Esperara uma desculpa qualquer da secretária. Estava preparado. Lera o regulamento, retocara seus argumentos. Estava confiante. Atacou-a em cheio. Nada de amaciar com a velha.

— Podem sim. As notas constituem dados públicos que devem ser divulgados, a menos que, por um motivo especial, tenham sido qualificados como confidenciais. Se a senhora não puder provar que são confidenciais e apresentar a razão pra isso, elas são públicas, e a senhora deve fornecer a mim imediatamente. Se recusar, estará cometendo uma falta grave que pode ser punida pela lei.

A mulher fez uma nova careta, mantendo o sorriso nos lábios. Olhava para o chão. Falta de segurança.

JW continuou, como se tivesse decorado:

— E este é o caso de muitos outros documentos que vocês mantêm aqui na Komvux, que são de interesse geral e muito provavelmente públicos. Segundo a lei relativa ao sigilo profissional, não existe nenhuma razão que impeça de divulgar. Posso então pedir a gentileza de ir pegar as notas de Camilla Westlund em todas as disciplinas que ela estudou aqui? Obrigado.

A mulher girou nos calcanhares. Dirigiu-se a uma sala adjacente. JW a ouviu falar com alguém.

Repórteres investigativos — podem ir para casa.

A secretária voltou.

Nova expressão no rosto, um sorriso ainda mais falso. Seus olhos emitiram um brilho de servilismo.

— Tenho que procurar nos arquivos. Se incomoda de esperar? — Não pediu desculpas por ter se enganado.

Não tinha importância. JW marcara o primeiro ponto.

A secretária desapareceu.

Passaram-se vinte minutos.

JW começou a ficar ansioso. Enviou algumas mensagens, verificou sua agenda no celular, seus pensamentos navegaram entre as estratégias de venda do pó, as banalidades de Abdulkarim, os passeios de Ferrari de Camilla e o chileno que ele estava encarregado de encontrar. Tudo ao mesmo tempo. Desordenadamente.

A mulher voltou. Trazia uma pasta de plástico, que lhe estendeu.

JW examinou os documentos: diversas fotocópias, Centro de Formação para Adultos de Estocolmo. Liceu de Sveaplan. Boletim de Camilla Westlund. Preenchido a mão.

Sueco: A, B: menção excelente.

Inglês: A, B: menção excelente.

Matemática: A: aprovada sem menção.

História: A: reprovada.

Sociologia: A: menção excelente

Francês: A, B: aprovada sem menção.

JW continuava diante do balcão da recepção. Os olhos grudados nas notas. Alguma coisa não se encaixava direito. Tentou descobrir o quê. Camilla tivera Jan Brunéus em sueco, inglês e sociologia. Ele não havia mentido, ela recebeu menção excelente em todas essas disciplinas. Nas outras, porém, não tivera nenhuma menção, ou nem fora aprovada. A pergunta: como era possível que Jan Brunéus tivesse lhe dado apenas menções excelentes?

Precisava saber.

Chamou novamente a secretária. Pediu-lhe que buscasse outros documentos relativos a Camilla.

Dessa vez, ela levou menos tempo. Sabia onde procurar.

Após cinco minutos, estava de volta com uma pasta de plástico idêntica à anterior. Outros documentos.

Continham relatórios de assiduidade de Camilla Westlund. Os critérios relativos às notas. Sua taxa de ausência passava de quarenta por cento. A cabeça de JW rodava. A recepção se encolhia à sua volta, oprimia-o. Transpirava. Como uma estufa. Faltas incontáveis de Camilla em sueco, inglês e sociologia — mais de setenta por cento. Alguma coisa não se encaixava. Não mesmo. Ninguém podia ter menção excelente com aquelas faltas. Por que Jan Brunéus não lhe dizia a verdade?

Dirigiu-se à mulher na recepção:

— Sabe onde Jan Brunéus fica durante os intervalos? — JW se esforçou para esboçar um sorriso.

— Com certeza, na sala de professores. — Indicou-lhe novamente o caminho.

JW partiu a toda velocidade. Atravessou o corredor.

A porta da sala dos professores estava aberta. Não se deu ao trabalho de bater. Entrou direto.

Varreu a sala com o olhar. Sete pessoas estavam sentadas em volta de uma mesa de madeira clara. Comiam pão doce e tomavam café.

Nenhum deles era Jan Brunéus.

JW tentou recuperar a calma.

— Bom dia, desculpem incomodar. Saberiam me dizer onde posso encontrar Jan Brunéus?

Uma das pessoas em volta da mesa respondeu:

— Já foi embora.

JW desistiu. Deixou o prédio.

No caminho de volta, seu celular começou a tocar. JW a princípio não quis atender — já tinha muito em que pensar. Depois, se deu conta de que poderia ser Abdul. Tirou o celular do bolso. Tarde demais.

No visor chamada perdida: celular de José.

José era um dos caras que Abdulkarim lhe passara como contato para encontrar Jorge. Um barman numa boate de Sollentuna, o Mingel Room Bar. JW o encontrara dois dias antes para almoçar no Primo Ciao Ciao — uma pizzaria de luxo diferente das outras. JW lhe prometera 2 mil coroas por qualquer informação sobre Jorge. José estava inteirado de tudo, conhecia

Jorge, venerava-o como um herói. Atuara na mesma gangue que o chileno no início dos anos 2000. JW contou a ele mais ou menos a verdade, que não odiava o chileno, pelo contrário, que queria oferecer possibilidades ao fugitivo, ajudá-lo a se levantar em sua nova vida de liberdade. Um miniJesus, por aí. Mas José não tinha nada a lhe dizer sobre o fugitivo naquele momento.

JW esperou 15 minutos antes de ligar de novo. Percorreu a Valhallavägen e passou em revista tudo o que queria saber, e o que era capaz de fazer no momento. Seus pensamentos acerca de Jan Brunéus o atormentavam. Precisava se concentrar. A investigação sobre Camilla não deveria nem absorver todas as suas forças nem distraí-lo do negócio da coca.

JW monologa: concentração. Não fazer teatro sobre Camilla. É muito mais excitante bancar o detetive atrás de um chileno clandestino do que procurar Camilla. Aquele Jorge-boy fugitivo — a chance para JW participar de uma coisa realmente importante.

Ligou para José.

JW compreendeu imediatamente que José tinha uma informação decisiva. Alguém parecido com Jorge fora visto em Sollentuna na noite anterior. O idiota fizera um estardalhaço com dois outros bandidos de Sollentuna, Vadim e Ashur. Caras pouco recomendáveis da zona noroeste de Estocolmo. Jorge-boy saíra da boate quando ela fechou, às três horas. José se plantara em frente à casa, onde os notívagos ainda se demoravam. Estavam empolgadíssimos. Repetiam como papagaios que tinham tido a sorte dos deuses escapando dos policiais. José perguntara a Vadim se era realmente Jorge que ele via ali. O herói tinha os cabelos crespos, a pele mais escura, mais barba. Vadim se contentara em rir. Não tinha dito nada, mas de toda forma fora bem claro:

— Oooh, é um novo bandidão. Ele vai dormir na minha casa, porque os policiais não saem dos seus calcanhares. Inclusive esta noite, pra você ver.

José sacara a alusão.

JW fez duas outras perguntas antes de desligar:

— Onde mora Vadim? Que horas são?

José sabia o endereço: Malmvägen. Perto do centro de Sollentuna. Era uma da tarde.

JW parou na calçada. Esperou um táxi.

Esperou. Passavam poucos carros.

Pensou no chileno que tinha sido incumbido de agarrar. O que lhe dizer quando estivesse na presença dele?

Seis minutos se passaram: por que não havia carros?

O nervosismo voltou a tomar conta dele. Nada pior do que esperar um táxi.

Fez sinal para um que parecia livre.

O táxi passou à sua frente.

Berrou para outro, Taxi Stockholm, que finalmente parou.

JW pulou para dentro. O motorista articulou alguma coisa num sueco incompreensível.

JW disse:

— Me leve ao número 32 da Malmvägen, por favor.

Partiram na direção de Norrtull.

Mesmo na autoestrada, o tempo lhe parecia incrivelmente lento.

JW reconsiderou, havia coisa pior do que esperar um táxi — estar num táxi num congestionamento.

Em breve, teria uma conversinha com o chileno.

24

Mrado acabara de terminar seu treino do fim de semana. O ponto de encontro, por excelência, das máquinas mortíferas. Sentia-se culpado — raramente ia lá. No centro esportivo Pancrease: krav magá, shootfighting, boxe, boxe tailandês, tae kwon do. No porão: uma sala imensa com o chão coberto de tatames. Quatro sacos de areia de 80 quilos ao longo de uma parede. Um armário de ferro cheio de toalhas encharcadas de suor, colchões e amortecedores num canto. Um ringue no outro canto.

O instrutor-chefe se chamava Omar Elalbaoui. Um lutador profissional, quarto dan no Japão. O gancho de esquerda mais rápido da cidade. Campeão de pesos-médios no Pride Grande Prix MMA, Mixed Martial Arts: todos os estilos misturados. Um colecionador de pódios sueco-marroquino. Grão-senhor da violência. Apóstolo temido dos golpes desferidos em todas as partes do corpo.

Os narizes quebrados, os joelhos fodidos, os ombros desconjuntados — a regra. E à pergunta: "O que é o medo?", a filosofia de Omar Elalboui dava a seguinte resposta: "O medo é seu pior inimigo. Todo mundo tem medo de alguma coisa. Você não tem que ter medo de se machucar. Pode ter medo de não fazer o seu melhor, de não poder lutar, de perder. É só disso que pode ter medo. Não seja nunca um perdedor."

MMA (Mixed Martial Arts). Tudo era permitido — pontapé, soco, joelhada e cotovelada, atirar no chão, estrangulamento, cabeçada. Nem protetores de cabeça nem luvas. Apenas uma espécie de munhequeira, protetores de dentes e coquilha. O esporte dos esportes. A força bruta, a flexibilidade e a rapidez eram importantes, porém o que importava acima de tudo eram a estratégia e a inteligência.

O top: nada de armas, de esquema imposto, de regulamento tortuoso. Apenas a luta. Aquele que jogasse a toalha primeiro ou fosse nocauteado perdia. Simples assim.

As vantagens de Mrado: seu tamanho, seu peso, sua força. Sua envergadura. Mas os caras do Pancrease eram talentosos. Aguentavam pancada. Esquivavam-se de seus pontapés. Bloqueavam suas chaves. Mrado apanhava com frequência. Uma vez, fazia quatro anos, tivera que ser transportado com urgência para o hospital de Söder, fratura dupla no nariz. Mas o fato é que Mrado adorava encaixar golpes. Sentia-se vivo. Aprendia a não ter medo. A continuar mesmo quando o cérebro começava a falhar. A nunca desistir.

Em geral, os torneios aconteciam no ginásio de Solna. Em vão, o boxe tinha sido proibido em escala nacional, os organizadores contornavam facilmente a proibição. Às vezes, lutavam em gaiolas, o vale-tudo brasileiro. Mrado conhecia os caras, muitos deles treinavam ou haviam treinado no Pancrease. Ele conhecia suas técnicas, seus pontos fortes e fracos. Durante a última competição, faturara 10 mil apostando nos caras certos. O MMA, sob suas diferentes formas, estava em vias de se tornar um esporte gigante.

Mrado estava tranquilo. Ensaiara seus golpes prediletos. Treinara os músculos certos. Quanto mais fortes os músculos, tendões e ligamentos, mais resistentes aos choques. Quanto mais flexíveis, menor o risco de um estiramento. Defender bem. Antecipar os golpes. Acompanhar os movimentos do adversário. Ao mesmo tempo: retesar os músculos certos a fim de amenizar os impactos. O principal: um pescoço forte amortece os golpes na cabeça. Com seu pescoço de touro, Mrado era quase imune aos nocautes.

Mentalmente: a dor aumenta com o medo e vai embora com a agressividade.

O único problema de Mrado: nos últimos tempos, treinara muito na sala de musculação e não o suficiente no Pancrease. Desproporção. Músculos volumosos = menos agilidade. Estava perdendo a forma. Seus músculos estavam mais rígidos. Seus movimentos, menos ágeis. Encadeava os golpes em câmera lenta.

O fighting era um estilo de vida.

Mrado vestiu um agasalho após a sessão de treinamento. Um suéter College. O suor evaporou. Não tomava banho no Pancrease. Voltava sempre imediatamente para casa. Os caras do clube eram muito jovens. Verdes. Mrado preferia os búfalos do Fitness Club. Tomou sua bebida proteica. Uma vez em casa, mandaria seu coquetel mágico de hormônios de crescimento.

Voltou.

Passou pela Västerbron, a ponte no lugar mais bonito da cidade. Iluminado a partir de baixo. Vista de todo o seu território: o império conquistado pelos sérvios. E não seria um fugitivo de merda que os privaria dele.

Quatro minutos depois, chegou à Katarina Bangata. Em casa. Agora, precisava achar uma vaga para estacionar.

O apartamento: três cômodos, além da cozinha. A sala, o quarto de Mrado e o quarto de Lovisa.

A sala decorada com um luxo típico do Leste Europeu. Um sofá de canto em couro preto. Uma mesa de centro de vidro. Uma estante com aparelho de som, TV de plasma e aparelho de DVD. Supérfluos caros. Também na estante: CDs, a maioria de rock sérvio, Bruce Springsteen, Fleetwood Mac e Neil Young. DVDs: filmes de ação, todos os *Rocky* e documentários sérvios. Fotos de sua família em Belgrado, do rei da Suécia, de Slobodan Milosevic e de Lovisa. Três garrafas de uísque puro malte e uma garrafa de Stoli Cristall. O resto do estoque de bebida ficava em outro armário. Quatro escopetas compradas numa feira de armas em Vojvodina presas na parede — símbolos da revolta contra os turcos em 1813. Numa grande vitrine ao lado da estante: duas Browning, uma Smith & Wesson Magnum .41, uma baioneta e uma mina terrestre autêntica. A baioneta já fora usada. A pergunta de praxe relativa à mina: estaria desativada? Mrado deixava pairar a dúvida. Nunca disse nada a ninguém.

Sentou no sofá. Ligou a TV.

Zapeou. Viu uma reportagem sobre crocodilos durante alguns minutos. Cansou. Zapeou. Só bosta.

Acariciou seu revólver. Mrado só admitia munições Starfire. Com a ponta das balas oca. No impacto: explosão. Rasgava a carne com força suficiente para matar na hora.

Deixou o revólver na mesa. Refletiu.

Que merda a história daquele Jorge. Odiava-se por ainda não ter conseguido encontrar o latino, odiava Radovan por sua atitude arrogante e Jorge por se esconder tão bem.

Folheou sua caderneta. Perguntas e respostas prováveis. No meio, uma coluna para as perguntas sem resposta. As duas palavras sublinhadas: esconderijo atual, circuladas várias vezes. Mais nenhum rastro. Porém, cedo ou tarde, todos eles cometiam um erro. Quando ficavam duros. Quando queriam pegar garotas. Viver a *dolce vita*. Nada fácil fazer tudo isso clandestinamente. Aquele Jorge, entretanto, mantinha o *low profile*. Pouco importa: de toda forma, Mrado tinha certeza de que aquele crápula não deixara a cidade nem o país. Nada estava perdido.

Mas onde procurar agora?

Mrado se jogou para trás em sua poltrona.

Seu celular vibrou.

Uma mensagem: "Vi Jorge ontem à noite. Ele está na casa de Vadim neste momento."

Viva.

Adrenalina.

Mrado discou o número. Um cara, Ashur, atendeu. Esse nome lhe dizia alguma coisa. Era um dos sujeitos a quem ele mostrara fotografias de Jorge em Sollentuna, com Ratko. Ouviu a história que ele contava num sueco sofrível.

Ashur, Jorge e outro cara, Vadim, tinham saído para a balada na noite da véspera. Tinham enchido a cara no Mingel Room bar em Sollentuna. Jorge quase fora detido pelos policiais. O latino perguntara a Vadim se podia pernoitar na casa dele. Teoria de Ashur: era apenas meio-dia, ainda deviam estar no apartamento.

Mrado lhe agradeceu e prometeu passar mais tarde para lhe dar a recompensa.

Vestiu sua jaqueta de couro. Um cassetete de borracha no bolso. O revólver preso na bainha. Desceu para pegar o carro.

Depois tomou o caminho agora bem familiar até Sollentuna. Enfim, um desfecho à vista. Já não era sem tempo, porra.

O plano? Entrar direto no apartamento como na casa de Sergio. Arrombar a porta? Muito arriscado: nenhuma chance de ser tão fácil como fora na casa da boneca do Sergio: Vadim, Jorge e eventualmente outras pessoas estariam lá. Risco número dois: se os vizinhos alertassem os policiais, Jorge poderia voltar para a cadeia. Com o que sabia, o latino seria capaz de fazer cair boa parte do império dos Iugoslavos. Conclusão: Mrado esperaria calmamente uma hora em que o fugitivo estivesse sozinho.

Nesse ínterim, ligou para Ratko, Bobban e outros contatos. Perguntou-lhes se conheciam um tal de Vadim. Quem era? Era perigoso? Ordenou-lhes que dessem telefonemas para saber mais sobre ele: trabalhava? Em caso afirmativo, onde? Quem frequentava? Andava armado?

Mrado observava a porta de entrada do prédio. Várias pessoas entravam e saíam. Excepcionalmente numerosos para aquela hora. Imigrantes, toxicômanos, estupradores de esposas e outros criminosos amontoados numa gaiola igual àquela em que ele crescera.

Mrado estava no meio de uma conversa com Bobban, quando viu sair uma pessoa parecida com Jorge.

Vira o latino quatro ou cinco vezes antes. A última vez: no processo em que Jorge fora condenado a seis anos de prisão por causa de seu depoimento. Radovan e Mrado o trataram como carniça — determinadas perdas faziam parte do jogo. O latino na época: jovem arrogante, vestindo roupas modernas e tapa-olho. Uma corrente de ouro com uma cruz. Gel nos cabelos. Barba aparada. Movimentos rápidos, um falatório alucinante. E agora: a pessoa em frente ao carro era um negro de verdade. Cabelo crespo, pele escura. Caminhava como um rastafári, gingando. Roupas encardidas, um casaco acolchoado sujo. Não obstante, do homem emagrecido, emanava outra coisa — alta tensão.

Devia ser o latino.

Mrado se encolheu atrás do volante. Viu Jorge dar uma olhada à sua volta, depois se dirigir à estação. Muita gente nas imediações, impossível partir para a ignorância.

Mrado esperou que Jorge tivesse dobrado a esquina que dava na entrada da estação. Saiu do carro. Pôs os óculos escuros. Enrolou o cachecol em volta do pescoço. Rezou ao deus dos carros: faça com que minha caranga permaneça intacta, que ninguém toque nela, que ninguém a roube. Na rua mais perigosa de Sollentuna.

Correu para a esquina na qual Jorge virara.

Jorge não entrou na estação. Continuou em frente. Subiu em direção ao shopping de Sollentuna. Mrado manteve certa distância. Ao mesmo tempo, não queria perdê-lo de vista.

Jorge entrou no shopping. Mrado esperou alguns segundos antes de passar pelas portas automáticas. No momento em que as ultrapassou, percebeu Jorge, que entrava no supermercado ICA. Mrado se esgueirou dentro da loja Expert, bem defronte. Que detetive, no melhor estilo Martin Beck. Ligou para Ratko. Perguntou em sérvio:

— Onde você está, Ratko? É importante.

Ratko ignorara suas últimas ligações, continuava puto depois do tratamento infligido a Sergio. Mas dessa vez compreendeu que alguma coisa estava para acontecer.

— Estou em casa. Vendo a corrida. Encontrou o homem?

— Encontrei. Ele passou a noite na casa de um cara em Sollentuna. Estamos nos afastando agora. Se prepare. Pegue o carro.

— Porra, eu estava na maior paz. Pra onde eu vou?

— Não sei ainda. Fique pronto.

— Já estou na frente da porta.

— Perfeito. Volto a ligar. Até mais.

Jorge saiu do supermercado. Duas sacolas em cada mão. Aparentemente, cheias de comida. O latino ia provavelmente retornar ao seu esconderijo.

Seguiu-o até a estação. Regra básica: não faça movimentos bruscos ao seguir alguém. Um sujeito como Jorge é superligado — reagiria prontamente.

Jorge saiu para a plataforma. Mrado atrás, na sala de espera. Torcia para que a luz não refletisse sua imagem nas portas envidraçadas. Jorge parecia em alerta máximo.

O trem rumo ao centro da cidade entrou na estação. Jorge embarcou. Mrado o imitou, num outro vagão.

Ligou para Ratko. Disse-lhe que fosse para o centro.

O trem diminuiu a velocidade. Mais um pouquinho, a estação central.

Parou. Mrado olhou pela janela. Viu Jorge descer.

Mrado permaneceu no trem até que Jorge descesse os degraus que levavam ao metrô. Seguiu-o. Jorge longe, no meio da multidão. Mrado concentrou-se, não podia perdê-lo de maneira nenhuma agora.

Embrenharam-se no corredor que levava ao metrô.

Um grupo de indígenas tocava flautas de pã e atabaques. Uma mulher de capa, instalada em frente a uma coluna, distribuía *A sentinela*.

Jorge: embaixo na plataforma do metrô. Mrado o seguiu. A uma boa distância.

Jorge: entrou na composição com destino ao Mörby Centrum. Mrado: num outro vagão do mesmo trem.

O vagão não estava cheio. Dois árabes com bonés e anoraques — dois recrutas em potencial —, os pés em cima do banco. Um cara do Stureplan que não combinava com nada ali: louro, paletó fino, jeans, cabelos engomados para trás. Escutava música em seu iPod.

Jorge: desembarque em KTH. Mrado: idem.

Após passar pelas catracas, Jorge foi até os painéis com os horários dos ônibus. Consultou as partidas. Depois, entrou numa tabacaria. Comprou alguma coisa. Suas sacolas pareciam pesadas. Saiu e se encaminhou até um ponto de ônibus. Mrado atrás. O cara do Stureplan que ele vira no metrô também estava lá, no mesmo ponto de ônibus que Jorge. Coincidência, decerto.

Mrado checou o número do ônibus: 620. Jorge se preparava visivelmente para ir a Norrtälje.

Mrado ligou para Ratko:

— Venha para o KTH.

O 620 se aproximava. Nada de Ratko. Mrado voltou ao quiosque de salsichas no meio da Valhallavägen. Lá: um ponto de táxi.

Jorge: no ônibus que partia.

Mrado, num táxi:

— Siga o 620.

Rodaram por trinta minutos. Mrado ficou preocupado. Aquele Jorge era esperto. Olho vivo. Era possível que se perguntasse por que o mesmo táxi permanecia o tempo todo dois ou cinco carros atrás do ônibus.

Mrado mantinha contato com Ratko.

Trocou de carro em Åkersberga.

Seguiram o ônibus a uma boa distância. Nada de estranho nisso tudo. Atrás do ônibus, que parava pouco, formara-se uma longa fila de carros.

O latino continuava dentro do veículo.

Finalmente: Dyvik. O ônibus parou. Jorge desceu.

O cara do Stureplan também. Suspeito, mas não havia tempo para pensar nisso.

Mrado berrou:

— Vira, porra.

Ratko dobrou a esquina para seguir na mesma direção que Jorge. Mrado, no assento do passageiro, abaixou a cabeça. Passaram a 3 metros de Jorge. Avançaram o mais lentamente que podiam. Como pessoas que não sabem muito bem o caminho. No retrovisor, viram-no seguir adiante. Essa estratégia funcionou por um instante. Mas logo se provou muito arriscada. Foram obrigados a acelerar. Perderam Jorge de vista atrás deles.

Estacionaram. Saíram. Mrado se embrenhou por entre as árvores. Invisível a partir da rua. Ratko caminhou no sentido contrário. Na direção de Jorge.

Dois minutos depois, Ratko ligou:

— Ele está a 100 metros de mim, na rua. Continua indo na sua direção. O que eu faço se ele me reconhecer? Saio correndo?

— Continue a caminhar na direção dele. Passe em frente a ele como se nada estivesse acontecendo. Dê meia-volta assim que tiver certeza de que ele não está mais te vendo. Siga ele. Eu cuido dele quando chegar aqui.

Mrado esperou. Não havia casas nos arredores. Ninguém. Barra limpa.

O celular aceso. O nome de Ratko na tela. Pronto para ligar.

Jorge chegou caminhando. As sacolas nas mãos. Fisionomia cansada. A 20 metros, na outra direção da rua, Mrado ligou para Ratko. Sussurrou. Disse-lhe que corresse.

Mrado saiu da mata como um pérfido duende dos bosques tamanho XG.

Jorge sacou na hora. Pânico nos olhos. Largou as sacolas. Voltou-se. Viu Ratko correr em sua direção. Compreendeu a situação. Tentou fugir — tarde demais. Mrado agarrou seu casaco.

O retorno dos Iugoslavos. A queda do pequeno latino todo negro.

Mrado desferiu um soco na barriga dele. Jorge se encolheu todo. Caiu. Ratko chegou por trás, imobilizou-o, ajudado por Mrado, e, juntos, arrastaram-no para debaixo das árvores. Longe da estrada. Mrado pegou as sacolas. Jorge cuspiu. Um gosto azedo. Restos de comida nos sapatos de Mrado. Que porco. Mrado, cassetete nas mãos, golpeou-o nas costas. Ele caiu no chão. Ficou de quatro. Mrado continuou a bater. Jorge gritou. Mrado atento — não quebrar nada. Nada de fraturas. Nada de sangue. Nada que possa lhe custar a vida. Nada que o obrigue a ir para a emergência. Usou só o cassetete. Nas coxas e braços? Melhor nas costas, na nuca e na barriga. Moía-o de pancada. Espancava-o como a um cão.

Jorge tentou ficar de joelhos. Curvou-se. Protegeu a cabeça. Encolheu-se.

Mrado lascou-lhe o cassetete, que visitou de cima a baixo o corpo do latino.

No fim: Jorge não passava de um borrão. Destruído. Quase inconsciente. Mrado se debruçou para ele.

— Entendeu, seu veado?

Nenhuma reação. Mrado o agarrou pelos cabelos e levantou sua cabeça.

— Se entendeu, pisque os olhos.

O latino piscou.

— Você sabe por que fiz isso. Você tentou dar uma de gângster, mas escolheu as pessoas erradas. Radovan não gosta do seu estilo. É bom que se cuide. Quem está achando que é, porra? Chantagear Rado... Guarde bem isto: a gente sempre vai te achar. Onde você estiver, entocado na cadeia. Na casa da sua mãe. A gente nunca esquece. Castigamos sempre. Se falar alguma coisa sobre a gente, não serei tão simpático da próxima vez.

Mrado largou os cabelos de Jorge. A cabeça caiu para a frente.

— E mais uma coisa.

Mrado pegou seu celular. Fez aparecer uma foto. Colocou-a no focinho de Jorge.

— Reconhece ela? Falei com ela sobre você. Verifique, se quiser. Eu a conheço bem. Sei onde mora. Onde estuda. As aulas a que assiste. Não encha o saco, nem que seja por ela. Seria uma pena. Uma garota tão bonita.

25

J-boy ausente. J-boy consciente. Ida e volta.

Uma dor insuportável.

Fechou os olhos. Esperou. Ouviu os iugoslavos se afastarem. Estalos na floresta. O barulho desapareceu. Teve paciência. Esticou os ouvidos.

Sozinho.

Amassado. Incapaz de se mexer. Não sentia mais suas pernas. Os braços também completamente entorpecidos. Apalpou as costas — desmaiou.

Voltou a si novamente. Um carro passando na estrada. A batida do seu coração. Tentou mexer os braços. Doía muito.

Vomitou.

Continuou deitado.

Um turbilhão de pensamentos: Jorgelito na floresta de mirtilos. Quebrado. Moído. Humilhado. Julgara-se o rei. Na realidade, um inútil, o rei dos ingênuos. Tinham ido à casa de Paola. Deus, que não a tivessem molestado. Humilhado. Ligaria para ela assim que desse um jeito. Assim que conseguisse se levantar. Paola, a melhor irmã do mundo.

Soçobrou novamente na escuridão.

Ela aceitara as porra-louquices de Jorge. Aos 14 anos, ele voltara da escola, com uma carta na mão.

Por meio desta, informo que Jorge Salinas Barrio está suspenso do liceu Tureberg por seis semanas a contar da semana 10. Essa medida foi tomada em razão de seus graves problemas de comportamento, bem como de sua influência negativa sobre os outros alunos e o trabalho de sala de aula. Esta não é a primeira vez que avisamos sobre os problemas causados por Jorge. Consultamos igualmente a assistente social do liceu Tureberg a fim de encontrar uma maneira que pudesse fazer Jorge compreender sua situação e mudar seu comportamento. Infelizmente, sua atitude agressiva e inaceitável se agravou ao longo desse semestre, o que foi discutido com ele na presença dos senhores no dia 3 de fevereiro deste ano. A escola não vê outra solução a não ser suspender Jorge durante o período supramencionado. A prefeitura de Sollentuna oferece a possibilidade de ele fazer um curso em domicílio. Não hesitem em entrar em contato para qualquer informação complementar. Jan Lind, Diretor.

Sua mãe chorara. Rodriguez dera-lhe uma surra. Jorge pensara: se meu verdadeiro pai estivesse aqui, ele me levaria para o Chile. Mas Paola não se zangara, não chorara. Não tinha procurado desculpá-lo. Fora apenas gentil.

A única a conversar de verdade com Jorgelito. Embora ele fosse um duro, fizera-lhe bem falar. Ela lhe explicara: "Você é nosso príncipe, meu e da mamãe. Nunca se esqueça disso. Você é nosso príncipe."

Alguém gritou o nome de Jorge na floresta. Impossível ficar mais tranquilo e silencioso do que ele já estava. Os Iugoslavos já estariam de volta?

Ninguém apareceu.

Havia quanto tempo que estava ali? Dez minutos? Duas horas.

Fedor de vômito.

Estava fodido. Os Iugoslavos eram mais espertos do que ele pensava. Deveria ter prestado mais atenção. Fora sem dúvida a ressaca que o deixara menos atento. Por quanto tempo Mrado e seu colega o haviam seguido? Eles não estavam no mesmo ônibus nem no mesmo vagão que ele no metrô. Não os teria visto no ponto de ônibus perto do KTH? Não havia percebido nenhum carro seguindo o ônibus durante o trajeto. E tinham conseguido rastreá-lo? Como souberam que ele estava na casa de Vadim? Suspeitas: aquele russo filho da puta o delatara. Ou alguém no bar. Alguém o teria reconhecido? Veados.

Tentou mexer uma ínfima parte do corpo. O indicador. Não sentiu nada no início. Três segundos depois, todo o seu braço latejava. Doía muito. Berrou. Azar se os Iugoslavos continuavam por ali.

Alguém gritou de novo seu nome.

Vomitou.

As preces na boca: *La madre que te parió*. Os pensamentos na cabeça: em quem ainda podia confiar? Em Sergio? Eddie? Ashur? Deveria fazer contato com sua mãe? Ousaria ligar para a irmã? Sua fuga do presídio fora muito bem articulada, um roteiro perfeito. Vertiginosa. Jorge: o melhor. Até aquele dia. Mas para a vida posterior — Jorgelito tivera uma visão muito curta. Julgara que seria fácil. Cometera o mesmo erro de todos os demais, tinha sido fraco, não resistira a uma balada. Precisara de contato social.

Tentou abrir os olhos.

Pinheiros à sua volta. Manchas de luz no chão. Troncos como mastros marrons, tudo deserto. Nenhum canto de passarinho.

O que fazer agora? Uma coisa era arriscar a pele para pôr as mãos no dinheiro de Radovan. Mas arriscar a da irmã?

Pensou em suas duas tatuagens. No ombro direito, um diabo sorrindo. Tatuado todo em preto. Cercado de labaredas vermelhas, alaranjadas e amarelas. Nas costas, um crucifixo e as palavras: *The Man*, em letras góticas. Julgara ser *"the man with the master plan"*, quando não passava de um perdedor. Nas últimas.

Um perdedor, completamente nocauteado.

26

Um yuppie passeando pela floresta do Papai Noel. JW procurava Jorge considerando duas alternativas: ou o chileno caíra ferido em algum lugar entre as árvores, ou os Iugoslavos o haviam levado em seu carro.

Pensou em *S.O.S.: tem um louco solto no espaço.* "Passe pente-fino no lugar!", ordenava a caricatura de Darth Vader. Na cena seguinte, seu colega passava enormes pentes pelo solo. Mel Brooks — tão burro e ao mesmo tempo tão genial.

JW passou a floresta no pente-fino.

Nem sinal de Jorge.

Uma hora e vinte minutos antes, JW chegara à Malmvägen no mesmo momento em que alguém parecido com Jorge saía pela porta do prédio. O detetive JW recuara alguns passos para se esconder atrás da quina da casa, o que se revelou ser a estratégia correta. Deu uma olhada adiante. Viu um homem enorme sair de um carro de magnata e seguir o chileno. Alguma coisa estava errada. O homem nunca se aproximava de Jorge. Permanecia o tempo todo alguns metros atrás dele. Após algum tempo, ficou evidente — o gigante seguia o chileno.

O homem tinha todas as características de um gângster iugoslavo: casaco de couro três quartos, cachecol, jeans preto, sapatos de couro. Um pescoço mais largo que o do Hulk. Os braços dobrados na altura do torso, parecendo que carregava uma televisão o tempo todo. Cabelo curto, grisalho, a franja cortada reta. Os maxilares traíam uma dieta infernal à base de testosterona.

Puta merda, por que Abdulkarim embarcara numa história daquelas? JW sentia-se um policial fracassado. Não ousava se mostrar, embora Jorge estivesse diante de seu nariz. Perguntas relevantes: quem era aquele gigante iugoslavo? A máfia sérvia pretenderia usar os conhecimentos do chileno sobre o mundo do pó?

Continuou sua perseguição. Para a estação. JW estava no pé da escada rolante quando ouviu o trem entrar na estação. Correu e pulou num vagão. Através dos vidros, viu os Iugoslavos no vagão ao lado. Que beleza.

Suspense total. JW esqueceu completamente a história de Camilla.

O gigante iugoslavo desceu na estação central. JW não via Jorge, mas partia do princípio de que o iugoslavo não largaria de seu pé. Seguiu-o.

Desceu no KTH. Manteve distância do iugoslavo. Viu Jorge como quem não quer nada perto de um ponto de ônibus. JW foi direto para o mesmo ponto. Fazer crer que seu único objetivo na vida era o ônibus 620. No caminho, passou a 2 metros do gigante. JW não sabia se seria suspeito parar no mesmo ponto de ônibus que Jorge, mas ele sentia a presença do iugoslavo tão forte quanto se o encarasse dentro de um elevador. O homem impunha respeito.

Algumas pessoas subiram no ônibus depois de Jorge, mas o iugoslavo não estava entre elas. Teria desistido? Jorge estava espremido contra a janela ao lado de uma mulher de meia-idade que colocara uma sacola nos joelhos. Nos assentos à frente deles estavam os dois filhos da mulher, cada um com um sorvete na mão. Atrás, um lugar vazio, ao lado de um velho de boné. Fora de questão abordar o chileno — precisava esperar que ele descesse. JW recostou-se no banco.

Descera no mesmo ponto que o chileno. Seguira-o, a uns 300 metros de distância. De repente, viu um iugoslavo chegar correndo. Compreendera, estavam ali. Trinta segundos depois, ouviu gritos. Entrou em pânico. O que fazer, porra? Escondeu-se atrás das árvores. Ficou ali, prestou atenção. Esperou. Não se mexeu. Cogitou procurar Jorge. Mas aquele cara era impossível de achar. Após ter avançado com dificuldade uns 100 metros, JW atravessou a estrada para continuar do outro lado. Valia a pena procurá-lo por mais uma hora.

Ouviu um grito. Não tão alto quanto os de antes, mas, de toda forma — um gemido de dor.

Tentou caminhar na direção de onde viera o barulho. Olhou à sua volta. Viu árvores escuras, atalhos cheios de espinheiros. Em alguns lugares, os galhos dos pinheiros tocavam o solo e escondiam o que pudesse estar embaixo. JW se aproximou, levantou os galhos e examinou embaixo. Os espinhos o espetavam. A floresta não era realmente seu elemento. E, ainda por cima, se cagava nas calças de tanto medo.

Sete metros à sua frente, percebeu subitamente sacolas cheias de mantimentos. JW seguiu o rastro. Mais um pouco, viu um homem encolhido. Seria o chileno? Ainda estaria vivo?

JW observou à sua volta. Nenhum iugoslavo nas cercanias. Fez "Olá!". Sem resposta. Aproximou-se. O sujeito parecia morto. JW se ajoelhou ao lado dele. Repetiu o nome de Jorge. Não estava com vontade de topar com um cadáver.

Finalmente, uma reação.

Jorge resmungou sem abrir os olhos:

— Vá embora.

JW não soube o que responder: legal, ele está vivo. Mas o que era possível fazer para ajudá-lo? Chamar a ambulância não era uma boa ideia.

— Olá. Como vai? Posso ajudar em alguma coisa?

— Se manda.

— Legal que está vivo. Sei quem é você. Estou de olho. Faz várias horas que o venho seguindo.

Jorge abriu um olho. Tinha um ligeiro sotaque da periferia.

— Você, quem é?

— Meu nome é Johan. Presta atenção. Não faço ideia de quem fez isso com você nem por quê. Você parece realmente muito mal. Certamente, precisa de cuidados. Tenho uma boa notícia pra você.

— Dá o fora, já falei. Não tenho nada a tratar com você. Nunca te vi mais gordo.

— Calma. Você se chama Jorge Salinas Barrio e fugiu de Osteråker em 29 de agosto. Desde então, está na clandestinidade, e isso certamente não é fácil. Você conhece o negócio do pó melhor que ninguém. Você é o rei do brilho na região de Estocolmo. Está me ouvindo?

Jorge continuou sem se mexer. Não disse nada. Mas também não negou.

— Eu trabalho pra um árabe, Abdulkarim Haij, sabe quem é?

Jorge levantou de novo a cabeça. JW interpretou: continue.

— Ele me fornece a coca. Eu vendo pra os bacanas do Stureplan e faço uma boa grana. Podemos pedir até 1.100 pratas por grama. Já está ótimo.

Mas imagina podermos diminuir o preço de compra. É o que vamos fazer quando ampliarmos nossa clientela. E você vai ajudar a gente porque, sem nossa ajuda, você vai direto pro necrotério. Aparentemente, os policiais estão doidos pela sua pele. Pode esquecer que eles existem a partir de agora. Vamos ajudar você, vamos reerguer você. Daremos a você um passaporte, pesetas, tudo de que precisar. A polícia não vai ter a menor chance. Os caras Iugoslavos também não. Se trabalhar pra gente, será um rei.

JW recuperou o fôlego. Que se danasse se Jorge estava meio inconsciente. Ele estava superempolgado, imaginara aquela cena ao longo de vários dias. Impossível se acalmar agora.

— Escuta bem, estudamos a evolução da coisa em Estocolmo. A coca está se espalhando pra além do centro da cidade. É a nova droga das massas. Será como a maconha. E os preços caem diariamente. Quando você foi pra cadeia, o grama ainda custava 1.200. Atualmente, muitos vendem pó de 85 por cento a 800. Com isso, o atacado vai explodir, e nós, que temos bons contatos, podemos comprar na baixa. As receitas vão subir dramaticamente. E é aí que você entra na brincadeira, você vai nos ajudar a expandir o mercado. Antes de tudo, vai cuidar dos caras do subúrbio, viciá-los. Você e nós, juntos, seremos os donos desta cidade. Está me acompanhando? Donos desta cidade.

Jorge gemeu:

— *Maricón*. Suma daqui.

SEGUNDA PARTE

(QUATRO MESES DEPOIS)

Audiência
Sessão nº tribunal de Estocolmo

Processo nº T 3245-06

Juiz
Juiz interino para assuntos de família Patrick Renbäck

Escrivão
Secretário do tribunal Oskar Hävermark

Partes

QUERELANTE
Annika Sjöberg, 690217-1543
Gröndalsvägen, 172
117 69 ESTOCOLMO
Presente

Advogado nomeado pelo Ministério Público:
Advogado Göran Insulander
CP 11244
112 21 ESTOCOLMO
Presente

PARTE INTIMADA
Mrado Slovovic, 670203-9115
Katarina Bangatan, 35
116 39 ESTOCOLMO
Presente

Advogado:
Dr. Martin Thomasson
CP 5467
112 31 ESTOCOLMO
Presente

OBJETO DA AÇÃO
Direito de guarda, custódia, direito de visita etc.

— — — — — — — — —

O escrivão passa em revista o acordo firmado até o momento entre as partes.

AS DEMANDAS

Göran Insulander declara que Annika Sjöberg, a título provisório, demanda poder exercer sozinha a autoridade parental sobre sua filha, Lovisa.

Martin Thomasson descreve a posição de Mrado Slovovic nos seguintes termos: recusa a demanda de Annika Sjöberg. De sua parte, demanda igualmente a título provisório que Lovisa tenha o direito de visitá-lo **semanalmente** das 18 horas de **terça-feira** até as 18 horas de **sexta-feira.**

Göran Insulander indica que Annika Sjöberg recuse a demanda de Mrado Slovovic. Ela se declara pronta a aceitar que Mrado Slovovic tenha um direito de visita para Lovisa das 18 horas de **terça-feira** às 18 horas de **quarta-feira,** em **semanas alternadas.**

FUNDAMENTOS (RESUMO)

Göran Insulander explica assim as motivações e circunstâncias da demanda de Annika Sjöberg: Annika Sjöberg e Mrado Slovovic casaram-se há cerca de nove anos. Dois anos mais tarde, nasceu sua filha Lovisa. O melhor para Lovisa é que ela não tenha muito contato com Mrado Slovovic, pois ele tem uma influência negativa sobre a filha. É igualmente muito perigoso para a criança ser vista em sua companhia. Além disso, ele não é capaz de cooperar com Annika Sjöberg quando se trata de pegar ou levar Lovisa por ocasião das visitas que lhe são concedidas. Mrado Slovovic ameaçou Annika Sjöberg várias vezes. Apesar de tudo, ela autoriza que Lovisa veja o pai de tempos em tempos, consciente da importância para a criança de manter contato com os dois pais. Lovisa nunca pede para ver Mrado Slovovic.

Em 2002, a relação entre as partes começou a se deteriorar, Mrado nunca estando presente no lar à noite e dormindo a maior parte do dia. Zangava-se quando Lovisa gritava ou fazia barulho e não lhe dispensava quaisquer cuidados. Annika Sjöberg fazia a comida e cuidava sozinha de Lovisa. Mrado Slovovic frequentava um meio criminoso e, na primavera de 2004, Annika Sjöberg decidiu pedir o divórcio. Mrado Slovovic ficou furioso e, entre outras coisas, ameaçou levar Lovisa com ele para a Sérvia. Disse também por duas vezes que lhe "torceria o pescoço" se ela não o deixasse morar com Lovisa.

De 2004 a 2006, seu relacionamento com Lovisa foi marcado por vários problemas. Durante longos períodos, o mais longo dos quais de quatro meses, ele não viu uma única vez a filha. Em várias ocasiões, Mrado Slovovic não se apresentou para devolver Lovisa, ficando com ela três dias a mais sem o consentimento de Annika Sjöberg. Após cada estada na casa de seu pai, Lovisa fica muito estressada e tem problemas para dormir. Quando está na casa de Mrado Slovovic, assiste a vídeos a noite inteira, e ele não a alimenta corretamente. Ele continua a frequentar esse meio mafioso e foi condenado por vários crimes. Amigos de Annika Sjöberg sugeriram ter visto Mrado Slovovic infringir escandalosamente o limite de velocidade quando Lovisa estava ao seu lado em seu carro esporte. Uma vez, ele a levou a um clube de luta livre, onde ela foi obrigada a observar seu pai ser nocauteado no ringue. Esse episódio afetou muito Lovisa. A companhia de Mrado Slovovic é prejudicial a Lovisa. Por um lado, porque ele a expõe a atividades extremamente perigosas. Por outro, porque frequenta o mundo do crime. Além de tudo, Mrado Slovovic não se mostra capaz de cooperar com Annika Sjöberg.

Martin Thomasson explica as motivações e as circunstâncias da defesa de Mrado Slovovic nos seguintes termos: Lovisa precisa do pai. Não é verdade que ele a expõe ao perigo. Ele não excede os limites de velocidade quando anda com ela de carro. Alimenta-a corretamente, e ela não assiste à TV o tempo todo. Eles fazem um monte de atividades juntos, como visitar o parque de Skansen e fazer pão, por exemplo. Lovisa foi efetivamente à academia de Mrado Slovovic, mas não é verdade que tenha visto o pai ser nocauteado. Ao contrário, ele e Lovisa "lutaram boxe de brincadeira" no ringue de uma maneira completamente inofensiva. A razão pela qual Annika Sjöberg espalha mentiras sobre ele é seu ciúme de Mrado Slovovic, uma vez que ele teve uma relação com outra mulher pouco depois de sua separação.
É o humor instável de Annika Sjöberg que causa problemas quando se trata de pegar ou levar Lovisa. Às vezes, ela fica apática na cama, incapaz de cuidar de Lovisa. Esse comportamento já se manifestava durante o casamento das partes. Mrado Slovovic julga inútil Lovisa ficar na casa da mãe, quando esta se acha nessas condições. Lovisa sente-se bem quando está com Mrado Slovovic e por várias vezes exprimiu o desejo de passar mais tempo com ele. Durante a última visita à casa de Mrado Slovovic, em janeiro do ano em curso, Lovisa disse que "gostaria

de morar com papai como mora na casa da mamãe". Ela fica sempre muito triste quando tem que voltar para a casa de Annika Sjöberg.

Annika Sjöberg proibiu Mrado Slovovic de levar Lovisa à Sérvia a fim de visitar seu avô. Mrado nunca pretendeu fazer essa viagem com Lovisa sem a concordância de Annika Sjöberg.

O melhor para Lovisa é que as partes conservem a autoridade parental conjunta e que ela veja tanto o pai quanto a mãe. Por ora, Mrado Slovovic pensa que um direito de visita das terças às sextas seria o suficiente.

As partes discutem uma solução amigável. Esta não foi encontrada.

A reunião termina com o anúncio de que a decisão será tornada pública no gabinete do Tribunal a partir de 13h30, em 23 de fevereiro do ano em curso.

Após deliberação a portas fechadas, o Tribunal pronuncia o seguinte:

(a ser comunicada às 13h30, em 23 de fevereiro do ano em curso).

Argumentação

O Tribunal considera que, na situação atual, não há razões plausíveis que justifiquem uma anulação da autoridade parental conjunta. A demanda de Annika Sjöberg é rejeitada neste ponto.

No que se refere ao direito de visita, o Tribunal constata que Mrado Slovovic viu Lovisa irregularmente durante os últimos cinco anos. Por conseguinte, o Tribunal estabelece, por ora, que o direito de visita seja de um dia a cada duas semanas. Se as visitas se desenrolarem de maneira positiva, as partes poderão considerar visitas mais longas.

Conclusão

Até que os problemas evocados anteriormente sejam solucionados por um veredicto ou decisão legal, ou que os pais tenham chegado a um consenso e o consenso tenha sido ratificado pela assistência social ou outro órgão responsável, o Tribunal decide o seguinte:

A. A autoridade parental conjunta para Lovisa continuará em vigor.
B. Num primeiro momento, Lovisa terá direito a visitar Mrado Slovovic uma vez a cada duas semanas das 18 horas de **quarta-feira** às 18 horas de **quinta-feira**.

Modalidades do recurso

O recurso deverá ser encaminhado ao Tribunal de Apelação de Svea em no máximo três semanas após a data desta decisão.

Assinado

Oskar Hävermark

27

Fronteiras psicológicas separavam o território de Estocolmo. A geografia dividida em três partes da Kungsgatan. Mais abaixo, na direção do Stureplan, havia lojas de roupas, cafés, boates, cinemas e lojas de eletrodomésticos. A butique Diesel, The Stadium, Wayne's e o McDonald's. Blue Moon

Bar e The Crib. Rigoletto, Saga e Royal. El-Giganten e Siba. Todo mundo se misturava nessa parte: os suecos típicos, gente de Stureplan, as gangues da periferia. A parte seguinte, da praça Hötorget até a Vasagatan: a parte decadente. Bares suspeitos e restaurantes de segunda. O bairro das brigas, cheio de arruaceiros imigrantes e suecos. A última zona, do cruzamento da Vasagatan até a ponte, não possuía restaurantes, bares normais, lojas ou cafés. Ali, apenas lugares de um perfil bastante particular: o teatro Oscar, o Fasching e o cassino Cosmopol. Um público mais velho. Uma mistura de leitores de revistas, apaixonados por jazz e jogadores.

Um resumo da vida noturna, do comércio, dos prazeres de Estocolmo. A Kungsgatan — calçadas quentes, sempre sem neve — sempre apinhada de gente. Sempre no centro da histeria de consumo. Três camadas diferentes. Três mundos diferentes ao longo da mesma rua.

Mrado estava sentado no Kickis Bar & Co., um buraco decadente na segunda parte da rua, esperava Ratko. Cerveja forte & companhia: *ale*, cerveja light, cidra.

Morto de cansaço.

Olhava reto à sua frente, os olhos apagados. Um punhado de jovens árabes de casaco Goose circulava no bar. Recusavam-se a tirar os casacos — o símbolo de um mundo normalmente inacessível para eles. Fitavam-no a uma boa distância. Não sabiam quem ele era. Mas percebiam mesmo assim — não convinha brincar com os nervos do gigante. Se a chapelaria daquele bar estivesse sob seu controle, os casacos daqueles caipiras de bigode aveludado estariam pendurados nos cabides havia muito tempo.

Letras de néon presas nas paredes formando as palavras Drinques de Kickis. Alternadamente vermelhas, azuis e amarelas.

Mrado e Ratko tinham decidido tomar uma cerveja antes de irem ao cassino Cosmopol, ali mesmo na Kungsgatan. Mrado precisava de dinheiro lavado. As locadoras de filmes que lavavam dinheiro não funcionavam tão bem quanto deveriam. Não conseguiam produzir um fluxo de dinheiro suficientemente consistente. O cassino continuava a ser a solução de emergência para a lavagem.

Eram dez e cinco. Ratko não tinha o costume de se atrasar. Seu espírito rebelde se manifestava assiduamente nos últimos tempos. Aquilo não era admissível. Mrado estava acima de Ratko na hierarquia dos Iugoslavos. Por conseguinte, não esperaria além dos dez minutos de tolerância.

Pediu outra cerveja. Recapitulou os últimos meses.

O problema com Jorge estava resolvido. Quatro meses haviam se passado depois do incidente na mata, e o latino não empreendera nada. *Low profile*. Nenhuma outra tentativa de bancar o chefão. Mrado obtivera informações. Jorge continuava na cidade, cultivando seu visual moreno para permanecer incógnito. E se virava fazendo a única coisa de que era capaz: vender pó para traficantes. Mrado estava se lixando para quem, contanto que não lhe causasse problemas.

Mrado continuava sua rotina. Sentia saudades de Lovisa. Xingava Annika. Em 23 de fevereiro, tinha ficado sabendo da decisão do Tribunal: notificação com cópia. Era bom manter a autoridade parental conjunta, mas uma merda não ter o direito de vê-la apenas duas vezes por mês. A Suécia traía mais uma vez os sérvios.

Mrado acordava todo dia entre quatro e cinco horas e não conseguia mais dormir. Como um velho. Acostumara-se a tomar um copo de uísque para voltar a pregar o olho. O que havia com ele, porra?

Uma vez, tinha ido ao quarto de Lovisa para recuperar o equilíbrio. Sentara-se na cama. Ela estalara. O barulho lhe evocara alguma coisa. Ele não descobrira o quê. Abrira uma gaveta de sua escrivaninha. Seu olhar batera nuns rabiscos e ele ficou sabendo o que o estalo lhe lembrara. Sentia-se mole. Angustiado. O que pensaria Lovisa se um dia soubesse as merdas que havia feito? Era possível ser um bom pai e ao mesmo tempo quebrar falanges das pessoas? Tinha que parar.

Por outro lado, a vida seguira como sempre. As ramificações cresciam. O dinheiro não parava de entrar. Os principais projetos recentes: montar as locadoras, pensar em como eles podiam lidar com os policiais e seu último projeto, Nova. Radovan queria organizar uma reunião a respeito do Nova. Todos os comparsas deveriam discutir os esforços empreendidos pela polícia para prendê-los. Mrado, Goran, Nenad e Stefanovic.

A sociedade anônima agrupando as locadoras tinha sido fundada após uma pesquisa aprofundada sobre o laranja Christer Lindberg. Mrado não queria de jeito nenhum alguém que despertasse suspeitas por parte da Câmara do Comércio, da Receita Federal e de outros órgãos abelhudos. Verificara nos cartórios que o cara era de fato registrado na Suécia: no departamento de trânsito, para que nenhuma BMW suspeita importada da Alemanha chamasse a atenção; na Receita Federal, para ter certeza de que ele não devia impostos ao Estado; na Câmara do Comércio e junto a órgãos de crédito, para que o cara não tivesse mais contas em aberto. Por fim, tinha verificado as listas da polícia — tudo limpo. Mrado agradeceu ao seu contato na polícia, Rolf, por esse extrato do registro.

Na superfície, pelo menos, Christer Lindberg era um cidadão honesto sob todos os aspectos. Funcionaria.

Mrado não queria conhecer Lindberg pessoalmente, manteve-se afastado. Goran assumira o papel de intermediário. Mrado havia falado com o sujeito ao telefone uma única vez. Tudo o que ele precisava saber era que Mrado era amigo de Goran e que lhe daria um belo pacote de dinheiro em troca de algumas assinaturas e respostas a eventuais perguntas da Receita Federal.

Lindberg segundo Mrado: a caricatura do operário. Falava um sueco mediano, enxameado de ideias pseudoprofundas e metáforas cafonas a cada duas frases. Mrado lembrou dessa única conversa. E não conseguira reprimir um risinho.

— Bom dia, sou um amigo de Goran. Estou telefonando a respeito de um projeto pra uma locadora de filmes. Ele tocou nesse assunto com você?

— Sim, perfeitamente.

— Sabe do que se trata.

— Bem, digamos que por alto, afinal não nasci ontem. Entendi o plano.

— Posso fazer uma pergunta a você? O que fazia antes de trabalhar para Goran?

— Eu trabalhava numa empresa de transportes, a Tranports Östman, em Haninge.

— Como era?

— Bom, digamos que era dia e noite.

— O que você quer dizer?

— Sabe como é. Östman entornava, se é que me entende. Um dia Guran apareceu. Retomou a empresa. Fez um bom negócio.

— Ele se chama Goran.

— Ha, ha! É verdade, Goran. Tenho dificuldade pra guardar todos esses nomes.

Era o suficiente. Mrado não tinha nenhuma vontade de conhecer mais Lindberg.

Enviou-lhe os documentos. Pediu ao cara que os assinasse. Explicou mais uma vez do que se tratava, que um amigo de Mrado e Goran estava para inaugurar umas locadoras de DVDs. Ele precisava de alguém na direção da empresa que tivesse naturalidade sueca. Lindberg receberia uma primeira parcela de 12 mil na assinatura. Em seguida, lhe dariam 10 mil a cada seis meses, enquanto tudo estivesse andando bem. Mrado lhe deu instruções para o caso de a Receita ou outra administração xereta intervir.

O negócio estava sacramentado, para citar Lindberg.

Mrado entrou em contato com uma empresa que vendia companhias existentes sem atividade. Comprou duas. Por 100 mil coroas cada empresa. Despachou todos os documentos assinados por Lindberg. Mudou os nomes: Especialista Vídeo Estocolmo S.A. e Camarada Vídeo S.A. Abriu uma conta no banco. Mudou de contador. Encarregou-se de encontrar os locais certos.

Uma das locadoras se situava na Karlavägen, onde uma outra locadora já estava instalada. Vídeo Karlaplan. Dois pobres-diabos turcos eram seus proprietários. Mrado despachou Ratko e Bobban para amedrontá-los um pouco. Foram até lá uma noite de outubro, dez minutos antes do fechamento. Explicaram a situação. Os dois turcos se recusaram. Dois dias depois, quando quiseram abrir a caixa de *Batman Begins* que fora jogada pela fresta de devoluções anônimas — *bung!* Um dos turcos perdeu quatro dedos e um dos olhos.

Mrado comprou o lugar um mês depois por 30 mil. Uma ninharia.

A outra locadora ficava no centro de Södertälje. O lugar tinha sido anteriormente uma lavanderia self-service. O ex-proprietário, turco também, estava numa fase ruim. O acaso queria assim — iugoslavos contra turcos. As apostas pendiam claramente para os iugoslavos. O sujeito da lavanderia vendeu sem chiar por 20 mil coroas. De mão beijada.

Mandou reformar tudo no mês de novembro. Contratou os Especialistas em Demolição na Nälsta S.A., empresa de demolição de Rado. Dois coelhos com uma cajadada: a oportunidade cômoda de gerar impostos sobre o montante dos negócios e de a empresa de demolição emitir legalmente uma nota.

Mrado se livrou dos filmes pornôs no Vídeo Karlaplan. Trouxe um número incrível de filmes infantis — um verdadeiro paraíso da Disney. Esvaziou uma estante inteira, encheu-a de caixas de bombons. Reformou o balcão, de maneira que fosse possível comprar bilhetes de loteria, jornais e entrar como sócio. Deu uma demão de tinta, prendeu cartazes de publicidade dos últimos DVDs infantis, deu um toque de novo ao lugar, arrumou um canto para vender livros de bolso. O produto acabado: a locadora de filmes mais simpática, mais acolhedora para as crianças de todo Östermalm.

Boa impressão.

Para a loja de Södertälje: Mrado vendeu as máquinas de lavar para uns velhos conhecidos sírios. Södertälje era sua Jerusalém. Mrado sabia disso, havia convivido com os sírios durante toda a sua infância. Às vezes, era até convidado para casamentos. Os sírios: uma das redes mais fechadas de Estocolmo. Tinham o controle das lavanderias e dos cabeleireiros. Empresários. Mrado cultivava amizades. Lavanderias e dos cabeleireiros — atividades no mínimo tão perfeitas para a lavagem de dinheiro quanto as locadoras. Aqueles contatos poderiam vir a ser úteis um dia.

Após dois meses, as locadoras funcionavam a todo vapor. A ideia básica era simples: Mrado dispunha de 400 mil coroas de capital. Duzentas mil foram usadas na compra das empresas. Cem mil haviam sido depositadas, em pequenas somas, na conta respectiva de cada empresa. O dinheiro bastou para pagar os imóveis, as renovações de contratos e a compra de fitas de vídeo e DVDs. Os caras da sala de musculação cuidavam da loja das quatro às dez horas. Pagamento pelo caixa dois: DNB — direto no bolso. No papel, Radovan era ao mesmo tempo empregado e acionista. Mrado, funcionário de meio expediente. Quando tudo foi lançado, cada loja dava na realidade 50 mil coroas por mês. Segundo a contabilidade fabricada de Mrado — 300 mil por mês. Após a dedução do salário de Radovan, 25 mil, e o de Mrado, 20 mil por mês, outras despesas, taxas e encargos sociais: aproximadamente 50 mil coroas lavadas por loja. Em suma: os salários, bem como as outras receitas no âmbito da loja — brancos como pó.

Após ter atravessado o mundo dos documentos para regularizar as locadoras, o dinheiro das chapelarias escoava do outro lado, menos os impostos: coroas ganhas honestamente. E o melhor: se aquilo fosse por água abaixo, seria Lindberg quem pagaria o pato. Nem Mrado nem Radovan eram membros da direção e não constavam em nenhum livro de registro.

Apesar desse sistema bem-azeitado de lavagem, havia preocupações. Como se não bastasse, nos últimos meses seus problemas de insônia haviam se agravado. A situação com Radovan — mais tensa do que nunca. Seria por causa de suas reivindicações com relação aos lucros das chapelarias? O chefão dos iugoslavos parecia esnobá-lo. Dava mais liberdade a Goran, a Mrado não. R tinha planos sem M. Ratko e Bobban deixaram vazar a informação. Pergunta: aquele negócio de locadoras não fora apenas para ocupar Mrado? Pergunta número dois: quem era Mrado sem Radovan? Pergunta número três: o que Mrado poderia fazer da vida fora isso? Existiria sem isso?

O clima já fora melhor.

Ratko não apareceu. Mrado levantou. Pagou a conta. Dirigiu-se ao cassino. Sozinho.

Cassino Cosmopol: o antro nacional dos jogadores inveterados. A filosofia da hipocrisia dominada à perfeição. Jogar é um pecado luterano, jogar é um desperdício idiota e nefasto para a sociedade, jogar leva aos excessos — mas gera um dinheiro louco para o senhor ministro das Finanças. As pessoas precisam de pão e circo. Vamos, jogue um pouquinho, é só para ter sensações fortes. Raspadinha, loteria Keno, as apostas no futebol e nas corridas de cavalos, pôquer na internet, Jack Vegas etc. As máquinas de Jack e Miss Vegas eram as piores, garantiam 5 bilhões para o Papai Estado todos os anos. Empurravam gente para o abismo. Separavam casais. Destruíam sonhos. A nova doença do Estado de bem-estar social, depois da obesidade, era a dependência do jogo. Os números haviam crescido 75 por cento depois que as máquinas Jack Vegas e os cassinos foram reativados.

Os seguranças do cassino cumprimentaram Mrado com um aceno de cabeça. Ele passou na frente dos caixas da entrada. Com os outros, eles verificavam a carteira de identidade e a comparavam com a fotografia em seu banco de dados. Quando alguém ia pela primeira vez ao cassino, era fotografado. Mrado estava liberado — tinha uma assinatura anual. E mais: Mrado era Mrado.

O lugar era um misto de palácio dos prazeres de estilo vitoriano bem-restaurado e de ferryboat que faz o trajeto para a Finlândia. Cinco andares. O térreo particularmente interessante. O pé-direito bem alto, 15 metros. De madeira esmeradamente pintada. Estuques e motivos originais. Quatro luminárias gigantes. Os espelhos nas paredes davam a impressão de que a sala era ainda maior. No chão, tapete vermelho. Oito grandes mesas de roleta dispostas duas a duas. Entre cada par de mesas, uma pequena elevação onde um funcionário de smoking ou terno reinava numa poltrona de couro preto. Seu trabalho: ficar de olho no jogo, certificar-se de que ninguém trapaceava. A aposta mínima na roleta: 50 coroas no número, 500 na cor par/ímpar, ou coluna. Uma fortuna virava pó em menos de cinco minutos.

Além disso: cinco mesas de blackjack e de Punto. Duas mesas de Sic Bo para os chineses. Máquinas de Jack e Miss Vegas, caça-níqueis e outros autômatos.

A hipocrisia era tão manifesta que chegaram a entregar um panfleto a Mrado — *Problemas com o jogo? Isso não é vergonha nenhuma. Mais de 300 mil suecos sofrem da mesma dependência que você. Mas existe uma saída. Ligue para o CENTRO DE DEPENDÊNCIA.* Imagine você que sacanagem: eles distribuem panfletos contra o jogo e, ao mesmo tempo, era possível retirar sem problemas 100 mil coroas no caixa eletrônico do cassino Cosmopol.

Como sempre, os asiáticos representavam pelo menos um terço da clientela. Por outro lado, havia suecos, velhos imigrantes, mulheres de meia-idade com decotes amplos, um bando de jovens e os profissionais — os que circulavam ali todas as noites.

Mrado cumprimentou alguns rostos familiares. Subiu ao quarto andar onde rolava o verdadeiro jogo. O pôquer.

Segundo andar: um carpete marrom no chão, uma mesa de blackjack, algumas roletas de tamanho médio, incontáveis caça-níqueis. Um bar. Mrado se dirigiu ao bar. Cumprimentou o barman. Perguntou como iam as coisas. Tudo na paz. Frank Sinatra ao fundo. Continuou a subida.

Terceiro andar: a mesma coisa do segundo, sem o bar. Nas escadas, topou com um dos caras da recepção da academia de musculação.

Mrado o cumprimentou.

— Tudo certo?

— Olá, você pode fazer um favor pra um velho amigo. Me leva ao viaduto de Klaraberg e me afoga.

Mrado riu.

— Perdeu todo o dinheiro do mês de novo?

— Exatamente, caralho. Perda total, fodeu. Joguei 30 paus pela janela esta noite. Não vai ter férias este ano. Estou fodido.

— Você sempre diz isso. Calma, vai se recuperar.

— Eu deveria treinar com os caras da musculação. Eles têm o mesmo nível que eu. Não poderíamos organizar uma pequena noitada de pôquer? Beber um pouco de uísque, fumar um charuto.

— Não é uma ideia ruim, mas a maioria não quer saber de álcool. Excesso de calorias, péssimo pra forma.

— É, mas, porra, o que posso fazer? Não tenho chance alguma com os caras lá de cima.

— Muitos figurões esta noite?

— Dá uma olhada.

— Viu Ratko?

— Não. Também não vi na musculação hoje. Vai encontrar ele?

— Espero que ele tenha uma boa desculpa. A gente tinha um encontro vinte minutos atrás.

— Se eu topar com ele, digo que você está aqui em cima, e furioso. Agora, preciso cair fora, senão isso vai terminar mal de verdade.

Mrado continuou a subir os degraus. O cara na escada estava claramente prestes a se tornar um viciado em jogo. Mrado se perguntou o que era pior: o excesso de jogo ou o excesso de anabolizantes.

Abriu as portas giratórias do último andar. Tapete verde. A mesma cor das toalhas das mesas de pôquer. Um teto preto com spots discretos. Não havia espelhos nas paredes — mas, mesmo assim, os trapaceiros eram flagrados. Mrado cumprimentou todo mundo. Os lendários jogadores de Estocolmo estavam presentes: Berra K, O Joker, Piotr B, o Major, entre outros. Homens que tinham o mesmo ritmo de vida de Mrado. Trabalhavam das dez da noite até o fechamento do cassino, às cinco da manhã. Caras que saíam sempre de casa com maços de 50 mil coroas. Gênios matemáticos à margem da sociedade.

Numa parte da sala, apenas máquinas caça-níqueis.

No outro lado, as mesas de pôquer. Grossas fitas de veludo mantinham os curiosos à distância. O pôquer era popular. Num dos lados da mesa, no meio, o crupiê do Estado, vestindo uma camisa branca, um paletó de seda vermelho e uma calça pregueada preta. O ambiente era sério, tenso, impregnado de profunda concentração.

Havia duas mesas especiais para as grandes apostas. Alguém parecia desesperado, talvez tivesse acabado de perder as economias do lar. Outro se rejubilava, talvez acabasse de faturar 20 ou 30 mil de uma tacada. Os demais estavam mergulhados no jogo.

Havia um lugar vago numa das mesas caras. *No limit*: sem limites para as apostas, era possível jogar somas astronômicas. Cerca de vinte partidas por hora. O Estado recolhia cinco por cento sobre os ganhos. Um prazer caro — nada acarretava tantas perdas.

A ideia de Mrado se baseava no fato de que era possível obter um recibo relativo a todos os ganhos que superassem as 20 mil coroas, eram legais. Mrado não era o melhor jogador do mundo, mas às vezes tinha sorte. Neste último caso: apostar muito. Aquela noite, suas chances eram pequenas — só excelentes jogadores à mesa. Mas, por outro lado, as apostas aumentariam, ele poderia eventualmente lavar uma soma maior. Com um pouco de sorte, poderia inclusive lavar 100 mil coroas. Sua estratégia: jogar contidamente. Apostar apenas se estivesse com uma boa mão. A tática prudente, a menos arriscada.

Ocupou um lugar na mesa.

O jogo: Texas Hold'em. Super na moda depois que o canal 5 começara a passar os campeonatos americanos. Isso atraía um monte de babacas às mesas de pôquer, embora fosse a variante mais difícil de pôquer. Coisa rápida, várias partidas em uma hora proporcionavam mais chances de ganhar. As apostas mais altas do que no Omaha ou no Seven Card e mais jogadores em volta da mesa. Nenhuma carta aberta, a não ser as cinco, comunitárias. O jogo em que se podia ganhar rápido e muito.

Aquela noite, aparentemente, apenas *habitués* em volta da mesa.

Bernhard Kaitkinen, mais conhecido como Berra K. Mais conhecido ainda como o homem com o maior pênis de Estocolmo, o que ele nunca deixava de mencionar — Berra e a Jiboia. Sempre de terno claro, como se estivesse em um cassino de Monte Carlo. Havia saído com quase todas as damas da alta sociedade de Estocolmo: Susanna Roos, a redatora-chefe da revista *Svensk Damtidning*, Charlotte Ramstedt, entre outras. Berra K: mulherengo, sedutor, gentleman. Em primeiro lugar: um fenomenal jogador de pôquer.

Mrado conhecia seus métodos. O cara sempre falava de coisas que não tinham nada a ver, tentava distrair, exibia uma *poker face* peculiar falando sem parar.

Piotr Biekowski: um polonês branco como cera. Campeão do mundo de gamão alguns anos antes. Passara para o pôquer — mais grana em jogo. Vestindo um paletó escuro e uma calça preta. Camisa amarrotada, dois botões abertos em cima. Um estilo nervoso, instável. Suspirava, retorcia-se na cadeira, um olhar fugidio. Um novato no cassino poderia se iludir. Mas Mrado, não, ele sabia: nunca aposte muito alto contra Piotr — o jeito mais rápido de esvaziar sua carteira.

Em frente a Mrado: um rapaz de óculos escuros que Mrado não reconhecia. Mrado o examinou. Ele se julgava em Las Vegas, por acaso?

Mrado começou dando o *big blind* — mil coroas que alguém, como Mrado na posição em que estava no jogo, era obrigado a apostar. Todo mundo deveria apostar no mínimo a mesma soma para permanecer no jogo.

Piotr pagou o *small blind* — 500 coroas.

O carteador distribuía as cartas.

A mão de Mrado: 5 de copas e 6 de copas.

O *flop* ainda não viera.

Berra K foi o primeiro a se manifestar:

— Essas cartas me lembram uma partida que joguei num barco perto de Sandhamm, no último verão. Fomos obrigados a parar porque caiu um tremendo temporal.

Mrado ignorou essa banalidade absurda.

Berra K passou.

Os óculos escuros entraram no jogo, pagando o *big blind*.

Piotr pagou mais 500, igualando o valor do *big blind*.

Mrado consultou novamente suas cartas. Sua mão estava ruim, mas, em todo caso, tinha uma sequência de cartas do mesmo naipe, e não custava nada ficar mais uma rodada. Continuou.

O *flop*: as três primeiras cartas abertas, 7 de copas, 6 de paus, ás de espadas. Nada mirabolante para sua mão. Pouca possibilidade para um *flush*. Piotr começou a gemer — seu estilo.

Mrado obrigado a queimar uns neurônios. O jogo era importante. Piotr talvez blefasse, talvez quisesse fazer subir as apostas se lamentando, suspirando e gemendo. Nesse caso, Mrado deveria passar, apesar de suas chances de conseguir uma sequência ou um *flush*. Jurara não correr riscos.

Passou, as apostas continuaram sem ele.

O jogador de óculos escuros perscrutou a mesa. Apostou 4 mil. Nada mau. Talvez um desses novos astros que tinham aprendido tudo na internet. Mas o jogo de verdade era outra coisa.

O *turn*: a quarta carta aberta. Um 7 de ouros.

O de óculos escuros apostou 30 mil. Dobrou a aposta, sinistro.

Todos os olhos apontados para Piotr. Mrado sabia: o polonês podia ter uma trinca, quem sabe até um *full*. Mas, igualmente possível: o cara podia blefar como um demente.

Piotr empurrou seu monte de fichas — *all in*, 100 mil coroas. Um murmúrio de espanto percorreu os espectadores em torno da mesa.

O de óculos escuros pigarreou. Manipulou as fichas.

Mrado analisou Piotr. Teve certeza, o polonês blefava — uma pequena centelha rápida em seus olhos o traiu. Seus olhares se cruzaram. Piotr viu que Mrado sabia.

O de óculos escuros não percebia nada. A angústia em face da ofensiva. Desistiu.

The *river*: a última carta aberta na mesa — nunca apareceu.

Mrado pensou: o polonês joga alto esta noite. Aposta muito sem nada na mão.

Tempo para o próximo golpe.

O jogo continuou.

Carta por carta.

Mrado se continha.

Piotr jogava agressivo. Berra K falava de mulheres. Tentava distrair. O de óculos escuros tentava recuperar o que tinha acabado de perder.

Vinte e cinco rodadas depois: a mão de Mrado — o *Big Slick* de copas. O clássico no mundo do pôquer: ás e rei. Você tem chance de chegar ao topo, o *royal flush*. Mas, ao mesmo tempo, você não tem nada. Binário: se funcionar, você ganha muito. Se não, fodeu.

Uma gota de suor solitária na testa de Mrado. Talvez sua chance. Até então, fora prudente. Piotr, Berra K e o sujeito de óculos escuros não acreditariam que ele estava apostando sobre nada. Por outro lado, podia ser um fingimento. A gente joga se contendo, engana todo mundo, faz crer que nunca arrisca nada. Em seguida, blefa de maneira grandiosa.

A melhor mão da noite. Tomou uma decisão, para lavar o dinheiro de suas empresas, para salvar a situação com Radovan — apostaria alto.

A gota de suor entrou na sobrancelha de Mrado. Tão perto de um *royal straight* e, apesar de tudo, longe das notas de mil.

Girou uma ficha entre os dedos.

Disse: aposto.

Empurrou 5 paus.

Berra K o estudou. Cinco mil. Bom jogo.

Óculos escuros passou. Precisava ser louco para ficar num jogo tão agressivo sem ter realmente alguma coisa.

Piotr, que dera o *blind*, foi. Aumentou a aposta. Vinte e cinco mil ao todo. Maluco.

Berra K, Mrado e Piotr tinham todos um montante de dinheiro incrível diante deles.

Mrado refletiu: agora vai ou racha. Sabia de suas chances, sua mão fazia parte das dez melhores aberturas que se podia ter nesse jogo.

Com o rabo do olho, observou Piotr. Não havia nos olhos do polonês a mesma centelha da rodada em que ele blefara? A mesma impressão. Piotr não tinha nada. Mrado estava seguro; o polonês pagava para ver, mas caberia a Mrado levar para casa uma bolada.

Foi. Vinte no escuro.

Berra K começou a divagar. Falou de outras partidas extravagantes e disse que aquela era a mais louca que já havia visto. Depois passou. Nada inesperado.

Mrado contra Piotr, esperando as primeiras cartas serem abertas na mesa.

O de óculos escuros tirou as lentes, até Berra K parou de falar. Silêncio na mesa.

O *flop* abriu com ás de paus, 2 de ouros e dama de copas.

Piotr apostou 15 mil. Talvez para fazer Mrado desistir. O pote nas alturas.

Em todo caso, Mrado tinha um par de ases, o melhor par possível. Em caso de empate, seu rei daria um excelente *kicker*. E havia sempre a possibilidade de um *royal flush*. Foi. Pagou os 15 mil. Encarou Piotr.

Ia acabar com aquele polonês escroto.

O Turn: valete de copas. Coragem. Ainda a possibilidade de fazer um *royal flush*. Não era agora que iria se curvar. Além disso, tinha cada vez mais certeza: o polonês não tinha nada na mão. O cara blefava descaradamente.

Ensandecera.

Piotr subiu mais 30 mil.

Mrado julgou perceber de novo aquela centelha.

Aproveitou a oportunidade — apostou *all in*, tudo que tinha à sua frente, 120 mil coroas. Todas as suas fichas na mesa. Rezou a Deus para que tivesse percebido direito, para que Piotr estivesse blefando.

Piotr pagou imediatamente.

O crupiê sentia o nervosismo ao redor da mesa. Tanto Mrado quanto Piotr abaixaram suas cartas.

Mrado: quase o *royal flush*. Faltava só o 10 de copas.

Piotr: trinca de ases.

O coração de Mrado quase parou. Aquele demônio de polonês não tinha blefado dessa vez. A centelha em seus olhos tinha exprimido outra coisa — talvez triunfo. Só restava uma chance a Mrado, ele precisava que o *river* fosse o 10 de copas.

O crupiê demorou a abrir o *river*. Piotr se agitou nervosamente em sua cadeira. Todos os outros jogadores na sala se levantaram, sentiam que alguma coisa de importante estava para acontecer naquela mesa. Se Mrado ganhasse, sairia com mais de 300 mil.

O crupiê abriu a carta: 3 de paus.

Mrado estava morto.

O vencedor: Piotr. Trinca. Levara tudo. Mrado queimara 160 mil de uma tacada. Que beleza.

Mrado ouviu sua própria respiração. Na bruma, tomado pela vertigem. Vontade de vomitar.

Sentiu um aperto no coração. Batidas rápidas, tristes.

Piotr recolheu as fichas. Enfiou-as num saquinho de pano.

Levantou-se. Deixou a mesa.

Alguém gritou o nome de Mrado. Do outro lado do cordão de veludo estava Ratko. Mais de cinquenta minutos depois da hora combinada. Mrado fez um sinal com a cabeça em sua direção. Voltou para a mesa de pôquer.

Ficou sentado, atônito. Sua testa ardia. Transpirava.

Finalmente, o crupiê se dirigiu a ele, perguntando:

— Quer participar da próxima?

Mrado sabia que uma catástrofe acabava de se abater sobre ele. Para o crupiê, tratava-se apenas de lhe perguntar quando poderia prosseguir com o jogo.

Mrado levantou. Saiu.

Bobban dizia sempre: no hóquei, é bem rápido. Mrado sabia — mais rápido ainda no Texas Hold'em. Queimara mais de 160 mil em uma hora e meia. Não era mesmo sua noite. Deveria ter percebido: sujeitos calejados em volta da mesa.

Ratko estava em frente a um caça-níqueis, de costas para a mesa de pôquer, e alimentava a máquina com moedas de 20 coroas.

Mrado lhe deu um tapinha no ombro:

— Está atrasado.

— Eu, atrasado? Você ficou quase uma hora jogando. Eu é que tive que esperar.

— Mas foi você que se atrasou. Combinamos às dez.

— Desculpe. Como foi?

Mrado silencioso.

Ratko repetiu a pergunta:

— Como foi?

— Olha, eu me fodi tanto que é capaz de ser melhor me jogar do viaduto de Klaraberg.

— Sinto muito.

Mrado observou Ratko jogando no caça-níquel. Estava acabado. Não deveria ter jogado sentindo-se tão cansado. Toda a grana das locadoras. Aquela história não podia sair daquela sala.

Puta que o pariu.

Ratko enfiou mais uma moeda. Apertou o botão. Os ícones rodaram.

A cabeça de Mrado rodava ainda mais.

28

Back in business. Estava animado: J-boy, o gângster mais sinistro da cidade. *El choro*. Renascido das cinzas. Dera a volta por cima quando o julgavam nocauteado.

Sua vida navegava entre o ódio — que não era senão justiça — e o tráfico de coca em alto nível. O ódio: contra Radovan & Companhia. Contra aqueles que o haviam triturado. A venda da coca: o trabalho para Abdulkarim.

Mas Jorge era um homem de planos. Iria destruir o império de Radovan de uma vez por todas. Faria de maneira que os mafiosos iugoslavos fossem enterrados ou engaiolados para sempre. Só precisava de mais informações e mais tempo para planejar.

A hora de R se aproximava. Jorgelito estava mais do que certo disso.

Flashback.

Jorge se recuperara espantosamente rápido. No início, quando JW o encontrou semimorto na floresta, não entendeu nada. Quem, pelo amor de Deus, era aquele cara de Östermalm? Que não parava de falar de um mercado novo, da expansão do setor da coca. Estaria de sacanagem?

Quinze minutos de explicações a um latino fora de órbita.

Jorge não levou fé naquilo.

JW prometeu a ele que um carro chegaria. E que lhe daria comprimidos analgésicos.

Jorge disse a ele que desse o fora.

JW foi até a estrada.

Jorge permaneceu deitado, sozinho. Um simples movimento de um milímetro bastava para lhe causar dores sobre-humanas. O frio invadiu seus membros. Jorge prestes a desmaiar de novo. A morrer. Mas as perguntas o atormentavam mais que as dores de cabeça: aqueles iugoslavos iriam se meter com Paola? Iriam deixá-lo tranquilo agora? Seria melhor deixar o país imediatamente? Nesse caso, quais eram suas chances? Sem dinheiro, sem passaporte, sem contatos. Em outros termos: as mesmas chances de sobrevivência de um merdinha em Österåker.

Ficava cada vez mais escuro na floresta. O tempo se erodia. Os troncos de árvores escureciam. Os galhos pendiam na direção do solo.

A sensação de estar com pernas e braços quebrados. Como se suas costas tivessem sido rasgadas. Como se lhe tivessem aberto um novo ânus ao lado do primeiro — a estranha simetria da natureza concretizada: dois olhos, duas orelhas, duas narinas, dois braços e duas pernas. E, agora, dois ânus.

Tentou dormir. Sem chance.

Sentia frio.

A definição da eternidade: Jorge passou uma hora e meia esperando na floresta até que JW aparecesse de novo. Acompanhado de um sujeito alto, um gorila. Levantaram-no. Jorge julgou morrer pela segunda vez num lapso de quatro horas. A peste ou o cólera. Primeiro, foi espancado cruelmente por um iugoslavo maluco — para depois ser chacoalhado cruelmente nas costas de um gigante libanês.

Um Mazda branco, um furgão, esperava na estrada. No porta-malas, uma maca estofada. Amarraram-no em cima. Um homem de aspecto nórdico, que Jorge tomou por um enfermeiro de verdade, injetou-lhe uma dose de morfina. Ele começou a ter sono. Sonhou com saquinhos cheios de comida capazes de andar sozinhos.

Fragmentos de lembranças.

Acordou num quarto frio. Confuso. Em segurança, mas com medo de ter ido parar num hospital. Ser tratado e ao mesmo tempo desmascarado — voltar à sua cela em Österåker. Depois, veio a dor. Berrou.

Um homem alto no quarto, o mesmo que o carregara até o furgão. Camisa polo e jeans azul-escuro. Jorge constatou que não estava no hospital. Alguma coisa na aparência do homem lhe sugeria o contrário — um rosto como aquele não combinava com o mundo hospitalar. Aqueles traços soturnos, brutais. Aquelas cicatrizes, aquelas bifurcações que devastavam uma parte do rosto. O homem sorriu, um dente de ouro cintilou entre seus incisivos superiores. Aquele sinal peculiar terminou por convencê-lo: uma pessoa que trabalhasse num hospital não sorriria exibindo ostensivamente um incisivo dourado.

O homem, Fahdi, sorriu:

— *Allahu Akhbar*, você está vivo!

Alguns dias mais tarde. Voltou a si. Alguém lavava seu braço, ele estava esverdeado. Num dos braços e sobre sua coxa esquerda, escoriações em vias de cicatrizar. Melhora. Não estava mais todo roxo — estava todo verde.

O sujeito que lavava seu braço se apresentou sob o nome de Petter e disse:

— Você vai dar a volta por cima, meu velho.

Jorge deixou cair o braço sobre a cama. O sujeito pegou um copo cheio de uma bebida vermelha. Um canudo estava dentro do copo. Levou-o à boca de Jorge. Jorge sorveu. Um gosto de suco de framboesa.

O sujeito sorriu. Jorge examinou a parede. As cortinas estavam puxadas. Havia uma janela atrás? Tentou voltar a cabeça. Doía muito.

Ficou sem se mexer. Dormiu de novo.

Sonhos sob a influência da morfina: Jorge percorria uma estradinha escura em companhia de Paola. Um muro alto de pedra verde acompanhava o caminho. Postes iluminavam aqui e ali. Asfalto mole. Os pés de Jorge chafurdavam. Formaram rastros naquela massa pedregosa, quente. Ele pensou: se eu começasse a correr agora, que velocidade poderia alcançar? Sua irmã se voltou para ele: "Meu príncipe, quer brincar de guerra comigo?" Jorge tentou levantar o pé. Difícil. A massa de asfalto grudava na sola. Negra, grossa. Pesada.

Algumas noites mais tarde: Paola dançava um twist — cambalhotas. Duas cordas. Na verdade, dois lençóis retorcidos. Duas colegas dela seguravam as cordas. Paola: 8 anos. Jorge correu na direção das cordas. Tropeçou. Caiu. Mas então: um enorme tapete feito para salto em altura. Sua queda foi amortecida. Ele se impulsionou com as mãos. Não conseguia se levantar. O tapete muito mole. Como areia movediça. Ele chafurdou. Tentou se agarrar com as mãos, os cotovelos, os joelhos. Paola riu. As garotas riram. Jorge chorava.

Mais tarde: o sujeito que o lavara, Petter, estava sentado na beirada da cama. Disse a ele que tudo corria bem. Que Jorge ficaria lindo. O mais lindo.

Jorge não teve forças para lhe perguntar o que planejava fazer.

Uma luz intensa o cegou.

Ele desviou a cabeça. Fechou os olhos.

Sentiu instintivamente que alguém se aproximava de seu rosto.

Um homem que nunca tinha visto antes passou um produto em seu nariz.

Subitamente: uma dor inexprimível.

Berros.

Uma dor como se lhe arrancassem o nariz.

Tentou ficar de pé.

O homem o impediu.

Fez com que bebesse alguma coisa.

Ele dormiu de novo.

Alguém o sacudiu.

— Acorda, meu velho. Já dormiu o bastante por hoje.

Jorge ergueu os olhos. Um homem de cabelos pretos. Talvez 30 anos. Paletó. Uma camisa de colarinho largo. Desabotoada no alto. Na cabeça, um boné branco Craig David.

— Abra bem os olhos.

Jorge o encarou em silêncio.

— Sou eu, Abdulkarim. Sua tábua de salvação na vida terrena. Seu chefe.

Jorge confuso.

— Faz três semanas que você está aqui. Vai acabar viciado em morfina se não recuperar a forma. E agora você pode. Não resta dúvida. Levanta os braços.

Jorge os levantou. Amarelos em cima, perto dos ombros, mas de resto tudo ok.

— Você parece restabelecido, meu velho. Alá é grande.

Abdulkarim segurava um espelho na mão.

Jorge viu seu reflexo: um homem barbudo, magro, cabelo escuro, talvez 25 anos, sobrancelhas franzidas, nariz grosso, quase o de um pit bull, a pele cor de oliva.

Uma variante de Jorge.

Riu. Ao mesmo tempo, estava preocupado. De um lado, era sua tábua de salvação — Abdulkarim, Deus sabia quem ele era, tratara-o bem. Passaram-lhe um novo tipo de autobronzeador, depois encresparam e tingiram seu cabelo. Melhor do que ele mesmo havia feito antes. Além disso, perdera peso.

O principal — não tinha mais o mesmo nariz.

— O que fizeram com o meu nariz?

Abdulkarim caiu na risada:

— Foi dividido ao meio, meu velho. Trouxemos um cara que cuidou de você. Espero que não tenha doído muito. Acho que está mais bonito assim. Um pouco achatado talvez, porém mais maneiro.

Jorge era Nikita: recolhido na rua. Ao despertar: maquiado e produzido para se tornar seu novo supersoldado. Continuação da história?

Abdulkarim prosseguiu:

— Eles te massacraram. Você parecia um montinho de bosta quando foi encontrado. Aqui, você se transformou no Hulk, caramba. Com manchas verdes. Pena que não tenha o poder dele.

Jorge se virou na cama.

Abdulkarim tentou fazer piada.

— Uns porcos sujos. Eles te foderam também? Quem foi a mulher?

Jorge dormiu.

Tudo aconteceu muito rápido. Estava praticamente recuperado da surra que Mrado e Ratko lhe haviam infligido. Únicos vestígios: uma cicatriz nas costas e a dor num dos braços. Ofereciam-lhe a oportunidade de ficar na Suécia e ganhar pesetas. O fato de seu nariz ter sido arrebentado, depois reparado pelos caras de Abdulkarim, poderia ser uma vantagem. Agora, estava torto, mais largo também. Mudara ainda mais sua aparência.

Tempo suficiente se passara desde sua fuga. Sua foto não fazia mais parte das cem primeiras a surgir na tela dos policiais quando pediam a lista das pessoas procuradas. Com sua nova fisionomia, o dinheiro do árabe e um pouco de apoio, Jorge tinha uma chance real de se safar.

Sabia muito bem por que seu perfil convinha perfeitamente a Abdulkarim — seu conhecimento do negócio da coca, misturado à dependência e à gratidão para com o árabe, faria dele um dos cães mais fiéis da matilha de Abdul.

O plano de negócios de Abdulkarim funcionava exatamente como JW tinha explicado. O subúrbio estava maduro para a infiltração da coca. Jorge apreciava o projeto. Ele mesmo tivera ideias semelhantes em Osteråker.

Durante alguns dias em novembro, Jorge e JW se refugiaram no apartamento de Fahdi para elaborar uma estratégia. Abdulkarim passava de tempos em tempos a fim de dar o suporte necessário. De quanta cocaína eles precisariam para o mês de janeiro? Por qual parte do subúrbio pensavam começar? Jorge sugeria nomes. As pessoas que precisavam contatar. Os traficantes que precisavam trazer para debaixo de suas asas. As pessoas que precisavam consultar. Fahdi os abastecia com pizzas e Coca-Cola.

Abdulkarim tinha uma ideia fixa: a importação. Deviam importar mais. Estruturar melhor o contrabando.

Jorge lhes ensinava tudo o que sabia. O cara de Östermalm, JW, absorvia as informações como um aluno de terceiro ano absorvia cerveja na festa de fim de ano. Segundo Abdulkarim, o cara tinha técnica para vender às pessoas do Stureplan. Jorge como instância suprema de saber. Apesar de tudo, JW dava uma de importante. Esnobe otário. Jorge não gostava daquele estilo.

Abdulkarim era bandido, mas religioso. Numa frase, agradecia a Alá, e na seguinte, falava do preço da cocaína. Uma noite, na casa de Fahdi, dissera:

— Posso fazer uma pergunta séria pra você, Jorge?

Jorge assentiu. Abdul continuara:

— Qual a sua religião?

Jorge balançara a cabeça.

— Minha mãe é católica. Acredito em Tupac. Ele está vivo.

Tentou fazer piada. Todos os caras da cidade conheciam Tupac. O árabe respondera:

— Estamos em guerra. Você precisa escolher um lado. Acha que todos os suecos vão aceitar você só por que tem grana? Alá pode mostrar o caminho.

JW lhe disse que o árabe nem sempre fora assim. Antes, limitava-se a falar de pó. Alá era definitivamente um novo *player* na jogada.

Fim de novembro. Jorge ousou sair na rua pela primeira vez. No início, ficava superparanoico. Olhava para trás a cada três passos, os policiais e os Iugoslavos assombravam seus pesadelos. Acampava na casa de Fahdi. Sempre que o libanês voltava à noite, Jorge acordava em sobressalto, achando que eram os policiais, o fim para ele. Ao cabo de alguns segundos, o som dos filmes pornôs o acalmava. Compreendia que tinha um visual diferente agora. Mais magro. Mais moreno. Com o nariz mais torto.

Ia regularmente à clínica de bronzeamento. Continuava a fazer permanente. Tentava aprender a usar um par de lentes de contato que Abdulkarim lhe dera. Seu jeito de andar melhorava a cada dia, fazia o que podia para caminhar como um *gangsta*.

Precisava de um apartamento próprio.

Jorge fez contato com Sergio e lhe agradeceu pela ajuda. Elogiou-o, abençoou-o. Contou que estava tudo bem, mas que não poderiam se ver durante certo tempo. Sergio, compreensivo, falou sobre seus dedos quebrados, ainda duros. Sua namorada continuava com acessos de angústia.

O ódio de Jorge pelos Iugoslavos foi reaceso.

De um celular de cartão que recebera de Abdulkarim, enviou uma mensagem para Paola: "Vivo, tudo bem. E você? Não se preocupe. Saudações à mamãe. Beijocas/J."

Dois caras, Petter, o sueco que havia cuidado dele, e Mehmed, um tunisiano, tornaram-se assistentes de Jorge para os assuntos do pó. Visitavam as pessoas em Sollentuna sob as ordens de Jorge. Distribuíam gramas às pessoas certas. Vendiam. Jorge, por sua vez, trabalhava em outros subúrbios. Onde seu rosto, ainda que tivesse um novo, nunca fora visto.

A todo vapor. Em janeiro, venderam cerca de 400 mil coroas no bruto. Após a dedução do preço de compra e da parte de Abdulkarim: 150 mil para dividir entre Jorge, Petter e Mehmed. A vida era boa. Jorge era rei — Jorgius Maximus.

Um pensamento volta e meia o atormentava, mas ele não tinha tempo de desenvolvê-lo: seu destino era aquele? Um sujeito comum de um gueto de Estocolmo não tinha outra escolha para subir na vida a não ser traficar cocaína? Sua trajetória já estaria corrompida quando sua mãe havia decidido deixar o Chile para se tornar uma cidadã normal num novo país? Como quando percebemos que pegamos o metrô na direção errada. Nada a fazer. Não podemos pular do trem. O que acontecia quando puxávamos o sinal de alarme? Criança, Jorge praticara muito isso na companhia dos colegas. Aquela porra de trem não parava no meio do trajeto como se poderia imaginar — não, continuava até a estação seguinte para parar. Para que servia um botão de alarme se de toda forma éramos obrigados a ir aonde não queríamos?

* * *

Os planos de Jorge para o futuro haviam desmoronado. Deixar o país o mais rápido possível não estava mais na ordem do dia. Enviar Radovan para trás das grades se tornara sua prioridade absoluta. E, nesse ponto, ainda tinha um bom caminho a percorrer. Com seu passado, sabia um monte de coisas sobre o tráfico de coca praticado pelo Sr. R — mas não o suficiente. Radovan deve ter achado que J-boy tinha muito mais informação contra ele. Por que colocar Mrado e Ratko em seus calcanhares? Jorge precisava saber mais, recolher provas consistentes a fim de aniquilar Radovan.

O suficiente para não expor Paola ao perigo.

O suficiente para aplacar seu ódio.

O plano de Abdulkarim precisava de tempo. Cumpria implantar o negócio do pó na zona oeste e em algumas áreas da zona sul. Em Bredäng, Hägerstensåsen, Fruängen. Além disso, estava preparando e planejando uma grande importação de pó. Talvez direto do Brasil.

A vida em liberdade não lhe deixava um minuto livre.

29

A mesma viagem ao interior: SJ.* JW a caminho de Robertsfors.

Voltava para casa? Ou se afastava de casa? Tinha uma casa? Os apartamentos dos caras, os banheiros do Kharma onde fechava as transações de pó, seu quarto na casa da Sra. Reuterskiöld ou em Robertsfors — na casa de papai e mamãe?

Ouvia músicas em seu MP3 player: Coldplay, The Sadies e outras bandas pop, enquanto chupava balas. Eterno enigma. Haveria uma diferença de sabor entre as brancas, as vermelhas e as verdes? Chupava-as de olhos fechados.

---

* Sociedade das Ferrovias Suecas. (*N. do T.*)

Estava escuro do lado de fora. Via o reflexo de seu rosto no vidro. JW pensou: para um narcisista como eu, perfeito.

O vagão estava quase vazio. Uma das vantagens de ser estudante era que ele poderia pegar qualquer trem durante a semana. Claro que teria como pegar qualquer trem ou avião, a despeito do preço, ou quase. Mas não valia a pena — seria uma idiotice despertar as suspeitas dos pais.

Na verdade, tinha que estudar para a faculdade. Fazer uma dissertação de macroeconomia sobre as relações entre taxas de juros, inflação e taxas de câmbio. Mantinha seu celular ligado no colo. Mas os movimentos do trem o faziam cochilar. Sentia-se cansado.

Fechou o laptop. Entupiu-se de balas e fechou os olhos. Enquanto mastigava, pensava nos últimos meses.

Cerca de quatro meses antes, encontrara Jorge na floresta. Desde esse dia, dedicara a maior parte do tempo à expansão do negócio da coca. JW e Jorge, os responsáveis pelo projeto, cada um na sua especialidade. O dinheiro entrava, em média 100 mil por mês. Logo compraria sua BMW à vista e talvez um apartamento. Precisava lavar o dinheiro antes.

Seus estudos sofriam com isso. Conseguia passar raspando nas provas. Estaria faltando com sua promessa? O ponto positivo era que começava a fazer um nome na selva do Stureplan. Todos os que se interessavam pelo pó o conheciam. JW seguia o conselho de Abdulkarim: ficar de olho naqueles a quem dava o número do seu celular. Não devia tornar as coisas fáceis demais. As pessoas podiam ligar para ele e deixar uma mensagem na caixa postal. JW retornava as ligações, verificava seu background, depois ditava as regras. Ele jogava segundo a estratégia do árabe — com precaução.

Andava com os caras. Via cada vez mais Jet-set Carl e outros conhecidos, pessoas que haviam crescido em Bromma, Saltsjöbaden e Lidingö. No Djursholm. Parêntese importante: os sabe-tudo achavam que se dizia *em* Djursholm, e não *no*, ao passo que os que sabiam das coisas diziam exatamente o contrário. Essas pessoas tinham contatos e grana: festeiros socialites, cheiradores — sobretudo clientes.

JW entrava em contato com a nobreza. O top do glamour. Os rebentos do círculo fechadíssimo dos latifundiários. Festas alucinantes nas casas dos bacanas. A venda de pó rendia frutos. Uma arena particular onde os ingressos custavam caro.

Via Sophie duas ou três vezes por semana. De vez quando, saíam para jantar, beber alguma coisa ou dar um passeio.

O problema, segundo JW: o relacionamento estagnara. Era como se jogassem sempre um jogo. Ela ficava sem telefonar dias a fio. JW tampouco ligava. Esperavam. Fingiam brigar.

Quando estavam sóbrios, o sexo era uma catástrofe total. Embaraçoso. JW nervosíssimo. Concluído ao fim de dez segundos. No máximo. Tentava se drogar no momento de fazer amor com ela. Funcionava melhor.

Decorridos alguns meses, o relacionamento se estabilizou. Ele passava a noite na casa de Sophie várias vezes por semana. Subsistia, entretanto, uma espécie de distância entre eles. Às vezes, sem que JW compreendesse por que, ela não queria encontrá-lo. Quando esses períodos se estendiam, ele sentia muitas saudades dela.

Jorge estava bem, não fazia o gênero de JW, mas tudo bem. O chileno dominava o ramo da coca. JW tentava assimilar as informações, as experiências, os truques.

O trem adentrou a estação em Hudiksvall. JW deixou seu olhar vagar pela janela. Do outro lado da plataforma, via-se um lago. Estava quase lá.

Três dias antes, Abdulkarim havia ligado para ele. Sua voz traíra uma ligeira excitação:

— JW, estou com uma parada grande rolando aqui.

— Sou todo ouvidos, Abdulkarim. Fale.

— Vamos a Londres. Organizar a importação do século.

— Ah! Como assim? Seu chefe misterioso lhe deu carta branca?

JW sentia-se cada vez mais seguro diante de Abdulkarim — quase se atrevia a zoar dele.

— Tranquilo, *habibi*, meu chefe está comigo. Um negócio grande, saca? Muito maior que todas as outras importações. Vamos tratar diretamente com os fornecedores. O fino, *inch Allah!*, você precisa reservar nossas passagens. Para mim, você e Fahdi. Ficaremos cerca de cinco dias. Temos que estar lá dia 7 de março. Providencie os quartos de hotel, quero um excelente. Se vire pra arrumar boates maneiras. Compre uma arma para Fahdi. Organize essa viagem pra Londres. Está com a gente, meu velho?

JW quase perdia as estribeiras todas as vezes que Abdulkarim o tratava de meu velho. Mas zombar do árabe, isso ele não ousava. Preferiu saborear a oferta.

— Claro. Vou organizar a viagem. Só tenho que consultar minha agenda, pode ser que eu tenha provas, esse tipo de coisa. E onde posso arranjar uma arma?

— Nem pensar em "consultar sua agenda". Temos que estar lá dia 7. Fale com Jorge sobre a arma. E também quero visitar os pontos turísticos de Londres, meu velho. Big Ben, Beckham e o escambau.

Ouvindo-o, parecia fantástico. Fabuloso. Abdulkarim e ele já haviam conversado muito sobre isso — entretanto, precisavam reduzir o preço de compra a fim de poder aumentar a quantidade importada. Descobrir novos meios de atravessar as fronteiras. Planejara começar os preparativos da viagem após sua visita a Robertsfors.

A única coisa que já verificara tinha sido o jeito de comprar uma arma em Londres. Jorge conhecia um cara que tinha passado um tempo na prisão na Inglaterra. Tinham feito contato com ele. Em seguida, fizeram contato com seus contatos. Prometeram uma recompensa de 2 mil libras. Enviaram um adiantamento de 500 libras via Money Transfer. Combinaram um lugar para a entrega do objeto. Uma pistola iugoslava, uma Zastava M 57, 7,63 milímetros, lhes seria passada na estação de metrô Euston Square, no dia 7 de março, ao meio-dia.

Era, definitivamente, a ascensão de JW. Não se sentia mais distante de poder negociar diretamente com os pesos-pesados. De ser convidado para a sala VIP do show da coca.

Apenas uma coisa o inquietava: JW observara que Abdulkarim estava mudando. Falava cada vez mais de islamismo e política global. Começara a usar um barrete muçulmano. Referia-se incessantemente ao último sermão de sexta-feira na mesquita. Louvava Maomé a cada três frases, parara de beber e se queixava da supremacia dos Estados Unidos no mundo. Para JW, o árabe cavava seu próprio túmulo. Só existia uma única lealdade — o *business*. Nada mais devia ter prioridade — nem mesmo Deus.

JW não via os pais desde o último verão. Haviam se falado pouco depois disso. Um telefonema da mamãe Margareta duas vezes por mês, só isso. Suas perguntas recorrentes lhe davam nos nervos. Como vão os estudos? Quando vem nos visitar, a nós e à vovó? Sempre as mesmas respostas arrastadas: os estudos vão bem, faço todas as provas sem problema. Não tenho tempo de ir, preciso trabalhar no táxi pra ganhar a vida. De jeito nenhum, mamãe, não é perigoso.

Amor e consciência pesada misturados. A voz de Margareta traía o medo. Medo de que acontecesse alguma coisa a ele também.

Viu o rosto de Camilla diante de seus olhos. O que ele sabia que seus pais não soubessem?

Descobrira algumas coisas.

Se não tivesse visto aquela Ferrari amarela cinco meses atrás, tudo teria continuado como sempre. Uma saudade calada. Uma tristeza reprimida. Um esquecimento consciente.

Talvez tivesse sido a velocidade do carro que o abalara. O barulho. O ronco do motor. Aquele comportamento insano de atravessar a cidade a pelo menos 90 quilômetros por hora.

JW tivera a escolha entre continuar suas buscas, e eventualmente topar com alguma coisa de terrível, ou desistir. Se lixar para tudo aquilo, tentar passar uma borracha na história, como fizera anos antes. Talvez tivesse sido melhor transmitir as informações que descobrira à polícia. Deixá-la fazer seu trabalho.

Isso não era mais possível — depois que ficou claro que Jan Brunéus mentia.

JW havia ligado de novo para ele. O professor visivelmente não tinha interesse em encontrá-lo outra vez. JW usou de sua lábia. Tentou de tudo. Contava-lhe a alegria que sentia de encontrar alguém que conhecera Camilla. Jan inventava desculpas. Não tinha tempo, tinha uma reunião de professores, estava doente. Tinha trabalhos para corrigir, ia tirar férias. Passaram-se semanas, JW parou de ligar. Em vez disso, foi mais uma vez diretamente à universidade.

Usou o mesmo método da última vez. Postou-se em frente à porta da sala de aula e esperou. O mesmo cara negro saiu pela porta dessa vez também.

Jan Brunéus continuava na sala. JW tinha flashbacks, era igualzinho à última vez — as mesmas garotas ainda juntavam suas coisas, enfiavam seus cadernos nas mochilas.

Ele permaneceu no vão da porta, esperou uma reação da parte de Jan Brunéus, que conservou o sangue-frio. Foi até JW. Não pareceu sequer admirado.

Cumprimentou-o:

— Bom dia, Johan. Tenho pensado muito em você. Compreendo que ache meu comportamento estranho.

JW olhou-o direto nos olhos.

Quem era Jan Brunéus? JW havia feito várias buscas. O professor era casado, sem filhos e morava numa casa de classe média em Stureby. Dirigia um Saab. Além da Komvux, dava aula também em um instituto. Seu nome não dava resultado no Google. À primeira vista, parecia inatacável. Mas quem não parecia?

JW respondeu:

— De forma alguma.

— Tenho uma sugestão. Vamos passear um pouco. Se fôssemos até o Haga Forum? É bonito por lá.

JW concordou com a cabeça. Jan Brunéus tinha algo para explicar.

Era dezembro. O termômetro beirava o zero, nevava. Brunnsviken estava coberto por uma leve camada de gelo. JW detestava aquele tempo — ruim para usar sapatos finos, a tendência era muita sola de borracha e muito pouca sofisticação.

Estavam atrás do Centro Wennergren quando Jan começou a falar.

— Eu me comportei como um crápula. Eu deveria ter ido procurar você há muito tempo pra conversar. Admito.

Vapor saía de sua boca enquanto falava.

— Toda essa história me atormenta. Tenho pesadelos e não consigo dormir. Acordo no meio da noite me perguntando: o que aconteceu com Camilla?

Silêncio.

Jan Brunéus continuou:

— Ela não tinha uma vida fácil. Tinha muito poucos amigos. Acho que seu talento manteve ela distante das outras garotas. Ela queria sucesso na vida. Talvez fosse essa ambição que assustasse os outros. Pouco importa, resolvi proteger Camilla. Encorajei ela. Costumava conversar com ela depois das aulas. Me lembro de que ela gostava muito de inglês. Enfim, era uma garota adulta. Aqui, na Komvux, não passam de crianças. Apesar de tudo, às vezes considero meus alunos uns bebezinhos. A maioria deles não fez o secundário sem problemas. Estão sempre carentes de alguma coisa.

JW se perguntou quando é que o cara ia finalmente chegar ao ponto.

— Quando você apareceu na Komvux pra saber mais sobre Camilla, tive medo. Me senti culpado. De não ter cuidado mais dela. De não ter percebido a chegada da catástrofe. Sua tristeza e sua solidão. Seus sentimentos. Sua depressão. O suicídio.

JW parou. Pensou: do que ele estava falando? Ninguém sabia o que acontecera a Camilla.

— De onde tirou essa teoria de suicídio?

— Não tenho certeza, mas, analisando friamente, devo dizer que havia indícios sintomáticos. Ela emagrecia. Devia ter distúrbios de sono, aparecia na aula com olheiras. Se retraía cada vez mais. Não estava bem, pura e simplesmente. Fui cego. Eu me odeio, juro. Eu deveria ter dado o sinal de alarme. Ao mesmo tempo, como podia ter certeza?

A ideia não era nova. JW se perguntara muitas vezes como a irmã se sentia.

Jan Brunéus continuou:

— É por isso que o evito. Provavelmente, ainda não consegui superar essa história. Tive medo. Compreendo que tenha se perguntado o que eu planejava. Apresento a você minhas sinceras desculpas.

Caminharam mais 100 metros. JW não tinha mais muita coisa a acrescentar. Jan lhe disse que tinha de retornar à Komvux. Dava aula.

Apertaram-se as mãos.

JW o viu se afastar. Jan Brunéus usava um sobretudo marrom da grife Melka. Com as costas curvadas, dirigia-se num passo enérgico ao prédio da escola. Parecia estressado.

JW ficou sozinho diante do Haga Forum. Sentia frio. Refletia. Jan Brunéus dera boas notas a Camilla para ser simpático? Para encorajá-la? Porque via que ela sofria de depressão?

Estava abatido. Porque sua irmã aparentemente tivera problemas. Porque ele não tinha descoberto nenhuma nova informação. Se Camilla se suicidara, então onde estava o corpo? Por que ela não havia deixado nenhuma carta? O suicídio não era, na opinião dos psicólogos, um pedido de socorro? Não, ainda que ele não tivesse conhecido bem sua irmã, conhecia-a suficientemente bem para saber que ela não cometera suicídio. Não era desse tipo.

JW foi direto para Kista. Abdulkarim ia ficar puto: haviam combinado de se ver para uma transação de pó, mas isso podia esperar.

O centro de Kista tinha sido reformado desde sua última passagem por ali: cinemas, restaurantes, lojas de roupas, Åhlens, *you name it*. Foi à H&M. Esperando que Susanne Pettersson trabalhasse naquele dia. Vários meses haviam se passado desde seu primeiro e último encontro, e tinha sido ela que o aconselhara a procurar Jan Brunéus.

Durante longos períodos, ele ficava como que paralisado. Não suportava pensar em Camilla. Escondia-se atrás do negócio da coca, dos estudos, do seu caso com Sophie. Suas buscas sobre o passado não tinham continuidade.

Susanne estava atrás do caixa. Havia pouca gente na loja. JW perguntou se ela tinha uns minutos disponíveis. Sem problema, outra moça podia substituí-la. Susanne e JW ficaram em frente ao mostruário de jeans.

Ela estava morrendo de medo. Não parava de lançar olhares à sua volta, de certificar-se de que nenhum cliente, nenhum colega, ninguém pudesse ouvir o que diziam.

— Desculpe te alugar desse jeito. Sinto muito por atrapalhar. Como vai?

— Mais ou menos.

— Seus filhos?

— Vão bem.

— Eu queria contar a você que encontrei Jan Brunéus, seu ex-professor.

— Ah!

— Vou ser breve. Ele disse que Camilla não estava bem. Que certamente se suicidou. Que ele tentou encorajar, ajudar. Se recrimina pelas coisas terem acontecido desse jeito.

— Sério?

JW esperou. Susanne lhe devia uma resposta um pouco mais completa. Mas, nada.

— O que me diz sobre isso?

— Não sei mais. Se Jan Brunéus falou, deve ser verdade.

JW não desgrudou os olhos dela.

— Susanne, você sabe alguma coisa. Por que Jan Brunéus só deu ótimas notas a Camilla, quando vocês nunca iam às aulas dele?

Susanne começou a dobrar um jeans. Recusava-se a responder. JW percebeu claramente — seu rosto ficou vermelho.

— Porra, Susanne, responda!

Ela pegou outro jeans com precaução. Pseudorrasgos nos joelhos e nas coxas. Superpôs cuidadosamente as duas pernas da calça. Dobrou-a em três movimentos. O bolso e a etiqueta simetricamente. O logo Divided bem visível para o cliente.

Música de fundo da loja: Robin Williams.

— Ainda não sacou? Não conhece sua irmã ou o quê? Não sabia em que consistia sua formidável competência? Faça sua pergunta a Jan "Touro"

Brunéus da próxima vez que o vir. Acha que Camilla tinha boas notas nas outras matérias também? Não. Só com ele. Sabe como ela se vestia quando ia às aulas dele?

JW não compreendeu. Do que ela falava?

— Não entendeu? Durante um semestre inteiro, Camilla foi o brinquedo de Jan. Notas boas de um lado, sexo do outro. O filho da puta comia ela.

O trem passou em Sundsvall. O fiscal pediu: "Passagens, por favor." JW reabriu os olhos. Novamente no presente. Dois meses tinham se passado desde que Susanne Pettersson quase berrara a explicação que dava para as boas notas de Camilla.

Quem era sua irmã na realidade? Ou melhor, quem tinha sido? Seria ela, como ele, uma candidata à felicidade, prejudicada pelas más companhias? Que não suportara a pressão e fugira da cidade? Será que alguém dera um jeito para que ela sumisse do mapa? Nesse caso, por quê?

JW estava com fome, mas não queria comer. Dali a uma hora e meia, estaria sentado à mesa com seus pais e então seria melhor guardar o apetite para mais tarde.

Levantou-se. Dirigiu-se ao vagão-restaurante. Não porque pretendesse comprar alguma coisa, mas devido à dormência nas pernas. Com o passar dos meses, havia ficado mais agitado. Quando tinha que se sentar para estudar, durante as aulas na faculdade, quando esperava Fahdi ou algum outro que ia abastecê-lo com pó. Precisava se mexer. Ocupar a mente. Aprendia a administrar isso. A estar preparado. Estava sempre com seu MP3 player da Sony, levava quase sempre um livro de bolso, baixava jogos extras em seu celular. As margens de seus cadernos da faculdade se enchiam de desenhos.

Nesse momento, sentiu que devia se mexer. Um joguinho no celular não o ajudaria. Precisava caminhar um pouco. Estava ansioso. A pergunta que o preocupava: seria por causa de seu hábito de cheirar ou da história de Camilla?

Observou os passageiros no vagão. Homens tristes, cansados. Típicos suecos. JW se disfarçara, imitara o estilo deles: um jeans Acne, um suéter Superlative Conspiracy e tênis Adidas meio batidos. Diluía-se na massa. Perfeito para visitar seus pais.

Depois da sua conversa com Susanne, tomara uma decisão. Desistiria de suas buscas. Apesar de tudo, tinha achado estranho ligar para a polícia e falar com o agente que havia cuidado do inquérito. Explicara-lhe o que tinha descoberto: que Jan Brunéus estava tendo uma espécie de caso com Camilla Westlund quando ela desapareceu. Que Susanne Pettersson sabia disso e que lhe havia contado. Que Jan Brunéus tinha dado notas máximas a Camilla a despeito de sua constante ausência nas aulas.

O investigador lhe prometeu analisar essas informações. JW concluiu que ele convocaria Jan Brunéus para um interrogatório.

O fato de recorrer à polícia era um absurdo. Abdulkarim não podia saber disso.

Mas era um alívio — ter se desvencilhado daquele fardo. Deixar a polícia fazer seu trabalho.

Retorno aos abismos do esquecimento. Concentrava-se na coca, nos estudos e em Sophie. Preparava a viagem para Londres. Discutia estratégias com Jorge. Vendia. Traficava. Ganhava os tubos.

Decidira não contar aos pais o que tinha dito à polícia.

Cinco minutos depois, estaria em Robertsfors. Sua barriga roncou ferozmente. Nervosismo ou fome?

Foi obrigado a admitir que provavelmente era o nervosismo ante a ideia de rever os pais.

Já fazia quase seis meses que se despedira do rosto devastado de sua mãe e dos maxilares cerrados de seu pai. Estariam melhor agora? JW não suportaria reviver o trágico cortejo fúnebre de suas vidas. Seu objetivo era deixar tudo aquilo para trás. Recomeçar do zero. Aceitar-se como qualquer outro. Alguém melhor. Que sonha mais alto que a vidinha medíocre de seus pais, ainda estrangulada pelo sofrimento eterno de ter perdido um filho. Queria esquecer.

O trem chegou à estação. Várias pessoas na plataforma, para receber alguém ou viajar. Os freios rangeram ruidosamente. Seu vagão parou bem em frente aos seus pais. JW observou que eles não se falavam. Como sempre.

Tentou relaxar. Parecer contente e calmo. Como lhe cabia.

Desceu na plataforma. Eles não o avistaram imediatamente. Ele foi ao seu encontro.

Margareta gostaria de ter gritado seu nome. JW sabia disso. Mas, por uma razão desconhecida, não conseguia elevar a voz depois da história de Camilla. Em vez disso, aproximou-se dele exibindo um sorriso tenso.

Beijos.

— Olá, Johan, quer nos passar suas malas?

— Olá, mamãe. Olá, papai.

JW deixou Bengt pegar uma de suas malas.

Caminharam em silêncio até o estacionamento. Bengt ainda não dirigira a palavra ao filho.

Estavam na cozinha. Paredes de lambris e bancada da pia de aço inoxidável. Fogão elétrico branco, chão de linóleo e mesa envernizada de madeira da Ikea. As cadeiras: cópias de Carl Malmsten. A cópia de uma luminária PH espalhava do teto sua luminosidade quente e roxa. Acima da pia, presos, potes com rótulos: açúcar, sal, pimenta, alho, manjericão.

A comida na mesa. Bife com molho de queijo. Uma garrafa de vinho tinto Rioja. Um jarro d'água. Salada.

JW sem apetite. A comida estava boa, pensou, não era este o problema. Estava realmente gostoso. Sua mãe sempre fora boa cozinheira. Era outra coisa — o estilo, os assuntos da conversa e o fato de Bengt falar de boca cheia. As roupas de Margareta completamente *démodés*. JW sentia-se um estranho. A mistura de desprezo e reconforto o incomodava.

Margareta estendeu o braço para pegar mais salada.

— Conte mais, Johan. Como vão as coisas?

Silêncio de alguns segundos. O verdadeiro sentido da pergunta era: como vai em Estocolmo? Na cidade onde nossa filha desapareceu? Quem são seus amigos? Estaria andando com más companhias? Perguntas que ela jamais faria abertamente. Medo de ser jogada de volta no passado. Medo de se aproximar demais dos gritos sombrios da realidade.

— Tudo ótimo, mãe. Tenho me saído bem nas provas. A última era de macroeconomia. Somos mais de trezentos alunos. Tem apenas um único anfiteatro, bem grande, onde cabe todo mundo.

— Puxa! É muita gente. O professor usa microfone?

Bengt, com um pedaço cinza de bife mastigado na boca.

— Claro que usam, mãe. E é bem divertido porque eles desenham curvas e gráficos. Sabem como é, num mercado perfeito, em que a curva da demanda encontra a da oferta, há o preço. Todos os alunos copiam os gráficos em seus cadernos, e, como há muitas curvas diferentes, todo mundo comprou esferográficas de quatro cores, vocês conhecem, essas canetas multicoloridas, para conseguir distinguir as diferentes curvas. Então, quando o professor desenha uma nova curva, trezentos alunos mudam de cor ao mesmo tempo. Um clique por pessoa. É um estalido só no anfiteatro.

Bengt riu.

Margareta riu.

Contato.

Continuaram a conversar. JW pediu notícias de seus ex-colegas de turma em Robertsfors. Seis meninas já eram mães. Um dos caras era pai. JW sabia que Margareta se perguntava se ele tinha uma namorada. Não podia fazer nada. Em todo caso, nem ele sabia.

Sentiu-se invadido por uma espécie de calma. Calor, aconchego, tristeza.

Depois do jantar, Bengt lhe perguntou se ele queria assistir ao jogo de futebol. JW sabia que era sua maneira de estabelecer laços afetivos com o filho. Declinou da oferta assim mesmo, pois preferiu conversar com a mãe. Bengt foi sozinho para a sala. Sentou em sua poltrona reclinável e pôs os pés no pufe do conjunto. JW observava-o da cozinha enquanto falava com Margareta.

Ainda não tinham sequer tocado no nome de Camilla. JW estava se lixando para aquele tabu. Para ele, seus pais eram as únicas pessoas com quem podia falar sobre ela.

— Alguma novidade?

Margareta entendeu o que ele queria dizer.

— Não, nada de novo. Acha que o inquérito continua aberto?

JW imaginava que devia estar, pelo menos depois de seu telefonema. Mas tampouco tinha algo a lhe comunicar.

— Não sei, mamãe. A senhora mudou alguma coisa no quarto de Camilla?

— Não, está tudo como antes. Nunca vamos lá. Seu pai disse que não devemos entrar. Assim, deixamos Camilla repousar em paz.

Margareta sorriu.

Bengt e Camilla haviam discutido violentamente durante o ano inteiro que precedera a partida dela para Estocolmo. Agora, JW voltava a pensar com nostalgia: as portas batidas, os choros no banheiro, os gritos no quarto de Camilla, Bengt na sacada, um Gula Blend entre os dedos — as únicas vezes em que ele fumava. Talvez Margareta sentisse a mesma coisa. Aquelas brigas, sinais precursores de infortúnio, eram suas últimas recordações de Camilla.

JW repetiu a torta de mirtilo. Lançou um olhar na direção de seu pai na sala.

— Vamos ficar com papai?

* * *

Viram juntos o filme da terça-feira no canal 4: *Muito barulho por nada.* Uma interpretação moderna de Shakespeare na versão original. Superdifícil. JW quase dormiu durante a primeira metade do filme. Na segunda metade, calculou as perdas de um fim de semana. Merda, visitar os pais lhe saía caro.

Bengt dormiu.

Margareta o acordou.

Deram-lhe boa-noite. Subiram para o quarto deles.

JW ficou sozinho. Preparou-se mentalmente. Dali a pouco, subiria até o quarto. O quarto de Camilla.

Zapeou. Ficou cinco minutos na MTV. Um vídeo de Snoop Doggy Dog no programa. As bundas rebolavam ao ritmo da música.

Desligou a TV.

Foi para a poltrona.

Reclinou-a.

Sentia-se vazio. Angustiado. Mas, curiosamente, não estava nervoso.

Apagou as luzes.

Sentou-se novamente.

O silêncio era muito mais profundo do que no parque de Tessin.

Levantou-se.

Tentou subir a escada sem fazer barulho. Lembrou-se quase a cada passo de qual degrau rangia e de que estratégia convinha empregar para evitar o barulho. Botar o pé no pedaço largo da parte interna, depois o pé no meio, depois pular um degrau, depois na beirada, depois na parte estreita etc. até em cima.

Dois novos degraus haviam começado a ranger após ele sair de casa.

Talvez não tivesse acordado Bengt. Margareta, com certeza.

A porta do quarto de Camilla estava fechada.

Esperou. Um tempo longo, até sua mãe talvez voltar a dormir. Puxou a porta para si enquanto rodava lentamente a maçaneta. Sem barulho.

O que viu primeiro ao acender a luz foram os três bonés de beisebol que Camilla prendera na parede frontal. Um boné NY azul-escuro, um boné Red Sox e um boné da festa de fim de ano do colégio. O texto: "Porra, somos fortes", em letras pretas sobre fundo branco. Camilla adorava os bonés como um gorducho adora bolos. Nada complicado. Quando aparecia um, ela queria.

O quarto intacto de uma garota de 17 anos. Para JW, talvez ainda um pouco mais infantil.

No meio de uma das paredes, uma janela. De um lado da janela, a cama. Camilla choramingara um ano inteiro para ter uma cama de 1,2 metro de largura. Uma colcha cor-de-rosa enfeitada com babados. Almofadas de diferentes cores, algumas com corações, amontoavam-se no pé da cama. Margareta as confeccionara. Camila tinha o costume de jogar as almofadas no chão antes de ir para a cama.

Um quarto de menina.

Cada coisa representava uma lembrança.

Cada objeto era um rasgo na couraça de JW.

Outros bonés alinhados numa estante. Ao lado, fotos emolduradas: a família em Idre, JW bebê, três colegas de turma — maquiadas, sorridentes, ansiosas para viver a vida.

O resto da estante estava tomado por bonés.

Na parede acima da cama, um pôster da Madonna. Uma mulher poderosa, perseverante, célebre. Camilla ganhara de um cara com quem saíra no oitavo ano. Ele era quatro anos mais velho que ela, seus pais nunca souberam de nada.

JW se tocou que tampouco ele havia entrado naquele quarto depois do desaparecimento de sua irmã. Ele permanecera vazio durante anos, e o efeito das lembranças armazenadas e concentradas o atingiu como um soco.

Camilla na festa de fim de ano do ensino médio. Cabelos presos. Vestido branco. Mais tarde na mesma noite: com um boné de beisebol camuflado. As histórias que JW ouvira sobre o comportamento da irmã durante aquela festa. Recordação seguinte: Camilla e JW brigando pelas últimas colheradas de Nutella. JW escondido no quarto, e depois levando seu próprio sanduíche na cara — com uma bela camada de Nutella. Mais tarde: Camilla ao lado de JW na beira da cama, novamente amigos. Ela lhe mostrava seus discos: Madonna, Alanis Morissette, Robyn.

Liam os textos dos encartes dos CDs. Falavam de sua fuga, ela cogitava ir para Estocolmo.

Saboreando o prazer de estarem a sós.

Na parede à esquerda, uma estante de parede e dois armários com espelho.

Na estante, livros para garotas nunca lidos e discos, mas apenas os que ela não tinha levado para Estocolmo. Um aparelho de som Sony, seu presente de crisma. Camilla preferia música à leitura.

JW abriu os armários.

Roupas: jeans stretch, minissaias, exíguos tops pastel que deixavam a barriga de fora, jaquetas jeans. Um casaco preto de veludo cotelê. JW lembrou-se do dia em que Camilla voltara para casa com aquela roupa. Comprara-a com sua mesada na H&M de Robertsfors por 499 coroas. Caríssima, na opinião da mãe.

Ao lado dos tops dobrados, percebeu uma caixa com as cantoneiras de metal. JW nunca a vira antes. Um papelão cinza e duro. JW se lembrou de ter visto umas parecidas nas lojas ecológicas de Estocolmo.

Pegou a caixa e pousou-a na cama.

Estava cheia de cartões-postais.

Levou meia hora para ler todos os cartões. Dezessete. Camilla morara três anos em Estocolmo antes de desaparecer. Durante todo esse tempo, fora em casa apenas três vezes. Isso deixava Margareta triste. Bengt, amargo.

Em todo caso, parecia ter escrito cartões. Cartões cuja existência JW ignorava, que Margareta havia guardado e arrumado no quarto de Camilla. Talvez ela pensasse que seu lugar era ali, como se nenhum outro lugar fosse sagrado o bastante para conservar os fragmentos da vida inacabada de sua filha.

Em grande parte, já conhecia seu teor. Camilla descrevia superficialmente a vida em Estocolmo. Trabalhava em um café. Tinha amigas entre as outras garçonetes. Morava num conjugado em Södermalm que ela alugava graças aos contatos do dono do café. Estudava na Komvux. Parava de trabalhar no café e começava num restaurante. Uma vez, escreveu que dera uma volta numa Ferrari.

Nenhuma palavra sobre Jan Brunéus.

Em algumas cartas, mencionava o namorado. Não revelava seu nome, mas uma coisa era evidente: a Ferrari pertencia a ele.

Um cartão-postal, o último, guardava uma novidade para JW.

Olá, mamãe.

Tudo bem por aqui. Vou me virando e não trabalho mais no restaurante. Troquei por um emprego em um bar. Isso me rende um bom dinheiro. Decidi parar a Komvux. Semana que vem irei a Belgrado com o meu namorado.

Tudo de bom para o papai e Johan!

Beijocas/ Camilla

Ali estava uma coisa que JW ignorava. Que Camilla tinha ido, ou pensava ter ido, a Belgrado. Com o namorado.

Tirou disso uma conclusão simples: por que alguém ia a Belgrado? Porque era de lá.

Quem era de lá? O homem da Ferrari.

Ele era iugoslavo.

30

Stefanovic, o palestrante. Ele certamente não sabia o que era consultoria estratégica, mas, se tivesse passado pela Ernst & Young, seus chefes teriam ficado orgulhosos dele.

A coisa era séria. Organizada. A elite reunida em torno da mesa na sala VIP no primeiro andar do restaurante de Radovan. Radovan, Mrado, Stefanovic, Goran e Nenad. Conversavam em sérvio.

Mrado: responsável pelas chapelarias e outras atividades ligadas à extorsão.

Stefanovic: guarda-costas de Radovan e controlador financeiro.

Goran: chefiava o contrabando de cigarros e bebidas.

Nenad: o maior fornecedor de coca em Estocolmo, que também controlava putas, bordéis e *call-service*. Um leque amplo de segmentos. Dos colegas, era de quem Mrado mais gostava — via nele aquela vontade de continuar a ser ele mesmo, o que também sentia. Ao contrário dos puxa-sacos Goran e Stefanovic.

A sala e o restaurante passaram por uma exaustiva revista. Estavam com os policiais nos calcanhares. Stefanovic certificou-se da ausência de microfones: sob a mesa, sob as cadeiras, atrás das luminárias, das esculturas. Tinham checado as pessoas no bar no andar de baixo, inspecionado todos os veículos suspeitos na rua, estudado as janelas dos apartamentos defronte em busca de eventuais câmeras. Era a primeira vez em mais de um ano e meio que o bando de Radovan realizava uma reunião geral.

Perigoso.

Stefanovic começou solenemente:

— Caros senhores, há cinco meses, recebi ordens para analisar o que devíamos fazer em relação à operação Nova. Os senhores estão a par. A polícia de Estocolmo lançou esse projeto há seis meses. Eles querem nos pegar, bem como outros grupos. Já detiveram mais de quarenta pessoas, sobretudo em Västerort, trinta das quais já foram condenadas. O restante apodrece na cadeia, à espera de julgamento. Todos os que estão presentes nesta sala hoje figuram na lista das 150 pessoas que constituem o eixo do crime organizado nesta cidade.

Goran deu uma risadinha.

— De onde você tirou toda essa cretinice?

Stefanovic o cortou na hora.

— Muito engraçado, Goran. Será que você é um babaca porque é um idiota ou é um idiota porque é um babaca?

Goran abriu a boca. Voltou a fechá-la sem dizer nada. Como um peixe.

Radovan lhe dirigiu um olhar seco. Normalmente, Goran era seu queridinho — agora ele exigia seriedade. Mrado pensou: um baque para Goran.

Goran deu um gole na água mineral.

— Ao longo dos últimos anos, nos especializamos em cinco setores. Paralelamente, como sabem, entramos em algumas outras atividades apetitosas: desvio de carga e de dinheiro etc. No total, nossa cifra de negócios monta a aproximadamente 60 milhões de coroas por ano. Temos que deduzir disso as despesas gerais, o que pagamos para lavar a grana e a remuneração do pessoal. No final, chegamos a 15 milhões limpos. Acrescentemos a isso os rendimentos de seus capitais próprios, bem como nossas atividades comuns. O Clara's, o Diamond e o O-court. A empresa de demolição e as locadoras de filmes, entre outras. Vocês são todos coproprietários delas de uma maneira ou de outra. Vivem claramente de tudo isso. Mas nem todos os setores vêm funcionando bem. As margens variam. O negócio das putas está como sempre. O cigarro vai bem. A coca bate todos os recordes. Não é, Nenad? Quais são os preços atualmente?

Nenad articulou lentamente:

— Compramos por 450. Nosso preço de venda gira entre 900 e 1.100. Após a dedução das despesas, ganhamos em média 400 por grama, visto que não a batizamos.

— Ótimo. Mas tudo pode melhorar. Se conseguirmos nos aproximar dos produtores, poderemos abaixar os preços. Além disso, a cocaína é o segmento mais arriscado. Não podemos guardar todos os nossos ovos no mesmo cesto. É importante termos várias atividades, considerando os riscos que corremos com o pó. Precisamos ser versáteis, alternar entre os diferentes ramos, dependendo de qual for a relação entre preço e risco.

Radovan aprovou com a cabeça.

Mrado não ficou surpreso com o nível da palestra. Tinha conversado com Stefanovic dois dias antes, e este lhe detalhara as instruções que havia recebido de Radovan.

— Essa apresentação é para os homens de negócios do meio. Falaremos de números, estatísticas. Análises de capital, prognósticos, soluções construtivas. Nada de gíria de bandidos toscos.

De toda forma: Mrado estava boquiaberto. Uma descrição insolitamente escancarada do império de Radovan. Mrado e os demais sabiam muito bem, é óbvio, aquilo que entrava na casa do Sr. R — mas era a primeira vez que o próprio R, por intermédio de Stefanovic, expunha aqueles números em detalhe.

Mrado observou os homens em volta da mesa.

Ternos caros. Ombros largos. Volumosos nós de gravata à maneira dos jornalistas esportivos do canal 4. Largos sorrisos ouvindo os números.

Radovan de um lado da mesa. Cabeça para trás, queixo empinado. Para dar a impressão de estar de olho neles. Uma expressão concentrada, dura.

Stefanovic: fingia insignificância. Mrado sabia a verdade — ele era a outra metade do cérebro de Radovan.

Goran se mantinha de braços cruzados. Quase tão obstinado quanto Mrado. Quase tão chato quanto um adolescente rebelde. Não desgrudava os olhos de Stefanovic. Escutava e analisava a estratégia, um bloco de anotações à sua frente.

Nenad encarnava o estilo do Stureplan. Cabelos emplastrados para trás, terno risca de giz, camisa cor-de-rosa. Um lenço de seda saindo do bolso do peito. O que o traía era a cruz sérvia tatuada nas mãos. O rei da coca/o chefe dos rufiões parecia um rei da coca/ o chefe dos rufiões. Tentava ostentar uma atitude displicente: voz arrastada, movimentos lentos, mas não conseguia disfarçar a excitação.

Stefanovic ficou de pé. Andou de um lado ao outro da sala.

— Recapitulemos um pouco.

Goran fazia anotações.

— Nos últimos anos, a concorrência se tornou acirrada. Quando eles apagaram Jokso em 1998, muitos de nós julgavam poder abocanhar as fatias do mercado cada um por si, que não haveria muita gente a fim de dividir. Depois, a paz foi selada entre os Hells Angels e os Bandidos em 2001. Conhecem as condições. As duas gangues delimitaram os respectivos territórios. Na época, estavam em Malmö, em Helsingborg e em duas zonas da costa oeste. Mas eles foram espertos; em vez de expandirem suas matrizes, priorizaram as boates suspeitas: Red & White Crew, Red Devils, X-Team e Amigos MC. *Somos os caras contra os quais seus pais sempre o alertaram*, como dizem eles mesmos. Vigaristas. Hoje em dia, eles se espalham por toda a Suécia, aqui em Estocolmo também. Isso não é tudo. As gangues dos presídios começam seriamente a ganhar terreno, os Original Gangsters, a Fraternidade Wolfpack, os Fucked For Life, entre outras. No início, não passavam de grupos isolados de jovens criminosos e árabes à deriva. Hoje, são quase tão bem-organizados quanto a gangue dos motoqueiros, mesmo fora das prisões. Há também a máfia russa, as gangues estonianas, sem esquecer a gangue de Naser, estes conhecemos bem, e aqueles poloneses escrotos com seu contrabando de Mercedes controlam boa parte do mercado. O que terá acontecido?

Stefanovic os encarou alternadamente. Eles sabiam. O que ele acabava de dizer não era novidade para ninguém ali. Apesar de tudo, seus olhos revelavam que compreendiam que os Iugoslavos talvez não permanecessem por muito tempo os maiores, mais bonitos, mais malvados. A idade de ouro tinha terminado. Não eram mais os reis do pedaço.

Nenad passou a mão no cabelo besuntado.

— Posso explicar o que aconteceu. Eles deixam entrar muitos árabes neste país, só isso. Porra, primeiro os albaneses do Kosovo, aqueles monstros como Naser e todos os outros. E depois aqueles gambianos nojentos; estes detêm metade de toda a heroína que circula nesta cidade. E depois os russos, uns falidos que fazem contrabando de cigarros com os Bandidos. Uma aliança diabólica. Pior que os croatas, os eslovenos e os americanos reunidos. A solução é fechar as fronteiras. Mandar de volta todo sujeito com focinho de árabe que ouse atravessar a fronteira com o rabo cheio de bagulho.

Stefanovic disse:

— Há uma grande parcela de verdade em tudo o que você diz. Mas nossos concorrentes não são apenas os imigrantes. Novas alianças se formam. Novas gangues. Que seguem nossos rastros e os da gangue dos motoqueiros dos Estados Unidos. Temos vantagens, viemos todos da santa Sérvia. Falamos a mesma língua, temos os mesmos hábitos e contatos, somos unidos.

Mas hoje em dia isso não basta mais. E, com certeza, ainda mais agora, que a paz foi rompida. Uma nova guerra vem por aí e ela nos diz respeito. Por enquanto, eles puseram dois Bandidos atrás das grades, um HA e um OG. Mas nós também sofremos reveses. Vocês sabem o que aconteceu. Há dois meses, um de nós foi gravemente ferido à bala. Se não reagirmos prontamente, essa guerra e a operação Nova irão adiante. Analisei isso tudo. Radovan analisou tudo isso. Mrado e eu conversamos com algumas pessoas, voltarei a isso daqui a pouco. Em resumo, há muito mais jogadores em campo do que há cinco anos, por exemplo; a paz foi rompida; a polícia reforça seus efetivos. Estamos na mira deles, eles tentam se infiltrar, perturbar o equilíbrio. Quando certas pessoas de determinados grupos caem, outros grupos acham que têm o direito de assumir as rédeas. Lutamos uns contra os outros, quando deveríamos cooperar. Mas temos uma proposta para resolver esse problema. Mrado vai lhes explicar.

Stefanovic distribuiu listas cheias de nomes. Apontou-os com o dedo.

— Essas gangues controlam o crime organizado em Estocolmo. Abaixo de cada nome, anotei o que eles fazem e em que zona da cidade. Vocês veem, por exemplo, que os Hells Angels se ocupam das chapelarias em toda a cidade, fazem um pouco de tráfico de drogas, sobretudo na zona sul, controlam os caça-níqueis em toda a cidade e passaram a adotar a chantagem. Isso apenas para mostrar quem está no mesmo negócio que a gente e onde. Logo, passarei a palavra a Mrado. Ele já fez contato com várias gangues que constam da lista. A fim de discutir uma divisão.

Goran se debruçou sobre a mesa, como se achasse que os outros não o ouviriam de outra forma.

— Francamente, não compreendo por que somos obrigados a dividir o mercado. Não vejo onde está o problema, eu me garanto no meu negócio. Se alguém tem problemas, que os resolva sozinho.

Uma mensagem clara dirigida a Mrado e Nenad — vocês são uns incompetentes.

Stefanovic apoiou as mãos sobre a mesa. As mangas de seu paletó deslizaram, revelando punhos enfeitados com abotoaduras em forma de minirrevólveres. Debruçou-se para a frente, imitando Goran.

— Nossa estratégia não está sujeita a discussão, Goran. Faremos isso juntos. Pesaremos e analisaremos o que é melhor para Radovan e para nós. Não apenas para você. Se não entendeu isso, pode discutir à vontade com Radovan. *End of story.*

Era a segunda vez que Goran passava vergonha. A segunda vez que levava um fora. Quantas chateações Radovan ainda suportaria?

Radovan permaneceu calmo. O olhar congelado sobre Goran. Jogo de poder.

Goran sustentou seu olhar por um milionésimo de segundo. Depois, balançou a cabeça para dizer que compreendera.

Mrado limpou a garganta. Preparara seu discurso na véspera. Alguns trechos eram polêmicos, era possível que Goran soltasse os cachorros de novo.

— Como Stefanovic acaba de dizer, fiz contato com alguns grupos. Entre outros, os Hells Angels e os Original Gangsters, e tivemos uns primeiros resultados. Trata-se de dividir o mercado. Distribuir as áreas nas quais trabalhamos. Os grupos trabalham de maneiras diferentes. Os HA são muito mais organizados que os Original Gangsters. Por outro lado, os OG estão dispostos a assumir maiores riscos e têm melhores contatos na periferia. No papel que Stefanovic lhes passou, vocês podem ver suas fontes de receita. Os HA são nossos concorrentes diretos no que se refere às chapelarias, à cocaína e ao contrabando de bebida. Estão na nossa frente na chantagem e nos caça-níqueis. Os OG vendem pó, fazem um pouco de chantagem e alguns assaltos a carros-fortes. Na minha opinião, os OG não constituem uma ameaça direta às nossas atividades. Poderíamos cagar na cabeça deles. Em contrapartida, eles podem formar alianças com outras gangues que também trabalham no mesmo mercado que nós. Isso teria um efeito dominó. Os Hells Angels, por exemplo, estão prontos a considerar uma divisão no contrabando de álcool ou das chapelarias. Stefanovic e eu vamos aprofundar nossa pesquisa. Vou encontrar outras pessoas para ver o que podemos fazer. Os Gambianos, os Bandidos, a Fraternidade Wolfpack, entre outras. O fato é que temos que tomar nossas precauções diante dessa operação Nova e enterrar a machadinha de guerra. Vocês sabem muito bem, ninguém quer ser chamado de "dedo-duro", mas numa guerra às vezes esquecemos a honra. Eliminar as pessoas delatando-as, em vez de combatê-las homem a homem. O projeto Nova se aproveita dessa luta fratricida.

Mrado prosseguiu com suas explicações. Descreveu as gangues. As quadrilhas que reinavam na cidade. As alianças circunstanciais e as relações familiares. Os grupos étnicos, geográficos e raciais.

Os homens escutavam sem dizer nada. Ninguém queria abrir mão de uma parte do mercado. Ao mesmo tempo, percebiam o dilema. Acima de tudo: ninguém queria se desentender com Radovan.

Mrado voltou a pensar na atmosfera que sentira tempos atrás. Na ira de Rado. Após sua apresentação, a atitude de Radovan tinha tudo para melhorar. Mrado começara um megatrabalho para operacionalizar a distribuição do mercado.

Terminou seu relatório.

Radovan agradeceu a Stefanovic e a Mrado.

Todo mundo ligou o celular.

Alguns minutos de conversa fiada.

Goran se desculpou. Tinha que ir.

Rado parecia satisfeito.

— Obrigado por ter vindo. Acho que isso pode ser o início de um novo negócio, gigante. Podem ir, se quiserem. Já eu decidi terminar a noite em grande estilo.

A porta da sala se abriu. Duas garotas de minissaia apareceram empurrando um carrinho cheio de garrafas. Encheram os copos.

Cantaram músicas lascivas em sérvio.

Nenad beliscou as nádegas de uma delas.

Rado caiu na risada.

Mais tarde, o jantar foi servido.

Mrado quase esqueceu seu ódio por Radovan.

A noite prometia ser longa.

* * *

MEMORANDO

(Confidencial segundo cap. 9 §12
lei sobre a confidencialidade)

— Operação Nova —
As medidas tomadas pela polícia municipal
contra o crime organizado

O crime ligado aos Bálcãs na cidade de Estocolmo.

Relatório nº 7

Contexto

Este memorando baseia-se nos relatórios e nas sugestões do Grupo de Intervenções Especiais e da Comissão de Inquérito sobre Fraudes Financeiras que cooperam com a polícia municipal a fim de combater o crime organizado em Estocolmo. Métodos empregados: elaboração de uma cartografia através das experiências conjuntas da polícia de Estocolmo, coleta de informações junto a pessoas no seio da rede criminosa conhecidas como "infiltradas", grampeamento, assim como análise das gravações recolhidas. Este memorando foi elaborado com base em novas informações fornecidas por uma pessoa (X) nesse ínterim julgada e condenada, que, no passado, atuou nos meandros da rede supracitada, assim como presenciou conflitos internos na direção da rede iugoslava.

Desde o último verão, a Comissão de Inquérito vem mobilizando instrumentos importantes a fim de seguir um grande número de pessoas pertencentes à máfia iugoslava (doravante nomeada "Organização"). Os membros da Organização são particularmente desconfiados, e por essa razão é extremamente difícil infiltrar-se nela. Isso se explica sobretudo pela homogeneidade étnica da Organização. No topo da hierarquia, encontramos exclusivamente homens com idades entre 25 e 55 anos, todos nascidos ou filhos de pais nascidos na ex-Iugoslávia, hoje Sérvia e Montenegro. Há poucos "infiltrados" dispostos a fornecer informações concernentes à Organização em função da grande violência de seus membros. É de conhecimento de todos que a Organização executa suas ameaças, inúmeros atos de violência lhe foram imputados, bem como a outros grupos que lhe são próximos, cf. os relatórios nºs 2-4. O grampeamento dos telefones ou qualquer outro tipo de escuta é feito geralmente em vão, pois os membros da Organização usam cartões de recarga e mudam regularmente de número. Têm igualmente o hábito de revistar minuciosamente os lugares onde se reúnem.

A Comissão de Inquérito suspeita que a Organização arquitetou, de uns três meses para cá, uma estratégia a fim de combater a ameaça representada pela operação Nova.

As atividades da Organização

Ela é suspeita de ser atuante nas seguintes modalidades de crime: contrabando de bebida e cigarros, favorecimento da prostituição, extorsão, bem como importação fraudulenta e roubo de carga.

Membros

Radovan Kranjic: o chefe da Organização é cidadão sueco (também conhecido como Rado, Sr. R e chefe iugoslavo), número da Previdência Social 600113-9231, local de nascimento desconhecido na ex-Iugoslávia, hoje Sérvia e Montenegro. Chegou à Suécia em 1978, por razões econômicas.

Kranjic trabalhou no passado como segurança e guarda-costas. Hoje possui um restaurante, o Clara's Cuisine & Bar S.A. (Org. nº 556542-2353), situado no centro de Estocolmo. Ele declara as receitas dessa empresa, bem como algumas ações da sociedade anônima Diamond Traiteur (Org. nº 556554-2234), ao todo 321 mil coroas referentes ao ano fiscal precedente.

Kranjic foi condenado por diversos crimes. 1982: lesões corporais leves. 1985: ameaças, porte ilegal de armas, lesões corporais, excesso de velocidade (oito meses de reclusão). 1989: ameaças, crimes fiscais, porte ilegal de arma (quatro meses de reclusão). 1990: lesões corporais (quatro meses de reclusão). Desde 1990 mais nenhum delito ou crime cometido por Kranjic foi registrado.

Kranjic casou-se com Nadja Kranjic. Têm um filho juntos. Kranjic, ao que tudo indica, participou da guerra na Iugoslávia de 1993 a 1995. Durante esse período, ele não se encontrava na Suécia. Manteve aparentemente bons contatos com o movimento nacionalista sérvio, entre outros com Seljko Raznatović, mais conhecido como Arkan, chefe de um exército privado paramilitar, os Tigres, que empreendeu ações de limpeza étnica no Kosovo entre 1992 e 1995. Durante a segunda metade dos anos 1990, foi o número 2 da Organização em Estocolmo e se ocupava principalmente de chantagem e tráfico de cocaína. Kranajic é suspeito de ter começado as atividades no ramo da prostituição nesse período.

Mrado Slovovic: diretamente sob as ordens de Radovan Kranjic. Slovovic, cidadão sueco, n$^{\circ}$ 670203-9115, emigrou para a Suécia em 1970 após ter deixado a ex-Iugoslávia. No passado, trabalhou como segurança e na importação de madeira da Tailândia. Pratica fisiculturismo e diversas artes marciais.

No ano fiscal precedente, Slovovic declarou 136 mil coroas, geradas pela importação de madeira, além de ganhos no jogo. Foi condenado várias vezes. 1987: direção em estado de embriaguez. 1988: lesões corporais graves, porte ilegal de arma e posse de drogas (um ano de reclusão). 1995: agressão, roubo e desacato à autoridade (dois anos de reclusão). 2001: ameaças. A partir de 2001, mais nenhum delito ou crime cometido por Slovovic foi registrado. Recentemente, Slovovic foi acusado de lesões corporais graves infligidas a um segurança do restaurante Kvarnen, em Estocolmo. Slovovic teve a prisão relaxada. O corréu, X, foi condenado a três anos de reclusão por lesões corporais graves. X é suspeito de ter sido um dos acólitos de Slovovic e de ter cooperado com ele na extorsão das chapelarias. Além disso, Slovovic está disputando com Annika Sjöberg, sua ex-mulher, o direito de visita de sua filha, Lovisa.

É provável que Slovovic tenha feito parte dos Tigres, supracitados, por ocasião de seu ataque contra Srebrenica em 1995. Slovovic é muito violento e, com certeza, além do incidente no Kvarnen, cometeu um grande número de atos que qualificaríamos de lesões corporais graves, se ele fosse réu num tribunal. A equipe da polícia de Norrmalm encarregada de investigar os crimes ligados ao tráfico de entorpecentes tentou, entre outras coisas, infiltrar-se num grupo de fisiculturistas na academia de musculação Fitness Club, na Sveavägen, em Estocolmo, que serve de base de recrutamento para os criminosos. Em 18 de agosto último, o agente de polícia infiltrado (Y) foi agredido com os halteres da academia e ameaçado com uma arma de fogo por Slovovic. Y não crê que Slovovic tenha descoberto seus vínculos com a polícia, acha que o ato foi cometido por Slovovic para manifestar seu "poder".

Slovovic é responsável pelo setor de extorsão, chantagem e outras ameaças no seio da Organização. A propina de proteção é dirigida principalmente a restaurantes e bares na região de Estocolmo, mas igualmente a outras empresas que operam na "zona cinzenta" de legalidade.

Stefanovic Rudjman: o sobrinho de Kranjic e seu guarda-costas, bem como de sua família. Nascido na Suécia, 770612-1279. Estudou na Universidade de Estocolmo, entre outras coisas, direito e economia. Não tem diploma. Trabalhou como contador no Escritório de Contabilidade Rusta Economia S.A. (Org. nº 556743-3389).

No ano fiscal precedente, declarou 859 mil coroas, receitas que consistem principalmente em dividendos de ações e outros títulos.

A Comissão de Inquérito suspeita que Rudjman pratique lavagem de dinheiro para, entre outros, Kranjic. Rudjman não tem antecedentes, fora algumas infrações ao código de trânsito durante o ano 2000. Não é casado. É provavelmente Rudjman quem cuida dos investimentos de Kranjic. Por exemplo, investiu grandes somas num projeto imobiliário na região de Belgrado.

Os conflitos internos etc.

A Comissão de Inquérito recolheu informações relativas aos conflitos internos na Organização. Esta última está ciente da operação Nova e se prepara para reagir às medidas da polícia. Por conseguinte, sua direção planeja repartir o mercado de certas modalidades de crime entre vários grupos, a fim de evitar a competição entre elas. Esse método tinha funcionado durante a famosa trégua entre os Bandidos e os Hells Angels. A Comissão de Inquérito avalia que Mrado Slovovic e Stefanovic Rudjman receberam ordens para analisar, planejar e realizar essa divisão do mercado. Slovovic fez contato com várias outras redes e organizações criminosas. É muito difícil vigiá-lo, ele muda frequentemente de operadora telefônica. Além disso, a equipe carece de meios para realizar uma vigilância mais sofisticada. Ele sem dúvida irá se reunir com vários chefes de gangues de Estocolmo num futuro próximo. Alguns conflitos internos reaparecem dentro da Organização na tentativa de dividir o mercado.

Uma conversa gravada entre Kranjic e Rudjman em 15 de fevereiro do ano em curso (fita SPL 3459-045 A) permite concluir que Kranjic não confia mais em Slovovic. O excerto da transcrição seguinte foi traduzido do sérvio·

Kranjic: Ou a gente desiste das chapelarias ou esmaga ele [Mrado]. Eu não confio no M.

Rudjman: Mas a gente precisa dele. Ele faz um bom trabalho. Acabou com aquele chileno filho da puta. Castiga devidamente todos os que não andam na linha. As putas, os leões de chácara, os vigaristas.

Kranjic: Tudo bem, mas ele está começando a chiar. No outono passado, pediu uma fatia maior do bolo. Isso ele pode enfiar você sabe onde. Depois, o incidente no Kvarnen. Desastrado e impensado. Mas acima de tudo, e aí a coisa é pessoal, é uma questão histórica. Ele não aceita eu ter tomado as rédeas dos negócios. Na época, éramos do mesmo escalão. Essa é outra razão pra ele sair fora. Não podemos mais contar com ele.

A Comissão de Inquérito vê essa conversa como um indício suplementar que mostra que a operação Nova alcançou seu objetivo de abalar o crime organizado e enfraquecê-lo.

Objetivos

Baseando-se nesse primeiro sucesso, a Comissão de Inquérito propõe as seguintes medidas:

1. Vigilância mais rigorosa em Mrado Slovovic e Radovan Kranjic, fazendo uso dos meios legais

2. Novas tentativas de recolher informações junto a X

3. Novas tentativas de se infiltrar na Organização

Orçamento para esses objetivos, cf. **anexo 1**.

— — — — — — — — —

Comissário Björn Stavgård
Investigador especial Stefan Kranz

31

Jorge estava tão apertado para mijar que poderia ter enchido uma garrafa inteira de suco de maçã. Um pensamento sinistro, talvez oferecê-la a alguém. "Aí, um pouco de suco." As cores se parecem tanto.

Ele ainda levaria semanas para captar a regra básica de todo investigador: sempre levar uma garrafa para mijar quando você está de campana num carro. Logo, tanto faz se for uma garrafa vazia de suco de maçã.

Os vidros traseiros eram escuros — para que ninguém o visse. Vidros normais exigiriam que ele se deitasse no assento. Desconfortável. Além disso, poderia dormir.

Reinava a calma na mansão de Radovan. Era seu primeiro dia de vigilância. O primeiro de muitos que viriam.

Roubara o carro, um Jeep Cherokee, em Östermalm, por volta das três da madrugada. Depois, trocara a placa para diminuir o risco de ser descoberto pelos policiais.

Jorge, o anjo da vingança, destruiria o império de Radovan de uma maneira ou de outra. Precisava apenas descobrir como.

Tudo o que ele sabia nesse momento era que seu ódio não seria tão cedo saciado. Uma vendeta que exigia ainda mais paciência que a fuga de Österåker. Ele faria buscas, fuxicaria, somaria um mais um. Colocaria a mão sobre informações comprometedoras relativas a Radovan. Para começar: conhecer a rotina do Sr. R. Um bom começo: esperar no carro que alguma coisa de suspeito acontecesse e meditar.

Nada na rua.

Olhou na direção da casa.

Neve no telhado.

Impossível saber se havia alguém lá.

Continuou a examinar o casarão, como se fosse um estudante universitário — fazendo um curso de arquitetura de mansões.

Tirou um cochilo entre cinco e seis da tarde. Vacilo. Deveria ter ficado acordado. No dia seguinte, levaria cigarros, Coca-Cola, talvez um Gameboy.

O dia passava.

O ódio perdurava.

* * *

Dias depois, esperou de novo em frente a casa.

Obrigou-se a pensar em como canalizar seus ressentimentos contra Radovan. Essas ideias só tinham começado a germinar em sua cabeça na semana anterior. Antes, reprimira esse pensamento. Só queria uma coisa: sobreviver na clandestinidade. Consolidar sua situação junto a Abdulkarim. Fazer um bom trabalho. Faturar uma grana. Arranjar um passaporte. Dar o fora do país. Agora, saboreava poder passear na cidade sem medo de ser reconhecido. A ideia de deixar a Suécia lhe parecia subitamente difícil. Em vez disso: depois de juntar um bom dinheiro, montaria um negócio contra Radovan.

Um pensamento: era possível que estivesse trabalhando indiretamente para Radovan. Ele conhecia a Estocolmo da coca. Não havia muitos jogadores com capacidade suficiente para organizar uma rede de venda de drogas igual à de Abdulkarim. O árabe parecia ridículo, mas Jorge sabia — aquele cara conhecia tudo do mundo do pó. Jorge estava pouco ligando para isso. Pouco provável que o chefe de Abdul estivesse subordinado a Radovan — os sérvios e os árabes não costumavam estar no mesmo barco. Se por acaso Radovan estivesse por trás de tudo aquilo, a ironia seria perfeita.

Precisava traçar outros planos, seu primeiro grande trabalho para o árabe. Arranjar um jeito de importar uma carga de coca diretamente do Brasil, sem percalços.

Eis o seu domínio.

Princípio básico: um truque velho pode funcionar se fizermos da maneira certa. Jorge tinha preparado tudo. Um peso consideravelmente maior que o de praxe ia ser importado. Coca comprada com colegas de colegas no Brasil. Barato. Quarenta dólares o grama. Intensa comunicação telefônica nos últimos tempos. Negócio fechado: passagens compradas, novo celular de cartão providenciado, algumas pessoas informadas, a propina para os agentes da alfândega de São Paulo paga. Um quarto de hotel reservado. O mais importante: a mula contratada. Uma mulher.

Ele calculara todos os erros possíveis. Abdulkarim também verificara a programação.

De novo: um truque velho pode funcionar se o fizermos da maneira certa. A polícia do aeroporto de Arlanda e a alfândega grudavam mais nas possíveis mulas do que os viciados do subúrbio na gangue à qual ele pertencia, como carrapatos.

Jorge repetiu consigo: não fracassaria nessa operação.

Passou em revista seu plano de vingança. Isso levava a algumas questões. O que ele sabia realmente sobre R? Muita coisa da época anterior à cadeia, quando vendia pó para a máfia iugoslava. Suas rotinas eram claras. Ele pegava uma chave num armário da estação central, em média uma vez por semana. Em seguida, dirigia-se a um depósito Shurgard em Kungens Kurva, onde pesava entre 10 e 20 gramas por vez. Vendia o bagulho em Norrort, de vez em quando nos bares da cidade. Às vezes, para outros traficantes, às vezes, diretamente para os usuários. Um trabalho fácil. De toda forma, faturava alto. Brincadeira de criança.

Agora, sabia muito mais sobre o mundo do pó. Österåker tivera seu lado bom — J-boy era agora um dicionário ambulante de coca.

Então: sempre soubera que Rado, o rei iugoslavo, estava por trás de tudo isso. Mas também sabia que não havia nada que permitisse desmascarar o Sr. R. Os que lhe forneciam a coca jamais pronunciavam seu nome. Ele nunca esbarrava com eles no depósito Shurgard. Estranho Mrado não ter matado Jorge na floresta. Os Iugoslavos provavelmente recearam que ele jogasse as merdas de Radovan no ventilador, que pudesse prejudicá-lo de verdade.

Queria muito saber tantas informações sobre o chefe iugoslavo quanto eles julgavam.

Eventualidade que Jorge tinha que considerar: se tentasse reunir informações sobre R no meio que ele conhecia melhor, o mundo da coca, não estaria arriscando a pele? Não arriscaria a pele de seus colegas: Sergio, Vadim, Ashur? Caras que sem exceção, de uma maneira ou de outra, estiveram envolvidos na pirâmide de coca de Radovan. Precisava arranjar outros meios de colher informações sobre a máfia iugoslava.

O que tinha aprendido sobre Radovan durante sua temporada em Österåker? Em primeiro lugar, o que todo mundo sabia — que o chefe iugoslavo estava envolvido em um monte de outros negócios além do pó. Chantagem, entorpecentes, contrabando de cigarros. Mas o que sabia de concreto? Pouca coisa: a coca de Radovan chegava pela rota dos Bálcãs, após ter feito uma escala na ex-Iugoslávia, onde a droga era refinada e condicionada em sacolés. Não era igual a quase todo o resto da coca na

Suécia, que chegava via península Ibérica, Inglaterra ou diretamente da Colômbia, ou de algum outro país da América Latina. A rota dos Bálcãs era normalmente canal da heroína.

Mais: ele sabia de alguns restaurantes que eram possivelmente controlados por Radovan para lavagem de dinheiro. Conhecia muita gente que sofrera ameaças ou represálias por ter atacado parte do império de R: a venda da coca no centro da cidade, as máquinas caça-níqueis nos bares em Västerort, bebida destilada *caseiramente*, em vez de bebida importada nos restaurantes em Sollentuna.

Porém, mais uma vez, nada levava até Radovan. Não havia provas.

Jorge talvez devesse desistir. Aceitar a humilhação. Muita gente era espancada por homens como Mrado. Quem ele achava que era? O que podia fazer? Por outro lado, J-boy, o astro da fuga, valia mais que a média, mais que aqueles pentelhos da periferia que sonhavam com medalhões e carros caros. Ele faria sucesso na vida. Faturaria alto. Se nem Österåker conseguira detê-lo, não seria um servo-croata energúmeno que o faria.

Anoitecia.

Um dia triste.

A casa de Rado não era um bom lugar para começar seu plano. Jorge precisava pensar. Estruturar.

Foi embora. Pensou em deixar o carro em Södermalm. Perigoso demais continuar a usá-lo.

Não conseguia esquecer R e seus vínculos com a rota dos Bálcãs. Jorge conhecia um cara, Steven, em Österåker. O cara estava na cadeia por contrabando de heroína. Eis talvez um ponto de partida. Informar-se se Steven tinha sido solto. Caso contrário: informar-se sobre os capangas de Steven. Os que soubessem mais sobre a rota dos Bálcãs.

No dia seguinte, ligou para Österåker de uma cabine telefônica. Disfarçou a voz. Perguntou se Steven já fora libertado. Um tom cheio de desprezo na outra ponta da linha. Jorge não reconheceu a voz. "Steven Jonsson? Ainda tem pelo menos três anos pra tirar. Ligue mais tarde."

Filho da mãe.

Jorge ligou para Abdulkarim, Fahdi, Sergio. Todos em quem confiava. Ninguém sabia muita coisa sobre Steven e o contrabando de heroína. Alguns tinham ouvido falar dele, mas ninguém estava a par do que ele fizera exatamente.

Três dias de ligações ininterruptas. Sem resultado.

Impossível contatar diretamente Steven com segurança. Uma conversa telefônica podia ser escutada, se é que viria a ser autorizada. As cartas eram controladas por amostragem. Não havia internet no presídio.

Vigiou a mansão. Esperou alguma coisa sem saber o quê.

Concentrou-se no telhado plano.

Seus olhos estudaram a neve.

Perguntou-se: como entrar em contato com Steven? Saber mais sobre a heroína importada dos Bálcãs? O perfeito era que Jorge nunca estivera envolvido nesse tipo de negócios. Nenhum risco para ele ou seus amigos.

Aquilo estava virando uma ideia fixa. Um delírio obsessivo tendo como alvos Rado e Mrado.

Às vezes, via gente em frente a casa. O próprio R voltando. Uma mulher na companhia de uma menina de cerca de 7 anos chegava em casa por volta das seis da tarde todos os dias. Provavelmente, a mulher e a filha de R, retornando da escola e do trabalho. Nunca totalmente sozinhas. Sempre acompanhadas de um brucutu de aparência eslava — aparentemente, um subalterno na hierarquia dos Iugoslavos. Mais tarde, Jorge soube quem era o cara — chamava-se Stefanovic, guarda-costas e máquina de matar pessoas da família Radovan Kranjic.

A mulher dirigia um Saab conversível.

Radovan dirigia um Lexus SUV.

Uma família feliz.

Vendo a menina de 7 anos, Jorge pensou na fotografia de Paola que Mrado lhe mostrara na floresta. Jogavam sujo. Jorge também poderia jogar sujo. Atacar a garota. Mas a ideia o repugnava. A menina era inocente. Além disso, parecia arriscado demais.

A casa era supervigiada. Sempre que alguém se aproximava, um sistema de iluminação automático clareava o caminho até a porta. Às vezes, quando Stefanovic estava em casa, abria a porta antes que a pessoa tivesse tocado. Sinal de que era avisado por uma espécie de sensor quando alguém se aproximava da casa.

Jorge perdeu toda esperança de que sua vigilância em frente à casa desse frutos. Pura perda de tempo.

Quatro dias depois, outra ideia. Ligou para Österåker. Fez perguntas sobre Steven. Perguntou sobre o crime que o pusera na cadeia. Quando tinha sido condenado. Em que tribunal.

Elogiou a Suécia pelo princípio de "informação de acesso público", ou fosse lá como chamavam isso. Jorge ligou para o tribunal de primeira instância de Estocolmo. Pediu-lhes que lhe enviassem o veredicto relativo a Steve Jonsson. Sem problema — quiseram saber seu nome.

No dia seguinte, na caixa de correio de Fahdi: um veredicto. Do tribunal de primeira instância de Estocolmo. Seis quilos de heroína. Importada diretamente da Croácia, fresca. Os acusados eram Steven Jonsson, Ilja Randic, Darko Kusovic. Steven fora condenado a seis anos de reclusão. Ilja, a seis anos. Darko, a dois. Este último já devia ter saído.

Não foi difícil encontrar Darko. Jorge conseguiu o número de seu celular consultando as informações.

Jorge ligou para ele.

— Olá, meu nome é Jorge. Um velho amigo de Steven em Österåker. Posso fazer umas perguntas pra você?

A voz de Darko traía sua desconfiança.

— Quem é você, porra?

— Calma. Eu estava na cadeia junto com Steven. A gente estava na mesma galeria. Eu gostaria de me encontrar com você, se tiver tempo.

Jorge o seduziu. Jorge simpático. Tirou da manga algumas histórias de cadeia com Steven. Conseguiu fazer Darko entender que estivera realmente na cela ao lado dele. Jorge ria. Bancava o idiota.

Funcionava sempre.

Darko disse finalmente:

— Tranquilo. Parei com tudo isso. Agora sou mecânico de Saab em tempo integral. Podemos nos ver, mas com uma condição: não quero me misturar nas suas confusões. Entendeu? Larguei tudo isso. Posso contar pra você o que Steven e eu fizemos, mas à minha maneira. Nada além disso. Agora, sou honesto.

Jorge pensou: *Yeah right*, super-honesto.

Marcaram um encontro.

Quatro dias depois, a caminho do encontro com Darko. Cinco mil coroas queimavam em seu bolso. Uma grande parte de seus ganhos com Abdulkarim iam para o seu plano de ódio: um lado abastece, o outro demanda.

Encontraram-se num café na Kungsgatan. Muffins de mirtilo e 150 tipos de café atrás do balcão. Apinhado de adolescentes e mães de licença-maternidade. Os assuntos das conversas da clientela em resumo: namorados, amigas e modelos de carrinhos de bebê.

Após algumas frases introdutórias inofensivas e a promessa de 3 mil coroas, Darko sentou-se à mesa. Com sua voz sombria naquele burburinho, ele descreveu os preparativos empreendidos pelo chefe quatro anos antes. Apesar de suas reticências no telefone, parecia estar se lixando para ser escutado.

Darko era um profissional da rota dos Bálcãs. Conhecia todos os atalhos do contrabando entre o Afeganistão, a Turquia, o Tadjiquistão e os Bálcãs. E mais: as fronteiras da Eslovênia, Itália, Alemanha. Conhecia todos os postos de alfândega em toda a fronteira da ex-Iugoslávia. As passagens que eram vigiadas. Os agentes da alfândega que podiam fechar um olho em troca de alguns dólares. Os que pediam muito, os que pediam menos.

Jorge, impressionado. Fez uma pergunta direta relativa a Radovan.

Darko balançou a cabeça.

— Não posso falar nada. Posso ter problemas. Tenho um filho de 8 anos.

Jorge voltou a pensar na fotografia de sua irmã que Mrado lhe mostrara na tela de seu celular na floresta, aquela tarde.

Insistiu.

— Vamos. Me dê uma mãozinha. Dois paus a mais pela informação?

— Por que eu deveria confiar em você?

— Porra, ligue pro Steven e pergunte a ele, se acha que sou um alcaguete. Eu e Steven, a gente fumava maconha escondido nos chuveiros o tempo todo em que eu estive preso. Eu nunca trairia um amigo dele.

Darko pareceu relaxar quando ouviu o nome de Steven.

— Você é teimoso. Por 5 mil conto a história toda.

Nem pensar em barganhar. Jorge disse:

— Fechado. Cinco mil.

Darko prosseguiu. Basicamente, ele e Steven não tinham trabalhado para R, exceto em duas ocasiões. Na primeira, fizeram passar 4 quilos de heroína escondidos num caminhão que transportava madeira. O valor do bagulho ultrapassava 1,5 milhão. Tinham planejado todo o trajeto ao contrário: procurar motoristas, vigiar os motoristas, molhar a mão dos agentes da alfândega, arranjar proteção por parte de outros caras do crime organizado em Belgrado.

Na segunda, não era heroína que importavam, mas uma coisa diferente. Pior.

O interesse de Jorge foi despertado. Bombardeou Darko com perguntas. Darko nervoso. Olhar esbugalhado. Engoliu seu café. Sugeriu um passeio. Saíram.

Era um dia frio de fevereiro. O ar frio, o céu azul.

Jorge falava sem parar. Precisava criar um clima de confiança. Jogava sua lábia:

— Você tinha que estar lá. No verão. Steven recebeu 15 mudas de cânabis escondidas em passas e então plantou no jardim. Você sabe, a cânabis precisa de muita água.

Darko escutava. Divertia-se. Parecia relaxar.

— Um problema grave: como regar as mudas? Steven teve uma ideia de gênio, fingia mijar em cima, quando na verdade despejava um copo d'água nas plantas. Um guarda percebeu, claro. Se aproximou. Começou a fazer um sermão: o que, urinando na grama? Steven negou categoricamente. O guarda, para provar que Steven tinha mijado, ficou de quatro e farejou o capim. Está me acompanhando? Como um cão. Steven então disse pra ele: finalmente, temos a prova, faz tempo que eu já achava isso, cães e guardas têm os mesmos genes. A gente se mijou de rir.

Darko sorriu.

— Já me contaram essa história. Steven é um cara legal.

Percorreram a Kungsgatan.

Darko estava prestes a falar, dava para sentir.

Ao fim de cinco minutos de silêncio, começou a contar:

— Steven e eu trabalhávamos com um sérvio, Nenad. Um cara totalmente pirado. O cara tinha bons contatos em Belgrado. Diziam que ele tinha feito parte dos Tigres, que tinha massacrado trinta bósnios em Srebrenica com as próprias mãos. Primeiro, teria levado os homens até uma praça, algemados, onde os teria espancado até que rastejassem em seu próprio vômito. Em seguida, teria estuprado suas mulheres, na presença deles. Na época, ninguém sabia que ele era homem de Radovan. Quando fazíamos o trabalho, as instruções vinham diretamente de Radovan. Recebemos vinte por cento do valor da mercadoria. O suficiente pra cair na esbórnia durante seis meses, hora de reabastecer. A outra ocasião em que trabalhamos pra Radovan foi então sob o regime de Nenad. Acho que foi um ano antes de irmos pra cadeia. Nos encontramos no café Ogo, você sabe, o antigo bar de

Jokso. Nenad se apresentou, dizendo que podíamos chamar ele de O Patriota porque continuava a defender a Grande Sérvia. Pra esses caras, isso era sério. Nenad era duro como ferro, tatuagens de guerra nos pulsos. Dois outros caras estavam na mesa. Lembro que eles se mantinham calados durante toda a conversa. Mas reconheci um deles, Stefanovic, que eu já tinha visto num bar. Um sujeito bem moço que trabalhava pra Radovan na época. Nenad papariçou a gente. Falou do nosso primeiro frete bem-sucedido. Sabia muita coisa sobre mim, mas isso não era surpreendente, trabalhávamos muito pros Iugoslavos. Eu também sou sérvio.

Darko fez uma pausa. Seus olhos cintilaram. Intumescidos pelas velhas lembranças. A onda. O suspense. Ou era outra coisa?

Atravessaram a praça Hötorget.

— Nenad descreveu o empreendimento. Supostamente, uma enorme carga de H. Teríamos que recolher de caminhão, como da última vez, na região de Belgrado. Os contêineres seriam grandes, ocupariam muito espaço. Não sabíamos de nada. Discutimos todo o procedimento, fretar dois caminhões sem placa na Alemanha que pudessem transportar, cada um, dois contêineres. Oficialmente, peças de máquinas a serem transportadas da Turquia via Bálcãs. Nenad nos dava ordens. Eram necessários pelo menos 2 metros cúbicos pra carga em cada contêiner. Perto de Belgrado, nossos contatos chegaram num velho ônibus do Exército, usavam uniformes militares e portavam metralhadoras. Levavam quatro mulheres. Achei que iam convidar a gente pra beber vodca e fazer um programa com as garotas. Subitamente, entendi. Ninguém nunca havia dito que transportaríamos heroína. Teríamos que transportar gente. No início, achei que eram refugiados.

Jorge e Darko continuaram lentamente pela Vasagatan, passaram em frente à estação central. Os táxis faziam fila. Jorge perguntou:

— Quem eram os contatos?

— Não faço ideia. Mas trouxemos as garotas pra cá. Viajaram confinadas. Naquele verão, fazia um calor infernal. Quando atravessamos a Alemanha, o termômetro marcava 36 graus. Deus sabe como elas sobreviveram à viagem. Trinta horas em 2 metros cúbicos, imagine você. Bom, tinham água pra beber. Foram deixadas no porto Södra Hammarby, na época uma zona industrial sem construções. Ainda vejo seus rostos ao saírem dos contêineres, devastados pelo choro. Bolsas roxas sob os olhos que as faziam parecer vinte anos mais velhas. Se pelo menos eu tivesse sabido antes o que iria transportar, caralho. Mas elas tiveram água.

Jorge ignorou os remorsos de Darko. Nesse instante, não importava se as prostitutas tinham recebido água ou não. Ele perguntou:

— Quem recebeu vocês?

— Radovan, Nenad, Stefanovic e alguns outros.

— Radovan?

— Sim. Reconheci ele graças a fotos que tinha visto no café Ogo.

— Está certo disso?

— Tão certo quanto o fato de que não era heroína que eu transportava daquela vez.

— Quem eram os outros?

— Não faço ideia, só conhecia Nenad e Stefanovic. Sinto muito.

— Receberam quanto?

— Cento e cinquenta mil, cada um. Isso cobria tudo. Incluindo a propina e o salário dos motoristas.

Jorge queimava por dentro.

Muito calor.

Ódio.

Uma pista.

Radovan metido em prostituição.

Jorge se preparou para atacar.

32

JW tinha problemas de luxo: economizara 380 mil em quatro meses e, ao mesmo tempo, consumira como um xeque árabe — o que fazer com o dinheiro?

Em breve, teria seu BMW. Talvez, em um mês. Talvez, em dois. Provavelmente usado, apesar de tudo. Hesitava ainda entre o bonito BMW 330Ci M-Sportpaket modelo 2003. Um mais bonito BMW 330 conversível com sistema de navegação, modelo 2004. E o mais bonito de todos: um BMW Z4 2,5. Este último, ele descobrira nas páginas dos classificados. Era maravilhoso, prata e interior de couro, e ia de 0 a 100 em seis segundos. Um carro para se exibir. Era a caaara dele...

Eis o problema clássico do dinheiro sujo. No papel, JW não ganhava nada, vivendo, segundo os arquivos do Papai Estado, de sua bolsa de estudante, ao todo 7.500 coroas por mês. Teria que emplacar o carro e fazer o seguro. Ora, assim o Papai Estado constataria que ele tinha comprado um carro por 300 mil, embora não declarasse nem salário nem rendimentos. O Papai Estado ficaria intrigado. No pior dos casos, o Papai Estado alimentaria suspeitas e começaria a se interessar por JW.

A solução padrão era reciclar o dinheiro sujo.

JW lia muito sobre o assunto, embora tivesse pouca coisa escrita em relação às estruturas econômicas. Difícil encontrar informações. Perguntou a Abdulkarim se ele conhecia algum truque.

A resposta do árabe:

— JW-man, eu não sou economista. Estou fora do sistema. A Suécia não quer saber de mim, de qualquer maneira. Não preciso de dinheiro lavado. Passo ao largo de tudo isso.

JW tentou lhe explicar as vantagens de uma integração no sistema legal. Abdulkarim riu mansamente.

— Você vai comigo a Londres porque é meu economista. É você o encarregado de pensar. Se tiver uma boa ideia, é só dizer. E então, lavarei por dez por cento.

O árabe não estava errado, ficar à margem do sistema era uma alternativa. Sem carro, sem seguro, sem apartamento, pagando sempre em dinheiro vivo.

Mas esse não era o caminho de JW. Ele queria estar dentro.

Três dias após retornar de Robertsfors, JW se perguntou: o que restou do meu lar? Resposta simples: nada. Mas, apesar de tudo, intimamente, sentia que lhe fizera bem ter voltado lá. Sentir-se em segurança. Não ter que jogar. Poder falar seu dialeto. Passear à vontade, incógnito. Vadiar na cama o dia inteiro sem precisar ligar para as pessoas para saber qual o programa da noite.

Ao mesmo tempo, sentia desprezo. Seus pais eram caipiras. Seu passado não encaixava.

Além disso, descobrira uma nova pista — o namoradinho de Camilla era iugoslavo. O que isso queria dizer? Era provavelmente uma informação que ele devia passar à polícia.

Mas a polícia estava fazendo algo? JW lhes servira Jan Brunéus de bandeja, o professor que visivelmente tinha se aproveitado de sua irmã. Por que não tinha nenhuma notícia? Será que eles se lixavam para a preocupação e a tristeza da família Westlund?

Ao mesmo tempo, ficara aliviado ao entrar em contato com a polícia. Agora, podia cuidar de sua vida. Não convinha que as buscas a respeito de Camilla o afastassem muito de sua carreira.

JW aprendeu tudo sobre lavagem. A chave do sucesso era a transferência de um sistema econômico para outro. A transferência de um ambiente sujo para um ambiente limpo. A transferência por ciclos, em três etapas essenciais: investir, esconder, reciclar. Sem essas três etapas, o círculo não fecha.

O investimento era necessário, pois lidava-se com dinheiro vivo. A venda de cocaína, independentemente do tipo de clientela, nunca era feita de outra forma. Uma frase fundamental: *cash is king for cocaine consumers*. A vantagem do dinheiro vivo: não deixa rastro. O inconveniente: é suspeito. As pessoas ficavam intrigadas ao verem maços de cédulas de 500. O dinheiro tinha que ser transferido. Investido. Convertido. Em outra moeda, com muitos zeros numa conta bancária, em ações, opções ou outros instrumentos. Em alguma coisa que não chamasse a atenção, fácil de manipular, o mais distante possível da fonte de receitas ilegal.

O passo número dois concernia a esconder. Camuflar a grana sob o manto protetor de atividades econômicas ou outros mecanismos que escondessem as fontes de renda: em contas bancárias em países que garantissem a discrição. Tratava-se de romper a cadeia. Criar várias camadas de transações. A origem do dinheiro tinha que ficar invisível. Usar laranjas. Contas numeradas. Um sistema que eliminasse qualquer vínculo entre você e as belas coroas.

O último passo era mais importante, dizia respeito à lavagem em si, à reintegração do dinheiro na economia. Uma vez investido o dinheiro, depositado numa conta, uma vez camuflado, destruídos todos os seus vestígios, chegava o momento da última etapa — a ênfase nas origens, a criação de uma quimera de fontes legítimas. Em geral, fontes tributáveis. Fontes normais.

A lavagem de dinheiro exigia que se jogasse segundo as regras do Estado. O dinheiro vivo perdia sua bela flexibilidade, sendo introduzido no sistema financeiro, onde tudo é minuciosamente controlado. Toda informação é gravada. Toda renda, taxada. Toda transferência, registrada. Nenhuma renda não identificada. Mas havia um jeito de passar entre as malhas da rede.

Você pode reciclar. Você quer interromper essa cadeia. Ao mesmo tempo, quer ter uma bela cadeia para apresentar às repartições. Duas alternativas eram possíveis. Ou depositar o dinheiro em algum lugar onde a lei do sigilo impedisse as buscas do Papai Estado. A resposta às perguntas feitas: com efeito, foi registrada uma transação, mas infelizmente não temos o direito de torná-la pública. Ou utilizar um sistema para criar um rastro. A resposta ao Papai Estado: claro, há transações registradas, veja.

Tudo isso exigia preparativos. JW teria seu BMW. Ponto final. Emplacado e segurado.

Precisava correr. Queria se dedicar a isso o mais rápido possível.

Uma semana depois, comprara pela internet três empresas já constituídas por 6 mil coroas cada. Inserindo seu nome na diretoria das empresas. Uma estava registrada no ramo de produção de eventos, as outras duas no de venda de antiguidades. Perfeito. Criou um capital em ações para cada empresa, 100 mil coroas, lançando títulos no mercado. Ele mesmo era um devedor das empresas — uma maneira de evitar ser obrigado a gastar coroas autênticas em nome delas. Esboçou um contrato de emprego, pelo qual era contratado da empresa de promoção de eventos. Finalmente, deu nomes a eles: JW Empire Antique 1 S.A., JW Empire Antique 2 S.A. e JW Consulting S.A. Uma fachada bem profissional.

Conectou pessoas em Londres, amigos de Fredrik e Putte que estudavam na London School of Economics. Filhos de ricos que pagavam 100 mil por semestre para lhes propiciar uma bela formação. Eles, por sua vez, conheciam outros que já trabalhavam, especuladores. JW deu um telefonema atrás do outro. Vozes nasaladas da elite na outra ponta da linha. Caras que ralavam dia e noite para tentar legitimar seu amor-próprio. Ele se referia sempre aos caras que lhe haviam dado os nomes. Isso abria portas. Trazia novos nomes. Ingleses, indianos, italianos. Metade do mundo trabalhava em Londres.

No fim, após quatro dias de ligações incessantes para Londres — sua conta de telefone ultrapassava com certeza as 3 mil coroas —, conseguiu falar com um empregado do Central Union Bank, na ilha de Man. Um paraíso fiscal com uma vantagem de porte: o sigilo bancário. Perfeito.

Agendaram um encontro para a semana em que JW estivesse em Londres na companhia de Abdulkarim.

* * *

JW encontraria Sophie no fim do dia no Aubergine, na Linnegatan, para jantar.

Estava em casa em frente ao computador e navegava na internet. Inteirava-se dos produtos colocados à venda. Carros incríveis. Calculou seu histórico de compras no Excel. Novos métodos de venda. Fez uma análise do montante de seus negócios. Benefícios da lavagem de dinheiro.

Desligou o computador.

Levantou-se. Hora de ir ao encontro de Sophie. JW nos trajes de sempre: jeans Gucci, mocassim, uma camisa Pal Zileri com listras azuis e abotoaduras duplas. Escolheu o paletó de caxemira.

Dirigiu-se ao Aubergine. Neve suja nos meios-fios. Seus sapatos estavam mais escorregadios que uma casca de banana lubrificada. Viu Sophie pelo vidro. Continuava linda. Mas não se via isso cem por cento quando estava sentada. Quando ele entrou no restaurante, ela se levantou. Sua beleza o golpeou como um raio. Putz, que gata.

Usava um jeans colante, Sass & Bide, sapatos pretos de bico fino e um top preto amplamente decotado, provavelmente da butique Nathalie Schutermans, na Birger Jarlsgatan. Sophie era uma cliente assídua.

Ele deu uma piscadela, como se a paquerasse.

Ela sorriu. Abraçaram-se, beijaram-se furtivamente.

JW sentou-se. Pediu uma cerveja. Sophie já tinha uma taça de tinto à sua frente.

A sala do restaurante era em forma de L. Janelas grandes. Mesas de centro pintadas de preto. Um bar na quina do L. Estruturas de ferro emaranhadas no teto faziam as vezes de luminárias, espalhando uma luz suave.

A clientela era composta de advogados e investidores que bebiam sua cerveja depois do trabalho, mulheres gostosas tomando um aperitivo e casais de Östermalm que jantavam *tête-à-tête*.

Pediram.

JW passou o braço por trás dos ombros de Sophie.

Ela deu um gole no vinho.

— Você parece cansado.

Às vezes, ela tinha umas manias que o deixavam nervoso. Quando o encarava, por exemplo, nunca desgrudava os olhos dele.

— Não dormi direito, acho.

— Mas a semana passada você me disse que estava cansado porque dormia demais. Você tinha dormido até as três da tarde. É seu recorde pessoal?

JW passou um dedo no copo embaçado.

— Acho que não. Foi no fim de semana em que voltei da casa de meus pais. Sono demais derruba. Não fiz quase nada na casa deles.

— É estranho. Tem sempre um motivo pra estarmos cansados. Podem ser coisas completamente contraditórias. Um negócio de maluco: quando não ficamos esgotados porque não dormimos o bastante, ficamos esgotados porque dormimos demais, por causa da escuridão do inverno ou da luminosidade da primavera. Ficamos cansados quando desperdiçamos um dia e a mesma coisa quando ralamos a semana inteira.

— É verdade. Todo mundo procura uma desculpa pra explicar seu cansaço. Mortos porque fizemos musculação ou porque quebramos a cabeça numa prova. As pessoas sempre têm um motivo pra estar cansadas. Mas, no caso, sei por que estou quase dormindo. Saí ontem.

JW contou. A noite da véspera. As piadas impagáveis dos caras. A onda da coca. Divagava. Sophie era uma excelente ouvinte. Fazia as perguntas certas na hora certa, aprovava com a cabeça quando convinha, ria quando uma piada era realmente engraçada. Sophie conhecia parte da verdade — sabia que JW vendia para os caras —, mas não suspeitava da escala. Longe disso.

Sophie se recostou na cadeira. Calaram-se durante um instante. Escutaram dissimuladamente as conversas nas outras mesas.

Finalmente, ela perguntou:

— Além dos caras, quem são seus amigos?

Na cabeça de JW: processo de análise rápida e estresse máximo. Pensou em algumas fórmulas mentirosas. O que dizer, cacete? Que seus únicos amigos eram os caras — e dar uma de mané. Inventar amigos? Não, sua cabeça explodiria sob a pressão de tantas mentiras. A solução: um compromisso, contar a metade.

— Ando circulando com outra galera. Você vai rir.

— Por que eu riria?

— Porque são suburbanos, caramba.

— Suburbanos?

Uma verdadeira surpresa na voz.

— Enfim, tipo. Damos umas festas, fazemos musculação. Vadiamos.

JW sentiu necessidade de se justificar:

— Eles são simpaticíssimos, sério.

— Eu nunca imaginaria isso de você. Às vezes, me pergunto se conheço você de verdade. Quando posso conhecer eles?

Puta merda! JW não imaginara que ela quisesse se comprometer a esse ponto. Em geral, ela não se interessava por pessoas fora de seu círculo de amigos. E agora, não mais que de repente, queria conhecer Abdulkarim, Fahdi e Jorge.

Uma piada, pois não?

JW tentou manter a calma. Disse:

— Em breve, talvez. Vamos ver.

Emergência.

Mudar de assunto. Começou a falar de Sophie. Em geral, funcionava.

Fez-lhe perguntas sobre Anna e as outras garotas do Lundsberg. Banalidades sobre os casais. O tema predileto de Sophie. JW se indagou se ela desconfiava do que havia acontecido entre ele e sua melhor amiga Anna na noite de Lövhälla Gård. Mas por que ela se preocuparia com isso?, já haviam se passado quase seis meses.

Sophie lembrava-lhe Camilla. Era nojento.

Camilla se parecia com Sophie, com uma única diferença: faltava a Camilla, de certa forma, o autocontrole.

E, subitamente, ele teve uma espécie de iluminação. Sophie parecia jogar constantemente um jogo com ele, era difícil, mantinha distância, mas talvez fosse sua maneira peculiar de dizer que gostaria que ele lhe desse afeição. Que se abrisse com ela. Que a deixasse entrar em seu mundo. Que contasse quem era efetivamente. Que falasse o que ele não se atrevia a falar. Exatamente como Camilla. Dura, distante em relação aos pais, sobretudo com Bengt, quando isso não passava de uma maneira de se fechar, uma vez que não existia verdadeira afeição. Bancar a durona porque ela não ousava se desvelar. Teria sido a falta de afeição que a havia atraído para os braços daquele veado do Jan Brunéus? JW não sabia se queria realmente conhecer a verdade.

Alguns dias depois, os preparativos para a viagem a Londres estavam no auge. JW providenciou as passagens de avião. Reservou quartos em hotéis de luxo. Encarregou-se de que os incluíssem na lista de convidados do Chinawhite, Mayfair Club, Moores. Contratou um guia turístico particular, alugou uma van, reservou mesas nos restaurantes mais chiques, procurou as melhores boates de striptease, fez contato com cambistas para comprar ingressos para uma partida do Chelsea, verificou os horários de abertura e a localização das lojas de luxo num mapa: Harvey Nichols, Harrods, Selfridges.

Abdulkarim ficaria satisfeito. A única coisa que irritava JW: não sabia quem eles iam visitar e por quê. Abdulkarim se limitara a lhe dizer:

— É *big business*.

Encontravam-se quase sempre na casa de Fahdi. Ele, Fahdi, Jorge e às vezes Abdulkarim. Fahdi via pornografia e filmes velhos do Van Damme. Caso contrário, só falava das pessoas que ele moera de pancada e do Mal com M maiúsculo: os Estados Unidos. JW e Jorge faziam o organograma de seus contatos e seus parceiros. Discutiam armazenamento, locais de revenda, estratégias de venda e, sobretudo, de contrabando. No programa, uma megaimportação do Brasil.

O chileno fedia a ódio e determinação. Ele tinha um plano que urdia por conta própria, a vingança contra os caras que o haviam quebrado e espancado.

Em geral, JW sentia-se bem na presença deles. Eram espontâneos em comparação a seus amigos do Stureplan. Um pouco mais suburbanos nos modos, mas basicamente com as mesmas prioridades que os caras — garotas, grana, diversão.

Uma noite, na casa de Fahdi, vislumbrou aspectos do negócio da coca que havia ignorado até então.

Ele, Jorge e Fahdi estavam prostrados nos sofás. Haviam feito ligações para os traficantes, agendando reuniões.

A TV zumbia no fundo. Cenas de ação de *Missão impossível 2* passavam em câmera lenta.

Socos e pontapés sangrentos, engraçados. Para Fahdi — inspiração.

Começou a falar de um cara que ele tinha apagado dois anos antes.

No início, JW riu.

Jorge quis saber mais. Perguntou a Fahdi:

— Não tem medo de ir preso?

Fahdi caiu na risada e disse orgulhosamente:

— Nunca tenho medo. Medo é coisa de veado.

— Então o que você faria se os policiais chegassem?

— Você viu *O profissional?*

— *Qué?*

— Não sacou?

— Como, tem armas em casa?

— *Habibi*, claro. Quer ver meu arsenal?

JW estava realmente curioso. Seguiram Fahdi até seu quarto. A porta do armário rangeu. Fahdi vasculhou no escuro. Jogou alguma coisa na cama. JW não viu o que era a princípio. Em seguida, compreendeu — diante dele, sobre a cama: uma escopeta, uma Winchester. Dois canos. Cinco latas amarelas contendo cartuchos da mesma marca da escopeta. Duas pistolas Glock. Uma coronha com fita isolante em volta. O rosto de Fahdi estava radiante como o de uma criança feliz.

— E aqui está o melhor de tudo.

Voltou-se para o armário, debruçou-se. Pegou uma carabina automática 5.

— Do Exército sueco. Sinistro, não?

JW fingiu permanecer calmo. Mas estava chocado — a casa de Fahdi era um verdadeiro ninho de águia. Um bunker abarrotado de armas no subúrbio.

Jorge sorriu. Quando JW voltou para casa à noite, esqueceu-se de ligar para Sophie.

Teve dificuldade para dormir.

33

Mrado estreava como mensageiro da paz. Estava indo bem. Ele pensou: talvez não tenha seguido minha vocação, eu poderia ter trabalhado na ONU. Depois, reconsiderou: que se foda a ONU, ela traiu a Sérvia.

Em três semanas, ele havia feito a ronda dos chefes. Magnus Lindén, um extremista de direita, com pescoço musculoso e cérebro minúsculo. O chefão da Fraternidade Wolfpack. Ahmad Gafani, chefe dos Fittja Boys com a tatuagem ACAB clássica no pescoço: *All Cops Are Bastards*. Naser — o chefão dos albaneses. Este último mal falava o idioma, mas roubava milhões por ano do povo sueco. Homens muito poderosos. Psicopatas. Grosseiros. Descarados. Ao mesmo tempo, esses sujeitos não tinham planos claros. Ele se dava conta disso: os iugoslavos continuavam sendo superiores a eles. Os outros precisavam de um líder.

Os Hells Angels e os Bandidos tinham retomado a guerra.

Um saldo de dois mortos por enquanto, um de cada lado. Os Fittja Boys se batiam por sua parte do ganho em três ataques a carros-fortes que eles tinham realizado com os Original Gangsters. Em Kumla, eram membros dos OG e dos Bandidos que se engalfinhavam. Em Hall, um membro dos HA tinha furado a pele de um homem da gangue de Naser com uma caneta esferográfica. Quatro canetadas na garganta. Chop-chop.

Resultado: uma terceira guerra mundial acabava de estourar na selva de Estocolmo e sua periferia. A isso se acrescentava a operação Nova daqueles veados chupadores de pica dos policiais. Mrado tinha certeza de que eles manipulavam a guerra. De que se aproveitavam daquele surto de ódio e violência. Pessoas dispostas a delatar para colocar o inimigo atrás das grades. A assumir riscos na guerra, a baixar a guarda, a afrouxar as medidas de segurança. Os policiais poderiam se infiltrar. Sugar informação. O balanço até agora: mais de trinta pessoas condenadas.

Mrado se dirigiu a uma zona industrial em Tullingue, perto do quartel-general dos bandidos. Ponto essencial para Mrado nesse tipo de encontro: eles não se reuniam *dentro* do bunker dos Bandidos. A coisa tinha que rolar em terreno neutro.

Na noite anterior, dormira como um cão. Acordara às três e meia da madrugada. Suando em bicas. Nojento. Enrolado nos lençóis. Lembranças de Lovisa brincando no quintal, na sala, no sofá em frente à televisão. Fazendo um boneco de neve com o nariz de bastão de giz. A insônia o apoquentava. O uísque não ajudava. Ligar o aparelho de som e escutar baladas sérvias tampouco funcionava. Podia ser operacional dormindo três ou quatro horas algumas noites durante alguns dias. Mas não durante várias semanas. Precisava mudar alguma coisa em sua vida.

Três dias antes, falara com um membro dos Bandidos. Pedira-lhe que dissesse a Jonas Haakonsen, chefe da gangue em Estocolmo, que Mrado queria conversar com ele sobre certos aspectos de sua atividade. Deixara-lhe o número do celular. Duas horas mais tarde, uma mensagem. Um lugar. Uma data e um horário. E: "Venha *solo*." Nada além disso. Pelo que Mrado ouvira dizer, era o estilo de Haakonsen. Dramático. Prudente. Mrado pensou: vamos, não estamos na porra de um filme de espionagem durante a Guerra Fria.

Mrado conhecera Haakonsen na partida de golfe dos gângsteres no ano anterior. O golfe: uma iniciativa fantástica de um ex-membro dos OG. Todos os que tinham estado atrás das grades pelo menos por dois anos e que possuíam um *green card* eram bem-vindos. No ano anterior, tinham jogado no campo de golfe em Ulriksdal. Quarenta e dois participantes. Pescoços largos e antebraços tatuados *in absurdum*. Mrado sentira-se minúsculo ao lado dos outros. Teria sido uma ocasião perfeita para falar da divisão do mercado, se Mrado já estivesse com essa missão, só que decerto havia microfones em cada *tee*, cada bunker de areia, cada *green*.

O que vale a pena saber a respeito dos Bandidos? As estrelas mais brilhantes no céu das gangues na Suécia central. Seus membros eram recrutados nos núcleos mais duros de imigrantes, por meio de seu núcleo, o X-team. Duas bases na região de Estocolmo: Tullinge e Bålsta. Proeza mais recente: tinham sequestrado um membro dos HA. O sujeito foi encontrado três dias mais tarde. A pele igual à de um leopardo, marcas de queimaduras de cigarros em cada centímetro quadrado. Os joelhos em pedaços. As unhas arrancadas. Entretanto, o que causara sua morte tinha sido a gasolina que o haviam feito engolir. As gangues de motociclistas estavam em guerra, sem a menor dúvida.

O negócio dos Bandidos se assemelhava ao dos Hells Angels, com um pouco mais de drogas. Ou seja, contrabando de álcool, extorsão, algumas fraudes financeiras como notas fiscais falsas, desvio de dinheiro. Quando não vendiam heroína e maconha.

Mrado observou as placas de sinalização apontando Tullingue. Saboreava cada momento vivido ao volante do Mercedão. Motor ponto 8. Interior de couro. Pneus largos de verdade. Ele deu ré, a força bruta do carrão fez ronronar o motor. O prazer de dirigir em estado puro.

Como ruído de fundo, blá-blá-blá radiofônico interrompido pelo noticiário. Alguma coisa sobre a guerra dos americanos no Oriente Médio. Os sentimentos ambivalentes de Mrado. Detestava os Estados Unidos, mas, ao mesmo tempo, adorava quando eles quebravam a cara dos muçulmanos.

A luta. O branco contra o negro. A Europa contra o Oriente. A responsabilidade eterna dos sérvios. E quem lhes agradecia por isso? Por eles terem mantido a porta fechada ao restante da Europa. Por terem se sacrificado. O próprio Mrado tinha combatido. Agora, reclamavam do uso do véu e dos fundamentalistas fanáticos. Por que enfiar o nariz onde não se é chamado? Os sérvios fizeram o possível. O mundo caíra em cima deles, os Estados Unidos à frente. O povo sérvio não devia nada a ninguém.

Abaixou o volume do rádio. Aquelas autoestradas eram um saco. Na semana seguinte, pretendia levar Lovisa a Kolmården para ver os golfinhos. Talvez pegar as estradas secundárias para ir até lá. Aproveitar.

O céu estava cinzento. Fevereiro era o mês mais insosso do ano? Mrado não via o sol fazia quatro semanas. Os carros nas estradas estavam respingados de neve suja, enlameados, feios. Tristes.

Os problemas se debatiam em sua cabeça. A preocupação e a ansiedade sobrepujaram a música do rádio.

Radovan estava perdendo a confiança nele. Talvez estivesse ruminando a coisa havia mais tempo, sabe-se lá. Quanto mais pensava, mais lhe parecia evidente que Rado nunca havia confiado nele.

Mrado lhe escondia certas coisas, por exemplo, o fato de que as empresas de lavagem de dinheiro, as locadoras de filmes, iam mal das pernas. E o principal: não dissera nada sobre a maneira como pretendia promover a divisão do mercado de forma a beneficiá-lo. Sem dúvida, Rado odiava-o terrivelmente por ter pedido uma fatia maior do bolo. Pelo fiasco no Kvarnen. Uma sorte incrível ele não ter dançado naquele processo. Honorários polpudos para o advogado dos Iugoslavos, Martin Thomasson.

Mrado precisava tomar medidas de precaução contra as oscilações de humor de Rado. Discutir o assunto com Nenad.

A seu favor: Mrado tinha acabado com Jorge. E o melhor de tudo: eles precisavam de Mrado para dividir o mercado entre as gangues.

Flocos de neve molhados caíam. Os limpadores de para-brisas varriam o vidro na velocidade mais lenta. Aumentou a força do ar quente lançado nos vidros. Suas mãos estavam cravadas no volante. Sentia-se duro — o colete à prova de balas limitava seus movimentos.

Embicou na direção de Tullingue. Seguiu as placas.

Chegou lá sete minutos depois. Armazéns sujos e baixos um ao lado do outro. Neve nos telhados. Contêineres verdes alinhados. Placas da empresa Ragnsells nos muros de um dos prédios. O terreno protegido por uma cerca. Mrado sabia onde ficava o bunker dos Bandidos, não era ali. De toda forma, era território deles. Por outro lado, se por acaso fosse uma armadilha, eles podiam ter certeza de que sofreriam perdas — de vidas humanas.

Estacionou o carro. Permaneceu sentado um minuto. Verificou se a faca estava bem-presa dentro de sua bota. Inspecionou o revólver, o carregador estava cheio. Sem bala na câmara — uma boa e velha precaução. Por fim: enviou uma mensagem para Radovan pelo celular: "Vou entrar agora. Dou sinal pra você dentro de duas horas no máximo. M."

Respirou fundo mais uma vez.

Era a primeira vez que se dirigia sozinho a uma reunião. Em geral, Ratko lhe fazia companhia.

Fechou os olhos, dez segundos.

Sem passos em falso hoje.

Saiu do carro. Grossos flocos de neve aterrissaram sobre suas sobrancelhas. Visibilidade ruim.

Mais adiante, do outro lado da cerca, vislumbrou duas pessoas vindo em sua direção. Mrado ficou parado. As mãos ao longo das coxas. As pessoas se aproximaram. Suas silhuetas ficaram mais claras. Brutamontes. Jaquetas de couro, um emblema no bolso do peito, o slogan dos Bandidos. Um tinha a barba escura, sem dúvida um imigrante. Uma bandana na cabeça. O outro era um lourinho com uma cicatriz no rosto.

O barbudo tirou uma luva de couro e lhe estendeu a mão.

— Mrado?

Mrado apertou a mão dele.

— Exato. E você, quem é?

— Vice-presidente do grupo Estocolmo. James Khalil. Veio sozinho?

— Foi o combinado. Eu respeito os acordos. Isso te surpreende?

— De forma alguma. Seja bem-vindo. Haakonsen estará aqui num instante. Me siga.

Mrado conhecia o jargão. Palavra-chave: respeito. Frases curtas e duras. Sem aparentar vacilação. Questionar se houver oportunidade de questionar alguma coisa. Mas nunca faltar com o respeito.

Dirigiram-se aos contêineres. As botas pesadas dos Bandidos deixavam marcas profundas na neve. Trinta metros à frente, um caminhão arrancou. Deixou a propriedade. Mrado percebeu vários ruídos vindo de uma mesma direção. Compreendeu que a zona industrial estava em atividade.

James enfiou uma chave num cadeado gigantesco na porta de um contêiner de carga. Abriu. Acendeu uma luz. Mrado viu uma mesa. Três cadeiras. Algumas garrafas sobre a mesa. Uma luz de canteiro de obras num suporte de ferro no teto. Simples. Prático. Esperto.

Antes de entrar, Mrado disse:

— Imagino que seja seguro.

James olhou para ele. Pareceu hesitar em ser sarcástico, mas acabou se contendo.

— Claro — disse ele. — A gente trabalha segundo os mesmos princípios de vocês. Eficiência e invisibilidade.

James foi pegar uma cadeira, sem tirar a jaqueta de couro. Pediu a Mrado que se sentasse. O sujeito com o rosto cheio de cicatrizes permaneceu em frente ao contêiner. James sentou-se. Ofereceu uma bebida. Serviu um uísque para Mrado. Trocaram frases banais. Beberam um pouco de uísque. Esperaram em silêncio.

Passaram-se três minutos.

Mrado pensou: se ele não chegar dentro de cinco minutos, dou no pé.

Ergueu os olhos do copo. Uma sobrancelha estremeceu em sinal de interrogação. James captou.

— Ele vai chegar a qualquer minuto. Não é nossa intenção fazer você esperar.

A resposta bastava para Mrado. Era importante eles entenderem com quem estavam falando.

Dois minutos mais tarde, a porta do contêiner se abriu. Jonas Haakonsen entrou, abaixando a cabeça.

Mrado se levantou. Apertaram-se as mãos.

Haakonsen sentou na terceira cadeira. James lhe serviu uísque.

Jonas Haakonsen: pelo menos 1,95m de altura, rabo de cavalo e barba loura rala. O branco dos olhos injetado de sangue. Uma jaqueta de couro com os emblemas de sempre. Nas costas: Bandidos MC, Estocolmo, Suécia. O logo em maiúsculas. Cingido por punhais bordados. Alguma coisa de loucura nos olhos. Que lembrou a Mrado a expressão que observara no rosto de certos homens de Arkan. Os olhos vazios, olhos de tubarão. Olhos de um guerreiro psicopata. Que podia passar ao ataque a qualquer momento.

Haakonsen era um homem a ser evitado. Capaz de impor silêncio a todo o refeitório de uma prisão, quando tinha algo a dizer.

Tirou a jaqueta. O frio no contêiner aparentemente não o incomodava. Sob o colete: um suéter de mangas compridas. A inscrição: *Somos os caras contra os quais seus pais sempre o alertaram.* Sua nuca era coberta de tatuagens. No lobo de sua orelha: o emblema da SS. No outro lobo: as letras BMC — Bandidos MC.

Mrado estava cagando para aquele visual, mas os olhos... Sabia o que aqueles olhos tinham visto. Todo mundo sabia. Jonas Haakonsen, 19 anos, na Dinamarca. Chefe de uma gangue do sul de Copenhague que roubava agências de correio e vendia drogas menos pesadas. Um dia, deram um grande golpe, a agência de correios do centro de Skanderborg. Três caras. Arrombaram o prédio no momento em que o carro-forte ia levar a féria da agência. Suas armas: uma espingarda de cabo serrado e dois machados. Um dos guardas teve presença de espírito. Fechou o cadeado do malote no qual estavam as cédulas. Mas Haakonsen teve ainda mais presença de espírito e levou o malote — e o guarda. Os ladrões trocaram de carro em algum ponto da autoestrada. Rodaram pelos campos dinamarqueses. O guarda trancado no porta-malas, como num filme de gângsteres americano. Foi encontrado três dias mais tarde. Cambaleante numa estrada perto de Skanderborg. Delirando com uma camiseta enrolada na cabeça. Sangue seco e pisado no corpo inteiro. O enfermeiro da ambulância puxou a camiseta — os olhos do guarda tinham sido arrancados. Haakonsen tentara arrancar dele o código do malote. O guarda não conseguiu nem abrir a boca. Haakonsen arrancara-lhe os olhos enfiando seu polegar em suas órbitas. Primeiro um, depois o outro. Em seguida, ficou na moita durante três semanas. Então eles o capturaram. Haakonsen pegara apenas cinco anos, devido à sua juventude. Saíra no fim de três. Mais alucinado do que nunca.

Haakonsen deu um gole no uísque. Falou, com um leve sotaque dinamarquês:

— Então, o famoso Mrado. Tem amassado a cara de muito leão de chácara nos últimos tempos?

— Isso acontece, admito — disse Mrado, caindo na risada. — Afinal, também tenho que manter a forma, concorda?

Mrado espantado. Não imaginava que um cara como Haakonsen estivesse inteirado do incidente no Kvarnen.

— E como vai nosso Senhor? — continuou Haakonsen.

— Magnífico. Radovan vai bem. Os negócios, de vento em popa. E você?

— Melhor que nunca. Os Bandidos estão em Estocolmo e lá permanecerão. Têm que ter cuidado.

Uma piada ou uma advertência?

— Cuidado com o quê? Com uns mecânicos fracotes que se acham fortões?

— Não, não estou falando dos HA.

Mrado e Haakonsen riram ruidosamente. James deu uma risadinha.

O clima desanuviou. Falaram do Mercedes de Mrado, do tempo, das últimas notícias dos respectivos grupos, do membro da gangue de Naser que fora apunhalado com uma esferográfica. Segundo Haakonsen, tinha sido um profissional que fizera o trabalho:

— Não é tão difícil espetar no lugar certo, o segredo é rodar bem pra matar de uma tacada.

Ao fim de dez minutos, Mrado dirigiu a conversa para o objetivo de sua visita.

— Você deve saber por que estou aqui.

Olhou para Haakonsen direto nos olhos.

— Vou dar um chute. Meu mindinho me diz que você já falou com Magnus Lindén e Naser.

— Sabe então o que pretendo?

— Bem provável que esteja querendo assinar um cessar-fogo com os HA. Quer que as outras gangues se acalmem?

— Mais ou menos. Posso explicar?

— Daqui a pouquinho. Antes, quero deixar claras algumas coisas. Somos homens honrados. Tenho certeza de que vocês, os sérvios, também têm suas regras. Em todo caso, temos as nossas. Os Bandidos são uma família. Se machucar um de nós, está machucando todo mundo. Igual a um animal; se você cortar uma pata, ele vai sentir no corpo todo. Há dois meses, Jonny "Bonanza" Carlgren foi abatido em Södertälje, bem no meio de uma praça. Bonanza tinha feito compras no Systembolaget na companhia da namorada e de outras duas garotas. Quatro balas na barriga, mas a primeira nas costas. Na frente da namoradinha. Se esvaiu todo em sangue em meia hora. Veja bem, atiraram nas costas. Ele não teve sequer tempo de se virar.

— Meus sinceros pêsames, mas conheço a história.

— Posso terminar?

Mrado relaxou. Queria preservar o clima simpático. Assentiu.

— Bonanza era meu irmão. Entende? Meu irmão Bandidos. Ninguém esquece uma coisa dessas. Nada pode nos deter em nossa missão. Os Hells Angels vão pagar. E bem caro. Vamos pegar o cara que fez essa cagada.

Permaneceram dez segundos em silêncio. Sem desviar os olhos.

— Vocês têm todo o direito de vingar um irmão de armas assassinado. Mas já fizeram isso, como acabou de dizer. Se não me engano, foram vocês que apagaram Micke Lindgren. Empatou, pronto. Vocês têm que entender que vão se destruir se continuarem assim. A situação não é simples, ainda que eu te entenda. Não se trata apenas dos Bandidos e dos HA. Jonas, estamos nesta cidade há muito mais tempo que vocês. Hoje você é poderoso, gosto muito do seu estilo, francamente, mas você ainda mascava chiclete e andava numa bicicleta quando esmigalhei ossos humanos pela primeira vez. Você estava começando a roubar suas merrecas no supermercado quando ganhei meu primeiro milhão graças à coca. Conheço o potencial desta cidade. Tem lugar pra todos nós. Mas a gente precisa se acertar. Por que estamos nos encontrando na porra de um contêiner? Em pleno inverno? Você sabe a resposta. Você e eu somos alvo dessa maldita operação Nova. Os policiais estão à espreita. Se você desperdiçar seu tempo arquitetando planos furados contra os HA em vez de preparar sua defesa contra a ofensiva Nova, você põe em risco os BMC. Uma guerra vai causar destruição mútua, e eles vão engaiolar um depois do outro. Se adotarmos o meu método, demolimos esses canas filhos da puta.

Mrado continuou seu trabalho de persuasão. Haakonsen recusou tudo o que significasse uma paz com os HA, mas escutou o resto. Opinou às vezes com a cabeça. Expôs seu ponto de vista. Exaltou-se. James Khalil apenas observava, mantendo-se silencioso e estático. Mrado e Haakonsen ficaram uma hora negociando a divisão do mercado.

O presidente dos Bandidos aceitou o conceito quanto ao princípio.

No fim, firmaram um acordo preliminar.

Mrado engoliu o que restava em seu copo. Haakonsen se levantou. James o imitou. Abriu a porta. Mrado saiu primeiro. Continuava a nevar do lado de fora.

No caminho de volta, no Mercedes, Mrado sentia que o acordo era perfeito. Os Bandidos se comprometeram a reduzir a chantagem das chapelarias no centro da cidade. Também reduziriam o negócio da coca na área. Poderiam fazer o que quisessem com seus truques econômicos. Continuar com a extorsão no resto da região. Expandir o tráfico de maconha.

Genial. Bom para Rado. Bom para Nenad. Mas, acima de tudo, bom para Mrado. O mercado das chapelarias estava salvo, o que significava que Mrado preservava seu posto.

Ligou para Ratko. Falaram um minuto.

Decidiu ligar também para Nenad, seu colega mais próximo. Comunicou-lhe os resultados das negociações. Nenad: visivelmente satisfeito.

— Nenad, o que acha de um dia desses a gente discutir nossos próprios negócios?

Era a primeira vez que Mrado sugeria alguma coisa contra Radovan que beirava a traição. Se Nenad não fosse a pessoa certa, Mrado poderia contar seus dias em termos binários a partir de agora — uns e zeros.

34

A estratégia a ser adotada era importar diretamente. Comprar na fonte, na América do Sul. Dessa forma, estava fora de questão uma transação com um cartel da droga. Ainda não eram tão grandes. Mas os contatos de Abdulkarim combinados com as ideias de Jorge tinham tudo para dar frutos.

A importação era o ponto crucial. E a equação consistia em importar o máximo de bagulho possível com o mínimo de risco.

Até aquele momento, tinham importado lotes modestos. Utilizavam mulas, o correio, escondendo a droga em frascos de xampu, tubos de pasta de dente ou caixas de bombons. A expansão impunha maiores volumes.

Missão principal de Jorge: fazer os produtos chegarem à Suécia. Vender não era problema — a dificuldade era a importação.

Jorge passara as últimas semanas na seguinte atividade: de campana dentro do carro, em frente à mansão de Radovan, na casa de Fahdi traçando planos de importação, em Söderort, para fazer novos contatos.

Para detestar Rado com mais eficiência, precisava de grana.

Para arranjar grana, precisava de seu ódio por Rado.

Viver na clandestinidade. Ódio, planos, sono — uma vida simples.

Tudo isso, graças a Abdulkarim. Um milagre o árabe ter aceitado o plano de vingança de Jorge. Certamente, não via sua extensão, não sabia que o latino pretendia reduzir a pó o iugoslavo. Jorge indiretamente grato ao árabe pela proteção, pelo teto, pelos cuidados de que se beneficiara após os golpes de Mrado. Abdulkarim tinha investido alto em Jorge-boy. Mas Jorge sabia: uma mão lava a outra.

Hoje aconteceria sua primeira transação de verdade, após meses de preparação. O emissário brasileiro. Algo grande.

A regra: não usar uma pessoa que chamasse atenção. Jorge sabia mais que o necessário sobre ela — Silvia Pasqual de Pizzaro. Seu contato em São Paulo fizera um relatório: tinha 29 anos. Nascida em Campo Grande, perto do Paraguai, onde a taxa de desemprego flertava com o céu. Havia feito apenas o primário. Teve o primeiro filho aos 18 anos, uma menina. Desde então, morava na casa da mãe. O segundo chegou aos 20 anos, o terceiro, aos 22. Os pais das crianças tinham sumido do mapa. A mãe trabalhava como costureira, mas tinha tuberculose.

Via o quadro: a família miserável ceifada. Silvia Pasqual fazia qualquer coisa para ganhar um trocado. Triste? Não. É a vida. Precisava correr riscos para chegar a algum lugar. Jorge sabia muito bem disso.

O método foi lapidado nos mínimos detalhes por Jorge. Comprar duas malas da marca Samsonite Large, Magnesium Lite. A esperteza de tudo isso: as alças extensoras eram de alumínio — ocas por dentro. Com uma broca, diâmetro de 4 milímetros, abrir um buraco bem em cima da alça, afastando a borracha que forma uma capa em volta do alumínio. Lugar para 1,6 quilo de coca em cada alça. O preço do total na rua: pelo menos 3 milhões. Dinheiro fácil.

No fim de tudo, introduzir bolinhas de naftalina esmagadas. Se, por algum azar, houvesse cães farejadores, o cheiro preponderante poderia impedi-los de detectar a droga. Os orifícios perfurados foram novamente vedados. A borracha, recolocada nas alças. Podiam vasculhar o interior das malas tão meticulosamente quanto quisessem. Podiam cozinhar Silvia a seu bel-prazer, apalpá-la toda, fazer uma radiografia, deixá-la três dias nas latrinas da cela da alfândega. Não encontrariam *nada*.

Isso não basta. Encorajou-se: *faça o negócio direito.* Jorge ouvira falar de vários métodos geniais de passar a droga que haviam dado merda porque os agentes da alfândega desconfiaram. À mínima suspeita, não largavam sua presa. A solução de Jorge: dar instruções precisas a Silvia, graças ao contato deles no Brasil. Ela decorava tudo: vinha à Suécia para visitar membros de sua família que moravam perto de Estocolmo. Ficaria uma semana. Recebeu um número de telefone ao qual poderia recorrer caso lhe fizessem perguntas: um dos números do cartão de Jorge. Deram-lhe um endereço: uma casa que pertencia ao padrinho de Fahdi. Enviaram-lhe roupas que haviam custado mais de 50 dólares: ninguém podia perceber que se tratava de uma analfabeta simplória e miserável de uma zona rural brasileira. Ensinaram-lhe algumas frases simples em inglês. E o ponto mais importante: ela faria escala em Londres, não veriam em sua passagem que ela havia partido do Rio.

Deveria funcionar.

Sábado à tarde. Um dia luminoso. Enfim.

Jorge se recostou na cerca em torno da igreja amarelada perto da praça Odenplan. À sua frente, estava o hotel Oden. Jorge estava ali havia duas horas. Esperava Silvia Pasqual de Pizzaro.

Ela já deveria ter chegado uma hora atrás. Jorge: certa preocupação, mas tudo deveria correr bem.

Ligou para o aeroporto de Arlanda, o avião tinha chegado com trinta minutos de atraso. A mulher talvez tivesse tido dificuldade para pegar um ônibus. Talvez tivesse tido problemas no controle de passaporte, com os cães, com a polícia de Arlanda. Jorge esperava que tivesse tido sorte.

Haviam estacionado seus dois carros um pouco mais adiante na Karlbergsvägen, sempre ao alcance da vista. Um: roubado por Petter. O outro: alugado por Mehmed, e carteira de motorista falsa. Classe.

Seus comparsas, Petter e Mehmed, eram experientes. Vendiam como nunca. Jorge na supervisão. Petter e Mehmed faziam a coisa funcionar com os traficantes e revendedores, estabeleciam redes de contatos, espalhavam boatos. Faturavam. Ambos vinham do subúrbio. Ambos cheiravam uma carreira de vez em quando.

Petter: mais bairrista que o mais fanático dos bairristas. Julgava-se no exterior assim que passava por Liljeholmen, quando deixava seu bairro para ir ao centro da cidade. Torcedor do Hammarby. Um boêmio. O canal de venda perfeito para a classe operária sueca.

Mehmed: tunisiano. O fornecedor dos imigrantes, da periferia. Adorava se exibir em seu Audi A4 nas ruas do centro de Botkyrka. O herói do pedaço.

Mehmed esperava num dos carros. Assim que Silvia tivesse pegado suas chaves na recepção, ele se encontraria com ela no quarto do hotel. Extrairia a coca das malas Samsonite. Entraria no carro. Iria ao apartamento de Petter. Daria o pó a ele. Petter o pesaria, verificaria a qualidade, embalaria tudo em sacolés. Em seguida, passaria os sacolés para Jorge. O plano tinha que ser à prova de falhas.

A principal tarefa de Jorge era vigiar a transação. Petter e Mehmed eram sujeitos corretos, mas, ao mesmo tempo, os típicos caras que fariam qualquer coisa por grana. Por exemplo, enganar Abdulkarim e Jorge no quesito quantidade. Ninguém confiava em ninguém. Mas J-boy, mais esperto que o papa, envolvera um cara a mais: um cara que trabalhava com informática e que, na época, comprava direto com Jorge. O nerd tinha uma função modesta: levar a cabo uma pequena farsa para realizar o controle. Por enquanto, esperava, em seu carro, um pouco mais longe, na Odengatan. Jorge ruminou: porra, que plano do caralho.

Aguardou. Aquilo o fazia lembrar das horas de espera em frente à mansão de Radovan. Com a diferença de que agora sabia que alguma coisa aconteceria.

Refletiu. Em que pé estava com relação a Radovan? Acima de tudo: seu ódio crescera exponencialmente. Intensificava-se a cada dia. Ele respirava ódio. Comia ódio. Sonhava ódio. Esmigalhar Mrado com um taco de beisebol. Bater nas patelas, na boca, na testa. Atirar na barriga dele com uma escopeta. Tentou se acalmar. Pensar com mais lógica. Como poderia asfixiar R sem arriscar a própria pele?

A informação de Darko era útil. Jorge se informara sobre aquele Nenad. O cara faturava alto com as putas. Jorge já havia ouvido aquele nome antes. Nenad era igualmente um astro no setor da coca. Ninguém sabia como ele fizera. Ninguém podia estabelecer um elo entre as atividades de Rado e Nenad. Mas isso viria. Jorge estava convencido. Certamente, havia um elo entre os dois.

Jorge fizera perguntas a colegas que usavam os serviços das putas. Não era difícil encontrar alguns — Fahdi fazia parte deles.

Ansiedade pela chegada de Silvia Pasqual de Pizzaro.

Jorge voltou a pensar nos últimos dias. Fahdi levara Jorge até um bordel, num apartamento de Hallonbergen. Os corredores de um loft, um vão de escada onde seus passos ecoavam, plantas murchas nos vasos. Fahdi dera três telefonemas antes de ir. Explicou o funcionamento: o boca a boca. A primeira vez, todos os clientes davam seu nome verdadeiro à cafetina, Jelena. Depois só usavam pseudônimos e senhas. O acordo: o nome verdadeiro não era anotado em lugar algum. Todas as putas trabalhavam sob pseudônimo. Os visitantes tinham que ser recomendados por alguém antes de serem admitidos. Era provável que a cafetina também se informasse sobre as pessoas.

Na internet, havia um site anônimo — com servidor baseado em algum lugar na Inglaterra — que mostrava imagens das garotas. Você podia fazer sua seleção em casa. Ou elas iam em domicílio ou você ia ao apartamento em Hallonbergen. Fahdi preferia Hallonbergen.

Jorge tinha imaginado uma coisa bonita, luxuosa.

Em vez disso, a espelunca mais sórdida que J-boy já vira. Sentiu uma energia ruim quando entrou. Um vestíbulo com carpete vermelho. Dois sofás de veludo, um tapete persa falso. Um cheiro de fumaça e suor. Ao fundo: Tom Jones. Uma bosta.

Jorge e Fahdi não tiraram os casacos. Uma mulher foi até eles. Supermaquiada. Os cabelos vermelhos cortados curtos. Um peitão. Unhas compridas e encurvadas, decerto falsas. Em volta do pescoço, pérolas falsas. Dedos cheios de anéis. A roupa mais bizarra que Jorge já vira. Um conjunto preto que parecia normal, mas que, quando ela se virava, exibia um decote em V nas costas que descia até o rabo. Mal falava sueco. Reconheceu Fahdi. Trocaram amabilidades. Jorge compreendeu — a cafetina em pessoa, Jelena.

Jorge e Fahdi sentaram. Esperaram.

Após 15 minutos, um homem saiu para o vestíbulo. Desviou o rosto ao deixar o apartamento. Acordo tácito: nunca nos vimos. A mulher veio chamar Fahdi. Jorge avistou uma cafeteira sobre a pia da cozinha. Sensação estranha. A cafetina tomou seu café tranquilamente, como num ambiente de trabalho qualquer.

Cinco minutos mais tarde, a mulher conduziu Jorge até um quarto. Uma cama de casal no meio. Nada do outro mundo. Uma poltrona. As persianas arriadas. Na cama: a puta.

Jorge permaneceu na soleira da porta. Observou-a. Era magra. Um narizinho. Talvez bonita numa época. Agora, inexpressiva. Suas roupas: uma blusa cinza. Malha preta. Uma saia supercurta por cima. Salto alto. O visual clássico de prostituta.

Não, ele se enganara. Ela ainda era bonita e o estudava, tão interessada quanto ele.

— Olá — disse Jorge.

— Olá, meu querido. Como vai? É a primeira vez que vem aqui?

Um forte sotaque do Leste Europeu, mas, ainda assim, compreensível. Jorge tinha explicitamente pedido uma que falasse sueco.

— Quanto é um boquete?

— Quatrocentos. Pra você. Você é bonitinho.

— Pare com as babaquices. Pago 500, se me disser umas coisas.

— Como assim? Quer que eu fale sacanagem?

— Não, quero saber como veio parar na Suécia.

A garota se retraiu. Nada surpreendente. Sem dúvida, havia recebido ordens para só falar de foda, boceta e pau.

Jorge tentou acalmá-la.

— Bom, esqueça. Pago 300 pelo boquete.

A garota aceitou. Desabotoou a calça dele.

Puxou sua cueca para baixo.

Jorge sem ereção.

Ela começou a chupá-lo.

Sentiu-se estranho. Sujo.

Jorge, perplexo — não imaginara que reagiria daquela forma. Pediu que parasse. Sentiu náuseas.

Ela parecia não entender. Ou, mais provável, estava se lixando para o fato de ele ter empalidecido e desmoronado na cama.

Dois minutos de silêncio. Ele esfregou as notas entre os dedos.

Lançou-se numa nova tentativa:

— Te dou mil pratas se me disser o que sabe sobre Nenad.

Apresentou-lhe duas notas de 500.

Inacreditável, mas ela começou a desembuchar. A teoria de Jorge: como tinha pagado por sexo não poderia ser um policial. Pelo contrário, se tornara um ser que ela conhecia; um puteiro era sempre um puteiro.

— Não sei muito. Todas ouvem falar de Nenad.

Jorge falou ternamente:

— O que disseram pra você sobre ele?

— Nenad decide. Nenad um grande perigo. Medo dele.

— Quem? Você que trabalha aqui ou seus cafetões?

— Todos. As garotas, os clientes. Ele faz coisas nas pessoas. Ele trabalha pro Sr. R.

Jorge pensou: fala muito, mas não diz nada de concreto.

— O que ele faz?

— Estuprar, bater, coisas doentes. Ele pegou garotas pra fazer coisas doentes. Todo mundo medo. Mas eu me lixar pra ele.

— E o Sr. R, o que pode me dizer sobre ele?

Ela levantou a cabeça. Jorge achou que ela quase sorria.

— O Sr. R. Dizem, ele tem sempre uma arma, mata por insulto, controla essa cidade. Trabalha acima de Nenad, que trabalha acima dos cafetões, que trabalham acima de nós. Eles dizem, R muito frio. Muito forte. Exala mau cheiro. Mas acredito, exageros. Sr. R não muito frio. Sr. R não exalar mau cheiro. Sr. R exalar perfume Hugo Boss.

Jorge estava ao lado dela na cama. Ela era especial. Não pôde dizer o que o fazia pensar aquilo, mas ela tinha alguma coisa. Era óbvio.

Bateram na porta. Jorge se pôs de pé.

A cafetina apareceu na soleira. Para perguntar quando iriam terminar. Viu que estavam ambos vestidos. Jorge prestes a sair. Balançou a cabeça.

A cafetina o guiou até a entrada.

No vestíbulo, Fahdi conversava com um homem de suéter com capuz sob um paletó.

Jorge e Fahdi deixaram o apartamento.

— Com quem estava falando quando cheguei?

— O cafetão das garotas. O que fica de olho nelas. Uma profissão do cacete.

Jorge despertou de suas reflexões. Consultou seu celular. Retorno a terra — Odenplan, à espera da mula, Silvia Pasqual de Pizzaro.

Jorge viu o número na tela. Reconheceu os algarismos antes de ouvir o toque. Era Mehmed.

Queria saber por que nada acontecia.

Silvia deveria ter chegado ao hotel muito tempo antes. Algum contratempo. Desligou.

Continuou a esperar.

Observou o hotel Oden. Um táxi chegou do outro lado da rua, Top Cab. Preço tabelado para a corrida desde Arlanda, 350 coroas. O motorista saiu primeiro. Abriu o porta-malas, tirou duas malas Samsonite. Uma mulher saiu do lado do passageiro.

Era ela, sem dúvida alguma. Vestindo um jeans preto, um casaco de veludo cotelê. Um gorro com protetor de orelha.

Silvia Pasqual de Pizzaro. Até que enfim.

Ela puxou as malas até o hotel. As rodinhas rangeram no acesso de cascalho da entrada.

Jorge permaneceu imóvel. Mehmed no carro, esperando o sinal de Jorge.

Jorge controlou a entrada por dez minutos. Ninguém mais entrou nem saiu. Bom sinal. Se os policiais estavam no seu encalço, sem dúvida tinham planejado entrar no hotel para interceptar a mula no momento da entrega. Jorge ligou para a recepção. Perguntou se a mulher tinha subido para o quarto. Deram-lhe o número direto. Ele ligou para Silvia. Ela atendeu. Um inglês de merda. Passara sem problema pela alfândega. Ninguém a seguira. Limpeza, aparentemente.

Jorge enviou uma mensagem para Mehmed. Disse-lhe que subisse. Ele tinha como instrução pedir um almoço e fazê-lo chegar às mãos de Silvia. Quando o entregador descesse, Mehmed perguntaria se Silvia estava sozinha no quarto. Se a resposta fosse positiva, ele subiria e pegaria a coca.

Jorge foi até a esquina do hotel. Observou a entrada lateral.

Esperou, celular em punho. Se uma pessoa suspeita entrasse no hotel Oden, ele ligaria diretamente para Mehmed. Plano B em caso de perseguição: Mehmed jogaria a mercadoria pela janela que dava para a Hagagatan. Jorge a recolheria embaixo. Correria até o carro. Sumiria dali.

Nada de suspeito no horizonte.

Começava a anoitecer. Os néons amarelos do hotel brilhavam debilmente.

Dez minutos se passaram. Jorge calculara 15 minutos para recolher o pó.

Cinco minutos suplementares se passaram.

Mehmed saiu. Coçou a cabeça — sinal de que estava tudo ok. Numa das mãos, segurava uma sacola da NK. Dirigiu-se até o carro. Jorge observava as cercanias. A princípio, ninguém os seguia.

Jorge viu seu controlador próprio, o nerd, sair do carro. Timing perfeito.

Este caminhava num passo rápido no encalço de Mehmed. Alcançou-o bem em frente ao carro. Cumprimentaram-se. Jorge sabia o que eles falavam. Trocavam algumas frases corteses. Dia de fim de semana: muita gente na rua. Valia a pena fazer um pouco de teatro. O nerd perguntou bem alto o que Mehmed comprara na NK. Mehmed falou de uma jaqueta. Jorge viu o cara olhar dentro da sacola.

Tudo acontecia velozmente. O nerd enfiou a mão na sacola.

Pegou um pouco.

Lambeu um dedo.

Provou.

Conversaram ainda quarenta segundos. Despediram-se. Mehmed entrou no carro. Arrancou. O nerd percorreu a Karlbergsvägen, celular na mão.

Jorge recebeu uma mensagem: "Limpeza."

Nem Silvia nem Mehmed o haviam enganado. A mercadoria na sacola da NK era quente. O nerd fora uma excelente solução.

Jorge arrancou. Voou para alcançar Mehmed, que esperava no sinal vermelho da Dalagatan.

Em seguida, deixaram o bairro.

Dirigiram-se a Sätra. Apartamento de Petter. Jorge deu uma olhada panorâmica. Comparou os carros. Tentou ver se alguém os seguia havia muito tempo. Ele e Mehmed haviam traçado um itinerário mais complicado do que o necessário. Se alguém quisesse segui-los, seria rapidamente detectado. Jorge não se referiu ao erro que cometera com Mrado e Ratko.

Passaram pela St. Eriksgatan. Na direção de Kungsholmen. Entre Mehmed e Jorge, o tempo todo, um Saab 900 vermelho. Atrás de Jorge, o tempo todo, um Jaguar. Mas, por enquanto, Jorge e Mehmed tinham seguido em linha reta. Vários motoristas faziam o mesmo caminho que eles. Normal que os mesmos carros tivessem ficado na mesma faixa o tempo todo do percurso até a praça Fridhemsplan.

Olho vivo.

Depois da praça, viraram à esquerda. Atravessaram o parque de Rålambshov. O arranha-céu do *Dagens Nyheter* à direita. O Saab vermelho continuava entre eles.

Na Västerbron. Já anoitecera. Refletores iluminavam a ponte de baixo. Na opinião de Jorge, o lugar mais bonito da cidade.

Sob alta tensão. Julgou ver o lado esquerdo de sua camisa palpitar a cada batimento do coração. Disse consigo: trabalhe direito. Fique 3,2 quilos mais rico.

Alguma coisa no Saab vermelho chamou sua atenção. Um movimento no banco de trás.

Jorge olhou de novo.

Alguma coisa estava errada.

Chegaram ao ponto mais alto da Västerbron.

Os contornos da cidade num fundo azul-escuro. Esguias silhuetas de campanários em seu campo de visão.

Jorge pegou o celular. Ligou para Mehmed. Comunicou-lhe que alterariam o percurso depois da ponte.

Jorge continuou a observar o interior do Saab. Percebeu vários movimentos no banco traseiro. As pessoas dentro do carro. Vestiam alguma coisa. Acendeu o farol alto. Iluminou a parte traseira do Saab.

Os homens no banco traseiro se desenharam nitidamente como se num dia de verão ensolarado, vestiam coisas que pareciam casacos pesados. Aquilo só podia ser uma coisa: coletes à prova de balas.

Merda.

Jorge enfiou o pé no freio. Sua testa bateu no para-brisa.

Olhou na direção do Saab. Tinha parado também.

Olhou na direção do carro de Mehmed. Também parado, cerca de 30 metros à frente. Por fim, percebera que estava dando merda.

Jorge olhou para além, na direção de Hornstull.

Sirenes em toda parte: fodeu.

Mierda.

Cálculo rápido. O Saab entre o carro de Jorge e o de Mehmed era suspeito. Inimigos, policiais? Precisava agir imediatamente.

Os caras do Saab saíram. Três caras. Dois deles se puseram a correr em direção ao carro de Mehmed.

Alguém buzinou atrás de Jorge. Situação inverossímil para um horário de pico: por que alguém estacionara atravessado na Västerbron?

Jorge pulou para fora do carro.

Correu até o carro de Mehmed.

Jorge, ágil — o treinamento para a fuga ainda em seus músculos. Voou. Chegou ao carro de Mehmed ao mesmo tempo que os homens do Saab.

Foi tudo muito rápido.

Um dos homens abriu a porta do carro de Mehmed. O outro se voltou para Jorge. Agarrou-o pela mão. Tentou lhe aplicar uma chave. Mehmed gritou para Jorge:

— Fuja, porra, são os policiais!

Um terceiro homem chegou correndo e se jogou sobre Mehmed, tentando imobilizá-lo no assento do motorista. O que segurava Jorge pelo braço sacou um par de algemas. Rugiu:

— Polícia. O senhor é suspeito de violar a lei dos entorpecentes. Não reaja. Toda a equipe está à sua espera em Hornstull.

Jorge entrou em pânico. Desferiu um pontapé no saco do cara com todas as suas forças. O homem zurrou. Jorge só tinha uma coisa na cabeça: a coca no porta-malas. Apertou o botão, abriu. Arrancou a sacola da NK. O policial postado na porta do carro de Mehmed se jogou sobre Jorge. Que deu um passo para o lado. Fora de alcance. O policial que recebera o chute nos bagos sacou uma arma. Gritou alguma coisa. Jorge deu um sprint. O policial que tentara se jogar sobre ele se lançou em sua perseguição. Jorge acelerou. O homem que o perseguia era rápido. Jorge, mais rápido. Graças a Deus pela malhação em Osteråker e pelos treinos leves dos últimos tempos. O policial atrás dele berrava.

Pensamento central na cabeça de Jorge: *vá em frente, suba as pulsações. Solte-se. Concentre-se nos sprints.*

Correu ao longo da mureta. As pessoas saíam dos carros e viam todas as sirenes percorrendo a ponte na direção oposta.

Na cabeça de Jorge: corra, Jorge, corra. Mesmo sem o Asics Duo-max com supersolas. Sem as voltas em torno das casernas de Osteråker nas pernas. Apenas uma sessão de treinamento, pulou um pouco de corda nos últimos meses.

Mas, assim mesmo, era rápido.

Desdobrou o pé a cada passo.

O asfalto reverberava.

A escuridão azul de Estocolmo, imponente.

Voltou a cabeça. Deixara para trás o policial babaca.

Jorge vislumbrou a ilha de Långholmen sob a ponte. Se saltasse, qual seria a altura? Mais que os 7 metros do muro de Osteråker?

Estava se lixando para a resposta. Se tinha conseguido uma vez, podia repetir o feito.

Jorge, o rei dos fugitivos. A lenda do fugitivo. Ninguém poderia detê-lo.

Tomou impulso. Trepou na mureta. Olhou para baixo. Difícil enxergar no escuro. A sacola da NK passada no braço. Pendurou-se na ponte. Assim, encurtava a queda em cerca de 2 metros. Soltou-se.

Caiu.

35

JW estava sentado no ônibus para o aeroporto de Skavsta e pensava: mais duas horas de perrengue pela frente. Deus, como me arrependo de não ter voado de Arlanda.

Tentou uns joguinhos no celular: MiniGolf, Chesswizz, Arkanoid. Tornara-se um mestre em baixar jogos. Começava simplesmente a derrotar seu celular no xadrez. Orgulho misturado a certa preocupação — até onde poderia melhorar?

Abdulkarim embarcaria dois dias mais tarde, British Airways, classe executiva. De Arlanda.

Fahdi viajaria pela SAS. Partiria igualmente de Arlanda. Típico.

Tinha que se acostumar. Viajavam separadamente, em companhias diferentes, datas diferentes, a partir de locais diferentes. Segundo a filosofia de Abdulkarim, a prudência era um atalho. JW pensou: atalho para quem? Certamente não para mim, porra — duas horas dentro de um ônibus, pelo menos uma hora e meia de espera prevista em Skavsta, depois o trajeto de Stansted até o centro de Londres, no mínimo duas horas. Que beleza.

Começou uma nova partida de xadrez. Deu-se conta da dificuldade que sentia para se concentrar, de sua irritabilidade. Apalpou os bolsos à procura do pedaço de papel no qual anotara sua senha — a Ryan Air sequer usava mais bilhetes.

O aeroporto de Skavsta, um lugar que, segundo JW, dava todo sentido à palavra bege. Grandes tubos de luz iluminavam o hall de check-in. Um avião a hélice estava pendurado no teto, que aliás parecia feito com enormes tubos metálicos. O chão de linóleo. As paredes de linóleo. Os guichês de check-in de — vamos, adivinhem — linóleo verde.

Uma fila serpenteava em direção aos dois guichês. JW colocou suas bolsas no chão. Uma delas era uma Louis Vuitton modelo grande. Preço: 1.200 coroas. O único problema num lugar como Skavsta era que todo mundo imaginava ser falsificada. Mas, mesmo assim, havia o risco de ser roubada pelos carregadores, se porventura se dessem conta de que era genuína.

Continuou o xadrez. Fazia avançar suas bolsas empurrando-as com os pés. Concentrou-se na tela do celular. Mais de quarenta minutos antes de chegar ao guichê. Pensou: Ryan Air — vai se foder.

Após o check-in, ficou apenas com uma bagagem de mão, sua bolsa Prada a tiracolo.

O controle de segurança era superminucioso. Os ingleses tinham visivelmente medo dos terroristas islâmicos. O cinto Hermès de JW fez bipar o detector de metais. Teve que tirá-lo e colocá-lo no cesto azul. Ultrapassados os detectores, ligou para Sophie. Falaram pouco. Ela já sabia que ele estava para viajar, e com quem iria. Após alguns minutos, ela voltou ao que já lhe perguntara um pouco antes:

— Quando vai me apresentar aos seus amigos, afinal?

JW mudou de assunto:

— Não pode me recomendar uns bares legais em Mayfair?

Sophie tinha estado mais em Londres do que JW em Estocolmo antes de se instalar na cidade. Ela desfiou uma lista de lugares hype. Eles continuaram a falar: da última festa de Jet-set Carl, da última queridinha de Nippe, da última piração de Lollo. Nada sobre os amigos de JW.

Sentia fome. As placas indicavam um restaurante em algum lugar.

Foi até lá — caidaço. Três pratos no cardápio, *fish n' chips*, espaguete à bolonhesa e pernil assado com fritas e molho *béarnaise*. Duas garotas vestindo xales palestinos e gorros de lã enfiados no rosto precediam JW na fila. Reclamavam porque não havia alternativa vegetariana.

O caixa resmungou:

— Comam então apenas as batatas.

As fundamentalistas declinaram da oferta. Grunhiram mais um pouco, depois se dirigiram ao quiosque do aeroporto para comprar Snickers e Festis.

JW pediu uma porção de *fish n' chips* e sentou-se, esperando que anunciassem o número de seu voo.

Pegou o último número da *Café*, que comprara na estação central de Estocolmo. Percorreu distraidamente um artigo sobre a nova moda florida para homens. Folheou rapidamente. Na verdade, estava se lixando. Precisava apenas ocupar as mãos.

A comida chegou. Pelo menos um litro e meio de molho *rémoulade* cobria o peixe — uma bomba de gordura, isso sim. Enquanto comia, se perguntou se devia ligar para sua mãe, terminada a refeição. Explicar-lhe que tinha descoberto a ligação de Camilla com um de seus professores na Komvux. Falar-lhe da Ferrari.

Traços realmente suspeitos. Mas esse telefonema era uma má ideia. Só causaria mais preocupações a sua mãe. Melhor deixar a polícia fazer o trabalho. Obter resultados. Fazer buscas, interrogar e investigar. Desvendar a vida de Camilla.

Embarque no terminal. As pessoas umas atrás das outras na fila. JW sentia-se cansado, regozijava-se com a ideia de poder dormir um pouco no avião.

Um segundo controle de segurança. Verificaram novamente os passaportes. Para entrar no avião, os passageiros deviam sair por uma plataforma onde reinava um frio glacial e o vento zunia. Até as comissárias de bordo eram mais feias que nos voos de Arlanda. Achou um lugar, colocou sua bolsa Prada no chão. Uma comissária lhe pediu que a guardasse no compartimento superior. JW foi teimoso. Insistiu. A comissária nem tentou ser amável. A bolsa foi colocada em cima.

Puta que o pariu. JW jurou: da próxima vez, *business class*.

Explicaram as normas de segurança. JW leu seu jornal.

O avião decolou.

Jogou-se contra o encosto do assento. Fechou os olhos.

Relaxou.

— Bip, bip — gritou alguém atrás dele. Voltou-se. Pensou: esse dia está uma catástrofe total. JW não os tinha visto ao subir no avião. Um grupo de torcedores de futebol já bastante altos estava sentado atrás dele. Um deles começou a berrar até ficar com o rosto completamente vermelho. Os outros sujeitos deram risadas histéricas.

Uma comissária chegou num passo enérgico.

— Perdão, posso ajudar?

O cara apontou um botão acima dele.

— Apertei esse botão, mas não fez barulho, na hora eu mesmo apitei.

Os caras rolaram de rir.

A comissária fez cara feia. Mais risadas. Que dia. JW agradeceu a Deus por seu iPod — mas as risadas dos torcedores de futebol encobriam até a música.

Duas horas depois: aterrissagem em Stansted. Ainda sonolento, JW seguiu o rebanho de passageiros atrás dos controles de passaporte até a esteira de bagagens. Jogou Chesswizz no celular. Suas duas bolsas avançaram na esteira. Pareciam intactas. Ótimo.

Saída pela alfândega. Descer as escadas rolantes até o Stansted Express.

JW calculou seu tempo de viagem total. O voo: cerca de duas horas. Com todos os outros trajetos: ônibus, metrôs, táxi, mais a espera — ao todo, seis horas. Ryan Air, uma bosta.

O trem entrou na estação. Uma voz de mulher gravada anunciou: "*This train leaves for London Liverpool Street Station in three minutes.*"

Subiu. Procurou um lugar de onde pudesse ficar de olho na bolsa Louis Vuitton no compartimento de bagagem. Pegou sua revista *Café*. Fazia nitidamente mais calor na Inglaterra do que na Suécia. Ele transpirava. Tirou seu casaco Dior. Manteve-o no colo.

O motorista com um sotaque cockney típico, JW mal entendeu o que ele dizia quando o aconselhou a comprar passagens de volta com antecedência.

JW pegou o celular e enviou uma mensagem para Abdulkarim a fim de informá-lo que aterrissara. Outra para Sophie: "Hello, minha bela, acabo de aterrissar. Calor por aqui. Dormi bem no avião. O que está fazendo? Nos veremos em breve. Beijos/ J."

Algumas horas mais tarde, estirava-se em sua cama no quarto do hotel, depois de uma ducha refrescante, e morto. Fizera algumas ligações para os amigos de Fredrik e Jet-set Carl em Londres. Para programar a noite. Testar a vida noturna. Exibir-se e, acima de tudo, montar uma rede de contatos.

O hotel ficava situado em Bayswater. Um ninho de turistas — carpete por toda parte. Até no banheiro.

Tinha igualmente reservado quartos para Abdulkarim e Fahdi, e cancelaria no dia seguinte para encontrar quartos seguros num hotel de luxo, se alguma coisa lhe parecesse suspeita. Para JW: medida supérflua. Para Abdulkarim: seus celulares talvez estivessem grampeados. A polícia poderia adivinhar onde se hospedavam, com quem entrariam em contato, o que fariam em Londres. Por essa razão, a mudança de hotel.

JW pensou em Sophie. Insistira de novo em saber quem eram seus amigos. O que pretendia? Por que se interessava por isso? Ele nem sempre tinha certeza de que era apenas afeição o que ela procurava. A superficialidade era de fato uma virtude nos círculos dela. Em suas horas mais sombrias, JW suspeitava que estava sendo desmascarado. Que sua comédia logo chegaria ao fim.

Por que isso era tão importante? Por que ela não se satisfazia pura e simplesmente com o que ele era agora? O que ele queria da vida? Esta última pergunta acarretava outra: o que Camilla pretendia? Alguma coisa a empurrara. JW não conseguia decidir se cabia a ele ou à polícia descobrir.

36

Aquilo tinha que mudar logo. E mudaria.

Ele poria tudo em ordem. Radovan estava frio — mau sinal. R decerto percebia que Mrado não o via com o mesmo respeito que outrora demonstrara em relação a Jokso. De fato, havia uma grande diferença: Jokso tinha sido um autêntico líder, o homem que havia levado os sérvios ao ápice do crime organizado de Estocolmo. Unidos, fortes, leais. Radovan não tinha a configuração necessária, um fracote, um semeador de cizânia. Uma aposta falsa. E Mrado começava a vislumbrar um novo caminho: talvez Nenad e ele formassem um grupo à parte.

Enfim, acabariam achando uma solução. Hoje, ele não pensaria em toda essa merda. Hoje era seu dia com Lovisa. Planejado. Detalhado. Intensamente desejado. Da noite de quarta à noite de quinta. Muito pouco — mas já era alguma coisa.

Na véspera, haviam alugado o mais recente desenho animado da Disney. Empanturraram-se de pipoca. Tomaram Fanta. Mrado preparara bolinhos de carne e batata. E até um chucrute. Tinha ajudado Lovisa a descascar, cortar, colocar ketchup. Pena que ela não tinha gostado do chucrute, o único elemento sérvio no prato.

Que puta sonho.

O dia inteiro para eles. A última vez, dera merda. Mrado não tinha ido pegar Lovisa na creche, fora obrigado a dar uns tabefes num viciado em Tumba que havia ameaçado Nenad. Aquele sujeito conseguira, nunca se soube como, o número do celular de Nenad e ligara para a casa dele, onde moravam sua mulher e filhos. Você pode se picar e comprar quanta heroína quiser, mas nunca importune a família de Nenad. Mrado e Ratko tinham ido encontrar aquele idiota. Castigo: nariz quebrado e um belo corte na testa. Eis o que acontecia quando se batia uma cabeça contra a parede da escada do número 13 da Grödingevägen.

Uma faca de dois gumes: Mrado tinha vontade de ver a filha, mas volta e meia perdia a oportunidade. Sempre se arrependia depois. Dizia consigo: alguém tem que ganhar dinheiro para oferecer uma vida direita a Lovisa. Sempre melhor do que se lamuriar o tempo todo, como fazia a mãe, Annika vaca Stöjberg.

Eram oito e meia. Lovisa assistia a um programa matinal na televisão. Os cabelos desgrenhados como uma medusa. Mrado ficou mais um pouco na cama. Depois, levantou. Deu um beijo na testa da filha. Foi até o supermercado comprar um suco Tropicana com polpa extra, leite e *muesli*. Preparou o café da manhã: fez café, encheu um copo de suco. Passou geleia numa fatia de pão integral para Lovisa.

Comeram em frente à TV. Lovisa sujou o chão. Mrado bebeu café.

Duas horas mais tarde, estavam no ônibus rumo ao Gärdet. Mrado preferira não pegar o carro, após todas as críticas que haviam chovido sobre ele por causa de um suposto excesso de velocidade com Lovisa a bordo. Detestava ceder às críticas de Annika, mas era melhor ser prudente, pelo menos na cidade.

A neve branca cobria os campos. Lovisa falou de um boneco de neve que tinha feito na creche.

— Eu e Olivia fizemos o maior. As professoras emprestaram pra gente uma cenoura pro nariz.

— Legal. Quantas bolas de neve vocês fizeram?

— Três. Depois, colocamos um chapéu. Mas os garotos destruíram tudo.

— Ah, que feio. E o que vocês fizeram?

— Contamos à professora, claro.

Nem Mrado conseguia acreditar, passeou o olhar pelo ônibus. Ninguém parecia se dar conta — o homem que arrebentara a cabeça de um viciado duas semanas antes se tornara o pai perfeito.

Desceram no museu de ciência e tecnologia.

Lovisa correu para as máquinas e instalações da entrada. Usava um casaco acolchoado com uma gola forrada, uma calça em Thermolactyl verde e botas de couro para crianças nos pés. As botas: presente de Mrado. Sua filha não ia passear com botas de borracha de merda.

Sua filha esbanjava vida e energia despreocupada. Exatamente como ele criança, em Södertälje. Lembrou: já aos 3 anos, Lovisa subia as escadas correndo — não ligava se caísse. Apenas avançar. Enfrentar o risco. Uma coisa era certa: ela não ia desperdiçar sua energia nas mesmas porras que ele.

Mrado foi até as instalações. Sentia frio. Lovisa pulou sobre uma plataforma, em frente a um negócio que parecia uma antena parabólica. Mrado se aproximou. Lovisa lhe pediu que lesse a inscrição na placa. Alguma coisa como ser possível ouvir os sussurros à distância. Lovisa não entendeu. Mrado, por sua vez, sim.

Fez-lhe uma demonstração. Recuou até uma outra antena parabólica 20 metros adiante.

— Fique aqui, Lovisa. Papai vai fazer uma demonstração.

Os sussurros eram ouvidos como se eles estivessem cara a cara, da boca para o ouvido. Lovisa adorou aquilo. Começou a sussurrar: falou da história do seu boneco de neve. De Shrek. Dos bolinhos de carne e do chucrute feitos pelo papai na véspera.

Riram.

Ao entrarem no museu, tiraram os agasalhos. Mrado se preparara — usava um colete embaixo do sobretudo. Não queria que vissem o estojo de sua pistola. Um cheiro de cafeteria. Mrado olhara na internet para fazer seu programa — depois da visita, iriam tomar alguma coisa.

Atravessaram uma sala depois da outra. Tecnorama: a parte do museu que abrigava experimentos para crianças.

Numa sala: aparelhos para medir a força. Eles mostravam como era possível inverter as relações de força. Polias, correias, alavancas, parafusos, eixos. Mrado do lado pequeno da balança, Lovisa do lado maior: Mrado: 120 quilos de músculos. Lovisa: 26 quilos de menina. Não obstante: ela fez a balança pender para o seu lado. Mrado se elevou do outro. Como se Lovisa fosse mais pesada que o pai. Lovisa deu uma risadinha. A alma de criança de Mrado gargalhava.

Continuaram o tour. Testavam as máquinas, os inventos, as instalações e os mecanismos em cada sala. Lovisa não parava de falar. Mrado fazia perguntas. Ora em sueco, ora em sérvio.

Após uma parada no café, voltaram para casa.

Lovisa assistiu de novo ao filme da Disney. Mrado preparou um verdadeiro jantar: salsicha com macarrão integral de trigo, ketchup e salada.

Descansaram uma hora no sofá. Cochilaram. Lovisa nos braços de Mrado. Ele pensou: não preciso de mais nada na vida.

Lovisa pôs seu casaco para sair. Mrado estava se lixando para as recriminações de Annika — não usariam o transporte coletivo para irem à academia.

Eram quatro da tarde. Não tinha muita gente na sala de musculação. Mrado malhou as pernas. Estampou uma careta. Grunhiu. Gemeu.

Lovisa brincou no colchonete para alongamento. Mrado tentou sorrir entre as caretas. Lovisa estava acostumada.

Um cara da recepção se pôs de joelhos ao lado da esteira. Disse num tom de bebê:

— Então, o que você fez de legal com seu pai hoje?

Mrado adorou a resposta de Lovisa:

— Por que você está falando como a vovó?

Dali a pouco, cinco e meia. Mrado fazia de tudo para não chegar atrasado. O cenário já estava suficientemente ruim, depois do bolo que dera em Lovisa duas semanas antes. Ela o esperara 45 minutos em frente ao jardim de infância. Mrado foi compelido a quebrar a cara de um viciado. O pessoal do colégio acabou ligando para Annika, que viera pegar a pequena. Bem ruim.

Depois da prática, foram a Gröndal. O trajeto até Essinge, engarrafado. No carro, escutaram música sérvia. Lovisa tentou cantar o refrão.

Bifurcou depois de Stora Essingen. Desceu na direção de Gröndal. A 110 no trecho cujo limite era 70. Mrado não conseguiu se conter. Freou bruscamente. O limite de velocidade na rua Gröndal era 30. Mrado fez um esforço. Marcha lenta.

Avançou prudentemente até a casa de Annika.

Deixou-a sair em frente à porta. Ficou no carro.

Viu-a digitar a senha. Abrir a porta com as duas mãos, era pesada. Desaparecer no interior.

Partir.

Sentia-se cheio de calor humano.

Um dia de paternidade.

No dia seguinte à visita de Lovisa, volta à realidade. Durante os dois últimos meses, Mrado encontrara os membros mais importantes da bandidagem local: de Estocolmo até a Suécia central. Ladrões, estupradores, assassinos, barões da droga — pouco importava o que haviam feito, contanto que tivessem influência.

Desfechos inesperados. Mrado, espantado. Eles o escutavam, examinavam, refletiam. A maioria deles voltava com respostas — seguiriam seu caminho: para contra-atacar aqueles policiais veados, precisavam chegar a um acordo sobre a divisão do mercado e o fim das hostilidades.

Consequência: a transação visando à formação de cartéis criminosos em Estocolmo tomava forma. Podia representar um sucesso para Mrado.

Os estragos: a operação Nova causava baixas, mesmo entre os Iugoslavos. Dois caras a serviço de Goran presos. Suspeitos de desvio de dinheiro.

A divisão do mercado, em resumo: os Bandidos haviam aceitado abrir mão do tráfico de cocaína no centro da cidade e da extorsão nas chapelarias. Em compensação, intensificariam a extorsão na zona sul. Os HA investiriam no contrabando de álcool em toda a Suécia central. Reduziriam a extorsão. Expandiriam as atividades econômicas que lhes conviessem. A gangue de Naser: difícil de influenciar. Estes planejavam permanecer no negócio da heroína, como antes. Os Original Gangsters: sobretudo assaltos a carros-fortes em toda a Suécia. Não obrigatoriamente um setor concorrente. Mesmo assim, prometeram reduzir seu movimento de coca no subúrbio. Caminho livre no norte da cidade. Os Fucked For Life manteriam o movimento da maconha na zona sul de Estocolmo, mas se retirariam em parte da zona norte.

Mrado organizara tudo. Avaliara os diferentes mercados. Cotas. Domínios. Pesara. Analisara. Falara com mais de quarenta pessoas. Fizera lobby. Lambera botas onde fora necessário. Permaneceu duro como aço quando preciso.

A maioria confiava nele, tomava-o por um iugoslavo com honra. Pesavam as vantagens de sua proposta. Percebiam os riscos representados pela operação Nova.

Em resumo: tinha praticamente conseguido distribuir o mercado. O melhor de tudo isso: as chapelarias do centro da cidade, seu xodó, estavam sendo pacificadas.

Para Mrado, pessoalmente: ele era um gênio.

Faltava convencer: Magnus Lindén, da Fraternidade Wolfpack.

Marcaram um encontro no pub Golden Cave, em Fittja. Em campo neutro.

* * *

Mrado adorava o Mercedes ainda mais do que de costume. O efeito dos lápis esquecidos por Lovisa. Mrado prendera a caixa sob o para-brisa como um ícone. Em breve, seria de novo quarta-feira.

Trânsito fluindo. Sem retenções. Pensou nos Wolfpack.

Formados por um punhado de presidiários de Kumla, sete anos antes. O fundador, presidente autoproclamado, Danny "The Hood" Fitzpatrick. Afirmava ter tido a ideia de formar a Fraternidade depois de alguns anos atrás das grades, tendo compreendido "que éramos muitos a ser obrigados a viver tolerando que a polícia jogasse gás lacrimogêneo em nossos apartamentos e apontasse suas pistolas automáticas para nós". O objetivo havia sido copiar a hierarquia dos Hells Angels: *Hang around, Prospect*, membro, sargento de armas e presidente. Mas, após alguns anos, essa trupe se deu mal — o presidente da Fraternidade começou uma luta de poder com o irmão de Radovan. Uma guerra irrompeu entre os Iugoslavos e a Fraternidade. Durou três anos, três pessoas perderam a vida. Mas isso agora era passado. A Fraternidade tinha um novo presidente: Magnus Lindén. Os Iugoslavos tinham se acalmado. A ferida ainda não cicatrizara completamente.

Mrado estacionou o carro. Antes de trancá-lo, fez sua prece habitual ao deus dos automóveis.

Não tinha nenhum pressentimento antes do encontro com Lindén, apenas uma débil esperança de concretizar a divisão do mercado. Nenhum nervosismo. Nenhum medo.

Entrou no pub.

Reconheceu Magnus Lindén imediatamente. Aquele sujeito exalava maldade.

O pub estava quase vazio. Uma mulher de meia-idade empilhava copos atrás do balcão. O horário do jantar terminara havia duas horas, e metade da sala estava mergulhada na penumbra. Ao fundo, Led Zeppelin: "Stairway to Heaven." Um clássico.

Lindén se levantou. Os braços pendentes. Nem sinal de cumprimento. Atitude agressiva.

Mrado, em seu novo papel de mediador, ignorou o fato de que Lindén o ignorava. Estendeu-lhe a mão. Encarou Lindén.

Ficou assim três segundos.

Lindén desistiu da marra. Estendeu-lhe a mão também. Apertou a de Mrado.

— Seja bem-vindo. Quer comer alguma coisa?

Estava quebrado o gelo.

Pediram cerveja. Ficaram de conversa fiada.

Mrado evoluía bem naqueles assuntos: motores, carros, para-choques.

Lindén disparou seus clichês, que, na opinião de Mrado, cheiravam a filosofia HA:

— Precisa ser veado para dirigir um japonês.

Mrado concordava. Sério. Tivera muitos carros na vida, mas nunca um asiático, o que jamais aconteceria.

A conversa, fluindo às mil maravilhas.

O *approach* de Lindén, bem diferente da maioria dos outros — o cara era um racista completamente maluco. Falava incessantemente dos negros depravados, dos judeus comunistas e do Movimento de Resistência Sueco, uma espécie de organização de ex-skins. Mrado, desinteressado. Onde estava a grana em toda aquela conversa de merda?

Lindén balançou a caneca.

— Como pude acreditar que uma pessoa de raça eslava entenderia isso?

Mrado começou a ficar de saco cheio.

— Agora me escute, pequeno Hitler. Estou cagando pra todas as suas teorias racistas. Você sabe o que pretendo. Trata-se de todos nós. Para com essa conversa fiada e me responde. Concorda ou não com a divisão?

Uma manobra arriscada, pressionar Lindén em suas trincheiras. Ele provavelmente já tinha entortado muito focinho por menos que isso. Mas Mrado não era "um focinho".

Lindén assentiu. Tomara sua decisão.

O negócio estava no papo.

Mrado, inebriado de alegria no caminho de volta.

Ligou para Ratko para contar.

Ligou para Nenad.

— A Fraternidade aceitou a transação. Como eu disse, nossa posição está assegurada. Nossos mercados estão pacificados.

— Um trabalho do cacete, Mrado. Vamos rezar a Deus pra que eles cumpram suas promessas. A venda de pó na periferia prospera. O céu é o limite. Agora, podemos atacar.

— Falou e disse.

Mrado refletira longamente sobre a posição de Nenad. Estava realmente do lado do chefão, ou não? Mrado ouvira os rumores, sabia que Nenad também tivera atritos com Radovan. Era possível que Nenad estivesse tão furioso com R quanto ele. Uma hipótese a ser verificada.

Mrado testou:

— Eu quero mais é que Radovan se foda, estamos salvos.

— É, foda-se o Radovan.

Nenad fez uma pausa. Calaram-se.

Então, ele continuou:

— Formamos uma bela equipe, não acha, Mrado?

Com essa pergunta, Nenad testava Mrado como Mrado cogitara testá-lo. Nenad na mesma sintonia — Mrado e Nenad juntos contra Radovan.

* * *

Stockholm
Março

OPERAÇÃO NOVA — AS NOVAS ARMAS DA POLÍCIA CONTRA AS GANGUES CRIMINOSAS NA REGIÃO. Todos têm uma ficha bem carregada na polícia, são cada vez mais organizados e violentos, e formam jovens recrutas no roubo e venda de drogas. Roubos de cargas, tráfico de drogas, lesões corporais graves, facilitação à prostituição e porte ilegal de armas fazem parte de seu cotidiano.

A despeito de várias intervenções contundentes da polícia, o crime organizado em Estocolmo tornou-se cada vez mais sofisticado, violento e estruturado. Não há um dia em que os jornais não transbordem de matérias relatando assaltos a carros-fortes, incidentes de prostituição ou atos violentos tendo lugar na cidade de Estocolmo.

Organização

Grande parte desses gângsteres é formada por criminosos experientes, conhecidos dos serviços policiais e reincidentes inveterados, que antes agiam frequentemente sozinhos ou num contexto menos estruturado. A evolução recente dos fatos denota uma organização melhor e uma maior solidariedade no meio.

Lutar com mais eficiência contra o crime organizado, eis um objetivo particularmente caro à comissária Kerstin Göttberg, que montou no seio da polícia de Estocolmo a operação conhecida como "Nova", lançada ao longo do ano passado, na esteira de uma forte escalada das ações criminosas na região.

150 pessoas, portanto, receberam a "classificação Nova". O que significa que todos os agentes sabem que a detenção de uma dessas pessoas é altamente prioritária, pouco importando a natureza do crime em questão.

"Não esperaremos os troféus caírem em nossas mãos. Poder trancafiá-los por sete ou oito anos não é decerto desprezível, mas nem sempre eficaz. Serão submetidos a uma pressão permanente. Se reunirmos todos os casos não solucionados da região, é quase certo conseguirmos elementos suficientes para fazê-los comparecer perante um juiz", destaca Leif Brunell, chefe do setor de entorpecentes da polícia criminal do departamento e também diretor-executivo da operação Nova.

Status entre os gângsteres

Quando as descrições Nova foram estabelecidas, os criminosos consideravam ter seu nome na lista um título honorífico. "Num primeiro momento, acham que assim alcançaram certo status, mas, com o tempo, isso torna-se bastante incômodo, uma vez que os deixa mais visíveis, coisa que querem evitar a todo custo", nas palavras da inspetora Lena Olofsson, que trabalha na operação Nova. Os pesos-pesados do crime organizam-se em redes e se especializam em vários domínios. Conflitos podem emergir quando várias gangues concorrem no mesmo mercado. Um código de honra resultou numa cooperação entre várias gangues, por exemplo os Hells Angels e os Bandidos MC. Até a rede iugoslava passou por conflitos internos. Nesse momento, reina uma espécie de trégua, principalmente no sul de Estocolmo.

Jovens procuram integrar as gangues

Os grupos criminosos recrutam em massa. Em geral, são os gângsteres mais experientes que concebem golpes que os mais jovens — os "novatos" — executam em seguida. Às vezes, eles se fazem acompanhar por membros mais velhos e experientes que os "apadrinham".

37

Haviam marcado um encontro no shopping de Sollentuna. Ali, Jorge sentia-se em casa. As lojas habituais: H&M, Systembolaget, B&R Brinquedos, Intersport, Duka, Linde, Teknikmagasinet. E o supermercado ICA. Jorge se lembrou de como suas compras ficaram espalhadas pelo chão quando foi espancado pelo iugoslavo. Depois, lembrou-se das bugigangas que roubara quando era adolescente.

O medo de Jorge de ser reconhecido voltara. Havia acontecido uma vez, três semanas antes, e justamente em Sollentuna. O bairro mais perigoso para ele, onde havia mais pessoas que poderiam conhecê-lo. Tinha ido encontrar um cara que traficava para ele na Malmvägen. Em frente ao elevador, cruzara com uma mulher que conhecia sua mãe. Ela tentou brincar com ele, falando com sotaque chileno:

— Jorgelito. Foi se bronzear na África?

Ele a ignorou. Saiu do prédio em pânico, com o coração batendo mais rápido que um *drum'n bass*.

Tentou se convencer: não havia por que se preocupar. Sou um dos últimos na lista da polícia. Mudei fisicamente. Estou completamente diferente. Ela havia sido a primeira pessoa em muitos meses a reconhecê-lo.

Cada um comprou um refrigerante no quiosque de tabaco: Jorge, a prostituta do bordel de Hallonbergen e seu companheiro, um sujeito que Jorge nunca vira antes.

O cara: um sueco enorme. Pelo menos 2,05 metros. Um metro de largura, e nenhuma diferença de largura entre a nuca e a cabeça. Nada garantia que o cara conseguisse andar sem que os músculos gigantescos de suas coxas se chocassem.

— Este é Micke — apresentou a garota.

Jorge ficou imaginando se o cara era seu namorado ou seu cafetão. Não teve coragem de lhe perguntar. Sentia vergonha de ter pagado para transar com ela uma semana antes. Pergunta íntima: tinha vergonha porque era constrangedor ou porque era errado?

Jorge ergueu uma sobrancelha em tom inquisidor à puta: o que pretende com isso?

A garota entendeu. Disse:

— Fica calmo. Ele só queria vir comigo. Se certificar de que não corro risco.

— E ele vai escutar tudo o que dissermos? Nem pensar.

O sujeito respondeu, com uma voz espantosamente aguda:

— Calminha, meu velho. Vou me afastar alguns metros.

Superestranho. Por que ela o trouxera? J-boy não corria risco algum. J-boy sabia o que significava vacilar com os *capos*. Disse:

— Pode ficar por perto, mas, nesse caso, vá na frente. Assim, posso te ver.

O gigante o encarou longamente. Estalou os dedos. Jorge o ignorou. Repetiu:

— Se ela quiser o dinheiro, faça o que eu digo.

A garota concordou e aceitou a condição.

Caminharam pelo shopping. Saíram pelas portas automáticas. Para o parque atrás do antigo centro de convenções de Sollentuna.

O gigante sempre a 6 ou 7 metros deles.

Jorge, o traficante mais feliz da cidade. Tinha enganado os policiais, em grande estilo. O rei da coca e da cocada preta. Pegara a sacola da NK cheia de pó sob o nariz dos policiais. Dera um sprint — aqueles caras eram uns molengas —, pendurara-se na ponte e saltara. Aterrissara na neve de Långholmen. Seu pé suportara a queda. Quase teve uma crise quando lhe ocorreu que Långholmen era uma ilha. Depois constatou: a Suécia é um país maravilhoso onde inverno rima com gelo. Dirigiu-se para o lado sul, para Hornstull. Correu sobre o gelo. Estava fino. Mas resistia. Correu por entre as casas ao longo da praia de Bergsund. Saiu do outro lado. Limpeza. Pegou um táxi na Ringvägen.

A segunda boa notícia: talvez eles tivessem problemas para provar algo contra Mehmed. Talvez não conseguissem provar que ele estivera de posse da cocaína. Por outro lado, o Estado geralmente conseguia provar o que queria. Francamente, quanta incompetência: tinham deixado Mehmed partir com o *real stuff*. Razão provável: sabiam que alguém testaria o pó e queriam chegar aos verdadeiros chefões. Otários — não era fácil agarrar J-boy.

Única grande questão: como aquilo havia acontecido?

A resposta mais provável era que Silvia, a mula, tivesse feito cagada. Talvez dado respostas inapropriadas às perguntas na alfândega. Talvez eles tivessem cães. Talvez, pensamento secreto, alguém tivesse dado com a língua nos dentes.

Estava pouco ligando nesse momento. O pó era dele, de Abdulkarim. Pelo menos 3 milhões de coroas na rua, bruto. A periferia de Estocolmo era deles.

Jorge e a garota se aproximaram da parte arborizada. O gigante andava na frente. Uma grossa camada de neve cobria o solo, um branco maravilhoso. A trilha toda de cascalho fino. Jorge calçava tênis; estava satisfeito com a cuidadosa administração do parque.

Ela se voltou para ele, fez-lhe sinal de que estava disposta a falar.

— Que bom que você veio.

— Não é de graça.

— Claro. Como combinado.

— Está bem. Por onde quer que eu comece?

— Poderia começar pelo seu nome.

— Meu nome é Nadja. O que deseja saber?

— Comece do início. Como veio para a Suécia?

Ela não era loquaz. Jorge pensou: é bonita. Sua particularidade: bancava a durona, mas ao mesmo tempo deixava claro que queria transmitir uma mensagem. Ele sacou. Ela se deixara convencer com muita facilidade. Era muito zelosa. Na primeira vez em que se encontraram, no bordel dentro daquele apartamento, ela lhe dissera que o Sr. R usava perfume Hugo Boss. Jorge perguntara a pessoas que sabiam aquele tipo de coisa. Era verdade. Radovan adorava Hugo Boss. Sob todas as formas. Ternos, camisas, casacos. Aftershave.

Como ela podia saber que ele usava perfume Hugo Boss? Apenas duas alternativas possíveis. Ou alguém lhe contara. O que era pouco provável. Ou ela tinha chegado bem perto dele.

Alternativa número dois, que a tornava a pista mais interessante que Jorge descobrira até esse momento.

Ela queria transmitir uma mensagem. Sua coragem era impressionante.

Ela lhe contou sua chegada da Bósnia-Herzegovina seis anos antes. Tinha 18 anos. Estuprada quatro vezes na pré-adolescência pela milícia sérvia. Pedira asilo político na Suécia. Morara em abrigos de refugiados em torno de Gnesta durante dois anos. Depois dessas provações em sua pátria, julgara saber o que significava a palavra *burocracia*. Agora, sabia exatamente o que era de verdade. A vida não passa de uma grande bosta. Duas horas por dia, ia à aula de sueco para estrangeiros. Dotada. Aprendia rápido. O resto do dia, passava na cama. Assistia ao telecompras e aos filmes da manhã num sueco que ela não compreendia. Uma vez, tentara fazer compras no centro de Estocolmo — de suas 2 mil coroas por mês, mil após a dedução do dinheiro que enviava para a família em Saravejo, não lhe sobrava mais nada. Nunca mais voltara lá. Enclausurada em seu quarto. Dormia, via TV, escutava o rádio. À beira da apatia. Pensara: só dinheiro a ajudaria a sair daquela miséria. Uma noite, uma de suas vizinhas de corredor, em seu albergue, convidou-a para fumar um baseado. Sua sensação: a única experiência boa que vivera desde o início da catástrofe na Bósnia. Aquilo continuou: reuniam-se várias vezes por semana no cafofo da vizinha. Sentavam-se. Fumavam. Relaxavam. O drama: necessidade desesperada de grana. Parou de mandar dinheiro para a família. Isso não ajudava nada. Suas dívidas aumentaram. Foi a mesma vizinha que lhe deu a solução: ela fazia aquilo também — recebia uns caras no seu quarto várias vezes por semana — masturbava-os, chupava-os um pouco. Aquilo lhe rendia umas notas de 100. Em seguida, à noite, reuniam-se no quarto da vizinha de novo. Fumavam baseados do tamanho de um poste. Prendiam cada vez mais a fumaça. Esqueciam a merda toda.

Esse sistema funcionou por alguns meses. Depois, apareceram outros caras. Ex-iugoslavos, sérvios. Ela não reconheceu seus rostos. Mas reconheceu seu estilo. Os meninos de Arkan. Eles diziam o que tinham que fazer, ela e a vizinha. Quando tinham que fazer. Quanto tinham que pedir.

O número de clientes aumentou. A grana entrou.

Não lhe concederam o asilo. Opções: permanecer ilegal ou retornar à sua pátria sacudida pela guerra, e assombrada por violentas recordações. Escolheu a primeira opção. Mergulhou ainda mais no sistema dos cafetões.

Eles a deixaram morar com outras garotas num apartamento rigorosamente vigiado. Às vezes, uns caras iam até lá. Às vezes, elas eram levadas a outros lugares. Eles achavam que ela possuía uma aptidão especial para a língua sueca e por outra coisa também, vendo-se então aquinhoada com o trabalho de luxo: fazer companhia a figurões em restaurantes, ser gentil. Ou se deixar abordar por um sujeito que a convidasse para tomar um drinque. Ou trabalhar de minissaia como garçonete em festas em mansões. Sujeitos que a bolinavam, manipulavam. Que a arrastavam para quartos contíguos. Fregueses que nunca lhe pagavam diretamente.

E à noite, invariavelmente, apertava um baseado ao chegar em casa. Às vezes, tomava Valium. De tempos em tempos, misturavam anfetaminas nos baseados — no jargão dos viciados: uma bomba atômica.

Os cafetões sérvios arranjavam as drogas. Faziam tudo para que não reclamassem.

Após seis meses — ela sentiu os primeiros sintomas de abstinência quando não tinha sua dose diária de maconha ou anfetamina.

Jorge fez poucas perguntas. Deixou-a contar no seu ritmo. Sentia-se um psicólogo. Como Paola quando o escutava. Mas não era só isso: ele também sentia alguma coisa por Nadja.

A coisa bateu nele como um raio: sentia pena. E também outra coisa: uma espécie de ternura.

Só então passaram a assuntos mais importantes. O gigante volta e meia dava uma olhada para trás. Verificando se eles continuavam ali. Se a distância não havia aumentado muito. Jorge supôs que ele nunca deixara escapar as putas que estavam aos seus cuidados.

Jorge olhou para Nadja.

— Pode me dar detalhes relativos a esse trabalho de luxo?

— Durou uns dois anos. Quase sempre, levavam a gente a algum lugar pra nos maquiar. Nos arrumamos. Escolhiam nossas roupas. Às vezes, coisas caras: seda, saias de seda. Sapatos de salto alto de couro superfino. Uma maquiadora me ensinou a andar com esse tipo de sapato. Sem tropeçar. Eles diziam pra gente o que falar, o que deveríamos fazer com os caras.

— Onde isso?

— Em toda parte. Na cidade, nos subúrbios chiques, acho. Os restaurantes do Stureplan. Outras partes da cidade. Quatro ou cinco vezes, passei o fim de semana com um sujeito. Suecas faziam isso também.

Jorge refinou sua técnica de interrogatório. Queria fazer as perguntas certas. Não pressioná-la muito, ela precisava continuar a contar. Ele queria que ela falasse, pelo bem dela.

— O que é preciso fazer pra ser convidado pra uma noitada dessas?

— Não entendi.

— Quero dizer, se eu quisesse participar de uma dessas festas na cidade. O que eu teria que fazer?

— Não estou mais no trabalho de luxo. Não sou jovem e bonita o suficiente. Estou na descendente. Foi essa porra da anfetamina. Se quiser ir a uma festa, você precisa de muito dinheiro. As garotas são caras por lá.

Um sorriso falso.

— Mas e se mesmo assim eu quiser? Com quem devo falar?

— Muita gente. Você citou Nenad. Pergunte a ele.

— Não é possível. Quem mais? Quem organizava as festas mais chiques?

— Suecos. Ricos.

— Tem nomes?

— Tente com Jonas ou Karl. Eles contratavam as maquiadoras.

— Sabe os sobrenomes?

— Não. Os sobrenomes suecos são difíceis. Eles nunca falavam. Mas os apelidos.

— Tinham apelidos?

— Tinham. Jonas era Jonte. Karl, a gente chamava de Jätte Karl, um treco assim.

— Quem mais estava envolvido?

— Fale com o Sr. R, caso se atreva.

— Ele participa dessas noitadas? Seu marido sabe que você transou com ele?

Ela o interrompeu.

— Como sabe disso?

Jorge, dando uma de Sherlock:

— Eu sei, eis tudo.

Continuaram seu passeio, retornaram ao shopping.

— Micke não é meu marido. Ele representa os olhos de Nenad sobre mim. Os olhos do Sr. R. Ele não sabe quem eu fui. Por que deve saber?

— E por que ele permite que você fale comigo?

— Micke não é como os outros Ele detesta o Sr. R. Micke prometeu me ajudar a sair desse buraco.

— Por quê?

— Ele detesta o Sr. R, estou dizendo. Trabalha apenas pelo dinheiro. Arrebentaram com ele.

— Do que está falando?

— Micke é um bom sujeito. Aquele sérvio filho da puta que trabalha pro Sr. R quebrou a perna dele na sala de musculação. Mrado deixou cair um haltere superpesado no pé dele. Depois, o sérvio espancou ele, sem motivo. Então Micke quer passar a trabalhar pra Nenad. Você entende. Micke é grande. Mas mesmo assim. Sacou como são os homens sobre os quais você pergunta?

Jorge sacava.

Ódio.

Sede.

Caçada.

38

Abdulkarim e Fahdi chegaram a Londres dois dias depois de JW.

Correram para pegar a pistola imediatamente após a aterrissagem. Foram de táxi até Euston Square, onde eram esperados por um negro em frente a uma banca de jornal na saída da estação do metrô. Passaram-lhe um envelope contendo a quantia combinada. O cara contou rapidamente e fez sim com a cabeça. Depois, entregou-lhes um pedaço de papel.

Abdulkarim não estava a fim de ser ludibriado, e fez com que o cara não sumisse, mantendo-o com eles. Se por acaso não houvesse arma, o cara pagaria por isso.

O compartimento do armário automático era aberto mediante uma senha. O cara lhes forneceu a certa sem hesitar, e a senha no pedaço de papel funcionou. No compartimento, estava uma mochila esportiva. Fahdi pegou a mochila e enfiou a mão. Apalpou. Sorriso largo.

Para o resto do dia, JW contratara um guia que lhes mostrou as atrações turísticas da cidade. Abdulkarim feliz da vida. Não ia ao estrangeiro desde sua chegada na Suécia, em 1985, ainda criança.

Visitaram o Parlamento, o Big Ben, a Torre de Londres, deram uma volta na London Eye. O lugar preferido de Abdulkarim: o Condor Dungeon, o museu dos horrores com as bonecas de cera deformadas, as guilhotinas, os instrumentos de tortura, os cadafalsos. O guia era um sueco de uns 40 anos radicado em Londres havia 17. Acostumado com grupos escolares em intercâmbio linguístico e grupos de turistas da Suécia central. Não havia química entre o guia e aqueles seus clientes. Com certeza, ele esperava pessoas normais e simpáticas. Em vez disso, Abdulkarim e Fahdi bombardeavam-no com perguntas. Onde ficava a boate de striptease mais próxima? Faz uma ideia do preço do pó? Pode nos ajudar a encontrar maconha barata?

Gotas de suor nervoso brotavam em sua testa. Estava se borrando de medo. JW ria.

Quando o dia chegou ao fim, o guia estava esgotado. O olhar esbugalhado, sem dúvida de medo que um policial aparecesse na esquina e o fisgasse. Agradeceram deixando-lhe uma bela gorjeta.

No momento da partida, Abdulkarim perguntou:

— Estávamos pensando em ir ao Hothouse Inn hoje à noite. Quer vir conosco?

The Hothouse Inn: JW arranjara convites. Era um dos clubes de striptease mais badalados do Soho.

Surpreendente: o guia aceitou.

Abdulkarim fez uma careta.

— Ops. Era uma piada. Nunca nos passou pela cabeça ir a esse lugar. Veado sacana. Por acaso faz coisas desse tipo?

O guia vermelho como um pimentão. Mais que um sinal de trânsito. Girou nos calcanhares e desapareceu.

Eles caíram na risada.

* * *

Segundo dia. JW, Abdulkarim e Fahdi foram às compras.

Londres, cidade-luz das butiques de luxo: Selfridges, Harrods. Mas melhor de tudo, Harvey Nichols.

Tinham reservado uma limusine para o dia.

Na véspera, JW se instalara no mesmo hotel de Abdulkarim, depois que ele certificou-se de que era seguro. Fahdi chegou um pouco mais tarde, no mesmo dia.

Pediram um brunch enorme: salsichas, bacon, costeletas, coxinhas de frango, batata sotê, crepes com geleia, sete tipos diferentes de pão, *muesli*, cereais Kellogg's, ovos mexidos, três tipos de sucos de frutas frescas, geleia, Marmite, Vegemite, um monte de queijos — stilton, cheddar, brie —, compota, Nutella, sorvete, salada de frutas. Quantidades inacreditáveis.

Empanturraram-se. Fahdi adorava ovos mexidos. Empilhou-os em dois pratos. As mulheres sentadas à mesa vizinha arregalaram os olhos. Abdulkarim pediu sucos de frutas espremidos na hora quatro vezes. JW sentia vergonha, mas ao mesmo tempo, não. Ajustou suas abotoaduras e deu uma olhada na direção de suas vizinhas de mesa. Deu-lhes uma piscadela.

Curtiu a situação — de certa forma.

A limusine veio pegá-los à uma da tarde.

Abdulkarim estava elétrico, alardeando a fortuna que ganhariam com o pó que Jorge trouxera graças à brasileira. Falou tudo o que fariam em Londres. Todas as *putinhas* que experimentariam sua pica. Todos os hooligans que experimentariam os punhos de Fahdi.

Abdulkarim não conseguiu falar de outra coisa durante toda a noite anterior: a fuga lendária de Jorge pela ponte Väserbron. JW estava impressionado. Três quilos de pó só para eles. Exatamente do que precisavam, no quesito quantidade.

Pararam em frente à Selfridges. Abdulkarim abriu a porta do carro e olhou para trás. Gritou, num inglês terrível:

— Me levem pra outro lugar. Aqui é muito fuleiro.

JW deu uma olhada para Fahdi, rindo. Abdulkarim cheirara uma carreira antes do café da manhã?

O motorista não piscava. O comportamento de Abdulkarim provavelmente não era nada comparado ao das pessoas realmente ricas e célebres que ele transportava.

Continuaram o tour. As calçadas estavam apinhadas de gente, as ruas, tomadas pelos carros. Os clássicos ônibus de dois andares tiravam fino deles para pararem nos pontos.

A limusine estacionou em frente à Harvey Nichols.

Entraram na loja e encontraram rapidamente a seção de roupas masculinas. Era gigantesca. Para JW, fanático por shopping, viciado no luxo, era um dos dias mais belos de sua vida.

Salivava, babava, vibrava ao ritmo do consumo. A meca das grifes: Dior, Alexandre of London, Fendi, Giuseppe Zanotti, Canali, Hugo Boss, Prada, Cerruti 1881, Ralph Lauren, Comme des Garçons, Costume National, Dolce & Gabana, Duffer of St. George, Yves Saint-Laurent, Dunhill, Calvin Klein, Armani, Givenchy, Énergie, Evisu, Gianfranco Ferré, Versace, Gucci, Guerlain, Helmut Lang, Hermès, Iceberg, Issey Miyake, J Lindeberg, Christian Lacroix, Jean-Paul Gaultier, CP Company, John Galliano, John Smedley, Kenzo, Lacoste, Marc Jacobs, Dries Van Noten, Martin Margiela, Miu Miu, Nicole Farhi, Oscar de la Renta, Paul Smith, Punk Royal, Ermenegildo Zegna, Roberto Cavalli, Jil Sander, Burberry, Todd's, Tommy Hilfiger, Trussardi, Valentino, Yohji Yamamoto.

Estava tudo ali.

Abdulkarim foi acompanhado por um vendedor por toda a loja, passeando com um carrinho. Escolheu ternos, camisas, sapatos e suéteres.

JW fez seu shopping à parte. Escolheu um blazer Alexandre Savile Row, um jeans Helmut Lang, duas camisas, uma Paul Smith, a outra Prada, e um cinto Prada. A conta deu mil libras.

Fahdi parecia perdido. Sentia-se melhor numa jaqueta de couro simples e blue-jeans, comprou então um jeans Hilfiger e uma jaqueta de couro Gucci: lógica. Só a jaqueta custava 3 mil libras. Gucci — o acessório predileto de todos os caras da alta.

JW pensou como tudo seria mais fácil depois de lavar o dinheiro. A ideia de poder utilizar um cartão de crédito de verdade era tentadora. O gesto que o seduzia: poder atirar um cartão American Express Platinum no balcão.

Funcionários carregaram todos os seus sacos e sacolas até a limusine. O pessoal da loja parecia estar acostumado. Londres era o lugar dos podres de ricos.

A limusine percorreu a Sloane Street, rua das butiques de luxo: Louis Vuitton, Prada, Gucci, Chanel e Hermès lado a lado.

Os olhos de JW grudavam nas linhas atraentes dos logos. Após um minuto, Abdulkarim começou a berrar.

Saíram do carro.

Abdulkarim correu até a Louis Vuitton. JW observou sua roupa folgada e seu casaco curto sobre o colete e pensou: deveria ser proibido se vestir assim.

O segurança na porta da loja deu uma olhada cética para Abdulkarim — um árabe maluco? Depois, percebeu a limusine. Deixou-o entrar.

Passaram uma hora e meia perambulando pela rua.

A conta final para JW tinha sido de 4 mil libras, mais o que gastara na Harvey Nichols. Troféus para mostrar aos caras em sua volta: uma carteira de couro Gucci, um paletó Miu Miu, uma camisa Burberry. Nada mal.

Um pensamento atravessou sua mente: aquela era sua vida ou era apenas um blefe? JW sentia-se excitado, quase em transe. Apesar de tudo, não pôde se impedir de pensar em Camilla e no que ela devia ter sentido ao passear com o homem de Belgrado em sua Ferrari amarela. Até que ponto JW e ela se pareciam?

Almoçaram no Wagamama no fim da Slane Street, uma cadeia de restaurantes asiáticos na moda. O interior sobriamente decorado, tudo branco. Abdulkarim reclamou: havia carne de porco em quase todos os pratos.

— Amanhã é dia de festa — anunciou ele —; comeremos em um lugar *halal*.

Fahdi pareceu surpreso.

— O que vamos festejar?

Abdulkarim riu:

— Meu velho, amanhã vamos encontrar os caras que são o motivo da nossa viagem. Amanhã, vamos saber se vamos ficar milionários.

39

Mrado descansava em seu sofá depois de malhar. Músculos cansados. Cabelos molhados. E saciado — mandara para dentro duas latas de atum, massas e um coquetel de substitutos proteicos. Estes, Ultra Builder 5000, dois comprimidos — dianabol, esteroides anabolizantes de alto calibre.

Espreguiçou-se, deu uma olhada no *Fight Club* no Eurosport. K-1, Elimination Tournament. O ex-campeão de luta livre Jörgen Kruth fazia os comentários. Analisava pontapés, socos e joelhadas. Sua voz nasalada, inerte, entregava: aquela cara levara muito soco no nariz.

Um dos maiores, Remy Bonjasky, estava destruindo seu adversário no ringue. Encurralou o cara num canto. Enfiou-lhe o joelho na barriga. Golpeou embaixo, nas panturrilhas. O adversário berrou de dor. Bonjaski deu dois ganchos rápidos de esquerda. O cara não teve tempo de se pôr em guarda. O protetor de dentes voou. Antes que o árbitro pudesse interromper o combate, Bonjasky concluiu com um chute que atingiu a orelha esquerda. Um nocaute perfeito: o adversário inconsciente antes de beijar a lona. Mrado não faria melhor.

Naqueles últimos dias, Mrado havia aprimorado a forma. Malhara como um louco. Mais serotonina liberada. Sono melhor. As gangues sob controle — conseguira. Um compromisso aceito quase por unanimidade, em vias de se materializar. Eles sabiam o que estava em jogo — se todos se limitassem a seus setores, o negócio prosperaria. Os policiais perderiam. A grana rolaria.

Seu celular começou a tocar.

Do outro lado: Stefanovic.

— Olá, Mrado. Como vai? — começou ele, num tom impessoal. Mrado se perguntou por quê.

— Tudo certo. E você?

— Bem, obrigado. Onde você está?

— Em casa? Por quê?

— Não se mexa. Vamos te pegar.

— Ora, o que houve?

— É sua vez, Mrado, de ver Radovan. *Bilo mu je sudeno.* — E desligou. *Bilo mu je sudeno* — é seu destino, Mrado.

Sua cabeça rodava. Sentiu-se desconfortável no sofá. Levantou-se. Abaixou o som da TV. Contornou o sofá.

A lei dos gângsteres: se estão vindo te buscar, você não vai voltar nunca. Como a máfia no cinema. Ponte do Brooklyn sob a chuva. Eles te atropelam de carro. Você não volta.

Seus pensamentos deram uma guinada. Deveria fugir? Para onde poderia ir? Sua vida inteira estava ali. Seu apartamento, suas atividades, sua filha.

Qual seria o problema com Radovan? Será que não conseguia esquecer o que ele lhe pedira? Esquecer suas veleidades de receber uma fatia maior das receitas das chapelarias? Saberia ele que Mrado tinha organizado a divisão do mercado de modo a favorecer seu negócio das chapelarias? Pior: o chefão iugoslavo desconfiaria de seu desejo de formar uma gangue à parte? Não, impossível.

Mrado entregara a Rado o mercado criminoso de Estocolmo numa bandeja de prata. O chefão iugoslavo devia ser grato a ele por isso. Talvez estivesse tudo nos eixos, apesar de tudo, e R não quisesse sua pele.

Sentou-se novamente no sofá. Tentou refletir objetivamente. Não havia como escapar. Melhor administrar as coisas como homem. Como sérvio. Mrado tinha, apesar de tudo, uma posição forte: suas atividades e o acordo que firmara sobre a divisão do mercado o protegiam. Inatacável.

Doze minutos mais tarde, seu telefone fixo tocou. Stefanovic de novo. Mrado ajustou seu coldre, enfiou ali o revólver e prendeu sua faca na perna, sob a calça. Desceu as escadas.

Um Range Rover com vidro fumê esperava na rua. Mrado nunca vira aquele carro. Não era de Radovan nem de Stefanovic.

A porta dianteira estava aberta.

Mrado ocupou o assento do passageiro. Ao volante: um jovem sérvio. Mrado já esbarrara com ele, era um dos braços direitos de Stefanovic. No banco de trás: Stefanovic.

O veículo arrancou.

Stefanovic:

— Olá. Espero que esteja tudo bem com você.

Mrado não respondeu. Estudou o ambiente. Interpretou a situação.

— Alguma coisa está pegando? Por que o silêncio?

Mrado se voltou. Stefanovic — impecável em seu terno. Como sempre.

Mrado olhou de novo para a frente. Ainda era dia, mas começava a anoitecer.

— Tudo ótimo. Já disse isso no telefone. Você tem memória curta. Ou será que alguma coisa está pegando pra você?

Cinismo total na imitação de Stefanovic.

Stefanovic deu uma risadinha artificial.

— Se está de mau humor, melhor a gente não falar. Seria uma conversa de merda, não acha?

Mrado não respondeu.

Atravessaram o centro e deixaram a cidade na direção de Lidingö.

Silêncio de chumbo no carro. A coisa não cheirava bem.

Mrado avaliou os recursos de que dispunha: sacar sua Smith & Wesson e acertar uma bala na cabeça do motorista. Poderia funcionar, mas Stefanovic talvez estivesse armado. Teria tempo de lhe fazer vários buracos novos no occipital antes de o carro parar. A outra possibilidade: voltar-se, dar um tiro à queima-roupa nos cornos de Stefanovic. Mas aí também — como na alternativa de apagar o motorista — Stefanovic poderia ser mais rápido. Última ideia: liquidar os dois homens quando saíssem do carro.

Pensou em Lovisa.

O carro reduziu a velocidade. Pegou uma estradinha que subia em linha reta por uma colina dentro da floresta Lill-Jans. O Range Rover era uma boa opção, pensou Mrado.

Finalmente, o carro parou. Stefanovic lhe pediu que saísse.

Mrado nunca estivara naquele lugar. Estudou os arredores. Stefanovic e o motorista permaneceram no carro. Esperto, esperto. Mrado não podia fazer nada — ele sequer os via através dos vidros escuros. Não fazia sentido atirar.

Estavam num platô. Uma única construção se erguia à sua frente: uma torre de 20 metros de altura. Surreal.

Sério? Seu olhar passou pelo corpo de cimento pintado de vermelho da torre — viu a explicação: era uma rampa de salto de esqui.

Aparentemente, estavam em algum lugar no limite da floresta Lill-Jans diante de uma rampa de esqui desativada. Mau sinal.

A porta embaixo da rampa se abriu. Um homem que ele reconheceu lhe fez sinal para entrar.

O interior da base da torre parecia recém-reformado. Um pequeno balcão de recepção. Cartazes nos muros: Bem-vindo à sala de conferências da cabana dos pescadores. Capacidade: cinquenta pessoas. Perfeito para reuniões de lançamento, festas de empresas ou seminários.

Um olhar para trás — Stefanovic e o motorista tinham saído do carro.

Não era hora de inventar. O homem diante de Mrado lhe pediu que entregasse o revólver.

O que foi feito. A coronha de nogueira estava fria.

No topo da torre, havia apenas um cômodo. Amplas janelas dos três lados. Do lado de fora, ainda um pouco de luz. Mrado admirou a vista da floresta Lill-Jans. Até Östermalm. Um pouco mais distante, reconheceu a prefeitura. As torres das igrejas. Ao longe, brilhava o Globen. Estocolmo se esparramava ante seus olhos.

O pensamento de Mrado nesse instante: por que ninguém tivera a ideia de instalar um restaurante de luxo naquele lugar?

No meio da sala, uma mesa quadrada. Uma toalha branca. Imensos candelabros. Talheres.

Do outro dado da mesa: Radovan num terno escuro. Ele disse em sérvio:

— Seja bem-vindo, Mrado. O que achou do lugar? Estiloso, não acha? Eu mesmo descobri. Estava caminhando na floresta, indo e vindo pelas trilhas. Esta colina me intrigou. Subi e descobri isto.

Mrado avaliou as estratégias possíveis. Havia o estilo de mármore. O estilo confiante.

Dirigiu sua escolha para o estilo direto-ao-ponto.

— É bonito, Radovan. O que fiz pra ter a honra de ser convidado pra jantar aqui?

— Chegaremos lá. Me deixa terminar a história. Na verdade, é uma antiga rampa de salto de esqui. Foi fechada no fim dos anos 1980 e deixaram tudo mofar, tudo vazio. Comprei no verão passado e estou reformando tudo. Logo haverá uma sala de conferências. Um salão de festas. Isto pode virar um local de orgias do caralho. O que acha?

Radovan contornou a mesa. Ofereceu uma cadeira a Mrado. Só isso, o fato de Mrado ter sido forçado a ficar de pé durante um minuto, era outro mau sinal.

Radovan prosseguiu com sua lenga-lenga sobre a rampa de esqui:

— Sabe quantos lugares esquecidos desse tipo há em Estocolmo? Semana passada, contratei sete poloneses pra reformar a parte de baixo. Aqui, bem no topo, vai ser um restaurante com uma excelente área reservada. As pessoas poderão fazer o que quiserem aqui. Radovan vai proporcionar a elas garotas, comida, bebida, tudo.

Uma mulher entrou na sala empurrando um carrinho cheio de bebidas. Serviu dry martini. As azeitonas cintilavam, cada uma espetada num palito. Quando a porta se abriu, Mrado sentiu seus pelos da nuca se eriçarem. Soube instintivamente quem estava na porta: Stefanovic, o motorista e o homem que o recebera embaixo. Dispostos a usar de violência, se necessário.

Radovan não corria riscos.

Mrado pensou: não seria esperto fazer uma coisa impensada neste instante — mas era agora ou nunca.

A mulher trouxe a entrada: torradas Skagen. Despejou vinho branco em suas taças. Começaram a comer.

Depois de algumas garfadas, Rado pousou seus talheres na mesa. Falou de boca cheia:

— Mrado. É importante que você compreenda nossa situação. Não vou te dizer grandes coisas, mas escute assim mesmo o que Radovan vai falar. Estamos entrando numa nova fase. Numa nova era. Novos homens. Uma maneira diferente de trabalhar. Você sabe disso. Há muito mais jogadores no mercado atualmente do que quando começamos há vinte anos. Quando éramos só nós e alguns velhos pistoleiros preguiçosos. Svartenbrandt e Clark Olofsson. Mas hoje a Suécia tem outro rosto. As gangues MC estão aí pra ficar. As gangues de jovens e de presidiários estão bem-organizadas, a União Europeia aboliu as fronteiras. A maior mudança é que até os albaneses, a máfia russa e uma porrada de pilantras da Estônia, entre outros, nos fazem concorrência. A Europa Ocidental não perdeu apenas força. O Leste está aqui. A globalização altera a estratégia.

Mrado não disse nada. Sabia que Rado gostava de se ouvir falar.

— Atuamos num mercado internacional. E é precisamente aí que está a solução. Tito nos mantinha numa coluna do meio. Nós sabíamos muito pouco sobre economia de mercado. Mas aqui no Ocidente e nos países livres do Leste, agimos de modo que as pessoas recebam o que demandam: a lei suprema do mercado. Pois o crime é exatamente isso, a essência da economia de mercado. O crime é bem-regulado, livre, segue as leis da oferta e da procura. Sem intervenção do Estado. Sem planejamento, decretos comunistas ou tutela exagerada. Pelo contrário, precisamente como no mercado, é o mais forte que ganha. É o futuro. E pra chegar lá, precisaremos adaptar nossos métodos. Escolher nossas áreas de atuação em função da relação custo-benefício. Minimizar os custos de oportunidade. Investir sem parar, injetar capital em novos segmentos. É muito mais eficaz contratar consultores e trabalhar por microcélulas do que ter que gerir um grande conglomerado, se essa comparação for do seu agrado. Teríamos muito a aprender com essa rede terrorista muçulmana. Eles mal se conhecem e, apesar de tudo, trabalham pelo mesmo objetivo. Se uma célula para de funcionar, isso não afeta o quadro geral. Precisamos trabalhar da mesma maneira; falando tecnicamente, isso se chama um aglomerado. A velha organização hierárquica ficou pra trás. Um empresário sueco disse certa vez: implodam as pirâmides. Isso soa bem, na minha opinião.

Mrado olhava Radovan fixamente. Parara de comer.

A mulher entrou. Levou os pratos. Encheu as taças.

— Nós dominamos nossos setores. Mas estamos muito mal-organizados. Este é o problema. Fala-se muito em nova economia de uns anos para cá. Não sei se isso funcionou pras pessoas comuns. Mas, para nós, Mrado, é esse novo mercado que importa. Precisamos assimilar um novo modo de pensamento. Sair do nosso grupo étnico limitado. Ir recrutar na periferia. Tecer laços com as organizações russas e estonianas. Descentralizar. Apostar mais na externalização. Controlar o fluxo, o que não significa sempre as atividades principais. Está me acompanhando?

Mrado balançou lentamente a cabeça. Melhor esperar Radovan terminar seu monólogo meio histérico.

— Ótimo. A droga funciona bem. A coca é um êxito completo. As putas vão ainda melhor. Você não pode imaginar como os homens suecos estavam secos depois de todos esses anos de politicamente correto. Estão dispostos a pagar qualquer coisa. E depois essa lei de veado contra a prostituição. Ela apenas fortalece nossa posição. Os bordéis nos apartamentos são tão espaçosos quanto em Las Vegas, não se faz nenhuma festinha íntima em Djursholm sem suas putas de luxo. Isso é um sonho. Você foi um dos fundadores do nosso *call-service*. Lembra?

— O que você me conta é interessante, Radovan, mas sei de tudo isso. E onde entro nessa história?

— Obrigado por colocar isso na mesa. Você serviu bem à nossa organização. Fez um bom trabalho pra mim. Pra Jokso também. Mas os tempos mudaram. Não há lugar pra você no que acabo de descrever. Infelizmente. Sinto muito. O que você fez, o acordo sobre a divisão do mercado, é extraordinário. Graças a seus contatos. Sua maneira de proceder. Mas agora terminou. Não posso confiar em você. Por quê? Você sabe a resposta. Você alimenta isso há anos. A resposta é: porque você não me inspira confiança Você não me considera um chefe. Como aquele a cujas ordens obedecemos sem discutir. Você está pedindo alto. No novo mercado, os indivíduos devem agir na mais completa autonomia. Mas nunca contra os interesses de Radovan.

O tom de Radovan endureceu.

— Mrado, olhe pela janela. Olhe pra Estocolmo. É a porra da *minha* cidade. Ninguém vai tirar de mim. É o que acabo de explicar pra você. Você acha que é graças a você que a grana corre para os nossos bolsos. Que você e eu continuamos a trabalhar de igual pra igual. Esqueça isso. Sou o novo Jokso. Sou o seu general. É a mim que você deve dizer obrigado pelo seu ganha-pão. Sua vidinha. Sua posição de merda. E você tem o desplante de exigir uma fatia maior das receitas das chapelarias? Exigir. Isso não funciona assim. Mas o pior é que você tentou me passar a perna. A divisão do mercado, você só fez pensando nos seus interesses. Não vejo nenhum problema em trabalhar por conta própria, mas nunca contra mim.

Mrado tentou interromper Radovan:

— Radovan, não sei do que está falando. Não passei a perna em você.

Radovan o cortou, quase gritou.

— Chega de babaquice! Sei o que sei. Você está fora. Sacou? Ninguém desafia Radovan. Você está excluído do negócio das chapelarias. Fora. Retorno ao ponto de partida. Depois de todos esses anos, você me conhece. Sempre fiquei de olho em você. Sei como você pensa. Ou melhor, digamos que sei o que você não pensa. Que não me considera seu chefe, seu superior, seu presidente. Mas deveria. Agora terminou. Sua carreira de artista terminou. Fim.

Mrado esperou uma bala na nuca.

Nada.

Radovan fez sinal à mulher para trazer a continuação do cardápio.

Serviu o prato principal.

Foi então que Mrado compreendeu: sobreviveria.

Numa nova situação. Rebaixado.

Com desonra.

Radovan retomou a conversa como se nada tivesse acontecido:

— Essa carne não está incrivelmente macia? Mandei vir direto da Bélgica.

40

Afora o projeto vingança-contra-Radovan-Kranjic, a vida de Jorge estava no auge. Ganhava dinheiro a rodo. Apreciava a companhia de Abdulkarim, Fahdi, Petter e outros traficantes da rede. Tinha igualmente se dado bem com Mehmed. Era realmente uma pena para ele — ainda não estava certo se a polícia iria mandá-lo para a prisão. Apreciava até a companhia daquele sujeito de Östermalm, JW. Mas o cara era estranho. Parecia que jogava um jogo duplo. Frequentava dois mundos diferentes. Exibia um estilo arrogante. Ao mesmo tempo, era visivelmente honesto e curioso, ávido de aprender tudo com Jorge. O cara tinha uma vontade louca de fazer dinheiro fácil.

Jorge, por seu lado, queria ter acesso à segunda vida de JW — o Stureplan. Jorge promovera várias orgias nos bares de lá em diversas ocasiões. Azarara garotas, afogando-as no espumante. Dava dinheiro para os seguranças para passar na frente da fila. Levara carne fresca para casa.

Mas alguma coisa faltava a Jorge. Ele via os caras suecos. Poderia gastar o que quisesse, nunca alcançaria aquele nível. Sentia isso. Todo imigrante na cidade sentia. Podiam fazer de tudo, besuntar os cabelos de gel, vestir roupas caras, ter a honra intacta e carros chiques — não eram parte do mundo deles.

A humilhação estava em qualquer lugar. Isso se via pelas reações das vendedoras, pelos desvios executados pelas mães nas calçadas e pelos olhares dos policiais. Isso emanava dos olhos dos seguranças, das caretas das mulheres, dos gestos dos barmen. Essa mensagem, mais clara que a política de segregação imposta na cidade de Estocolmo — você é e sempre será um imigrante.

JW, Abdulkarim e Fahdi estavam em Londres. Para fechar um negócio vultoso. A tarefa de Jorge era permanecer na firma, vigiar a loja. Fazer de maneira que a venda do bagulho extra que Silvia introduzira ganhasse velocidade. Não havia por que se preocupar desse lado, o pó derreteria mais rápido do que um sorvete Magnum ao sol.

Jorge alugara um apartamento em Helenelund. A proximidade de seu antigo bairro lhe fazia bem. Sublocava-o de um contato de Abdulkarim. Decorado com coisas caras: tela plana de 42 polegadas, aparelho de DVD, aparelho de som, Xbox, laptop.

Desfrutava da vida do novo Jorge.

Gostava de seus novos amigos. Sua rotina. Os belos maços de dinheiro.

Roía, espumava — o ódio.

Três dias haviam se passado desde sua entrevista com Nadja, a puta. Várias perguntas continuavam sem resposta. Quem era aquele brutamonte Micke, e como poderia ajudar Jorge? Quem eram os sujeitos que ela havia mencionado: Jonas e Karl, apelido Jätte Karl? Como ia conseguir se infiltrar no pântano de prostituição de Radovan?

Estava estressado. Não chegava a lugar algum. Tinha parado de ficar de campana no carro defronte à casa de Radovan, uma vez que aquilo não fazia sentido. Talvez devesse reconsiderar sua estratégia. Apostar na informação sobre o tráfico de drogas de Radovan. Não. Muito perigoso. Para o próprio Jorge e os que lhe eram caros.

A pista das putas era a melhor. A isso se somava que Abdulkarim estava cada vez mais assoberbado. Era preciso substituir Mehmed. Recrutar novos elementos. As ideias de Jorge: talvez seu primo, Sergio. Talvez Eddie. Talvez seu camarada Rolando, quando saísse de Österåker. Sergio era o herói que ajudara Jorge a fugir de Österåker. Até agora só tinha recebido algumas reles cédulas de mil. Merecia mais. Jorge queria lhe arranjar uma fatia do lucro na cocaína. A mesma coisa com Eddie. E Rolando — o cara que lhe ensinara tanta coisa sobre a coca. Tinha direito à sua recompensa.

Naqueles últimos dias, tinha ligado para a cafetina pelo menos vinte vezes. Para reservar um horário com Nadja. Para revê-la. Não precisava de um programa. Apenas lhe fazer algumas perguntas suplementares. Além disso — quem sabe, um novo boquete. Pensou: não, isso já era bizarro quando eu ainda não a conhecia. Queria vê-la por outra razão.

* * *

Conseguiu finalmente falar com a cafetina. Disse-lhe o codinome que recebera em sua primeira visita. Foi aprovado. Ainda dava para ir à noite.

Pegou o metrô até Hallonbergen.

Chovia. O ar mais para quente. Cheirava a kebab. Da última vez, Jorge fora de carro, mas dessa vez o rei dos mapas havia olhado as Páginas Amarelas. Memorizara. Teria encontrado o caminho de olhos fechados.

A casa vermelha com arcos de um tom um pouco mais amarronzado estava mergulhada na luminosidade cor-de-rosa do crepúsculo.

Digitou a senha da porta. Entrou no elevador. Saiu no corredor do loft. Tocou a campainha. O olho mágico ficou escuro — o olho de alguém do outro lado. Pronunciou seu codinome em voz alta.

A porta foi aberta pelo homem com o qual Fahdi falara em sua última visita. As mesmas roupas. Suéter com capuz sob um paletó.

Jorge repetiu seu pseudônimo. Foi autorizado a entrar.

Pediu para ver Nadja.

A mesma música na sala de espera. Que falta de imaginação.

O homem fez um sinalzinho com a cabeça e acompanhou Jorge até o quarto. Abriu a porta. Deixou-o entrar.

A mesma cama. Os lençóis desfeitos como da vez anterior. A mesma poltrona. As mesmas persianas puxadas.

Jorge parou na soleira da porta, voltou-se. O sujeito não estava mais atrás dele.

Estudou a garota na cama. Era linda. Um peito maior que o de Nadja. Uma saia supercurta. Um top colante generosamente decotado. Ligas.

— Eu deveria encontrar outra pessoa. Onde está Nadja?

A garota respondeu, num inglês quase incompreensível:

— Não entendo.

Jorge disse em inglês:

— Quero ver Nadja.

Talvez fosse o instinto. Jorge não era qualquer um — de toda forma, era um fugitivo na clandestinidade —, sempre sob alta tensão. Em geral, os nervos à flor da pele para detectar os idiotas dos policiais. Mas também para farejar Radovan.

Deu meia-volta na porta. Correu pela sala de espera. Ouviu o homem de suéter de capuz sob o paletó gritar seu codinome. Não se virou. Jorge já abrira a porta. Atravessou o corredor do loft correndo. Degringolou pelas escadas. Do lado de fora. Longe.

Jorge nunca vira expressão tão distorcida quanto a da garota quando compreendeu quem ele queria ver. Aparentemente, o nome de Nadja lhe inspirava horror.

Alguma coisa estava fora dos eixos.

Algo cheirava terrivelmente mal.

No dia seguinte. Jorge no banheiro, cagando. Uma chamada no celular — número oculto. Era quase normal. Os que ligavam para ele escondiam frequentemente seus números.

Decidiu responder, apesar da situação embaraçosa.

— Olá, eu me chamo Sophie e sou a namorada de JW.

Jorge atônito. Ouvira falar de Sophie por JW. Mas por que ela estava ligando para ele? Como conseguira seu número, com todas aquelas regras rigorosas estabelecidas por Abdulkarim, quase proibindo a comunicação com estranhos?

— Ah, olá. Ouvi falar muito de você.

Ela deu uma risadinha.

— O que ouviu?

— Que ele sonha em formar uma família com você.

Breve silêncio do outro lado. Ela não entendera a piada.

— Escuta, JW está em Londres, pode parecer um pouco estranho, mas eu queria te conhecer pessoalmente um desses dias. Tomar um café ou algo do gênero.

— Sem JW?

— É, eu prefiro. Queria muito conhecer os amigos dele. Mas ele é um cabeça-dura. Você sabe como ele é, tem coisas que ele não comenta.

Jorge sabia do que falava. JW jogava um jogo duplo.

— Mais uma coisa, você acha que a gente podia se ver antes de JW voltar? Não é por nada, besteira minha.

O instinto de Jorge lhe dizia não. Mas a curiosidade, pois bem, por que não? Ele também queria saber um pouco mais sobre JW. Talvez dar um jeito de segui-lo em seu outro mundo.

— Ele volta daqui a quatro dias, acho. Se nos encontrássemos hoje à noite?

Marcaram uma hora. Sophie pareceu satisfeita.

Ele ficou ainda alguns instantes sentado, terminando a função.

Reflexão. Precisava ser prudente. O sumiço de Nadja, superestranho. Eles sabiam que ele queria ver Nadja. Por que não tinham dito que ela não estava lá? *Big question*: onde ela estava? E agora: de repente um telefonema da namorada de JW. Haveria um elo?

Conclusão: não correr riscos com essa Sophie. Podia ser uma cilada.

Quando anoiteceu, ele pegou o metrô até a estação central. Jorge continuava sem o carro. A prioridade depois da implementação do plano Rado: comprar um carrão.

Encontro previsto com aquela que dizia ser Sophie. Percorreu a pé os últimos metros. Não havia neve nas ruas.

Jorge se lembrou da licença vigiada que tivera quando estava em Österåker. Passara exatamente no mesmo lugar. Por um dia quente de agosto. Três guardas a reboque. Se eles soubessem a que se destinavam aqueles tênis Asics. Imbecis.

Virou à direita na Birger Jarlsgatan. Os néons acima das galerias piscavam. O logo da Nokia por todo lado.

Dez metros antes do café Alberts, parou um rapaz na rua. Boné atravessado na cabeça. Um moleque meio perdido. Ofereceu-lhe 100 coroas por um favor.

O cara entrou no Alberts.

Saiu um minuto depois.

Passou-se outro minuto.

Sophie saiu.

Jorge pirou. Sophie: a gata mais linda que ele já havia visto. O sex appeal personificado. Um xale bordado preto enrolado displicentemente no pescoço. Uma jaqueta preta de couro fino, estilo motoqueiro, sem os reforços nos cotovelos e ombros. Um jeans colado no corpo.

Ele sabia que JW pertencia ao mundo do Stureplan. Mas aquilo — *come on*, que princesa.

Sophie lhe dirigiu um olhar interrogativo.

Claro que ela viera sozinha. Jorge, satisfeito. Mais confiante. Esboçou um sorriso.

Cumprimentaram-se. Ela sugeriu o Sturehof. Nenhum problema para entrar. Razão evidente: Sophie entrava sempre, aonde quer que fosse.

Passaram em frente à área do restaurante, foram ao bar.

Jorge pediu uma cerveja e uma taça de tinto para Sophie.

— Então, Sophie, prazer em conhecê-la. Desculpe pelo comportamento estranho em frente ao Alberts. Às vezes, eu fico um pouco paranoico.

Ela olhou para ele com o rabo do olho. Jorge pensou: será que ela compreende por que ele não quis encontrá-la no lugar que ela marcara?

— Você não gosta do Alberts?

— Não tenho nada contra o Alberts, mas lá é muito barulhento.

— E acha diferente aqui?

— Foi uma brincadeira.

Jorge, atento. Pronunciou suas palavras com o mínimo de gíria possível, evitar o linguajar das ruas.

Mudaram de assunto. Sophie começou a interrogá-lo. O que ele fazia. Desde quando conhecia JW. Jorge controlava todas as suas respostas. Queria ter certeza de que Sophie era aquela por quem se fazia passar. Parecia tudo verdade.

A impressão de Jorge: Sophie essencialmente curiosa pela vida de JW. Mas não era só isso — ela o interrogava. Pressionava. Queria saber determinadas coisas que Jorge não tinha certeza se JW queria que ela soubesse. Tampouco tinha certeza se Abdulkarim concordaria. Não interessava se a pessoa em questão era um tesão.

Ficou firme. Contou que ele e JW passavam muito tempo juntos. Viam filmes. Jogavam video games. Bebiam cerveja. Jogavam futebol. Faziam uma farra, às vezes. Mas nada sobre o negócio do pó.

— Farra? — perguntou Sophie. — Onde?

Jorge não tinha uma boa resposta. Resmungou alguma coisa sobre um bar em Helenelund.

Sophie perguntou:

— Vocês cheiram uma carreirinha de vez em quando?

Jorge bebeu um gole de cerveja, refletiu sobre o que deveria dizer. Abriu.

— Acontece. Você também?

Ela deu uma piscadela.

— É, uma vez ou outra. Às vezes, me pergunto se JW não exagera um pouco.

— Acho que não. Ele se preocupa muito. É um cara de estilo. De classe. Ele me ensina uma porção de coisas sobre o mundo de vocês.

Jorge surpreso consigo mesmo. Abria-se para uma estranha.

Sophie, em contrapartida, abriu-se igualmente, falou de suas preocupações. JW andava ansioso nos últimos tempos. Desinteressava-se pela faculdade. Tinha um ritmo de vida bizarro. Dormia mal. Ela queria conhecer melhor JW para ajudá-lo.

Jorge a escutou. Compreendeu por que ela quisera encontrá-lo.

O tempo passou. Falaram de outra coisa: filmes, bares em torno do Stureplan, estudos de Sophie, estilo de roupas de JW, família de Jorge.

Uma combinação curiosa: o fugitivo falsamente mestiço, barão suburbano do pó. Com a garota mais bonita de Estocolmo.

Ainda mais curioso — eles se divertiam juntos.

Meia-noite. Tinham conversado por mais de três horas.

Com o distanciamento, pensando nisso mais tarde, Jorge ruminou: o acaso nos coloca em cada situação... Você encontra alguém pela primeira vez na vida. No dia seguinte, revê a mesma pessoa. Escuta uma palavra que você nunca escutou. Algumas horas mais tarde, é essa palavra que alguém utiliza e você a escuta pela segunda vez na vida. Ou então, alguém que você conhece se revela parecido com outra pessoa que você conhece, e você nunca se dera conta disso. Ou, justamente no momento em que você está pensando numa pessoa, essa pessoa entra no metrô ao seu lado. Quais são as chances de isso acontecer? Mas acontece mesmo assim.

Talvez não seja um acaso. Talvez a existência se componha de um tecido de coincidências emaranhadas. Fiapos de informação. Ligados e amarrados um ao outro pelo que denominamos acaso.

Jorge não esquentava. Seu único credo: *cash is king*.

Assim mesmo, intrigava-se: o que acontecia no Sturehof devia ser mera coincidência.

Ou não.

Um grupo de rapazes passou ao lado deles. Paletós, camisas desabotoadas. Jeans retos. Abotoaduras. Relógios caros. Grandes fivelas de cinto em forma de monogramas de grifes de luxo.

O básico — o gel nos cabelos.

A juventude dourada do Stureplan.

Sophie se levantou. Beijou cada um deles no rosto. Riu de suas piadas.

Para Jorge, era evidente que a alegria que ela demonstrava ao vê-los era exagerada.

Jorge não foi apresentado. O que era esperado. Mas ficou magoado mesmo assim.

Os caras da alta desapareceram no bar O, parte do Sturehof onde rolava a festa.

Ele perguntou:

— Quem eram?

— Ninguém especial. Apenas conhecidos. — E Sophie pareceu embaraçada. Jorge pensou: está com vergonha por não ter me apresentado.

— Amigos de JW?

— Alguns deles conhecem JW.

— Quais?

— Aquele com o paletó listrado é Nippe. Aquele de casaco preto se chama Fredrik. É também amigo de Jet-set Carl. Conhece?

Na cabeça de Jorge: Jet-set Carl. Soava familiar.

Refletiu.

Jet-set Carl.

Vasculhou em suas recordações.

Jätte Karl.

— Jet-set Carl. Quem é?

Sophie contou: boates e festas.

— Jet-set Carl é o maior promotor de festas do Stureplan. Ainda que se comporte frequentemente como um canalha com as garotas, para ser franca.

Estas últimas palavras fustigaram seu espírito alerta.

Gritos na cabeça de Jorge — como toureiros no desenho animado *Ferdinando, o touro,* que passava todos os anos no Natal: pega, pega!

41

JW acordou cedo. Sentiu o estresse devorá-lo. Sabia o programa do dia: era o dia D, em que, se tudo corresse como o planejado, eles encontrariam os caras importantes. Os que mantinham contato direto com os cartéis da América do Sul. Os que eram capazes de fornecer cargas volumosas. Os que ofereceriam a JW uma carreira planetária no mundo do pó.

Sozinho no restaurante do hotel, lendo um jornal inglês e tomando um café, ele esperava que Abdulkarim e Fahdi descessem. Estava agitado por um nervosismo incomum.

Na véspera, gastara mais de 60 mil coroas. Roupas, bolsas, sapatos, comida, a boate de striptease no Soho. Tarde da noite, foram ao Chinawhite — onde a mesa era negociada por pelo menos 500 libras —, o dinheiro escorria por entre seus dedos. E, por um momento, eles não eram traficantes. O que era aflitivo não era o fato de ter jogado tanto dinheiro pela janela. Era o que seus pais diriam se soubessem.

Mandou uma mensagem para Sophie. Ela parecia muito distante, ao passo que talvez fosse a pessoa que o conhecesse melhor. A única a quem ele revelara sua vida dupla. Mas não lhe contara tudo: sua infância, suas origens eram coisas que ele não gostava de mencionar. Tinha vergonha de suas origens modestas e não queria ter que contar a história de Camilla. Tudo isso o deixava desconfiado. Se ele não podia falar disso com sua namorada, a que ponto estava então efetivamente próximo dela?

JW descansou o jornal sobre a mesa. Dois pensamentos se cristalizaram nitidamente em sua cabeça. *Number one*: tinha que passar mais tempo com Sophie. O outro era mais penoso: tinha que lhe confessar suas raízes. Mas talvez ela pudesse ajudá-lo ensinando-lhe um pouco mais sobre determinadas coisas.

Fahdi desceu pontualmente às dez e meia. Comeram juntos e esperaram Abdulkarim.

Ele não apareceu.

Onze horas.

Quinze minutos se passaram.

Fahdi pareceu preocupado. Apesar de tudo, não tinham a mínima vontade de acordar Abdul. Haveria alguma coisa que JW não soubesse? Alguma coisa que atemorizasse Fahdi?

Meio-dia.

Sem mais se conter, JW subiu. Bateu na porta do quarto de Abdulkarim.

Nenhum barulho.

Bateu de novo.

Nada.

Duas possibilidades: ou Abdulkarim continuava imprestável depois da farra da véspera, ou lhe acontecera alguma coisa. O que explicaria o nervosismo de Fahdi. JW pensou: quem eram realmente as pessoas que eles deveriam encontrar?

Bateu. Escutou à porta.

Nenhum barulho.

Bateu.

Finalmente, ouviu a voz de Abdulkarim no interior.

JW abriu.

O árabe estava sentado no chão.

Abdulkarim disse:

— Desculpe. Eu estava atrasado para a prece da manhã.

— Você reza?

— Tento. Infelizmente, sou um homem mau. Nem sempre acordo na hora.

— Por quê?

— Por que o *quê*?

— Ora, por que você reza?

— Você não vai entender, JW, você é sueco. Eu reverencio Alá. Com meu corpo curvado pra terra, da qual ele é feito. Digo comigo, e a todos os homens, negros ou brancos, suecos genuínos ou imigrantes, ricos ou pobres, que Alá, o verdadeiro, é seu criador e seu senhor.

Abdulkarim estava sério.

Nos ouvidos de JW, aquilo soava como um monte de merda, fórmulas batidas, mas não tinha tempo nem vontade de discutir a opção de vida de Abdulkarim. Pensou: um dia ele acabará enxergando o que importa de verdade — a grana ou Alá.

Estavam em cima da hora.

Abdulkarim pulou o café da manhã.

JW, Abdulkarim e Fahdi na estrada para o norte, na direção de Birmingham Duas horas e meia de trajeto num táxi, uma van com espaço suficiente para esticarem as pernas. Abuldkarim não quis que se espremessem num dia tão grandioso.

Estavam indo à casa de pessoas importantes.

Poderiam ter pegado um trem, um ônibus, um avião. Mas era melhor de carro, mais seguro, mais sossegado. E, o principal, era um estilo mais gângster. Porra, quem passeia de ônibus quando pode se exibir de carro?

Rindo, Abdul esmiuçou o programa do dia. Tinha recebido uma ligação de um desconhecido e combinado uma hora e um lugar. *"Don't be late."*

O motorista do táxi ligara o rádio. O baixo fazia os alto-falantes, instalados nas portas de trás, vibrarem. *Ultrabritish.*

Era um jovem indiano. Abdulkarim acabava de aprender uma nova palavra inglesa — *Pakis*. JW pensou: por favor, Abdulkarim, não entre numa de pronunciar essa palavra agora.

Do lado de fora se estendia uma bela paisagem. Aldeias abrigando suas indústrias tradicionais, cercadas de campos ondulantes e férteis. Rios serpenteando tranquilamente ao lado da estrada.

Uma paisagem idílica de campo inglês.

A primavera chegara. Comparado a Estocolmo, fazia calor.

Abdulkarim estava cansado, dormira com a cabeça recostada no vidro. Fahdi e JW trocavam curtos comentários e discorriam sobre a vida noturna de Londres.

— Já dormiu com uma stripper?

JW pensou nos filmes pornôs que passavam sem parar na casa de Fahdi.

— Não, e você?

— Acha que sou veado por acaso? Claro que sim.

— Aqui, na Inglaterra?

— Porra, claro que não! Elas custam muito caro. A cotação da libra está muito alta.

JW riu.

Pensou na relação dos dois. Era possível dizer que era de natureza estritamente profissional, temperada com um papo divertido. Mas JW sentia: no fundo, Fahdi era um sujeito correto. Não tinha preconceitos, não zombava de nada, não desprezava ninguém. Fahdi não tinha pretensões. Contentava-se com duas coisas na vida: exercitar os músculos e trepar de vez em quando. O negócio da droga — sua motivação parecia derivar mais de uma obscura razão ligada a Abdulkarim do que de uma busca de sensação, grana ou poder.

O motorista do táxi começou a falar. Mencionou Stratford-upon-Avon e Shakespeare. JW olhou pela janela e viu uma placa com o nome de uma cidade e embaixo *The home of William Shakespeare*.

Atravessaram os subúrbios de Birmingham. Residências rodeadas por jardins bem-conservados. Casas particulares geminadas. Varais presos, bem paralelos, armados nos quintaizinhos. Uma cidade operária mais tipicamente *british* do que tudo que JW pudesse imaginar.

Chegaram ao centro da cidade. As casas eram parecidas com as de Londres, apenas um pouco mais baixas. Casas de tijolo vermelho, particulares, estreitas, com uma escada na entrada e janelas longilíneas. Starbucks, McDonald's, livrarias, kebaberias. Nem árvores, nem bicicletas.

O táxi parou numa ponte perto da estação. O trem passou embaixo numa velocidade estonteante. O barulho era ensurdecedor.

Saíram do carro. Pagaram ao motorista e pegaram seu número. Combinaram de ligar por volta das quatro, no mais tardar, se precisassem de um carro para voltar a Londres.

Desceram as escadas que levavam ao interior da estação.

Um quiosque de jornais no saguão: o local do encontro.

Não era difícil perceber quem os esperava — dois sujeitos parrudos, vestindo jaquetas de couro escuro, com jeans Valentino pretos e grossos sapatos de couro, circulavam em frente à loja. Faziam tipo, usavam um uniforme ou o quê? Um visual inglês, cabelos foscos, pele lívida. Um deles tinha uma franja que lhe tapava a testa, JW achou que aquilo lhe dava uma pinta de imperador. O outro exibia uma risca no cabelo cuidadosamente traçada.

Abdulkarim foi direto até eles e se apresentou em seu *suecanglês* de árabe.

Nenhuma surpresa. Nenhum sorriso.

Seguiram os homens até um micro-ônibus. Foram convidados a instalar-se atrás enquanto os outros entraram na frente.

O homem da risca no cabelo, segundo JW: um extremista de direita com aparência rabugenta. Ele lhes perguntou como tinha sido a viagem. JW pensou: um inglês típico, a julgar pela pronúncia.

Abdulkarim os embromou durante um tempo. Quando chegaram à zona industrial, o extremista de direita lhe apresentou três vendas e pediu a Abdulkarim, JW e Fahdi que as amarrassem em torno dos olhos. Depois, pediu que se sentassem no assoalho do micro-ônibus.

Obedeceram.

Deitaram-se, sem dizer nada, cegos.

Os ingleses puseram uma música de fundo.

A sensação de JW: uma das primeiras vezes na vida que conhecia o medo de verdade. Mas o que encontrariam, de fato? Aonde os conduziam? O que aconteceria se Abdulkarim começasse a chiar? O negócio lhe pareceu subitamente bem maior e mais perigoso do que quando ele planejara a viagem no contexto seguro de Estocolmo.

Uma coisa era certa: iam ver figurões poderosos, que evitavam aparecer.

Decorridos vinte minutos, Abdulkarim perguntou:

— Quanto tempo ainda ficaremos aqui, espremidos como sardinhas?

Os ingleses caíram na risada. Responderam-lhe:

— Só mais uns minutinhos.

Dois minutos depois, JW sentiu que a pavimentação da estrada mudara. Talvez pedras, cascalho.

O extremista de direita lhes pediu que tirassem as vendas e sentassem. JW olhou pelo vidro. Uma paisagem inglesa, como a que tinham visto no caminho de Londres, os cercava. Percorreram uma estradinha estreita na direção de algumas casas.

Fahdi parecia desorientado. Olhou de esguelha para Abdulkarim, tenso e curioso na perspectiva de grandes negócios.

O micro-ônibus parou. Foram intimados a sair.

Diante deles, erguia-se um silo de pedra com bonitas colunas de madeira, contíguo a uma casa cercada por várias estufas. JW custava a entender — o puro idílio campestre. Onde ficava a mercadoria?

Dois homens saíram do silo. Um era enorme, não apenas altíssimo, como obeso. Apesar de tudo, tinha o aspecto de um pugilista peso-pesado. Carregava seu peso como uma arma — não como um fardo. O outro era mais baixo e mais magro. Vestia um casaco de couro que lhe descia até os pés, e sapatos com biqueira.

Os brinquedos fetiches dos barões da droga são, regra geral, os carros esporte, os relógios de luxo, as beldades. Mas, acima de tudo, adoram mesmo é diamantes. Na orelha do homem de casaco de couro — um enorme diamante. Sua aparência não deixava margem a dúvida, era ele o manda-chuva.

Abdulkarim recuperou o controle da situação e lhe estendeu a mão.

O cara de jaqueta de couro anunciou, com um sotaque bem acentuado.

— Sejam bem-vindos ao Warrick County. Chamamos este lugar de *a fábrica*. Eu sou o Chris. — Apontou com o dedo o homem enorme ao seu lado. — E este é John, mais conhecido pelo apelido de *The Doorman*. Ele trabalhou muito tempo como leão de chácara. Agora, descobriu um setor mais lucrativo. Sabem como é, antes seu trabalho era botar pra fora as pessoas a quem, hoje, vendemos a mercadoria. Aliás, nos desculpem pelos transtornos que tiveram que passar durante o trajeto. É fácil entender nosso ponto de vista.

Abdulkarim desembainhou seu inglês. Voluntária ou involuntariamente, falava como um rapper americano.

— A gente entende. Sossegado. Estamos felizes de nos encontrar aqui e certos de que será uma visita bastante frutífera.

Chris e Abdulkarim conversaram por alguns minutos. Trocaram fórmulas de cortesia — os grandes negócios exigem longos rituais.

— Acho que nossos "não-sei-a-palavra-em-inglês" ficarão bem contentes.

Chris o ajudou: *Principals* e as palavras seus chefes, ou coisa parecida.

JW olhou em volta. À sua frente, atrás de uma das estufas, viam-se outros dois homens. Armas nos ombros, bem visíveis na luz do dia. Mais adiante, na estradinha, outras pessoas. O lugar estava sob alta vigilância. Ele começou a vislumbrar a coisa: talvez não fosse tão estúpido se instalar no campo.

JW contou pelo menos seis estufas por fileira. Cerca de 30 metros de comprimento, 2 metros de altura. A casa era grande, todas as janelas vedadas por cortinas. Latidos saíam do silo.

Chris os convidou a entrar.

No interior, cheiro de mijo de gato. Na entrada, macacões e toalhas pendurados na parede. Chris tirou o casaco. Guiou-os por uma grande cozinha que cheirava a esterco. Um contraste bizarro. Chris com aquela pedra gigante na orelha, usando um terno que JW suspeitava ter sido feito por um grande costureiro, naquela casa mal-ajambrada.

Pediu-lhes que sentassem. Perguntou-lhes o que queriam beber. Após fazer os pedidos, serviu a cada um dos três um uísque duplo. Uma boa marca: Single Malt, Isle of Jura, 18 anos. Sentaram-se. John continuou de pé, de costas para a parede, sem desgrudar os olhos deles.

Chris parecia contente.

— Mais uma vez, sejam bem-vindos. Antes de começar, devo pedir pra vocês que entreguem suas armas. — Em meio a seu rosto sorridente, JW viu claramente seus olhos dardejarem na direção de Fahdi. — E que aceitem uma pequena revista por questões de segurança.

Fahdi olhou na direção de Abdulkarim.

Um dilema — ou, excepcionalmente, eles baixavam a guarda, ou voltavam de mãos vazias. Podia ser uma armadilha, talvez estivessem com os policiais diante deles. O que, na mente de Abdul, fazia pender a balança era que o diamante na orelha de Chris era verdadeiro, isso estava claro. Nenhum policial da Entorpecentes usaria uma coisa daquelas, não apenas porque era caro, mas sobretudo era coisa de veado.

Abdul disse em sueco:

— Tranquilo, hoje temos que jogar pelas regras deles.

Fahdi tirou a pistola do bolso e a colocou na mesa à sua frente. Chris se debruçou para a frente. Pegou-a, sopesou-a, revirou-a. Leu a inscrição no cano:

— Bonita. Zastava M 57, 7,63 milímetros. Confiável. Erra tão pouco quanto uma UZI.

Retirou o carregador. Colocou-o sobre a mesa.

Depois, apontou-lhes uma sala ao lado.

Os dois homens que tinham dirigido o micro-ônibus estavam à sua espera. Pediram a Abdulkarim, JW e Fahdi que tirassem suéteres e calças; puderam conservar as cuecas. Lentamente, deram uma volta ao redor deles. JW olhou furtivamente para Abdulkarim, que agia como se aquilo fosse a coisa mais normal do mundo — uma revista corporal empreendida por dois sujeitos meio psicopatas que já os haviam forçado a se deitar no assoalho de um micro-ônibus. Supôs que o árabe já havia passado por aquele tipo de controle.

Receberam sinal verde.

Cinco minutos mais tarde, estavam de volta à cozinha.

Foram recebidos pelo sorriso de Chris.

— Bom, formalidades cumpridas. Sempre me angustia quando lido com caras grandões com armas pequenas. Pessoalmente, não sou tão grande, mas, meu Deus, minha arma é esta aqui.

Riu e agarrou o saco. Voltou-se para John como se pedisse sua aprovação.

— Vamos ficar um pouco por aqui, na calma, e saborear esse delicioso uísque. Como foi em Londres?

A conversa fiada e as cortesias duraram ainda meia hora. Abdulkarim encarnava à perfeição o papel de chefão. Contou com verdadeiro entusiasmo suas noitadas em Londres, enumerou os lugares que tinham visitado, falou das compras, do London Dungeon e do guia que tinham chocado.

— Londres é uma verdadeira metrópole. Comparada a ela, Estocolmo é como mijo no Mississippi. Mas, em todo caso, temos nosso metrô.

JW gargalhou intimamente. Qual era a probabilidade de Chris ter captado a piada do árabe sobre os rios americanos?

Após terem esvaziado três copos cada um, Chris se levantou e disse:

— Vamos aos negócios. Quero mostrar a vocês a propriedade. Suponho que estejam curiosos.

Saíram da casa e seguiram Chris até o silo.

Os homens com as armas nos ombros se mantinham longe, atrás da casa.

Chris parou na entrada. Do interior, vinham latidos.

— Como falei pra vocês, chamamos esta fazenda de fábrica. Vocês logo entenderão por quê. Antes de mostrar um pouco mais, me permitam dizer que temos a solução pra seus problemas. Fornecemos. Ao longo do ano passado, fizemos o transporte de mais de 5 toneladas de mercadorias. Sabemos trabalhar. Vocês vão entender.

Abriu a porta.

Entraram.

O mau cheiro impressionou JW, um cheiro ácido de sujeira e excrementos.

Gaiolas estavam instaladas ao longo das paredes.

Nas gaiolas — cães.

As gaiolas mediam 2 metros por 2, com pelo menos quatro animais por gaiola.

No teto, cintilavam néons.

Foram recebidos por latidos ensurdecedores quando entraram no silo.

Os animais pareciam histéricos. Agitavam-se freneticamente e ladravam para as visitas.

Alguns tinham a pele rasgada, escoriada, ralada. Em outras gaiolas, estavam em melhores condições. Alguns cães com pelos longos e lisos eram mais calmos. Outros pareciam dormir profundamente, enrodilhados.

Chris disse:

— Me permitam apresentar a vocês nosso primeiro produto comercial. É utilizado com sucesso pra abastecer países como a Noruega, a França e a Alemanha.

Um homem avançou até eles por um dos corredores. Vestindo um jaleco branco de médico e botas de borracha.

Chris o cumprimentou:

— Olá, Pughs. Pode mostrar a eles... enfim, está sabendo?

Pughs fez que sim com a cabeça. Abriu uma das gaiolas na qual os animais estavam quietos e retirou um cão com pelo fino. JW pensou que se tratava de um golden retriever.

Pughs agarrou o pelo do animal sob as axilas, na frente, e disse com uma voz rouca:

— Eu opero. Eles me chamam de veterinário, mas isso é uma idiotice. Sou cem por cento cirurgião. Olhem aqui. — Fez-lhes sinal para que se aproximassem. — Fiz uma operação com quatro saquinhos contendo ao todo 600 gramas de pó, sob a pele desse canino.

JW esticou o pescoço. O lugar que Pughs apontava com o dedo não passava de um calombo entre as patas do cão. Nenhuma cicatriz, pelo que via.

— É preciso um mês para curar, e mais dois meses para que os pelos cresçam o suficiente.

Chris tomou a palavra:

— Despachamos mais de trinta animais. Funciona sempre. Mas a gente recebeu a maioria dos bichos diretamente da América do Sul. Por isso temos muitos.

JW se voltou pela última vez antes de continuarem a visita. Ao todo, uns cinquenta animais nas gaiolas. Fez o cálculo: se metade dos cachorros tinha transportado a mercadoria, tinham feito 15 quilos só com os cães. Quinze quilos — nas ruas de Estocolmo, quase 15 milhões.

Estava impressionado: *megabusiness* num silo campestre.

Pughs arrastou o cachorro até a gaiola.

Chris os guiou através de uma porta.

Chegaram a uma nova sala com pé-direito alto. Duas grandes máquinas de metal verde estavam no chão. Dois homens trabalhavam numa delas. As máquinas evocaram a JW as guilhotinas da aula de trabalhos manuais no colégio.

Chris explicou:

— Nosso segundo produto. Fabricamos latas de conservas. Observe. As máquinas correspondem exatamente àquelas utilizadas, por exemplo, por Mr. Greenpacking. Nós as recheamos conforme as encomendas. Fazemos o transporte via aérea.

Abdulkarim fez a primeira pergunta. Parecia fascinado.

— Por que usam aviões? Não é mais barato por navio?

— Boa pergunta. A alfândega é sempre tensa. Tudo o que se refere à revista de grandes cargas de conservas eles conhecem bem. Alguns amigos meus receberam penas pesadas por isso, anos atrás. Ainda estão apodrecendo na cadeia. Escute bem: temos contatos com uma empresa de *catering*. São eles que vendem a comida nos aviões. A ideia é simples. Tomemos um voo no qual, digamos, dez embalagens de comida contêm conservas fornecidas por nós. Dez pessoas pediram essa refeição especial, que consiste, quase sempre, de comida vegetariana. Eles comem tudo, menos a lata de conserva, na qual não tocam. Em vez disso, jogam a lata intacta no carrinho de lixo que as comissárias passam pelo avião após as refeições. A caçamba com as latas de conserva passa em seguida às mãos de nossos cúmplices na coleta do lixo no aeroporto. A astúcia de tudo isso: os que pedem a refeição não fazem necessariamente parte de nossa equipe. Contratamos apenas guris que vão a Ibiza, e os instruímos a pedir a refeição vegetariana, e pronto. Dessa maneira, despachamos 4 quilos de anfetaminas pra Grécia na semana passada.

— E nunca acontece de alguém mal-intencionado se apoderar de uma lata sem jogar fora, como deveria?

— Já aconteceu. Essa pessoa nunca voltou da Grécia.

JW, fascinado. Era sinistro, esperto, incrivelmente surreal. Era uma indústria de embalagem de drogas, um sonho de sistema de transporte, uma maravilhosa filosofia de logística.

Gênio.

Chris lhes fez sinal para que o seguissem. John caminhava atrás deles.

Deixaram o silo, dirigiram-se às estufas.

Abdulkarim fez perguntas de estatística. Qual o índice de sucesso que tinham com os transportes? Que cargas podiam fornecer? Que quantidades importavam? Quem representavam?

Chris explicou. Importavam a mercadoria de todos os cantos do mundo. A cocaína vinha diretamente da América do Sul. Warrick County era quem dava o preço final. Eles embalavam, vendiam, minimizavam os riscos, escolhiam as destinações, asseguravam uma demanda contínua.

Um cartel de fornecedores europeus de alto nível.

A resposta de Chris à última pergunta de Abdul foi:

— Achei que já haviam dito. Somos o braço de um cartel. Pouco importa qual, mas pode ter certeza de que faremos um preço bom pra você. Isso é garantido.

Aproximaram-se das estufas. JW descobriu que elas se estendiam mais longe do que pensara.

Chris parou diante de uma delas, apontando-a com o dedo.

— Aqui, cultivamos todo tipo de coisas.

Abriu a porta.

Em vez de umidade, um ar frio veio ao encontro deles.

JW esperava ver uma selva de cânabis. Ou melhor, renques de planta de coca.

Não.

No solo, compridas fileiras de repolhos, pequenos e ainda verdes.

Podia-se ler um grande ponto de interrogação na fisionomia de Abdulkarim. Ele esperava a mesma coisa que JW.

Fahdi deu uma olhada na direção de Chris — era uma piada?

Chris fez um gesto amplo abrindo os braços e riu.

— Eu já esperava por isso. Todo mundo reage como vocês. Puta merda, eles não cultivam a erva? Não plantam coca? Esqueçam isso. Cultivamos repolho. Vocês possivelmente não pensaram nisso, mas ainda não viram nada de ilegal por aqui. Viram cães. Mas viram pó? Viram dois caras fabricando latas, mas não viram com o que elas eram abastecidas. Percebam. Não corremos riscos. Se a polícia der uma batida, temos pelo menos certa segurança. A droga é estocada em outro lugar. Quando chega o momento de introduzi-la nos animais, nas latas ou em outra coisa qualquer, ela é trazida aqui sob rigorosa vigilância, e tudo acontece muito rápido.

Abdulkarim não tirava os olhos dos repolhos.

Chris continuou:

— Aqui, ainda não terminamos, mas é nosso terceiro produto, o maior.

Pegou algumas fotografias no bolso de sua jaqueta e mostrou-as a Abdulkarim e JW. Na primeira, um repolho, o dobro do tamanho daqueles que estavam na estufa. No centro, um saco plástico, firmemente amarrado, cerca de 5 centímetros de altura por 4 de largura. A foto seguinte: a mesma planta, mais desenvolvida. As folhas haviam começado a se enrolar em volta do saco. A foto seguinte: de novo a planta e o saco. As folhas do repolho escondiam agora quase que inteiramente o saco. Foto seguinte: a planta em seu formato definitivo. O saco desaparecera. Última foto: três caixotes cheios de repolho.

JW compreendeu antes de Abdulkarim.

— Meu Deus!

Chris estendeu as fotos para Abdulkarim.

— Sim, exatamente. É genial.

Abdulkarim deu uma olhada na direção de JW.

JW disse em sueco:

— Não entendeu? Eles fazem as plantas crescerem com a droga dentro. Observe a foto com os caixotes. Eles podem despachar o tanto que quiserem.

Abdulkarim exclamou:

— *Allah Akhbar!*

No caminho de volta, na van, Abdulkarim vibrava. Afundado no banco, cantava, uma Fanta na mão. Em volta de suas narinas, restos de pó.

JW já estava alucinado muito antes de cheirar sua carreira.

Fahdi tentou se comunicar com o motorista. Queria mudar a estação de rádio.

A reunião em Warrick County terminara com uma exposição de Chris sobre certos princípios econômicos. Abdulkarim prometera pensar no assunto. Haviam se despedido. Chris passou um pequeno envelope a Abdulkarim — com o pó que eles acabavam de consumir.

JW perguntou por que não tinham firmado um acordo imediatamente. Havia feito as contas na cabeça, aquilo daria um lucro enorme.

— Não, você não sacou. Não sou eu o *big boss*. Chris também não. Amanhã, os verdadeiros gângsteres vão se encontrar em Londres. Com alguma sorte, você poderá estar presente.

Foi quando JW compreendeu: havia alguém acima de Abdulkarim.

Dois dias depois, trocaram novamente de hotel. Abdulkarim pedira a JW que o esperasse o dia inteiro no quarto. Alguma coisa iria acontecer, isso era claro como o dia.

JW viu TV, fumou apesar da proibição, jogou no celular. Estava mais nervoso do que nunca. Tentou ler, não conseguiu. Ligou para Sophie. Ela não atendeu. Pensou nela, masturbou-se, ejaculou numa das toalhas do hotel. Bebeu champanhe do frigobar, fumou de novo, assistiu a comerciais na televisão inglesa. Enviou torpedos para Sophie, sua mãe, Nippe, Fredrik, Jet-set Carl. Jogou novamente no celular, preparou um banho, mas acabou não tomando. Leu *FHM*. Admirou as beldades das páginas centrais.

Às três da tarde, desceu até a rua, comprou um Twix e meio litro de Coca-Cola light. Em seguida, pediu um sanduíche ao serviço de quarto.

Pensou: por que Abdulkarim não chega?

Ao voltar para o quarto, sentou na cama e massageou as pernas. Pensou em Camilla. Estava decidido; quando voltasse à Suécia checaria todas as pistas. Ligaria para a polícia — precisava saber em que pé eles estavam em suas buscas. Mas até lá: concentração no negócio da coca.

Finalmente, às quatro horas, alguém bateu à porta.

Abdulkarim o esperava no corredor.

— Ele quer que você venha também. Contei pra ele o que vimos. Discutimos tudo. Agora, ele quer saber sua opinião. Quer que você faça as contas. Chegou a hora. A hora das negociações. Você e o patrão.

O coração de JW disparou. Compreendeu o que isso significava.

— A coisa andou rápido pra você, meu velho. Lembra quando fui te pegar em frente ao Kvarnen? Você seria muito babaca se dissesse não. Eu teria insistido. Sabia disso? E agora você está na mesa de negociações com o patrão. Meu patrão. Não eu.

JW se perguntou se não transparecia certo indício de inveja no tom de sua voz.

Vestiu seu blazer novinho e recitou intimamente elogios a Harvey Nichols por sua beca deslumbrante.

Enfiou seu paletó de caxemira.

Sentiu-se disposto a tudo.

Abdulkarim lhe dissera o hotel a que deveria se dirigir: o Savoy. Isso não era do caralho? O Savoy, um dos dez melhores hotéis do mundo.

No West End. Sem falar que abrigava um restaurante com uma estrela no *Guia Michelin*.

JW passou defronte. A autoconfiança era um remédio para tudo, exatamente como em seus domínios, no Kharma. Anunciou-se na recepção. Dez minutos depois, chegou um homem vestindo um terno de corte sofisticado, um lenço de seda no bolso do peito. Usava gel no cabelo e arrastava os pés ao caminhar. Impossível ignorá-lo — o autêntico barão do pó.

O homem se apresentou em sueco com um leve sotaque.

— Olá, JW. Ouvi falar muito de você. Meu nome é Nenad. Trabalho com Abdulkarim de vez em quando.

Falsa modéstia. Para ser exato, ele deveria ter dito: Abdulkarim trabalha *para* mim.

Sentiu-se bem falando sueco. Conversaram um pouco. Nenad passaria apenas uma noite em Londres. As negociações tinham que andar rápido.

JW se identificou com Nenad — um cara do Stureplan com genes ruins. Sentaram-se no bar do hotel. Nenad pediu conhaque, da melhor marca.

Grandes lustres estavam pendurados no teto. Tapetes de verdade espalhavam sob as poltronas de couro de design clássico. Cinzeiros de prata.

Nenad fazia perguntas. JW consertava o que Abdulkarim não havia entendido, ou entendido errado. Nenad parecia por dentro de tudo. Via o potencial, os riscos e as possibilidades. Após uma hora de conversa, foi direto ao ponto: acima de tudo, queriam a maior quantidade possível, sob a forma de cabeças de repolho se possível.

JW concordava.

Continuaram a conversar. Preços na Inglaterra, sobretudo preços em Estocolmo. Métodos de armazenamento, transporte, expansão dos segmentos de mercado. Estratégias de venda, truques de revenda, novas pessoas a recrutar. Modo de pagamento: Money Transfer, sistema Swift ou em espécie.

JW aprendera muito em suas conversas com Jorge. Ouviu as palavras de Jorge, seus pontos de vista e pensamentos saírem de sua própria boca.

Nenad gostava do linguajar e das ideias de JW.

Quando terminaram, ele acendeu um cigarro.

— JW, pense bem em tudo o que acabamos de dizer. Esta noite, às sete horas, vamos negociar com a outra parte. Quero você ao meu lado. Você precisa ter todos os cálculos prontos.

JW se levantou e agradeceu a Nenad. Quase se curvou.

— Nos veremos daqui a pouco. Vai ser divertido.

JW tinha a impressão de estar sobre uma nuvem.

Lembrou-se da primeira vez em que decidira vender pó no táxi de Abdulkarim. Agora — sete meses depois — discutia *big business* com Nenad no Savoy.

JW estava na parada.

Sério.

Em breve, eles realizariam a porra da maior transação do mundo.

42

Duas coisas ruins. Um, tinha sido humilhado. Dois, não tinha mais trabalho.

Três coisas boas. Continuava a fazer parte da Organização — não tinha sido completamente escorraçado. Continuava com energia — os meios para avançar, talvez sem R. E três, continuava vivo.

Dois dias haviam se passado após os acontecimentos na rampa de esqui. O discurso de Radovan não saía da cabeça de Mrado. Poderia citar cada palavra, entonação, gesto.

Rado se exaltara. Maníaco. Poderoso. A vontade de matar lhe dava comichões.

Mas nada. Mrado partira como depois de uma reunião de praxe com R. No fim do jantar, falaram de assuntos genéricos: carros, boates, lavagem de dinheiro, ideias para faturar.

Sem aviso, tinham-no transformado em ninguém.

No caminho de volta, no Range Rover, prevalecera o silêncio. A única coisa na qual Mrado pensara: Jokso nunca teria administrado a situação daquele jeito. Não teria sido tão histérico. Não teria abandonado o parceiro.

Mrado tocava a vida, apesar da humilhação. Ia à academia. Ia ao Pancrease. Lutava com um frenesi que havia muito não conhecia. Omar Elalbaoui, satisfeito:

— Você está com um *punch* de direita incrível, iugonauta! — gritava-lhe quando ele treinava no ringue. Ouvir Elalbaoui gritar isso no Pancrease era o máximo.

Refletiu: deveria se lixar para a ordem de Rado e fazer a ronda das chapelarias? Antes mesmo de concluir esse pensamento, percebeu que impulso de merda seria. Ideia de camicase.

Mas, por outro lado, Radovan não era imortal. Ele se tomava por Jokso, mas, exatamente como no caso de Jokso, tudo poderia desmoronar de uma hora para outra.

Furar o monopólio de Rado: nada impossível.

Precisava colocar essa ideia em prática.

* * *

Os pensamentos de Mrado flutuavam nas curvas. Ao mesmo tempo, seu plano se desenhava: sua força residia em seus contatos, tinha que passar uma rasteira em Rado, foder com aquele traidor filho da puta. Se ele começara a reorganizar a hierarquia dos Iugoslavos, era possível que outro tivesse se fodido de posto também. Mrado precisava saber quem.

Prestava atenção a todos os boatos. Escutava as fofocas. Ratko sabia muita coisa. Bobban também. Radovan estava dispensando mais gente.

Mrado tentou adivinhar. Goran, certamente não. Stefanovic não. Poderia ser seu amigo, Nenad?

Mrado começou os preparativos para executar seu plano já no dia seguinte.

Pensava em fazer uma grande jogada, como no pôquer, embora aquilo tivesse dado errado na última vez no cassino: *the big slick*. Binário, tudo ou nada. Mrado tomou uma decisão. Apostaria tudo — *all in.*

Mrado contra o homem mais poderoso da bandidagem de Estocolmo. Precisava de um bom planejamento.

Mrado contra o herdeiro de Jokso. Tinha que ser esperto.

Mrado contra um filho da puta. Mrado venceria o match — só precisava acreditar.

Pegou sua caderneta, que não utilizava desde sua perseguição ao fugitivo latino.

Voltou a pensar em tudo o que fizera por Rado só para encontrar aquele vagabundo. Quebrara os dedos do primo do fugitivo. Quebrara a cara da namorada do primo. Esperara dia e noite em seu carro para interrogar os sem-teto em frente ao abrigo. Trucidara o latino. E era assim que lhe agradeciam? Mrado havia tomado uma decisão — não seria mais humilhado com tanta facilidade.

Escreveu no alto de uma página: continuar vivo.

Fez a lista das medidas a tomar.

Mudar de apartamento. Alternativa: sublocar alguma coisa, alugar de um particular, comprar uma mansão sob um nome falso, comprar um trailer.

Consultou o que acabava de anotar: comprar um trailer — impensável. Mas não riscou. Tempo de fazer um brainstorming. Todas as ideias seriam deixadas no papel. Continuou.

Trocar de carro.

Comprar um cachorro: um pit bull terrier, um pastor ou outro cão de defesa.

Nunca andar sem colete à prova de balas.

Arranjar um revólver ainda mais leve. Que pudesse carregar o dia inteiro.

Instalar um alarme melhor no carro e no apartamento.

Contratar um guarda-costas. Escolhas possíveis: Ratko, Bobban, Mahmud. Em quem podia confiar?

Parar de malhar no Fitness Club.

Parar de malhar no Pancrease.

Parar de fazer as refeições no Clara's e no Bronco's.

Trocar de celular, e de operadora.

Começar a malhar em outra academia.

Variar seus hábitos. Fazer trajetos diferentes para ir ao mesmo lugar. Mudar o horário de suas sessões de treinamento.

Fazer com que Lovisa se mudasse, trocasse de escola e morasse num endereço secreto.

Providenciar uma caixa postal.

Anotar e reunir o máximo de provas sobre o negócio de Radovan e guardá-las num lugar seguro. *Minha melhor apólice.*

Olhou novamente a lista.

Fiel a seu costume, sublinhou uma palavra — Lovisa.

O essencial. O mais difícil.

Ligou para a mãe dela, objeto de seu ódio, Annika.

Ninguém atendeu.

Deixou uma mensagem na secretária. Esperava que ela retornasse a ligação, apesar de todas as brigas que tiveram durante o processo.

Tomou outra decisão — armaria uma espécie de motim contra R. Mas precisava se dedicar a isso com calma. Não se precipitar de forma alguma. Os preparativos eram o ponto essencial.

Dois dias depois. A voz arrastada de Nenad do outro lado da linha.

— Pode falar, Mrado?

— Claro. Como vai? Voltou quando de Londres?

O interesse de Mrado despertado. O tom da voz de Nenad traía alguma coisa.

— Voltei há quatro dias. Foi fantástico lá. Aconteceu alguma coisa aqui? Como vai sua filha? Suas retaguardas estão protegidas?

Nenad disparara a última pergunta entre as outras como se tivesse perguntado o resultado do último combate de luta livre na TV, uma coisa completamente normal.

— Por esses dias? Quando você e eu estamos na mira dos policiais da Nova? *Ich don't think so.*

— Será que podemos nos encontrar em frente ao Ringen daqui a vinte minutos? É importante.

Dia feio. O mês de março, tenaz, prolongava o mau tempo. E o centro de Ringen estava tão triste quanto o céu. Bem em frente ao Ringen: a enorme entrada do hotel Clarion iluminada com luzes de néon coloridas.

Eram três e quinze da tarde. Um domingo.

Nenad chegou, a gola de pele do casaco virada para cima — de vison, e barba por fazer. Em seu olhar, Mrado percebeu uma coisa que nunca tinha visto nos olhos de Nenad. Mrado pensou: seria pânico, medo ou simplesmente constrangimento? Acontecera alguma coisa com Nenad, era evidente.

Entraram no Clarion.

Nenad se dirigiu a uma bela garota da recepção. A reunião fora visivelmente bem-preparada — ele reservara o pequeno spa.

Subiram uma escada. O cheiro de cloro já se fazia sentir no corredor.

Apresentaram-se em outra recepção. Receberam toalhas que estampavam o monograma do Clarion bordado com linha dourada. Sandálias de veludo. Cada um, seu jogo de frascos: gel, xampu, pomada, loção relaxante. Roupões atoalhados.

A porta que dava no spa estava embaçada.

Foram direto para as duchas. Tomaram um banho. Ignoraram a banheira.

Nenad garantira, havia inclusive uma minissauna.

Cabiam três pessoas no banco superior e três no de baixo. As tradicionais ripas de madeira cobriam as paredes e o teto. Num dos lados, uma janela redonda que dava para a Skanstullsbron — superurbano. Irado.

Sentaram-se cada um sobre sua toalha.

Mrado estudou mais uma vez o semblante de Nenad. A expressão esquisita em seus olhos permanecia, além disso parecia cansado. Sem seu ego confiante de sempre. Alguma coisa estava fora de ordem.

— Mrado, você é o único em quem eu confio neste momento.

Mrado foi direto ao ponto:

— O que aconteceu?

— Uma catástrofe.

— Isso não me admira. Você fede a ódio. Me deixa adivinhar: problemas com Rado?

— Na mosca. Eu tinha certeza de que você sabia. Me deram um pontapé no rabo. Me rebaixaram. Humilharam.

— Conte.

A tática de Mrado: esperar antes de soltar sua bomba.

— Voltei de Londres anteontem. Lá, fiz a maior transação de todos os tempos. Você não tem ideia, coisa graúda. E o que acontece? Rado liga pra minha casa à uma da manhã. Eu, comendo a gata mais linda de Östermalm que já tinha levado pra casa. Fui até lá. Na casa dele, quero dizer. Stefanovic me acompanhou até a biblioteca. Uma verdadeira audiência ao estilo de Rado, clássico. Então, me fez um longo discurso sobre suas ideias escrotas, um monte de blá-blá-blá sobre um novo conceito de organização. Terminou me informando que eu não seria mais responsável pela parada da coca, que seria transferido pro setor das garotas de programa. Que sou um merda. Que posso esquecer minha posição no grupo. E, imagine, fiquei lá, sem me mexer, engolindo o golpe. Sentia a pressão, se por acaso tentasse alguma coisa, tudo poderia terminar ali. Stefanovic estava de olho. Filhos da puta. É assim que me agradecem. Aquele veado. Eu, que acabei de realizar a transação do século. Em Londres. A maior *ever*.

A reação de Nenad, diferente da de Mrado: mais saudável, mais infantil, mais colérica. Mrado o invejava. Era a maneira certa de encarar a merda. Explodindo.

— Aconteceu a mesma coisa comigo na véspera, Nenad.

A boca de Nenad parecia um buraco vazio no calor da sauna. Haviam ambos feito jus ao mesmo tratamento. Por outro lado, sentiam-se aliviados por não estarem sozinhos. Por ter alguém com quem dividir a merda. Com quem preparar o contra-ataque.

Conversaram durante duas horas. Na sauna e do lado de fora. Estirados em espreguiçadeiras de madeira em frente à sauna. Na ducha. Na banheira. Despejaram conchas cheias de água nas pedras incandescentes. Fizeram a temperatura subir. Respiraram pela boca. Conversaram. Analisaram. Refletiram.

Por que tinham sido rebaixados? De que meios dispunham para reagir? Aceitar a situação durante um tempo, ou replicar prontamente?

Mrado contou em detalhe como tentara abocanhar uma fatia maior do bolo no front das chapelarias, e como trabalhara na divisão do mercado. As pessoas que poderiam ajudá-los. Com quem havia feito bons contatos, Jonas Haakonsen dos Bandidos, Magnus Lindén da Fraternidade Wolfpack, entre outros. Mas, principalmente, falou de sua sensação de uma crise de confiança entre ele e R.

Nunca tinham falado tão francamente da situação no seio da Organização. E o que os reconfortava era o fato de que partilhavam os mesmos pontos de vista relativos a Rado.

Ao se despedirem, estabeleceram três princípios. Formavam uma equipe a partir de agora. Manteriam tudo aquilo na moita. E a única saída — ou a queda de Radovan, ou a deles.

Estava declarada a guerra.

43

Agora, estava claro — acontecera alguma coisa com ela.

Jorge ligara para a cafetina pelo menos 15 vezes por dia naquelas últimas 48 horas. Resultado: ela não atendia mais. Os toques ressoavam no vazio. Sem dúvida, mudara de número. Antes disso, havia recebido várias vezes a mesma resposta: "Sinto muito, não faço a menor ideia do paradeiro de Nadja." Sim, claro — *mentirosa*.

Em resumo, o elo era evidente: o desaparecimento de Nadja, o horror que ele vira nos olhos da puta quando tinha ido com ela para o quarto, as mentiras da cafetina.

Pergunta que o atormentava: teria sido culpa dele? Isso o infernizava. Entretanto, a filosofia de Jorge: ninguém é responsável por ninguém. A vida é muito curta para que possamos esperar tranquilamente o dinheiro cair do céu. Cuide de sua vida e deixe os outros se virarem sozinhos. Isso valia para os traficantes de coca. Valia para os contrabandistas de cigarros em Österåker. Mas, nesse caso preciso, ele era impelido por outra coisa.

Jorge se via como a nêmesis dos Iugoslavos. E sua guerra contra eles punha outras pessoas em perigo. Ele já sabia disso. Tinham ameaçado Paola. Agora Nadja desaparecera. Onde estava? O que sabia?

Quando ele descobrisse o que acontecera com ela, Radovan pagaria caro. A operação R ganhava cada vez mais importância.

Abdulkarim e Fahdi haviam regressado de Londres. Tinham visivelmente concluído um negócio das arábias por lá. Abdulkarim tinha ligado para ele. Não deixara vazar nada. Sinais apesar de tudo claros — uma voz à beira do êxtase. Informações rápidas: um fornecimento chegaria dentro de poucos meses. Ele não dissera nem do que, nem quanto, nem de onde viria, nem exatamente quando, nem como. Até lá, venderiam o que Jorge importara com a ajuda da brasileira. E também os lotes menores que esperavam nos entrepostos. Antes de qualquer coisa, precisavam expandir mais o mercado. Mais canais de venda, mais pessoas envolvidas, mais espaço.

A coca vivia um verdadeiro boom. Enfim, Jorge feliz por ter permanecido na Suécia. Pensou no momento em que JW se debruçara sobre ele na floresta. Expondo-lhe os planos de Abdulkarim para desenvolver o negócio na periferia. Agora, o dinheiro corria a rodo, melhor do que em qualquer empresa da Bolsa de Valores. Eis um cara da cidade que seguira a via régia.

No mundo das ideias de Jorge, o dinheiro se transformava pouco a pouco em meio. Não era mais um fim em si. Mas um instrumento cheio de potencial que lhe permitiria executar a operação R.

Fase seguinte: trabalhar o dossiê Jätte Karl.

Jorge sabia uma coisa: Radovan mergulhava na exploração da prostituição. Um ramo de seus negócios que Nenad dirigia. As garotas vinham da ex-Iugoslávia e de outros países do Leste. No melhor estilo do filme *Para sempre Lilya*. Mulheres suecas igualmente envolvidas. O bordel onde Nadja já trabalhara fazia parte do sistema. O lugar era dirigido por Jelena Luki, a cafetina, e o cara de jaquetão. Jorge pesquisara seu nome: Zlatko Petrovic. Nadja tinha um cafetão ou namorado — o gigante, Micke. O papel deste último: obscuro. Mais interessante: aquele apartamento não era o único no império das putas de Radovan. Ele tinha vários. De simples *garçonnières* a lugares mais bonitos com garotas mais bonitas. Nadja lhe contara: os suecos participavam de festas que tinham um único objetivo: sexo. Certamente pagavam caro a Radovan. Além disso, o negócio proporcionava bons contatos ao *capo* dos Iugoslavos, que garantia assim sua retaguarda. O obstáculo — nada permitia desmascarar Radovan, nem tampouco Nenad. Todo mundo sabia quem estava por trás, mas ninguém nunca via nada. Com uma única exceção: Nadja havia conhecido Radovan numa dessas ocasiões. Precisava reencontrá-la. Saber mais.

Segundo Nadja, duas pessoas levavam as garotas para essas festas: um tal de Jonte e um tal de Jätte Karl.

Segundo Sophie, Jet-set Carl: o hit-boy do Stureplan, promotor de eventos, príncipe da orgia.

Segundo Jorge, os nomes se pareciam muito para ser mera coincidência.

Noite. Jorge, no aquecimento. Com Fahdi na toca do lobo. Vodca, Schweppes Schizan e maconha na mesa. Copos Ikea, gelos meio derretidos num prato fundo, papel de seda e um isqueiro. Na TV: Jenna Jameson sendo comida por dois americanos musculosos, sem som. No aparelho de CD: Usher. Fahdi o informou num tom sóbrio:

— O primeiro negro a conseguir emplacar três hits na parada dos States. Racistas veados.

Fahdi estava claramente sob a influência de Abdulkarim. Achava os Estados Unidos o império do Mal. Aproveitava qualquer oportunidade para descer o malho.

O plano de Jorge para a noite era simples. Iriam à cidade. Tomariam de assalto o Stureplan. Encontrariam Jet-set Carl. Então Jorge teria uma conversinha com ele. No fim: Fahdi e ele arranjariam uma loura para cada um. Com um pouco de sorte, a partida seria jogada na casa do adversário.

Fahdi não parava de falar de Londres. Exibia orgulhosamente sua jaqueta Gucci. Descrevia as strippers mais tesudas, as butiques mais chiques, o maior enxame de gente que já vira. Exibia a pistola comprada lá.

Jorge, medianamente impressionado. Lembrou-se do arsenal que Fahdi escondia em seu armário. O cara era um depósito de armas ambulante.

Engoliram seus drinques.

Jorge se pôs de pé.

— Levamos alguma coisa pra nos divertir um pouco?

Apontou para a cozinha, onde estavam as balanças e os envelopes, no meio de sacolés cheios de pó.

Fahdi se levantou por sua vez.

— Para nós ou para vender?

— Para vender, não. Parei quase totalmente de vender direto ao consumidor. Aliás, esse terreno é do JW. Não vamos competir com a gente mesmo. Quando é que ele volta?

— Não faço a mínima ideia. Ele queria acertar umas coisas na Inglaterra, ficar mais uns dias.

Jorge pensou: Fahdi, os personagens de *Debi & Loide* eram gênios comparados a ele. Ele não sacava as regras do jogo. A pirâmide: alguns vendiam na rua, outros revendiam a intermediários, outros vendiam a intermediários que vendiam para intermediários. Jorge, recentemente, quase no topo. Mas Fahdi tinha pontos fortes — uma espécie de gentileza e, obviamente, seus músculos.

Pediram um táxi. Na outra ponta da linha, gravação: "Se desejar reservar um táxi que vá diretamente à Rosenhillsvägen, disque 1."

Jorge disse:

— Por que será que eles são obrigados a berrar cada vez o nome da rua duas vezes mais alto que o resto da frase? Isso ecoa nos ouvidos a noite inteira.

Jorge apertou a tecla 1.

Saíram à rua. Entraram no táxi.

Stureplan fervilhante.

Desceram perto do Svampen. Olharam em volta. Por onde começar?

Os points da noite de Estocolmo obedeciam a uma classificação inata: O Kharma, o Laroy, o Plaza e o Kitchen — o topo: para os mais ricos, os mais chiques, os melhores. O Sturehof, a Sturecompagniet, o hotel Lydmar — um degrau acima: para os bonitos, os elegantes, um público mais velho. O Spy Bar, o Clara's — pertenciam à máfia iugoslava: o antro dos fisiculturistas e das estrelas. The Lab, o East: uma clientela à parte. O Undici, o Crazy Horse: lugares decadentes para os suecos medianos.

Uma equação simples: precisavam entrar na primeira classe. Superdifícil. Ainda mais que eram ambos imigrantes e que isso estava escrito em suas testas.

Começaram pelo Kitchen. Uma fila comprida, garotas de 17 anos vestindo roupas tão exíguas que passariam frio numa noite de verão. Caras de Östermalm acolchoados em casacos e com gel no cabelo. Caretões de meia-idade agasalhados em casacos suntuosos, cabelos igualmente emplastrados. Caras que passavam a vida inteira em volta daquela praça. Que trabalhavam nos bancos de investimentos nos arredores do Stureplan, que almoçavam-jantavam nos restaurantes nas Biblioteksgatan, Birger Jarlsgatan e Grev Turegatan, que moravam a dois passos das Brahegatan, Kommendörsgatan, Linnégatan. E que, naturalmente, faziam programas no Stureplan.

Bem na frente da fila estava o lendário Paddan. Seu nome verdadeiro: Peter Strömquist. O perfil do típico cidadão de Estocolmo. Filho de rico. Superimportante. Tinha entrada em todos os lugares para os quais os burguesinhos — os que tinham um pouco de amor-próprio — sonhavam ser convidados. Conhecia tudo e todos. Bom sinal ele se preparar para entrar no Kitchen.

Do ponto de vista de Jorge — um mundo onde a desigualdade era acentuada. Aquela massa humana era uma verdadeira sociedade feudal. Alguns adquiriram o direito de entrar. Outros bancavam os suseranos no território de Estocolmo. Outros eram reis, como aquele Jet-set Carl. Alguns vendiam a alma para se tornar peões, seguranças. Os imigrantes, bem embaixo, com um pouco de sorte, talvez conseguissem mendigar uma autorização para entrar.

A única astúcia que ele conhecia: dar uma propina.

Fahdi lhes abriu caminho. Esbarrou nas garotas. Uma nota de 500 enrolada na mão. O segurança o examinou primeiro com um ar espantado. A mensagem: vamos... você pode muito bem entender sozinho que VOCÊ não vai entrar aqui. Viu a cédula. Lançou um olhar inquisitivo para Jorge.

Deixou-os entrar.

Lotado.

A música ensurdecedora, um som mais parecido com uma mistura de toques de celular.

No bar, um bando de caras paquerava duas garotas com espumante em baldes de gelo. As garotas dançavam sem sair do lugar. Davam piscadelas. Ofereciam-se.

Fahdi foi até o bar. Pediu duas cervejas.

Jorge desceu a escada para ir ao andar inferior do bar. Passando em frente à mesa de mixagem do DJ. Aquela noite era animada pelo DJ Sonic. Um cara normal que, por acaso, se tornara a mascote dos mauricinhos de

Östermalm. Um emergente que pretendia se incrustar na alta-roda. Que se desmanchava em sorrisos para noventa por cento das gostosas que passavam por ele.

Jorge reconheceu alguns rostos. Ele, ninguém reconhecia. Graças a Abdulkarim e ao autobronzeador. Apesar de tudo — J-boy, sempre um negro. Um zero à esquerda.

Abordou uma garota qualquer.

Olhar feroz.

— Calma, meu anjo, só queria perguntar se viu Jet-set Carl esta noite.

Resposta negativa. Ela não sabia de quem ele falava.

Perguntou a outras pessoas. Fahdi apareceu, com as duas cervejas na mão. Quis saber o que Jorge andava aprontando.

Não havia como lhe explicar.

Afastou-se dele dançando.

Interrogou outras pessoas.

As meninas bronzeadas. Os caras, todos uma cópia de JW. Jorge subia e descia as escadas. Esticava o pescoço e berrava nos ouvidos das pessoas. Tentava parecer neutro. Para evitar que achassem que era azaração.

Fez isso durante uns quarenta minutos.

Finalmente, uma garota respondeu-lhe berrando — quase inaudível por causa da música:

— Ele geralmente fica no Kharma.

Jorge nem tentou achar Fahdi na multidão. Não o via. Tentou encontrá-lo pelo celular. Nem ouviu o toque do outro lado — e Fahdi teria condições de ouvir o celular com aquela música no fundo?

Desistiu.

Jorge saiu. Percorreu a Sturegatan. Mandou uma mensagem para Fahdi: "Vou até o Kharma. Me encontre lá."

A fila parecia uma massa orgânica disfarçada de contingente humano. Humilhação ainda mais intensa sob zero grau — o racismo escarrado na cara.

A hora certa. O olhar certo com o canto do olho. Na mão do segurança. A grana. Quinhentas pratas. Um contato visual. A mão do segurança fazendo sinal. Passe.

Jorge lá dentro. Repetiu para si mesmo: Jorge, você entrou.

Perfecto.

Pediu uma garrafa de Heineken no bar. Estudou as pessoas. Reconheceu alguns outros imigrantes afortunados ao redor de uma mesa. Jorge foi até eles. Não foi reconhecido. Mas assim mesmo percebeu uma demonstração de simpatia, sabiam que ele se achava na mesma situação deles. Deslocados, e felizes.

Jogaram conversa fora. Deram notas às garotas. Estudaram os seios. As bundas. Jorge ofereceu uma carreirinha a cada um. Voltar-se para a parede. Sobre a superfície de um cartão de crédito, sniff, sniff. Funcionava.

O mundo acelerou. Jorge a mil.

Interrogou o barman sobre Jet-set Carl.

— Não tem erro — respondeu o cara atrás do balcão. — Ele aparece sempre quando dá uma hora, instala-se no caixa e recebe as pessoas.

Jet-set Carl: o homem das putas.

Jorge esperou. Os imigrantes da mesa passaram à ofensiva e deram em cima das estudantes de Djursholm. Choque cultural magnitude 10. As garotas manifestamente nunca haviam trocado uma palavra sequer com qualquer indivíduo de um país fora das fronteiras europeias, exceto com o cara da outra turma, ali, que fora adotado. A opinião dos caras, simples: *todas as garotas suecas me querem, e é por isso que são todas putas.*

Jorge observava o jogo. Os caras pagavam drinques. Faziam o melhor que podiam. As garotas consumiam e escutavam sua lábia. Ao mesmo tempo, respiravam desprezo. Para Jorge, o único jeito que eles tinham de se dar bem era uma das donzelas ficar de porre.

Uma hora.

Um cara, talvez Jet-set Carl, estava atrás do caixa na entrada. Vestia um terno. Jeans. Sapatos com fivela Gucci. Cumprimentava todas as celebridades que entravam.

Todas as vibrações exclamavam: esse cara nunca perderá um milímetro de sua autoconfiança.

Jorge foi até ele.

— Olá.

Jet-set Carl se voltou, admirado.

— Você é o Jet-set Carl?

O cara fez de tudo para esboçar um sorriso.

— Sou. As pessoas que me conhecem me chamam assim.

Ênfase nas palavras: as pessoas que me conhecem — mensagem dirigida a J-boy — não me interessa quem você é. Você NÃO me conhece.

— Ouvi falar muito de você. Não só que administra essa boate, como é um cara supersimpático. Outra coisa também.

Jet-set pousou uma das mãos no ombro de Jorge. Tinham a mesma altura.

— Sinto muito, não sei do que você está falando.

— Me falaram de você e de Jonte. Coisas bonitas que vocês promovem juntos.

Alguma coisa no olhar de Jet-set Carl. Uma centelha de escárnio. Voltou logo ao seu ego jovial:

— Sinto muito. Legal conhecer você, mas preciso trabalhar. Falaremos mais tarde. Tenha uma boa noite.

Jorgelito dispensado. Mas: percebera alguma coisa no olhar do cara-do-jet-set.

Jorge mandou várias mensagens a Fahdi. Teve uma resposta: "Sorte grande. Alá está comigo. Uma gata do caralho me convidou pra ir à casa dela." Fahdi se dera bem. Aplausos.

Jorge reencontrou os imigrantes em volta da mesa.

Eram duas horas. O barato do pó perdia força. Foi ao banheiro. Separou 30 miligramas de pó. Esticou uma boa carreira.

A onda infernal. Explosão de energia. Tinha engatado a quinta.

Saiu do banheiro.

Aproximou-se novamente de Jet-set Carl.

— Tem um minuto pra uma conversinha?

Jet-set Carl fez uma cara contrariada.

— Desculpa, preciso trabalhar. Falamos mais tarde? — Fez um gesto com a mão.

Jorge queria falar agora. Muito.

Tarde demais.

Jorge sentiu mãos levantando-o por trás. Tentou se voltar, mas sua cabeça estava presa num torno. Braços enormes. As luvas de um segurança.

Gritou. Foi carregado. Para fora.

Pensou, arrasado: puta que o pariu, onde estava Fahdi quando eu precisava dele?

Jorgelito, expulso. Um megaperdedor cuja honra fora aviltada. Imigrante no Kharma, *be aware*. Você não é realmente bem-vindo. Passe adiante.

Mas ele sabia uma coisa — nunca deixaria os Iugoslavos ou um de seus aliados arrastá-lo na lama.

Doidão de pó, achava-se o maioral.

Jorge não desistiu.

Era sua noite.

A noite do plano.

Aquele filho da puta do Radovan sentiria o gosto. Com ou sem Jet-set Carl. Estava cagando para ele. Jorge obteria as informações necessárias sozinho.

Só precisava falar mais uma vez com Nadja.

Fahdi lhe passara o número de Zlatko Petrovic. Jorge tentara ligar uma porrada de vezes. Em vão.

Viu-se bem no meio do Stureplan. No fundo, vendedoras de cachorro-quente, adolescentes doidões, mauricinhos congelando de frio, quarentões bêbados.

Pegou o celular. Nenhuma mensagem de Fahdi. O que significava: jogo na casa do adversário.

Ligou para o número do cafetão, Zlatko.

Ouviu o toque.

Finalmente, pela primeira vez, alguém atendia naquele número.

— Alô?

— Olá, eu estava com vontade de me divertir esta noite.

— Está no endereço certo. Seu nome?

Jorge disse o codinome de Fahdi.

Zlatko respondeu:

— *All right*. Claro que podemos organizar alguma coisa pra você.

— Beleza, eu gostaria de encontrar Nadja.

Silêncio no outro lado da linha.

Jorge repetiu:

— Não ouviu? Nadja, gosto muito dessa menina.

— Não sei o que pretende. Mas ela não está mais com a gente. *Sorry*.

Frieza na voz de Zlatko: pior que vodca congelada.

— Onde posso encontrar ela então? Ela era tão boa.

— Presta atenção, mocinho. Nunca mais faça perguntas sobre Nadja. Ela não está com a gente. Sei quem você é. Mais uma palavra sobre essa vadia da Nadja e vamos machucar você.

A conversa foi interrompida — Zlatko apertara o botão vermelho.

* * *

Jorge estava num táxi rumo ao apartamento de Fahdi. Angustiado. No maior baixo-astral.

Na sua retina: Paola e Nadja. E os outros: Mrado, Ratko, Radovan. Atearia fogo em tudo. Iria se vingar. Vingaria Nadja. Faria Radovan pagar com uma bala na cabeça. Massacrando-o na orla de uma floresta. O rosto de Paola, crispado.

Fragmentos caóticos de sua vida.

Ódio.

Paola.

Ódio.

O buraco do cu de Radovan.

Pendejo.

O motorista do táxi observou-o, preocupado.

— Quer que o acompanhe até em cima, amigo?

Jorge declinou da oferta. Pediu que o esperasse embaixo.

Subir até a casa de Fahdi. Jorge tinha sempre as chaves consigo — era lá que eram guardadas as chaves dos entrepostos, os sacolés e as balanças. Abriu. Gritou. Ninguém em casa. Fahdi estava sem dúvida desfrutando do que sempre sonhara.

Foi na direção do armário.

Jorge sabia o que procurava. Fahdi lhes mostrara orgulhosamente, a ele e a JW, um mês atrás. Debruçou-se.

Vasculhou.

Pegou a escopeta. Dobrou o cano empurrando o pino do cão. Inseriu nele dois grandes cartuchos vermelhos. Enfiou um punhado de cartuchos no bolso do jeans, estufando-o.

Escondeu a escopeta sob o jaquetão. Não se via nada. A vantagem das armas de cano serrado.

O táxi continuava na rua.

A embriaguez palpitou.

Cheirou os últimos miligramas de pó enquanto o táxi arrancava. Não estava claro se o motorista percebera alguma coisa.

Hallonbergen.

O vento soprava frio no corredor do loft. Quase fez cair um trenó encostado na parede. Aparentemente, entre os vizinhos do bordel havia famílias normais com filhos.

Tocou.

Alguém no olho mágico. Uma voz do interior:

— Nome, por favor?

A cafetina, provavelmente. Jorge torceu para que aquele Zlatko ainda não tivesse dito nada sobre sua chamada de 15 minutos antes. Deu-lhe mais uma vez o codinome de Fahdi. Havia igualmente uma senha. Ele sabia os dois.

Ela destrancou a porta. Ei-la, a cafetina em seus trajes bizarros — a roupa com a fenda nas costas. Supermaquiada. Nojenta.

Jorge fechou a porta. Foi direto ao assunto:

— Quero ver Nadja.

A cafetina ficou imóvel. Em alerta máximo.

Disse, no seu sueco do leste estropiado:

— Escuta, ela saiu daqui. Se foi você que me ligou 100 milhões de vezes, pode *piss off.*

Agressividade inesperada. Atividade ameaçadora radical.

J-boy sentiu-se a dois passos de explodir. As sensações estimuladas pela coca se entrechocaram em ondas sucessivas em sua cabeça. Era a última vez que um sérvio o sacaneava.

Deu um passo na direção da rufiona.

— Filha da puta. Se não me disser onde posso encontrar Nadja, fodo com você.

A cafetina subiu o tom de repente.

— Quem você acha que eu sou, idiota?

Efeito da subida de tom — Zlatko surgiu da sombra, do corredor.

A cafetina berrou. Mandou Jorge para a puta que o pariu. Criticou seu comportamento.

Zlatko se postou a 30 centímetros de Jorge, seu hálito cheirando a merda, e disse com uma voz calma:

— O que acabei de dizer pra você ao telefone? Você demora a entender? Para de bisbilhotar. Suma.

O estilo sérvio por excelência. Lembrou-se de Mrado.

Suas dores ressuscitaram nas costas. Nas pernas. Nos braços.

Jorge pegou bruscamente a escopeta.

Atirou em Zlatko.

Sua barriga sumiu. No lugar, um buraco vazio.

Intestinos pela parede inteira.

A cafetina berrou.

Outro tiro — a cabeça dela desapareceu. Miolos nos sofás de veludo.

O impacto — a arma bateu em um ponto sensível do ombro de Jorge. Dor.

Jorge dobrou o cano da escopeta. Enfiou a mão no bolso. Recarregou, dois novos cartuchos.

Um homem chegou pelo corredor. O rosto branco como giz. Torso nu. A calça desabotoada. Em estado de choque.

Jorge atirou. Errou. Um buraco de 1 metro quadrado na parede de gesso. Uma nuvem de poeira.

Correu até o homem. O cara tropeçou na calça.

Chorou. Começou a rezar.

Jorge por cima dele. Os dois canos encostados em sua cabeça.

Vasculhou os bolsos do sujeito. Encontrou uma carteira. Pegou uma habilitação de motorista.

Leu em voz alta:

— Torsten Johansson. Você nunca me viu.

O cara fungou no chão.

Fora isso, silêncio no apartamento.

— Passa o celular. Fica de bruços. Com as mãos atrás da cabeça. Tenho umas contas pra acertar.

O cara não se mexia. Manteve a cabeça enfiada entre os braços. Os joelhos dobrados contra a barriga em posição fetal.

— Não entende sueco? Faça o que eu disse. Agora.

O cliente se estirou. Apalpou o bolso da calça. Tirou o celular. Entregou-o a Jorge. Pôs as mãos atrás da cabeça.

Jorge, mais uma vez:

— Você nunca me viu.

Foi verificar nos quartos das putas. Num deles, uma garota estava encolhida num canto, a cabeça entre os joelhos — não era Nadja.

Jorge voltou à entrada. Ignorou os corpos. Andou em linha reta no meio do caos. Até a cozinha.

Lugar imundo. Uma mesinha de madeira branca e uma cadeira feita de tubos metálicos, com um assento mole. Manchas de café em toda parte. Um prospecto das pizzarias de Hallonbergen preso na porta da geladeira com ímãs da campanha dos social-democratas da eleição parlamentar de 2002.

Um laptop sobre a mesa. Confirmação do que Jorge suspeitara.

Além disso, estava ligado. Jorge sentou na cadeira. Estava conectado. A pergunta: se ele tirasse da tomada, será que a bateria resistiria ou a máquina desligaria?

Jorge decerto não era um gênio da informática, mas uma coisa sabia: se o computador hibernasse, haveria o risco de ele exigir uma senha para voltar. Se não conseguisse mais acessar os arquivos, isso melaria todos os seus planos.

Raciocínio de um cérebro embaçado pela cocaína: não podia ficar mais muito tempo no apartamento. Tocara em alguma coisa?

Não.

Correu o risco — desligou da tomada.

Olhou a tela.

Deus estava com Jorge.

O computador continuava ligado.

Correu até a porta da entrada. Atravessou o vestíbulo. Quando ia colocar a mão na maçaneta, ouviu o telefone tocar. O toque *Old Phone* da Sony Ericsson soava como um velho telefone fixo. Era um celular. Ou o do cliente, ou o da cafetina, ou o do cafetão, ou o de uma das prostitutas. Verificou o celular do cliente. Não era ele. Jorge apurou os ouvidos. Viu o sangue. Os miolos na parede e no chão. Localizou-o enfim. O som saía do bolso do cafetão.

Numa das mãos, segurava a escopeta. Na outra, o computador. Difícil de manobrar. Colocou o laptop no chão. Procurou no bolso do terno do cafetão. As vibrações nitidamente perceptíveis.

Sacou o celular. Na tela, uma combinação de letras: JSC. Só podia ser o de uma pessoa — do filho da puta do Carl.

Jorge atendeu:

— Yes.

— Oi, sou eu. Pode me mandar aquela com os peitões num táxi.

Jorge, perplexo. O cara parecia totalmente de porre. O que deveria dizer? Tentar imitar Zlatko?

Resmungou o melhor possível:

— Sinto muito, ela não está aqui.

— Puta merda.

Um único pensamento: dizer uma coisa esperta. Uma coisa que o ajudasse a tocar seu projeto.

— E aí, quando é mesmo a próxima transação?

— Você deveria saber, mocinho. No dia 29, daqui a 15 dias. Aquela com os peitões não está mesmo aí?

Jet-set Carl enrolava a língua pior que um pugilista profissional depois de um nocaute.

Jorge teve uma ideia de gênio:

— Sinto muito, mas não. Escuta, outra coisa. Conheci um cara hoje que tem que estar presente no dia 29.

— Pense um pouco. Impossível.

— Claro que é possível, porra. Nenad achou limpeza. Só queria que você soubesse também. O codinome é Daniel Cabrera.

— Ah, você precisa de uma senha?

— É, seria bom. Pode providenciar?

— Providenciar. Você fala como um advogado porta de cadeia. Mando uma mensagem daqui a pouco. Até mais.

Jorge enfiou o celular no bolso. A escopeta sob o agasalho. O computador na mão.

Lançou um último olhar furtivo para os cadáveres. Náusea.

Julgava-se blindado, depois de toda a violência que vira na TV quando guri. Na verdade era o contrário, sentia-se ainda pior por causa de toda aquela merda a que fora exposto. Ou então era a onda do pó.

Envolveu a manga do suéter na mão antes de pegar na maçaneta da porta de entrada. Nenhuma equipe da perícia encontraria suas digitais.

Saiu. Sentiu o celular de Zlatko vibrar levemente no bolso — a mensagem de Jet-set Carl.

Estava escuro do lado de fora.

Hallonbergen by night.

Ninguém nas ruas.

44

JW estava no avião rumo à ilha de Man. A Manx Airways realizava seis voos diários. A viagem durava aproximadamente uma hora entre Heathrow e o aeroporto da periferia de Douglas, principal cidade da ilha. Comparada à Ryanair, era da água para o vinho: confortável, agradável, cordial.

Ele continuava pensativo, avaliando a quantidade que era possível transportar graças aos contatos de Warrick County. Os preços e as curvas que subiriam como uma flecha. A conjuntura do pó — um futuro ensolarado. As ideias do árabe iriam se concretizar. JW seria um homem rico.

Dois dias antes, encontrara Nenad num hotel em Londres. O superior de Abdul exibia um estilo completamente diferente do estilo do árabe. Boa a sensação de encontrar aquele mito, a eminência parda. Aproximar-se do topo.

As negociações com os ingleses ao lado de Nenad foram proveitosas. Tinham se reunido numa sala de conferências do hotel. Nenad reservara um quarto para as conversações, mas a primeira coisa que os ingleses exigiram fora a mudança do lugar. Nenad adorou — em matéria de segurança, eles estavam anos-luz à frente de Abdulkarim.

A sala de negociações era mobiliada no estilo rococó. No centro, uma mesa oblonga de nogueira; nas paredes, lustres de cristal espalhavam uma luz peneirada. Bem diferente da sala de estar de Abdulkarim.

Os ingleses pareciam *hooligans*. Longe do estilo de Chris — o cara que recebera JW, Abdulkarim e Fahdi na fábrica de embalagens. O chefe andava na casa dos 50, os cabelos grisalhos penteados para trás e roupas descontraídas: uma camiseta Paul & Shark, uma jaqueta Burberry e uma calça Prada. Um rosto cheio de cicatrizes e um jargão tranquilo. Transmitia uma confiança cheia de força. O outro era gordo e não disfarçava seu tamanho com roupas largas, o que o fazia parecer bem ridículo: seu suéter Pringle quase arrebentava sobre sua pança. Mas, logo depois da troca de cortesias, essa impressão se volatilizou — o gordo era um osso duro de roer. JW tinha um caderno e uma calculadora à sua frente. O gordo fazia as contas de cabeça.

Negociaram os preços da mercadoria, as diferentes qualidades, os meios de transporte, o sistema de pagamento. Passaram em revistas despesas e receitas. Alfândega, departamento de entorpecentes, redes concorrentes, empresas que pudessem dar cobertura. Uma maneira de se certificar de que nenhuma das duas partes estava sendo ludibriada. O que aconteceria se a carga desaparecesse no caminho? Quem se responsabilizaria pelo transporte efetivamente?

Os ingleses eram prudentes. Agiam segundo um método que parecia bem elaborado. Ao cabo de duas horas, Nenad pediu uma pausa.

Subiram ao quarto de Nenad. Cotejaram sua posição nas negociações com seus cálculos. A transação que Nenad queria fazer supunha conseguir que cocaína noventa por cento pura fosse transportada nas cabeças de repolho, por menos de 350 o grama. Isso daria com certeza dois contêineres, 1.500 cabeças de repolho por contêiner. As quinhentas de cima sem pó, por medida de segurança contra eventuais controles alfandegários ou sanitários. Ao todo: 2 mil cabeças de repolho recheadas de pó. Cinquenta gramas por verdura, o que significava 100 quilos de cocaína transportados via caminhão e ferry.

Seria preciso uma pequena propina suplementar para a empresa de transportes, a fim de que eles separassem os contêineres daqueles que transportavam repolho normal e ficassem de olho na mercadoria. E também um trocado para o verdadeiro fornecedor do repolho. Na Suécia, precisariam de verba para as despesas de transporte por caminhão, o controle mínimo dos contêineres, bem como para as despesas com venda e distribuição. Fatura com os ingleses: entre 30 e 40 milhões. Preço nas ruas de Estocolmo, incluindo a queda esperada nos preços: entre 70 e 80 milhões. Uma baita margem.

Depois de uma hora e meia de conversações no quarto, Nenad chegara a uma decisão. O negócio efetivamente valia a pena. Para ele, abaixar o preço não era uma prioridade absoluta, em contrapartida, exigia um nível de segurança infalível, o mais rigoroso possível.

Desceram.

Prosseguiram as negociações com os ingleses. O ambiente era excelente. Sob a superfície, entrevia-se a atitude deles: vocês sabem muito bem que não fariam melhor negócio com ninguém. Uma vantagem psicológica para eles. Mentalmente, isso lhes dava força.

As negociações se arrastavam, passaram mais duas horas reunidos. JW não aguentava mais todos aqueles números, aqueles prós e contras, aquelas contas. Ao mesmo tempo, tinha prazer.

Por volta das duas horas, os parceiros chegaram a um acordo preliminar. A tensão caiu. Nenad estendeu a mão ao mais velho dos dois ingleses. Olharam-se nos olhos, o código de honra para selar o acordo.

Voltariam no dia seguinte ao meio-dia para se certificar de que a transação estava fechada.

Nenad e JW sentaram-se no piano-bar do hotel.

O iugoslavo pediu dois conhaques.

— Obrigado pela ajuda, JW. Meus cumprimentos a Abdulkarim.

— Obrigado por ter me deixado participar de tudo isso. Foi muito interessante. Acho que fizemos um bom negócio.

— Eu também. Depois de tomarmos um trago, vou pedir a confirmação de alguns números a Estocolmo, esperemos que todo o negócio seja aprovado.

— Por quem?

— JW, às vezes é melhor não fazer perguntas.

JW não respondeu. Vira o rosto de Abdulkarim se contrair quando ele quis falar de seu chefe — o árabe nunca o mencionara, ao passo que JW já lhe enchera os ouvidos com perguntas. Uma barreira intransponível separava os diferentes estratos da hierarquia dos traficantes.

— Mais uma coisa. Você nunca me encontrou. Não me conhece. Não grite meu nome nos restaurante se me vir. Jamais pronuncie meu nome na frente de quem quer que seja.

JW fez sinal de que compreendera.

— Se fizer isso, vai ter problemas — disse Nenad num tom sério.

— Não se preocupe, entendi. De verdade. Entendi.

O avião era pequeno, uma poltrona por fileira.

JW foi obrigado a manter o celular desligado. Não cabia em si de excitação. Pensou no trabalho da polícia. Teriam conseguido alguma coisa? Talvez ele tivesse novidades na volta. Caso contrário, teria que ligar para sua mãe e lhe contar tudo. Ela parecia a mil léguas de tudo aquilo. Bengt, por sua vez, parecia ainda mais distante, apagando-se do quadro.

Do lado de fora, o céu cinza típico da Inglaterra. Não se via o mar sob o avião, apesar da baixa altitude do voo.

O capitão anunciou: 12 graus no solo.

Na entrada da fase de aterrissagem, o avião atravessou o nevoeiro.

Garoa.

A ilha surgiu. Um vale verdejante.

JW na ilha de Man. Um plano a ser executado.

A cidade de Douglas ficava na costa. Uma atmosfera *so british*. Hotéis, bancos, estabelecimentos financeiros em profusão. Fora isso, viam-se poucas pessoas — o inverno era a baixa estação —, exceto banqueiros e especuladores nas ruas. Todos bem-vestidos, ricos e combinando com as regras do jogo na ilha de Man — o paraíso do sigilo bancário.

Claro que outros lugares na Europa podiam oferecer as mesmas vantagens: Luxemburgo, Suíça, Liechtenstein, as ilhas do canal da Mancha. Mas esses lugares despertavam suspeitas. Os fiscais da Receita e os especialistas em crimes financeiros sempre reagiam diante de contas domiciliadas nesses países. A ilha de Man era mais discreta, e oferecia as mesmas condições vantajosas.

Ideia fundamental da jurisdição *offshore* — facilitar a criação de empresas, a confidencialidade dos negócios, fortalecer o sigilo bancário, garantir a isenção de impostos.

JW tinha reservado um quarto para a noite num hotelzinho. Sofisticação: todos os membros do staff se dirigiam a ele pelo sobrenome. Classe.

Foi pela calçada da praia em direção à sede principal do Central Union Bank. O encontro fora marcado um mês antes, com Darren Bell, um *senior associate*. De fonte segura: Darren Bell era uma pessoa extremamente confiável.

O prédio em que ele estava prestes a entrar era majestoso. Visível a mais de 100 metros de distância. Os primeiros 10 metros da parte inferior eram todos de vidro. Escadas rolantes levavam ao segundo andar. Enormes fícus-benjamim, e sofás Ligne Roset cinza bem visíveis do exterior. JW transpôs as catracas de 3 metros de altura. Anunciou-se na recepção.

Olhou o hall. Luminárias em vidro e metal cromado pendiam de finos cabos de aço. O chão de mármore. Os sofás Ligne Roset — vazios. Pensou: será que existe alguém que se atreva a sentar?

Não teve tempo de terminar seu pensamento. Um homem saiu de um elevador e se apresentou a JW. Era Darren Bell.

Estava impecavelmente trajado, um paletó cinza com dois botões, um lenço de seda no bolso do peito, uma camisa azul com riscas azuis e abotoaduras douradas. A gravata, estampada com padrões em zigue-zague em vermelho, cinza e azul, era presa com um nó minúsculo, coisa de inglês. Os sapatos Church eram enfeitados com furinhos. JW adorava o estilo — em suma, um executivo em todo o seu esplendor.

Ele, por sua vez, optara por um estilo mais informal. Seu novo blazer, uma camisa branca por baixo, sem gravata. Uma calça de algodão pregueada. Correto, mas leve, e bem apropriado — as roupas do cliente devem ser mais modestas que as de seu conselheiro.

Entraram no elevador. Conversaram. Darren Bell e seu dialeto irlandês — a polidez personificada e os olhos compreensivos.

A sala de reunião era pequena e dava para a baía. Dois quadros impressionistas pendurados nas paredes. Nevoeiro do lado de fora. Darren Bell brincou:

— Bem-vindo à *cerração* típica da ilha de Man.

Darren pediu que lhe explicasse o que estava buscando.

JW expôs suas necessidades. Não podia falar tudo, mas em todo caso o essencial, isto é, que precisava de uma conta secreta para a qual pudesse transferir capital com facilidade. De preferência, pela internet. Ou então somas em espécie diretamente na sucursal do Central Union Bank na Grã-Bretanha. Além disso, precisava de duas empresas sediadas na ilha de Man. Uma delas, a principal, no setor de consultoria para pequenas e médias empresas. A outra deveria por ora permanecer morta, mas sempre pronta a ser ativada por um curto período. Seus titulares deveriam permanecer sob o véu do sigilo. Para cada uma delas, precisava de uma conta bancária com seguro. E a empresa de consultoria deveria ter condições de emitir documentos concernentes a empréstimos destinados a uma sociedade anônima na Suécia.

Darren Bell fez anotações. Balançando a cabeça. Tudo era possível. As regras na ilha permitiam quase tudo — pensaria numa proposta. Pediu a JW que voltasse no dia seguinte.

No dia seguinte, JW encontrou novamente Darren Bell. O banqueiro vestido de forma idêntica, à exceção da camisa. Sua boa impressão levou um golpe. JW se perguntou: por que ele não mudou nem a gravata?

Darren colocou algumas impressões de PowerPoint na mesa. Algarismos, explicações, gráficos das possibilidades de transferências, depósitos, custos por transação. Explicou o que havia elaborado nas últimas 24 horas. Duas empresas na ilha, cada qual com uma conta em seu banco. Discrição absoluta quanto à titularidade, segundo a legislação da ilha. Outra conta, cujo titular seria JW, acessível apenas aos detentores da combinação de algarismos fornecida. Por fim, apresentou contratos de financiamento, contratos de empréstimo, contratos de depósito, contratos de discrição profissional, formulários para as procurações e encomendas, prontos para serem preenchidos. As despesas com a administração da conta: meio por cento do montante depositado anualmente, pelo menos mil libras por ano. As empresas: 4 mil libras por cada uma no momento da criação. Três mil de despesas de administração por ano. Os documentos para os empréstimos: 4 mil libras. No total, JW tinha que pagar 200 mil coroas.

JW pensou: Darren Bell tem um puta de um emprego.

Darren pareceu contente.

— Acho que está tudo nos conformes, *sir*. A única coisa de que precisamos agora são as sugestões de nomes para suas empresas.

JW não pôde deixar de abrir um sorriso de satisfação. John Grisham, pode pendurar as chuteiras. Ali, era de verdade. JW possuiria em breve um sistema próprio de lavagem de dinheiro. Fantástico.

45

Mrado no centro comercial de Ringen. No supermercado ICA. Preparava o dia que passaria com Lovisa aquela semana.

Não dormira à noite. Não parara de pensar naquele dia, e em seu futuro.

Precisava fazer compras. Em geral, em sua casa, a despensa, a geladeira e o freezer estavam vazios. Apenas o bar era reabastecido. Porém, depois que o tribunal confirmou seu direito de visita a Lovisa, tornara-se primordial para Mrado ser um bom pai. Para ele, eram novas sensações — não era coisa dele fazer comida em casa. Apesar de tudo, quando Lovisa estava presente, ele tentava preparar o café da manhã, o almoço e o jantar.

Não se lembrava da última vez em que comprara tanta comida.

A cestinha vermelha numa das mãos. A lista de compras na outra. Difícil pegar a comida e consultar a lista ao mesmo tempo. Uma das mãos ocupada com a lista, a outra se movia pelas prateleiras — e para segurar a cesta? Mrado teve uma ideia revolucionária: fabricar suportes que permitissem prender as listas nos cestos. Isso daria aos fregueses uma mão livre com a qual poderiam pegar os produtos. Talvez um clipe. Talvez até no celular...

A publicidade para as ofertas especiais ao lado. Mrado continuou a desenvolver seu pensamento.

Pegou também macarrão, ketchup, bolinhos de carne, tomates — importante ter legumes. Seria um pai saudável.

Pensou em sua outra lista — precisava fazer um seguro de vida pessoal e para Lovisa. Lutar contra o perigo. Proteger Lovisa. Providenciar sua mudança. Proteger-se. Já vendera o carro e trocara de celular. Ao longo da semana, compraria um colete à prova de balas melhor, arranjaria uma nova caixa postal e estudaria o mercado de alarmes.

O pacto firmado com Nenad parecia estável. Radovan iria se foder diretinho. Iria se arrepender de tê-los tirado da jogada. Radovan teria direito a uma lição, ao estilo sérvio. Você pode jogar duro, mas nunca traia seus amigos. Quem ele achava que era, aquele veado?

Mrado procurou uma sobremesa gostosa. Passeou em meio às gôndolas dos congelados e bolos. Sorvete ou bolo, eis a questão. Não, não devia comprar aqueles produtos prejudiciais à saúde. Preferiu fazer uma salada de frutas. Pegou laranjas, maçãs, kiwis e bananas. Admirado consigo mesmo — meu Deus, ele era fantástico.

Não combinava com aquele ambiente. Estranho — começava a sentir, em circunstâncias absolutamente corriqueiras, a mesma angústia que as pessoas de quem ele extorquia dinheiro, de quem arrancava confissões, que ameaçava matar. Num supermercado, numa pizzaria, na rua. Tinha a impressão de que as pessoas olhavam para ele, enxergavam dentro dele. Que o julgavam cidadão de segunda classe, um criminoso parasita, um mau pai.

E, não obstante, quando observava aquelas pessoas na loja, se dava conta de que eram elas que precisavam de um choque elétrico. Sentir a tensão, a excitação. A adrenalina no ringue do Pancrease. A descarga de serotonina ao quebrar o nariz de alguém. Aquele estalo, como uma planta seca, quando as juntas dos dedos da mão se chocam com a parte cartilaginosa do nariz. Mrado sabia que isso é que era vida.

Folheou um catálogo telefônico que pegara no expositor de jornais em frente aos caixas. Novos serviços: televisão no celular, pagamentos no celular, filmes pornôs no celular.

Alguém o chamou pelo nome.

— É você, Mrado?

Mrado ergueu a cabeça. Sentiu vergonha. Ler ali em vez de comprar. Embaraçoso.

— Como vai?

Mrado reconheceu o cara. Não o via havia séculos. Um ex-colega de turma de Södertälje, Martin. O intelectual da classe.

— É um prazer te rever, Martin.

— Porra, Mrado, faz uma eternidade que a gente não se vê. Foi na reunião dos ex-alunos, faz quanto tempo já?

A reunião dos ex-alunos: dez anos depois do fim do ensino médio. Tinha 26 anos na época. Sua vontade inicial foi ignorar a coisa. Depois, resolveu mostrar para eles. O fanfarrão que eles detestavam continuava um fanfarrão. Com uma diferençazinha — agora faturava alto. Uma hora antes, passara com Ratko num pub não muito distante dali. Tomara três canecas de cerveja e dois copos grandes de uísque. Só depois de tudo isso, sentiu-se preparado para ir.

— Pois é, reunião de ex-alunos. O que você faz?

Mrado desviou do assunto. A reunião terminara num fiasco: Mrado quebrara a cara de dois velhos provocadores. Nada havia mudado, eles continuavam a querer sua pele. Não tinham sacado quem ele era agora.

— Trabalho no tribunal — disse Martin.

Mrado, perplexo. Martin, de anoraque verde, jeans rasgado, boné Von Dutch. Parecia tranquilo, jovem. Longe da figura de um jurista.

— Interessante. Você é juiz?

— Sim, trabalho no Tribunal de Segunda Instância. Recursos, sabe como é. Não é mau. Sofremos muito com a falta de pessoal, ralamos como burros de carga. Às vezes, semanas de sessenta horas. Tudo o que fazemos é garantir o respeito às leis deste país. Claro, como você sabe, isso não tem nada de prestigioso. Nadinha. Às vezes, os valores deste país são questionados. Nos Estados Unidos, as pessoas que estudam têm outro status. Não, o tribunal é uma grande bosta. Francamente, é uma coisa de doente. Eu ganharia três vezes meu salário se fosse para a iniciativa privada.

— Por que não vai?

Martin puxou o boné Von Dutch para trás.

— Porque acredito em tudo isso. Tribunais eficazes e um sistema jurídico para o qual trabalhem os melhores juristas protegem o estado de direito. A possibilidade de as pessoas recorrerem de uma sentença ou decisão. O tratamento dos processos leva menos tempo, isso evita erros, podemos pronunciar sentenças ponderadas e equânimes.

Mrado esperou não ter que falar de suas atividades. Disse:

— Que bom trabalhar numa coisa em que você acredita.

— Ainda não sei se acredito. Quero dizer, mandamos o tempo todo pessoas para trás das grades, mas a bandidagem se prolifera de maneira exponencial. Os crimes são cada vez mais graves, mais numerosos, mais sinistros. A polícia não dispõe de verba para acompanhá-los. Nós os condenamos o mais sumariamente possível, mas, decorridos dois anos, eles já estão soltos por aí, depois de passarem um tempinho na cadeia. Em geral, cometeram exatamente o crime pelo qual já os condenamos. E eles mudam? Absolutamente nada. Daqui a pouco, vão ser as gangues que dominarão esta cidade, juro a você, porra. Talvez o melhor fosse trabalhar para eles, afinal. Mais grana! Haha! E você, faz o quê?

Na cabeça de Mrado: pronto, lá veio a pergunta. O que respondemos a um juiz? De certa maneira, Mrado até que gostava do sujeito. Ao mesmo tempo, sentia: era melhor não se abrir com um fanático da lei, se ele desconfiasse do negócio de Mrado poderia dar uma merda do cacete.

— No ramo da madeira.

Pensou: sirvo-lhe meu prato de sempre. Na verdade, tenho efetivamente uma empresa nesse setor. Com uma cifra de negócios que não chega aos 100 mil por ano, mas, em todo caso, um disfarce perfeito.

— É marceneiro?

— Mais ou menos. No ramo da importação.

De repente, Mrado sentiu vontade de acabar com aquela conversa fiada, com as mentiras. Enfiou o catálogo telefônico na cesta. Dirigiu-se aos caixas.

— Foi um prazer, Martin, mas agora preciso ir. Vou ver minha filha.

Martin sorriu. Puxou novamente o boné para trás. A expressão alerta.

Apertaram-se as mãos. Mrado entrou na fila dos caixas. Pensou: semanalmente, esse cara manda gente como eu para trás das grades. Se ele soubesse.

Martin desapareceu na loja.

Mrado não teve como não se sentir abalado. E se ele já soubesse? Se tivesse aparecido ali só para estudá-lo? Porra, eu tinha mesmo é que dar o fora. Por mim. Por Lovisa.

Mas, ao mesmo tempo, outra voz dentro dele gritava: quem você seria se caísse fora? Quem seria se não se vingasse de Radovan? Um zero à esquerda.

Martin morara na mesma rua que Mrado até o terceiro ano do ensino médio. Em seguida, tinha se mudado para um bairro mais chique na zona norte da cidade.

Ele lhe evocava sua infância. Mrado chegara com seus pais à Suécia quando tinha 3 anos. Imigração econômica. Saab-Scania. Södertälje procurava operários. Alguns anos antes, a Suécia abolira a obrigatoriedade de visto para os iugoslavos. Gregos, finlandeses, italianos e iugoslavos pululavam na Suécia. Mais tarde, foram os sírios e turcos que invadiram o país. Nessa época, os iugoslavos eram unidos entre si. Não havia diferença entre sérvios, croatas e bósnios. Tito era seu herói. Que blefe. Ingênuos. Otários. Tinham acreditado poder confiar nos croatas e nos bósnios. Hoje, Mrado nem sequer mijaria em cima de um bósnio se este pegasse fogo.

Isso era conhecido como o projeto do milhão. E todo mundo trabalhava duro. Mrado, à sua maneira. Diariamente, ou dava ou levava uns tapas de alguém. Eram sempre agressivos, andavam sempre armados. Mais numerosos. Ele cerrava os dentes. Nunca contava nada em casa. Malhava como um louco. Aprendia a encaixar os golpes. E, o principal, aprendia a desferi-los. *Shootfighting* no nível básico: golpes nas tíbias, na barriga, morder, arrancar, visar os olhos. Já dominava os truques da luta livre nessa época. O rei das chaves que machucam. Um nome em Södertälje.

Era respeitado. E um solitário. Ninguém ousava se colocar em seu caminho. Após a conclusão do ensino médio, nunca mais viu nenhum de seus colegas do colégio. Entrara num curso profissionalizante de eletricista em telecomunicações no liceu da Ericsson, perto do Telefonplan. Parou no segundo ano e começou a trabalhar como segurança. Em seguida, uma ascensão rápida no seio da máfia iugoslava. E, agora, estava prestes a assumir seu comando.

Mrado abaixou os olhos na direção da caixa. Pensou: se fosse um pai de verdade, teria o cartão ICA. Em vez disso, puxou um maço de cédulas do bolso. Ainda fresquinhas.

A caixa o ignorou.

Ele viu Martin entrar na fila.

Olhou para outro lugar.

* * *

MEMORANDO

(Confidencial, segundo o artigo 9 §12
da lei sobre a confidencialidade)

OPERAÇÃO NOVA
MEDIDAS TOMADAS PELA POLÍCIA MUNICIPAL
CONTRA O CRIME ORGANIZADO

O crime ligado aos nativos dos Bálcãs no território
da municipalidade de Estocolmo

Relatório nº 9

Contexto

Este memorando baseia-se nos relatórios e nas informações do grupo de investigação de fraudes financeiras da polícia do distrito de Norrmalm e da Unidade Especial de Gangues em colaboração com as forças conjuntas da Direção Regional contra a delinquência organizada em Estocolmo (doravante denominada "Comissão de Inquérito"). Os métodos empregados consistem na elaboração de uma cartografia baseada nos resultados de investigações realizadas pela polícia de Estocolmo, a coleta de informações junto a pessoas infiltradas na rede criminosa (os "espias"), a escuta telefônica, bem como a análise das gravações necessárias.

Este memorando é redigido depois do assassinato de duas pessoas que atuavam na máfia iugoslava, mais amplamente descrita no relatório nº 7 (doravante denominada "a Organização").

Em 16 de março do presente ano, duas pessoas foram encontradas mortas num apartamento em Hallonbergen. Trata-se provavelmente de assassinatos. A Comissão de Inquérito pôde constatar que morreram de forma violenta. Havia muito tempo a equipe programara vigiar esse apartamento. Com efeito, o local era suspeito de ser uma casa de prostituição clandestina. A hora da morte das vítimas é estimada entre 3 e 5 horas da madrugada do dia 15 de março. Em ambos os casos, a morte foi causada por balas de grosso calibre disparadas respectivamente na barriga e na cabeça. Amostras dos cadáveres foram enviadas ao Instituto Médico-Legal para análise. A arma, um fuzil de caça, muito provavelmente do tipo Winchester, sistema de escopetas, modelo 12, calibre 12-80, não pôde ser identificada. Pessoas da vizinhança foram interrogadas. Em razão da hora tardia na qual o ato foi cometido, poucos estavam acordados, e não foram observados movimentos suspeitos no bairro. A Comissão de Inquérito suspeita de que o crime esteja relacionado a conflitos internos da Organização.

Além disso, uma mulher, que provavelmente se prostituía no apartamento acima citado, está registrada como desaparecida desde 13 de março do ano em curso.

Vítimas

Zlatko Petrovic: Cafetão diretamente subordinado a Nenad Korhan (por sua vez subordinado a Radovan Kranjic, descrito no relatório nº 7), 700712-9131, nascido na ex-Iugoslávia, hoje Sérvia e Montenegro. Chegou à Suécia aos 6 anos.

Primeiro emprego como segurança e treinador em diferentes tipos de luta. Últimas receitas tributadas: 124 mil coroas, por aulas de artes marciais, bem como uma segunda atividade como segurança, e ganhos no jogo.

Condenado várias vezes no passado: 1987: lesões corporais. 1989: roubo, porte ilegal de arma (seis meses de prisão em regime fechado). 1990: tentativa de assassinato, roubo (seis anos de prisão em regime fechado). 1997: ameaças. porte ilegal de arma, assédio sexual (oito meses de prisão em regime fechado). 2001: explloração de prostituição, lesões corporais (um ano de prisão em regime fechado).

Petrovic era reputado como um indivíduo muito violento, sobretudo com as mulheres. Desde o fim dos anos 1990, é suspeito de ter sido o cabeça de vários estabelecimentos de meretrício em apartamentos da periferia de Estocolmo, em cooperação com Korhan. Atuante em Hallonbergen desde 2002.

A Comissão de Inquérito tentou infiltrar-se nessa rede durante os últimos três meses. O agente, codinome Micke, que supostamente passou pela base de recrutamento da Organização, simulava ser o "subcafetão", ou "guarda de puta", da prostituta recém-desaparecida. Ele observou um bom número de pessoas e visitantes suspeitos que abordaram a prostituta ao longo destas últimas semanas. Parece haver um elo entre os assassinatos, cf. o relatório do agente, anexo 1.

Jelena Lukic: mais conhecida como "madame", diretamente subordinada a Kohran, 720329-0288, nascida na ex-Iugoslávia, hoje Sérvia e Montenegro. Chegou à Suécia aos 2 anos.

No passado, trabalhava como massagista e pedicure. Suas receitas antes dos impostos do ano passado chegaram ao montante de 214 mil coroas, receita que se compõe de poupança, honorários por sua atividade de massagista e ganhos de jogo.

Foi condenada apenas por infrações ao Código de Trânsito.

Lukic está envolvida com a prostituição desde o fim dos anos 1990. Seu "plantel" composto de três ou quatro prostitutas passou a ser gerenciado por Korhan em 2002, quando ela começou a cooperar com Petrovic, principalmente na casa de meretrício de Hallonbergen, supracitada. Lukic é suspeita de ter igualmente dirigido um serviço de "escort-girls", compreendendo sete ou oito mulheres, na maioria cidadãs suecas. Os serviços das "escort-girls" eram solicitados para eventos particulares, por exemplo, para ciceronear clientes de empresas estrangeiras, servir de "damas de companhia" durante reuniões de clubes de cavalheiros, ou festas privadas.

Conflitos internos

A Comissão de Inquérito recebeu informações sobre o surgimento de conflitos internos na Organização. Um membro da Organização, que trabalha como guarda-costas de Radovan Kranjic, revelou aos agentes da Comissão de Inquérito que certas pessoas da Organização haviam sido "erradicadas". Mrado Slovovic (descrito no relatório nº 7) e Nenad Korhan foram "rebaixados", e demitidos de suas funções de responsáveis pela extorsão das chapelarias e pelo tráfico de cocaína, assim como pela prostituição em Estocolmo. Kranjic decidiu rebaixar esses dois indivíduos na hierarquia e confiar suas missões e responsabilidades a outras pessoas. A hipótese da Comissão de Inquérito é de que se trata de uma eliminação das pessoas capazes de representar uma ameaça para Kranjic.

A Comissão de Inquérito suspeita de que os assassinatos de Petrovic e Lukic tenham ligação com os conflitos internos supracitados. Segundo um relatório do agente infiltrado, alguns dias antes dos assassinatos, a casa de meretrício tinha sido visitada várias vezes por um homem. O homem também fez contato com a prostituta desaparecida

e a encontrou pelo menos uma vez fora do citado estabelecimento. As relações entre a mulher e esse homem ainda
não são bem-conhecidas, o agente não tendo conseguido
permanecer em sua companhia durante essas entrevistas.
O homem tem pele escura, cabelos pretos, cerca de 30
anos. Desde 13 de março do ano em curso, a prostituta não
faz mais contato com nosso agente, e por isso a polícia
registrou-a como desaparecida. A Comissão de Inquérito
segue várias pistas relativas à morte dessas duas pessoas. Supõe-se que uma delas se trate de um assassinato
encomendado por Kranjic, a fim de evitar que Korhan, pelos conflitos internos, tente ficar independente e passe
a oferecer concorrência no ramo da prostituição. Segundo
outra teoria, Korhan e Slovovic teriam cometido esses
atos a fim de ameaçar os negócios de Kranjic.

Medidas

Em seguida aos acontecimentos acima descritos, a Comissão de Inquérito propõe as seguintes medidas:

1. Prosseguimento das buscas relativas ao homem de
   cerca de 30 anos que se encontrou várias vezes
   com a prostituta desaparecida.
2. Prosseguimento das buscas pela prostituta desaparecida.
3. Buscar todas as outras mulheres suspeitas de ter
   exercido atividades de prostituição na casa de
   meretrício.
4. Buscar os clientes que pagaram pelos serviços
   desse estabelecimento.
5. Prosseguimento do inquérito sobre Slovovic e
   Korhan.

Orçamento para as medidas, cf. anexo 2.

— — — — — — — —

Comissário Björn Stavgärd
Investigador especial Stefan Krans

46

Jorge, angustiado. Havia passado uma semana inteira trancado em casa, alegando uma doença.

Abdulkarim perguntara:

— Porra, o que está acontecendo, Jorge? Está com febre, algo assim? Você precisa cuidar da venda.

Ele tinha pensado muito aquela noite. Repassara os fatos na cabeça. *Play/rewind — play/rewind.* Às vezes, quadro a quadro. Como um cineasta.

A matança com a escopeta fora uma coisa impulsiva, perigosa. Uma grande tolice.

Recapitulou mais uma vez a situação. Restava esperar que não tivesse deixado nenhuma amostra de DNA por onde passou. Simplesmente, entrara, encurralara aqueles iugoslavos filhos da puta e pegara o laptop e o celular. Não tocara em nada com as mãos, nem mesmo na maçaneta da porta, para a qual usara o suéter. Não havia se metido em nenhuma disputa física na qual pudessem ter lhe arrancado a pele ou feito perder sangue. Não tirara o boné — não devia ter perdido cabelo. Tudo parecia nos conformes.

O cliente certamente manteria a boca fechada. Se delatasse Jorge, que arcasse com as consequências de delatar seus próprios hábitos. Mais ninguém o vira no apartamento, a puta no outro quarto nem levantara a cabeça. E os vizinhos, será? Às quatro horas da manhã? Os policiais bateriam em todas as portas. Interrogariam os vizinhos em toda a área. Havia o risco de ter sido visto por alguém. Mas o risco era mínimo. Seu retrato falado corresponderia a milhares de outros.

Calma.

Poderiam descobrir suas pegadas, considerando que fazia um tempo horrível. Mas a primeira coisa que Jorge fez na manhã seguinte foi encher com pedras os sapatos e jogá-los no lago Edsviken.

O grande perigo: Fahdi talvez ficasse intrigado. Se visse a escopeta. Se sentisse o cheiro da pólvora ou se percebesse que faltavam cartuchos. E que ligasse tudo à última meganotícia desse submundo.

Todo mundo especulava. Forjava suas teorias. Analisava. Abdulkarim suspeitava de um cliente sem dinheiro para pagar. Com medo de ser chantageado, perdera a cabeça e matara os únicos que poderiam destruir sua vida. Fahdi suspeitava de outros iugoslavos. Corria o boato de uma cisão interna. Partilha da máfia dos bares. JW suspeitava de outras gangues. Que apostavam na divisão do mercado do crime organizado na cidade para apaziguar a guerra entre os HA e os Bandidos.

Jorge se mantinha fora do radar. Esconder-se após uma fuga não violenta de uma prisão onde cumpria pena por tráfico de drogas era uma coisa. Fugir após um duplo assassinato era outra bem diferente.

Sua esperança: que nenhuma pista levasse até ele.

Apesar de tudo: Jorge estava doido para mandar um recadinho para Radovan. Só para o iugoslavo saber quem estava em seu encalço e por quê. A mensagem: isso é apenas o início, uma vingança por tudo o que você acaba de fazer com Nadja e pelo que fez comigo.

Golpe de sorte em meio à hecatombe: o laptop que ele levara permanecera ligado. A bateria acusava o golpe. Azar em meio à hecatombe: ele precisava de um login para tirá-lo da hibernação. Control, alt, del, e ele pedia um nome de usuário e uma senha. Jorge não conseguia entrar. Precisava de ajuda.

Merda.

Talvez encontrasse um hacker que aceitasse a tarefa: introduzir-se no computador mais procurado de toda Estocolmo.

Mas hoje não. Hoje era dia de Paola.

Era a primeira vez desde sua fuga que ia à casa dela. O mais longo período de separação de suas vidas. Ela o visitara em Osteråker, meses antes de sua fuga. Reclamara do seu estilo marrento. Será que ela não sacava o meio em que ele andava?

Jorge não ousava mais roubar carros. Mais medo que nunca de uma blitz. Se os policiais o tivessem agarrado antes de ele matar o cafetão e a cafetina, teria voltado para a cadeia. Sua fuga seria adicionada à pena. Isso porque ele a realizara de maneira belíssima, sem violência, sem crime, sem fato adicional pelo qual pudessem condená-lo. O pior que poderia lhe acontecer era não ser beneficiado com a redução da pena no fim. Mas, agora, após os tiros em Hallonbergen, era diferente. Se o apanhassem, arriscava-se à perpétua. Ou no mínimo 12 anos. O medo que ele sentira até aquele momento lhe parecia quase ridículo. Agora, era sério.

E, no entanto, ao receber uma mensagem de Paola no celular, ele não conseguira ficar em casa mais tempo. Precisava de calma. De contato com sua cara-metade.

Como Paola conseguira seu número? Não fazia ideia de quem poderia lhe ter fornecido. Talvez Sergio. Nesse caso, havia perigo. Ela não poderia manter seu número, para sua própria segurança. Ele mudaria de operadora.

Usou o transporte público. Tinha inclusive comprado um bilhete. Fora de questão dar calote.

Desceu na estação Liljeholmen.

A estrutura de cimento fora reformada. Para Jorge, nenhuma melhora. Pegara o metrô com destino a Norsborg, e ia a Fruängen. Cinco minutos de espera.

Esperou com paciência no fim da plataforma. Adorava aquela parte da estação. Aqueles poucos metros de vazio que o separavam do trem quando este parava. Um deserto, um apêndice abandonado, um setor isolado, esquecido da selva subterrânea. Caras bêbados mijando nos trilhos, gangues roubando celulares dos adolescentes, casais trepando, ratos e pombos defecando. Sobretudo, pichadores que atacavam a tristeza do cimento com seus grafites. O pessoal da segurança se lixava, as famílias com filhos esperavam no meio da plataforma para não ter que se estressar quando uma composição curta entrasse na estação.

O metrô com destino a Fruängen chegou. Jorge embarcou.

A voz do maquinista anunciou: direção: "Frueangen." Jorge reconheceu a voz, um belo sotaque africano, já andara numa composição pilotada por aquele maquinista. Jorge caiu na risada. Pensou: será que era o rapper Daddy Boastin que conduzia os vagões?

Hägersten, ou mais exatamente Västertorp, não era mais tão longe. Via a Störtloppsvägen perto da piscina. Dali a pouco, finalmente, estaria com Paola.

O bairro proletário era um paraíso comparada ao bairro de Sollentuna, onde Jorge crescera. A piscina com ladrilhos amarelos cercada de esculturas em mármore reinava no meio dos prédios como um centro de confraternização caloroso.

Dirigiu-se ao prédio de Paola.

Digitou a senha que ela lhe enviara na mensagem.

O elevador estava enguiçado. Subiu as escadas pensando em JW. Um cara legal. Um amigo. Jorge sentia afeição por ele. Abrira-se com ele alguns dias antes, falara-lhe da dívida que tinha com ele. Dissera para um cara da alta: "Ninguém nunca me salvou a vida. Sem você, eu teria morrido lá." Viu emoção no rosto de JW: "Se você não tivesse aparecido."

Chegara ao último andar.

Deu um tempo. Respirou.

Bateu à porta.

E pronto. Mais de um ano se passara desde a última vez em que tinham se visto. Lágrimas nos olhos. Mais bonita do que em suas lembranças. Mais forte.

Ela cheirava bem.

Sentaram-se na cozinha, em cadeiras de vime. Dois pôsteres nas paredes: Che Guevara e um quadro abstrato de Servando Cabrera Moreno.

Paola esquentou água para o chá.

Jorge achou que seus cabelos cintilavam. Negros como a noite, mais escuros que os seus, embora ele os tingisse. Foi como se visse seu rosto pela primeira vez. Ela parecia um pouco com o pai deles. Mas alguma coisa não estava normal. Mesmo após as lágrimas secarem, ela tinha o ar preocupado.

— Como está mamãe?

Seu sotaque chileno, mais forte que de costume, o *s* pronunciado normalmente, uma sonoridade mais delicada que o espanhol da Espanha.

— Como sempre. Dor na coluna. Fica se perguntando o que você faz e por quê.

Serviu água em duas xícaras. Mergulhou um saquinho de chá em uma delas.

— Dá pra ela o seguinte recado: diga que vou fabulosamente bem e que faço o que devo fazer.

— Como "devo"? Você é inteligente, poderia ter concluído a escola e depois continuado os estudos.

Ela retirou o saquinho de chá. Mergulhou-o na outra xícara. Pelo menos para dar uma cor à água.

Jorge achou que ela fazia tudo muito lentamente.

— Vamos parar por aqui, Paola. Não vale a pena discutir por isso. Fiz minha opção. Nem todo mundo consegue viver como você. Eu te amo, você sabe. Diga isso pra mamãe também.

— Aceito sua opção. Mas você preocupa a mamãe, tem que entender isso. Ela achava que você ia se recuperar depois da escola. Não interessa se ela não entende o seu mundo. Ela fica triste de todo modo. Não pode visitar ela?

— Não neste momento. Preciso organizar minha vida. Ela anda muito instável, por enquanto. Tudo está instável, porra.

Evitaram o assunto. Paola se calou por um instante.

Depois, contou sobre seus estudos. Sua vida: seu namorado, com quem as coisas não iam bem, sua entrada na Associação dos Estudantes de Letras, suas amigas que fariam uma viagem de estudos a Manchester. Uma vida bem-organizada. Uma vida normal. Para Jorge, um outro mundo. Ela fez perguntas sobre o cabelo crespo de Jorge, sua pele fosca, seu nariz torto. Ele riu.

— Você já sabe a resposta. Estou na clandestinidade. Não me reconheceu?

Ela sorriu.

Na cabeça de Jorge, flashbacks. Ela e ele no parque de diversões Liseberg durante uma visita à sua tia, em Hisingen. Um dia inteiro em Göteborg. Tinha talvez 7 anos, e Paola, talvez 12. Queriam subir no Flumride, a atração principal, e mentiram sobre sua idade para que fossem autorizados. Os braços de Paola em torno dele no barquinho que imitava um tronco de árvore. Subiram lentamente. Ela murmurou ao seu ouvido, em espanhol para que os outros guris sentados no barquinho não entendessem:

— Se você não se comportar, eu te largo.

Jorge, horrorizado. Embora não muito: compreendeu finalmente, julgou compreender. Voltou-se. Sorriso de Paola — era apenas uma brincadeira. Jorge riu.

— Você está tão calmo. Está zangado? — perguntou Paola.

— Lembra quando fomos ao parque Liseberg? No Flumride.

Ela ficou séria de repente.

— Agora, Jorgelito, me diga de quem você está fugindo.

Silêncio.

— O que quer dizer? Da polícia, claro.

— Há alguns meses, me ameaçaram na universidade, e não era a polícia.

Os olhos de Jorge se escureceram — e não em virtude das lentes de contato.

Ódio.

— Sei disso, Paola. Isso não vai se repetir. Aquele que fez isso será castigado. Juro sobre o túmulo de papai.

Ela balançou a cabeça.

— Não precisa castigar ninguém.

— Você não entende. Eu não poderia viver com a consciência tranquila se aqueles que te ameaçaram saíssem ilesos. Fui sacaneado a vida inteira, porra. Rodriguez, as assistentes sociais, os policiais. E agora esses putos dos Iugoslavos. Em Österåker, aprendi a ficar tranquilo quando tenho a ganhar com isso, mas também a me revoltar quando se faz necessário. Sou alguém. Sabia disso? Estou ganhando uma grana. Estou subindo. Tenho uma carreira. Um plano.

— Você deveria pensar mais.

— Não quero falar disso com você. Não podemos simplesmente relaxar?

A tensão desapareceu tão rápido quanto chegara.

Mudaram de assunto.

O tempo passava rápido. Jorge não se atrevia a ficar por muito mais tempo. Tomaram o chá. Paola os serviu novamente. Mais um saquinho. Um pouco de água fria na xícara para que Jorge pudesse tomá-lo imediatamente.

Na entrada, ficava uma escrivaninha Ikea. Jorge a reconheceu, vinha do apartamento da Malmvägen onde haviam crescido. Uma fileira de botas de couro de salto alto, tênis, sapatos baixos e um par de botas Bally.

— Tem dinheiro pra comprar essas coisas? — Jorge apontou com o dedo as botas Bally.

— Ganhei do idiota do meu namorado.

— Por quê?

Paola sorriu de novo.

— Você demora a entender, mano. Não me vê? Não posso mais passear de salto alto. Vou ser mãe.

Em geral, o metrô o fazia dormir. Agora não. Estava ligado.

J-boy ia ser titio.

Uma notícia do cacete.

Precisava de tempo para digerir aquilo.

Precisava desferir seu golpe o mais rápido possível contra aqueles filhos da puta antes de Paola parir.

Faturar alto antes do nascimento do bebê.

Seu sobrinho teria direito a tudo que um tio podia oferecer.

Seu sobrinho teria um tio que castigaria todos os que haviam ousado se meter com a família Salinas Barrio.

47

As engrenagens da lavagem de dinheiro eram complexas, mas JW estava bem-informado. A União Europeia promulgava incessantemente novos regulamentos e diretrizes, criava comissões e procedia a inquéritos. A cooperação entre bancos, institutos financeiros e organismos de crédito melhorava. Com a queda dos limites de notificação e o aumento dos controles cruzados, faziam-se mais perguntas. A UE exercia uma pressão constante sobre o fisco. O fisco exercia pressão sobre os bancos. Os bancos jogavam a pressão para cima dos clientes.

Quando as somas atingiam certo nível, era impossível se manter abaixo dos limites a partir dos quais era obrigatório informar as autoridades. O sistema de bancos fora unificado: uma transferência para uma conta numa filial era vista de todos os cantos. Controles eletrônicos relacionavam as somas duvidosas.

Mas JW agora era um expert nos métodos de lavagem. Fizera contatos, criara um clima de confiança e encontrara soluções. Em cada banco, um contato se ocupava de suas empresas suecas e contas afiliadas, segundo a linha de crédito que ele dava. Sorrisos e belos discursos para explicar o sucesso que esperava obter no setor de móveis antigos ingleses, onde se negociava muito em espécie. Enquanto acreditassem que ele fazia um negócio legal, tudo certo.

Sempre que ia visitar seus contatos no Handelsbanken e no SEB, levava 100 mil em sua bolsa Prada.

Uma semana havia se passado desde seu retorno da Inglaterra. Seu plano era genial: depois de depositar uma grana em sua conta, ele poderia escolher, para transferi-las para a ilha, entre duas possibilidades que aprimorara. A primeira, pagar pelo trabalho de marketing das empresas inglesas que utilizavam os números de conta de suas empresas na ilha. JW se inspirara no escândalo das propinas da Ericsson. O truque, evidentemente, consistia em que não se tratava de simples transferências, mas de pagamentos. Isso era muito mais lógico, e ninguém faria perguntas — um comprador de móveis ingleses naturalmente precisa fazer marketing na Inglaterra. Seus contatos veriam isso como a coisa mais natural do mundo. A segunda possibilidade, a fim de diversificar seus métodos, era enfiar suas cédulas de mil numa caixa e despachá-las via correio para a ilha de Man. Lá, um indivíduo abria o pacote e depositava o dinheiro nas contas de suas empresas na ilha. Essa solução era mais perigosa, mas ele pessoalmente não podia viajar com muito dinheiro vivo no bolso. Os sensores dos aeroportos reagiam imediatamente aos fios metálicos contidos nas cédulas.

Os bancos suecos não fariam perguntas a respeito de transferências destinadas a pagar um trabalho. O próprio JW tinha confeccionado as notas fiscais falsas. Nem um designer profissional criaria logos de uma empresa de marketing inglesa mais autênticos. Porra, como estava contente!

Suas coroas atravessariam as fronteiras, fosse sob forma eletrônica pelos pagamentos na Suécia, fosse através de remessas postais para a ilha. Suas contas na ilha eram controladas por suas empresas. O sigilo bancário impediria qualquer um de rastrear as empresas. O dinheiro era dele, sem que ninguém na Suécia pudesse sonhar com isso. Em seguida, as empresas da ilha emprestariam o dinheiro às suas companhias na Suécia. Essa etapa significava a reinserção do dinheiro em sua economia. Totalmente *clean*, dinheiro limpinho da silva. Era justamente essa a sua astúcia: todo mundo pode ser rico a crédito. O Papai Estado não faria perguntas. Os juros e as condições de pagamento dependeriam da conjuntura. Poderia inclusive deduzi-los de seus impostos.

Ao chegar à agência do Handelsbanken, pegou uma senha. Esperando a vez, observou telas em que corriam as cotações da Bolsa. Subiam. JW já investira em algumas ações: Ericsson, H&M e SCA. Uma boa carteira — Ericsson, a ação cuja cotação subira mais de trezentos por cento nos últimos tempos. H&M, a empresa superprodutiva mesmo em conjuntura fraca. E a SCA, a certeza tranquila das florestas. Completavam o conjunto duas pequenas empresas, uma firma de produtos de informática que fabricava roteadores e uma firma de biotecnologia que desenvolvia remédios contra o mal de Alzheimer. Além disso, suas ações eram uma maneira suplementar de reciclar dinheiro. Seus ganhos na Bolsa eram tributados, considerados legais, não criavam nenhum problema. Eram integrados no sistema. No futuro, talvez devesse entrar em contato com um corretor a fim de lavar montantes mais elevados.

A Bolsa lhe propiciava, além disso, um assunto extra para conversar com os caras. Os caras e as ações, como Abdulkarim e a coca. Quanto mais dinheiro em jogo, mais assunto.

JW deu uma olhada na fila, pior do que no check-in de Skavsta. As 50 mil coroas que ele tirara de sua bolsa Prada pesavam no bolso interno de seu casaco Dior. JW pensou: se alguém tentasse apunhalá-lo, seu maço de células lhe salvaria a vida.

Voltou a pensar na fazenda e em suas latas de conservas nos confins da Inglaterra. Chris, o responsável pelo lugar, não passava de um subalterno dos *hooligans*, que, na verdade, tomavam as decisões importantes. Pela primeira vez na vida, ele pudera participar de uma coisa grandiosa. Isso lhe proporcionava uma supersensação, mas, ao mesmo tempo, terrível por não poder contar tudo a Sophie.

Foi sua vez de ir ao guichê.

Avançou.

Tomou consciência da umidade de suas mãos.

Tentou sorrir.

— Poderia falar com Annika Westermark?

A funcionária lhe retribuiu o sorriso.

— Claro. Um instante. Vou chamá-la.

Erro de cálculo da parte de JW. Ele pretendia ir até o escritório de sua consultora e lhe entregar o dinheiro lá. Evitar passá-lo pelo guichê normal.

Annika Westermark apareceu por trás do vidro, vestindo um conjunto escuro típico dos bancários, exatamente como da última vez em que a encontrara para falar de sua atividade como antiquário.

JW se debruçou para a frente.

— Bom dia. Como vai?

— Muito bem, obrigada. E o senhor?

JW executou o número do jovem-empresário-enérgico-e-dinâmico.

— A mil. Estamos arrebentando. Esse mês foi um sucesso absoluto, uma coisa de louco. Tive três arquitetos de interior que me compraram um monte de sofás.

Riu.

Annika demonstrou um interesse polido.

JW lhe explicara que seus pagamentos se destinavam a cobrir suas despesas de marketing na Inglaterra. Já brifara a funcionária antes — todo o seu negócio de antiguidades inglesas se basearia em criteriosas aquisições na Grã-Bretanha, o que exigiria um marketing agressivo. Ela parecia ter compreendido.

Ele lhe estendeu o maço, 50 mil, embalado num plástico, enquanto lhe apresentava a pseudonota fiscal com a outra mão. Passou-o sob a janelinha do guichê.

Annika pegou as cédulas. Lambeu o indicador — que nojo —, contou-as. Cem notas de 500. Verificou o total da nota.

Estaria desconfiada?

Fez *hem, hem.*

JW tentou uma manobra diversionista.

— Ninguém se sente muito à vontade andando na rua com o salário do mês no bolso.

Ela estendeu um pedaço de papel para ele.

— Aqui está seu comprovante.

Tudo nos conformes. Ela se lixava, engolia sua história. Um depósito de 50 paus em espécie — nada de bizarro nisso tudo. O que ela não sabia: ele planejava depositar igualmente 50 mil no SEB, além dos 50 mil que remetera pelo correio. Em dois dias, suas empresas na ilha estariam 150 mil mais ricas.

Pensou: como ela reagiria se ele chegasse no mês seguinte com 250 mil? Veria quando fosse a hora.

Agradeceu e saiu.

A praça Norrmalmstorg, circundada por escritórios de advocacia, tinha um aspecto de arena. Todos deviam estar vendo sua aura — o vencedor que ele era.

Rumo ao SEB, *Kent* nos fones do iPod. A segurança amarga do temperamento sueco: "Roubarei um tesouro. Ele está escondido na ponta do arco-íris. Ele é meu, o tesouro é você." Pensou nos pais. Como reagiriam se soubessem do caso Jan Brunéus? Continuariam de braços cruzados? Enfurnados, remoendo a própria sorte na tristeza? Talvez se mobilizassem. Fizessem alguma coisa contra tudo aquilo. A posse de bola era deles, precisavam pressionar a polícia. Para saber o que de fato acontecera.

Retornou pela Nybrogatan. Uma loja nova acabava de abrir suas portas no lugar de um cabeleireiro. JW pensou: essa rua é provavelmente a que tem o índice de falência mais alto de Estocolmo. Nenhuma loja sobrevive mais de um ano.

O dia já ia pelo meio, devia estar estudando para a faculdade, perguntava-se se queria encontrar Sophie à noite, não conseguia se decidir.

Pensou: na verdade, sou um gênio social. A versão sueca de *O talentoso Ripley*. Adaptara-se perfeitamente ao mundo dos caras do Stureplan. — aprendera as maneiras da classe endinheirada, jogava o jogo, ria de suas piadas, imitava seu linguajar. Mas também se adaptava ao mundo de Abdulkarim e à esfera dos traficantes, a sua gíria suburbana, ao romantismo da violência e à matemática da droga. Tudo corria às mil maravilhas com Fahdi — aquele gorila ao mesmo tempo doce e superperigoso. Entendia-se bem com Petter e os demais traficantes. E, com Jorge, tinha uma relação especial.

Isso viera à tona recentemente. JW e Jorge haviam se encontrado na casa de Fahdi como sempre. A mesa da cozinha estava atulhada de balanças, sacolés, envelopes. Eles pegavam a mercadoria, embalavam nos sacolés, misturavam açúcar de confeiteiro — conseguiam assim, com essa manobra simples, aumentar sua margem em dez a vinte por cento — ao mesmo tempo que discutiam os progressos que Jorge fazia na periferia e conversavam sobre a viagem de JW a Londres.

Após um momento, Jorge disse:

— Ninguém nunca tinha salvado a minha vida. Eu teria morrido se você não tivesse aparecido.

JW pensou: é verdade. Se, na floresta, ele não tivesse recolhido Jorge, espancado barbaramente, arrebentado, o chileno teria batido as botas. Achou-se irreconhecível, subitamente sentimental diante da ideia de ter feito uma boa ação.

JW riu.

— Não precisa exagerar, fazemos qualquer coisa quando é Abdul que manda, é ou não é?

— Sério, *hombre*, você salvou a minha vida. Nunca vou esquecer.

Jorge levantou a cabeça. O olhar fixo, sério, eloquente. Disse:

— Farei qualquer coisa por você, JW. Não importa quando. Não se esqueça disso.

Naquele momento, JW não havia prestado atenção. Mas hoje, ao se dirigir ao banco na Nybrogatan, aquilo lhe voltou à mente. A sensação de ter uma pessoa no mundo que faria tudo por ele era na verdade lisonjeira. Era um seguro. Talvez até uma amizade genuína.

Decidiu comer antes de ir ao banco. Entrou no café Cream e pediu um ciabatta com salaminho e brie, e uma Coca.

Sentou sozinho numa cadeira alta perto da janela e olhou para fora. O mundo *high society* era pequeno. Olhava as pessoas passarem na calçada e reconhecia mais de um terço de mauricinhos de Östermalm entre 19 e 24 anos. Da mesma forma, no caso dos esnobes na casa dos 25 — homens de terno que ele encontrava indefectivelmente no Kharma ou no Leroy, ainda que, lá, eles estivessem de jeans, camisa aberta, paletó e a fissura estampada nos olhos. A única coisa que subsistia neles ali, na rua: o gel nos cabelos. Pensou: em que mundo vivera Camilla? Na parte escura ou na parte clara do Stureplan?

Trouxeram-lhe seu sanduíche. JW o abriu e lamentou seu azar. Normalmente comia de tudo. Depois que deixou a casa dos pais, aprendera rapidamente a gostar de quase tudo, entre elas coisas que muitos detestavam: arenque, sushi, caviar, cebolinhas em conserva. Apenas duas coisas ele não suportava: alcaparras e aipo. No ciabatta — salada e alcaparras. Na salada — pedaços de aipo.

Puta que o pariu.

Levou dez minutos para tirar toda aquela merda.

Em seguida, engoliu o sanduíche enquanto jogava xadrez no celular.

Esvaziou seu copo de Coca, deixou metade do ciabatta e saiu.

Cumprimentou dois caras com quem esbarrou. Conhecidos que via regularmente na boate.

Continuou pela Nybrogatan. O Saluhallen ficava à esquerda — JW ia lá cada vez mais frequentemente fazer compras.

As portas giratórias na entrada da agência do SEB não se abriam automaticamente. Precisava empurrar.

Assim que entrou, JW apalpou o bolso para se certificar de que o outro maço estava no lugar, mais 50 mil.

Pegou uma senha. O hall estava quase vazio, apesar dos caixas eletrônicos e das máquinas de troco.

As telas com as cotações da Bolsa exibiam novos números. JW os observou.

Chegou sua vez.

Lançou um olhar à sua volta, para verificar se havia policiais ou outras pessoas suspeitas, mas tudo parecia em ordem.

O funcionário no caixa tinha os cabelos tingidos.

JW pediu para ver seu contato, uma mulher também.

O funcionário respondeu que a pessoa não se encontrava, mas que ele podia lhe entregar a soma a ser depositada sem problemas. Nada espetacular, mas vá lá.

— Tudo certo? — disse uma voz às suas costas.

JW se voltou. Viu Nippe acompanhado de uma garota. Nippe olhou para o maço de cédulas que JW acabava de estender ao funcionário.

Merda.

JW se controlou. Manteve o sangue-frio, permaneceu calmo. Em sua cabeça: porra, que vergonha, Nippe viu a grana nas mãos do funcionário. O que fazer?

— Olá, Nippe.

Observou a garota.

Nippe apresentou-a:

— É a Emma.

JW deu um grande suspiro.

Nippe lhe dirigiu um olhar interrogativo.

JW:

— Emma só existe na minha imaginação, mas ela é bonita.

Pareciam dois pontos de interrogação.

JW tentou mais uma vez:

— Não se lembram da "Árvore de Kalle", a música de Jojje Wadenius que tocava o tempo todo na televisão?

Cantarolou a melodia e terminou novamente com um grande suspiro.

JW riu, arrependeu-se imediatamente da piada, sentiu vergonha — fora realmente ridículo.

Ele não passava de um idiota, de um babaca.

Nippe falou:

— Eu não conhecia essa música. Escuta, preciso fazer minha operação. Até mais.

Nippe se dirigiu à fila de seu guichê.

JW pegou o comprovante do depósito.

Dirigiu-se para a saída.

Nippe não lhe fez sinal com a cabeça quando ele transpôs as portas.

Reinava uma nova frieza entre eles?

No caminho de volta, perguntou-se o que havia sido mais constrangedor. O fato de Nippe ter visto o maço de dinheiro ou sua piada de merda?

48

Nenad ligava de um novo número de celular — aparentemente, até ele tinha começado a tomar medidas de segurança. Mrado conversou um pouco com ele, depois passaram a discutir o assassinato do cafetão e da cafetina. O que tinha acontecido? As duas vítimas, em pedaços. O assassino, desconhecido. Nenad, chocado. Antes de Radovan o afastar, Zlatko e Jelena faziam parte de seus melhores cafetões. Nenad e Mrado levantavam várias hipóteses. Radovan, com vistas a fazer um expurgo em suas fileiras? Um cliente que não queria ter problemas com a mulher? Um outro qualquer?

As suspeitas de Mrado: ou um cliente em pânico, ou, no pior dos casos, uma gangue concorrente. Talvez os russos. Talvez os HA. Nesse caso, a carnificina talvez fosse uma simples declaração de guerra.

O problema de Nenad: o que aquilo significava para ele? Se não fosse obra de Radovan, as suspeitas recairiam sobre ele?

Tornava-se ainda mais importante desenvolverem seu plano comum.

Nenad explicou sua ideia: ela ressoava como música folk sérvia no ouvido de Mrado.

— Sabe, tenho um cara que trabalha pra mim, um árabe, o nome dele é Abdulkarim. A princípio, é ele quem cuida do negócio da coca. Faz relatórios pra mim de vez em quando. Eu negocio as grandes tacadas, dou diretrizes, mas fico na retaguarda. Nesse momento, temos um projeto de expansão que está num bom caminho. Vender mais barato na periferia. Os outros podem continuar a vender 1 grama aqui ou ali nas boates do centro e nas festas dos ricaços por mil coroas. Mas nós vendemos 20 gramas aqui, 20 gramas ali. Por 700 paus o grama. Quantidade maior. O que dá supercerto.

— Já contou isso anteontem. Como vai ser agora?

— Boa pergunta. Como posso manter o moral com Abdulkarim depois de ter sido rebaixado por Radovan? Abdul é leal a Rado, não vai me escutar. Não vai me obedecer. Continuará como se eu nunca tivesse existido. Mas presta atenção. Não sei quem o árabe usa normalmente, mas, em Londres, Abdul me apresentou um sujeito especial, na verdade um branquelo, pra me ajudar durante as negociações. Inteligente. Rápido. Trabalha pra Abdul há quase um ano. Conhece bem o setor da coca. Confiável. Segundo o árabe, o cara quer se dar bem. Basicamente, é um cara do interior que quer entrar na alta-roda. Um cara com as presas afiadas. Era taxista pirata só pra ter grana pra sair com os amigos e gastar tudo o que ganhava tomando espumante. Se exibia no Kharma, no Kitchen e em todos esses lugares. O cara joga um jogo duplo. Segundo Abdul, seus colegas nem sabem quem ele é na verdade. Bem trágico, é verdade, mas bom pra gente.

Às vezes, Mrado ficava cheio de Nenad. Que porra de falatório. Encaixou o celular entre a orelha e o ombro. Amarrou os cadarços. Lembrou que precisava de um kit mãos livres.

Não gostava de ficar em casa quando tinha esses papos. Saiu.

— Chega de conversa fiada, Nenad.

— Calma. O nome dele é JW, sabe tudo sobre a negociação que fiz em Londres. Calculou cada libra, cada coroa. Finalizou os itinerários de transporte, as pessoas a envolver, os intermediários. Podemos usar ele.

— Isso começa a ficar interessante.

— Ele quer a mesma coisa que todo mundo: grana. Mas sempre mais. Segundo Abdulkarim, ele abriu contas pessoais numa ilha. Saca, essa cara acha que vai virar multimilionário. Isso demonstra suficientemente suas ambições.

— Concordo, esse cara faria qualquer coisa por dinheiro.

— Na mosca! Você e eu vamos ficar na nossa. Continuamos com aquilo que conversamos no Clarion. Vamos sacanear esse veado do Rado. Fingir que nos deixamos ser humilhados. Abdulkarim pode administrar a coca. Achar que virei um sem-teto. Continuamos a trabalhar para Rado, pouco importa a merda que ele nos obrigará a fazer. Você, afastado das chapelarias. Eu serei afastado da coca. Quando a carga chegar, Rado já terá outro pra dar ordens ao árabe, certamente Goran. Mas isso não o levará a absolutamente nada. A esperteza é que teremos nosso homem no jogo, o playboy. Basta fazer uma oferta irresistível pra ele. Ele será nosso agente nas fileiras inimigas.

Mrado caminhava pela Ringvägen. De repente, adorava Nenad.

O cafetão estava em transe.

— Quando a carga chegar, e, acredite em mim, é uma coisa de maluco, mais quilos do que você consegue levantar na sala de musculação, a maior na Suécia *ever*. Estaremos lá. Preparados pra apanhar o que é nosso. Preparados pra vender.

Mrado sentiu um calafrio.

— Você é incrível. Quando nos veremos pra falar mais sobre isso? Hoje?

— Sim, venha ao Hirschenkeller à noite. Estou com vontade de devorar um belo bife e tomar uns bons chopes.

Mrado caiu na risada. Desligou. Na tela do celular: mais de 17 minutos de conversa. Sua orelha: vermelha e quente. Excesso de micro-ondas ou excitação diante do próximo golpe?

Mrado voltou para casa depois de malhar. Ia pegar Lovisa. Em seguida, veriam juntos uma peça de teatro para crianças na Atlasgatan, em Vasastan. Comeu uma barra de Gainomax Recovery.

Mrado e Nenad: a dupla infernal. Laurel & Hardy. Combinação imbatível.

Haviam se falado diariamente, elaborando gradativamente o plano. Como destruiriam Rado, aquele deus autoproclamado dos sérvios?

Em que Mrado trabalhava: precisava mudar Lovisa de escola. Annika não entendera nada do que Mrado falava. Julgara ser outra chateação que inventava contra ela. O que fazer?

Em determinados dias, suas insônias deixavam-no estressado.

Quando Nenad ligou, Mrado compreendeu imediatamente do que se tratava.

Apertou a tecla do viva voz no carro.

— Falei com ele hoje.

— Então? O que ele disse?

Nenad — o mestre da embromação.

— Marcamos um almoço no Texas Smokehouse. Enfim, liguei pra ele pra convidar, tanto faz. Ele reconheceu imediatamente minha voz. Bom, ele me ajudou em Londres, isso não é tão espantoso. Falei apenas que precisávamos conversar, ele talvez tenha se assustado. Talvez tenha achado que alguma coisa tinha desandado. Não interessa, nos encontramos.

— O que ele disse?

— O cara é um playboy ao quadrado, não, porra, ao cubo. Isso já estava claro em Londres, mas aqui, mais ainda. Ele cumprimentou quase toda garota comível do Östermalm que passava na rua. Não dá pra entender como ele se entende com o árabe.

Mrado entrou na rua do jardim de infância de Lovisa. Ela o esperava atrás da cerca. O coração de Mrado deu um nó — se lhe acontecesse alguma coisa, estaria tudo terminado. Nenad continuou a tagarelar:

— Como é? Não vai terminar? Estou sem tempo agora.

— Tranquilo. Esse JW é limpeza. Está do nosso lado. Mas temos de pagar o preço. A transação é a seguinte: ele fica de olho no grande fornecimento de pó. Me faz um relatório detalhado. Me avisa quando chegar. Onde. Como será transportado. Estocado. Quem o vigiará. Quando chegar o dia, cuidamos do resto. Além disso, ele vai nos abrir novos mercados.

— Isso parece fantástico.

— Não é tudo. Ele é capaz de lavar um caminhão de dinheiro. Sério. Não são essas porras de locadoras de DVD. Ou lavanderias. Coisas de verdade, caramba. Contas numeradas. Empresas fantasmas. Um paraíso fiscal. Parada graúda.

— Porra, incrível esse troço. Quanto ele quer?

— Vinte e cinco por cento do bolo.

Mrado quase se engasgou. Aquele JW tinha topete. Precisava refletir.

— Nenad, preciso ir. Vou pegar minha filha agora. A gente se fala mais tarde.

Mrado tinha uma tarde e um dia com Lovisa.

A vida.

Pensar na oferta daquele JW.

Lovisa abriu o portão. Mrado sentia-se sem forças para enfrentar as professoras.

Ela se aproximou do carro.

Porra, por que era tudo tão complicado?

49

A operação R não podia parar. A visita à sua irmã lhe fizera bem. Jorge se recuperava gradativamente, embora Hallonbergen o assombrasse todas as noites.

Ruminava seus planos. O incidente do bordel lhe permitira, fortuitamente, anexar uma carta nova ao seu jogo. Era mais do que merecido — após todos aqueles tristes dias que passara vigiando Radovan. Uma nova pista — convidara-se, graças a Jet-set Carl, para uma espécie de orgia de luxo. Recebera uma mensagem com uma senha no celular do cafetão que ele abatera, anotara-a naquela mesma noite, assim que chegara à casa de Fahdi. O apartamento estava vazio. Jorge recolocara a escopeta em seu lugar no armário. Limpara os canos. Em seguida, jogara o celular do cafetão numa lixeira. O cartão, num ralo de esgoto.

A balada para a qual tinha sido convidado seria naquela noite. Perguntas: por quem se fazer passar? Não sabia se devia bancar o convidado ou se apresentar como capanga de Nenad. Talvez esperassem dele que vigiasse, preparasse ou guiasse as putas. Pior: não fazia a menor ideia do local da festa dos bacanas.

Estava cagando para as perguntas. Resolveria lá.

A última — ia respondê-la seguindo Jet-set Carl o dia inteiro.

Jorge sabia o endereço do rei dos playboys.

Pôs em prática seu plano, não correu risco algum — desde as oito da manhã, esperava num Saab roubado com o vidro traseiro fumê em frente à casa de Jet-set Carl. Não queria perder o cara, se por acaso ele saísse cedo. Deu uns goles num café. Mijou numa garrafa de plástico. Escutou rádio.

Talvez fosse um pouco exagerado se postar ali desde as oito da manhã num dia de fim de semana — o cara não sairia antes de meio-dia e meia.

Jorge pensou: que vida. Jet-set Carl organizava festas, cheirava pó, trepava com as putas. Nunca precisou trabalhar. Não sabia nada da periferia. Mimado, o dinheiro do papai, fedendo a amor-próprio.

Apesar de tudo, Jorge sonhava com isso — ser como ele. Sabia que todo carinha de baixo que fumava maconha queria ser como Jet-set Carl. Mas imigrantes nunca seriam admitidos naquela roda. Melhor parar de sonhar agora.

Jet-set Carl usava um suéter com capuz sob um casaco preto. Gorro. Stan Smith nos pés. Jorge reparou como sua roupa era parecida com a do cara cuja barriga ele havia furado duas semanas antes em Hallonbergen.

Jorge arrancou. Inútil — Jet-set Carl caminhou apenas alguns metros, até a lanchonete da Storgatan. Comprou leite e torradas. Desapareceu novamente dentro de casa.

Jorge esperou no carro. Comeu a salada de frango que trouxera. Voltou seus pensamentos para si mesmo: estou começando a virar um profissional da espionagem, acostumado até a comer comida de menininha. Por que não montar uma agência?

Quatro horas. Jet-set Carl saiu de novo. As mesmas roupas de antes — logo, ainda despreparado para a ação.

Jorge saiu do carro. Manteve uma boa distância. O capuz do agasalho na cabeça. Óculos escuros no nariz. A nova onda de Jorge; especialista do disfarce.

Jet-set Carl caminhava num passo enérgico. Em seu próprio território, que ele marcara todo com seu mijo. Sentou-se a uma mesa no Tures, nas galerias Sture. A cerca de 700 metros de sua casa. A geografia, um jogo infantil num retângulo dourado, Karlavägen — Sturegatan — Riddargatan — Narvavägen.

Jorge se instalou no Grodan, do outro lado da rua. Leu um jornal. Tomou uma Coca. Observou Jet-set Carl através das vidraças das galerias Sture. O sujeito tomava um café com uma garota de Östermalm. Talvez a mais bonitinha que Jorge já vira.

O *Jet-set man* alisou o cabelo com a mão. Jorge se perguntou com quantas garotas aquele cara saía ao mesmo tempo.

Duas horas se passaram. Separaram-se com beijinhos. Jorge enxergara bem? Houvera uma tentativa de beijá-la na boca? A garota se esquivara? Dúvida.

O *Jet-set man* voltou sozinho.

Seis e meia.

Jorge ainda no carro. Perguntando-se quando haveria ação, afinal.

De saco cheio.

Pensou em todas aquelas horas passadas em frente à casa de Rado.

Pensou em todas as pessoas que o haviam ajudado.

No painel do carro, o brilho azul do relógio digital indicava sete da noite.

A porta de entrada da casa se abriu. Jet-set Carl saiu, agora vestido da maneira como Jorge se lembrava dele. O mesmo agasalho de ainda há pouco, mas, por baixo, entrevia-se uma camisa com os botões superiores desabotoados. Trocara os Stan Smith por calçados de couro com biqueiras e bem-engraxados. Os cabelos besuntados de gel.

Desceu a rua. Abriu a porta de um carrão — um Hummer. Publicidade de uma vodca em letras brancas nas laterais. Totalmente marqueteiro. Quatro por quatro caretões — vão se foder. O monstrengo era maior que um caminhão.

Jet-set Carl tomou a direção sul. Jorge permaneceu alguns carros atrás dele. Dava para ver o Hummer de longe. Seu capô ultrapassava as capotas dos outros carros suecos normais em 1 metro. Jorge admitiu, era sinistro.

Pegaram a Nynäsvägen, passando por Enskede. O Globen cintilava como uma bola de cocaína gigante. Deixaram Handen para trás, depois Jordbro. Viraram à esquerda. Estrada 227. A escuridão se tornava mais compacta. A grama margeando a estrada, fria. Um carro entre Jorge e o Hummer. Restava torcer para que aquele carro impedisse Jet-set Carl de ver os outros que vinham atrás.

No banco traseiro, Jorge prendera numa correia um terno cuidadosamente dobrado. Via-o balançar na altura do vidro — camisa listrada bem-passada e gravata. Medidas de precaução — se porventura houvesse algum código para o vestuário.

Cada vez mais casas. Atravessaram uma ponte baixa. Numa placa: Bem-vindo a Dalarö.

O Hummer embicou à esquerda imediatamente depois da ponte. O carro que se achava entre eles continuou para a direita. Jorge, perplexo, precisava escolher um caminho: ousaria continuar a seguir Jet-set Carl? Era tudo ou nada. Escolheu tudo. Tentando esquecer os riscos.

Entraram na Smådalarövägen.

Após cinco minutos de percurso, Jet-set Carl reduziu a velocidade. Piscou para a direita. Subiu por uma estradinha e pareceu parar. Jorge passou reto. Tentou ver o que ele fazia. Difícil distinguir alguma coisa no escuro. A estradinha não era iluminada. Continuou por um momento. A rua terminava em um largo, sem saída. Em volta, um campo de golfe. Jorge estacionou o carro. Puxou o capuz. Olhou à sua volta. Saiu.

Um pouco à frente, uma estradinha, depois, um casarão. Uma placa: Pousada de Smådalarö. Alguns carros estacionados em frente. Jorge fez meia-volta e percorreu novamente a estradinha. Procurava o ponto onde Jet-set Carl tinha virado. Encontrou imediatamente: uma cerca metálica escura barrava o acesso a uma trilha. Fixadas num poste da cerca, uma câmera e uma grande placa: Propriedade particular. Vigilância Falk Serviços de Segurança.

Jorge manteve uma distância suficiente. Subiu uma trilha pela floresta ao lado da cerca. A floresta evocava-lhe o que não conseguia esquecer: os golpes de cassetete de Mrado. Uma coisa era certa: J-boy não desistiria nunca. Tinha lhes servido um aperitivo. Dois iugoslavos escrotos limados. Abra bem os olhos, Radovan, Jorgelito veio te pegar.

* * *

Depois de uma hora tiritando de frio, Jorge viu um carro atravessar o portão, mas não teve tempo de ver se o motorista se identificara para a câmera antes de entrar.

Em seguida, nada durante quarenta minutos.

Eram nove da noite.

Escuro na mata.

Jorge viu alguém se mexer do outro lado da cerca. Tentou enxergar no breu. Viu claramente. Duas pessoas atrás da cerca. Usando quepes. Óbvio — uma espécie de guarda.

Vinte minutos. Carros começaram a chegar. BMW. Mercedes. Jaguar. Alguns Porsches. Aqui e ali, um Volvo. Um Bentley. Uma Ferrari amarela.

Volta e meia, a câmera identificava as pessoas que chegavam. As grades se abriam suavemente. O carro entrava. Às vezes, um dos guardas saía por uma porta lateral.

Trocava algumas palavras com os passageiros do carro. Os portões se abriam.

O procedimento se repetia com todos os carros. Pelo menos uns vinte. Jorge compreendeu o que tinha que fazer. Tentou distinguir as roupas usadas pelos homens nos carros. Viu uma delas — terno, naturalmente.

J-Boy: o profissional dos profissionais estava preparado.

Voltou ao carro. Vestiu a camisa e o terno. Hesitou quanto à gravata. Acabou desistindo dela.

Foi de carro até o portão. Na direção da câmera. Um gorgolejo dentro da barriga, como se ele estivesse num pântano. Suas mãos úmidas molhavam o volante. Seu carro — o único Saab. Medíocre e suspeito.

Arriou o vidro. Olhou na direção da câmera.

Nada.

Ficou ali. Tentou relaxar.

Saab. Imigrante. Sem gravata.

Bochechas redondas e lívidas se debruçaram para ele.

— Posso ajudar?

Jorge amenizou ao máximo seu sotaque da periferia.

— Sim, perfeitamente. Por que tanto tempo assim para entrar? Não há vagas suficientes no estacionamento?

— Sinto muito. Isto aqui é uma propriedade privada. Tem algum compromisso?

Jorge com um largo sorriso.

— Podemos dizer que sim. Com uma suuuuupernoite.

O guarda refletiu brevemente. Pareceu desconcertado pela confiança exibida por Jorge.

— Posso lhe perguntar seu nome?

— Cumprimente Carl da parte de Daniel Cabrera.

O vigia deu dois passos para o lado. Falou num celular ou num walkie-talkie. Voltou. A calma soberana de volta.

— Ele não o conhece. Pede que deixe imediatamente o local.

Jorge manteve o sangue-frio.

— Está querendo zoar com a minha cara? Fale com ele de novo. Diga que é Daniel Cabrera e que *Moët está a caminho*. Ele pode verificar no celular caso não se lembre.

O vigia se afastou novamente. Falou no celular.

Jorge rezou com todas as suas forças.

Após vinte segundos — o portão se abriu.

J-Boy estava dentro.

Estacionou o carro ao lado dos outros. Contou cinco Porsches ao todo. Aquele lugar era o que, afinal?

A casa à sua frente era enorme. Três andares. Colunas emolduravam a entrada. O pior estilo Beverly Hills. Existia algo parecido na Suécia? Um grande sim.

Música na casa.

Um homem saía de sua BMW. Dirigia-se à entrada da casa. Jorge colou no cara, que deu uma olhada para trás. Percebeu Jorge. Ignorou-o. Continuou. Jorge o alcançou. Estendeu-lhe a mão.

— Olá. Meu nome é Daniel. Bela noite pela frente, hein?

Riu.

O homem o encarou.

— Normalmente, é bem legal. A propósito, não o conheço.

— Não. Acabo de chegar de Nova York, morei anos lá. Uma cidade fabulosa. Já estou com saudade.

Chegaram à entrada. Jorge teve tempo de pensar: nem sei por que fui convidado. A porta se abriu antes que eles pudessem tocar. Um sujeito de terno, cabelo dividido por uma risca, maxilar quadrado, segurava a porta. Outro segurança, embora mais elegantemente vestido. Estudou Jorge. Desconfiado.

Fez-lhe sinal para parar. Quis saber seu nome. Jorge fez a pose mais arrogante possível:

— Sou Daniel Cabrera.

O segurança perguntou:

— Conhece Claes?

Jorge supôs que ele se referia ao cara que acabara de entrar. Nesse ínterim, o sujeito se desfizera do sobretudo e desaparecia atrás de uma grande porta de madeira escura. Jorge arriscou:

— Claro que conheço Claes.

O segurança: ainda desconfiado. Ligou para alguém no celular.

Fez que sim com a cabeça.

Para Jorge:

— Desculpe. Não haviam me informado que o senhor era convidado. Seja bem-vindo.

J-boy — o novo James Bond.

Parecia reinar, entre o pessoal de serviço, uma confusão pelo menos tão grande como a sentida por Jorge. Ele achava que trabalharia para Nenad. Agora, parecia ser um convidado.

Melhor jogar o jogo.

Na chapelaria, uma garota pegou seu casaco. Que bom se livrar dele. Não combinava com o cenário. Ela pediu seu celular também. Jorge não reclamou. Passou-lhe. Para que arranjar mais problemas?

A princípio, não tinha se dado conta. Nem quando o cara, Claes, deixara seu sobretudo, nem quando a garota pegara seu paletó. Mas naquele momento, olhou mais uma vez para a garota. Minissaia tão curta que se via metade das nádegas. Ligas terminando nas coxas, deixando um bom pedaço de pele promissora descoberto. O top cor-de-rosa — não exatamente gênero puta, mas um decote suficientemente amplo para oferecer um belo panorama aos que deixavam algo ali.

Evidente — não era uma funcionária comum. Tinha todos os atributos de uma garota de programa.

Jorge abriu a porta de madeira escura pela qual Claes desaparecera dentro da casa.

Atravessou um corredor. A luz ficou mais forte. Música de festa. Risos e falatório.

Na outra ponta, outra porta escura. Pouco antes de abrir, Jorge sentiu o aroma de charutos.

Abriu a porta: surreal.

Uma sala apinhada.

Homens. Bem-vestidos, muitos deles de terno e gravata. Alguns, como Jorge, de terno e sem gravata, alguns botões da camisa abertos. Outros de paletó e calça descombinados. As têmporas grisalhas. Profundos sulcos nas faces quando sorriam. Todos parecendo entre 40 e 60 anos.

Uma matilha de vigias e seguranças. Todos mais jovens. Homens. Vestidos sobriamente — paletó, calça clara. Polo escura e camisa sem gravata. Jet-set Carl passou como uma flecha. Uma taça de champanhe em cada mão.

Impressionante — todas as garotas eram derivadas da garota da chapelaria. Minissaias, calcinhas fio dental, meias. Tops, malhas, blusas que mostravam mais do que escondiam. Ligas bem visíveis, peitos siliconados exibidos, saltos agulha, lábios lambuzados de batom.

Havia para todos os gostos: magras, longilíneas, altas. Peitudas. Negras, louras, asiáticas. Garotas com o desejo no olhar. Garotas com os olhos vazios.

Apesar de tudo, o ambiente parecia normal. Jorge, impressionado. Uma coisa diferente, uma impressão de bem-estar. Lançou-se na massa. Calculou por alto. Pelo menos quarenta homens e o mesmo número de mulheres, provavelmente mais, e uma dúzia de garçons. Fundo musical. Charutos incandescentes nas mãos enrugadas.

Obviamente, era uma espécie de bordel, mas até que ponto? Jorge ainda carecia de indícios para elucidar a questão. Entretanto, a atmosfera era de uma grande festa privada. Teoricamente: poderiam ser os amigos do dono da casa e suas respectivas parceiras. Mas impossível todos aqueles velhos terem companheiras tão jovens. Bonito demais para ser verdade. Ou então eram amigos do dono, com algumas garotas convocadas para desanuviar o ambiente. Porém alguma coisa maior pairava no ar.

Jorge varreu novamente a sala com o olhar.

A sala era enorme. Um lustre gigante pendia do teto. Spots fixados ao longo das paredes. Nos cantos, caixas de som. Uma parte da sala era ocupada por um bar, onde trabalhavam um cara e quatro garotas. Servindo drinques à esquerda e à direita. A maioria dos cavalheiros agrupados entre si ou cercados por garotas. No centro, sob o lustre, dançavam cinco garotas — em qualquer outro lugar seus movimentos teriam sido considerados exageradamente provocativos.

Jorge foi até o bar. Pediu um gim-tônica. Hesitava. Como deveria se comportar? Aonde pretendia chegar? EM QUE MERDA EU FUI ME METER?

Deu um grande gole no seu drinque. Pediu um charuto. Habana Corona. Nada mau. A garota atrás do balcão lhe estendeu um isqueiro. Pequeno, chama superquente. Ela fez uma cara de enfado. Jorge olhou para outra direção. Beliscou alguma coisa.

Tentou refletir com clareza. Não podia deixar o pânico prevalecer.

Calma.

Reconhecia alguém? Havia alguém que pudesse reconhecê-lo? Os cavalheiros: magnatas suecos. Postura, efusão, atitude. Sinais nítidos de poder. Jorge não reconhecia nenhuma fisionomia. Logo, obviamente, eles não deveriam reconhecê-lo. Os empregados: vários brucutus iugoslavos e Jet-set Carl, bem como alguns de seus funcionários, promotores de eventos. Playboy. Jorge não acreditava que aquele *Jet-set man* pudesse reconhecê-lo da noite do Kharma: ele estava bêbado como um porco. Maior risco: que Jet-set Carl estivesse particularmente desconfiado após o massacre de Hallonbergen. Por outro lado, não cancelara a festa. O sujeito não temia por sua pele.

Jorge não vira Radovan nem Nenad. Estariam presentes?

Não se afobou — era um no meio de cem. Os que eram convidados julgavam sem dúvida que ele era um segurança. E os seguranças decerto achavam que ele era convidado.

Jorge percorreu a sala com o olhar. Armou o golpe seguinte. Escutou a conversa entre dois cavalheiros ao seu lado no balcão.

Um: olhar fugidio. Espiava sem parar as garotas na sala. O outro, mais calmo, dava grandes baforadas num charuto. Pareciam se conhecer bem.

— Essas noites estão cada vez melhores.

O homem do charuto caiu na risada.

— Extremamente bem-organizada a deste ano, na minha opinião.

— As garotas que ele traz. Elas me deixam maluco.

— É justamente pra isso que elas estão aqui. Não esteve na casa de Christopher Sandberg há dois meses, não é?

— Não, não conheço. Estava legal?

— U-la-lá! Maravilhoso. Christopher é um anfitrião tão bom quanto Sven aqui.

— Ouvi dizer que Christopher comprou uma casa nova perto da de vocês.

— É verdade. Na Valevägen. Seus negócios devem andar de vento em popa, pois é uma bela casa.

— Ele deu uma boa tacada na Alemanha, pelo que me disseram.

— Exatamente, o mercado está disparando por lá. As cotações subiram trinta por cento no ano.

— Foda. Dá uma olhada naquela de tranças. Que peitos.

— Acho que ela é pra você.

O homem de olhar fugidio estudou a garota. Avaliou-a da cabeça aos pés. Umedeceu os lábios na bebida. Voltou-se para o homem do charuto.

— Eu só me pergunto uma coisa. Sei que essas festas são seguras e tudo o mais, mas como podemos ter certeza de que nenhum penetra conseguiu entrar? Às vezes, acordo encharcado só de lembrar da festa do ano passado aqui. Enfim, se Christina soubesse de alguma coisa, já viu.

— Não se preocupe. Ele tem a polícia no bolso. Os que o ajudam a promover essas festas são indivíduos insuspeitos. E os que manipulam os cordões da nossa querida polícia não ousariam aparecer por aqui. Pelo que ouvi, os caras que cuidam da organização poderiam criar problemas para nossos guardiões da lei se passasse pela cabeça deles nos importunar. Os comissários de polícia, por sua vez, às vezes também fazem besteira. Só precisamos saber quais.

— Porra, genial. Adoro isso.

Os caras brindaram.

Jorge em estado de choque. Radovan estaria por trás de tudo aquilo? Nesse caso, era gênio.

Os poderosos tendo na retaguarda a máfia iugoslava. Uma parceria absolutamente imbatível.

Até aquela noite — pois agora J-boy iria esfolá-los vivos.

Ficou no bar. Estudou a multidão para ver se Radovan ou alguém mais que ele conhecia estava presente.

Após um momento, a música parou. Alguém fez hum, hum num microfone.

Os homens ao lado de Jorge se calaram.

As garotas pararam de dançar.

Os spots foram dirigidos ao bar.

Um homem trepou no balcão. Com precaução, medo de cair. Longe de um jovem atleta — gordo, de terno, mas sem gravata. Cabelos grisalhos bem-penteados. Seus olhos, na luz especial da sala, pareciam de leite, totalmente brancos.

— Boa noite a todos. É um prazer tê-los aqui esta noite.

Numa das mãos, o cara segurava uma taça de champanhe. Na outra, o microfone.

— Como sabem, eu organizo essa festa uma vez por ano. Acho legal essa coisa de poder juntar os rapazes.

Fez uma pausa eloquente após a palavra "rapazes". Vieram as risadas esperadas.

— Espero que todos tenham uma noite agradável. Dentro de poucos segundos, vou calar a boca para que possam colocar o som e se esbaldar o resto da noite. Antes de brindar a este momento, gostaria apenas de agradecer àqueles que tornaram esta noite possível. Radovan Kranjic e Carl Malmer, que promovem, entre inúmeras outras coisas, esse tipo de evento. Aplausos para eles.

Aplausos. Jorge observou: os homens com muito mais entusiasmo do que as mulheres.

O cara no balcão fez um brinde aos convidados.

Ajudaram-no a descer.

A música voltou.

Alguns caras começaram a dançar com as garotas na pista.

Uma hora depois.

A festa degenerara. *De olhos bem fechados*, mas real, em versão Smådalarö. As conversas morreram. Os velhos atrás das putas novinhas. As garotas, disponíveis. Eram compradas, óbvio.

Os velhos bolinavam as garotas. Mãos nos sutiãs, dedos entre as pernas, línguas nas orelhas. Uma discoteca de colegiais, com apenas duas diferenças: trinta anos de diferença entre os parceiros e os velhos pagando para se divertir.

As garotas, dóceis. Sempre.

Nos olhos de cada velho, lascívia em estado bruto.

Jorge tentava se mexer. Não se demorar muito tempo no mesmo lugar. Evitar chamar a atenção de alguém. Dançou 15 minutos com uma garota alta e bonita que falava com um forte sotaque do Leste Europeu e cujas pupilas pareciam buracos de agulha. Cheiradona, ou embalada por outro estimulante. Pensou em Nadja. Os pedaços de seu relato começavam a formar um mosaico. Faltava um: Radovan.

Nos 15 minutos seguintes, Jorge se recostou numa poltrona e bateu um papo incompreensível com um cara do setor das finanças. Tudo num tom supercortês.

Passou outros 15 minutos no banheiro.

Ouviu o nome do organizador da festa: Sven Bolinder. Quem seria?

Vários caras e garotas deixaram pouco a pouco o recinto. Jorge preocupado: estariam indo embora? Fez a pergunta à garota do Leste com quem dançara. Quando ela lhe respondeu — Jorge quase caiu para trás —, era ainda mais surreal do que ele havia imaginado.

— Eles certamente subiram para o quarto. Quer ir também?

Foder.

Os quartos.

O anfitrião não trazia apenas putas. Também emprestava os quartos.

Alto nível. Muito bem-armado. A forma de prostituição mais ordinária, mais suja, mais simples — você vai lá, paga, te dão um quarto e uma garota — transformada em: me convidam para uma festa sozinho sem minha mulher, por acaso lá tem uma garota que é um tesão que fica louca ao me ver, nos metemos num quarto vazio na casa para passar um momento agradável.

Ele declinou sua oferta. Não queria quarto para ele.

Pensou: onde estou? Em lugar nenhum. Nenhuma prova contra Radovan. Preciso fazer alguma coisa agora. Antes que todos sumam para fazerem o que vieram fazer.

Teve uma ideia.

Jorge se aproximou do barman. Fez como se estivesse bêbado.

— Desculpa. Será que posso fazer uma ligação daqui?

— Acho que não, sinto muito. Precisa de um táxi? Posso chamar um.

— Não. É um telefonema particular. Deixei meu celular na chapelaria. Não poderia me emprestar o seu um instante? — Jorge agitou uma nota de mil. — Eu pago, é claro.

O barman nem olhou para a cédula. Continuou a preparar seu coquetel, gelo moído e morangos numa centrífuga.

Jorge assumiu um grande risco. Talvez eles adotassem uma política relativa aos celulares. Ou então foi apenas por polidez que lhe pediram que deixasse o celular na entrada. Aquilo poderia funcionar.

— Tudo bem. — O barman lhe estendeu o telefone.

— Vou sair pra fazer a ligação. Preciso de um pouco de silêncio, ok?

— Yep.

Viva J-boy.

Jorge pegou o celular. Virou-o para si. Era exatamente o que ele pensava. Os iugoslavos e os jovens têm uma coisa em comum: adoram eletrônicos. Pouco importava a qual dos dois grupos o barman pertencia. Jorge adivinhara certo. Um celular com câmera fotográfica.

Jorge saiu. Não davam a mínima para ele. A vigilância fora relaxada depois que os convidados começaram a subir para os quartos.

Jorge fingiu falar. Manteve o celular a alguns centímetros da orelha. Na verdade a função câmera fotográfica funcionava a todo vapor. Tirou toneladas de fotos. Estava cagando se o barman fizesse perguntas. Verificou rapidamente a qualidade das fotos. Era uma bosta, não ousava usar o flash. Luz ruim e distância — as fotos saíam sem definição e escuras. Mal se via que havia pessoas nelas.

Não funcionava. Deletou as fotos.

Tentou se aproximar mais das poltronas.

Difícil arranjar uma posição.

Decidiu correr o risco. Manteve o telefone à sua frente. Tirou novas fotos. Verificou novamente. Um pouco melhores, mas ainda bastante difusas.

Quem sabe. Abriu o menu. Marcou que queria enviar as fotos. Digitou seu Hotmail. Enviou uma foto. Depois mais duas.

Ergueu os olhos. Observou o barman vir em sua direção. Seguido pelo segurança da entrada.

Porra.

Enviou mais duas fotos.

Sorriu.

Retorno ao menu principal. Estendeu o celular para o barman.

Este último gritou, para se sobrepor à música:

— O senhor disse que queria sair. O que faz aqui?

Jorge fez cara de sonso.

— Nada grave. Só fiz uma ligação. Acabei não saindo.

O cara da entrada não pareceu contente.

— É proibido celular aqui, não sabia?

Jorge repetiu:

— Só falei com um amigo. Qual é o problema?

Jorge tentou se mostrar seguro.

— Será que devemos chamar Sven Bolinder?

O segurança hesitou.

Jorge continuou — visto que a estratégia funcionara em frente à cerca.

— Tudo bem. Vamos conversar com Sven. Aparentemente, o senhor não quer que eu use um celular para fazer uma ligação.

Jorge apontou Sven Bolinder com o dedo. O velho estava sentado numa das poltronas, no maior amasso com uma garota que parecia não ter mais de 17 anos.

O segurança hesitou ainda mais.

Jorge forçou:

— Não sei se ele vai gostar de ser importunado agora.

Tensão no ar.

O barman deu uma olhada para o segurança.

Este desistiu. Desculpou-se. Saiu.

Jorge continuava aparentando calma. No fundo, superestressado.

Sentiu que era hora de ir embora o mais rápido possível.

Dirigiu-se à chapelaria.

Quando a garota entregou seu casaco, disse com um sotaque indefinível:

— Pena que você já vai, meu anjo.

Jorge em silêncio.

Pegou o paletó.

Saiu.

Não cruzou com nenhum vigia.

Arrancou com o carro. Aproximou-se da cerca.

Era meia-noite e meia.

O portão se abriu.

Chegou à rua.

Deixou Smådalarö para trás.

Deixou para trás a sordidez mais vil desde os tempos de Pinochet.

Pensou: os poderosos se divertem regiamente.

Vão se foder.

Jorge é o rei.

50

A sensação de jogar um jogo duplo lhe dava calafrios. Ao mesmo tempo, era esquisito e cansativo — quase mentiras demais para controlar em sua cabeça. O fato era que JW precisava estudar suas próprias mentiras em vez da prova de finanças externas, caso contrário sua língua poderia lhe pregar uma peça.

Era considerado um sujeito da alta. Na realidade, não passava de um vigarista ordinário que faturava da maneira mais suja possível. Abdulkarim achava que ele ganhava dinheiro trabalhando para ele, administrando seu negócio do pó. Na verdade, JW estava se enchendo de grana traindo Abdul para ajudar Nenad.

Mas, enfim, quem é que ele traía de fato? Acima dos chefes, havia outros chefes. Ele trabalhava para Abdulkarim, que trabalhava para Nenad, que visivelmente trabalhava ou tinha trabalhado para outro. Quem ele traía se trabalhava para Abdulkarim e, ao mesmo tempo, trabalhava ainda mais para Nenad? Era evidente, havia alguém por trás de tudo aquilo. Mas quem? O chefão iugoslavo em pessoa, Radovan? O chefão iugoslavo de outra ramificação? De outra gangue? JW não fazia ideia. Além do mais, a rigor, isso não era problema dele.

Duas semanas haviam se passado desde a oferta de Nenad. Interesses antagônicos competiam dentro de sua cabeça. JW estava louco por grana. Por outro lado, sentia medo daqueles a quem traía, pouco importa quem eram no fim das contas. Pesava os prós e os contras. As vantagens eram óbvias. Em primeiro lugar, a grana. Em segundo lugar, a grana. Mesma coisa em terceiro lugar. E, pensando bem, ele já vivia mais perigosamente do que jamais ousara imaginar. Por que dar uma de otário e não abocanhar o máximo? Não fazia o menor sentido. Considerando que pretendia viver como um barão da droga, melhor sonhar alto. Ouvira Jorge declamar a divisa dos rappers gângsteres: *Get rich or die trying*. A verdade do dia.

Os inconvenientes eram incalculáveis. Fator importante: o perigo. Os que ele trairia decerto não pulariam de alegria. O risco de ser flagrado pelos policiais da Entorpecentes aumentaria. O risco viria de vários lados ao mesmo tempo.

Mas ele se repetia — a grana.

Levou dois dias para se decidir. Preferiu a cereja do bolo a Abdulkarim, os pesos-pesados a um árabe de segunda categoria, escolheu a grana, aceitou o perigo. Nenad, pura e simplesmente.

O plano que montara na ilha de Man vinha bem a calhar, seria ainda mais útil do que havia imaginado.

A viagem à Inglaterra lhe permitira descansar. JW desviou sua atenção de Camilla. A realidade de Estocolmo o estressava. Às vezes, pensava em se mudar, depois de embolsar o suficiente.

Abdulkarim estava superexcitado com a perspectiva da megaentrega, a negociata de Londres tinha um gosto de sucesso. Mas a coisa só se daria dali a três meses: antes da operação, as cabeças de repolho tinham que crescer suficientemente. O árabe, JW e Jorge começaram a discutir a distribuição de toda aquela mercadoria, o maior volume que já haviam manipulado. Não queriam provocar uma queda muito grande nos preços. Precisariam de mais passadores e mais entrepostos. E, o principal, precisariam de um plano para transporte e logística.

A opinião pública de Estocolmo continuava sob o impacto do duplo assassinato de Hallonbergen. Todo mundo especulava. JW não estava nem aí. Um cafetão e uma cafetina apagados num bordel. *So what?* Nada a ver com seu setor.

No dia seguinte, tomou um café com Sophie no Foam. O lugar ideal para as pessoas que querem se recuperar da ressaca dominical. O interior era decorado à italiana, estilo Starck. Não se viam fisionomias de ressaca, as meninas exibiam um frescor matematicamente impossível para o dia seguinte a uma noite da pesada. Os caras estavam arrumados, tinham saído do banho e cheiravam a perfume.

JW e Sophie pediram crepes com xarope de bordo, bananas e sorvete. A especialidade do bistrô.

JW fez a pergunta que o vinha atormentando:

— Por que você faz tanta questão de conhecer meus outros amigos?

Sophie mergulhou a colher no sorvete sem dizer nada. JW pensou: por que ela pede sorvete, se não toma?

— Alô? Estou falando com você.

Sophie ergueu os olhos.

— JW, pensa um pouco. Claro que tenho vontade de conhecer eles.

— Por quê? O que isso traria pra você?

— Eu gostaria de conhecer você melhor. Já faz quatro meses que estamos juntos, e eu achava que a gente passaria a um outro nível num determinado momento. Agora, me dou conta de que *estamos* no nível seguinte. Que não sei nada sobre você. Acho estranho você ter um monte de amigos que esconde de mim.

— Não escondo. Mas eles não são interessantes. São grosseirões e idiotas. Não vale a pena fazer um carnaval por causa disso.

— Achei Jorge supersimpático. Conversamos a noite inteira. Tudo bem, ele não é realmente como meus amigos ou seus outros amigos. Vem de um mu ndo que não conhecemos. Achei interessante. Um cara que teve que lutar pra chegar a algum lugar. Porque a maioria das pessoas que a gente conhece nasceu em berço de ouro, como diz o rei. Não acha?

— Talvez. Mas o rei é muito forte.

JW refletiu com seus botões. O que Sophie sabia exatamente? Ele prosseguiu:

— Nippe quis saber quem era o cara com quem você estava no Sturehof. Tinha que ir justamente ao Sturehof com Jorge?

— Você está meio paranoico. Está com vergonha, por acaso? Assuma quem você é. Achei Jorge o máximo. Um bad boy. Me contou a infância dele. Um gueto praticamente, imagina só. Na turma dele no colégio tinha apenas quatro suecos. E eu que não conheço quase ninguém cujos pais não tenham nascido na Europa. Francamente, pra mim Estocolmo é uma verdadeira Joanesburgo.

As palavras de Sophie abriram caminho no cérebro de JW. O que ela sabia efetivamente sobre ele? JW quis mudar de assunto. Em geral, era bom nisso. Mas, agora, não sabia o que dizer.

Ficaram ali, mudos.

Os olhos miraram o sorvete, que derretia lentamente.

51

Tudo bem, Mrado precisava reforçar sua retaguarda — agir de modo que Rado não pudesse prejudicá-lo com tanta facilidade. Acima de tudo, não prejudicar Lovisa. Mas ele também compreendia que não existe segurança absoluta. Podia até embaralhar as pistas para dificultar seus perseguidores em Estocolmo, mas assim mesmo sempre havia uma chance de ser encontrado. O próprio Mrado precisara de poucos dias para encontrar o fugitivo latino.

O melhor seguro de vida de Mrado: havia reunido tanta merda contra Rado que seria o suficiente para deixá-lo no mínimo cem anos atrás das grades. Seu dossiê sobre o chefão iugoslavo continha, se um dia ele o transmitisse aos serviços da polícia: incitação ao assassinato, maus-tratos, roubo. Prostituição, fraude, porte ilegal de armas, lavagem de dinheiro. O grande porém disso tudo era que Mrado estava pessoalmente envolvido na maioria dos episódios. Cem anos para Rado significavam pelo menos cinquenta para ele próprio.

O código de honra impedia ambos de se acusarem perante um juiz. O acordo tácito: acertamos nossas contas pessoalmente.

Mrado e Nenad ainda não tinham soltado a bomba. Mais uns meses de paciência. Radovan veria, não aceitariam ser sacaneados. Dariam no pé. Mrado já remendava fórmulas: "Seu velho escroto e babaca, vamos trabalhar por conta própria." Mas por ora se mantinham quietos. Não precipitavam nada. Mrado contava com Ratko e Bobban. Caras confiáveis. Trabalhavam com ele havia décadas. Estavam com Mrado. Outros que também estavam do seu lado: os caras da empresa laranja, alguns caras da academia. Mas outros lá eram aposta arriscada. Havia também os que eram definitivamente baba-ovos de Radovan.

O procedimento normal para um plano desse tipo era se associar a outra gangue. Havia caras da Fraternidade Wolfpack que se aliavam aos Bandidos, caras dos OG que se aliavam aos Fucked For Life. Mas agora: Mrado mais Nenad se equiparavam em força. Tinham suficientes contatos e redes. Toda a divisão do mercado desmoronaria como um castelo de cartas se ele se retirasse. A coisa se baseava na confiança das gangues nele. Isso podia levar a uma guerra entre todas as gangues. Radovan perderia o controle. Um bom começo para Mrado e Nenad.

Mrado estava em casa e fazia ligações o dia inteiro para se preparar. Fizera uma nova assinatura de celular, a princípio ninguém poderia escutá-lo.

Tinha procurado um apartamento nos classificados. Várias possibilidades. O mais interessante no momento: um de três cômodos de 68 metros quadrados em Skanstull. Sete mil por mês. Mrado fez uma visita. Correspondia às suas necessidades. Ficava num prédio com um portão gradeado depois da porta de entrada, e era possível mandar instalar um alarme. O melhor era que o apartamento dividia a sacada com o vizinho. Do ponto de vista de Mrado: se desse merda, podia passar para o quarto do vizinho por lá. Uma saída perfeita.

Tentava desesperadamente se comunicar com Annika. Ela sabia que Mrado estava envolvido em sujeira, e perderia as estribeiras quando soubesse que aquilo teria um impacto na vida de Lovisa e na dela. Ao mesmo tempo, compreenderia. Sua filha podia estar em perigo.

Mrado esperava que Lovisa e Annika se afastassem de casa durante as férias de verão. A ideia de Mrado para depois: Lovisa iria para uma nova escola. Annika se mudaria. Ambas mudariam de sobrenome. Assim, seria muito mais difícil encontrá-las.

Ligou para Annika pela milionésima vez aquela semana.

Ela terminou por atender.

— Olá, sou eu.

— Olá.

— Está zangada?

— Chega, Mrado. Você sabe que não quero falar com você. Cabe aos escrotos dos nossos advogados cuidarem da discussão.

Mrado continuou calmo. Fez o melhor que pôde.

— Tem razão, Annika. Eu também gostaria de evitar essa conversa. Mas você conhece a situação. Estou pensando em Lovisa.

— Você não é normal. Faz dez anos que me queixo do seu estilo de vida. Perante o tribunal, você nega obstinadamente ser um criminoso. Se defende dizendo que é tudo exagero meu. Que eu minto. E agora que prometeu fazer um esforço, que tem o direito de visita a cada duas semanas e a autoridade parental comum, você me liga pedindo uma porção de coisas.

— Eu sei, mas é pra proteger Lovisa. E você também, aliás.

— Eu sei. Não é justo misturar a gente nas suas tramoias.

— Mas agora se trata de Lovisa, Annika. Sinto muito ter chegado a esse ponto.

A conversa girava em círculo. Mrado numa situação perdedor/perdedor. Se não conseguisse proteger Lovisa, não ousaria se vingar de Radovan, e sua vida viraria fumaça. Se protegesse Lovisa, praticamente não a veria mais — e chegaria ao fundo do poço.

Annika se queixou da má-fé de Mrado. Em outras circunstâncias, teria desligado na cara dela. Mas agora não. Sua última chance: comprá-la.

— Por favor, Annika! Escuta um segundo. Me deixa terminar a frase. Entendo sua raiva. Também estou com raiva. Mas dessa vez a culpa não é minha. São outras pessoas que nos ameaçam, a vocês e a mim. A situação saiu do controle. A gente tem que proteger Lovisa. Daqui a dois meses começam as férias. Quero que vocês fiquem longe de Gröndal e do jardim de infância durante todo o verão. Pago uma casa de férias ou uma viagem. Não se preocupe. Depois das férias, vocês terão que mudar de endereço e de escola.

— Aí você está passando dos limites. Repito que isso está fora de cogitação.

— Escuta até o fim. Se aceitar minha proposta, vocês não serão obrigadas a ir pra longe de Gröndal, apenas o suficiente pra que ela mude de escola, renuncio à autoridade parental e ao direito de visita.

Annika se calou.

Ele esperou sua reação. Esfregou uma mancha do chocolate que Lovisa derramara durante sua última visita.

— Você abriria mão da autoridade parental?

— Sim. Mas você vai permitir que eu visite ela de vez em quando mesmo assim.

— Somente na minha presença.

— Podemos falar disso mais tarde. O que pretende fazer nesse verão? Quer uma casa para as férias? Viajar? Pago tudo o que desejar, como prometi.

— Quando encontraremos nossos advogados pra acertar isso?

— Quando quiser.

Conversaram mais 15 minutos. Combinaram se encontrar com seus advogados ao longo da semana. Annika estudaria um local de férias.

As sensações após a conversa, contraditórias. Primeiro, vitória. Lovisa em maior segurança significava que poderia ir mais longe em seu plano de ataque contra Radovan. Depois, sentiu o peso. Quantas vezes veria Lovisa? Importante lembrar o que fazia dele um homem — a dignidade. Ninguém sacaneia Mrado.

Uma vez Radovan fora do caminho, tudo correria bem.

Duas horas após sua conversa com Annika, encontrou Nenad

Foram ao Kelly's na Folkungagatan. Eram oito da noite. O bar, já apinhado de *hard rockers* na pré-aposentadoria e gente *white trash*. A essência do lugar: a cerveja forte e os torneios de dardos. Barulhento e agressivo. Mrado adorava o Kelly's.

Bem no topo de sua agenda, o grande fornecimento de pó. As duas perguntas mais importantes: como desviariam a mercadoria, como a venderiam? Nenad alijado da rede por causa da traição de Radovan. Abdulkarim, o novo chefe.

O árabe estava por fora da dupla lealdade de Nenad. Aquele sujeito faria de tudo para ganhar pontos junto a Rado. Ainda que Nenad lhe oferecesse uma fatia do bolo. Conclusão: melhor mantê-lo fora da jogada. Abdul sequer soubera oficialmente que Nenad não era o cara mais alto na hierarquia. Mas o árabe apenas dera uma de idiota. Compreendera já fazia um bom tempo quem estava por trás de tudo aquilo. Que Radovan escorraçaria todos aqueles que o traíssem, todos os que tomassem o partido de Nenad.

A solução se chamava JW.

Em vez de usar Abdulkarim, podiam deixar JW desenvolver canais de venda paralelos. E a periferia? Abdul tinha outros subalternos trabalhando para ele. JW conhecia a maioria. Alguns latinos, árabes, suecos. Nenad dominava a nova estratégia de venda que visava à classe média. Não lhes faltavam viveiros de recrutamento, uma vez que Mrado tinha contatos nos OG que talvez se prestassem ao jogo. Sua rede de contatos se expandira de maneira exponencial depois do trabalho com a divisão do mercado

Outra pergunta colocada na mesa: as locadoras de Mrado, na merda. Após Radovan ter rebaixado Mrado, o chefão dos Iugoslavos parara de injetar grana nas empresas. Três semanas haviam se passado. O problema: sem capital, a tributação das empresas se baseava nos impostos do ano precedente. Na época, 300 mil por mês. Agora, menos de 60 mil. Em resumo: o Papai Estado assassinaria as empresas com seus impostos. O efeito desastroso seria Mrado não ter mais acesso à grana lavada. No entanto, precisava de dinheiro limpo para pagar o aluguel da casa de férias e o apartamento destinado a deixar Lovisa em segurança.

Cacete.

Mesmo assim, Mrado estava contente. Um dia ótimo. A parada com Annika estava resolvida. Os preparativos com Nenad, em curso. O jogo começaria em breve. O prêmio: 100 quilos de cocaína. O prêmio no sentido espiritual: tornarem-se os novos barões do pó de Estocolmo.

52

Uma semana se passara desde a noite de Smådalarö. Jorge, discreto. Os policiais trabalhavam com afinco no "assassinato do bordel", segundo o *Expressen*. Que idiotice — ninguém realmente se preocupava com dois sérvios envolvidos em crimes.

Jorge na pasmaceira em casa. Às vezes, quando necessário, saía para resolver coisas urgentes relativas à venda e à distribuição, mas era raro. Ao todo, só colocara o nariz três vezes do lado de fora.

Abdulkarim estava satisfeito, contanto que seu objetivo permanecesse estável — espalhar o ouro branco pela periferia. Abaixar os preços: estabelecer o limite num certo nível: Transformar "Vamos tomar uma cerva?" em "Vamos esticar uma carreira?".

A coisa funcionava. Jorge revendia a oito contatos diferentes na zona norte. De Solna a Märsta. Sujeitos que conheciam a zona. As pessoas certas. Revendiam em pubs, pizzarias, discotecas, salas de bilhar, shoppings, parques. Além disso, ele distribuía em alguns subúrbios da zona sul.

Jorge em seu território: um miniAbdul. Mas ele ainda preferia evitar ser visto.

Petter, louco por futebol, era seu *main man*. Ficava de olho nos traficantes. Cuidava da logística. Perambulava pela cidade o dia inteiro, os bolsos cheios de sacolés. Apelidava a si próprio de caminhão de sorvete. Só faltava uma música pegajosa.

Vendia aos jovens. Nas festas, nos apartamentos ou nas mansões, em frente a quiosques de cachorro-quente e nos centros culturais. Nos livings, nos saguões das estações, em imóveis de baixa renda.

Uma invasão de cocaína calculada e controlada na periferia.

Chovia dinheiro. Abdulkarim era generoso. Até aquele momento, Jorge recebera mais de 400 mil. Conservava metade do dinheiro em casa, escondido em seis caixinhas de DVD na estante. Notas de mil enroladas e alinhadas lado a lado como charutos. O resto ficava escondido num pequeno bosque de Helenelund. À maneira dos piratas.

Gastava uma parte, mas guardava o grosso.

Não conseguia manter a calma. Acordava pelo menos uma vez a cada hora da noite.

As imagens de seus pesadelos o perseguiam. Sofás ensanguentados. Os muros de Österåker, que ele via do interior. Homens com línguas que pareciam pênis eretos.

Não precisava ser Freud para explicar isso.

Jorge estava com medo.

Se voltasse para a prisão, seria certamente para sempre.

Impossível, estava para ser tio.

Tinha que agir.

Tirar partido da situação.

Södermalm. Direção: Lundagatan. Terreno desconhecido para Jorge. A estação de metrô se chamava Zinkensdamm.

Jorge desceu até a plataforma. Uma forte corrente de ar fustigou seu rosto quando subiu as escadas para a saída.

O tempo do lado de fora, mais ameno. Anunciava-se a primavera.

Percorreu a Lundagatan. O parque Skinnarvik já sem neve. Jorge conhecia o boato: um ninho de veados.

Número 55 na rua.

Digitou a senha que lhe haviam fornecido: 1914. Jorge pensou: as pessoas não têm imaginação. Quase todas as senhas de entrada começam com 19. Como as datas.

Verificou os nomes nas placas no vão da escada. Terceiro andar. Ahl. Estava no lugar certo.

Entrou no elevador para subir.

Música suave no interior do apartamento.

Tocou.

Nada.

Tocou de novo. A música parou.

Alguém abriu as trancas no interior.

Um cara vestindo jogging e camiseta abriu. Os cabelos desalinhados, óculos redondos e um grave problema de acne. A caricatura de um nerd.

Jorge se apresentou. Foi convidado a entrar.

Tinham se falado ao telefone dois dias antes. Combinado hora e local.

Richard Ahl: um viciado em computador de 21 anos que estudava cinema na Universidade de Södertörn, ao mesmo tempo que fazia uns trocados trabalhando para a assistência técnica do Windows XP à noite. Segundo ele mesmo: um atirador de elite que passava pelo menos oito horas por dia nos labirintos de *Counter Strike*, fuzil na mão. Richard, o guru incógnito dos jogos de rede.

— Para ser profissional, tem que praticar. Sabe quanta grana dá para faturar nesse segmento? — perguntou ele a Jorge após ter lhe explicado o que fazia.

Jorge estava se lixando. Mal conhecia o Gameboy. Coisas mais avançadas não faziam parte de seu repertório.

Richard explicou:

— *Counter Strike* é o blockbuster dos jogos na internet. Cara, esse segmento tem uma cifra de negócios bem maior que Hollywood.

Não parava de falar.

Jorge havia chegado a Richard por intermédio de Petter. Segundo Petter, o cara era um gênio da informática. Pena que desperdiçasse seu talento nos jogos. Poderia entrar com facilidade no servidor do FBI, da CIA ou do Pentágono, caso se aplicasse um pouco.

O apartamento: um conjugado com um nicho para a cama e poucos móveis. Roupas e jornais espalhados pelo chão. O mais impressionante, grudada na parede: a escrivaninha completamente atulhada. Duas telas, uma plana, outra mais antiga. Disquetes, CDs e DVDs, caixas, manuais, joysticks e manetes de jogo, teclados, jornais, três mousepads com padrões diferentes, um deles representando o lago de nenúfares de Monet, dois gorros, um laptop aberto, cabos, uma webcam, latas de Coca-Cola e embalagens de pizza vazias.

O meio ambiente natural de um nerd.

Richard sentou na cadeira atrás da escrivaninha.

— Petter me disse que você precisa de ajuda. Tratar algumas fotos e entrar num laptop?

Jorge, um tanto perdido no meio do recinto, não tinha certeza de que o cara havia sacado tudo o que esperava dele.

— Primeiro, eu precisaria de ajuda pra entrar nesse laptop. Não tenho nem o nome de usuário nem a senha, mas tem informações superimportantes dentro dele. E, depois, preciso de ajuda pra melhorar a qualidade de algumas fotos que tirei com a câmera de um celular.

— É isso. Foi o que acabei de dizer, não foi?

O cara tirava a maior onda. Sabia que era fera. Mas não o suficiente para ser modesto.

Jorge lhe estendeu o notebook que trouxera de Hallonbergen.

Richard se recostou na cadeira. Deslizou até a beirada da mesa. Abriu o laptop. Iniciou.

O computador pediu o nome de usuário e a senha.

Richard digitou alguma coisa.

O computador respondeu com uma mensagem: impossível conectar. Seu nome de usuário ou senha não foi reconhecido. Queira tentar de novo ou entrar em contato com a assistência técnica.

Richard suspirou. Tentou mais uma vez com novas combinações de letras.

Nada.

Reiniciou o computador. Enfiou um CD no leitor.

Começou a escrever em linguagem DOS.

Nada.

Continuou a metralhar o teclado. Digitava freneticamente.

Jorge chegou para o lado um monte de roupa íntima suja e sentou na cama. Sequer tentou compreender o que o nerd aprontava. Pouco importa: o mais importante era ele conseguir entrar no computador. Percorreu com o olhar o apartamento. Nas paredes: pôsteres dos primeiros filmes de *Star Wars*. Talvez originais. Luke Skywalker como o Messias apontando seu sabre de luz para o céu do universo. Yoda com sua bengala, o rosto enrugado. Imagens estéticas. Jorge nunca se ligara em ficção científica.

Voltou a pensar nas garotas de Smådalarö. Muitas delas, de origem eslava. Como Nadja. Algumas falavam sueco fluentemente. Outras eram suecas comuns. Uma mistura: suecas, árabes, asiáticas. Ele compreendia as mulheres do Leste. Viviam ilegalmente no país. Usavam drogas. Eram ameaçadas pelos cafetões. Não tinham realmente escolha. Mas as outras? Como haviam terminado naquela merda?

Richard rompeu o silêncio.

— Não consigo. A informação que você quer está no disco rígido. Tentei reinstalar o Windows XP, o sistema operacional, com meu CD. O nome de usuário e a senha fazem parte do sistema operacional, logo pensei que, se o reinstalássemos, eles desapareceriam. O problema é que o sistema possui uma espécie de linguagem criptografada pra informação no disco rígido. Não basta reinstalar o Windows. Tenho que decodificar esse troço. Pode levar um tempo.

— Quanto tempo?

— É que não tenho o programa pra isso aqui em casa. Tenho que baixar. Alterar um pouco. Preciso de umas três ou quatro semanas, acho.

— Não pode mesmo ser mais rápido?

— Não sei. Tenho uma porção de coisas agora.

Jorge pensou: melhor amaciar um pouco o nerd. Disse:

— Faça o que puder, pago mais.

Richard fechou o laptop.

— Não vamos esquecer as fotos — acrescentou Jorge.

Navegaram na caixa de entrada do Hotmail de Jorge. Baixaram as fotos.

Richard abriu um programa Adobe de tratamento de fotos.

Clicou num botão para abrir o arquivo de Jorge.

Cinco fotos surgiram na tela.

A primeira: Sven Bolinder numa poltrona, uma adolescente no colo. Seu rosto de lado.

A segunda: um homem em outra poltrona. Uma garota sentada no braço. Beijavam-se.

A terceira foto: as costas de um homem trepando com uma garota na parede. Sem rosto. Merda.

Quarta: o mesmo homem contra a parede, olhando por cima do ombro da garota. Sorriso largo.

A última: um quarto cara de pé ao lado de uma poltrona. Uma garota de joelhos na poltrona, uma das mãos na calça do velho, acariciando seu pau. Ele sorria. Todas as fotos: péssima qualidade. Como se Jorge tivesse fotografado fantasmas difusos.

Richard ampliou as imagens.

— Que porra é essa?

Jorge não soube interpretar essa observação — será que o nerd queria dizer que não conseguia ver o que havia nas fotos ou estava chocado porque justamente via o que elas representavam?

— São as fotos que eu queria que você melhorasse a qualidade. Só eu sei o que elas representam, não é?

— Jorge, o que você está fuçando? — Richard olhou para ele com os olhos esbugalhados.

— Relaxa. Não sou um detetive atrás de maridos infiéis, se é o que pensa. Não sei nem quem são esses caras. Nada do outro mundo. Apenas me ajuda.

Richard resmungou. Virou-se para as telas. Começou a clicar nos ícones e nas imagens do programa.

Atacou o teclado. Mudou a luminosidade. Testou várias definições, níveis de pixels, cópias, contrastes. Ampliou as imagens, mudou as cores, retocou as áreas sem definição.

Trabalhou duro.

Uma hora se passou.

Jorge perguntou quanto tempo duraria aquilo.

Richard, sem compreender:

— Isso? A noite inteira. Agora que comecei, não paro mais.

Jorge captou a mensagem. Despediu-se.

Combinaram de se falar no dia seguinte em torno de meio-dia.

Ele saiu.

Tomou a Lundagatan.

No metrô, no caminho de volta: pensamentos. Aqueles velhos elegantes e nojentos não estavam satisfeitos com suas vidas. Obrigados a recorrer a putas adolescentes para ficarem contentes. A hipocrisia dos tradicionais suecos desmascarada. O mundo dos marginais, mais honesto. A Suécia dos imigrantes era mais divertida.

Dormiu bem aquela noite, sem saber por quê.

O nerd ligou para ele no dia seguinte, ao meio-dia e meia.

— Conseguiu dar um jeito nas fotos?

— Você é que vai dizer. Aparentemente, elas foram tiradas com uma câmera de 6 pixels, pelo menos.

— E daí?

— Joguei as imagens em algumas bases de dados. Achei que você ia gostar.

— Bases de dados?

— Exatamente. Não quer saber quem são esses caras?

Mais do que Jorge esperava. Sentiu um arrepio.

Sinistro.

Richard prosseguiu:

— Aquele com a garota no colo é Sven Bolinder. Diretor e principal acionista de uma das maiores empresas de capital aberto da Suécia. O que está sendo beijado é herdeiro de uma empresa, acho que você não conhece ela mas é um negócio mirabolante. O cara encostado na parede com o sorriso retardado é amigo do rei e frequenta a alta-roda. O último, e não menos importante, o homem com o pau sendo massageado, foi o mais fácil de descobrir, é um Wallström.

Jorge não sabia nada acerca das empresas que Richard enumerara. Os magnatas da Bolsa não eram sua praia.

Mas ouvira o suficiente para compreender — peixe graúdo.

Richard e ele entraram num acordo. Jorge passaria na casa dele para pegar as fotos retocadas.

Precipitou-se de seu apartamento. Correu para a estação de metrô.

J-boy: como ele não cansava de repetir — o rei dos reis. Chefões das finanças, magnatas da Bolsa, acionistas majoritários — olho vivo. Jorgelito: o maioral dos imigrantes, cujo caminho vocês vão se arrepender de ter cruzado.

Uma espécie de vitória ao alcance da mão.

TERCEIRA PARTE
(Três meses depois)

Svensk Damtidning

Aniversário da princesa — Noite de glamour para jovens da nata da sociedade

Por: *Britt Bonde*   Fotos: *Henrik Olsson*

O grande acontecimento do início do verão para a elite glamorosa da capital foi evidentemente a festa de aniversário da princesa Madeleina, em Solliden, em 10 de junho. A festa foi, é claro, organizada pelo novo queridinho do Stureplan, Carl Malmer, a quem seus amigos chamam de Jet-set Carl, promotor de eventos e amigo pessoal da princesa. Presente também papai, Sua Majestade, o rei, bem como mamãe Silvia e a nata da juventude de Estocolmo — que, enquanto degustava o champanhe e o bufê italiano, esquentou a pista de dança ao ritmo da música do E-Type, que fez um show de aniversário especial. A princesa estava radiante, exibindo seu "bronzeado Saint-Tropez" pré-verão sempre esplêndido e com Jonas ao seu lado. A princesa herdeira Victoria parabenizou a irmã e lhe entregou seu presente — uma casinha de cachorro envernizada, Mini One, design Ernst Billgren. Todos os amigos da princesa divertiram-se até tarde da noite, e, à meia-noite, fizeram uma ceia, Janssons frestelse. Em seguida, o grupo de amigos da princesinha continuou a festejar até a madrugada!

Fotos:
Sophie Pihl e Anna Rosensvärd, amigas da princesa, foram como sempre as primeiras a animar o ambiente.

Carl Malmer, "Jet-set Carl", e sua "amiga" Charlotta "Lollo" Nordlander. Carl foi quem organizou a festa.

O barão Fredrik Gyllenbielke, Niklas "Nippe" Creutz e Johan "JW" Westlund esbaldaram-se na pista de dança.

A princesa Madeleine, abraçada carinhosamente a seu Jonas.

53

JW gozava a vida. Durante todo esse tempo, Nenad manteve um contato assíduo com ele. Quase três meses haviam se passado desde que JW tomara sua decisão: brincar no quintal dos adultos. Ainda não entendia direito por que precisavam dele naquela equação, mas aparentemente Nenad fazia questão disso. JW teria sua fatia do bolo. Após longas negociações, entraram num acordo de 15 por cento. Se tudo se desenrolasse como o planejado — carga completa, venda sem percalços por um bom preço — embolsaria mais de 6 milhões. Santo Cristo.

A lavagem de dinheiro resolveria todos os problemas. Estava tudo preparado havia cerca de três meses. As empresas e as contas na ilha de Man, as empresas na Suécia, as notas fiscais, os contratos de empréstimo e a contratação dos serviços. Superbem amarrado.

JW adorava seu plano. O dinheiro ganho com a venda da coca era transferido em espécie, como pagamento de despesas de marketing na Inglaterra. Ele mesmo forjava as notas para as empresas de marketing e publicidade inglesas que inventara. Todas tinham o mesmo número de conta, isto é, a conta de uma de suas próprias empresas no Central Union Bank. Nada de bizarro nisso tudo — no papel, ele atuava no ramo de móveis ingleses antigos. Seus dois contatos no Handelsbanken e no SEB o adoravam. A cada encontro, JW os cobria de elogios, divertia-os contando histórias sobre novas poltronas de couro ou mesas de vidro com pés de mármore. A confiança estava no auge. A fase 1, transformação do dinheiro em registro eletrônico, caminhava nos trilhos. A fase 2, dissimulação, baseava-se no fato de que o dinheiro era transferido para a conta da empresa que JW possuía na ilha. A empresa recebera um nome:

C Solutions Ltda. Adorava aquele C original. A grana era protegida, escondida, segurada. Ninguém além de JW poderia saber quanto havia e onde ficava.

A última fase era genial — a lavagem propriamente dita. A C Solutions Ltda. emprestava dinheiro à terceira empresa sueca de JW, a JW Consulting S.A. O contrato de empréstimo fora estabelecido por seu consultor bancário, que também acompanhava as transações. Juros e despesas estavam acertados. Cláusulas contratuais precisas, estabelecidas: Event of Default, Governing Law, Termination Clauses — tudo conforme a jurisdição da ilha de Man. Do ponto de vista da administração sueca, a empresa sueca de JW recebia um empréstimo de uma empresa estrangeira. E não havia nada de estranho nisso. Os contratos eram perfeitamente regulamentados. Um ciclo sem fim muito estudado: JW pagava faturas à sua própria empresa que emprestava dinheiro, e os juros também eram pagos. O faturamento da JW Consulting S.A. explodia, 500 mil coroas já, totalmente legais. Se alguém perguntasse o que a empresa supostamente fazia com todo aquele dinheiro, a resposta estava na ponta da língua — servia para cobrir as despesas iniciais do *start-up*, por exemplo, um carro de serviço e um celular. A isso se acrescentava a possibilidade de fingir investir as coroas e transformá-las em lucros para constituir o capital da empresa. E o aspecto mais positivo de toda a história — os juros a pagar à empresa na ilha podiam ser deduzidos dos impostos.

A empresa sueca comprou a BMW pela qual JW tanto babava. Duzentas mil coroas à vista. O resto parcelado. Oficialmente, era propriedade da empresa, mas JW dispunha dela livremente. O dia em que foi pegá-la na concessionária foi um dos mais maravilhosos de sua vida, dez vezes melhor que o dia passado nas lojas de luxo de Londres.

Comprar um apartamento era mais difícil. Na Suécia, uma pessoa jurídica só podia possuir imóveis em casos excepcionais. Formalmente, a empresa de JW não podia realizar a aquisição. A solução foi organizar uma assembleia dos acionistas da JW Consulting S.A. Uma ata foi assinada, na qual os acionistas decidiam atribuir a JW um bônus de 300 mil coroas.

Resultado de todas essas armações: ele acabava de dar 300 mil de entrada num dois-quartos luxuosamente decorado, 60 metros quadrados, na Kommendörsgatan. Preço total: 3,2 milhões. E valia cada centavo — tudo bem, o apartamento não era enorme, mas bastava para ele. Piso de madeira, pé-direito alto, gesso, janelas compridas e aquecedor de cerâmica impressionavam. Não sobrara dinheiro para móveis de classe, mas isso não era um problema — assim que a grande carga estivesse no bolso e a venda efetuada, JW acabaria com o estoque das lojas da Nordiska Galleriet. Viver de acordo com seu status. Viver de acordo com a imagem que fazia de si mesmo.

Tudo havia acontecido muito rápido. Em poucos meses, ele conseguira alcançar o status de Nippe, Putte, Fredrik e os outros. Possuía um carro e um apartamento no Öfvre, bairro nobre.

E só podia melhorar. Desde a primavera, fazia em média 200 mil por mês. Ele e Jet-set Carl formavam uma equipe endiabrada. Carl promovia as festas, convidava as pessoas, encarregava-se das relações públicas. JW garantia uma atmosfera de loucura e narizes bem-abastecidos. O dinheiro singrava os mares, partia da Suécia para atracar na conta da C Solutions Ltda. na ilha de Man, para em seguida retornar à JW Consulting S.A. Era um processo complicado, longo e caro. Mas, quando a grande carga chegasse, cada coroa investida daria seus frutos.

Tentara explicar o sistema a Abdulkarim. O árabe captava vagamente a grandiosidade do negócio e queria participar da transação. JW se rejubilou, ele era o homem que enxergava longe — tinha justamente comprado uma nova empresa na ilha, para a qual também abrira uma conta. Agora que Abdul mostrava interesse, havia canal para cuidar de seus negócios também. Fácil ativar outra empresa e dar início a um negócio ainda maior.

Até Nenad o elogiou, julgando a situação impecável. Quis participar. JW se empenhou nisso, cheio de entusiasmo. Comprou novas empresas. Abriu contas. Falsificou contratos. Em um mês, o árabe, o sérvio, qualquer um podia participar do sistema de JW. *In*: um dinheiro escuro como a noite. *Out*: grana branca como a neve.

JW sabia havia muito tempo que Sophie conhecia a princesa Madeleina. Mas a sensação de estar presente em sua festa de aniversário, e, além disso, ver-se nas páginas das revistas de fofoca era um feeling tão poderoso quanto a compra do carro.

Aliás, Sophie tinha parado de fazer perguntas sobre Jorge e os outros. Um encontro com o chileno teria sido suficiente? JW não estava certo disso, mas às vezes tinha a impressão de que ela estava prestes a deixá-lo. Seria por que percebia que ele tinha muitos segredos para ela? Aquela incerteza permanente. Deveria deixá-la encontrar seus amigos traficantes? Completamente impossível. Um revólver engatilhado na cabeça de JW. Encontrar-se com Jorge e se divertir um pouquinho, tudo bem — mas a gíria vulgar do árabe e as piadas sem graça de Fahdi, jamais.

JW lutava contra essa ideia. Sophie finalmente parara de fazer perguntas. Ao mesmo tempo, a angústia de que tudo degringolasse de uma hora para outra aumentava. Não era agora que iria se foder. Agora que finalmente estava prestes a desabrochar.

Esperava notícias da polícia a respeito de Camilla, mas nada acontecia. No fim do mês de junho, quase seis meses depois de passar informações sobre o que sabia, decidiu ligar para o comissário encarregado do inquérito.

Não deram atenção a ele. O policial explicou que não podia lhe fornecer novos elementos sobre o inquérito relativo ao desaparecimento de Camilla.

— A lei sobre a discrição, o senhor sabe.

A polícia não poderia falar das buscas senão com os pais da desaparecida. Margareta e Bengt Westlund, mas não JW.

— Posso apenas adiantar para você que não temos nenhuma pista nova, eis por que não tem nada a comunicar pra você.

Permaneceu meia hora com o aparelho na mão olhando reto à sua frente. Não conseguia entender. O que eles estavam pensando? Oferecera-lhes a cabeça do professor da Komvux numa bandeja de prata. Tudo sugeria que Jan Brunéus estivesse envolvido no desaparecimento de Camilla.

Às vezes, se perguntava se não devia enviar Fahdi à casa de Brunéus. Pressionar o professor para que ele falasse.

JW conduzia o negócio da coca de maneira exemplar. Mas o rosto de Camilla era sempre a primeira coisa que tinha diante dos olhos quando acordava de manhã. Impossível descansar desse jeito.

No dia seguinte, ligou para sua mãe. Fazia dois meses que não falava com ela.

— Johan, você liga muito pouco e não atende quando eu ligo.

Pronto: tudo o que ela fazia era deixá-lo com a consciência pesada. Não admira que ele não ligasse com mais frequência.

— Eu sei, mamãe, desculpa. Como vai?

— Como sempre. Nada muda aqui.

JW compreendeu. As lamentações sempre transpareciam na voz da mãe.

— Ontem, uma amiga me disse que tinha uma foto sua na *Svensk Damtidning*. Corri pra comprar a revista. Eu ia ligar pra você hoje. Incrível, Johan. Na festa da princesa, quem diria? Esteve com o rei?

— Estive. Ele estava contente e parecia simpático.

— Eu não sabia que você conhecia essas pessoas.

— São amigos da universidade. Eles são legais.

— Papai ganhou na loteria ontem. Acredita? Raspamos e apareceram três desenhos de mil. No início, não percebemos. Apostamos juntos. O maior prêmio que tínhamos ganhado até hoje foi de 100 coroas.

— Ah, legal. Compraram outros bilhetes, então?

— Não, comemos no restaurante em Robertsfors.

A história deixou JW feliz. Pelo que ele sabia, eles nunca tinham saído, nem ido ao único bom restaurante de Robertsfors desde o desaparecimento de Camilla.

— Mamãe, tenho uma coisa pra contar.

Margareta se calou. Adivinhou pelo tom de JW do que se tratava.

— A polícia tem novas informações sobre Camilla.

Ela ouviu sua respiração na outra ponta da linha.

Ele continuou a contar. Toda a história com Jan Brunéus. Quando terminou, Margareta lhe perguntou como sabia de tudo aquilo.

Ele se esquivou.

— Mamãe, você tem que ligar pra polícia. Sei que não gosta de fazer isso, mas é preciso. Pra pedir satisfações. Pressionar pra que eles levem adiante o inquérito. Temos o direito de saber o que aconteceu.

— Não consigo. É seu pai que tem que ligar pra eles.

JW falou com Bengt. Seu pai estava de mau humor. JW lhe expôs as novidades. Bengt fez como se não entendesse. Fez perguntas idiotas.

— Por que ela faltava tanto na Komvux? Ela não sabia que com essas faltas tiraria notas ruins?

A frustração aumentou. No fim, JW berrou:

— Se você não ligar pra polícia, nunca mais vai ouvir falar de mim!

Não gostava de recorrer à ameaça, mas o que mais lhe restava?

Desculpou-se.

Bengt prometeu ligar para a polícia.

JW deitou em sua cama em seu novo e magnífico apartamento. Trouxe seus joelhos para a barriga.

Refletiu se devia dar uma ligada para Sophie. Para lhe falar de seus pais. De Camilla.

Não, não podia.

No dia seguinte, trabalhou, como de costume, no plano de Abdulkarim, a venda da coca, a expansão, a cooperação com Jorge. O árabe tinha deliberadamente esvaziado o mercado de pó. Queria fazer o preço subir antes da chegada da carga. Isso significava, para JW, mais tempo para os estudos, o que era realmente indispensável.

Vazava as informações que recebia para Nenad. Ligava para ele várias vezes por semana para fazer seu relatório. Isso começava a virar rotina.

Então, em um dia de junho, chegou a mensagem: as cabeças de repolho e inglesas estavam no ponto. Uma semana mais tarde, chegariam encaixotadas dentro de contêineres.

JW e Abdulkarim tinham feito contato com uma autêntica empresa de logística, a Schenker Vegetables S.A., alugado depósitos por toda a periferia, onde estocariam a droga, conferindo com os ingleses as garantias de preço e os controles de qualidade, e feito de maneira que os motoristas certos transportassem a carga. Organizaram e fraudaram tudo o que podiam.

Em breve, inundariam a periferia de Estocolmo com a mercadoria. JW e Jorge haviam esboçado planos, refletido. Contratado mulas visando as novas quantidades de que disporiam.

A atmosfera estava carregada de eletricidade naquele início de verão.

Se tudo corresse bem, JW seria multimilionário dentro de poucos meses.

* * *

Escritório de advocacia Lindskog Malmström

RELATÓRIO DO SÍNDICO ENCARREGADO DA LIQUIDAÇÃO DE BENS

A. GENERALIDADES

Devedores

Especialista Vídeo em Estocolmo S.A.; 556987-2265
Camarada Vídeo S.A.; 556577-6897
Sede: Estocolmo

Representante

Christer Lindberg, membro da diretoria
Ekholmsvägen, 35
127 48 SKÄRHOLMEN

Eva Grönberg, suplente 'falecida'
Portholmsgangen, 47
127 28 SKÄRHOLMEN

Revisor
Mikhael Stoianovic

Capital em ações
100.000 coroas

Data da apresentação do balanço
10 de junho do ano em curso

Liquidante
Göran Grundberg

B. RESUMO DAS RECEITAS E DAS DÍVIDAS
O relatório sobre a verificação dos créditos revela as
seguintes cifras:

RECEITAS	
(conteúdo do caixa, inventário e	
receita geradas pela locação de	
filmes DVD ou vídeos)	11.124,00
DÍVIDAS	
Dívidas prioritárias (impostos não pagos)	174.612,00
Lei sobre as falências §11	
Dívidas não prioritárias	43.268,00
Total dos débitos:	**206.756,00**

A verificação dos débitos foi juramentada pelo representante das empresas.

C. INTRODUÇÃO

Observações gerais

Venho investigando nos últimos tempos várias empresas suspeitas de fazerem parte de um "cartel" de lavagem de dinheiro. Os devedores em questão, as sociedades anônimas Especialista Vídeo em Estocolmo S.A. (doravante Especialista Vídeo) e Camarada Vídeo S.A. (doravante Camarada Vídeo), são suspeitas de integrarem um grupo de empresas que mantém contatos com a chamada "máfia iugoslava" de Estocolmo. Outras empresas nessa esfera são o Clara's Bar & Co S.A., o Diamond Traiteur S.A. e os Especialistas em Demolição Nälsta S.A. As atividades das empresas são decerto diferentes, mas os proprietários fantasmas são provavelmente os mesmos.

Os devedores

Em setembro do ano passado, Christer Lindberg comprou a Especialista Vídeo de Ali Köiglu, que instalara uma lavanderia no local. Segundo Christer Lindberg, o preço de compra montava a 130 mil coroas. Essas indicações puderam ser confirmadas por Ali Köiglu. No mesmo mês, Christer Lindberg adquiriu a Camarada Vídeo de Öz Izdan, que utilizava o local também para a locação de filmes, atividade na época da empresa Vídeo de Karlaplan S.A. Öz Izdan recusou-se a responder às perguntas relativas à venda. Segundo Christer Lindberg, nenhuma escritura foi arquivada.

Christer Lindberg não era atuante em sua posição de proprietário. Não cuidava das contas nem estava envolvido na direção da empresa.

Antecedentes da insolvência da empresa e data da liquidação

As dívidas constituem-se em gránde parte de impostos não recolhidos. A empresa servia seguramente para lavar o dinheiro dos proprietários fantasmas. Eles mantinham um caixa 2, e livros-caixa escondidos mostraram que as verdadeiras receitas da empresa montavam na realidade (resultado médio para os seis primeiros meses de atividade): Especialista Vídeo: 52.017 coroas. Camarada Vídeo: 46.122 coroas. De novembro a março do ano corrente, receitas fortemente infladas foram declaradas ao fisco, para cada empresa, a cada mês. Dinheiro que não provinha da atividade das empresas.

Em abril, as somas declaradas ao fisco reduziram-se drasticamente, e parecem basear-se nas efetivas receitas das empresas. O fisco calcula os impostos das empresas de acordo com as receitas do ano fiscal precedente, isto é, as receitas fictícias. A insolvência, portanto, foi causada pela falta de recursos para pagar as dívidas de impostos. A insolvência foi declarada no fim do mês de maio para as duas empresas.

Falência etc.
Em 11 de maio do ano corrente, o Tribunal do Comércio pediu a liquidação das empresas. Em 12 de maio, o Tribunal decidiu colocar as empresas em liquidação judicial. Christer Lindberg não fazia objeção à decisão. Por várias vezes, ele foi intimado a comparecer às reuniões para fazer uma declaração juramentada sobre a operação. Ele nunca compareceu. Em 12 de junho, o Tribunal decidiu convocá-lo com escolta policial, e Christer Lindberg acabou acatando a intimação. Declarou sob juramento não saber que uma parte das receitas advindas das empresas não resultava da locação dos filmes.

Suspeitas de fraude
Suspeito de que Christer Lindberg tenha desempenhado o papel de "laranja" para essas empresas. Ele não tinha o controle das atividades e apenas representou a pessoa física responsável por essas atividades, em certas ocasiões. O fisco comunicou suas suspeitas de fraude

ao Tribunal de Crimes Financeiros e foi aberto um inquérito. Esse inquérito foi realizado com a anuência do fisco e do Tribunal de Crimes Financeiros.

Göran Grundberg

54

As férias de verão haviam começado uma semana antes. Sua filha estava finalmente em segurança — Lovisa e Annika iriam passar uma temporada de três semanas na Espanha. Mrado pagara a viagem em voo charter. E também o aluguel de um chalé em Bergshamraby, a 15 minutos ao sul de Norrtälje, para o restante das férias. Uma casa bem típica, as paredes de madeira vermelha com branco nos cantos. Um amplo gramado para Lovisa, onde ela podia brincar com o bambolê. Aquela puta da Annika e seus amigos poderiam se esbaldar o quanto quisessem, jogar críquete, kubb ou badminton.

Mrado pretendia que elas ficassem o mais longe possível de Gröndal.

Aquilo deveria funcionar. O chalé era bem-equipado: tinha máquina de lavar roupa , lava-louça, televisão e aparelho de DVD. Lovisa e Annika passariam um belo verão longe da cidade. Era uma solução temporária, mas apropriada às circunstâncias.

O próprio Mrado sentia-se em relativa segurança. Tinha um novo apartamento de dois meses para cá. Instalara um alarme. Providenciara uma caixa postal, parara de malhar no Fitness Club, mudara de celular.

Havia contratado Ratko como guarda-costas: o velho mercenário escolhera o lado de Mrado. Detectar eventuais paus-mandados de R antes que estes tivessem tempo de agir. Dar cobertura a Mrado em caso de tiros de metralhadora com seu colete à prova de balas: Ratko custava caro, mas cada centavo era bem-investido. O essencial era deixar Radovan impressionado — Mrado estava bem-protegido e brincava no mesmo quintal que o Sr. R.

Mrado verificara em quem podia confiar. Estes foram informados: Ratko, Bobban e alguns caras da musculação. Em poucos dias, Mrado e Nenad passariam ao ataque. Mostrariam a Radovan sua concepção da solidariedade sérvia.

Risco de confronto. Risco de luta. Risco de alguém sair ferido.

Mas de uma coisa Mrado tinha certeza: uma vez confiscada a grande carga, ele e Nenad seriam os novos patrões.

A princípio, a divisão do mercado funcionava perfeitamente. Os HA e os Bandidos tinham enterrado a machadinha de guerra. Esse fato, por si só, era uma façanha executada por Mrado. Os Bandidos abriram mão de parte das vendas de pó no centro da cidade e da extorsão das chapelarias. Em vez disso, concentravam a chantagem na zona sul da periferia. Os HA intensificavam o contrabando de bebida em toda a Suécia central, mas freavam a chantagem em Estocolmo. Os Original Gangsters continuavam com seus assaltos a carros-fortes. Reduziriam o negócio do pó na periferia. Investiriam na venda em Norrort. Os únicos a não querer ouvir nada eram os membros da gangue de Naser, difícil de influenciar.

Grosso modo, as gangues agora podiam se concentrar e se consolidar em seus respectivos setores. No aumento das margens. No aumento das receitas. Acima de tudo, podiam frustrar as tentativas de infiltração lançadas pela operação Nova.

Após seu rebaixamento, e seus problemas com as locadoras, as insônias de Mrado ganharam uma amplitude descabida. Ele engolia pílulas como um aposentado hipertenso. Não era normal. Esperava que aquilo parasse após sua operação contra Radovan.

E um balanço supernegativo para as três instâncias de impostos. Ao todo, mais de 200 mil coroas de dívidas.

A solução: sacrificar as empresas. Christer Lindberg, o laranja, aquele respeitabilíssimo sueco, sofreria um baque. Aliás, era para isso que fora pago.

E nenhuma pista remontaria a Mrado.

O problema insolúvel: Mrado precisava de dinheiro lavado para financiar, no futuro, a proteção de Lovisa, em particular para a compra de um novo apartamento para ela e Annika.

Considerou a ideia de Nenad: fazer uso do gênio da lavagem, um cara deles, JW. Aparentemente, o playboy estava em vias de montar um plano mirabolante para lavar em grande escala. Precisariam disso, em todo caso, após a venda da grande remessa.

Mrado e Nenad, mergulhados em intensos preparativos. Dentro de dois dias, oficializariam sua separação do *capo* iugoslavo.

Por que fazer isso antes da chegada da carga? Não era desnecessário? Mrado discutira o assunto com Nenad — não havia outra maneira de proceder. Era a maneira sérvia: faça seu inimigo saber que ele é seu inimigo. Mrado e Nenad jogariam segundo as regras.

Além disso, Abdulkarim sabia havia muito tempo que Nenad tinha sido destituído de suas funções por Rado no setor da coca. O árabe fora igualmente informado de quem era agora seu chefe. O cara certamente andava desconfiado nos últimos tempos. Aquele árabe veado tinha claramente tomado posição a favor de R. Recusava-se inclusive a falar com Nenad, dando assim um sinal evidente — você é um *loser*. Estou subindo. Em outras palavras, pouco importava que Radovan soubesse que Nenad iria vazar. Oficialmente, Nenad não tinha mais obtido informações nos últimos três meses. Rado e Abdulkarim achavam que ele estava nocauteado. Seu erro: não desconfiavam que havia um furo em seu barco — JW.

A carga chegaria em Arlanda em 23 de junho, em seis dias.

O plano de Mrado e Nenad era simples. JW administrava tudo. Dois caminhões da Schenker Vegetables contratados para ir buscar os contêineres. JW havia falado com os motoristas. Eles conheciam a destinação final dos contêineres: não os armazéns de Ica, Cooperativas ou Hemköp, nem o de um restaurante, mas armazéns frigoríficos em Västberga. JW e outros caras de Abdulkarim vigiariam o transporte durante todo o trajeto desde Arlanda. Descarregariam a mercadoria perto dos armazéns. Abdulkarim e alguns comparsas viriam pegar o repolho de pó. E eis o momento em que Mrado e Nenad entrariam no jogo. JW lhes contara tudo o que sabia. Ele ficaria no interior da câmara fria. Daria um jeito para que Mrado e Nenad entrassem também. Em seguida, caberia a eles se desvencilhar dos traficantes, provavelmente Abdulkarim e sua sombra, Fahdi, bem como dos caras que o ajudariam a vigiar o transporte. No que se referia a JW, eles encenariam outro tipo de manobra, teriam certamente que algemá-lo como os demais ou algo do gênero. Um eventual uso de armas não estava descartado.

Mrado estava impaciente para passar ao ataque.

* * *

Chegara o momento de sair da sombra — de confrontar Radovan em sua posição de número um. Mrado e Nenad tinham um encontro marcado em frente ao shopping de Ringen, como sempre. Era meia-noite. Pegaram o carro novo de Mrado, um Porsche Carrera. Um espetáculo engraçado — Mrado tinha que se dobrar todo para entrar atrás do volante. Nenad ocupou o banco do carona. Dirigiram-se a Näsbypark, a casa de Radovan. Não se anunciaram.

Mrado sentia-se nu sem a presença de Ratko.

Disseram o que lhes vinha à cabeça.

Nenad tinha acabado de falar com JW.

— Estamos prontos, mas existe o risco de Rado desanimar depois do que vamos dizer pra ele daqui a pouco. Resolver mudar uma parte do plano relativa à remessa. Não podemos fazer nada a não ser esperar, nos adaptar à situação.

Mrado massageava as articulações da mão. Dirigia sem dizer nada.

Nenad perguntou:

— Por que não diz nada? Não estamos indo pra porra de um enterro. É um grande dia. Um dia de festa.

— Nenad, você é meu amigo. Você me conhece. Trabalhei pra Rado por mais de dez anos. Antes disso, ele e eu trabalhávamos pra Jokso. Lutei na mesma brigada que Rado. Passamos cinco semanas juntos num bunker fora de Srebrenica sob um tremendo bombardeio. Hoje, vou enfiar uma faca nas costas dele. Acha que estou feliz?

— Compreendo. Mas não foi você que começou. Radovan humilhou você primeiro. Sem motivo. Não é assim que se trata um irmão de armas. Depois de tudo o que a gente fez por ele. Todos esses anos, os sacrifícios, os riscos.

— Ele não me tratou como um irmão de armas.

— Isso. Ele não te tratou com o respeito que você merece. Meu avô me contou uma história da guerra, da Segunda Guerra Mundial, quero dizer. Te contei o episódio da quaresma?

Mrado balançou a cabeça.

— Meu avô lutou com os guerrilheiros *partisans*. Em 1942, capturaram ele em Ustaša. Colocaram ele num campo alemão de prisioneiros perto de Kragujevac. As condições eram difíceis, eles não tinham nada pra comer, recebiam maus-tratos diariamente, não viam suas famílias. Sofriam de doenças, pneumonia, tifo e tuberculose, e morriam como moscas. Mas meu avô era durão. Se recusava a desistir. A primavera se anunciava, e dali a pouco era a Páscoa. Meu avô e alguns outros prisioneiros resolveram celebrar a Páscoa apropriadamente. E os ortodoxos sérvios sempre jejuam. Trabalhavam numa espécie de fábrica de pneus. De sete horas da manhã até a meia-noite, tendo normalmente direito a uma pequena refeição por dia. Um guarda alemão percebeu que eles jejuavam e que não comiam nem carne, nem ovos, nem leite naquele dia pra evocar os sofrimentos de Jesus. Ele foi falar com o chefe do campo e foi autorizado a pedir comida extra. Depois, o guarda fez um banquete no chão da fábrica onde meu avô trabalhava como escravo. Presunto, salsichas, costeletas, fígado, peixe, queijos, ovos. Meu avô já estava magro e faminto antes do dia dessa festa. Sofria de uma espécie de escorbuto, perdia os dentes como uma criança de 6 anos. O guarda gritou: quem comer não vai precisar trabalhar o resto da semana. Imagina você a tentação de poder comer de acordo com sua fome pelo menos uma vez. Descansar. Mas eles tinham jurado obedecer à quaresma ortodoxa. O guarda tentou arrastar eles pra mesa e fazer com que comessem. Um homem cedeu. O guarda conseguiu forçar. Imobilizar suas mãos e fazer ingerir alguma coisa. Foi então que meu avô interferiu. Pegou uma barra de ferro e golpeou o alemão na cabeça.

Mrado interrompeu a história de Nenad.

— Benfeito.

— É, o guarda desmaiou. Quando eu era moleque, eu perguntava sempre ao meu avô como ele havia tido coragem. Sabe o que ele dizia?

— Não. É a primeira vez que ouço essa história.

— Ele dizia o seguinte: não sou nem religioso nem carola. Mas a dignidade, Nenad, a dignidade sérvia. O guarda estava conspurcando a honra daquele homem, e, portanto, a minha. Não foi por Jesus que fiz isso, mas pela honra. Meu avô foi espancado pelo que fez. Me lembro de seus braços tortos, quando eu era pequeno. Mas nada podia atingir ele. Ele sabia que preservaria sempre sua dignidade.

Mrado compreendeu. Sabia que Nenad tinha razão. A dignidade acima de tudo. Radovan conspurcara a de Mrado.

Mrado tinha que lhe retribuir.

Impossível voltar atrás.

Apenas um deles sairia vencedor.

Mrado certificou-se mais uma vez se seu revólver estava no bolso do paletó.

Atravessaram Djursholm. Não demoraram a chegar.

O Näsbypark estava mergulhado na calma, como sempre.

Parou o Porsche longe da casa de Radovan.

Puxaram o fecho de velcro de seus coletes à prova de balas. Vistoriaram as munições em suas armas.

Dirigiram-se num passo solene até a casa.

Do lado de fora, estava tão claro quanto possível para uma noite de junho.

Normalmente, Radovan ficava em casa. Eles conheciam seu antigo patrão. Na terça-feira, duas vezes por mês, jogava uma partida de pôquer com Goran, Berra K e outros caras mais velhos. Mrado pensou: ele mesmo nunca fora convidado.

À meia-noite, em geral, o carteado tinha terminado. Em seguida, Rado voltava sempre para casa.

Já devia ter chegado.

Mrado e Nenad percorreram uma aleia que levava à entrada da casa. Um holofote acendeu automaticamente.

A porta se abriu antes que tivessem tempo de tocar.

Stefanovic apareceu na soleira, uma das mãos sob o casaco.

Falou numa dicção lenta, bem-marcada, em sérvio:

— Mas o que vocês pretendem a uma hora dessas?

Mrado respondeu:

— Queremos ver Rado. Em geral, ele está em casa a essa hora. É importante.

Stefanovic, supertenso. Diante dele: dois homens que Radovan preferira rebaixar. Extremamente perigoso. Um: um matador de aluguel, um filho da puta, um chantagista, uma máquina mortífera. O outro: o magnata da cocaína, traficante, rei dos cafetões, com um fraco pela violência.

Armados até os dentes. Um passo em falso, e tudo poderia ir para o buraco.

— Acho que Radovan foi dormir. Sinto muito. Não podem ligar amanhã?

— Não. Diga pra ele que venha agora.

Stefanovic fechou a porta. Mrado e Nenad permaneceram de pé.

Tentaram perceber movimentos por trás das janelas.

Passaram-se três minutos.

Compreenderam que Radovan tinha consciência da situação. Nunca ousaria deixá-los entrar em sua casa. Como podia ter certeza de que não tinham vindo para liquidá-lo?

Stefanovic voltou.

— Ele concorda em receber vocês. Venham por aqui, por favor.

Stefanovic os conduziu, à sua frente, para a garagem — esperto, ele os via, enquanto eles eram obrigados a virar a cabeça para vê-lo. Abriu a porta. Mrado olhou o interior. Estava escuro. Mrado percebeu um Saab e o Lexus de Rado. Mais um Jaguar, uma moto e o Range Rover no qual Mrado fora conduzido à reunião da rampa de esqui três meses antes.

Stefanovic lhes pediu que avançassem. Ele até podia matar um deles, mas não os dois.

— Fiquem aqui. Vou chamar Rado.

Eles ficaram sozinhos na garagem. A porta ainda aberta. Mrado ouviu um barulho e soube imediatamente do que se tratava — Nenad sacou sua arma.

Mrado o imitou.

Ouviram a porta da casa se abrir e voltar a se fechar.

Ninguém à vista. Apenas a voz de Stefanovic.

— Ok, pessoal, guardem as armas. Cruzem os braços. Estamos chegando. Melhor falar com Radovan na garagem. Como sabem, a filha dele dorme dentro de casa, e ele não quer que a importunem.

Mrado manteve seu revólver empunhado.

— Pode esquecer. Terminaram as ordens. Quando Radovan sair do escuro, deve estar com os braços junto ao corpo. A coisa é simples. Aquele de nós que não mantiver os braços colados ao corpo terá o rosto furado como um queijo suíço.

Mrado ouviu a risada de Radovan no escuro.

Pelo menos, levava a coisa com humor.

Ele avançou. Os braços arriados. Corajoso.

Radovan cara a cara com seus ex-empregados rebelados.

Mrado guardou sua arma e conservou os braços colados ao corpo.

Stefanovic apareceu. Os braços arriados.

Nenad o imitou.

Quatro homens numa garagem cheia de carros de luxo. Olhavam-se fixamente.

Radovan disse:

— Então, o que posso fazer por vocês? Essa não é uma hora cristã.

— Acho que você já entendeu. Só queríamos avisar de que vamos pagar na mesma moeda.

Radovan sorriu.

— Eu bem que desconfiava que isso aconteceria um dia. A grande tristeza é que você nunca aceitou minhas decisões, Mrado. Mais uma razão pela qual você não pode estar no topo. E Nenad deveria aprender a modéstia. Vocês não podem me abandonar só porque mudo suas atribuições. Ou podem?

Mrado não reagiu à provocação de Rado.

— Terminou agora. Trabalhamos dez anos juntos. Para Jokso, para Arkan, para a Sérvia. Mas terminou. Você não sabe o que é gratidão, Rado. Você não sabe o que é honra, o que é justiça. É isso que faz de você um fraco. E um perdedor.

Tomou fôlego. Continuou:

— A gente não precisava chegar a esse ponto. Você poderia ter construído nas mesmas bases que Jokso. No respeito aos homens e à modéstia. Mas você preferiu nos rebaixar. Achava realmente que aceitaríamos essa merda? Por quem me toma? Por um sueco submisso que te oferece a bunda pra você comer? Seus dias estão contados, Rado.

Mrado e Nenad deixaram a garagem. Sem esperar pela resposta de Radovan.

55

Retrospectiva sobre um método de chantagem altamente eficaz. Três meses haviam se passado desde que Jorge fotografara os poderosos. Era infinitamente grato àquele nerd do Richard. Surpreso por o sujeito não querer entrar na jogada. Nunca tinha cogitado armar uma chantagem com Jorge.

Jorge estava com as fotos impressas em papel fotográfico. A qualidade continuava a desejar, mas se via muito melhor quem elas estampavam, e o que faziam.

Formulou uma carta para acompanhá-las, fez um esforço para se exprimir em bom sueco.

"A foto em anexo foi tirada durante a festa na casa de Sven Bolinder em março. Ela será enviada à sua mulher dentro de dez dias. Para impedir isso, deposite 50 mil coroas na conta no 5215-5964354 no banco SEB nos próximos seis dias."

Jorge fizera contato com um ex-colega. Fizera-o abrir a conta no SEB. Ele mesmo usaria o cartão e a senha para retirar o dinheiro depositado o mais rápido possível.

A coisa funcionou às mil maravilhas.

Os quatro velhos, sendo que um aparecia em duas fotos, depositaram sabiamente a grana. Jorge não podia chantagear todos ao mesmo tempo, uma vez que o cartão do banco não permitia retirar tanto dinheiro. Chantageava um a cada duas semanas.

Após dois meses, J-boy estava 200 mil mais rico.

A coisa mais fácil do mundo.

Pobres idiotas, não sabiam que ele voltaria.

Queria que Radovan soubesse que alguém atormentava seus clientes. Que alguém sabia o que ele comercializava.

Abdulkarim o pressionava:

— Você precisa fortalecer a estrutura. Contratar mais intermediários. Daqui a pouco, uma remessa do nível de George Jung vai chegar.

Abdul finalmente vomitara as informações sobre a carga. Tratava-se evidentemente de coca. Muitos quilos, segundo o árabe, pelo menos 100. Seria verdade? Nesse caso, era a maior importação de que Jorge já ouvira falar. Seus velhos colegas em Österåker desmaiariam se soubessem disso.

Já quase não se falava do assassinato do bordel. Corriam outros rumores. A guerra no coração da máfia iugoslava. A revolta contra Radovan. Desertores da Organização. O que significava aquilo para o plano de vingança de Jorge?

Fahdi lhe contou dias mais tarde quem havia deixado a Organização: Mrado e Nenad. O acaso lhe pregava peças. Eis justamente os dois homens que ocupavam os lugares números dois e três em sua lista de ódio, imediatamente após seu ex-patrão, Radovan. Mrado por causa da dor. Nenad por causa de Nadja.

Em meados de junho, o nerd ligou. O cara levara mais tempo do que o previsto. Por causa dos campeonatos de CS. Jorge pensou: *Counter Strike* — foda-se. Você deveria ter ligado antes.

Jorge tentara pressioná-lo. O que deveria ter sido uma coisa de poucas semanas levara dois meses. Mas ele não havia conseguido muita coisa.

Pouco importava, o momento era agora.

Foi pegar o computador na casa do nerd aquele mesmo dia.

Jorge, de bom humor no caminho. Talvez houvesse coisas no computador que lhe rendessem ainda mais grana.

Subiu a Lundagatan.

Tocou na casa de Richard.

Entrou.

— Ouça, não te conheço e não faço a mínima ideia do que você pretende. Só pra você saber.

Jorge achou o comentário bizarro.

— O que isso significa?

— Nada, na verdade. Eu estava pensando no conteúdo do laptop. Algumas coisas são, como dizer, bastante deprimentes.

Jorge só queria uma coisa: pegar o laptop e zarpar.

— Não tenho a menor dúvida. Quer mais dinheiro?

— Dinheiro? Não, só queria te avisar. Pra você não se meter numa confusão monstro.

Jorge não soube o que pensar.

Agradeceu pela ajuda. Pagou. Foi embora.

No caminho de volta, teve que se segurar para não se lançar no laptop assim que entrou no metrô. Conteve-se. Melhor esperar.

Em casa, em Helenelund. Acomodou-se no sofá.

Abriu o laptop. O papel de parede: um amplo gramado e um céu azul.

Estudou o desktop — poucos ícones. Meu computador, lixeira, os jogos *Battlefield 1942* e *The Sims*. Excel, iTunes e Windows Media Player também constavam. Algumas pastas.

Começou a abri-las uma atrás da outra.

A posteriori, pensou: se soubesse o que ia encontrar, talvez tivesse desistido de procurar.

Uma pasta contendo páginas baixadas da internet mostrando armas.

Uma pasta continha MP3.

A terceira pasta: truques em inglês para trapacear nos jogos do computador.

Na quarta pasta, topou com os nomes dos clientes, seus pseudônimos e senhas. Pelo menos trezentos nomes. Jorge percorreu a lista. Sobretudo suecos, mas também alguns nomes estrangeiros. Fahdi também fazia parte. Aliás, Jorge sabia seu pseudônimo. Abdulkarim também. Jet-set Carl também. Jorge não reconhecia os outros nomes — precisaria investigar mais tarde. Uma mina de ouro em potencial.

A pasta seguinte: um screenshot do site no qual o bordel era anunciado. Fotos das mulheres. Descrições. Números de telefone. Jorge passou em revista as fotos. As garotas posando em cômodos vazios sob uma luz potente. Achou duas fotos de Nadja. Abandonada. Sozinha. Vulnerável.

A lista dos nomes, tudo certo. As fotos de Nadja lhe inspiravam frustração, mas não o faziam desmoronar. Jorge compreendeu que o setor de prostituição funcionava daquela maneira. Foi o conteúdo da última pasta, em formato MPEG, que o fez vomitar.

A coisa mais doente, mais nojenta que ele já tinha visto.

Durava cinco minutos. O suficiente para provocar pesadelos para o resto da vida.

A cena de abertura do filme: um quarto, luz fria, uma mesa.

Dois homens encapuzados entraram arrastando com eles uma pessoa com um saco de pano em volta da cabeça. A julgar pelo corpo, tratava-se de uma garota.

Um dos dois homens: jaqueta de couro escura, agressivo. O outro: de terno. Falavam sérvio.

Obrigaram a garota a subir na mesa. As mãos algemadas nas costas. Defendia-se com todas as forças.

O mais alto lhe arrancou o saco de pano. Uma garota arrasada. Os cabelos claros, tipo nórdico. Gritou num sueco perfeito: "Me soltem, seu bando de veados!" Continuou a berrar. Jorge não captou todas as palavras. O cara agressivo disse alguma coisa a ela. Golpeou-a na cabeça. Jorge reconheceu a voz. Era Mrado. O cara de paletó a beijou no rosto. Ela lhe cuspiu no rosto, gritou. Alguns segundos caóticos. A garota gritou de novo: "Como eu pude sair com alguém como você?" Mrado sacou um revólver. Enfiou-o na boca da garota. Ela se calou. O aço rangeu em contato com seus dentes. Ela chorou. O cara de paletó estava furioso. Uivou: "Você nunca mais vai cuspir em mim, sua putinha!" Desabotoou sua calça. Arrancou o jogging dela. Ela estava imóvel. O revólver sempre em sua boca. O homem de paletó botou o pau para fora. Obrigou a garota a ficar de costas. Mrado mirava agora na sua nuca em vez de na boca. O cara de paletó a estuprou. Imprensou-a. Mais rápido. Durante dois minutos. Jorge vomitou. Tinha visto incontáveis filmes pornô, mas aquilo era verdade. O cara de paletó tinha concluído. A garota estava destroçada. Mrado ergueu a arma. Olhou direto na câmera. Viam-se seus olhos através dos buracos da touca. Disse em sueco: "Um aviso pra quem pensar em sacanear a gente." Último minuto. Eles levaram a garota até uma cadeira. Seu jogging ainda arriado. Mrado a golpeou na barriga, nos braços, no rosto. Gotas de suor respingaram. O sangue se esvaiu. Abriu uma sobrancelha. Seus lábios explodiram. Suas orelhas incharam. Sobraram apenas pedaços.

O filme terminou bruscamente.

O rosto da garota lembrava alguém a Jorge, mas ele não conseguia identificar quem.

A boa notícia: a repugnância do vídeo. Uma bela prova contra Mrado. Daqui a cem anos, aquele cara ainda estaria arrependido de ter maltratado J-boy.

Noite.

Jorge não conseguia digerir o vídeo. Supôs que tinha sido utilizado como propaganda de horror para as prostitutas que importunavam. Olhara o arquivo mais detalhadamente — era de uns quatro anos antes. Será que passavam sempre o mesmo?

Uma paródia de sono. Em primeiro lugar, não dormiu. Quando conseguia pregar o olho, acordava várias vezes por hora. Foi ao banheiro. Teve pesadelos. Aquilo lhe evocava as noites que haviam precedido sua fuga de Österåker.

Sentia-se mal. Tudo bem ver um filme pornô e achar graça — mas não um estupro ao vivo diante de uma câmera.

Com quem se parecia a mulher estuprada?

Vasculhou em sua memória.

O fato de ter apagado o cafetão e a cafetina lhe proporcionava certa satisfação.

Os próximos seriam Mrado, o outro sujeito do filme e Radovan. Ia pulverizá-los.

J-boy vai grudar no rabo de vocês.

Na manhã seguinte, tomou um café forte. Precisava acordar. Esquecer. Era o dia da grande festa de Abdulkarim.

A grande remessa estava para chegar.

Jorge participaria dos preparativos — vigiaria a chegada com JW. Seguiria os caminhões de Arlanda até os armazéns frigoríficos.

Dentro de uma hora, tinha um encontro com Abdulkarim, Fahdi e JW para acertar os últimos detalhes.

Impressionante. Mas o que ele tinha visto na véspera no filme era ainda mais impressionante.

Agora, precisava se concentrar.

A carga estava para chegar.

* * *

OBS! Urgente!
Sigiloso

Attn: inspetor Henrik Hansson, Intervenção especial
Número de fax: 08-670 45 81
Data: 22 de junho
Número de páginas (esta incluída): 1

Assunto: Operação Nevasca, Projeto Nova

— — — — — — — — — —

Operação Nevasca deflagrada
A operação Nevasca foi deflagrada esta manhã às 10 horas. Todas as unidades se reunirão à Bergsgatan, sala 4 D, para um briefing final.

Resumo da situação

Johan Karlsson, infiltrado há algum tempo no âmbito do projeto Nova (sob o nome de Micke), recebeu informações segundo as quais o grupo visado pretende receber uma imensa remessa de cocaína. A carga chegará em Arlanda pelo voo B 746-34 de Londres, amanhã, às 8 horas. Estará dentro de contêineres que serão transportados até os armazéns frigoríficos de Västberga em caminhões da empresa de transporte Schenker Vegetables. O local exato do descarregamento permanece desconhecido por enquanto.

Intervenção prevista

É bem provável que várias pessoas do alto escalão na hierarquia da máfia iugoslava de Estocolmo estejam presentes no momento da recepção da carga de cocaína. Segundo as instruções atuais, a operação Nevasca fará a intervenção no momento em que o maior número dessas pessoas puder ser preso.

Por ora, tentamos obter informações precisas relativas à hora exata do descarregamento. Manteremos os senhores informados.

As Forças de Intervenção Especial, a Comissão de Inquérito do projeto Nova, bem como a Brigada de Entorpecentes participarão da operação Nevasca. Esse fax foi enviado a todos os oficiais e chefes de departamento.

56

JW e Jorge esperavam numa picape alugada, sem dizer muita coisa, absortos em seus pensamentos.

JW elaborara uma estratégia. Dois caminhões da Schenker Vegetables se encarregariam dos contêineres em Arlanda. Os motoristas se dirigiriam imediatamente aos armazéns frigoríficos de Västberga. Eram espertos suficiente para entender que transportavam uma carga valiosa, como também para não fazer nenhuma pergunta tola. JW e Jorge esperavam para seguir os caminhões. Certificar-se de que não fariam nenhum desvio, não roubariam nada da carga, não entrariam em contato com pessoas suspeitas. Abdulkarim e Fahdi iriam diretamente para os frigoríficos. Depois que os motoristas tivessem ido embora, caberia ao árabe, a JW, a Jorge e outros cortar as cabeças de repolho e desembalar a coca. Transportá-la para outro lugar, acondicioná-la. Fazer muita, mas muita grana.

O que Abdul não sabia era que JW era o maior espião da década. Ele havia informado Nenad de cada detalhe do plano. Como acertado entre os dois, Nenad iria com uma arma, colocaria todo mundo fora de ação, talvez algemando-os, incluindo JW, e sumiria com a carga. Funcionaria como um relógio.

Abdulkarim já era.

E ninguém suspeitaria de JW.

Divino.

Naquela mesma manhã, Abdulkarim organizara uma reunião. Cumprimentara-os com uma espécie de continência militar. JW, Jorge, Fahdi e Petter estavam alegres, prontos, e, sobretudo, virtualmente milionários graças à cocaína.

O árabe detalhou as instruções. Novos cartões em novos celulares, uma obviedade. Imediatamente após o descarregamento, celulares e cartões velhos seriam destruídos, e Abdulkarim distribuiria novos aparelhos. Todos deveriam usar luvas — maneira tradicional de evitar deixar impressões digitais. Fahdi instalaria um scanner de rádio no carro — o meio mais fácil de escutar o que a polícia dizia, e para o caso de desconfiarem de alguma coisa. Usariam jeans e suéteres de algodão azul — poucos sabiam disso, mas os peritos forenses detestavam as fibras de algodão azul. Em princípio, era impossível fazer o elo entre uma pessoa e uma roupa desse tipo, uma vez que se tratava dos vestígios de têxteis mais comuns que um homem podia deixar para trás. Uma touca no bolso: se houvesse baixas, se você conseguisse se safar, era melhor a polícia não ver seu rosto.

Finalmente, pouco antes do momento da partida — e isso aconteceu como uma surpresa desagradável —, Abdulkarim jogou sua última cartada, permitindo que Fahdi desse armas a Jorge e JW.

— Vão precisar, camaradas. Como os sujeitos na Inglaterra. Não somos mais burros que eles. Isso não é mais um jogo. Se esses policiais filhos da puta tentarem alguma merda, usem isso, sem piscar.

JW recebeu uma pistola preta. Brilhava. De uma beleza perigosa. Sentado no sofá de Abdulkarim, sentiu o peso na mão. Uma Glock.22. Fahdi lhe explicou o funcionamento — trava, gatilho com mecanismo de segurança e carregador. Em seguida, explicou a maneira correta de segurá-la — para evitar se machucar com o impacto.

Jorge recebeu um revólver. Colocou no bolso sem piscar.

JW vivia um conflito dilacerante — uma mistura de horror e fascínio.

Jorge estava calmo. Tinha bolsas escuras sob os olhos, queixava-se de ter dormido muito mal. Seus cabelos estavam mais lisos do que de costume. JW pensou: teria ele esquecido de passar o ferro de frisar?

Estavam estacionados em frente à cerca em volta do terminal de carga. Esperavam os caminhões. JW no assento do motorista, Jorge ao seu lado. O chileno estudava os arredores através do vidro.

O automóvel cheirava a novo.

Após dez minutos, Jorge se dirigiu a JW. Tinha a fisionomia estranha. Pensativa, mas ao mesmo tempo cansada.

— Você tem irmã, JW?

JW hesitou antes de responder. Perguntas caóticas se entrechocaram na sua cabeça. Por que Jorge lhe fazia essa pergunta? Saberia alguma coisa sobre Camilla? Sophie lhe contara alguma coisa?

JW assentiu.

— Tenho, por quê?

Jorge respondeu:

— Nada de especial. Só estava me perguntando. Também tenho uma irmã, Paola. Só estive com ela uma vez após minha fuga. É duro. Nunca esqueço dela.

JW perdeu todo o interesse por essa conversa banal. Jorge não parecia conhecer a historia de Camilla. Ignorava que sua irmã desaparecera, que tivera um caso com seu professor da Komvux que lhe dera supernotas em troca de seus favores. Que alguma coisa não encaixava nisso tudo.

Jorge era um cara legal. Correspondia cem por cento ao estereótipo do gueto, do imigrante barra-pesada. Ao mesmo tempo, era um homem correto que se mostrava efetivamente grato para com JW por tê-lo salvado na floresta.

JW disse:

— Também nunca me esqueço. Tenho uma foto dela na minha carteira.

Jorge se voltou para JW.

Não disse nada.

A conversa morreu.

Observaram a cerca.

JW achou que Jorge parecia não apenas cansado, mas também nitidamente estressado.

Meia hora depois, os dois caminhões saíram do terminal, "Schenker Vegetables" escrito em letras verdes nas laterais dos contêineres. Já tinham visto vários daqueles veículos e começaram a ficar preocupados. Não podiam de jeito nenhum perder os certos. Imagine se eles seguissem o carregamento errado. Dariam com um monte de repolho sem coca. JW e Jorge seguravam cada um seu pedaço de papel com os números das placas — dessa vez, eram os certos.

JW engrenou a primeira. Deslizou lentamente por trás dos caminhões, que subiram uma rampa, depois contornaram o terminal. JW não desgrudou os olhos deles.

O único ponto de interrogação do plano era justamente o acesso ao aeroporto de Arlanda. Teoricamente, os motoristas poderiam traí-los lá dentro. Com efeito, apenas eles tinham permissão para se dirigir à zona de carga dentro do terminal. Mas o risco de trocarem a mercadoria por algo sem valor era mínimo. Eles sabiam muito bem — se sacaneassem Abdulkarim ou qualquer outro, pagariam. Segundo o árabe, com a vida.

Uma tarefa importante. Não perder de vista nem os caminhões nem os motoristas. Mesmo se os caras não percebessem realmente o que transportavam, a carga era importante demais para despertar suspeitas.

Perto de um estacionamento em frente a Arlanda, os caminhões fizeram uma parada de alguns segundos. Tempo suficiente para que Jorge pulasse para fora do veículo para verificar se eram os caras certos que dirigiam os caminhões. Se houvesse alguém fora do previsto atrás do volante, eles o obrigariam a sair e entrar na picape. Em seguida, o teriam conduzido até Abdulkarim e Fahdi para lhe dar uma pequena lição.

Jorge fez um sinal com a mão. Sinal verde — eram os motoristas certos. Seguiram adiante.

Um belo dia. Apenas duas nuvens atravessavam o céu azul.

Jorge parecia distraído. Estaria com medo?

JW perguntou:

— Tudo bem? Está estressado?

— Não. Fiquei estressado em outras situações. Sei como é. Quando fugi de Österåker, durante os 400 metros de corrida, aí sim, eu estava estressado, pra morrer. Num casos desses, o que me trai é o mau cheiro. Fedor de estresse.

— Não me leve a mal, J, mas você está com uma cara horrível — disse JW, rindo. Ele achou que Jorge começaria a rir também.

Mas nada. Em vez disso, perguntou:

— JW, pode me mostrar uma fotografia da sua irmã?

A anarquia voltou aos pensamentos de JW. Que brincadeira era aquela? Por que toda aquele lenga-lenga em torno de Camilla?

JW conservou a mão esquerda no volante. Com a direita, vasculhou o bolso de trás de sua calça. Sacou sua fina carteira de cromo enfeitada com o monograma Louis Vuitton. Dentro, apenas cédulas e quatro cartões de plástico: cartão Visa, habilitação, dois cartões de fidelidade. Estendeu-a a Jorge, dizendo:

— Olhe sob o cartão Visa.

Jorge puxou o cartão. Embaixo, na mesma bolsinha, achava-se uma foto 3x4.

O chileno examinou o rosto de Camilla.

JW se concentrava na estrada.

Jorge lhe devolveu a carteira. JW a guardou no porta-luvas.

— Vocês se parecem muito.

— Sei disso.

— Ela é bonita.

Silêncio.

Os caminhões avançavam em velocidade moderada. A ordem de Abdulkarim: evitar a todo custo ir rápido demais — o trajeto Arlanda-Estocolmo era o trecho preferido da polícia rodoviária.

Quase uma hora depois atravessavam a zona sul da cidade. Tudo se desenrolara calmamente.

JW ligou para Abdul.

— Estaremos na entrada em quarenta minutos. Os caminhões vieram devagar. Os motoristas são tranquilos. Tudo parece nos eixos.

— *Abbou*. Estaremos lá dentro de vinte minutos. Até já, *inch Allah!*

Apesar dos novos celulares e das novas assinaturas, Abdulkarim decidira que todos os números, horas etc. seriam multiplicados por quatro. Logo, na realidade, JW e Jorge estavam a dez minutos dos frigoríficos de Västberga. Abdulkarim, Fahdi e o resto da companhia estariam lá em cinco minutos. Para JW, ele estava exagerando: se estivessem sob a escuta da polícia, já teriam dançado.

Jorge parecia quase dormir no assento do passageiro. JW o ignorava. Pensava em suas finanças futuras. Estabeleceu um objetivo: depois de ganhar 20 milhões, pararia com o negócio do pó. O mais bonito nesse cálculo — esse objetivo poderia ser alcançado dali a um ano.

Passaram-se 14 minutos. Os caminhões em frente aos armazéns frigoríficos, manobrando em frente às rampas de descarga números cinco e seis. JW estacionou o carro.

Disse a Jorge:

— Vai ser um dia bom. Fique tranquilo.

Jorge pareceu não ouvir. Tinha outra coisa na cabeça. Porra, o que ele pretendia?

Saíram do carro e se aproximaram dos caminhões. Os dois motoristas tinham saído. JW lhes agradeceu, explicando a eles brevemente quando poderiam pegar os caminhões de volta. Em seguida, pagou-lhes. Cada um recebeu 3 mil coroas na mão, o que os deixou de excelente humor. Talvez julgassem se tratar de cigarros, bebidas ou outras ninharias. O risco de que tivessem realmente compreendido qualquer coisa era mínimo. Como poderiam imaginar que haviam transportado 100 milhões de coroas em cocaína para o grupo de traficantes mais violento daquele lado do Atlântico?

Jorge deu uma volta perto das rampas de descarga. Estava incumbido de sondar os arredores.

Petter, que chegara na companhia e Abdulkarim e de Fahdi, foi na outra direção. Ele também controlaria o entorno. Verificaria se estava tudo limpo.

Fahdi saiu por uma porta de aço perto do terminal cinco e da rampa de carga.

Balançou a cabeça na direção de JW. Cruzou de longe com o olhar de Jorge. Significado: tudo barra limpa por enquanto.

Abdul abriu o contêiner de um dos caminhões e JW examinou o interior. No escuro, percebeu um *pallet* e, no interior, seis fileiras de caixas de papelão.

Ignorou a primeira e foi inspecionar uma das caixas do *pallet* que estava atrás, dela retirando uma cabeça de repolho.

Fahdi tinha o olhar fixo naquele repolho.

JW a segurava em sua mão esquerda.

Apertou com a direita as folhas brancas e rijas.

Sentia perfeitamente — o saquinho plástico.

57

Às vezes só é possível proceder passo a passo.

Mrado não pensava na merda toda. Fazia apenas o que tinha que fazer.

Vestiu-se mais lentamente, mais cuidadosamente que de costume. Como uma câmera lenta num filme de ação, que acentuasse o peso de sua meticulosidade.

Não porque desconfiasse ou estivesse angustiado, só para que tudo saísse perfeito.

Faca: uma Spec Plus US Army Quartermaster, lâmina de 20 centímetros em aço com carbono preto e canelado. O estojo de couro preto — preso em volta da panturrilha por duas fitas crepe.

Apertou bem. Verificou se o estojo estava bem-preso — estava grudado em sua perna. Impossível de mover. Não atrapalhava o vaivém da calça num movimento rápido.

Avaliou a faca: tudo bem, era uma marca americana, mas de toda forma a melhor lâmina de combate que Mrado conheceu. Equilibrou-a num dedo. Passou o polegar em seu gume.

Fora amolada recentemente.

As imagens em sua cabeça: a batalha de Vukovar. Uma luta com baioneta diante de um atirador de elite croata.

Sangue quente.

Vestiu a calça. Uma camiseta sem mangas preta e fina: Polo Ralph Lauren, para um verão quente. Aquelas roupas frescas lhe caíam bem. Tecidos finos.

Usava uma malha branca no corpo.

Olhou-se no espelho. Fez um muque. Será que já havia perdido o volume? Não era impossível — desde seu rebaixamento havia cerca de três meses, não aparecera mais no Fitness Club. Em vez disso, treinava no World Class, porém não conhecia ninguém lá. Divertia-se menos. Menos sessões. Os tríceps, bem como outros músculos, perdiam tônus. Desagradável de ver.

Vestiu a camisa, uma Hugo Boss bege.

Por cima: um paletó de linho escuro.

Sem coldre para o revólver. Se os policiais dessem uma batida, ele queria ser capaz de jogar a arma fora sem que lhe pedissem que explicasse por que tinha um coldre vazio. Satisfeito com o pequeno porte de seu S & W.

Ainda mais satisfeito com as munições de que dispunha: Starfire, cartuchos com ponta oca, que explodiam quando atingiam o alvo. Eficaz principalmente com armas de cano curto, cuja bala voava a uma velocidade menor, o que causava uma explosão maior no alvo.

O revólver na mão. Lustrado. Limpo. Uma beleza de aço inoxidável. Um emblema brilhava acima da coronha e a inscrição dizia: Airweight.

Mrado se lembrou do instante em que o pegaram naquele dia na rampa de esqui. A partir do dia seguinte: teriam apenas o arrependimento como herança.

Enfiou-o no bolso.

Amarrou os cadarços. Cuidadosamente.

Pronto para o maior golpe de sua vida — uma carga que lhe renderia 100 milhões nas ruas.

Valia a pena correr alguns riscos.

Nenad esperava embaixo, no carro. Vendera seu antigo automóvel de luxo. Despertava muitas suspeitas. Agora, dirigia um Mercedes CLS 55 AMG vermelho, um atleta de formas gráceis.

Nenad também vestia um terno de linho. Lenço no bolso do peito. Gel no cabelo. As roupas elegantes eram obrigatórias naquele grande dia. O barão do pó e dos bordéis nunca descuidava de seu padrão de vestuário.

O clima dentro do Mercedes era excelente. Pegaram a marginal sul para sair da cidade. Depois, direção oeste. Rumo aos armazéns frigoríficos.

Conversaram sobre o rompimento. Delírio. A tentativa de Radovan de esmagá-los.

O velho estava acabado. Os novos senhores respondiam pela sigla M & N.

Em breve, rotatividade nas fileiras da máfia iugoslava. Dentro de poucas horas, poderiam ser os barões do pó da cidade. Da Suécia. De toda a Europa.

Deram uma parada na praça Gullmarsplan. Encontro com Bobban. Ratko não pudera vir. Mrado se perguntou por quê. Ratko não estava do seu lado?

Bobban os esperava como combinado na estação rodoviária em frente à estação de metrô. Dirigia um Volvo XC90 e usava sua jaqueta jeans preta de sempre. Aquele sujeito nunca mudava de estilo, pensou Mrado.

Todos em seus postos: três homens contra Radovan.

Quer dizer, não. Na verdade três profissionais contra um árabe confuso e destruído pela droga, Abdul.

Além do mais, tinham um infiltrado do lado deles. O cara do Stureplan que controlava.

Foram para Västberga em caravana.

Nenad pôs música techno a todo volume. Suas mãos marcavam o ritmo no volante.

Força.

Um jogo fácil.

Um belo dia.

Avistaram de longe a zona industrial de Västberga. Armazéns. Centrais de logística. Armazéns frigoríficos. Atividades que se desenrolavam na região: uma fábrica de chaves, lojinhas de informática, oficinas, um galpão de lixo reciclável e fornecedores de peças sobressalentes de automóvel.

Mrado pensou em Christer Lindberg. O ultrassueco que tinha ido à falência para pagar as dívidas de impostos geradas pelas locadoras de filmes. Aquele bairro era para gente como ele.

Mrado não sentia pena dele. Quem participava do jogo tinha que aceitar as regras e tudo que isso acarretava. Que arcasse.

Dirigiram-se aos frigoríficos. Era um galpão enorme. Mais de setenta salas de armazenamento: câmaras frias de 5 até 200 metros quadrados. Carne, legumes, frutas, casacos de pele — tudo era mais bem conservado no frio. Segundo certos rumores, algumas salas guardavam órgãos para o Instituto Karolinska.

O prédio era uma construção baixa, todo revestido de placas metálicas brancas. Deprimente. Em frente, faixas: "Sejam bem-vindos à zona industrial e logística de Västberga."

Estacionaram o carro em frente ao alambrado que protegia as rampas de carga. Nenad entregou uma chave a Mrado. Tinham feito uma cópia: se um dançasse, ainda assim o outro poderia fugir de carro.

Avançaram até a rampa de carga número seis.

Sabiam onde procurar.

Bobban chegou em seu SUV. Estacionou em frente à rampa número cinco. A ideia: um carro nas proximidades e um do lado de fora. Se desse merda, teriam várias alternativas para escapar.

Além disso, Nenad alugara um Golf, que ele havia estacionado, na noite anterior, sob os mastros das bandeiras, em frente ao galpão dos armazéns frigoríficos. O que lhes dava uma terceira possibilidade de fuga.

Bobban permaneceu em seu carro. Alerta máximo.

O celular de Mrado começou a vibrar em seu bolso.

A voz de Bobban.

— Agora estou vendo. Ele está fumando um cigarro perto da rampa seis. Sueco. Suéter marrom.

— Ok.

Mrado desligou.

Abdulkarim aparentemente colocara apenas um homem do lado de fora. Erro de iniciante.

Mrado correu tranquilamente em direção à rampa. Avistou o cara a cerca de 20 metros dele. Reduziu a velocidade. Para não assustá-lo.

Era tarde demais quando o sujeito percebeu sua aproximação.

Mrado no estilo *Comando para matar* — rasgou-lhe a garganta.

O cara gorgolejou um pouquinho, não teve tempo de gritar.

Mrado ficou com medo de ter sujado a roupa.

Arrastou o cara para debaixo da rampa. Escondeu o corpo.

Bobban saiu do carro. Pulou para a rampa.

Podia levar dias até acharem o corpo do cara sob a parte móvel da rampa.

Bobban sondou os arredores.

Mrado apalpou seu revólver. Sentiu os contornos vagos das caneluras que facilitavam o manuseio da arma.

Nenad também subiu na rampa.

Esperou.

Barra limpa. Ao longe, ouvia-se o barulho do motor de dois caminhões deixando a zona industrial. Ninguém nas imediações.

A grande pergunta: JW destrancara a entrada da câmara fria numero 51, como o prometido? A pergunta secundária: Abdulkarim e seus comparsas estariam atentos?

Mrado agarrou a maçaneta da porta de entrada. Esta fora feita sob medida para os caixotes de mantimentos que passavam por ali. Abria-se, portanto, verticalmente, como um alçapão.

Nenad sacou a arma.

58

O descarregamento não demorou muito.

Turbilhão na cabeça de Jorge. Uma mistura de angústia, triunfo e confusão

Nojo.

Era a irmã de JW que ele tinha visto no vídeo do laptop.

Estuprada, molestada. Retalhada pelos golpes. Morta?

Assim que sentara no carro ao lado de JW, Jorge descobrira que aquele cara de Östermalm lhe lembrava alguém. Primeiro, não percebera quem. Após meia hora, a luz se fizera em sua cabeça, mais do que nunca.

Ay qué sorpresa.

A irmã de JW era uma puta. Os Iugoslavos deram um trato nela.

Ele não se atrevia a abrir a boca.

Tinham utilizado macacos para mover os *pallets*. Dez. Pesados e difíceis de manobrar. Não eram exatamente motoristas de caminhões daquele porte.

Abdulkarim, excitado. Fahdi, suando em bicas. JW, calmo em comparação com seu estado normal. Se Jorge tivesse que dizer como se sentia, seria incapaz de se exprimir.

O árabe ordenou a Petter que montasse guarda do lado de fora. Ele os chamaria se algo parecesse suspeito. Os policiais estavam em seus calcanhares nos últimos dias.

As paredes da câmara fria eram brancas. Barras de aço, nas quais era possível prender ganchos, corriam ao longo do teto alto. Abdulkarim praguejou, xingando-se por não ter pensado em alugar uma empilhadeira. O chão era de metal. Cheirava a fruta gelada. Eles ouviam o eco de suas próprias vozes.

Um ar gélido.

Duas portas, aquela pela qual haviam entrado e outra no outro lado do compartimento.

Quatro *pallets* não continham pó — estavam nas beiradas. Se a alfândega recolhesse amostras, aquela era sua margem de segurança — havia sempre a possibilidade de que eles só vistoriassem a mercadoria das beiradas.

Começaram a esvaziar os outros *pallets* de repolho.

Jorge e JW rasgavam o vegetal. Cortaram-nos e puxaram os pequenos sacos plásticos contendo o pó branco.

Abdulkarim se mantinha imóvel e os observava. Pesava e calculava cada saco. Precisava que a soma correspondesse exatamente ao que fora acertado.

Fahdi enfiou os sacos nas malas que eles haviam alinhado na parede.

Jorge já abrira um dos sacos. Introduzira um dedo. Esfregara na gengiva, como de praxe. Gosto bom. O gosto do pó noventa por cento.

JW estava contente. Tudo funcionava como firmado no acordo.

Depois de 15 minutos na câmara fria, faltavam apenas três *pallets* para desembalar.

Trinta malas cheias de sacos. Forradas com velhos cobertores.

Tinham quase terminado. Em breve, carregariam metade das malas na picape, na qual embarcariam Jorge e JW, e o restante no carro no qual Abdulkarim, Fahdi e Petter tinham vindo.

Abdulkarim, maníaco. O peso de cada saquinho era anotado. Somado. Cada mala devia conter 6,25 quilos de pó. Para ser estocado em vários pequenos esconderijos através de toda a cidade. Para reduzir os riscos.

Nesse instante, aconteceu uma coisa estranha. A porta que dava para a rampa se abriu.

Jorge se voltou. Olhou para os indivíduos que acabavam de entrar. Segurava um repolho nas mãos.

Seria Petter?

Não.

Sujeitos grandes.

Policiais?

Talvez.

Não.

Os homens usavam capuzes. Ambos de terno. Tipo *Cães de aluguel*.

Armas em punho.

Abdulkarim gritou. Jogou-se no chão. Jorge sacou sua arma. JW se posicionou atrás de um *pallet*. Fahdi fez aparecer imediatamente sua pistola na mão. Atirou. Tarde demais. O homem mais alto, era de fato enorme, estava com um pequeno revólver. Saiu fumaça do cano. Fahdi veio abaixo. Jorge não viu sangue. O outro homem, que tinha um lenço no bolso do paletó, gritou:

— Deitem no chão agora, senão mais alguém vai levar fogo.

JW obedeceu. Jorge permaneceu de pé. Abdulkarim permaneceu de pé. Gritou. Maldito. Invocou Alá. Seu fiel irmão de armas jazia no chão. O sangue começava a espalhar-se sob a cabeça de Fahdi. O homem do lenço no bolso disse, numa voz monocórdia:

— Cala a boca e deita.

Apontou a pistola para Abdulkarim. O homem que atirara em Fahdi ordenou:

— Você também, latino veado, no chão.

Jorge deitou. Largou a arma. Mal percebeu JW atrás dos *pallets*. Abdulkarim também deitou no chão. As mãos atrás da cabeça.

A voz do homem do lenço lhe parecera familiar.

A voz do homem que atirara em Fahdi lhe era definitivamente familiar.

59

JW estava sentado recostado num *pallet*. O chão era frio. Sua posição, desconfortável. Seus punhos, fortemente imobilizados.

Nem tão fortemente assim — uma parte do acordo com Nenad: aplicariam a fita adesiva de modo a ele ter uma chance de se soltar. Quem queria passar uma noite inteira numa câmara fria?

Apesar de tudo, a situação tinha degenerado.

Por que haviam atirado em Fahdi? JW não sabia quem era o comparsa de Nenad, mas aquele filho da puta tinha sem dúvida cometido um erro. Uma terrível transgressão.

O pânico foi tomando conta dele.

Abdulkarim estava deitado no chão, as mãos imobilizadas nas costas, a fita adesiva apertava seus pulsos. Mas ele não desistia — o árabe gritava, cuspia e espumava alternadamente.

Jorge estava sentado na mesma posição de JW, recostado num *pallet*, as mãos presas nas costas. Olhou para ele.

Fios de suor frio escorriam pelas costas de JW. O compartimento estava frio. Os Iugoslavos, glaciais.

Porra.

Nenad e seu comparsa retiraram as últimas cabeças de repolho. Abriram-nas da mesma maneira que Jorge, JW e Fahdi antes. Enfiaram os saquinhos nas malas. Abstiveram-se de pesá-los ou de provar de seu conteúdo. Ignoraram os gritos do árabe. Sequer olharam na direção de JW.

Jorge continuava a passear seu olhar apagado. Mas não na direção dos homens encapuzados que roubavam os 100 quilos de pó — encarou JW.

— Foi você que nos entregou.

JW: como Jorge podia saber?

— Foi você, filho da puta, foi você que trouxe elas pra cá e não sabe nem quem são eles.

— Não sei do que você está falando. Não faço a mínima ideia de quem eles são.

JW desviou a cabeça. Olhou na direção de Nenad, que segurava uma cabeça de repolho. Ele a cortou prudentemente com a ajuda de uma faca. Cuidadosamente, para não rasgar o saquinho. No caso de alguns gramas caírem no chão — talvez 10 mil coroas. Nenad parecia se lixar para a conversa entre JW e Jorge. Talvez não escutasse, os palavrões de Abdulkarim encobriam tudo.

Jorge disse em voz baixa:

— Impossível Fahdi ter nos delatado: por que ele chamaria alguém que arrebentaria sua cabeça depois? Abdulkarim? Não, ele nunca atrairia alguém pra apagar seu melhor amigo. Quem mais? Petter ou você; porque eu não fui. E meia hora atrás você disse uma coisa que estou lembrando agora. Você disse que eu não deveria me preocupar. Nunca ouvi você falar assim antes. Por que disse isso? Como queria me influenciar? Você é completamente pirado, JW.

— Cala a boca!

JW olhou reto à sua frente. Evitou cruzar o olhar de Jorge. O chileno era mais esperto do que havia pensado. Mas o que isso mudava agora? Em poucos minutos, Nenad e seu cúmplice teriam dado no pé. JW se soltaria, talvez ajudasse Jorge a se desvencilhar da fita adesiva, e se mandaria em seguida. Abdulkarim e Fahdi, se por acaso estivesse vivo, teriam que se virar sozinhos — sinto muito, camaradas, *c'est la vie*.

Faltava um *pallet* para esvaziar. Os Iugoslavos trabalhavam rápido. Jorge fechou os olhos e esperou o momento em que partiriam.

Jorge murmurou de novo:

— Escuta, JW.

JW o ignorou.

— Escuta, porra. Está do lado desses caras? Sabe quem são? Sabe o que fizeram com a sua irmã?

60

Eficazes, maus, experientes. Acabaram com o árabe no momento da descarga. E o melhor nisso tudo: por extensão, destruíam Radovan.

Mrado e Nenad, a dupla infernal, não trabalhavam com merreca. Roubaram uma quantidade de pó de passar mal.

Abdulkarim havia trabalhado para Nenad, agora estava logo abaixo de R. Nunca teria desconfiado que Nenad soubera da transação do pó, já que tinha sido excluído pelo chefão dos Iugoslavos. Burro.

Apesar do planejamento e das informações de JW, Mrado tivera uma surpresa: um dos colaboradores do árabe era o latino que ele tinha arrebentado seis meses antes na floresta ao norte de Åkersberga. O que ele xeretava naquela câmara fria em Västberga? JW havia mencionado um latino que trabalhava com ele no caso, mas nunca dissera seu nome.

Coincidência estranha. Mrado pensou: ou esse Jorge foi recrutado apenas para essa transação, ou ele trabalhou para o árabe esse tempo todo. Nesse caso, também trabalhou indiretamente para Nenad esse tempo todo e, mais indiretamente ainda, para Rado.

Irônico, mas não impossível. O latino sabia muita coisa sobre o *business* do pó. Não admirava que Abdulkarim quisesse contratá-lo. Tampouco admirava que Nenad não tivesse um olho em cima de todos os que trabalhavam para o árabe. E ainda que Nenad soubesse disso, não admirava que não tivesse comentado com Mrado. Nenad não tinha como saber que Mrado aplicara um corretivo no latino.

Mrado constatou: era tudo obra do latino. Mrado lhe infligia uma humilhação a mais: obrigá-lo a olhar, impotente e algemado, seu empregador árabe fungando e cuspindo no chão.

Boa piada.

Faltava menos de um *pallet* para esvaziar. Mrado se mantinha perto dos sacos. Nenad em frente aos *pallets*. Tirava as cabeças de repolho. Cortava-as com a ajuda da faca, com precaução e precisão. Para que se machucar? Mrado recolhia os saquinhos. Acondicionava-os na última mala.

A touca lhe dava comichão.

Abdulkarim cuspia no chão. Recusava-se a ficar quieto. Berrava palavrões em árabe. Mrado adivinhava mais ou menos: vou foder com a *sua-mãe-sua irmã-sua-filha*. A poça de sangue em volta do brucutu aumentara. JW e Jorge permaneciam sentados, as mãos imobilizadas nas costas, cada um recostado num caixote. Estavam quietos.

Tudo funcionara como planejado. JW fizera um bom trabalho. Podiam contar com ele. Como Nenad dissera: o cara queria subir. Faria qualquer coisa por dinheiro. Informara precisamente a Nenad e Mrado o local, a hora e os métodos estabelecidos pelo árabe e seus cúmplices para receber a coca. Só precisaram ir até lá, apagar o miserável que fazia a segurança do lado de fora e entrar.

Quase fácil demais.

Em três ou quatro minutos, teriam terminado. Mrado e Nenad, num carro. Bobban, em outro. Se desse merda, tinham outro carro, estacionado do outro lado dos armazéns, em segurança. Caso alguma coisa desse errado, e os outros carros fossem bloqueados, este estaria acessível.

Dentro de seis meses, depois de vender todo o bagulho, estariam 100 milhões mais ricos.

Puta que o pariu.

Foi nesse momento que chegou a segunda surpresa da noite. JW se levantou. Aparentemente, conseguira se desvencilhar de suas amarras. Mrado aplicara a fita adesiva de maneira que ele pudesse se soltar. Não deveria ter feito isso.

Por que se levantava? Abdulkarim compreendeu que alguma coisa cheirava mal. Que JW cooperara com Nenad.

Disse alguma coisa.

Mrado observou-o. Nenad levantou a cabeça, interrompeu seu trabalho. Um repolho numa das mãos, a faca na outra.

JW empunhava uma Glock com as mãos. Apontadas para Nenad a 4 metros de distância.

O maxilar crispado. Os olhos, duas fendas estreitas.

Balbuciou uivos incompreensíveis.

Qual era a daquele playboy escroto?

Mrado escutou mais atentamente.

— Nenad, filho da puta. Se piscar, estouro seus miolos. Uma bala na cabeça. Juro. Isso vale pra você também. Se piscar, Nenad é um homem morto.

Nenad largou o repolho. Tentou ganhar tempo. O legume rolou no chão. Respondeu a JW:

— Que merda é essa? Senta.

JW permaneceu de pé, na mesma posição.

Mrado avaliou a situação rapidamente: JW tinha pirado ou aquele pilantra era mais esperto do que eles haviam pensado? Será que pretendia pegar sozinho a carga inteira? Será que Mrado teria tempo de sacar seu S & W antes de aquele louco furioso alojar uma bala na cabeça ou no peito de Nenad? A conclusão: pouco importa o que JW tinha na cabeça, a situação era complicada — não era uma boa ideia fazer movimentos bruscos. A distância, muito curta — JW parecia seguro com sua arma.

Mrado permaneceu imóvel.

— Responda a uma única pergunta, Nenad. Muito simples.

Nenad assentiu. Dava para ver seus olhos nos buracos da touca. Estavam magnetizados pela boca da pistola.

— Qual a cor da sua Ferrari?

Nenad ficou mudo.

Mrado enfiou furtivamente a mão sob seu paletó para sacar a arma.

JW perguntou de novo:

— Se não me disser a cor da sua Ferrari, eu atiro.

Nenad não se mexeu. Pareceu refletir.

A pistola na mão de JW, o dedo no gatilho. Não havia tempo para brincadeira.

Nenad respondeu:

— Eu tinha uma Ferrari numa época. Qual é seu interesse nisso? Mas não era minha de verdade. Eu tinha feito um leasing.

JW levantou a cabeça um centímetro.

— Era amarela, se faz tanta questão de saber.

Os olhos de JW mudaram de expressão. Loucos. Ferozes. Imprevisíveis.

— Diga o que fez com a minha irmã.

Nenad deu uma risadinha.

— Você pirou.

JW destravou a pistola.

— Vou contar até três pra você desembuchar. Caso contrário, é um homem morto. Um.

Mrado alcançou seu revólver sob o paletó.

Nenad:

— Não sei do que está falando.

JW contou:

— Dois.

Nenad começou a falar antes que Mrado tivesse tempo de agir:

— Ah, agora entendo por que seu rosto me pareceu tão familiar na primeira vez em que nos vimos em Londres. Eu só não conseguia atinar por quê. Nunca imaginei que você pudesse ser irmão de uma puta.

Mrado: por que Nenad perde tempo com esse cara? Loucura.

— Era bonitinha, sua mana. Rendeu uma boa grana. Cheguei a sair com ela por uns meses. Era a garota de programa mais tesuda que tivemos. Juro.

Silêncio eloquente.

Daria para ouvir uma agulha cair no chão dentro do armazém frigorífico. Até o árabe se calara.

— Só era um pouquinho ambiciosa demais. Quando ela começou com a gente, ainda era estudante, pés no chão. Deve ter sido seu professor, um de nossos bons clientes, que a pôs a par de nossa maneira de faturar. Mas depois de um certo tempo ela começou a fazer exigências. A tentar nos sacanear. A gente não podia tolerar isso. Sei que entende.

JW permaneceu imóvel. Os braços retesados. As mãos crispadas na coronha da pistola.

— Como soube?

— Vai se foder, filho da puta.

Mrado sacou seu revólver. Usou-o para ameaçar JW.

Estava se lixando para as confissões de Nenad. Aquilo precisava terminar. Era sua vez de gastar um pouco de saliva.

— JW, larga a arma.

Apontou para ele.

JW deixou transparecer um vacilo. Percebeu nitidamente Mrado com o canto do olho.

Situação mortal. Drama triangular. Linhas de mira.

Se JW abatesse Nenad, cairia também.

Será que percebia isso?

— JW, isso é inútil. Se atirar em Nenad, arrebento a sua cabeça. Atiro melhor que você. Talvez até te mate antes que você aperte o gatilho.

JW não se mexeu.

Mrado sentiu o poliéster da touca grudar em sua testa.

Nenad tinha entendido, calara a boca. Deixou Mrado cuidar da falação. Mrado disse:

— Guarda sua arma e vamos esquecer tudo isso.

Nada.

Abdulkarim começou a gritar. Jorge se levantou rente ao caixote.

Foi quando chegou a terceira surpresa do dia para Mrado.

A pior.

A entrada que dava acesso às rampas de carga se abriu de novo.

Os policiais entraram em disparada.

Ouviram-se dois tiros.

61

Jorge estava no meio do caos.

JW havia atirado. Mrado havia atirado.

Nenad no chão. Uma tropa de policiais. Apesar de tudo — o tiro que atingira Nenad os assustara. Desconcertara. Mrado errara o tiro. JW continuava de pé. Incólume. Os tiras atacaram na hora certa, no instante preciso em que era preciso distrair a atenção do iugoslavo.

Gás lacrimogêneo na câmara fria.

Mrado atirava nos policiais como um desvairado.

Eles se protegiam. Desorientados. Berravam ordens. Ameaçavam.

Jorge atrás do caixote.

JW ao lado de Jorge, um estilete na mão. Cortou a fita adesiva em volta de seus pulsos.

Jorge se levantou. Entreolharam-se.

Os olhos em fogo.

Correram em direção à porta dos fundos.

Os policiais entenderam tarde demais o que acontecia. Concentrados demais em Mrado, que continuava de arma em punho.

Jorge destrancou a porta.

Ele e JW chegaram a um corredor.

Nem sinal da polícia.

Um néon piscava à frente deles.

Correram até uma escada que subia ao longo de uma parede.

Para o topo.

Subiram até o teto, um alçapão.

Subiram os degraus, de três em três.

Ouviram os policiais perseguindo-os no corredor.

Jorge olhou para baixo. Abriu o alçapão. Gritaram de baixo:

— Parem, é a polícia.

Jorge pensou: vão se foder.

J-boy não nasceu ontem, tem suas regras de ouro: nunca pare, invista, os policiais sempre perdem.

Alcançaram a parte superior do teto. O metal era liso, num cinza que sugeria que já fora branco. O céu estava claro.

JW ofegava. Continuava com a Glock na mão. Possivelmente com o carregador vazio. Jorge mais em forma, apesar de ter malhado pouco nos últimos tempos.

Correram sobre o teto.

JW parecia saber aonde ia. Tomou a dianteira.

Jorge berrou:

— Aonde vai?

JW respondeu:

— Deve ter um carro, um Golf, estacionado lá, atrás dos mastros.

Os policiais filhos da puta apareceram no alçapão — posicionaram-se. Saíram correndo atrás deles.

Uma voz distante saiu de um megafone:

— Fiquem onde estão. Mãos atrás da cabeça.

JW ergueu sua pistola e mirou nos homens atrás deles. Burrice.

Jorge ouviu os gritos dos policiais:

— Ele está armado.

Correu mais rápido.

Respirou pelo nariz.

Sentiu o cheiro de sua transpiração.

Sem estresse. Apenas o esforço.

Sem estresse.

Continuou sobre o teto.

O megafone insistiu.

JW empunhava a Glock. Voltou-se para os policiais. Um barulho seco. Será que ele havia atirado?

Merda — Jorge achava que ele não tinha mais cartuchos.

Outro estampido.

JW caiu. Segurou a coxa.

Que porra aqueles policiais pretendiam?

Sem tempo de refletir.

Avançou sozinho.

Harmonia durante a corrida.

Jorge ofegante. Jorge percutindo o chão.

Em transe: tudo o que sabia era que precisava correr.

Lembrou-se de suas sessões de treinamento em Österåker. Lembrou-se da corda, que ele mesmo fabricara, como a lançara por cima do muro.

Acelerou.

Para a beirada do teto.

Nem olhou para baixo.

Pulou direto. Fiel a seus hábitos.

Uma queda mais longa que as de Österåker e da Västerbron.

Aterrissagem num pé.

Viu o Volkswagen.

Ignorou a dor.

Mancou até o carro.

Quebrou o vidro. Abriu a porta.

O assento do passageiro cheio de estilhaços.

Arrancou os fios elétricos sob o volante.

Se alguém sabia fazer uma ligação direta num carro era ele e mais ninguém.

O rei.

O motor deu a partida.

Adiós losers.

EPÍLOGO

Paola talvez já tivesse dado à luz.

Jorge acendeu um cigarro, jogou-se para trás. Uma cadeira reclinável. Uma barraca de praia da Pepsi.

Seu pé estava bem melhor.

Ko Samet: decerto não era a ilha mais popular do mundo. Mais distante na baía do que Ko Tao e Ko Samui. Sem voo charter sueco, sem turismo alemão de massa, sem família com crianças. Em vez disso: bangalôs baratos, praias desertas e mochileiros. Ou então homens solitários de meia-idade e putas tailandesas.

Metade da grana trocada em dólares na sua mochila ao lado da cadeira. O restante numa conta do HSBC. O banco que tinha filiais em todos os cantos do planeta.

Isso resolvia sua vida.

A praia, quase deserta.

Com a mão, certificou-se de que a mochila continuava ali.

Pensou nos últimos meses.

Safara-se bem. Jorge Bernadotte. Pisara fundo no acelerador, apesar do pé esfolado. Comparação evidente: exatamente como na fuga de Ös-teråker, salvo que ele não planejara o itinerário da escapada. Estavam trinta segundos atrás dele. Tomara a direção de Midsommarkransen. Um labirinto de casas e becos. Os policiais não podiam avistá-lo como na autoestrada. Abandonou o carro em frente à escola de Brännkyrka. Roubou outro em menos de trinta segundos. Eles não entenderam nada. O homem milagre atacava novamente. Livrara-se dos policiais. Enganara os canas.

A primeira coisa que fez em seguida: foi ao apartamento de Fahdi.

Tinha as chaves com ele. Capengou até o quarto e o armário. Pegou a escopeta que usara em Hallonbergen. Enfiou-a numa sacola de papelão com o logo do supermercado Vivo. Saiu, sempre mancando.

Mudou de ideia. Voltou ao quarto. Pegou a carabina automática e as outras armas de Fahdi. Embrulhou-as num lençol.

Fahdi era um amigo. Se sobrevivesse, não precisava pegar uma pena maior que a necessária.

Foi até a cozinha. Como sempre, as balanças, os sacolés, os envelopes, os espelhos e as giletes atulhavam a mesa. Trezentos gramas de pó distribuídos nos sacolés.

Jorge jogou os sacolés dentro da sacola de papelão.

Vasculhou. Virou o lugar de cabeça para baixo, sem fazer barulho. Luvas nas mãos. Não deixar vestígios. Encontrar o que procurava. As chaves dos depósitos.

De novo na rua. Roubar outro carro.

Jogar o lençol com as armas no mar em Edsviken.

Inspecionar os depósitos durante o resto do dia. Shurgard Self-Storage em Kungens Kurva, Högdalen, Danderyd. Esvaziá-los.

No dia seguinte: os depósitos de Rissne, Solna e Vällingby. Resultado da coleta: 1,2 quilo de pó.

Os três dias seguintes foram agitados. Vendeu a droga por uma bagatela. Setecentas pratas o grama. Foi tudo embora como cerveja num belo dia de verão.

Comprou um passaporte razoavelmente falsificado — pagou o que pediram, não tinha tempo de bancar o durão.

Reservou uma passagem num voo para Bangkok. Apostou na sua sorte.

Correra tudo bem. Ninguém esmiuçou seu passaporte antes da partida.

Quatro dias após o fiasco do armazém frigorífico, ele deixara o país.

Nunca havia imaginado que fosse terminar assim.

Se fosse um menino, Paola prometera a ele que se chamaria Jorge. Um autêntico Jorgelito. Ainda que jamais viesse a viver uma vida de um sueco nativo, Paola, por sua vez, teria pelo menos a seguinte possibilidade: deixar Jorgelito crescer em paz. Sem assistentes sociais, sem professores racistas, sem policiais filhos da puta, nem Rodriguez. Jorge garantiria os recursos, transferindo cada coroa de que pudesse prescindir para o filho de sua irmã.

Um europeu branquelo passeava pela praia, de mãos dadas com uma jovem tailandesa.

Jorge fechou os olhos. Estava cheio dos cafetões, e ainda restavam alguns para eliminar.

Pensou em JW no armazém frigorífico, a princípio incapaz de compreender. Jorge insistira:

— Vi sua irmã ser estuprada e molestada num vídeo. Por esses caras. Tem que acreditar em mim.

JW olhara reto à sua frente, o olho esbugalhado. Resmungou:

— Cala a boca, Jorge.

Jorge continuou, sussurrou, mas alto o bastante para que JW o ouvisse bem:

— Acredite em mim. Você escolheu o lado errado. Entendo que não possa voltar atrás. Você apostou nesses caras. Mas sua irmã era uma espécie de prostituta. Esses caras da máfia iugoslava a mataram.

Foi só então que JW reagiu. Voltara-se para Jorge repetindo:

— Cala a boca se não quer que eu arrebente a sua cara.

Nenad e Mrado ainda ignoravam Jorge e JW — rasgavam as cabeças de repolho, arrancavam saquinhos cheios de pó. Abdulkarim berrava. Mas Jorge percebeu que JW passara a escutar.

— JW, vigiei esses caras durante meses. Sei o que eles aprontam.

Jorge contou rapidamente a história do bordel em Hallonbergen. Sem mencionar o assassinato dos cafetões. Em vez disso, descreveu a festa de Smådalarö e suas putas. Como os clientes tinham se comportado, o visual das garotas, as pessoas presentes. Enfatizou este último ponto descrevendo o estacionamento diante da vasta mansão. Alinhados um ao lado do outro: os carrões de luxo. E foi então que JW perdeu completamente a cabeça.

Jorge atirou o cigarro na areia com um peteleco. Saboreou o calor. O sol lhe dava um bronzeado de verdade. Que alívio, não ter mais que conviver com o cheiro nojento do autobronzeador. Fora isso, recuperara a forma física de antes. O cabelo liso, o corpo magro, barbeado. Apenas o nariz quebrado ainda lembrava o novo Jorge.

Em segurança.

Ao mesmo tempo, precisava continuar.

Seu dinheiro não duraria eternamente.

Talvez valesse a pena voltar em breve, para recompor o capital.

Visitar Jorgelito.

* * *

Retinir de chaves nos cadeados. As portas duplas se abriram.

Margareta começou a chorar. Bengt estava contraído, não tirava os olhos do chão.

O guarda fechou as portas atrás deles.

O rosto de Margareta tinha a mesma cor dos muros de Osteråker, branco cadáver.

JW estava sentado do outro lado da mesa de madeira. Margareta e Bengt ocuparam seus lugares. As mãos de Margareta atravessaram a mesa e encontraram as de JW. Um aperto forte.

— Como vai, Johan?

— Indo. Bem melhor que na detenção. Aqui até conseguimos trabalhar.

Bengt não tirava os olhos do tampo da mesa.

— E em que trabalho você tinha pensado?

JW pensou: ele nunca me perdoará. Bengt: o orgulhoso sueco na sua bolha. Em todo caso, viera. Mamãe deve tê-lo obrigado.

— Vou ter trabalho.

Bengt não respondeu.

Mudaram de assunto — a comida na prisão, as visitas do advogado e os estudos de JW.

Conversaram sobre os últimos dias do julgamento. O promotor havia acusado JW de tentativa de assassinato. A droga, JW assumia perante seus pais. Mas o tiro em Nenad — nunca. Jamais aprendera a atirar direito — apenas ferira o ombro dele. O júri acreditara em sua explicação: com os policiais tomando de assalto o galpão, Mrado ameaçando-o, a morte de Fahdi, ele entrara em pânico e tinha deixado o tiro escapar. Sem intenção de matar ou ferir quem quer que fosse.

O júri engoliu essa parte das explicações. JW confessou seu envolvimento no tráfico de cocaína. Sua linha de defesa consistia em alegar que só estava lá para carregar o pó. Conseguiu atenuar a pena. Eles também levavam em conta sua juventude. Mesmo assim, apesar das atenuantes, ele ia apodrecer e cair dez vezes antes de sair da cadeia.

Seus amigos lhe haviam dado as costas. Faziam como se nunca o tivessem conhecido. Nada espantoso. Os que chafurdam na merda preferem não olhar para baixo — seria muito nojento. Mas ele tinha esperado que Sophie reagisse de outra forma. Sem sucesso.

Só restava uma coisa a fazer: tornar sua temporada atrás das grades a mais prazerosa possível. Por que não vender sua ideia de lavagem de dinheiro a seus colegas de detenção? Fazer negócio, *as usual*.

Seus pais não tocaram no nome de Camilla. E JW optara por não dizer nada. Os policiais não arrancariam muita coisa de Jan Brunéus. Ele seguramente nada fizera de ilegal. JW carregaria aquele peso sozinho. Pouparia a verdade a Margareta e a Bengt. Isso lhe permitiria dormir menos mal.

Margareta disse:

— Semana passada recebemos um cartão-postal bastante desagradável, eu diria.

JW ficou curioso.

— De quem?

— Não trazia nome. Mas era assinado por algo como *El Negrito*.

— O que estava escrito?

— Pouca coisa. Que a pessoa estava descansando no Sudeste Asiático, que as praias eram lindas e que havia corais. No fim, dizia que ele ou ela lhe enviava 300 mil abraços fedorentos, da ilha dele para a sua.

JW manteve uma expressão indiferente.

— Ah!

— Johan, é outra de suas trapalhadas?

— Claro que não, é um amigo se divertindo um pouco. Ele nem sabe que estou na prisão. Quando sair daqui, também vou atrás do sol.

Bengt abriu a boca.

Voltou a fechá-la.

Margareta se virou para ele.

— O que você tem, pai? Queria dizer alguma coisa?

— Quando sair daqui, você não vai atrás do sol. Vai procurar um trabalho de verdade. Longe de Estocolmo.

Bengt abaixou novamente os olhos. Não disse mais nada.

O silêncio era opressivo.

— Johan, não pode nos contar como vai passar os dias aqui?

JW começou a falar. Na sua cabeça, esqueceu-se de Bengt. Agradeceu eternamente a Jorge. Trezentos mil transferidos para sua conta na ilha de Man. O chileno era um cara legal. Não esquecia que ele o salvara no fundo da floresta, ainda que ele os tivesse traído a todos, pelas costas de Abdulkarim, e vendido a alma para os Iugoslavos. Jorge certamente sabia que JW os havia enganado, mas também sacara que JW não sabia com quem estava lidando. Que tinha sido ingênuo.

A hora de visitas terminara.

O guarda acompanhou seus pais até o lado de fora.

Margareta chorou mais uma vez.

JW, sozinho na mesa do locutório.

Sabia o que faria com o dinheiro.

Não sabia o que faria de sua relação com seu pai.

Pátio do presídio de Kumla: capim cortado rente, sem árvores. Blocos de cimento com a superfície lisa, e barras de ferro relativamente novas; uma sala de musculação ao ar livre. Mrado e outros três sérvios levantavam pesos.

Acordo tácito: de manhã, eram os sérvios que usavam os halteres, à tarde, os árabes.

A vida na cadeia, melhor para ele do que para muitos outros. Atrás das grades, ele era alguém. A reputação o protegia. Apesar de tudo: um clima mais duro do que em sua última temporada ali. Entendeu as lições de Stefanovic e dele mesmo na prática. As gangues reinavam. As quadrilhas estavam no comando. Ou você fazia parte delas, ou estava fodido.

A parada que estragava tudo: estava prestes a perder Lovisa. Annika entrara com um pedido imediatamente após a condenação de Mrado por tráfico de drogas. Havia exigido a autoridade parental exclusiva, e, para Mrado, um direito de visita uma vez por mês na porra de um locutório em presença de uma pessoa do serviço social. Um estrangulamento mental. Que o matava em fogo brando.

Mrado tivera sorte: Bobban tinha aterrissado no mesmo lugar. Alguém com quem falar. Alguém que cobria sua retaguarda.

Como aquele puto do Nenad pudera ser tão burro para não ver a semelhança entre aquele JW e aquela puta que ele tinha comido anos antes? Tudo teria sido perfeito. Teria tido sua vingança. Cuspido na cara de Rado. Vendido pó para milhões.

E agora: Radovan continuava a dirigir a rede mais poderosa de Estocolmo, a controlar as chapelarias dos bares da cidade, a vender pó, a contrabandear bebida, a afundar em sua poltrona de couro em Näsbypark, a beber uísque e a zombar deles.

Filho da puta.

Não era esta a justiça sérvia. Um dia, Mrado teria seu momento com Rado. Apagaria seu sorriso. Lentamente.

Mais meia hora para o almoço. Os outros iugoslavos retornaram às suas celas. Mrado e Bobban permaneceram do lado de fora. Bobban sentou no banco de cimento que servia para o arranque deitado.

— Mrado, hoje de manhã ouvi dizer que eles colocaram sua cabeça a prêmio.

Mrado sabia que aquilo ia acontecer. Rado não esquecia. Fazia questão de preservar o código de honra.

— Onde ouviu isso?

— De um cara da minha galeria. Um sueco. Na cadeia por roubo a mão armada e lesões corporais. Ele soube disso pelos latinos.

Mrado sentou-se ao lado de Bobban.

— Latinos?

— É, muito estranho. Uma recompensa enorme, ainda por cima. Trezentos mil.

Agradecimentos

A Hedda, por sua paciência, ajuda e inspiração. Seu amor.

A Elis, por todas as leituras, as conversas proveitosas e suas ideias.

A Sören, por seu apoio e conselhos. A Sven, Helena, Göte, Yvonne e Lars, por seus pontos de vista e críticas.

Ao meu pai, por seus conselhos, e à mamãe, pela esperança que soube me insuflar.

A vocês que leram o texto e o comentaram: Jacob, Johanna, David, Anna, Birnik, Dennis, Bosse, Daniel, Hanna, Jaël, Mirjam, Lars, Jesper, Jenny, Johan, Pawel. Entre outros.

A Wahlström & Widstrand: Pontus, Annika e Gustaf e todos os outros.

Obrigado.

Este livro foi composto na tipologia Adobe Caslon Pro,
em corpo 11/14,3, e impresso em papel off-white
no Sistema Cameron da Divisão Gráfica
da Distribuidora Record.